我们家的谱

张永钦 著

泰山出版社 · 济南 ·

图书在版编目（CIP）数据

我们家的谱 / 张永钦著. —济南：泰山出版社，2021.11

ISBN 978-7-5519-0662-3

Ⅰ.①我… Ⅱ.①张… Ⅲ.①长篇小说—中国—当代 Ⅳ.①I247.5

中国版本图书馆CIP数据核字（2021）第194133号

WOMEN JIA DE PU

我们家的谱

责任编辑 武良成
装帧设计 路渊源

出版发行 泰山出版社
社　　址　济南市泺源大街2号　邮编　250014
电　　话　综　合　部（0531）82023579　82022566
　　　　　市场营销部（0531）82025510　82020455
网　　址　www.tscbs.com
电子信箱　tscbs@sohu.com
印　　刷 山东华立印务有限公司
成品尺寸 170毫米×240毫米　16开
印　　张 28.5
字　　数 403千字
版　　次 2021年11月第1版
印　　次 2021年11月第1次印刷
标准书号 ISBN 978-7-5519-0662-3
定　　价 80.00 元

目　录

第一章　一碗面 or 咖啡

杨来弟推开店门，走进来。

梁思思抬头看见有人进店，站起身来喊了一声："今天不营业，门牌上面写了。"

梁思思喊完，坐回到前台椅子上，继续埋头专心修图，准备发朋友圈。

刘海平和小土豆两人正在冲洗咖啡杯，听到梁思思的喊声，两人相视会心一笑。刘海平甩甩湿漉漉的手，压低声音跟小土豆说："就这服务态度，客人都得吓跑喽。"

小土豆点头："一个都不留。"

穿着臃肿、走路微颤的杨来弟走进"一碗面or咖啡"店内，她似乎没有听懂梁思思说什么，旁若无人地径直往店内走，眼睛直视着前方。

梁思思抬头看见杨来弟走进来，奇怪啦，这人怕不是耳朵有毛病吧？仔细一瞧，来人是个老太太，那一定是耳朵有毛病了。

梁思思相信自己的判断，接着又大声地喊了一句："今天不营业。"

梁玉梅听到梁思思的喊声，循声望去，看见杨来弟径直朝着自己走过来。

梁玉梅一愣，心想：“是她吗？”

杨来弟依旧走着，直接就走到坐在店内最后面的梁玉梅身边，喊了一声：“囡囡啊，囡囡。”

杨来弟喊着囡囡，上前拉住梁玉梅的手，脸上写满悔恨和温柔。

梁玉梅无奈地摇摇头，瞬间明白来人就是她，该来的还是来了。

梁玉梅昨晚接到二哥梁大仓发小杨留根的电话。杨留根在电话里面很直接地告诉梁玉梅：“你的生母杨来弟会去滨海找你，你要有个思想准备，想好怎么面对她。”

梁玉梅接电话的时候以为自己是在做梦，可自己明明白白地站在窗前看月亮，难道是外星人来电？

接完杨留根的电话，梁玉梅有一种恍若隔世的感觉。

杨留根不仅是二哥的发小，还是梁玉梅牺牲的丈夫黎明辉的战友。黎明辉牺牲后，梁玉梅多次去中队找过杨留根，想了解黎明辉牺牲时的情况、黎明辉最后说了什么话，杨留根却从那时人间蒸发，怎么都联系不上。直到前几年杨留根的母亲王冬花来滨海看望梁玉梅一家，梁玉梅才知道杨留根早已转业回到老家，现在和父母生活在一起。

梁玉梅始终不明白杨留根为何有意躲着自己。

梁玉梅接到杨留根的电话后一夜未眠，一大早来到店里就拼命地喝咖啡提神。喝咖啡可以提神，兴奋的是神经，精神却不能靠咖啡振奋，喝了几杯咖啡后，梁玉梅神经亢奋，精神萎靡。

往事，你想与不想，它都在哪里，有些人，有些事，想忘也忘不了，比如杨来弟，梁玉梅想忘记却忘不掉。

梁玉梅记不清楚是哪一位哲人说的，想要忘记过去，不仅仅是放下，还要和自己和解。

这么多年来，梁玉梅觉得自己已经放下，却没有和自己和解。尽管梁玉梅已经想清楚该如何面对杨来弟，但当杨来弟就这样来到自己面前，梁玉梅还是有些心慌意乱和不知所措，还有些愤怒。

杨来弟拉着梁玉梅的手，上下左右、仔仔细细地端详着梁玉梅，声音满是沧桑和疲惫，带着哭腔："阿拉是侬阿娘啊，囡囡。"

杨来弟话音未落，"一碗面or咖啡"店内的空气，瞬间凝固。

房怡和辗转反侧大半夜，才昏昏沉沉地入睡，恍恍惚惚，竟然看见老伴儿梁勇敢朝着自己走过来。

梁勇敢还是穿着那件生前最喜欢的咖啡色夹克衫。

这件夹克衫是梁勇敢七十岁生日时，小女儿梁玉梅特意为他挑选的。梁勇敢还是老样子，一头花白的头发，头发茬都没有一根黑的。

"老梁啊，你可回来了。"

梁勇敢笑着，看着房怡和却不说话。

"老梁啊，家谱整理完了，可有件事你没告诉我该咋办啊。"

梁勇敢还是笑着不说话。

"老梁啊，你说玉梅是写梁玉梅，是写章玉梅，还是写杨玉梅啊？"

梁勇敢还是笑着不说话。

房怡和生气了。"就知道傻笑，你倒是给我一句准话呀。"

房怡和正着急呢，一道强烈的白光直射过来，梁勇敢不见了。

"老梁，老梁啊。"房怡和把自己喊醒了，睁开眼睛，意识还滞留在梦中。

房怡和看着屋顶，努力睁大眼睛，看清楚屋顶上面有一道白色亮光，她清醒过来，慢慢地坐起身。

叫醒房怡和的是从窗帘缝隙中挤过来的那一丝冬日暖阳。

冬日的阳光很通透，不强烈不炽热，更没有咄咄逼人的张扬气势，却让人能够体悟到那种自然舒适恰到好处的暖意。

房怡和清楚自己刚才是做梦，现在和老伴儿梁勇敢也只有在梦里才能相见。房怡和想到这里，心生悲凉，阴阳两隔，原来如此残酷。

“老梁啊，现在咱俩也只能在梦里面见啦！你看天又亮了，又该起床喽，我又赚了一天。今天我要看到妮妮了。妮妮长高啦，会唱歌会跳舞还会画画儿。妮妮上大班以后呢，变化真大，上次来，还给我背诗词呢。‘云对雨，雪对风，晚照对晴空，来鸿对去燕，宿鸟对鸣虫。’老梁啊，你听听，现在的孩子一个个都成精了，小人精喽。”

房怡和轻声轻语地说着，自己跟自己说着话。

老梁，梁勇敢，与房怡和相濡以沫几十年的老伴儿，病故时正好八十四岁，应了那句老话：“七十三，八十四，阎王不叫自己去。”

“自己去？

“老梁啊，你呀，你就是自己去找阎王爷报到的，你呀。”

房怡和动动身子，顺手拿起炕头柜上面的保温杯，拧开盖子，杯盖倒过来刚好是一个小水杯。这个设计贴心的保温杯，是小女儿梁玉梅前几年去日本旅游时买的，是送给房怡和的新年礼物。保温杯保温性能特别好，放置二十四小时，温度基本不会变。房怡和倒一杯热水放在炕头柜上面凉着，然后开始轻轻地揉肚子，这是梁玉梅给房怡和规定的每日晨起保健操。

房怡和做完保健操后将水喝了，准备穿衣服。

房怡和伸伸胳膊握握拳，才开始穿衣服。伸胳膊握手这个动作是小儿子梁大仓给她规定的晨起保健操。小儿子是医生，说伸伸胳膊握握拳，可以防止肩颈麻木。房怡和每天晨起，先按照小女儿规定的保健操做一遍，再照着小儿子规定的动作做一遍，效果都不错。村里的一些老人看见房怡和，都说房怡和还是六十出头时的模样。如果真是六十出头该多好啊！房怡和感慨着，看看身边叹气。

“老梁啊，你就是不听劝，老话说得有道理，听人劝吃饱饭，你要是听人劝，也不至于……”

房怡和轻叹一口气，穿好衣服来到窗前。

拉开窗帘，阳光早已憋住了劲儿，一下子全部倾泻过来，干净热烈。房怡和眯起眼睛看着窗外，现在冬天一年比一年暖和啊！腊月天，阳光还是这样明媚。

七月枣子八月梨，九月柿子黄肚皮。

院子里那棵老柿子树，高出房顶一米多，树枝上面，还有几个柿子顽强地挂在枝头，那种橙黄色，异常明丽，是这个小院落冬天特有的景致。

房怡和看看柿子树，再抬头看看太阳，开始习惯性地转身去收拾写字台。

写字台上面干干净净的，一尘不染，编撰家谱所用的资料都堆在写字台两边，写字台旁边还有几个装满书籍资料的编织袋。

房怡和回过神来，梁氏家谱已经编撰完成了。

房怡和看着这些资料，这都是她十几年来陪着梁勇敢天南海北收集到的，梁氏家族先祖和近代梁氏分支的资料一应俱全。资料收集齐全后这些年，房怡和每天晨起都要挑拣这些资料，和梁勇敢核实这些千辛万苦收集来的碑文拓片、手写书信，然后沿着家谱谱系逐一编撰。梁勇敢去世时，家谱框架已搭建成型，基础文字已初步整理完毕。

梁勇敢走后这两年，房怡和每天晨起第一件事，还是整理家谱资料，理清楚一天要补充完成的章节，然后才会去吃早饭。接下来一天的时间，房怡和就在小女儿梁玉梅的帮助下开始增补修正家谱。

“家谱，梁家的谱，我们家的谱，终于完成喽。老梁啊，有两件事我不知该怎样定夺啊。”

房怡和想起梦中的梁勇敢摇摇头，轻轻地叹口气。

“你呀，知道我的难处咋就不说话呢，玉梅的生母写不写进咱们家的谱啊？玉梅的名字是写梁玉梅，是写章玉梅，还是写杨玉梅呢？你呀，真不像话，早点给我一个主意多好。这事啊，我要好好想想，要依我，就写梁玉梅。”

房怡和看着梁勇敢的照片。

“你让我问问玉梅的想法？不能问啊，问了，玉梅会伤心。老梁啊，你倒是给我一个主意呀，等正式开印就不能改喽。”

照片上的梁勇敢笑着。

梁家村的清晨，每一天都不一样。

有时是晨练之人活动筋骨时，不经意间的一声咳嗽，有时是被偶然惊醒的，沉睡在树枝上的鸟儿惊奇地欢唱一声，醒来就离开鸟巢，飞离村庄，去远方开始新一天的觅食。

梁家村清晨唯一恒久不变的，是在村庄内永远盘旋着的那一丝幽静闲散，沁人心脾的清新空气，蓝得透明的天空。

清晨的梁家村是诗意的，住在村里的人，每一天的新生活就在这诗与远方中不紧不慢地开始。

房怡和居住的梁家小院，是那种典型的胶东小院。

胶东民居大多因气候而选择更简单实用的建筑方式。

胶东民居是四合院形式，却不是标准的四合院，只是和四合院的建筑相似而已。小院内有正房和厢房，北屋作正房，正房当中一间为正间，东西两屋是卧室。正间兼做厨房，东西各建锅台，锅灶的火道分别通东屋和西屋的炕洞，到炕洞远端时，会修一个烟囱高出屋面。房屋建筑石墙红瓦，朴实无华，看着就踏实。

梁家小院院门直对正间过道，东西屋子的南边各接出三间小屋。房怡和住在西屋，长子垦荒一家住在东屋，接出来的六间小屋是留给梁家其他几个孩子们的。

房怡和在这个小院已经住了快三十年。

小院外依旧是往昔的模样，院墙没有变，祖上用毛石砌成的院墙坚实稳固，从不怕风吹雨打。小院内几间屋子几经翻新，除了热炕保留着，其他的基础设施都按照现代建筑改造过，实用且方便。

房怡和抻抻胳膊。

“春兰，春兰啊。”

大儿子和儿媳住的屋子房门开着，屋内却没有人。房怡和知道大儿子垦荒是出去锻炼身体了。

“这孩子，大冬天的也不知道关门。”

孩子？大儿子也六十岁的人，都当爷爷了，只是在自己眼里还是孩子。

房怡和又喊了一声："春兰。"

还是无人答应，房怡和反应过来，大儿媳妇应该是起大早回城去接妮妮了。

想到妮妮，房怡和心中那块最最柔软的地方被触碰到，心中涌动起一股热流，一种莫名的温暖和感动，还有一种强烈的渴望。

房怡和笑笑，回到屋内的沙发上坐下来。

房怡和刚一坐下来，手机铃声就响起来。房怡和暗自思忖，这一大清早的，谁呀？

房怡和拿起电话一看号码，是几十年的老荒友王冬花打过来的。

已经八十多岁的王冬花声音略带嘶哑，语速特别快，有些语无伦次："老房啊，老房，房老师。"

"听到啦，一大早的，冬花，你还好吧？"

王冬花根本不理会房怡和的问候，没有任何过度地喊起来："杨来弟去滨海啦！杨来弟，你知道吧，去滨海找你们家玉梅啦！这么大的事，我可要跟你说一声啊，老房。"

杨来弟？杨来弟来滨海寻找玉梅？

房怡和心中一惊，没有听清楚王冬花后面又说了些什么，拿着手机愣住了。

"一碗面or咖啡"店是梁玉梅开的。

梁玉梅曾经跟母亲房怡和说，开这家咖啡店是命运对自己最好的安排。

梁思思形容"一碗面or咖啡"店就是时尚混搭or归真返璞。时尚混搭是当代人的心结，返璞归真是现代人的向往。"一碗面or咖啡"店的店面不大，店内只卖九种汤面和两种炒面，混搭配送几个爽口清淡的小菜。手磨咖啡，醇香诱人，是吃面人舌尖上的咖啡。

小店近两年颇受游客青睐，很多来滨海旅游的人会来这里打卡，静静地坐在小店内休息休息，看着不远处若有若无的海浪，海天一色，海鸥飞翔，吃一碗面，再喝一杯咖啡，顿感舒适温暖，心情愉悦。

这两年，小店面条花样减少，只留下精品，解决了顾客东挑西选却拿不定主意的问题。

店长刘海平到位地总结，小店的经营策略就是帮助顾客提高生命质量，因为时间就是生命。

做面的李师傅是梁玉梅在杂志社做记者时采访过的一位祖传做面的手艺人。李师傅匠人级别，却一直无人赏识，窝在一个听起来风光的酒店后厨做炸面条，拿着不多不少的报酬养家糊口，紧紧巴巴地过日子。

梁玉梅准备开店，三顾茅庐请李师傅来店当主厨做面。为表达对李师傅的诚意，梁玉梅给李师傅百分之十的股份。

现在每当有人来店内打卡，总会有顾客主动要求和做面的李师傅合影，发发朋友圈什么的，李师傅在天南海北游人的朋友圈里端着自己做的面，一脸风光无限。李师傅特别喜欢和顾客合影留念，一改多年的朴实穿着，特意买了一件粉红色上衣，颜色格外抢眼，拍照效果特别好。如果有一段时间没人找他合影，李师傅会很失落。

刘海平说李师傅已经找到当明星的感觉了，有范儿。

李师傅这个习惯，常常被梁玉梅和刘海平偷偷拿来开玩笑。

店内的咖啡是梁玉梅的大姐梁雪梅从加拿大连锁咖啡店直供的，口味纯正，醇香味浓，价格低于同城同款咖啡百分之十五。这就是小店的投机利润，打个擦边球，一样得分。

小店开在省城名牌大学在滨海的分校的北门不远处。

小店在一个拐角处，是自然形成的一个不大不小的院落，看着不大，其实面积有三十多平方米，因在凹处，看着更像一个深深的庭院，给人一种众里寻他千百度，蓦然回首，那人却在灯火阑珊处的错觉。

小院内放置几张做旧的木桌子，古朴典雅。夏天，桌上撑起一把古旧的老式油纸伞。油纸伞是大学生的最爱，虽然这里不是雨巷，但古旧的油纸伞，总能让他们想起一个丁香花一样的姑娘。

小店的门脸，用树皮古藤野蒲团和干花野草混搭装饰着，远远看去，像一幅乡村油画，浓妆淡抹，层次分明。

“一碗面or咖啡”的字样用仿真绢花组合而成，那种浪漫又不失质朴的气息，自带一种让人无法抗拒的气场，不仅仅吸引小店旁边学校的大学生们，附近几所中学的年轻老师们也是小店的常客，连带着一些中小学生家长也闻名来打卡，附近居民小区的年轻妈妈们也会在假期和双休日，带着孩子来喝杯咖啡吃碗面。

梁玉梅为方便年轻妈妈们享受一段轻松愉快的咖啡时光，将门外仅有的一小块空地改造成一个可以供孩子们玩耍的嬉戏之地，中心位置安放一座小型滑梯，置办了一些儿童玩具。小院围墙坚固，年轻妈妈们可以安心地喝咖啡，不必担心孩子们的安全问题。孩子们饿了，还可以吃一碗李师傅特意为孩子们研发的金丝面，细如发丝的面里有几个蔬菜小馄饨，色彩鲜艳，色香味俱全，特别吸引孩子们的眼球。来小店的大学生们，有几个自愿兼做家教的，小店成为附近小区年轻妈妈们双休时的栖息地。

梁玉梅顺势多进些咖啡，四处去淘些形状怪异个性十足的咖啡杯一并出售，一年算下来，这些不起眼的小物件，竟然带来一笔可观的收入，属于意外惊喜。

梁玉梅原本在市文联下属杂志社工作，五年前父亲梁勇敢意外摔伤卧床，需要专人照顾，梁玉梅的哥哥和姐姐都还没有退休，梁玉梅就主动承担起照料父亲的责任。

梁玉梅生性喜欢自由，一直就向往过一种能够养活自己，不必天天急急火火赶路，朝九晚五，一天又一天不断重复的生活。她想过一种做自己喜欢做的事，看自己喜欢看的书，走自己喜欢走的路，自由却不失人生目标的日子。父亲意外摔伤，需要人帮助母亲一起照顾父亲的生活起居。杂志社半死不活的生存状态，让梁玉梅下决心做点自己想做的事，换一种活法。

梁玉梅希望自己可以自由安排时间，既能养活自己做自己想做的事，又可以更好地帮助母亲照顾老父亲。梁玉梅从杂志社辞职，专程飞到加拿大去看大姐的咖啡店，跟着大姐学习磨咖啡做甜点，回来就开了这家三线城市不多见的“一碗面or咖啡”店。因为两个哥哥和姐姐都给梁玉梅提供赞助，开店时没有遇到资金困难，少了许多压力，梁玉梅便可以按照自己的想法开店。

梁玉梅按照自己的想法开了这家“一碗面or咖啡”店。

梁玉梅经营思路清晰，定位准确，对于能挣多少钱并不苛求。梁玉梅的理想目标是能够挣出来需要自己上交的养老医保费用，够给李师傅的工资，然后自己再略有剩余就满足，自己能养活自己就万事大吉。

梁玉梅还利用业余时间给几家自媒体平台写一些励志鸡汤、养生保健的小文，挣些零花钱。小短文写作，对于梁玉梅来说，没有任何难度和负担，梁玉梅信手拈来，平台还很喜欢，点击率都挺高。

开店一年多的时间，梁玉梅就还清了哥哥姐姐们的赞助费。接下来，梁玉梅自己懒懒散散挣的钱，居然比在杂志社上班时多出了一倍，这些都让梁玉梅惊喜意外，本就没想发大财的梁玉梅，开始审视自己过往的生活。

来小店吃面喝咖啡的学生不少，很多学生要一杯咖啡，坐在那里安静地听店内播放的音乐。当然这些音乐都是梁玉梅精心挑选的，看似不经意，旋律却能直抵人心。梁玉梅在此将自己所有的文艺天赋发挥到极致。学生们喜欢店内干净文艺、安静温暖的气氛，喜欢来吃李师傅用家传手艺做的各种面。一来二去，很多学生从入学到离校，和梁玉梅竟然成为无话不谈的朋友，他们愿意跟梁玉梅诉说自己的迷惘，举棋不定的选择和烦恼，梁玉梅无需多言，只需做一个倾听者。

一个失恋的女孩子，本来坐在那里安静地喝咖啡，当听到回放的歌曲《离家五百里》时，竟然泪流满面。女孩子于是连夜买票回家去看望父母，女孩子的失恋，就这样在往返旅途中被悄然治愈。

女孩子毕业离开滨海，特意来店里喝一杯咖啡，跟这座城市告别，跟“一碗面or咖啡”告别。她在小店留言墙上面留言：“一百里，二百里，三百里，四百里……我已离家五百里。离开家啊，离开家啊，我已离家五百里……我不是不想回家，我只是现在还不想回去。总有一天，我会回家。”

一段无名的留言这样写道：“我在这里慢慢地品尝黑咖啡的苦涩，也咀嚼别样的人生滋味。”

这些留言触动了梁玉梅本来就敏感的心。

梁玉梅感觉这个小店不再是自己一个挣点零花钱、维持生活的地方，这个地方离自己的人生目标和理想越来越近，成为她生命中无法分割的一部分。

一个小小的咖啡店，记录了太多的人生故事、聚散离合，也承载了梁玉梅许多人生记忆，这些都是她需要的创作素材。

梁玉梅开店三年后，父亲去世。

父亲意外离世，让梁玉梅再一次体悟生命的无常。她独自在父亲坟前枯坐很久，想着小时候坐在父亲的肩头，父亲总是说：“闺女坐稳了，爸爸带你起飞了。”

梁玉梅终于想明白接下来自己该做些什么，她要用更多时间帮助已经年迈的母亲，把父母倾注十几年心血写成的梁氏家谱编撰完工，印书成册，以告慰老父亲在天之灵，帮助老父亲完成一生未了的心愿。梁玉梅看着日渐老去的母亲，决心陪伴母亲共度余生，报答母亲的养育之恩。

梁玉梅说服在一家效益一般的企业做会计的外甥女刘海平，让刘海平来做店长，然后从在校大学生中招两个兼职服务员，让李师傅一边做面一边带徒弟。梁玉梅自己将大部分时间用来照顾老母亲的日常生活起居，帮助母亲校对家谱，续写未完成的章节，为梁氏家谱撰写后记。闲暇时间，梁玉梅会再写写自己喜欢的文字，这时候梁玉梅所敲下的每一行字，都是自己内心所吟唱的生命音符，和钱无关。

这种感觉真好！

现在我们来还原杨来弟还没进店时，“一碗面or咖啡”店内其乐融融的情景。

站在前台，拿着一杯咖啡慢慢品味，眉飞色舞地哼着歌，沉醉其中的梁思思，是梁玉梅二哥梁大仓的女儿。梁思思刚大学毕业，却没有一点工作的欲望，对自己所学的专业一点都不热爱，至于热爱什么，自己也不是太清楚。

思思喝一口咖啡就哼一句歌词：“If you miss the train I’m on, you will know that I am gone. You can hear the whistle blow a hundred miles. A hundred miles, a hundred miles.（如果你错过了我坐的那班火车，你应明白我已离开。你可以听见一百里外飘来的汽笛声。一百里，一百里。）”

梁思思一心想去英国学动画，想当动画片导演。梁思思的学习动因很简单，就是自己太喜欢看动画片，但是很多看过的动画片却不解渴。

梁思思此举被母亲安慧称作异想天开，外加八分神经病。安慧坚决不同意梁思思出国留学去学动画，如果出去留学也可以，但必须学习一门可以安身立命的学科，不然留学一事免谈。

梁思思和母亲安慧为出国留学一事闹得不可开交，梁思思便躲在小姑梁玉梅家里，不和母亲正面交锋。

梁玉梅帮助奶奶整理家谱，有时会住在梁家村不回来，梁思思就追到梁家村跟着梁玉梅。至于小姑帮助奶奶编写的家谱，梁思思没有兴趣，根本没有正眼看过，也没有读过一句：“家谱，古董，有什么可看的呢？”

梁思思无聊时会来店里帮帮忙，喝喝咖啡，和表姐刘海平顶顶嘴，开个小玩笑，八卦一下乘风破浪的哥哥们的那些趣事，然后随便讨论一下未知的未来。

梁思思还有一乐趣就是疯狂网购，反正手机绑定了安慧的银行卡，想怎么花就怎么花，一点都不手软。

安慧懒得理会梁思思的挑衅，忙着建工厂和筹划开工。

埋头吃面，不时抬头憨笑的刘海平，是梁玉梅的二姐梁红梅的女儿。

刘海平一笑就会露出两颗小虎牙，面条粘在小虎牙上面，刘海平会伸出舌头将面条熟练地卷走。刘海平这种超级萌，怎么看也不像一个孩子妈妈。刘海平的老公孙家琪为了多挣些钱，做了海漂一族，每年年初出海，年底才回家。刘海平的父亲几年前在一次施工事故中丧生，刘海平带着儿子果果跟母亲住在一起，母女两人互相照顾，相依为命。

刘海平自从被小姨聘为店长，感觉自己的人生价值一下子飙升到最大值。

刘海平将自己所有时间都用在学习经营管理上，除了恶补许多关于经营的管理知识，还报名参加大学成人短期培训班，去各种速成班学习食品营养和咖啡烘焙。

虽然刘海平家中有一个多病的婆婆，自己还要照看正是“三岁四岁狗也嫌”的淘气儿子，丈夫常年不在身边，但刘海平从不觉得苦和累，更没有空闲去体会生活的苦乐，也不会为思考人生意义睡不着觉。刘海平一心一意想着怎么挣钱攒钱，为儿子提供好的教育储备，让母亲生活有保障，然后等待老公早日从海上归来，一家团圆。

在咖啡机旁边指导服务员磨咖啡的小土豆，是梁玉梅的大姐梁雪梅的女儿，刚从加拿大回国，来给姥姥过八十大寿。小土豆用并不熟练的汉语跟服务员一边说着，一边打着手势。

梁玉梅坐在店内最后一排，目光在梁思思、刘海平和小土豆三人身上来回移动，一会儿看看外甥女刘海平，一会儿看看侄女梁思思，然后再看看小外甥女小土豆，满眼的宠溺。

这种时光，就是人们所向往的岁月静好吧！

小土豆端起一杯黑咖啡，来到正微笑着看自己的梁玉梅跟前。

梁玉梅接过咖啡，摸摸小土豆的脸，笑着说：“长高了不少，一米七了吧？”

“No, No. 小姨，一米六八。”小土豆说着转身就走。

刘海平喝完最后一口面条汤，问小土豆：“小土豆，时差倒过来没有啊？”

刘海平问着，将面碗递给走过来的小土豆。

小土豆接过面碗就离开，然后回头一笑：“苹果姐姐，我没时差哦。”

刘海平起身追上小土豆，搂住小土豆的脖子："小样儿，还挺记仇啊。"

小土豆生气了："不理你啊。"

刘海平更乐了，戏谑道："才回来两天，中文进步很快啊。"

小土豆歪着头，看着刘海平说："什么呀，我在加拿大是中文老师。"

刘海平立马投降："点赞，点赞，我给你点一个大大的赞，行了吧？别生大姐的气啊，大姐这几天是真忙，不然怎么会不去机场接你呢？"

小土豆撇一撇嘴，故意气刘海平，噘着嘴道："你有车接我吗？什么事都比我重要吗？"

刘海平面对小土豆的挑衅，乐了："没你重要啊，但是事情总要处理，姐姐呢，车会有的，面包会有的，一切会有的。"

"Still take long.（仍然需要很长时间。）"小土豆不依不饶。

梁思思喝完最后一口咖啡，冲着小土豆招手："小土豆，过来听姐姐唱歌。"

"有口音啦。"小土豆故作轻松地说着，跟刘海平挤眉弄眼。

梁思思顿时慌了："口音？小土豆，你什么意思啊？"

"口音就是口音啦。"小土豆还是笑。

思思跟小土豆急了："过来，过来，小土豆，你唱一遍，姐姐这段时间啥也不干，就跟你学口语，你教教我不带口音的英语。"

梁思思说着，走过来拉着小土豆往前台走。

刘海平去前台拿了面包和咖啡后，再退回来找梁玉梅，因为刘海平一大早就察觉到小姨似乎有心事，精神萎靡不振，眼睛还微肿着。小姨这个样子，海平心疼。

2020年元旦过后，梁玉梅将梁氏家谱修改校对完毕，一心想着早日成书，了却父亲的遗愿。母亲房怡和却不同意尽快印刷，让她先印几本样书，让梁家人都看看，征求一下哥哥姐姐们的意见，然后再正式印刷成册。梁玉梅心里急啊，母亲是正月十六的生日，母亲今年的生日非同寻常，八十大寿，一个人一辈子就一个八十大寿啊！梁玉梅想早点将家谱印刷出版，将装帧精美的家谱作为母亲八十大寿的贺寿礼。

梁玉梅非常用心地为梁氏家谱写了几万字的后记，后记还没有拿给母亲看，正在兄弟姐妹之间传阅，梁玉梅希望自己写的后记能够得到哥哥姐姐们的认可。

梁玉梅一大早来店里打扫卫生，关店门，只留下一个服务员帮忙做饭打杂。梁玉梅召集梁家孙儿辈的几个孩子来店里，要给孩子们布置重要任务。

梁玉梅准备为母亲过一个有意义的八十大寿。梁玉梅觉得2020年，自己只有两件大事必须要完成好，一件是正月十六母亲的八十寿宴，另一件就是梁氏家谱印刷成书。这两件事又是合二为一的一件事。

刘海平端着一杯咖啡和几片烤面包走到小姨梁玉梅身边，看见她正在发愣，用手在她眼前晃晃。

“苹果，你也学歪了。”

“嗯，跟你学坏啦，不正了。”刘海平将咖啡递给梁玉梅，龇牙一笑，“小姨，小土豆煮的咖啡香极了，你尝尝啊。我得再跟小土豆好好学学。小姨，你还别说，这也是一门手艺，跟李师傅做面条的手艺一样，有一拼呢。”

梁玉梅接过咖啡抿了一口，点点头：“有功夫，香味醇浓却不刺激。我今天喝了这么多咖啡，晚上就不睡觉啦。”

刘海平嘴角立马上扬，拍拍胸脯，一脸傲娇：“怕什么？想睡就睡啊，店里有我，你还不放心？”

“苹果，小姨很放心，有你管着店，我二百个放心。等春节过后，我带着你姥姥出去旅游，店就交给你了。”

刘海平盯着梁玉梅，看了又看，说：“姥姥答应啦？恐怕姥姥坐飞机不行啊，毕竟八十的人了，心脏还不好。”

梁玉梅微笑不语。

刘海平马上表态：“没关系，我可以支持你一个月工钱。”

“那倒不用，工资我还要给你开双倍。”

“那可不行啊，我亲亲的小姨。”

“姥姥这些年为了帮助姥爷写家谱，一直在忙，我带姥姥去休养，想到哪儿就去哪儿，做个背包客如何？”

梁玉梅说完就歪着头看着刘海平，刘海平马上点头比心。梁玉梅和刘海平两人说笑着，都看向跟一只云雀样蹿来蹿去的小土豆。

梁玉梅问刘海平：“苹果，小土豆都这么大了，我们是不是不能总叫她小土豆啊？”

刘海平点头说：“叫大土豆。”

两人都乐了，想起小土豆第一次回国的情景。

那时小土豆刚刚会说话，喜欢吃面条，英文单词面条和中文土豆发音有些相似，小土豆总说要吃面条，听起来就像是要吃土豆，于是全家人就给她起了这么个昵称。

小土豆正在认真地教梁思思唱歌，一板一眼。

刘海平突然想起了什么，说：“小姨，我妈还有舅舅他们又压榨你吧，家谱就你一个人忙活。”

“是爱我，这都不懂。”梁玉梅笑眯眯地看着刘海平。

刘海平将一片面包片塞到梁玉梅嘴里，说：“小姨，崇拜你，点赞啦，点个大赞。家谱长啥样啊？”

“别贫了，就会点赞，不会来点新鲜的，好好当店长，就是给我点大赞。”梁玉梅嚼着面包，含糊不清地说了一句。

“思想境界真高！”刘海平竖起大拇指。

“家谱长啥样儿，一会儿就看见了，我已经让彤彤去拿样书了。”

“大哥去拿样书，靠谱。”

梁玉梅乐滋滋地看着刘海平，她最喜欢刘海平直来直去的性格，梁玉梅也竖起大拇指。

刘海平乐死了，看着梁玉梅傻乐。

“我继续当网红店长，争取过完春节，网购业务大火，不，超火。”

“一直在忙家谱，忘了问你，你建的那个群啥样儿啊？”

“小姨，咱们那个群，已经开始有人自动加入了。加吧加吧，都来吧，我想挣大钱，挣大钱啊！本姑娘爱死钱啦，本美女太需要钱啦！”

刘海平一副饥不择食的样子，让梁玉梅乐得面包渣儿掉一地。

“就知道钱，你怎么一点儿都不关心家谱的事儿啊？”

“这事儿不归我关心，是大哥的事儿，他是梁家的长房长孙。”

“你怎么和你妈一个腔调。”

“是吗？不能够，我和我妈压根儿不在一个频道。不同频，本姑娘维度更高。”

梁家几代人中，只有这个刘海平资质平平，却天生乐观，无坚不摧，自信满满，生就一朵向阳花。

梁玉梅看看手机，疑惑道：“彤彤怎么还不来？家谱样本不知道拿到没有。苹果，你打电话问问，看看彤彤走到哪儿啦？”

刘海平撇嘴道：“电话就别打啦，说不定孙美丽使用狐媚计策拦着我哥，不让来呢。当然，我也想看看家谱长啥样，好期待。”

梁玉梅听刘海平有些口无遮拦，轻声喝道：“叫嫂子，没大没小的，咱们老梁家可没这规矩。”

刘海平不屑一顾，故意气梁玉梅：“哟哟，这口气跟我姥姥如出一辙，难怪我姥姥偏心你。再说，我姓刘，我又不姓梁。”

“你妈姓梁。”梁玉梅敲了一下刘海平脑门。

刘海平继续撇嘴：“本来嘛，老梁家谁喜欢那个孙美丽？谁喜欢？不喜欢的举手。”

刘海平自己举手，挑衅地看着梁玉梅。

梁玉梅一巴掌打过去，打在桌子上面，梁玉梅疼得直咧嘴，刘海平却嘿嘿地笑起来，幸灾乐祸地吹一声口哨，原滋原味的。

梁彤家卧室。

孙美丽拿着一把菜刀，看着收拾东西的梁彤。

梁彤抬头看见拿着菜刀的孙美丽，非常惊讶，说："美丽，你干什么？吓死人也要偿命的。"

孙美丽莞尔一笑："吓死人可不偿命。你没听说过吗？那年一个特有名的歌星，照片贴在北京地铁车厢，把一个老头当场吓死，那歌星还不是一样红遍大江南北。"

"你是歌星啊？你可真八卦，一点都不像一个大学老师。"

"纠正一下，我本来就不是老师，我是图书管理员，不过和你一样有职称。"

孙美丽说完，有点得意地看着梁彤。梁彤顺手拿过孙美丽手中的菜刀，将菜刀放在床头柜上。

"一大早的，你拿菜刀干什么？"

"你说我拿菜刀干什么，我帮妈做饭啊。"

"跟真事儿一样，还做饭，饭不做你就行。"

"你说谁呢？"

孙美丽听到梁彤这样说，虽然知道梁彤是调侃自己，心里还是很不舒服。本想发作，一想到婆婆还在厨房，便弱弱地问梁彤道："你非去不可吗？"

"必须得去啊，我小姑有事情跟我们一起商量。"

孙美丽从鼻子里哼出声来："几个，几个啊？你们老梁家真有意思，什么事儿都全体出动，兴师动众的，什么大事啊？"

"那是，我们老梁家的家风就是团结友爱。"梁彤很得意。

孙美丽立马不高兴了，盯着梁彤说："我问你是什么事。"

"昨晚跟你说过了，我小姑领着我们一起商量商量怎么给奶奶过八十大寿。"

"你小姑啊！像你小姑的画风，独身女人，年近不惑，总要找点事情打发时间，刷一下存在感啦。"

"你不要诋毁我小姑。你明明知道她的事，还诋毁她，一点都不厚道，小姑还是你长辈呢。”

“一句闲话，你生这么大气干啥？”

“你不厚道，这两年是小姑一直在陪着奶奶。”

孙美丽不屑一顾地看着梁彤，说：“你们家怎么整得像唐朝穿越过来的？整个一个没落大家族的样板。”

梁彤听孙美丽这样说，并不生气，反而笑了。

梁彤笑笑。

“美丽，当你夸我们家呢，行不？”

“一碗面or咖啡”店内，刘海平支着胳膊肘看着梁玉梅。

“小姨，你用得着这么兴师动众吗？今天不开店，店里的损失我可不负责，咱们权责分清楚，亲兄弟还要明算账呢。”

“我是你兄弟？”

“口误，口误，打个比喻。”刘海平自己也笑了。

“这点损失，和姥姥八十大寿比起来不算什么，小意思啦。”

“哦，还是你孝顺，姥姥的宝贝小女儿。”

“你们根据梁氏家谱记载的故事，自编自导一个小节目，说吉祥话就行啊，又不难。姥姥生日宴就在咱们梁家小院，你们八仙过海，各显其能，只要心诚，能让梁勇敢老人家开心就好。”

“别跟我提姥爷，提起姥爷来就想哭。”刘海平一脸难过。

“哭吧。”

“我姥姥生日，干吗让姥爷高兴？姥爷在那个世界能收到我们的信息？”

刘海平一脸不解地看着梁玉梅，梁玉梅敲着刘海平脑门。

“你傻啦，姥爷说过要给姥姥好好过八十大寿的，你都忘了？”

“完了，此处有乌鸦飞过，嘎嘎，实在是不会聊天，没文化真可怕。”

刘海平一只手呈波浪状，在梁玉梅眼前划过，梁玉梅大笑。

“苹果，你是真学坏了，会耍贫嘴，心情不错，是不是某人从海上发来了幸福密码？”

“快回来了。”刘海平一脸幸福。

梁玉梅再次看看手机，说：“彤彤怎么回事呢？到现在还不来。”

“我哥一定是被孙美丽用温柔之绳勒死了。”刘海平故意咬牙切齿地说着，用手架在脖子上。

梁玉梅被逗笑了，拍一下刘海平的头：“没大没小的。”

“有大更有小，我亲亲的小姨啊。”

刘海平说完，用手做了一个抹脖子的手势。

“孙美丽，孙美丽，做起来事来可真不美丽啊，表面上海平、思思地叫着，一转身，你再看她那张脸，眼睛翻着，眼神那个恶毒啊，狠狠地盯着看我们呢。我第一次看见那眼神，吓死了。眼睛是心灵的窗户，窗户啊！可惜我那亲亲大哥，本已水深火热，却当局者迷。唉！人生啊，就是这样的，有什么办法呢？”刘海平故作难过状。

“海平，你不要胡说八道。”

“我胡说八道？那我真要打个大喷嚏啦。又不是一次两次了，她就是心里有病，黑暗没有光啊，心眼小得像针眼。小姨，我跟你说啊，那次我哥带着我们几个去海边玩，我和思思好久都没见大哥，我们就跟大哥聊聊天，我的天啊，孙美丽一会儿头晕，一会儿又腰疼，在那儿装柔弱，就是不想让大哥跟我们说话呗。”

刘海平嘴巴张开，表情夸张，假装打喷嚏。

梁玉梅见刘海平越来越口无遮拦，连忙阻止道：“行了啊，苹果，越说越说没样儿了，美丽不至于那么没素质，也没有那么小心眼。”

梁思思拉着小土豆，端着咖啡走过来。听见刘海平在说孙美丽，梁思思马上来精神了：“小姑，小姑，你不知道，我苹果姐说的一点没错哦。孙美丽跟她妈一样，人前是人，人后是鬼，她那个妈更奇葩。”

“思思，小孩子家家的，一点礼貌都没有，胡说八道什么呢。”

“我胡说？我从来不胡说八道。瞧不起人啊小姑，本美女大学毕业了。”

“你这就是胡说八道，大学毕业不上班，你还得意啊。”

“上班的事儿等会儿说。小姑，你知道什么啊！有一次我和妈去看妮妮，我嫂子她妈带着妮妮在小区院门口玩，竟然教唆妮妮去偷东西呀。”

“喂，梁思思，张口就来是吧？什么乱七八糟的。”梁玉梅照着梁思思的胳膊拍了一下，“让你再胡说，你也跟着你姐不着调儿。”

“小姑你啥都不知道，还在这里护短。告诉你吧，小姑，还有一次我妈去大哥家找我大娘，中午在大哥家吃饭，我嫂子那个奇葩妈，自己吃完饭到厨房把自己的碗刷了，然后就躺在沙发上装睡觉，就怕多干一点活儿，精死了。”

梁思思说完，挑衅地看着梁玉梅。梁玉梅看了一眼刘海平，刘海平假装看不见，扭过头，故意不看梁玉梅。

“思思，你看见了，什么乱七八糟的，你都听谁说的？我现在就打电话给你妈问清楚。”梁玉梅说。

梁思思一点都不怕，示威一样看着梁玉梅，说：“你打啊，我妈跟我爸说的时候，我听见的。”

梁玉梅转过头去看着正在喝咖啡的刘海平，说：“刘海平，你看看，都让你带坏了。”

刘海平听后却得意地说：“同意大哥休了孙美丽的举手。”

梁思思马上举手。

梁玉梅打了一下思思的手，将梁思思举得高高的手按在桌子上面。

梁思思挣扎着，哀求梁玉梅：“小姑，不带这样的。

“我就这样儿。”

“小姑你打电话啊，打我干啥，你打电话啊，有本事你就打电话问我妈。”

“我不打电话，我打你，真有这事，你妈会不跟我说？”

“我妈当然不会跟你说啊。”

梁思思继续挣扎，梁玉梅按住梁思思的手不松开。

“我妈不让我说，我大娘多要面子啊。”

梁思思说完，一脸诚实地看着梁玉梅。

小土豆走过来说：“小姨，你们在说什么？谁的妈咪呀？”

梁玉梅松开梁思思，连忙两手交叉，做一个暂停手势。

“我的天，怎么跟一群嚼老婆舌头的老娘们一样，好丢脸啊。”梁玉梅自己乐了，难为情地说了一句。

刘海平听见梁玉梅这样说，一口咖啡喷出来，冲着小土豆就下命令：“小土豆，给我们倒满咖啡，咱们干一杯，为我们在老板梁玉梅带领下，终于堕落成老娘们干杯。”

梁玉梅乐死了：“老板？老板你个头啊，还老板，你没见过老板长啥样儿吧。”

梁玉梅拉着小土豆的手说：“别理你姐，她咖啡喝多了，喝醉了。”

“为什么？”

刘海平转身就去拿来四个不同款式的漂亮的咖啡杯。

这几个咖啡杯是梁玉梅特意为孩子们准备的。

小土豆连忙倒咖啡。

梁玉梅端起咖啡，笑道：“干杯！干杯！”

四只讲究的咖啡杯碰在一起。

小土豆看着咖啡杯，高兴道：“哇，好漂亮啊，干杯！干杯！小姨，我要买几个这样的咖啡杯带回加拿大，送给同学。”

梁思思喊道：“谁都不要动，我要拍张照发朋友圈。”

杨来弟就在这时走进了“一碗面or咖啡”店。

第二章　天上掉下个侬阿娘

杨来弟？她来滨海啦？她突然来滨海干什么呢？是要和玉梅相认，还是遇到什么难处想求亲生闺女帮忙？房怡和脑海中出现无数个问号，手心竟然开始出汗。

“老没出息的，你怕什么呢？”房怡和劝着自己不要慌，心中却不知不觉升起一股无名怒火。

“这个杨来弟，你想干什么，都七老八十的人了，还这么任性。你这一辈子还不够任性吗？杨来弟啊杨来弟，你来找玉梅，怎么也得跟我们梁家打个招呼吧？你想要干什么？想来和玉梅相认，还要看我房怡和答不答应呢。”

因为编撰梁氏家谱，梁勇敢曾多次跟房怡和讨论玉梅究竟以什么身份写进梁氏家谱。玉梅从两个月大时就被杨来弟送来梁家，玉梅就是梁家人，可玉梅毕竟是杨来弟的亲生女儿，这是事实。

家谱快编撰完工时，梁勇敢为梁玉梅写进家谱的身份发愁。养女？那么玉梅的亲生父母就该记录下来，梁家为何收养玉梅也要记录清楚。只是这样做，玉梅能接受吗？房怡和坚持直接写梁家小女儿梁玉梅即可，玉梅这一辈子没必要再和杨来弟相认。梁勇敢不同意房怡和的想法，为此和房怡和争论多次，没有达成共识，两人有一段时间都不再提这件事。

梁勇敢突然病故。

现在梁氏家谱准备印刷，房怡和依旧为此事发愁。家谱，家谱，家族的历史，传家的依据，写进家谱的内容都是留给后人看的，这里面就不能存在欺骗。房怡和犹豫不决，不知道该怎样定位自己辛辛苦苦养大的玉梅在家谱中的身份。杨来弟在这个时候突然来滨海，房怡和反而不犹豫了，她决定，在家谱中这样记录玉梅：小女儿，梁玉梅，父亲梁勇敢，母亲房怡和。可是杨来弟在要过春节的时候来找玉梅，到底是为什么而来呢？

房怡和越想越乱，烦躁不安。

房怡和沏一杯红茶，慢慢地啜着茶，猜着杨来弟来梁家的目的，自己也劝着自己，关心则乱啊。房怡和喝口茶，情绪渐渐地稳定下来。

房怡和决定还是先问清楚杨来弟来滨海的具体情况。

房怡和打通王冬花的电话，王冬花正在给老伴杨木林做饭。王冬花接到房怡和的电话，就直接问房怡和见到杨来弟没有。房怡和纳闷地说："冬花啊，你是说杨来弟已经来滨海啦？"王冬花便开始絮叨，前后左右叨叨半天，时间地点来回颠倒，才将事情经过说清楚。

房怡和放下电话，捋了半天，才捋清楚事情的来龙去脉。

2020年元旦期间，在上海的几个原连队老荒友聚会，听说杨木林连长得了重病，就在原连队副连长李大个儿的组织下，结伴前来看望。

李大个儿是连队几个老荒友每年在上海聚会的召集人。

元旦前，李大个儿老婆住院，李大个儿陪床，在医院病房走廊竟然碰到了杨来弟。两人多年没见，开始都没有认出来，巧的是杨来弟晚上又来替换护工姐妹，护理李大个儿老婆，李大个儿和杨来弟才认出彼此。

元旦过后，李大个儿召集几个上海老荒友结伴儿一起来杨木林家，杨来弟也跟来了。

杨来弟比连队李大个儿这一辈的老荒友小很多，平时在上海很少参加聚会，这一次却主动跟着李大个儿来到王冬花家。

北大荒人重感情讲义气，由于农场改制，很多人都调转回老家，之后就很难再见一面。当年北大荒人来自五湖四海，现在北大荒人又都去了五湖四海。老荒友们见面，在一起喝酒聊天叙旧，闹腾了几天。

李大个儿他们一大早返程时，王冬花和杨木林去车站送行，李大个儿交给王冬花一封杨来弟写的信，王冬花看信后才知道，杨来弟自己提前一天离开，独自去滨海找玉梅了。

王冬花当然知道杨来弟想要干什么，才一大早急急忙忙给房怡和打电话说明情况。王冬花在电话里絮絮叨叨地做检讨，说自己不该给杨来弟看老梁家的全家福，不该告诉杨来弟梁家的地址什么的。

房怡和挂了王冬花的电话，仔细算算时间，杨来弟昨天就该到滨海了，既然到了滨海，她在哪里呢？她又能去哪里呢？

隆冬季节，北大荒某连队，梁家。

那一天可真冷。房门只要打开，风就会疯了一样钻进屋里来。一大早，天还没有亮透，不满三十岁的杨来弟裹着大棉袄，怀里抱着一个婴儿出现在梁家。

杨来弟见到房怡和，抱着婴儿就跪下了。

房怡和怎么都拉不起来杨来弟。北大荒天寒地冻，家里虽然热，但是地上还是很凉，房怡和怕冻着刚生完孩子的杨来弟，硬是把杨来弟拉起来。

杨来弟抱着孩子哭着，说着。

杨来弟说自己生下孩子后，一直没有固定住处，自己的娘是宁波人，重男轻女得很，不肯让她住在娘家，杨来弟回上海后，眼看孩子就要出生，不肯再回北大荒，就在娘家和婆家打游击。婆家、娘家房子都很小，根本没有杨来弟的容身之处。没生孩子前，杨来弟天天打地铺，生了孩子，只好暂时睡在弟弟床上，还没等孩子满月，弟弟已经冷言冷语撵她好几次了。

房怡和问杨来弟为何不让章金虎想想办法，一个大男人，该有担当，关键时刻要担事儿啊。

杨来弟说章金虎没等到孩子出生就病故了。

章金虎兄弟姊妹六人，挤在不足二十平方米的房子里面。章金虎活着的时候，章金虎家人就不待见他们，章金虎一死，婆家人容不下杨来弟，章金虎的两个妹妹更绝，把她和孩子的东西全部都扔到门外。

杨来弟哭诉着，哭得上气不接下气。

房怡和就劝杨来弟："还是带着孩子回连队吧，上海是大城市，繁华，可没有你们娘俩的容身之地，回北大荒至少可以过吃饱喝足的日子，不愁吃穿，还有栖身之地，怎么就非要回上海呢？"

杨来弟直摇头，哭道："这辈子说什么也一定要回上海呀，阿拉原来就是上海人啊。"

杨来弟当初就是因为在上海家中不受母亲重视，才投奔大姐来北大荒的。

杨来弟的大姐当时嫁给了一个转业军官。大姐一家人都在佳木斯生活，住着宽敞明亮的大房子。大姐可怜杨来弟在娘家没人疼爱，接杨来弟来佳木斯和自己一起生活。杨来弟没有想到，她投奔大姐的第二年，大姐就得出血热死了，大姐的军官丈夫很快再婚了。

杨来弟由前任姐夫搭桥，杨来弟跟祖籍上海的章金虎老师结了婚。婚后不久，章金虎被分派到连队当老师。这次章金虎带着杨来弟回上海探亲，听说有政策可以调回上海工作，章金虎就和杨来弟两人待在上海托关系，找门路。两人在上海待了大半年，回上海的事却没有眉目。杨来弟怀孕八个月的时候，章金虎病故了。

房怡和听着心酸，拉着杨来弟的手，想要帮着杨来弟抱抱孩子，杨来弟却紧紧地抱着孩子不肯松手。

梁勇敢在那儿来来回回地踱步。

杨来弟接着哭诉。

一个亲戚看杨来弟可怜，给她介绍了一个鳏夫，杨来弟只要和他结婚，就可以调回上海。但年近六十的鳏夫，坚决不让杨来弟带着孩子跟自己结婚。杨来弟没有办法，只好回北大荒来，给孩子临时找个家。

梁勇敢和房怡和两人面面相觑。

这鳏夫是一个什么人啊？你杨来弟又是何苦呢！

梁勇敢觉得奇怪，问杨来弟为什么不在上海找一个离自己近的人家，这样等以后有条件的时候，还可以把孩子带回家。

杨来弟说自己如果不把孩子送回北大荒寄养，鳏夫就坚决不结婚。

房怡和知道杨来弟这是遇到了一个狠角色，这鳏夫不给杨来弟留退路，明摆着不想要这个孩子。

梁勇敢大骂鳏夫黑心肝，良心让狗吃了。

梁勇敢骂这些大城市人太自私，这是一条人命，又不是小猫小狗。梁勇敢劝说杨来弟还是回北大荒生活。

杨来弟一边哭一边说，反反复复说一句话，阿拉要回上海，阿拉是上海人。

房怡和明白，杨来弟在佳木斯跟着大姐生活时，生活条件还不错，来到条件艰苦的连队，肯定不习惯，也不愿意吃苦。房怡和尽力劝说杨来弟，为了孩子，还是回北大荒吧。杨来弟听不进去，一再强调，阿拉是上海人啊，是要回上海的。

杨来弟哭着说着，又跪下了。

房怡和只好先接过孩子，打开小棉被，里面是两个月大白白净净的一个小女婴，散发着阵阵奶香。可能是被压抑包裹太久了，女婴在见到房怡和那一刻没有哭反而笑了，甜甜地笑，房怡和的心顷刻间融化了，她抱着当时只有两个月大的玉梅，爱怜地看着那张粉红嫩白的笑脸。

梁勇敢安慰杨来弟，你放心地回上海，孩子先交给我们，你就放心吧。

杨来弟说等自己安顿好以后，一定会回来接孩子，一定。

杨来弟回了上海，一去永不回。

房怡和想起往事，眼前浮现出玉梅两个月大时的小脸，心开始刺痛。

“杨来弟啊杨来弟，玉梅除了不是我房怡和十月怀胎，跟我的亲生女儿没有两样啊。”

杨来弟是玉梅心头的一根刺，不让她们母女相认，玉梅心头这根刺，就永远拔不出来，这是血脉人伦，与生俱来。

如果杨来弟是来和玉梅相认，来接玉梅回上海的，房怡和真舍不得玉梅离开自己。八十岁，数着天过日子的岁数，玉梅就是房怡和的依靠和伴儿啊。自从梁勇敢走后，房怡和每天看着玉梅在自己身边转来转去的，心里就踏实，不孤单。

房怡和喝了一口茶，长长地出口气。

“四十年了，杨来弟，你到底来干什么呢？当年是你不认孩子的，现在这是怎么啦？杨来弟，你到底来干啥？”

杨来弟离开北大荒后的情况，房怡和并不了解。

近几年有老荒友来滨海看望梁勇敢，房怡和零零星星地听到一些关于杨来弟的不确切的消息。大都说杨来弟命苦，生活不易，具体情况，没有人知道。因为杨来弟几乎不跟任何人联系。

房怡和环顾四周，家中显得格外冷清。

“老梁啊，杨来弟来了，你说她来干什么？她要来和玉梅相认，要带走玉梅，我们就得把孩子还给人家。可我舍不得啊，舍不得怎么办呢？玉梅是人家杨来弟十月怀胎生的啊。老梁啊，你告诉我，该怎么办？”

此时的房怡和突然感到特别孤独，心中不免凄凉。

写字台上面摆着一张房怡和跟玉梅在写字台前整理家谱的工作照，这张照片是垦荒抓拍的。

房怡和坐在椅子上面，戴着老花镜指着一张拓片在跟玉梅说着什么，玉梅的头抵在房怡和后背笑着，还调皮地抚弄着房怡和的白发。

房怡和起身，拿起这张照片端详着。

“老梁啊，这两年多亏有玉梅，家谱才完成得这么顺利。老梁啊，咱们还为玉梅的身份怎样写进家谱讨论来讨论去的，现在玉梅都有可能离开咱们梁家啦。你倒是告诉我，该怎么办啊？我不舍得让玉梅跟杨来弟走啊。”

梁彤家卧室。

孙美丽问梁彤：“你出去办事，妮妮怎么办？”

梁彤觉得奇怪：“妮妮一会儿跟我妈回梁家村，去看奶奶啊。”

孙美丽倚在梁彤胸前，一副柔弱无助的模样。

“今天还是不要让妮妮去奶奶家吧。我妈来了，让我妈带着妮妮，妮妮跟我妈都生分了。”孙美丽声音格外温柔。

“你妈都来多长时间啦，一放寒假，你妈就来啦。爷爷奶奶都想妮妮，太奶奶也想妮妮啊。”梁彤好言好语地哄着孙美丽。

孙美丽就势用头抵在梁彤的下颚，撒娇说：“就让妮妮跟我妈再待几天呗。”

“我妈人都来了。我妈也在厨房吗？”梁彤故意转移话题。

“我妈舍不得妮妮。”孙美丽不理梁彤的话茬儿。

“这样吧，你和你妈，都跟着我妈一块儿去梁家村吧，热闹。”

梁彤知道孙美丽的脾气，孙美丽认准的事，只能折中处理，不然后果很严重。

孙美丽整个人贴着梁彤，一双丹凤眼柔情似水，说：“都去梁家村？好啊，你办完事回来接我们吧。”

梁彤还没有来得及回答孙美丽，就听到厨房传来一声刺耳的碗碟破碎声，梁彤和孙美丽对望一眼，急忙赶去厨房。

梁彤的母亲吴春兰和孙美丽的母亲牛玉香都愣在原地，一动不动地站着，地上是一堆已经破碎不堪的碗碟。

“妈，怎么了这是？”梁彤看到地上一堆破碎的碗碟问母亲吴春兰。

吴春兰面带愠色，没说话。

牛玉香绷着脸甩了一句：“你问哪个妈呀？”

牛玉香说完，阴阳怪气地看着梁彤。

梁彤看岳母和母亲都没伤着，舒了口气："都问，都问，碎碎平安，碎碎平安。"

"彤彤，没事，手一滑摔碎的。"吴春兰不想让儿子难堪，解释了一句，蹲下身去捡碗碟碎片，手被划伤，一股血流出来。

梁彤急忙过去拉起母亲的手，说："妈，别捡了，一会儿我收拾，我去给您找创可贴。"

梁彤拉起吴春兰进了书房，先给母亲的伤口消毒，看见母亲眼里似乎有泪。"妈，你怎么啦？很疼吧，十指连心，妈，我包扎好了，马上没事了。"

妮妮被碗碟破碎声吓到，本来在客厅看动画片，这会儿慌慌张张跑进书房，看见奶奶手受伤了，吓得哇哇大哭。

梁彤抱起妮妮，指着吴春兰已经包扎好的手哄着妮妮："奶奶没事，妮妮不怕。"

妮妮直接扑向吴春兰，一边哭一边喊着："奶奶，奶奶你的手。"

"走吧，跟奶奶回家看太奶奶和爷爷好不好？"

吴春兰抱起妮妮，妮妮哭着点头。

厨房内，牛玉香跟孙美丽发恨道："看看你闺女跟她奶奶亲的。"

孙美丽小声问牛玉香："妈，是你摔碎的这些东西吧？你故意的是吧？梁彤还在家呢，你不要太逞强。"

牛玉香立马眯着眼说："你别管，我让她看不起我，看谁怕谁？"

孙美丽打扫一地的碎瓷片，牛玉香一把夺过孙美丽手中的扫帚扔到地上。

孙美丽压低声音哀求母亲："妈，你别太过分，我婆婆一直在忍让你，你们是亲家，非要争你高我低，不好吧。"

"你傻吧，不是东风压倒西风，就是西风压倒东风。人家给你仨核桃俩枣的，就收买你了，我是你妈，过的桥比你走的路都多，比你会看人。刚才那个老东西来的时候，不就是给你买了两件破衣服，看把你美的，眼窝浅的，你眼里就看见两件破衣服。你给我听好喽，他们家给你买什么都是应该的，金山银山都应该，应该的。”牛玉香豪横豪横地咬着牙，满不在乎地说道。

孙美丽不知道该跟母亲说什么好，只好看着母亲不说话。

牛玉香咬着牙喘口气，接着教训孙美丽：“你给我记着，我还不知道她们这些人，有点文化，有体面工作就会装大方，装好人，表面上对人好着呢，骨子里根本看不起咱们农村人。哼，看谁斗得过谁，看谁降服谁！”

“妈，你何必呢。”孙美丽叹口气。

“叹什么气啊，就知道叹气，真没出息。闺女啊，我再说一遍，你拿不住你婆婆，将来要受一辈子气。你拿不住她，我帮你拿住她，有什么了不起的，不就是个什么小干部吗？我打听过了，也就是个股级干部。干部咋啦，看我怎么收拾她，我非把她收拾得服服帖帖不可，让她看你的脸色。”

“妈，你能不能小声点啊。”

“小声点儿？我干吗要小声说话？说话犯法呀？”

“妈，你不要说了。”

“怎么啦？在自己闺女家，说话还要看谁的脸色吗？”

吴春兰听到牛玉香在那儿唠唠叨叨，虽然听不真切，也猜到牛玉香不会说什么好听的话。吴春兰收拾好妮妮的衣服，将散放在沙发上的中国结装进包里，抱起妮妮说：“我带妮妮回梁家村。”

“妈，我送你们。”梁彤帮母亲拿着包。

“小姑是不是在等你呢？别让小姑着急，你快去吧，我开了车呢。”

“我这就去小姑店里。”

孙美丽走过来，强作笑颜跟在吴春兰身后，喊着：“妮妮，要听奶奶的话啊，乖。”妮妮把头埋在吴春兰肩头，看都不看孙美丽一眼。梁彤拿着包，跟着吴春兰出门。

牛玉香趴在窗台旁，看着吴春兰打开车门，将妮妮放在儿童座椅上面，看着梁彤给吴春兰关车门。

“有什么了不起，啊，有什么了不起！有车谁不会开？有什么了不起的。”

牛玉香气哼哼地说着，回头看见孙美丽走过来，上前拽着孙美丽追问：“我让你把名字加到你们家房本上，这事办了没有啊？”

“我还没来得及和梁彤商量呢。”

牛玉香一听就急了，抓住孙美丽的手，声音尖厉：“还商量，这种事没的商量。这事是商量的吗？你脑子让狗吃了？你直接跟梁彤说，房本上必须要加上你的名字，不加就离婚。”

孙美丽没想到母亲会这样出主意，愣愣地看着牛玉香。

“他敢不加试试？我饶不了他。你不抓紧时间办大事，等，等，等，再等下去就晚了。你说说你，一天到晚都干了点啥？你能干点啥？妮妮眼看六岁了，该上学啦，老梁家就梁彤这么一根独苗，长子长孙，生个丫头片子，他们家一个个的都不着急，你婆婆从来不催你要二胎，再生个孙子。他们拿你根本无所谓啊，你自己一点看不出来啊？”牛玉香连珠炮一样轰炸孙美丽。

孙美丽挣脱牛玉香的手，一边甩手，一边有气无力地说：“妈，我又不是生孩子的机器，男孩女孩都一样啊，你就不要一天到晚地操心了。你每次来吧，我爸自己在家，连个做饭的人都没有，要不您老人家下次来带着我爸一起来？”

“你这个没良心的，嫌我啰嗦是吧，我是为你好啊！你爸怎么都能吃一口，饿不死他。你就傻吧，你看妮妮跟她奶奶多亲啊，都快不认你这个妈了，你还在这里美呢。”

孙美丽翻翻白眼道：“妈，人家奶奶从妮妮几个月大就带着她，能不亲吗？再说和奶奶亲咋啦，大家都喜欢妮妮不是挺好吗？”

牛玉香也翻翻白眼，恨铁不成钢地看着孙美丽，说：“你是真傻！跟她奶奶亲，还能跟你亲吗？老梁家人真是算计到家了，你早晚都得让他们把你卖了。跟奶奶亲有什么好，这不是明摆着跟你抢孩子吗？”

孙美丽见牛玉香动气，上前拉着牛玉香的手说："走，去收拾一下，妈，我带你去泡澡。咱家对面新开了温泉浴，泡泡澡，去去火气。放心吧，我生的孩子，谁也抢不走。"

"一碗面or咖啡"店内，刘海平和梁思思一人握着小土豆一只手坐在前台后面，她们三人目不转睛地看着苍老憔悴的杨来弟。

这个老太婆是谁啊？

杨来弟用力拉着梁玉梅的手不肯松开，喃喃地自语："阿拉是侬阿娘啊，囡囡，阿拉是侬阿娘啊。"

店内凝固的空气开始慢慢地流动开来，梁玉梅惊愕片刻后恢复平静。

梁玉梅抽出自己被杨来弟攥得生疼的手，拉过一把椅子，平静地看着杨来弟，说："您先坐吧，您坐。"

梁玉梅深吸一口气，平稳一下心绪。

"姐，这个老太太怕不是个神经病吧？来来来，咱们看看有没有戏剧性的变化。"梁思思小声跟刘海平说了一句。

小土豆有点紧张地看着两个姐姐，不解地问："发生了什么事？这个老人家是谁呀？"

"都别说话，当吃瓜群众。"刘海平说完就看着梁玉梅。

"姐，吃什么瓜啊？"小土豆还是忍不住问梁思思，她是真不明白。

梁思思小声告诉小土豆："别出声看着就可以，你看着，你就吃瓜。"

小土豆更不理解了。

梁思思按住小土豆的头，不让小土豆出声。

店内又安静下来。

刘海平的手机铃声响起来，铃声格外响亮，有些刺耳。刘海平看着来电显示，小声对梁思思耳语："哥来了，我出去看看。你看好小土豆，不许说话啊。"

梁思思心不在焉地回答："不敢说话，不敢说话，不知道下面该什么情节，这个老太婆能不能活过第二集啊？”

刘海平狠狠地看了梁思思一眼。

“放心，姐，我等剧终。”梁思思马上表态。

吴春兰开着车，眼泪在眼眶里打转，她觉得自己真是窝囊到家了。

吴春兰心里面一遍又一遍地骂自己没出息，退休前好歹也是个国企干部，现在沦落到被亲家母欺侮却无力还手的地步，而且每一次自己竟然都是哑巴吃黄连，不但有苦说不出，就是伸出拳头都不知道该往哪里出手。牛玉香高啊，真是高手。

面对牛玉香，吴春兰真是秀才遇到兵，有理说不清，吴春兰自己都不认识自己了。

自从儿子娶了孙美丽，吴春兰只要和牛玉香对话，常常被带进沟里，爬都爬不出来。吴春兰心里气道，牛玉香还真是个人物啊，一个农村出来做点小买卖、靠着卖袜子短裤挣点小钱的小贩子，现在竟然骑在自己头上拉屎拉尿。

吴春兰想不明白的是，牛玉香的敌对情绪是从哪儿来的，自己诚心诚意善待牛玉香母女，牛玉香到底要干什么呢？

堵在前面的车队过一个红绿灯挪了几步，吴春兰气得按喇叭。坐在后排儿童座椅上的妮妮本来上车就睡了，被喇叭声惊醒后吓得喊道：“奶奶，奶奶。”

吴春兰一下子清醒了，回过头去摸摸孙女的小脸安慰着：“没事，没事，妮妮，没事，一会儿就到太奶奶家了。”

妮妮乖乖地答应后又睡过去。吴春兰心中憋气，恨意难平地等绿灯。

吴春兰一大早赶到儿子家去接孙女，进门就看见牛玉香在厨房晃着。

在吴春兰印象中，牛玉香多次说过自己不喜欢做饭，宁愿干点体力活儿也不愿意做饭。吴春兰进门就到厨房准备帮忙，一进厨房，看见牛玉香拿着个饭碗直接在锅里盛汤。吴春兰多次领教过牛玉香的蛮不讲理，为了儿子，她一直忍着。吴春兰看见牛玉香拿着饭碗就舀汤，只好耐着性子，笑着说好话：“亲家，你怎么直接用碗盛汤啊，不方便也不卫生。”

牛玉香回头看见吴春兰，二话没说，直接推着吴春兰往门外走，嘴里叨叨着：“怎么，你看不起我们农村人啊。”牛玉香说着就推了吴春兰一个大跟头。吴春兰本来想阻止牛玉香这种不卫生的行为，让牛玉香一句话堵得竟然不知该怎样对话，又被牛玉香推得站不住，刚稳住神，看见牛玉香拉开碗柜并嘟嘟囔囔道：“哪来那么多穷讲究，喝汤用什么不一样，直接用碗多省事。”

牛玉香嘟囔着拿出几个碗来，却手一滑全部掉落在地上。

儿子儿媳妇过来，牛玉香却故意不说明白。

吴春兰恨啊，恨自己窝囊，明摆着的事情，却没有办法说清楚。

“一碗面or咖啡”店内，刘海平轻手轻脚地走到门口，迈开大步准备冲出门，和正要进门的梁彤撞了个满怀。刘海平来不及解释，拉着梁彤就出了门，接着快走几步。

梁彤看着风风火火的刘海平，说：“海平，咋啦？想跟哥说啥？”

刘海平不说话，拉着梁彤又快走几步，离开店门一段距离才停下来。

梁彤看见刘海平满脸通红，莫名其妙，问道：“小姑还没来吗？小姑没接我电话，怎么啦？”

刘海平呼呼喘着粗气，没有回答梁彤。

“天上掉馅饼，发财了？”梁彤调侃刘海平。

刘海平喘口气，看着梁彤。梁彤用手在刘海平眼前晃着，刘海平拍拍自己胸口。

“哥，人家是天上掉下个林妹妹，咱家是天上掉下个侬阿娘。”

“大白天说什么梦话呢。”

“真的。”刘海平指指店门，“哥，店里来了个老太婆，自己说是小姨的妈。小姨的妈啊！那个老太太一看就不可能是小姨的妈。”

“什么跟什么呀，谁的妈？”

梁彤看看刘海平，刘海平两手一摊，晃晃脑袋。

“你问问不就清楚了？”梁彤说完转身就走，准备进店去看看。

刘海平急忙拉住梁彤，说：“哥，哥，你不要着急，我给你捋捋啊。”

“捋，捋清楚。”

“小姨不是找我们来商量为姥姥过八十大寿吗？”

“没错。”

“我们都在等你来啊。对啦，哥，你怎么来这么晚啊？家谱拿了没有？”刘海平说着说着就跑题了。

梁彤耸耸肩，看着刘海平笑：“你说重点啊，别跑题。”

“对啊，重点，说重点。”刘海平接着说道，“我们就喝咖啡聊闲篇，想等你拿家谱样本过来再详细讨论。这时候吧，那个老太太就进门了，思思就喊，今天我们不营业，老太太太厉害了，旁若无人，跟没听见一样。”

“赶快说重点吧，说半天了，我也没听明白。”

“她吧，重点就是那个老太婆啊，一进门就直接走到小姨面前，拉着小姨的手就说，阿拉是侬阿娘啊，囡囡。一点过渡都没有啊，哥。”

“什么，她自称是小姑的妈？”梁彤有些吃惊。

刘海平一个劲儿地点头：“是啊，是啊，她说是小姨的妈，奇怪不奇怪？吓人不吓人？”

“有点吓人。”

两人都不说话了。

“怕是认错人了吧？”梁彤问刘海平。

“我看不会。镇静啊，老太婆可镇静啦。思思说怕是神经病，可据我观察分析，小姨也太镇静了，对，是淡定，好像一点也不意外。我怀疑她们早就认识，对，一定认识。”刘海平连连摇头，非常肯定地告诉梁彤。

“那不会，小姑叫梁玉梅，有妈，我奶奶，你姥姥是小姑的亲妈。”

刘海平突然很诡异地盯着梁彤看，梁彤也看着刘海平。

梁彤太了解这个表妹了，两人相差不大，小时候到一块儿经常掐架，梁彤就没有打赢过刘海平。刘海平小时候跟他打架，不用牙咬，不用手挠，直接用头撞，目标准确，一撞一个准儿。

“哥，你猜猜看，会不会是姥爷欠的风流债啊？”刘海平小声地问了一句。

梁彤看着刘海平哭笑不得，故作恼怒状：“胡说八道吧，你！亵渎爷爷的在天之灵，你要遭雷劈啊。你一会儿好好看看家谱，看看爷爷奶奶的爱情故事，小姑写的，跟小说似的。”

刘海平思忖着说：“是，是啊，这个真不敢。哥，也许是，肯定是小姨采访过的孤寡老人。这个鳏寡老人没人养了，她知道小姨善良，现在开店挣了点钱，一定会收留她，或者吧，她的儿孙不孝顺，啃老，啃得连骨头都不剩。她只好揣着一大笔钱来找小姨养老。”

“你当店长有点屈才，去当狗仔队长吧，八卦能力见长啊。”

“哥，你不懂。”

“我是不懂。走吧，猜什么啊，猜，猜，要是凡事能猜出来就简单啦！走吧，进去看看不就什么都清楚了？”

刘海平站在原地不动，梁彤拉起刘海平就走。

“愣着干啥？走啊。”

梁彤和刘海平前后脚走进“一碗面or咖啡”店，看见梁思思和小土豆两人老老实实规规矩矩地坐在前台椅子上，没有一点声响。梁彤看见梁思思这么老实就想笑。店里唯一留下来值班的服务员，已经不知道什么时候闪了。

杨来弟坐在店里面最后一排椅子上，梁玉梅站在杨来弟身边。

店内很安静，每一个人都有些紧张和不安。此时如果有一根针掉在地上，那声响定是晴天霹雳般的音效。

梁彤走到前台后，倒了一杯热水，水声竟然像山涧的溪流一样哗哗响，梁彤自己都吃惊，示意刘海平看好两个妹妹，自己端着水杯朝着小姑走过去。

梁玉梅上前几步接过梁彤端的盘子，很平稳地就放在桌子上面。

“彤彤，带着妹妹们待在前台那儿等我，都不要过来。”

梁玉梅说完就转身。

梁彤不放心地跟了一句：“小姑，我在这里陪着你吧。”

梁玉梅头也不回道：“不许跟我过来。”

梁彤一步一回头地回到前台。刘海平刚要张嘴，梁彤制止道：“听小姑的，都不要说话。”

梁思思忽然很兴奋，小声问梁彤：“哥，这是什么故事？”

“你缺心眼吧你？”

梁思思连忙闭嘴。

“哥，我还是不放心，我过去站在小姨身边，我去助助威，我保证不说话。”刘海平不安地看着梁彤。

梁彤拉住刘海平的胳膊压低声音：“助威，太夸张了吧，一个老人家，有什么可怕的，老实待着。”

梁玉梅端着水杯缓缓地走到杨来弟面前。

梁玉梅心中翻江倒海，面色却很沉静。梁玉梅告诉自己要冷静再冷静。梁玉梅把水杯递给杨来弟，然后直视着杨来弟。杨来弟应该是被梁玉梅的平静吓着了，接过水杯又放到桌子上面，然后就怔怔地看着梁玉梅。

杨来弟在来之前，无数次地想象过和这个四十年未见面的女儿相见的情景，女儿也许会大哭大闹，也许会激动到失态，抑或默默地流泪，不管怎样，她都要抱住女儿，她相信血浓于水，根叶相连。她在老连长杨木林家里看到女儿照片的那一刻，就再也无法克制住自己对这个女儿的思念，她一夜未眠，她奋不顾身地来到滨海，她要看看这个一直藏在心里的女儿，她在这个世界上唯一的亲人。

她没有想到女儿会是这个样子，女儿见到她没有吃惊，也没有什么其他的反应，太平静了，比水还平静，而且没有带任何情绪。杨来弟竟然看不出女儿是喜还是忧。女儿跟照片上一模一样，不，更有气质，而且更清秀耐看，是她那种家庭成员中谁都没有的一种气质。梁玉梅皮肤白皙，五官秀气，身材修长，这些都随了章金虎家的人。

梁玉梅看着杨来弟，杨来弟端详着梁玉梅。四目相对，杨来弟突然有一种冲动，她要抱一抱这个女儿。杨来弟思忖之际就张开双臂准备拥抱梁玉梅，梁玉梅却在杨来弟张开手臂的那一刻，扑通一下给杨来弟跪下了。

梁玉梅这一跪，杨来弟惊得来不及站起来，也没有力气站起来。梁玉梅这个反应是她做梦都没有想到的，杨来弟不知所措，臃肿的身体动了动。

"囡囡，囡囡啊，侬要做啥啦？"杨来弟说。

梁玉梅抬头看着杨来弟，眼睛里面没有恨也没有爱，声音很轻，一字一顿地说："您知道吗？我一直有一个愿望，今生今世，如果有一天我能够见到您，我要给您磕个大头，我要感谢您把我带到这个世界上来。"

梁玉梅说到这里停下来，目光柔和了许多。

"你让我拥有这个世界上最好的爸爸和妈妈，让我有了两个那么优秀的哥哥和两个那么好的姐姐，有一个温暖的家，他们给了我这个世界上最无私的爱，也教会了我爱人，今生为人，人间值得。"

杨来弟被梁玉梅的举止和话语弄得不知所措，用手抚弄着衣角，刚进门时的那股冲劲儿完全没有了，嘴角不停地蠕动着，却说不出话来。杨来弟低下头，不再看梁玉梅。

"我想知道，您来找我有什么事？"梁玉梅冷静地问杨来弟。

杨来弟机械地回答："没事啊没事，我就是想来看看你，看看房老师，我知道梁排长去世了。囡囡，囡囡啊，其实，我这些年，我这些年啊……"

梁彤和刘海平听到这里，对望一眼，看着跪在杨来弟面前的梁玉梅，又开始心疼。梁彤表情复杂，刘海平心中难过。梁思思拉住梁彤的胳膊，无助地问道："哥，哥，这是怎么回事啊？"

小土豆瞪着大眼睛，傻傻地看着梁玉梅。

"谁都不要动。"梁彤低声说着，看了一眼杨来弟。

梁玉梅截住杨来弟的话："我知道，您这些年很想念我，这是人的本能啊，您是一个女人啊，我当然相信，人伦是谁都无法超越的。"

梁玉梅说着自己站起来。

杨来弟看着梁玉梅站起来，试图去拉梁玉梅的手，梁玉梅很坚决地甩开杨来弟伸过来的手。

"您说啊，找我有什么事？来我们梁家有什么事？"梁玉梅看着杨来弟继续追问。

杨来弟着急了，开始结巴，语无伦次："我没，没有什么事，真的，没有什么事。我来看看你啊，我在老连长家看到你的照片，照片，我，我……"

杨来弟突然不知道该怎么跟这个四十年都没有相认的女儿说明自己的来意，急得说不出话来，然后就哭起来，声音很大。

梁玉梅扭过头去，不看杨来弟，然后从桌子上面抽出餐巾纸递给杨来弟。

杨来弟哭出声后的这一刻就不再克制，放声大哭。

梁玉梅的眼泪也顺着眼角默默地流出来，梁玉梅用手抹去眼泪。

"看来是真额娘呀。"刘海平叹口气。

梁彤劝刘海平："还不清楚究竟怎么回事，别乱说。"

梁思思问刘海平："姐，这怎么跟电视剧似的，我有点看不懂啊。"

"看不懂就别看，还电视剧呢，一点都不好看，故事情节没创意，我小姨怎么可能不是姥姥的女儿？不可能。"

"姐，小姑没叫妈，再往下看看吧。"

"哪来的妈啊，还叫妈，小姨是梁家人，哪里来这么个老太太，就变成小姨的妈了？妖怪变的，白骨精吧？"

"再看看吧。"

"不看了，什么烂大街的情节。"

梁思思看着刘海平，刘海平低着头，前额抵着桌面。小土豆这会儿似懂非懂地看看大哥，再看看两个姐姐，便不敢出声。

梁玉梅这时丢下哭泣的杨来弟走过来，抚摸着刘海平后背，说："苹果，苹果，你收拾一下，咱们都回梁家村去。"

刘海平机械地回答了一声好的，便闪出前台。

梁玉梅又吩咐梁彤："彤彤，给奶奶打电话，咱家来客人了，咱们今天都回奶奶家吃饭。"

梁彤回答："好啊，小姑。"

梁彤准备拨电话，梁玉梅却改主意了。

"彤彤，算了，还是我给奶奶打电话吧。"

梁彤点头，拿着手机看着小姑。

梁玉梅迟疑了一会儿，拨通母亲房怡和的电话。

第三章　我是梁勇敢

西山脚下这条大路，是梁家村通往滨海市区的主干道，道路的尽头是梁家村和市区的交界地。

拐进梁家村入口处，吴春兰放慢车速。吴春兰很努力地让自己有些愤怒的情绪平静下来，她不想让婆婆看见自己不高兴的样子。吴春兰调整好自己情绪后，才将车速恢复到正常。

梁家村是滨海市风格独特、留存完整且为数不多的古村落之一。滨海市原本只是个十八线海边小城，二十世纪七十年代末八十年代初，还被人戏谑为小渔村。改革开放后，因环境优美，冬无严寒、夏无酷暑，气候宜人而渐渐闻名。近些年城市发展迅速，滨海正在跻身国内二线城市。

有人这样形容滨海的空气，说滨海的空气可以洗肺，还可以罐装出口创外汇。梁家村距离滨海市区不到十公里，整个村落依山形而建，村子后面是国家级森林公园。梁家村的村居在滨海市区独一无二，大都依山择水而建，出门抬头看见的不是如黛青山，便是涓涓流水。梁家村人还世世代代喜种杏树和柿树，小山坡、溪水旁、家家户户院落里，大都种有杏树或柿树，寓意兴旺发达，事事如意。

相传，梁氏先人就曾靠杏儿在海边这一带治病救人，种杏树成为梁家村代代相传的习惯，年年杏花开放的季节，四处赶过来赏花的游人络绎不绝。梁家村三面环山，一边朝海，夏季无酷暑，冬季无苦寒，每到旅游旺季，这里游人如织，小小古村落，成为现代都市人的心灵栖息地。春秋两季，梁家村西山脚下这条大路，是徒步爱好者的首选。

梁垦荒每天清晨起床后，都要来西山脚下这条大路徒步，锻炼身体。梁垦荒徒步锻炼的习惯已保持了几十年。

梁垦荒在父亲去世后退休，经常带着妻子吴春兰一起来梁家村住几天，和妻子一起照顾年事已高的母亲的日常生活起居，陪母亲说说话。这十几年，母亲一直在帮助父亲整理梁氏家谱，梁垦荒退休前工作忙碌，几乎没有过问此事。在退休后来陪伴母亲的日子里，梁垦荒才知道父母这十几年为家谱倾注了如此多的心血。

这两年母亲有小妹梁玉梅帮忙，才得以顺顺利利地完成家谱编撰。作为梁家长子，梁垦荒在父母编撰家谱时，几乎没有给予过什么帮助，梁垦荒现在常常会自责，感觉自己对父母亏欠很多。

梁垦荒每一次来母亲家小住，都尽量在母亲身边多住些日子，尽力替母亲分担些力所能及的家务。

梁垦荒走着，和来徒步的熟人们打着招呼。

吴春兰看见在前面徒步的梁垦荒，放慢车速叫醒妮妮。

“妮妮，快到太奶奶家啦。妮妮，快看，看前面是谁啊？”

妮妮揉着眼睛，迷迷糊糊地看着车窗外，看见徒步的梁垦荒，开心地隔窗喊着：“爷爷，爷爷。”

吴春兰在梁垦荒身边停下车，开窗喊了一声：“妮妮爷爷，上车。”

梁垦荒看见妮妮，脸上立刻乐开花，拉开车门，坐到妮妮身边，拉着妮妮的手。

“妮妮，你猜爷爷昨晚梦到谁了？”

“妮妮呀，爷爷梦到妮妮啦。”

“你怎么知道的？”

妮妮咯咯地笑。

“爷爷，妮妮昨晚做梦啦，爷爷你猜妮妮梦到谁啦？”

“爷爷。”

“对呀，还有奶奶。”

梁垦荒和妮妮一见面就说相声，吴春兰开着车一言不发。

梁垦荒察觉到吴春兰情绪不对，伸手拍着吴春兰肩膀问道：“怎么啦？”

“还能怎么啦。”吴春兰没好气地回道。

梁垦荒一笑：“是和……”

梁垦荒一下子意识到妮妮懂事了，有些话是不能当着孩子面说的，便不再问下去，拉着妮妮的小胖手继续逗妮妮说话。

吴春兰还在生闷气，忍不住说道：“不是她还能是谁，等回家我跟你细说，气死人了。”

梁垦荒笑笑：“不至于生这么大气，生气容易得病，气坏自己多不合算。”

“我就是不明白，放着挺好的日子为什么就不能好好过呢？她没事就教美丽找我毛病，真想不出是为什么。”

妮妮这时候很认真地看着梁垦荒，一脸天真：“爷爷，我妈妈是美丽。”

梁垦荒一听妮妮这样说，马上劝阻吴春兰：“你就少说两句吧，一人一个脾气，有些事不一定是你想的那个样子。”

“你说我想啥样啊，你根本就不了解情况。再说了，又不是一天两天了，当我傻啊。”

吴春兰本来已经不想再说下去，经梁垦荒如此一劝，反而忍不住了。

梁垦荒听吴春兰说完，又笑笑：“傻点儿好啊，傻人有傻福嘛。”

“傻人被欺负。”

梁垦荒看看身边瞪着大眼睛的妮妮，不再说话。吴春兰看了梁垦荒一眼后也不想再说什么，路窄，吴春兰需要专心开车。

梁垦荒的手机响起铃声，他就跟没听见一样，继续和妮妮说相声。吴春兰催促梁垦荒接电话，他却说退休后没有正经电话，都是推销的骚扰电话。

梁垦荒的手机铃声不停地响。

吴春兰提醒梁垦荒："你还是接吧，万一是妈有事找你呢。"

梁垦荒拿起电话看看，电话号码并不熟悉，正准备放下电话，妮妮手快，一下子就接通了电话。

电话里传来王冬花急促的声音："垦荒啊，杨来弟昨天去滨海找玉梅，我今天早晨才知道。都怪我给她看了你们家的全家福，她一声不响就自己去找你们啦，你看怎么办啊？我告诉过老房啊，可是我还是不放心啊，垦荒。"

王冬花声音很大，慌里慌张的，吴春兰听得清清楚楚，连忙将车停靠在村子的小路边。

梁垦荒显然没有想到会接到这样一通电话，愣了一下。

"王阿姨，杨来弟什么时候来我们这边的？"

"走了两天啦。"

那边王冬花的声音听起来有些不安。

"您怎么才告诉我们？"梁垦荒轻声问了一句。

"不是啊，垦荒，你听阿姨说啊，杨来弟前两天和几个咱们连队的老荒友来我家看你杨叔，看我们，说是想看看老连长，天天和你杨叔喝酒，我也没在意。垦荒啊，连队的老人，这两年来来回回地全国各地走，咱们北大荒人哪都有啊。杨来弟第一次来我家，我们也没多想，今天别人给我留了一封杨来弟写的信，我才知道杨来弟自己先走了，去滨海找你们啦。我都快急死啦，怎么办啊？垦荒，你杨叔说让我赶紧告诉你一声，我已经跟你妈说过了。"

王冬花一口气说完，累得直喘气。

梁垦荒沉默了，这事儿太突然了，始料不及，他一时不知道该说些什么。

王冬花那边急了，大声催着："垦荒，垦荒啊，你听到没有啊，你妈都八十啦，你爸爸又刚走，她可经不起这么折腾，你看好你妈啊。阿姨知道你孝顺，老梁家的孩子都孝顺，孝顺。”

梁垦荒机械地回复一句：“阿姨放心，我知道了，您和杨叔都保重身体。”

“保重，保重，都保重。这个杨来弟，真是的，都四十年啦，真是的。阿姨挂了啊。”

王冬花挂了电话。

梁垦荒还坐在座位上发愣。

吴春兰催促梁垦荒：“愣着干啥，赶紧回家吧，妈一个人在家。”

“先别催我，不差这一会儿，你让我想想该怎么办。”

沉默。

梁垦荒记得那年自己二十岁。

一大清早，梁垦荒就被一阵急促的敲门声惊醒。当时他正在省城读大学，刚好放寒假在家。敲门声越来越急促，他披上棉袄去开门。北大荒的冬天，大烟泡从早刮到晚，冬天天亮得晚，这样的天，家家户户都躲在自己家里不出门，睡在热炕上懒得起来。

梁垦荒开开门，杨来弟裹着大棉袄，怀里抱着一个婴儿出现在梁垦荒面前。

杨老师？杨来弟当时跟母亲房怡和同在连队小学教书。梁垦荒急忙将杨来弟迎进家门。

当时连队住房条件很差，梁家一家大小七口人，三十多平方米的平房隔间居住。进门一个灶火和取暖炉子，灶火和卧室隔着一堵墙和一扇门，推门进来就是客厅兼卧室。卧室和客厅后墙隔出一间小屋，是梁勇敢和房怡和的卧室。灶火和后窗间隔出一间小屋，给梁雪梅和梁红梅还有吴春兰住。梁垦荒和梁大仓住在客厅，所谓客厅也是前屋，一家人平时吃饭聊天都在这间屋子。

闻声起床的梁勇敢和房怡和，看见抱着孩子的杨来弟都很吃惊，因为杨来弟前一阵子请假和丈夫章金虎一道回上海去办调动手续了。梁勇敢问杨来弟是不是回来办工作关系，杨来弟没有回答，看见房怡和后，抱着婴儿就给房怡和跪下了，梁勇敢和房怡和怎么都拉不起来抱着婴儿跪着的杨来弟。

梁勇敢让垦荒和弟弟大仓去后屋待着，不许出来。

杨来弟起身后压住哭声，哀求房怡和帮自己带带孩子。

杨来弟跪在那里说："房老师，您的大恩大德我永世难忘，等以后有条件了，我一定回来接囡囡。"

谁知杨来弟回上海后便没有了以后，杨来弟再也没有回过北大荒，没有来接孩子。杨来弟一去没回头，连一封信都没有给房怡和写过。

梁勇敢家里凭空多了一个孩子，连队人纷纷猜测，梁勇敢和房怡和商定，不论别人说什么都不跟任何人透露梁玉梅的身世。梁勇敢告诉自己的孩子们，家里领来一个妹妹，以后凡事都要让着小妹妹。梁勇敢还叮嘱梁垦荒兄弟俩，对小妹的身世要守口如瓶。再后来，梁垦荒陪着母亲千回百转找到杨来弟，杨来弟已经再一次成为寡妇，带着一个几岁的女儿住在婆家阁楼，不但寄人篱下还被婆家嫌弃克夫，每天在冷言冷语中过活，生活着实艰难。

杨来弟无心和梁玉梅相认，杨来弟表明态度，此生和梁玉梅永不再见。

这么多年过去了，杨来弟为什么突然来找玉梅？为什么？

梁垦荒和吴春兰对望一眼，都没有说话。

妮妮在车子里面憋得难受，爬过来抱着吴春兰的脖子撒娇："奶奶，我要去太奶奶家，我要去太奶奶家。"

梁垦荒抱过妮妮哄着："妮妮听话啊，咱们一会儿就去太奶奶家。"

妮妮不闹了。

吴春兰叹口气："玉梅也是命苦。"

梁垦荒摇头，语气决绝："跟着杨来弟才真命苦呢。这话看怎么说，咱们都这么疼玉梅，也不能说是苦吧。"

吴春兰从梁垦荒怀里接过妮妮。

妮妮被爷爷和奶奶来回传递，难受地喊叫："我要去太奶奶家。"

吴春兰哄着妮妮，看了一眼梁垦荒道："是杨来弟命苦。"

梁垦荒不满意地盯着吴春兰，说了一句："再苦也不该丢下玉梅。"

妮妮人小鬼大，看出来爷爷奶奶不高兴，突然就乖乖地噤声，像一只小猫样蜷曲在吴春兰的怀里，瞪着大眼睛看着奶奶。吴春兰心疼妮妮，紧紧地搂着妮妮。

"杨老师真有意思，当初决定留下玉梅，现在就不该再来找，玉梅也不会知道自己的身世。"

梁垦荒翻着眼皮看着吴春兰，他很不满意吴春兰称呼杨来弟老师。在梁垦荒心里，老师是道德高尚的人，杨来弟显然不是这样的人。

"怎么可能不知道，玉梅又不傻，连队人多嘴多舌的，玉梅早就怀疑自己不是梁家人了。玉梅也真够懂事的，从来不问爸妈一句自己的身世。如果不是玉梅查出来患有血友病，我们家是不会再去找杨来弟的。"

梁垦荒恨恨地说完，不再搭理吴春兰。

"爸带着全家都回老家来，不也是为玉梅好吗？"

"是啊，都说世事无常，原以为从此平安无事，谁知道会这样呢。这么多年啦，杨来弟来干啥？"

"谁知道呢。"

吴春兰看出来梁垦荒心烦，便不说话了。

梁玉梅大学毕业后，在滨海市文联下属杂志社工作。

梁玉梅从上小学就喜欢学语文，上高中后的作文常常被语文老师当范文读。房怡和对玉梅的教育方式与梁家其他几个孩子不同，玉梅的哥哥姐姐上学时读书少，没有书读，玉梅上学时有读不完的书。房怡和就和玉梅一起读书交流。玉梅的理想是当作家，房怡和就鼓励玉梅多读书，练习写日记，努力实现自己的理想。

玉梅聪明，考上大学后一门心思学习，以优异成绩毕业后去杂志社当了编辑。梁玉梅在杂志社当编辑时，认识了特警黎明辉，两人刚刚结婚，黎明辉就在一次抢险中牺牲了。黎明辉牺牲后不久，梁玉梅又查出患有遗传性血友病。

梁玉梅一次牙疼得厉害，去医院找当大夫的二哥梁大仓。

梁大仓带着玉梅看牙医，牙医看后说是智齿，拔掉之后就没事了。玉梅拔牙后却出血不止，虽然出血不多却总是止不住。梁大仓感觉奇怪，怀疑玉梅血液有问题。梁大仓带着玉梅去做全面检查，竟然查出玉梅患有轻度血友病。这种轻度血友病通常发现较晚，大多数出现在成年期。因为病情不严重，加上出血症状不明显，平常和普通人一样。庆幸的是梁大仓小心谨慎，才查出梁玉梅的病情。身为医生的梁大仓知道血友病是遗传疾病。房怡和为确定玉梅生身父母谁患有血友病，才带着梁垦荒去上海辗转找到了杨来弟。

杨来弟说玉梅生父章金虎有家族血友病史，自己当时也不知道，自己也是在章金虎死后才知道的。

房怡和从上海返回后，要求儿子梁大仓为玉梅寻找当时最先进的治疗方法，无论如何都要治好玉梅的病。所幸玉梅患的是轻度病症，经过梁大仓的努力，玉梅痊愈，能够和正常人一样生活。只是恢复健康后的梁玉梅，打定主意要独身一辈子。

梁垦荒想到这些，叹了口气。

“都怪我啊，太粗心啦，让玉梅看见我和杨来弟来来往往的那些信件，玉梅知道自己的身世和病情后，打击太大，那个哭啊，哭了几天。”

梁垦荒说到这里停下来，吴春兰张张嘴却没有接话，她不知道该说什么。

“你是没看见啊，玉梅那天晚上自己跑到海边礁石上去坐着，我和爸妈找到她，看见玉梅缩成一团，抬着头看着天，满脸是泪。玉梅那样子你是没看见，爸是多刚强的人啊，看见玉梅哭成那样，都掉泪了。现在玉梅都快四十了，妈想让她结婚成家，可玉梅经过和明辉的事后，铁了心要自己生活。妈总是跟我说，让玉梅过正常人的生活，过正常人的生活，可是玉梅不听我们劝啊。”

梁垦荒说完，吴春兰又把妮妮放在梁垦荒怀里。

妮妮听爷爷奶奶说着自己根本听不懂的话，看着爷爷奶奶表情严肃，不敢说话，任由他俩像传球一样将自己传来传去的。

“明辉牺牲，加上知道自己的病，玉梅才打定主意自己过的。自己过也没什么不好，玉梅的性子本来就倔强。”

吴春兰说完看看梁垦荒。梁垦荒抱着妮妮，眼睛看着车窗外。

“垦荒，我们还是回家看看妈吧，说不定杨来弟都找到玉梅啦，在这儿发愁没有用。”

“走，回家。妈什么风浪没见过，再说杨来弟来就来呗，说不定没有什么事，只是人老了想看看玉梅。这个可以理解，世界上哪个正常人会不想自己的孩子？难道玉梅还能跟着杨来弟走不成？”

梁垦荒说完，吴春兰点头。两人都看着妮妮。

“垦荒，妈这个人最懂道理，不会对杨来弟怎样，感情上会有些难受，这也正常啊，从两个月养到这么大，谁舍得再让她离开？咱先回家吧。”

“走，先回家。”

车开动的时候，梁垦荒不自觉地看了一眼村西的群山。腊月里，群山依旧一副生机勃勃的样子，这也是梁垦荒更喜欢山的原因。很多人都喜欢海，梁垦荒更喜欢山。山可以有四季，可以看到不同的风景。海是不变的，无非潮涨潮落，多的是海水，少的还是海水。山就不同了，四季风景各异，四季风景独好。

群山那个凹陷的山脚下，是梁家祖坟的位置，父亲梁勇敢已经在那里长眠两年了。

“我是梁勇敢，你敢动她一下试试！你给我试试！”

多霸气！

父亲走后，梁垦荒耳边时常会响起父亲那浑厚的大嗓门。父亲的口音一直都是浓重的胶东口音，几十年都一直没有变。

“我是梁勇敢，你敢动她一下试试！你给我试试！”

梁垦荒记得那一年他九岁。

那一天连队食堂吃忆苦饭。忆苦饭就是用豆腐渣和蒲公英叶子煮熟混搭在一起的菜团子。连队所有人员不论男女长幼，吃忆苦饭这一天要集体排着队到连队食堂打饭吃，一个都不能少。

每人盛上一碗后，就坐在连队大礼堂板凳上呼噜呼噜开吃，谁吃完谁回家，谁剩饭谁挨批斗，谁也不敢剩饭。忆苦饭实在让人难以下咽。

九岁的梁垦荒就问父亲为啥要吃忆苦饭，父亲说不忘阶级苦牢记血泪仇。梁垦荒又问父亲是谁的仇啊，父亲回答他，就是那些地主老财资本家的仇。

那一天吃完忆苦饭，母亲带着他和弟弟妹妹们快步往家走，因为每次吃完忆苦饭，母亲都会回家给他们兄妹几个悄悄再准备一个馒头吃。

一个小盲流半路拦住他们，流里流气吊儿郎当地呵斥母亲站住。

小流氓喊道："那个姓房的，你给我站住。"

母亲站住。

小盲流说："你这个坏分子老婆，我要斗争你。"

母亲狠狠地看着这个不过十几岁的小盲流。

那一年很奇怪，连队不知道从哪儿来了一帮小盲流，说是从祖国心脏来的革命派，来北大荒闹革命。连队领导没办法不管他们，让他们都在连队食堂吃饭，在职工宿舍睡觉。梁垦荒记得母亲嘱咐过自己，路上见到这些来路不明的盲流要绕着走，带好自己的弟弟妹妹，谁都不要招惹这些小盲流。

母亲站住后，盲流很得意，过来拉扯着母亲的衣袖，斜着眼说："你可真好看啊，孩子都这么大了，还像个大姑娘。"

母亲甩开小盲流的手。

小盲流坏笑着，得意地问母亲："你害怕啊？你是可以团结的对象，我来团结你。"

梁垦荒看这个小盲流拉扯母亲，就跑到母亲前面，护着母亲。

"你敢动我妈妈，我就跟你战斗。"

小盲流一脸不屑，扒拉一下梁垦荒，一副流氓腔调。

“一边待着去，还没电线杆高，还战斗，你懂啥是战斗？”

梁垦荒险些被小盲流推倒，母亲急忙护住梁垦荒，其他的几个孩子都不敢出声。

这时候从连队礼堂吃完忆苦饭出来的职工们，陆陆续续走过来，梁垦荒扯着嗓子大喊：“来人啊，有人要流氓。”职工们都讨厌这些小流氓，听到喊声都纷纷围过来。

小盲流梗着脖子喊叫：“我跟坏分子老婆斗争到底。”

有个女职工就大声喊着小盲流的名字骂。

“小黑皮，你睁开眼睛看看，她是梁排长的老婆。”

“别当我不知道，她是坏分子老婆，坏分子死了，她勾引梁排长。”小黑皮梗着个脖子喊。

父亲这时候走过来，抓住小黑皮衣服领子，点着他的鼻子。

“小子，你给我滚蛋。”

“你是谁啊，敢打革命派。”

“小鸡仔子，我是梁勇敢，再告诉你一遍，我是梁勇敢！你敢动我老婆一下，老子捏碎你，不信你来试试，你试试。”

父亲的声音浑厚有力，小黑皮在父亲一双大手中挣扎。

“她是坏分子老婆，她勾引你，你被资产阶级糖衣炮弹射中了，立场不坚定，该斗。”

“你个混蛋东西。”

父亲将小黑皮摔在地上，看着癞皮狗样的小黑皮大声说：“怎么啦，我愿意！你才被糖衣炮弹腐蚀了，老子革命立场最坚定。我警告你，赶紧滚蛋，别在这里放拐弯罗圈屁，她是我老婆，你敢动她一下试试。”

周围的职工哄笑着，嘲笑这个小黑皮真是瞎胡闹，跑到北大荒来闹革命，我们这些转业官兵来开垦北大荒的时候，你小子还不知道在谁腿肚子里面转筋呢。小黑皮招架不住围攻，骂骂咧咧地跑了。

九岁的梁垦荒在那一刻对父亲无比崇拜，父亲梁勇敢是那样伟岸。

梁勇敢再次暴打小黑皮是因为玉梅。

梁玉梅长大了，懂事了，小黑皮变成了大黑皮。别的小盲流都陆陆续续返回自己家，小黑皮却像一个孤魂野鬼样在连队到处晃悠，整天偷鸡摸狗不干正事。连队职工个个恨得牙痒，却拿小黑皮没办法。小黑皮不犯大法，整天晃荡，今天跑到这个职工家的院子里割韭菜，明天去拿那个职工家的鸡蛋，像个苍蝇一样不咬人膈应人。连队任谁提起小黑皮都死膈应他。

这天小黑皮又拦住端着饭碗去食堂打饭的梁玉梅，梁玉梅不理睬他，他就跟在梁玉梅身后。

“小赤佬儿，你知不知道你是上海人？”

小黑皮不停地说着，梁玉梅满眼含泪却不敢说话。

小黑皮很得意，接着胡说八道：“你妈妈回上海大城市享福，把你扔在了北大荒。你快去上海找你妈吧，上海可比北大荒好几百倍。”

小黑皮说着，还故意挥挥拳头。

梁玉梅太小了，听到小黑皮胡说就吓得直哭。正好梁勇敢路过，看见这一切，听到了小黑皮的话，梁勇敢这回一点没客气，一脚踢倒小黑皮。

“兔崽子，她是我梁勇敢的亲闺女，你找死吗？”

“你，你……”

小黑皮吓傻了，话都不会说了，一个劲儿喊救命啊，救命。

梁勇敢把小黑皮暴揍一顿，路过的人都当没看见，小黑皮挣扎着站起来，连滚带爬地跑了。

让全连队人奇怪的是，这个小黑皮八十年代末的一天，自己上厕所时，竟然莫名其妙地死在厕所里。

连队的人对于小黑皮之死没有太多反响，一个让人讨厌的人从地球上消失而已，还有很多人掩饰不住欢喜，以后的生活里少了很多来自小流氓的威胁。连队里的两个职工奉命将小黑皮装进一口没有上漆的木棺材，用马车拉到山边，草草地埋了。

连队很多职工都这样教育自己的孩子，要学好，做好人，不然就像小黑皮一样，死了连个追悼会都没人给开，去地下做个饿死鬼。

梁垦荒看着山坳处，父亲永远躺在那里了。那里曾经是父亲多次带他去过的地方，那个地方在父亲心中，是生命的来处也是归宿。

父亲走得那么突然。

父亲摔伤后，小妹玉梅帮着母亲照顾梁勇敢的生活起居。

兄妹几个平时只要有空闲，都是第一时间来看望梁勇敢。梁勇敢终于可以下地走路了。姊妹兄弟都以为父亲又可以正常生活了，谁能想到，父亲在腊月的一天外出散步，再也没有回家。

母亲说那天傍晚父亲特别兴奋，耗时十几年的家谱基本完工，还有一些需要求证和补充的内容可以慢慢填补。父亲就恳求母亲让自己喝两口。喝两口是父亲想喝酒时的口头禅。父亲年轻时酒量大得惊人，北大荒气候寒冷，冬天喝点白酒能暖和身体，父亲一天两顿酒。后来父亲患了高血压，加上摔伤，母亲就不让父亲喝酒了。父亲能下地后，母亲控制父亲的酒量，控制喝酒次数，控制喝酒频率，父亲一开始非常不满，后来才慢慢习惯母亲的管束。父亲那晚要求喝两口，母亲那天也高兴，梁氏家谱已近结尾，父亲心愿达成，想喝两口就喝两口吧，母亲就答应让父亲喝两口。

父亲给自己热了一壶酒，预备了两个下酒小菜，就出门去散步。天奇冷，母亲让父亲戴帽子，父亲执拗，没戴帽子就独自出门溜达，冷空气猛然袭击，父亲招架不住，感觉昏沉头痛，没走几步就掉头回家。

当时母亲正躲在被窝里看书，父亲回家后，站在炕边不说话。母亲还没来得及问父亲为啥这么快就回来了，父亲的身体就开始往地上滑。母亲问父亲怎么了，父亲有气无力地说头晕，母亲连忙起身下床去搀扶，父亲却站不稳，嘴蠕动着发不出声来，用求救的眼神看着母亲，摔倒在地。

玉梅和母亲连忙将父亲送到医院。

梁垦荒赶到医院时，父亲已进了手术室。父亲再也没有醒来，父亲就这样走了。

那晚，梁垦荒和弟弟梁大仓为父亲守灵，白色的烛光和父亲没有血色的苍白面容交织在一起，那么不真实。梁垦荒机械地跪在那里，眼泪是滞后的，悲伤是滞后的，心中更多的是难以置信和无力感。一直到父亲下葬那一刻，他看着那个木匣子一点一点地被土淹没，才意识到那个小匣子里面装的是父亲，父亲那么高大的身躯就在那个小木匣子里啊。

父亲真的已和他阴阳两隔，在他心目中伟岸高大的父亲已经被装在那个小木匣里面，去了另一个世界。那个世界是未知的，谁也不知道那个世界是什么样子，父亲和他们从此永别，再无相见之日。

父亲走后一周，按照习俗要给父亲烧头七。当他领着弟妹给父亲做七，他才感觉到真实的心疼，那种悲伤过度的麻木渐渐苏醒，他把自己关在屋子里痛哭。他是父亲疼爱的长子，他还有很多话没来得及跟父亲说，他答应过父亲，等自己退休了就和父母一块儿回北大荒看看，父亲却走了，这是一种无法言说之痛。

他曾经以为自己这个年龄对生老病死已看开，自以为能看透生死，然而当死神降临到自己父亲身上，他竟然无法面对，做不到坦然接受。

他没有想到自己曾多次计划，准备退休后好好照顾年迈的父母，带父亲到处走走的愿望再也无法实现了。父亲没有等到这一天就走了，人生还能怎样无常？过去单位有同事父母病故，梁垦荒总是宽慰同事要节哀顺变，人都要走这一步。是的，人早晚都有这一天，可这一天降临到自己父母身上，心中这道坎儿真过不去啊。

父亲走后这两年，梁垦荒时常去父亲坟前坐一会儿，他在心里跟父亲说着他想说的心里话，就像在陪着父亲聊天。清晨起来徒步，他会转到山脚下，凝望着山上面的父亲，他觉得这种凝望是对父亲的另一种陪伴。

时光总是匆忙，自己在不知不觉中已进入人生晚秋，如果父亲没有突然离去，梁垦荒从未察觉到自己离死亡这么近。

梁垦荒退休前和同事一起吃饭，同事感慨道：“人啊，父母在，哪怕你六十岁，七十岁，都不会想到自己离死很近，因为父母是挡在你和死神面前的一堵墙，有一堵墙挡在那里，你看不到死神。父母一走，你就直面死神，你开始清晰地看到你自己的人生尽头，生命的去处。”

当时同事刚刚处理完母亲的后事。

“我也成孤儿了，我没妈了。”

同事因没能和母亲见最后一面而痛苦万分，反反复复地说这一句话，说得凄凉。

他当时只是礼节性地安慰同事。可见没有切肤之痛，永远不懂感同身受。

十几年前，父亲执意要编撰家谱，梁垦荒并不理解父亲所作所为的深意，只是出于一种顺从父亲的心理，希望父亲晚年生活快乐就好。父亲走后这两年时间，他和小妹玉梅一起帮助母亲整理家谱书稿，了解了梁家先祖的故事，也了解了父亲和母亲的人生经历，他在感恩父母的同时，对父亲心生的愧疚也更加深了一层。

父亲活着的时候，经常提醒他给小妹玉梅找个好男人，他为此费了不少周折，物色过几个不错的人选，可是固执的玉梅，根本就不听父亲和母亲哥哥姐姐的劝，固执到了四十岁，坚持独身。

父亲最放心不下的就是这个小妹，他甚至担心有一天杨来弟来找小妹的麻烦。父亲唯一的期望是让小妹安安静静地过一生，他再也不想让小妹在情感上受到一丝一毫伤害。现在父亲担心的事情还是发生了。唉，是福不是祸，是祸躲不过，回家。母亲还在，梁垦荒相信母亲会处理好这件事。从小到大，父亲是他们兄弟姊妹的山，母亲是他们兄弟姊妹的天。

第四章　我叫梁树根

房怡和不紧不慢地又沏了一壶红茶。

房怡和的心情已经平静下来，她想好了，不论杨来弟来滨海的目的是什么，她都要让杨来弟来梁家小院住下来，因为杨来弟是玉梅的亲生母亲，自己曾经是杨来弟最信任的人。这几十年究竟发生了什么，自己还不知道，那就先招待好杨来弟，因为她们有一个共同的女儿梁玉梅。

房怡和看着面前精致小巧的茶盘，这是大孙子梁彤为奶奶和爷爷挑选的。那一年梁彤刚毕业实习，拿到第一个月的工资后，跑遍全市的商场和茶叶店，买到了这个竹子做成的茶盘。

房怡和端起茶杯，一眼瞥见茶叶盒边放着半包铁观音，这半包铁观音已经两年没有打开过了。

房怡和拿起半包茶叶来到梁勇敢照片前。

对不起啦，老伴儿。唉，你活着时，我怎么就没有想着陪你喝杯铁观音呢？你上手术台的时候，医生问你叫什么名字，你说叫梁树根。梁树根，是你爹起的名字，你一直都牢记在心里啊。

房怡和不断地重复着，我叫梁树根，我叫梁树根。

这人啊，活到最后，是不是都要回到生命的起点？

梁勇敢被救护车拉到医院送进手术室，人还清醒有意识，医生问躺在手术台上的梁勇敢叫什么名字，梁勇敢回答："我叫梁树根，家住梁家村。我叫梁树根。"

这是梁勇敢留给这个世界和亲人们的最后一句话。

"我叫梁树根。"

梁勇敢说完这句话后再也没有醒来。

房怡和拿起梁勇敢的照片端详了一会儿，将茶壶里的红茶换掉，重新沏了一壶铁观音。铁观音的浓香在房间内迅速弥漫开来。房怡和看着窗外，梁勇敢不喜欢喝红茶，说红茶不提神，梁勇敢喜欢铁观音，说铁观音味道香，提神。

写字台右边摆着一张梁家祖孙四代合照的全家福，老少四代十几口人，每个人都面带阳光四溢的笑容。

房怡和看着照片上的梁勇敢，跟梁勇敢说着体己话儿。

"老梁，你不讲信用啊，说好你要给我过八十大寿的，你咋说走就走了呢？"房怡和喝一口铁观音，看着照片上的梁勇敢。"唉，这也不能怪你，要怪就怪命吧，可这命又是啥呢？你呀在那边好好待着，等着我啊，等我去找你的时候，我可得看住你，再也不让你喝酒啦。到了那个世界，你可不能再撇下我。"

照片上的梁勇敢看着房怡和憨厚地笑着，这笑容温暖了房怡和一辈子。

"老梁啊，你要是还在，会怎么对待杨来弟呀？你告诉我吧。"

"接到咱家来呀，俺爹总说，不怕人对不起咱，就怕咱对不起人啊。"

"行啊，就按你说的，接到家里来。可我这心里还是堵得慌。"

"不要这样想，你要跟杨来弟把话说开，说开了就不堵了。"

"那就接到家里来住。都土埋到头皮了，和她杨来弟有什么话不能说开呢？你说对了，说开了就好了，我也可以安心地去找你了。"

有人说梁家村后面依靠的山形恰似一条卧龙，梁家村落就是龙头，这里是真正的风水宝地。

梁姓一族本是秦王嬴政后人，从山东曲阜迁来海边。

最初梁家村几十户人家都姓梁，追本溯源是一个祖先。据流传下来的梁氏宗谱记载，梁氏先人原本姓“嬴”，秦始皇“嬴政”的姓，是秦王公后裔。梁家村这支梁氏家族在宋朝时期为科甲鼎盛的望族。梁勇敢高祖一辈兄弟五人，曾祖父和祖父都是梁家村的私塾先生，很受村里乡邻爱戴，梁勇敢父亲是他们这一分支的族长。梁勇敢曾祖父一辈弟兄三人，祖父一门两兄弟，只有梁勇敢父亲这一个男丁。

梁勇敢父母共生育五个子女。梁勇敢是长子，下面一个弟弟三个妹妹。梁勇敢的父亲给五个孩子按辈分排字起名，长子树根，次子树林，长女树叶，二女树枝，小女树芽。他老人家期望梁家这棵大树根深叶茂，梁氏一门兴旺发达。

梁树根即是梁勇敢，梁勇敢是去北大荒后改的名字。

梁勇敢参军时岁数小，跟着首长当警卫。全村人都知道，梁家大儿子跟在大首长身边，将来也一定是一个大首长呢。

梁勇敢1956年却从北京去北大荒戍边种地了。

梁勇敢的父亲想不明白这个儿子这是干啥，即使不想当兵了，想种地，又何必去天寒地冻的北大荒呢？回老家来种地还能守着爹娘。梁勇敢的父亲写信问儿子，儿子回信说是组织安排的，是命令，种地和当兵都是光荣的事，让父亲不要挂念。梁勇敢的父亲怎么都想不明白，组织为啥安排儿子去冰天雪地的北大荒种地。梁勇敢的父亲想得头疼，大病一场。

梁勇敢的父亲病愈后，将望子成龙的期望转移到梁勇敢的弟弟梁树林身上。梁树林是家中幼子，打小娇生惯养，生长在农村却肩不能挑手不能提，农活基本干不动，手艺活一窍不通，根本不成器。梁勇敢的父亲对小儿子失望至极，恨自己教子无方，辱没门楣，就盘算着将从小老实忠厚的大儿子梁勇敢，从北大荒弄回梁家村来种地。老爷子想种地的营生在哪里都一样，春播秋收，既然是种地就回家来种地吧，光不光荣的没那么重要，重要的是大儿子能留在自己身边，替自己掌管门户传宗接代。

梁老爷子给梁勇敢在邻村定下一门亲事。邻村姑娘出身书香门第，是个贤淑女子，正在城里读书。两家商议等姑娘中学毕业就办婚事。梁老父亲盘算得清楚，这样能把梁勇敢从北大荒拖回老家来种地，守着自己生儿育女，传宗接代。

偏偏梁勇敢到北大荒后就自行退婚，为这糟心事，梁老爷子让梁母领着姑娘去了一趟北大荒。梁勇敢不改主意，任凭老母亲怎样苦劝，梁勇敢只一句话，娘，这事就这样了。

梁勇敢此举彻底断了老爷子将他拖回老家的念想。梁老爷子一怒之下，以儿子违背梁家“敬天畏地、勤俭持家、本分做人”的家训，触犯家规为由，将梁勇敢开除家籍，并昭告未出五服的梁氏族人，将梁勇敢从梁氏家谱族谱中除名。

梁勇敢在北大荒种地近三十年。

这三十年里，梁勇敢几次从北大荒回来探家，梁老爷子都躲避不见，后来梁勇敢带着大儿子垦荒回老家探亲，梁老爷子偷偷看看孙子垦荒，还是不见梁勇敢。

梁老爷子病重后，被梁勇敢退婚的女子，不忍心看着梁父误会梁勇敢一辈子，来梁家村找到梁老爷子，说出了当年梁勇敢退婚的真相。

原来是姑娘自己悔婚。姑娘在学校和自己的老师恋爱，两人都知道这样做的后果，姑娘害怕家里父母知道真相会大闹，更怕被十里八乡的乡亲知道后坏了名声，才提前写信央求梁勇敢为维护其名声而替她背黑锅。

梁老爷子老泪纵横，他这才知道自己错怪了儿子。人生苦短，他错过了见儿子每一面的机会，可是这个世上没有后悔药卖啊。病重的梁老爷子坚持撑着病体瞪着眼睛等待，提着一口气等着梁勇敢从北大荒回家，却没能撑到梁勇敢回家那一天，没有等到见儿子最后一面。

梁勇敢接到家里拍的电报已经是父亲去世后第二天，梁勇敢坐了三天四夜火车赶回老家，老父已下葬。

梁母将写在白布单上的家谱和被火烧残缺的族谱交给梁勇敢，告诉梁勇敢老爷子最后的嘱托：落叶归根，重修家谱。梁老爷子告诉梁勇敢，树根儿啊，爹对不住你，冤枉你了，你是个仁义孩子。爹求你回家，回老家来吧，种地在哪里都一样，你一定要把老梁家的家谱续完，家谱不能到你这辈儿断了，家谱也是血脉。

梁勇敢跟母亲保证，一定会续写梁氏家谱，会完成老爷子的遗愿。

梁勇敢怀揣着写在白布单上的家谱回到北大荒，将家谱放在箱子里面收藏了几十年。

临退休时的梁勇敢总是失眠，整夜翻来覆去睡不着，他把家谱拿出来给房怡和看，讲述梁家先人的故事，讲老爷子的临终心愿。房怡和看着写在白布单上的梁氏家谱很震惊，那一行行娟秀的小楷让房怡和刮目，房怡和决定跟着梁勇敢回老家。

梁勇敢在北大荒和房怡和成家立业，两人养育了两儿两女。大儿子梁垦荒，上大学学土木建筑，毕业到退休就没有转过行，从技术员做到高级工程师，本本分分一个工作干了一辈子。小儿子梁大仓医学院毕业，回老家后一直是市里第一人民医院骨干，几年前提了主任。大女儿梁雪梅跟着丈夫去了加拿大，二女儿梁红梅自己做小买卖。四个孩子现在都很踏实地过着寻常日子，虽不大富大贵，但都踏实本分地生活。梁家是梁家村人人羡慕的和睦人家。

“时间过得真快啊，老梁，咱们转眼间从北大荒回老家又三十年喽。你从回老家那天起就心心念念要续写家谱，可咱们刚从北大荒回来时，家里老小要安身立命啊，续写家谱的事就这么耽搁下来了。等生活安定了，你就开始张罗着写家谱，这一写就是十几年。咱们谁也没想到编撰家谱是这么大一个工程啊。现在你心愿总算了了，可你咋就这么急着走呢？你走以后啊，我会经常想起北大荒，咱俩在北大荒认识，成家立业，想起咱们在北大荒的日子，点点滴滴，历历在目，像过电影一样。”

“北大荒，北大荒，想起北大荒，我脑海里总会响起一首歌，那旋律挥之不去：

问爹问娘问夕阳，天上有没有北大荒？
喊儿喊孙喊月亮，天上有没有北大荒？
咋不见着了火的红高粱？
咋不见平坦坦盘腿的炕？
咋不见风雪里酒飘香？
咋不见草垛里的烟锅点太阳？
美丽的松花江，波连波向前方，
川流不息流淌，夜夜进梦乡。
别让我回头望，让我走一趟，
高高的白桦林里，有我的青春在流浪。

“青春，人一生中最美好璀璨的时光，老梁啊，我们都把它奉献给了北大荒。”

房怡和在心里跟梁勇敢说着话，房怡和觉得跟梁勇敢有太多的话还没有来得及说啊。梁勇敢呢，喜欢唱另一首北大荒的歌，曲调风格高亢，每次哼起来都是那几句：

几十年风风雨雨，
我们同甘苦在一起，
一起分享春光的爱抚，
一起经受风雨的洗礼。
啊，北大荒，我的北大荒，
我把一切都献给了你。

“我们，还有我们很多的战友、兄弟姐妹，都把青春和热血献给了北大荒，把一切都献给了北大荒。”

房怡和看着梁勇敢的照片。

“我们有收获啊，我们有五个好儿女。老梁啊，我理解你为啥退休后非要回老家，落叶归根，续写家谱。我理解，跟着你回老家了，我也有根了。”

“老梁啊，现在杨来弟来了，玉梅她……你要在就好了。”

“太奶奶！”妮妮甜腻腻地喊着，一进门就跑过来。

“妮妮回来啦！”房怡和回过神来。房怡和将手中的照片放好，还没坐稳，妮妮就像只小兔子一样跳到房怡和腿上。

“太奶奶，太奶奶。”

“你是谁啊？”

“我是妮妮。”

“妮妮是谁呀？”

“妮妮是妮妮。”

“妮妮是只小鸟吗？”

“妮妮是妮妮。”

房怡和逗妮妮，妮妮很聪明，坚决不入坑，懂得马上转移目标，她拿着手中的中国结，在房怡和眼前晃啊，晃个不停。

“不行了，不行了，太奶奶让妮妮晃晕了。”

房怡和故意装出要晕倒的样子。妮妮咯咯笑个不停。

“太奶奶，老师说让我自己给中国结起名字。”

“那妮妮告诉太奶奶，你起了个什么名字啊？”

“妮妮起的名字是红星星，老师表扬妮妮了。”

“妮妮啊，老师怎么表扬你的？”

“老师说我有想象力。”

“太奶奶也要表扬你。”

表扬妮妮。

妮妮很得意地看着吴春兰，太奶奶要表扬我哦。妮妮等待着，房怡和故意不说话。妮妮忍不住了，央求房怡和：“太奶奶还没有表扬我呢。”

房怡和憋住笑。

“妮妮还没有跟太奶奶分享在幼儿园最开心的事呢。”

妮妮努力回忆，两只小胖手拿着中国结，看着太奶奶。

“最开心的事，是今天的饭比昨天的饭还好吃。”

房怡和抱着妮妮，你一句我一句接着说相声，一老一小说得欢喜，梁垦荒和吴春兰坐在一边开心地看着。

梁垦荒每次想要张嘴跟母亲说说杨来弟的事儿，吴春兰就给梁垦荒递个眼色，梁垦荒便不再开口。

房怡和看见了儿子和媳妇的小动作。

房怡和问吴春兰：“你们有事要跟我说？”

梁垦荒张张嘴还未出声，吴春兰却忙不迭地回答：“妈，没有事啊，有什么事。”

房怡和看看吴春兰，吴春兰转移目标喊妮妮：“妮妮，下来了。妮妮，让太奶奶休息休息，回来就黏着太奶奶。”

吴春兰抱过来妮妮，妮妮手中的中国结掉在地上。妮妮撒娇：“奶奶，我的中国结摔坏了。”

梁垦荒捡起掉在房怡和脚边的中国结。

房怡和看着梁垦荒捡起的中国结，不由得赞叹：“这个结打得真漂亮。”

妮妮胖胖的小手接过中国结，告诉太奶奶：“这是我们手工课管老师做的。”

“妮妮啊，太奶奶也会打这种结，你信吗？”

“真的吗？”

妮妮欢快地挣脱吴春兰的怀抱，迅速又坐到房怡和身边，将手中的小中国结递给太奶奶。

妮妮附在房怡和耳边说：“太奶奶，我告诉你一个秘密，要保密。”

“什么秘密啊？告诉太奶奶，太奶奶一定给妮妮保密。”

“好吧。”妮妮附在房怡和耳边，轻声细语，“我们老师说，让我们编中国结，过年给家人一个大大的惊喜，老师说春节是中国年。”

妮妮想起一句是一句地说着，五岁的孩子还没有逻辑性。房怡和听明白了，老师教孩子们编织中国结，让孩子们作为新年礼物送给家人。老师应该还跟孩子们强调了，春节是中国人传统的节日，春节是过年。

“妮妮能不能告诉太奶奶要编几个中国结啊？”房怡和笑眯眯地问妮妮。

妮妮两只小胖手比比画画，笑嘻嘻地回答太奶奶：“太奶奶，好多好多哦，太奶奶、奶奶、爷爷、爸爸、姑奶奶，还有表姑姑，还有……”妮妮数不过来了。

房怡和捏着妮妮的脸说道：“没关系，太奶奶和奶奶都可以帮妮妮编中国结啊。”

妮妮更开心了，亲得房怡和一脸口水，妮妮手中的小中国结晃来晃去。

梁垦荒实在不忍心破坏眼前这种无比欢乐的气氛。

自从父亲走后，梁垦荒和吴春兰就经常来陪伴母亲，他好几次都看见母亲在屋里没人的时候，坐在沙发上，拿着父亲的照片看，还会坐在沙发上发呆。

吴春兰给垦荒递眼色，想让梁垦荒跟自己出去商量一下，该怎么跟母亲说杨来弟来找玉梅的事，她实在不想婆婆有一丝不快乐。梁垦荒很木讷，没有看明白吴春兰频频递给自己的眼色。吴春兰又开始继续给梁垦荒递眼色，梁垦荒还是不解其意，看着吴春兰不知所以然。吴春兰只好噘噘嘴，示意梁垦荒出去。

房怡和把这一切都看得明白。

“小五，你们有事瞒着我。”

吴春兰笑着否认。

“小五，你从小就不会撒谎。”

婆婆一声声小五，差点叫出吴春兰的眼泪。

小五，房怡和已经很多年不这样叫自己了。

她和梁垦荒结婚那天，房怡和郑重地告诉家里人，以后谁也不许再叫吴春兰小五。梁垦荒是长子，吴春兰是大嫂，一个家没有规矩不行。

梁大仓和红梅两人改口很快，只有和吴春兰睡一个被窝的雪梅，时不时地还会小五小五地叫。雪梅因一次当着房怡和的面叫吴春兰小五，被房怡和狠狠地批评了一顿。房怡和批评雪梅坏了家风，坏了梁家规矩。

梁雪梅事后乐得东倒西歪。大嫂，大嫂，梁雪梅连声叫吴春兰大嫂，羞得吴春兰满脸通红。

梁雪梅后来当着房怡和的面叫吴春兰大嫂，背着房怡和时，梁雪梅不但小五小五地叫，还故意拉长声来叫。其实吴春兰比梁雪梅还小半年，两人不仅姐妹情深，还是和睦姑嫂。

吴春兰回忆往事，总会慨叹，自己成为梁家小五是命运的特殊安排，命运这样的安排是她一生不幸中的万幸，这种万幸治愈了她一生的伤痛。对于公公和婆婆，她心怀感恩。

吴春兰上小学一年级的一个冬天，她和梁雪梅放学后在梁家做作业。那时候的作业并不多，吴春兰总是借口写作业，来梁家跟梁雪梅姐妹俩玩儿。当时吴春兰母亲正在坐月子，吴父乐得她来梁家。那天玩得太晚，吴春兰困了，就和梁雪梅倒在炕上睡过去。房怡和就打发垦荒去吴家通报了一声，吴春兰当晚就睡在了梁家。

吴春兰的爸爸吴更生和梁勇敢是一个车皮拉到北大荒的战友，到北大荒后又分在同一个连队，后来两家还是邻居。

北大荒人来自五湖四海，人和人之间没有什么血缘上的亲戚关系，战友之间都情同手足，吴家和梁家自然更亲密。

当时北大荒刚刚开发不久，冬天寒冷无比，夜里零下四十几度，居住条件异常艰苦，虽说从地窝子搬到了土坯房，取暖设施还是非常简陋。

冬天取暖都是用自家搭建的煤炉子。煤炉子是一个四四方方用铁铸成的铁炉，炉内一般先用木材点燃，烧些木炭有了底火以后，再将煤坯用斧头砸成块儿，放在木炭火上面，煤块就开始燃烧。铁皮炉子散热很快，外面天寒地冻，屋内温暖如春。一般煤炉子从入冬起点燃，家家户户都不会让炉火熄灭，白天燃烧着，等到晚上睡觉的时候，再用湿煤均匀地在烧得正旺的煤火上面糊上一层，第二天再用铁钳子扎开，煤火继续燃烧，循环不息。

当时吴春兰的母亲正在坐月子，吴更生担心妻子挨冻，困得睁不开眼却一直没有封炉子，结果瞌睡太厉害，就直接去睡觉，忘记盖炉盖子，煤气直接跑出来，一家三口全部中毒身亡，等到第二天被人发现时，连抢救的机会都没有。

吴春兰因为睡在梁家而躲过了此次灭顶之灾。

吴更生是贵州人，家在偏远山区，家中父母兄弟都生活清苦，没有能力抚养吴春兰。

梁勇敢二话没说就把吴春兰领回家。梁勇敢拉着吴春兰的小手说："春兰啊，以后你就是梁叔的孩子。"

还不知道死亡是怎么回事的吴春兰，就跟着梁勇敢来到梁家。

吴春兰小梁雪梅半岁，连队的人都说吴春兰是梁家第五个孩子，说不清楚是谁先开始叫她小五的，随后全连队大人小孩都小五小五地称呼吴春兰，吴春兰习惯了。生活在梁家，吴春兰是幸福的，梁勇敢和房怡和对她胜过亲生。后来梁家又来了个小六梁玉梅。

房怡和看见吴春兰发愣，就催促道："有什么话就直接说吧。"

吴春兰叫声妈，还没来得及回答，房怡和放在写字台上面的手机响起铃声，梁垦荒拿起手机一看是梁玉梅打过来的，心说不会是杨来弟已经找到玉梅了吧。

房怡和打量着垦荒的神情。

"把电话给我。"

"妈。"

房怡和不再说话，梁垦荒只好将电话递给母亲。

梁玉梅的声音传过来，她平静地跟房怡和说："妈，我一会儿带彤彤和苹果、思思还有小土豆回家吃饭。妈，杨来弟来了，您要不要见她？"

梁垦荒和吴春兰听到这里，都紧张地看着房怡和。

房怡和很平静。

"玉梅啊，你让来弟到咱家小院住吧，家里房间多，吃住都方便，有什么事先回家来，再慢慢说嘛。"

梁玉梅那边回答着好，房怡和利利索索地挂了电话。

吴春兰紧张地问房怡和："妈，您让她来咱家小院住？"

"总比让她住在宾馆好吧，杨来弟快七十的人啦，再说人生地不熟的，人家来了，咱就要尽地主之谊。"

房怡和笑眯眯地看着吴春兰，吴春兰不再说话。

房怡和看着梁垦荒和吴春兰笑笑。

"多大点事啊，看把你们难的。你们呢，都是六十的人了，还这么沉不住气，兵来将挡，水来土掩，有什么可慌的？她是玉梅的生母，又不是白骨精牛魔王，更不是齐天大圣，有什么可怕的呢？"

房怡和说完，吴春兰面露难色，梁垦荒有些不知所措。

"怕她带走玉梅？那也要看咱家玉梅愿不愿意跟着她走，是不是啊？愿意跟着走，咱就把玉梅还给她杨来弟，本来就是人家生的孩子；不愿意跟着走，玉梅就还是我闺女，你们的小妹妹。这事儿啊，不是你们该愁的。"

房怡和说完，掸掸身上的灰。

梁垦荒跟吴春兰对看着，谁都不说话。

房怡和放下手机，起身抖抖衣服上妮妮弄上的零食渣渣。

"垦荒啊，你带妮妮去玩吧。妮妮不是爱吃羊奶饼吗？你带妮妮去买，村头那家羊奶饼好吃。春兰呢，你跟我拾掇拾掇屋子，杨来弟有风湿病，你把炕烧得热乎乎的，晚上烙烙腰腿舒服。"

房怡和拿起茶杯，吩咐吴春兰："春兰，去把我放在小屋里的陈年普洱找出来，招待杨来弟。过一会儿玉梅带着孩子们回来，你就做些孩子们爱吃的。孩子们也有些日子没来了，小土豆从加拿大回来就跟着思思疯玩，我都没有好好看看我外孙女儿。”

吴春兰一一答应着。

“我呀，都多少年没见过杨来弟了，怕是也老得认不出来了。她离开北大荒的时候还不到三十岁，比思思现在大一些，时间过得真快啊。”

房怡和有条不紊地给儿子媳妇分配完任务，将茶杯中的水倒掉。

梁垦荒抱起妮妮，妮妮就喊着找奶奶，梁垦荒一边跟妮妮说小话哄着，一边抱着妮妮往门外走。

吴春兰连忙过来扶着房怡和。房怡和看着垦荒抱着妮妮出了门，跟吴春兰笑着说：“人啊，一辈辈儿的都得这么过。你看垦荒，小时候多倔强一个人，现在让妮妮收服啦，这就叫卤水点豆腐，一物降一物，没辙。”

“谁说不是呢。”

吴春兰说完，扶着房怡和往门外走。

“安慧这些日子在忙啥呢？人影儿都不见一个。”房怡和想起有段日子没见小儿媳妇了。

“忙她那个生产尿不湿的厂子呢。大仓呢，不同意她办厂，她偏不听。妈，您说她怎么想的啊，生产尿不湿，我听说这样的厂子要求可高呢。”

吴春兰说到这里，自己忍不住笑出声。

“咱家就数她能折腾。”吴春兰接着又来了一句。

房怡和也笑了。

“能折腾也是一种精神，咱们家啊，数安慧能折腾，数她精神头儿大。”

吴春兰听婆婆乐呵呵地说着，看着房怡和的一头银发，婆婆的头发虽然都白了，却自然有型，吴春兰心里感慨道，这哪像是八十岁的人啊！

梁家小院一共六间房，在身边的四个孩子各自有一间。大女儿雪梅在国外，房怡和给雪梅留的房间平时堆着杂物。孩子们即便平时不回来住，房怡和也会让玉梅把房间都打扫干净。房怡和住的是正房，坐北朝南，二十几平方米，卧室兼书房。

吴春兰扶着房怡和挨个屋子看了一遍，房怡和没说什么。吴春兰想，杨来弟来小院，住哪一间屋子合适呢？

李雅琪手里拿着一个硕大的榴莲走进“一碗面or咖啡”店时，刘海平正在整理各种票据。

刘海平闻到一股榴莲味儿，抬头看见李雅琪笑吟吟地看着自己。

“姐，你怎么来了？啥时候回来的？”刘海平惊喜地问李雅琪。

李雅琪将榴莲放在刘海平眼前。

“刚回来。梅儿呢？外面咋还挂牌不营业？好好的为啥不营业？”

刘海平看到榴莲，顾不上回答李雅琪，掰开榴莲，拿出一块儿就吃。

李雅琪看着刘海平的吃相，直摇头。

李雅琪和梁玉梅是大学同学，两人住一个宿舍，上下铺。

李雅琪家在外地，一到星期天就跟着梁玉梅回家蹭饭，和梁家人混成了一家人。李雅琪大学毕业后去报社当记者，一路顺风顺水，嫁给了自己心仪的采访对象，一个年轻的企业家。两人的婚姻是真正意义上的性格互补，各自都得偿所愿。李雅琪父母都是教师，李雅琪自幼受到良好的教育。李雅琪的丈夫家境困难，放养长大，文化程度不高，就是能挣钱。他干啥都挣钱，同样的买卖，别人赔得一塌糊涂，他能赚得一塌糊涂，真是奇了怪了。能挣钱也就算了，他还非常顾家，从不在外面花天酒地，拈花惹草，眼睛里只有李雅琪。李雅琪说她丈夫这是命里面自带的财运，上辈子积德，这辈子享福。自己这样被丈夫宠爱，是因为自己是上辈子掩埋丈夫的那个人。婚后的李雅琪，将小日子过得人人羡慕。李雅琪婚后一年生了一个儿子，夫妇两人对儿子的教育是倾其所能，儿子初中没毕业就被送去英国留学。李雅琪表姐的儿子在英国读研究生，李雅琪在英国陪伴了儿子一年，儿子和表哥要好得很，李雅琪就很放心地回国了。

李雅琪在儿子上小学的时候就从报社辞职自己创业，开了一家文化传播公司。李雅琪的所谓创业并不是为了挣钱，而是因为自己喜欢，同时方便照顾儿子的生活。梁玉梅开店后，李雅琪会经常来店里喝咖啡，跟玉梅聊天。如果梁玉梅不在店里，李雅琪就买一大堆咖啡，变相给梁玉梅送钱。李雅琪身边所有人都以为她会一直这样幸福下去，李雅琪也是这样想的。

然而意外就在不经意间发生。

李雅琪的儿子大约有一个月不主动跟家里联系，李雅琪打电话发微信给儿子，儿子总说忙。李雅琪又怎么都联系不上表姐的儿子，跟表姐联系，表姐说儿子在忙着考博士呢。李雅琪决定去英国看看儿子。为了给儿子一个惊喜，李雅琪事先没有打招呼，直接飞到英国。当李雅琪心情激动地打开儿子的房门时，被映入眼帘的景象吓傻了。儿子居住的屋内没有可以插脚的地方，一屋子的啤酒瓶子、快餐盒子，还有烟头和没洗的脏衣服，屋内一股熏人的臭味。儿子没有去上课，躺在一堆脏衣服上面睡着了，打着呼噜。如果儿子不在打呼噜，李雅琪会以为发生了谋杀案。

李雅琪立刻给丈夫打电话，丈夫以最快的速度赶来英国。

李雅琪百思不得其解，儿子难道被人工智能掉包做实验了吗？儿子从小就是个乖孩子，人见人爱，花见花开啊，这是怎么了？

李雅琪和丈夫跟儿子谈心。儿子一米八几的大个子，却像根木头样杵在那里，木讷地看着父母，一言不发。

李雅琪痛哭，丈夫打自己耳光，两人都检讨自己对儿子关心不够。儿子一言不发，最后说了一句："爸妈，你们太爱我了，我快窒息了。"

爱也有罪？

李雅琪从小偏科，特别羡慕数学好的同学，一心盼望儿子能成为一个数学家。李雅琪的丈夫自幼看惯了白眼，随便一个村干部都敢对自己的父母呼来唤去，他期望儿子不管学什么都好，家里的钱几辈子都花不完，只要儿子将来能考公务员，出人头地，自己对得起列祖列宗就没有白活。

儿子才留学两年，咋就变成了这个样子？

为什么啊为什么？尽管舞文弄墨的李雅琪明白人生有无数个为什么是没有答案的，但儿子这个为什么实在让李雅琪无法接受。

刀尖不插在心口，谁也不可能真正知道何为心痛。

儿子变成这个样子，李雅琪的心疼死了。

人生就是这样奇怪，你越是铆足了劲儿刻意追求，你就越不能得偿所愿。李雅琪放弃让儿子成才的执念，劝说丈夫坦然接受现实。

儿子最后终于被父母感动，说出了心里话。

沉迷游戏是因为想做自己向往的事而不能做，选择了逃避。

李雅琪问儿子究竟想干什么，儿子说想要做一个像表哥一样的环保战士。

啥意思？表哥不是在考博士吗？

环保战士就是满世界去捡破烂啊！

表哥没有考博士，研究生还没有毕业就跟同学满世界做环保战士了。

李雅琪和丈夫听完儿子的话，差点双双晕过去。

人生真是这样，你越执着于什么，如愿的可能性反而越小。躲不过，就接着，说不定柳暗花明处，还会有另一番天地。

李雅琪的丈夫去了终南山禅修，李雅琪陪着儿子开始捡破烂。

儿子捡破烂一脸阳光，精神焕发。

一段时间后，李雅琪的丈夫做了一个决定，将生意交给职业经理人打理，自己和儿子一起去捡破烂。

李雅琪蒙了，思来想去，觉得儿子的事对丈夫刺激太大，决定再生一个孩子，反正国家二胎政策放开了，她这个年龄还可以生孩子。

李雅琪和丈夫商量再要一个孩子，丈夫头摇得像拨浪鼓，丈夫说再生个儿子去卖破烂吗？那可真齐活儿了，一个捡破烂，一个卖破烂，我干什么呢？是捡破烂还是卖破烂？李雅琪只好打消了要二胎的念头。

前段时间，李雅琪去南极和丈夫儿子会合，捡了一个月的破烂。

李雅琪耐心地等到刘海平将最后一口榴莲咽下去。

“海平，我问你，梅儿呢？为啥停业啊？发生了什么事儿？”

刘海平抹去粘在嘴角的榴莲。

“怎么跟你说呢？”

第五章 一地鸡屎

安慧的手机铃声很另类，是她找朋友特制的。

安慧将女儿思思一个月大时的哭声录音，配上摇篮曲，哇哇的哭声在柔和的摇篮曲映衬下，竟然像一首催眠曲，让人听着就困。

思思哇哇的哭声和着摇篮曲响起来时，安慧在工厂正忙得脚不沾地。

安慧手里攥着一叠工厂开工所需的资料和各种证明，正在吩咐办公室的小柳按照时间顺序尽快整理出来，再抓紧时间逐一去落实。工厂装修工程结束，机械设备已在路上，原定正月十六的开工计划应该可以按期实施。安慧安排小柳专人负责办理各种手续，小柳在安慧开药店时就跟着她，不但心细，考虑问题还非常周全，和安慧最贴心。

摇篮曲继续哼着，安慧拿起手机一看，是女儿思思的来电。

思思因和安慧赌气跑到小姑梁玉梅家住了一段日子，安慧每次给梁思思打电话，思思都东扯葫芦西扯瓢地敷衍安慧，根本没有回家的意思。思思跟着玉梅，安慧也放心，也懒得去跟思思纠缠，专心忙自己的。

安慧正在忙着工厂最后需要的七七八八的手续，没有工夫搭理思思。安慧打算先由着思思玩两天，心中计划着，等理顺了这些乱七八糟的事情后，再去接女儿回家，然后跟女儿好好谈谈。

安慧没想到思思会主动联系自己，她迟疑了一下没有接电话，想晾一晾思思，这孩子被自己惯坏了。

思思的电话余音未了，安慧的手机铃声又响起来，是装修公司连红旗打过来的，安慧不得不接电话。

连红旗在电话里直截了当地提出让安慧赶紧把装修工程尾款结了。连红旗阴阳怪气地说："老妹啊，快过年了，谁家都紧张。"连红旗语气咄咄逼人，最后撂下一句话："不要因为这么点钱，闹得我们连朋友都做不成。"

连红旗那头利利索索地挂了电话，安慧这边恨道："真是知人知面不知心，什么玩意啊，怎么可以这样。"

工厂厂房建好后，安慧将厂子所有办公区域的装修都交给连红旗的装修公司负责，两人也算是认识多年的朋友。小生意人之间的交往最讲究个义气，你帮我来我帮你。小生意人不能和精英们比啊，人家精英大企业家讲究的是阶层和门户。无论怎样，生意人都讲究个人脉关系，当连红旗提出要接工厂的装修工程时，安慧没有多加考虑就同意了。

问题出在交工验收合格后。

安慧已经按合同将装修款按期付给连红旗，按照双方签署的合同预留了一部分尾款。然而近日，安慧才发现一个让人棘手的问题。

办公区域最边上的一间办公室墙皮脱落明显，安慧本意是找个熟人帮忙丈量一下墙皮脱落面积，然后再让连红旗的装修公司补修一下就完事。没想到这一丈量，出现的问题让安慧大吃一惊。

当初安慧基于对连红旗的信任，将丈量总装修面积的事交给连红旗一起干，也没深究，就按照连红旗单方面提供的装修面积签署了装修合同。由于墙皮脱落，安慧跟着丈量了一下整间办公室面积，丈量出来的数字只有合同的三分之二。安慧觉察到这里面一定有猫腻，又找来一个跟自己和连红旗都没有任何牵绊的装修公司的技术人员，重新丈量了整个厂房的装修面积，情况和安慧估计的不相上下。

安慧仔细一算，她付给连红旗的装修费已经远远超过实际装修面积的费用。

安慧感觉非常窝火，知道自己被连红旗结结实实地算计了。连红旗这种挣钱的方式，在安慧看来就是明抢。工厂准备正月十六开工，各种手续正在办，还有很多突发情况等着安慧处理，安慧原本打算，等所有的事情处理清爽后去找一下连红旗，她担心这中间有误会，是连红旗手下的员工工作不负责任，而连红旗并不知晓实情。多年的朋友，这点信任还是要有的。

连红旗的一通电话让安慧瞬间明白，原来一个桌上喝了多年酒的朋友是这样的，挣钱挣到没有底线，明抢还振振有词，咄咄逼人，理直气壮。

安慧不接电话，思思就不停地打，安慧只好接了电话。

“妈，妈，你怎么不接电话啊？”思思明显很着急。

安慧没好气地说：“我为什么非要接你的电话？”

梁思思却咯咯地笑道：“妈，您可真小气。”

安慧气道：“有事说事，我这忙着呢。”

思思神秘地说：“妈，你猜咱家有什么大事发生了？”

安慧耐着性子说：“闺女啊，你赶紧说，妈这边真忙。”

思思穷追猛打地说：“你猜？”

安慧吼了一句没工夫，就把电话挂了。

安慧告诉自己，冷静，冷静，捋一捋，捋一捋。

小柳去工厂内外转了一圈，回来告诉安慧，厂区的后墙有些倾斜。安慧答应小柳一起过去看看。思思的电话又来了，安慧关了手机。看看时间已是下午一点，肚子开始咕咕叫，安慧才感觉到饿了，从一大清早睁开眼睛忙到现在，自己竟然还没有吃饭。

安慧安排小柳去找分管工程的主管一起去看后墙，有什么问题就自行解决，自己先去办公室吃点面包充饥。

安慧回到办公室，急急忙忙拿起包来找面包，包里面却连面包渣都没有。

难道放在包里的面包飞了？安慧仔细一想，想起面包让梁大仓当早饭了。

安慧想到梁大仓，气就不打一处来。

梁大仓一直反对安慧办厂，更反对生产尿不湿，而且态度非常坚决。安慧坚持办工厂，因为资金不足，还私自卖掉了家中唯一的一套精装修商品房。梁大仓为此虽没有公开埋怨安慧，但是开始对安慧实施态度不积极行动不支持政策，安慧每天忙得晕头转向，梁大仓坚决不管不问，视而不见。两人在家里就像是室友。

安慧想到这里，又饿又气，神使鬼差就拨通了梁大仓的电话。

梁大仓显然正在休息，接到安慧的电话后，迷迷糊糊、懒懒地问了一句：“你有啥事啊？”

安慧感觉到梁大仓的问话根本没有温度，心里憋得难受。

“我还没吃饭呢！”

“家里没有饭吗？你打电话给我就能饱了？”

梁大仓奇怪，安慧委屈。

“家里哪有人做饭啊。”

梁大仓根本不解安慧求安慰之意，接着更没有温度地问了安慧一句：“你不会自己做饭啊！”

安慧彻底被梁大仓气疯了，高声吼了一嗓子：“我都快累死了，梁大仓！”

安慧吼了一嗓子后，拿着手机愣在原地，她怀疑刚才喊叫之人就是自己。

那边梁大仓半天才回过神来，他摇摇头，看着手中的手机，准备按结束键，想想还是不忍心，安慧除了固执，还真是个好媳妇。

“你在哪儿啊？”

安慧以为梁大仓接下来会安慰自己，期待着，没想到梁大仓紧接着说了一句特别气人的话：“喊得挺有劲儿啊，还是不饿。”

安慧彻底失望了，大声喊着：“我在工厂！”

梁大仓缓过神儿来，却一点儿都不让步。

“你在工厂很了不起呀？真是的，你去二姐家或者去玉梅店里吃点饭不就得了。别这么拼命，自己非要过这种日子，还弄得谁都不太平，你不吃饭也找我啊。”

安慧一听更生气，继续喂喂，那边梁大仓却非常利索地挂了电话。

安慧拿着包愣愣地看着手机，此时此刻，她自己都不明白，原本小康的日子，怎么一步一步地过成了一地鸡屎呢？安慧想到梁大仓提醒自己到二姐家吃饭，这倒是一个好主意。二姐梁红梅平常在学校门前卖些小吃，现在学生放寒假，梁红梅正待在家里帮着闺女接送孩子，二姐的饭做得是真好吃。再说，为何不让二姐来工厂帮帮自己呢？安慧想到这里，气已经消了大半，打定主意后，心里亮堂了，出门开上车离开工厂，直奔梁红梅家。

梁红梅家锁着门，拨打梁红梅手机，也没人接。安慧等了一会儿再打电话，还是没人接。安慧烦了，开着车就直奔距离二姐家不远的洗浴中心，她想好好泡个澡放松一下，把所有的烦心事都冲走。

人的脑子真是个奇怪的东西，想东想西停不下来。

安慧停好车，又想起装修出问题后，自己曾经让小姑子梁玉梅去帮忙打听一下连红旗这个人的背景，也不知道小姑子打听得怎样了。安慧一想这些乱七八糟的事情就头大，肚子咕咕叫着，安慧想，干脆先解决温饱再说其他的吧。安慧继续打二姐梁红梅的电话，依旧没有人接听。安慧回头看见车座上面有一袋海苔，抓起来就塞到嘴里。海苔入口即化，残渣贴在嗓子眼，黏糊糊的，格外难受。安慧心里烦透了，继续给梁红梅打电话。

没人接听。

梁红梅正在浴池给顾客搓澡。

这个顾客明显很挑剔，说自己的皮肤不好，特别爱过敏，要求梁红梅动作轻一点。梁红梅轻轻地、非常小心地给顾客先搓胳膊和前胸，然后搓后背，顾客又嫌弃梁红梅不舍得用力。梁红梅心中暗自叫苦，后悔自己一冲动来干这个。梁红梅心中发着牢骚，难怪人都说屎难吃钱难挣啊。

梁红梅这一愣神儿的工夫，顾客不满意了，开始数落梁红梅：“你怎么这么磨叽啊，我还有事呢。”

梁红梅回过神儿来，赶紧下手去搓顾客后背，没想到顾客一骨碌爬起来，差点摔倒，梁红梅吓得赶紧扶起这个顾客。

这会儿顾客彻底翻脸了，嚷嚷着要去找负责的人来评评理。

梁红梅急忙上前说好话赔小心，这年头顾客是上帝啊，上帝啊，吓死人了，谁敢得罪上帝啊。

梁红梅连忙道歉：“大妹儿啊，你看我这也不是故意的，没有掌握好轻重，你躺下，我接着给你搓。”

顾客两眼一瞪：“老阿姨，你叫谁大妹儿啊？”

梁红梅定睛一看，女子很年轻，连忙改口道：“小姐，你躺好，我接着给你搓。”

梁红梅这句话无疑是捅了马蜂窝，女子愤怒道：“你怎么骂人啊？谁是小姐啊？你说谁是小姐啊？”

梁红梅傻眼了，站在原地不知道该说什么，手里的搓澡巾掉在地上。梁红梅慌里慌张去捡搓澡巾，顾客却不理会梁红梅的尴尬，直接走人了事。

梁红梅反应过来还没有要顾客的手牌，这样自己就白干了，没有工钱的。梁红梅直接追出去，雾气腾腾一片，什么都看不清楚，所有的人几乎都一样。梁红梅想起一个小品中说，澡堂子里的人都长得一样，还真是的，都长得一样。一个搓澡女工拿着梁红梅的手机走过来，拉着梁红梅回到搓澡间。

搓澡女工每天上班都只穿一条短裤，戴着胸罩。梁红梅第一天来干这活儿，穿了一条衬裤，已经完全湿透了，粘在身上，很难受。

搓澡女工将手机递给梁红梅。

“大姐，你的手机。”

梁红梅的手机套子是海平给买的，后面有一张咖啡杯的图案。梁红梅点头称是。

搓澡女工打量着梁红梅。

“大姐，手机怎么不放到自己柜子里？这样最容易丢，这里人多啊。你的手机一直响，我担心你家里有急事找你，就给你拿过来了。”

梁红梅连忙感谢道：“我忙晕了，谢谢啊。”

梁红梅接过手机。

女工问梁红梅：“第一次干这活儿吧？”

梁红梅点头。

梁红梅一边点头一边不停地往浴池方向看。

女工见怪不怪地说道：“别看了，她没给你手牌吧？”

梁红梅有些惊讶，问道：“你怎么知道？”

女工不以为然，轻描淡写地笑道：“嗨，一行有一行的套路，这种人我们都遇到过，你找到她也没用，要也要不出来的，干生气。”

梁红梅赶紧检讨自己，道：“是我说错话了，我叫她小姐，应该叫美女。我闺女告诉过我几次，以后见到女人不论老少，都喊美女，我这一着急吧，就忘了。也难怪她生气，这年头叫小姐不是骂人吗。”

女工不置可否地一笑，安慰梁红梅道：“你心眼真实在。这种人喊什么也没有用，你叫她祖宗都不行，诚心讹人的。”

梁红梅心说，行行套路深，俺该干点啥挣点钱呢？

梁红梅正发愣，看见包裹严实的安慧走过来。

“二姐，你在给人搓澡？”

安慧不等梁红梅回答，接着冒火地喊道：“二姐，你跟我回家。”

梁红梅还没来得及回答安慧，手机铃声响起，梁红梅一看是女儿刘海平的电话，急忙接听。

“闺女，有啥事啊？”

刘海平正趴在店内前台盯着手机看呢，她听出来母亲是小心陪着说话。

刘海平被梁玉梅留下来看店，处理一件小事，没有跟着梁玉梅回梁家村。刘海平人在店里，心却在梁家村。刘海平听出母亲问话的语气有点怪，猜到老妈一定又去找活儿干了，就拿起手机喊：“妈，妈，你在哪儿呢？打你手机都不接。”

梁红梅一时语塞。

梁红梅本来被女儿安排留在家里接外孙的，出门买菜时看见招聘搓澡工的广告就想试一下。梁红梅这个人闲不住，闲下来就心慌。人们冬天都不爱在家洗澡，喜欢到浴池来泡泡，浑身舒坦，浴池的搓澡工到冬天就不够用，春节前后更是奇缺。梁红梅就想试试自己能不能干这搓澡的活儿，钱呢，挣一个是一个，钱又不咬手。

梁红梅发愁怎么跟闺女解释，那边刘海平问道：“妈，你说话啊，是不是又出去找活儿干啦？不是跟你说了，在家休息休息，负责接果果。”

梁红梅心虚地回道：“没有，没有啊，我老腰还疼着呢，哪有力气出来干活儿。”

安慧欲夺过梁红梅的手机跟刘海平说话，吓得梁红梅连连摆手。

安慧瞪着眼睛看着梁红梅。

刘海平舒口气，道：“妈，天上掉下个侬阿娘。”

梁红梅觉得奇怪，问道：“海平，你别不着调啊，什么乱七八糟的。”

“是真的啊，我小姨的娘来啦。”

梁红梅一听，便急急地问道：“海平啊，你是说杨来弟来啦？从上海来的？”

刘海平长长地出口气，看看店内的桌子椅子，将手机放回前台桌子上面，盯着手机，摇头道：“妈，你可真不禁诈，我们哪里知道小姨不是姥姥亲生的啊，本来我还想了好几个法子准备套路你呢，没想到你这么没套路。”

梁红梅反应过来，叹了口气。

“唉，你这孩子咋这么多心眼，跟你妈还玩套路。你小姨呢？”

“回梁家村姥姥家啦。”

“海平啊，你是说玉梅带着杨来弟回梁家村啦？”

刘海平连说是啊是啊。

梁红梅一听，着急了，问刘海平在哪儿呢。

“我小姨店里呀，店里还有点事要处理一下，小姨让我留下来。妈，你告诉我，到底是咋回事儿啊？”

刘海平正后悔呢，后悔自己没有跟着梁玉梅回梁家村。现在好了，老妈竟然知道这个天大的秘密。

梁红梅看看时间。

“我一会儿就去店里找你。”

梁红梅说完就挂了电话，开始穿衣服。安慧急忙问梁红梅发生了什么事，梁红梅也不说话，穿好衣服拉着安慧就往外走。

“一碗面or咖啡”店内，安慧喝着咖啡，眯着眼睛，很惬意地看着梁红梅。

“二姐，喝杯咖啡呗。”

“不喝，喝了晚上睡不着觉。”

“那是你没喝惯，真的没事的，现在离晚上睡觉还早着呢。咖啡只有四个小时的提神作用，还有六七个小时才睡觉呢。”

“咱喝不惯那玩意儿，苦，咱家就你和玉梅爱玩这些洋事儿。”

“二姐你不懂，那是香味儿，苦，才正宗。不过我还真是羡慕你，还去澡堂给人搓澡，你有多缺钱啊。二姐，你说遇到什么难事啦，我给你。”

“知道啦，富婆，我可不要你的钱。”

“二姐，我是真心的啊。”

“是的，富婆，知道你是真心的，我又没说你是假的。”

“唉，我是真羡慕你，真的真的羡慕你啊，亲姐。”

“瞎掰，你整天出入这会所那俱乐部的，今天螃蟹明天鲍鱼的，你会羡慕我这个孤寡老太婆？”

“会所俱乐部都是噱头，骗人的。二姐，你真心不老啊，五十多岁正当年，我是真羡慕你，我每天都感觉好累。”

“是你想要的太多。妈总说人需要的不多，想要的太多。谁也没拿枪逼着你去开工厂，这年头能挣着钱也是本事，咱们家就你一个本事人。”

“说啥呢，我不干事儿不挣钱，心里发空啊，心慌。”

“你是不挣钱就心里发空。”

安慧喝口咖啡，想了想，点点头。

“是啊，有钱挣，我就兴奋；这些日子光花钱不挣钱，我就难受。挣的这点钱，都填进工厂了。”

“你这个钱串子，掉进了钱眼里。不过我还真羡慕你，能挣钱，这年头，钱不好挣。我忙了一辈子，就想挣钱，就是挣不到钱。没办法，这都是命。”

安慧喝完最后一口咖啡，继续眯着眼睛看着梁红梅忙前忙后。

梁红梅从进店门就没闲着，归拢桌椅，打扫卫生，还去冲了一遍厕所。

安慧嫁到梁家，最喜欢这个二姐，心直口快，但从没有一句话是伤人的。干活舍得出力，从来不偷懒。可是二姐说的这个命还真是没有办法解释。安慧有时候也纳闷，这么勤快的二姐，为什么就是挣不到钱呢？

“二姐，你歇会儿吧，店里有孩子，你这是瞎忙活。你是不是歇着难受啊？”

“是啊，和你一样，闲着难受呗。”

“二姐，你说咱们现在这样多好，什么都不想，什么都不干，喝喝咖啡聊聊闲天，想干什么就干什么，你歇会儿不行吗？”

“不行。再说你想过这样的日子太容易了，你又不是没钱。”

“我挣的这点钱就不叫钱。二姐，你来帮我几天忙吧。快过年了，我的工厂准备春节一过就投产，现在要处理的事情太多，你帮帮我吧，帮着我管理后勤这一摊儿，我就不用操心了，也放心啊。”

梁红梅看看安慧，安慧一脸诚意。

“帮几天忙可以，我听你吩咐就是啦。”

“那咱俩说好了，你就来我工厂干吧，帮我管着后勤这块儿，给你工资高高的。”

“那不行，妈说兄弟姐妹之间不能这样。”

安慧放下咖啡杯。

“我真服了，老梁家这家规还真严格。”安慧说着话，看看憨厚的梁红梅。

“那是啊，没有规矩不成方圆。”

“拉倒吧，什么年代啦？”

“什么年代？什么年代也不能把妈妈喊成大娘吧。”

安慧一下子又被梁红梅逗乐啦。

“二姐，我就愿意听你说话，句句都是真理，还通俗易懂。”

“你瞎掰吧，老梁家就我没文化。横竖老天爷饿不死瞎家雀，我呢，能养活自己，饿不死。”

安慧更乐啦。

“笑，笑，就知道笑，只有笑不上税。不过，老梁家啊，数你和玉梅笑起来好看。”

安慧不笑了。

安慧盯着梁红梅问：“二姐，玉梅这些事，大仓瞒得密不透风，我看大仓对玉梅那个好啊，我从来没想过玉梅不是梁家亲生的。二姐，你刚才不是在讲故事吧？”

“故事里的事说是也是，说不是也不是。我们都当玉梅是亲妹妹，玉梅就是亲妹妹啊。”梁红梅将手中的抹布摞在桌子上面，看了一眼安慧。

“二姐，你说这玉梅的亲妈现在来找玉梅，为什么呢？搞不懂，要是像你刚才说的都四十年了，她也表过态，不会再认孩子，可眼看要过年了，她又突然来找孩子，为什么呀？”

安慧接下来就一个又一个地问着梁红梅为什么。

“至于为什么，只有玉梅她亲妈知道。”梁红梅叹口气。

“也是，如果来要孩子，咱妈这一关恐怕过不去。”

“你说咱妈？我觉得咱妈倒好说，只怕是玉梅这一关不好过，玉梅不会跟着杨来弟走的。”

梁红梅话音刚落，安慧又开始追问为什么。梁红梅终于不忙活了，站在那儿回答安慧：“为什么，为什么，为什么就是不知道。”

安慧的手机响起梁思思哇哇的哭声。

梁红梅苦笑。

“真奇葩，还有这样的手机铃声，听着就浑身起鸡皮疙瘩，赶快换了吧。”

安慧看着手机。

“二姐，是思思的电话。”

“思思跟着玉梅回梁家村啦，你看看孩子有什么事。”

安慧不说话也不接电话。

梁红梅拿起手机递给安慧。

安慧刚一接听，梁思思就大声嚷嚷着：“妈，你为什么不接我电话？”

安慧将手机放在桌子上面，开了免提。

“我就不接你电话。”安慧赌气道。

梁红梅坐到安慧身边，看着安慧斗气的样子，笑着摇头。

“没一个有正形的，当娘的没有个娘的样子，闺女不像闺女。”

安慧冲着电话道：“你二姑说你没正形。”

思思喊道：“二姑，苹果姐呢？”

梁红梅冲着电话乐：“去幼儿园接果果了。思思，你们到奶奶家啦？”

思思大声回道：“我们到奶奶家啦。那个老太婆和奶奶还有大伯大娘，还有我小姑在屋里说话呢，我和小土豆跟着我大哥在外面流浪，我们被奶奶遗弃了。”

“你小姑情绪怎么样啊？”安慧好奇。

思思停了几秒钟，回答道：“妈，我小姑平静着呢，特别平静。对了，她刚才吧，在店里给那个老太婆下跪来着，然后就带着我们回奶奶家来了。”

“思思，奶奶的情绪呢？”

梁红梅关心母亲。

思思不假思索地回答："也是超平静啊。"

"妈，这到底是咋回事啊？我小姑怎么会不是奶奶的孩子呢？"

思思不停地问为什么。

安慧知道，思思暂时是无法理解这种事的，可怎么跟思思解释呢？思思那边依旧为什么为什么地继续十万个为什么。

"思思，你帮着大娘干点活，别光顾着玩。"

安慧转移话题。

那一头的思思一听就不乐意了。

"妈，你可真没劲。"

安慧刚张口准备再嘱咐两句，思思那边挂了电话。

梁家小院的屋内，杨来弟的眼泪跟自来水一样流着，房怡和示意梁垦荒去拿毛巾。

吴春兰抱着妮妮在自己房间的热炕上坐着，耐心地教妮妮编中国结。妮妮东张西望，不停地吵着要找太奶奶。

梁垦荒手里拿着一堆杨来弟用过的纸巾出门，将纸巾扔到废纸篓，然后去拿了一条没有用过的新毛巾转回屋来。

梁玉梅一直坐在房怡和身边不说话，也不看杨来弟。

房怡和把毛巾递给杨来弟，杨来弟的情绪平稳了些。

"来弟呀，你突然来找我们，是遇到什么难事儿需要我们帮忙吗？你说出来，我们能帮你的一定帮。"房怡和轻声问杨来弟。

杨来弟本来已经停止了哭泣，听见房怡和这么一问，又呜呜地哭开了。

房怡和看看梁垦荒又看看梁玉梅，再看一眼哭泣的杨来弟。

"垦荒、玉梅，你们去准备晚饭吧。我记得来弟喜欢吃青椒土豆丝，玉梅你去做，多做点。还有啊，来弟喜欢吃醪糟汤圆，玉梅你也做一些。来弟还喜欢吃我腌的辣白菜，垦荒你去仓房的缸里面多拿些出来。"

房怡和吩咐完，垦荒和玉梅对看了一眼，一起默默地起身离开了。

屋内突然安静下来，杨来弟停止哭泣，抬头看着房怡和。

房怡和拉起杨来弟的手。

“来弟啊，你这些年不易啊，你看看你的手啊。”

杨来弟又哭开了，一边哭一边说：“房老师你有福气，蛮有福气的，我没有你的福气，没有啊，我的命好苦啊。”

房怡和轻轻叹口气。

“来弟，我也是当妈的，我怎么会不懂你的苦，你跟我说实话吧，你来是想和玉梅相认吗？你跟我说句实话吧。”

杨来弟听房怡和这样问自己，连连摆手。

“没有的事，没有的事，我，我，我……”杨来弟突然情绪激动到失控，说不出话来。

房怡和看杨来弟情绪实在不稳定，连忙安慰杨来弟。

“来弟，你不要着急，你放心，我房怡和这辈子经历的事不少，你先休息休息，有什么事情我们明天说。你就安心在我这小院住着，家里的孩子们都会照顾你，你先安心住下来。”

杨来弟眼泪流得更多了，一个劲儿地哭。

梁垦荒拿着辣白菜进门，看见梁玉梅正在洗土豆。梁垦荒看得出来，梁玉梅在极力压抑着自己，梁垦荒看见玉梅的肩头在不停地颤动，泪珠掉在水盆里。

梁垦荒拉着梁玉梅的胳膊说：“行了，不要洗了，交给大哥，大哥做饭，大哥会炒土豆丝。你去找大嫂说说话，妮妮来了，去跟妮妮玩吧，妮妮想你了。”

梁玉梅终于坚持不住，忍不住趴在梁垦荒肩膀上哭出声。

厨房就挨着院门，刚好梁彤领着梁思思和小土豆进门，谁也不敢出声，挨着门边轻手轻脚地往院里走。

三个人轻轻走进思思住的屋里躲起来。

“哥，都四十年了，你说她怎么又想起我来啦？我不想认她，我只有一个妈。”

“别说傻话啦，多一个亲人爱你挺好。”

梁玉梅抽泣，梁垦荒忙着安慰。

梁玉梅终于爆发了，她甩开梁垦荒的手，大喊：“亲人，我不需要这个所谓的亲人！我才两个月大啊，她就把我放在梁家。我刚懂事，连队人都七嘴八舌地告诉我，暗示我，说我妈不是亲妈。我都糊涂了，什么是亲妈？我妈咋就不是亲妈？”

梁玉梅盯着梁垦荒，眼泪扑簌扑簌地掉着。

“我长大后明白啦，生我的妈叫亲妈。我更糊涂了，我犯了什么罪过，我该有多讨厌，亲妈都不要我呢。我背着家人哭，我怕家人看见我哭，我就自己跑到没人的地方哭，我面对空旷的大地和无边无际的天空无所顾忌地哭。我哭够了也想通了，管他亲妈不亲妈，爱我就是亲妈。”

梁玉梅哭着说着，梁垦荒拍拍梁玉梅的手。

“等我再大一点，我明白养育之恩比天大，我真正懂了。我喜欢这个家，爸爸妈妈，哥哥姐姐，我已经写进老梁家的家谱了，我是梁家的第五个孩子，我已经忘了她啦！为什么啊，为什么她现在又来了？她来干什么啊？大哥，你告诉我她来干什么？”

梁玉梅说着将已经切好的土豆丝摔在地上，又拿起一盆切好的大白菜准备摔。梁垦荒急忙抓住梁玉梅举起来的胳膊，连声喊着：“玉梅，玉梅，冷静冷静，听大哥的。”

梁垦荒拉住梁玉梅，却不知该怎样劝解梁玉梅。

几个孩子进门后就躲在屋里偷听，听见摔盆声，全都出来怔怔地看着眼前发生的一切，房怡和和杨来弟也闻声出来。

杨来弟显然没有料到梁玉梅会反应这么大，眼巴巴地看着房怡和，求助般地不知所措地搓着双手。

房怡和拉过杨来弟的手，安慰杨来弟。

“这闺女我了解，你这突然来了，她有点摸不着南北。没事儿，闹情绪呢，发泄出来就好了。”

房怡和拉着杨来弟来到梁玉梅跟前，房怡和示意梁垦荒放开梁玉梅，梁垦荒刚刚松开梁玉梅的胳膊，梁玉梅举起白菜盆就摔在地上，盆里面切好的白菜撒了一地。

腊月天，中午的暖阳一偏西，天就变冷，所有的人都不禁打了个寒噤。

房怡和走进厨房，看见案板上还放着一捆菠菜，房怡和把捆在菠菜上面的绳子解开，捡到一个盆子里面端出来递给梁玉梅，梁玉梅接过来，毫不犹豫地就狠狠地摔在地上。

房怡和笑着，看着梁玉梅：“还想摔啥？妈给你去拿。”

梁玉梅头也不回就进厨房，一边走一边说：“摔够了，做饭。”

梁玉梅进厨房后开始削土豆皮。

所有人都面面相觑。

梁彤让思思带着小土豆回屋去，自己蹲在地上收拾菜叶。

梁思思蹲下来帮着收拾，看着梁彤小声说：“哥，小姑可真酷毙啦，你觉得呢？”

梁彤起身拍拍梁思思的头。

“酷？你懂什么，进屋去，小心冻感冒，带好小土豆。”

“哦。”

梁思思看大哥一脸严肃，不再说话。

梁垦荒跟着梁玉梅进厨房后开始摘菜。

杨来弟还是有些缓不过神儿来，不知所措地看着房怡和。房怡和笑笑，拉着杨来弟就走。

“走，咱俩回屋暖和暖和，让垦荒和玉梅做饭，来弟，你一会儿尝尝他们的手艺。”

晚饭很丰盛，六菜一汤：酸辣土豆丝、白菜肉片、木耳炒鸡蛋、炖鲅鱼、蒜苗炒肉丝、酸菜炖粉条，还有醪糟汤圆。

房怡和拉着杨来弟坐下来。

梁垦荒和吴春兰带着妮妮没上桌，梁垦荒知道应该过去陪着杨来弟吃饭，可是心里实在别扭，找借口没上桌。梁玉梅坐在房怡和身边，梁彤、思思和小土豆依次坐在梁玉梅身边。所有人都坐下后，杨来弟却依旧站在房怡和右手边不肯坐下，房怡和拉着杨来弟坐下，杨来弟坐下后却低着头。房怡和吩咐梁彤把果汁给每一个人都倒上，梁彤起身给每一个人的杯子里都倒上果汁。

房怡和举起杯子说："今天我们家来了贵客，我身边的杨老师啊，四十年前和我是同事，我们都在连队小学当老师。杨老师教过彤彤爸爸、思思爸爸和小土豆妈妈。"

三个孩子听到这里，全都很惊讶地看着杨来弟，心中满是疑问，一个个心说，就她？当老师？

杨来弟依旧低着头。

房怡和看着几个孩子的表情，微笑道："你们都很吃惊是吧？"

梁彤笑笑，答应着奶奶："是啊，奶奶。"

思思和小土豆点点头。

房怡和接着说道："四十年前的事对你们来说就是故事喽。"

房怡和说完，看看杨来弟，杨来弟依旧低着头。

"来弟啊，来，我给你介绍介绍我这几个孙儿。"

杨来弟微微抬起头，目光拘谨。

"梁彤，垦荒的儿子，在大学当老师呢，孩子都五岁啦。思思是大仓的闺女，大学刚毕业，昵称小土豆，中文名字任晓媛，和祥和雪梅的女儿，专程从加拿大回来给我过生日。雪梅还有个儿子，比彤彤小两岁，在加拿大没回来。雪梅他们家的事啊，等我慢慢讲给你听。还有红梅，红梅的闺女也三十多岁了，都有儿子啦，今天没过来。"

房怡和在那儿介绍，三个孩子很守规矩，房怡和点到谁的名字，谁就会自觉地站起来跟杨来弟点头示意，小土豆还挥着手，跟杨来弟“嗨”了一声。小土豆这一举动，让满桌人都笑了，略显紧张尴尬的气氛一下子缓解了。

杨来弟微微低着头，轻声道：“蛮好的，蛮好的，房老师蛮有福气，房老师你蛮有福气的。”

房怡和见杨来弟始终有些拘谨，提议道：“来，孩子们，大家一起举杯，欢迎我的老朋友老同事来咱们家。”

这边屋内，吴春兰给妮妮喂饭，梁垦荒坐在沙发上面发愣。

妮妮的饭是梁玉梅做的小馄饨。妮妮吃着，心不在焉，一会儿要去找爸爸，一会儿又要去找太奶奶。

“小孩子喜欢热闹。”

“大人也喜欢热闹。”

梁垦荒说完，看着吴春兰，他没有心情吃饭，他担心杨来弟的到来，会影响母亲的心情。

父亲走后，他最操心的就是母亲的身体。母亲有风湿性关节炎，连带着心脏不舒服，天一冷就胳膊腿疼，心慌气短。

吴春兰指一指餐厅方向：“不放心就过去看看嘛。”

“真想不出杨来弟来干啥。”梁垦荒自言自语。

妮妮在吃馄饨，用手拿起馄饨放进嘴里。吴春兰摇摇头，看着妮妮有点小得意的样子直摇头。

“妮妮，你学会气奶奶了。”

妮妮阴谋得逞，挑衅地看着奶奶，她觉得自己被忽视了。

梁垦荒又开始唉声叹气。

吴春兰劝梁垦荒：“你不放心就过去看看妈，我自己带着妮妮就可以，我也想不出来她来咱家想干啥，会不会是她又遭到什么不幸，成了鳏寡老人，来投奔玉梅？再有一种可能是发大财了，可我看她那样子不太像啊。”

“关键是她来得突然，快过年了。”

“冬花阿姨说，他们几个老荒友去看杨叔，杨来弟自己就来咱家了，谁知道她来干啥。”

“我过去看看，咱们猜不出来。刚才玉梅跟疯了一样，唉。”

吴春兰一撇嘴：“谁都得疯。”

“我过去看看妈。”梁垦荒站起身，看看正在故意用手抓馄饨的妮妮。

“妮妮，听奶奶话啊。”梁垦荒说着就出了门。

安慧在梁红梅家吃晚饭。

饭碗刚摆上，梁大仓就打电话质问安慧：“家里冷锅冷灶的，安慧你人在哪里？”

安慧举着电话给梁红梅听：“二姐，你听听，我上辈子是不是欠他的？我累了一天啊，他问都不问一声，还等着我做给他吃。”

梁大仓一听安慧在二姐家蹭饭，马上说道：“安慧，你等着啊，我马上去二姐家接你。”

“想来蹭饭就直接来，还说接我，哄三岁小孩呢。”安慧看不上梁大仓这点小伎俩。

刘海平抢过电话，跟小舅报告：“小舅啊，你快来吧，咱们家出大事啦。”

“出什么大事啦？”

刘海平还没回答，安慧没好气地说道：“天上掉下个侬阿娘。”

“瞎说什么呢，我这就过去。”

梁大仓挂了电话，开着车就来了。

梁红梅趁着梁大仓还没进家门的工夫，又去厨房做了一个梁大仓喜欢吃的酸辣土豆丝。安慧看着梁红梅左右翻动着锅铲，在旁边嘀咕，还是亲姐，还是亲姐啊。

梁红梅将炒好的土豆丝装盘，放在安慧手上，笑着说：“快端过去吧，话真多。”

刘海平听到敲门声就带着果果去开门。

梁大仓一进门就抱起果果，说："果果，小果果，想舅爷没有啊？"

果果流着口水说："想舅爷的棉花糖。"

梁大仓故意举着果果说："小馋猫，吃糖对牙不好啊，你看看舅爷衣服兜里有什么好吃的？"

果果一听就伸手，梁大仓就故意将果果再举高点，果果怎么都够不着梁大仓的衣兜。

安慧看着乐，心想，就会欺负小朋友，真有本事。

梁大仓故意将果果再举高点，果果开始要赖了，说："我要下去，我要下去。"

梁红梅和安慧两人摆好碗筷。

"都过来吃饭。"安慧招呼着。

梁大仓坐下来，吃了一口土豆丝。

"真地道，我最爱吃土豆丝。"

安慧给梁大仓盛了一碗白粥。

"也不看看谁做的。"安慧说着，将白粥放在梁大仓面前。

梁大仓说："二姐的手艺。"

刘海平哄着已经有睡意的果果吃粥，正准备往果果嘴里送粥，手机微信视频提示音响了，刘海平一看是思思发来的，急忙打开。

"忘了，忘了，把大事忘了！快来看思思发的视频。小舅，小姨的娘来啦。"

梁大仓哦了一声，反应过来，歪着头问刘海平："谁的娘？"

刘海平没有回答小舅舅的提问。

"先看看思思都录的啥。"

刘海平盯着手机看。

视频录得特别清楚。

梁玉梅举着个装着果汁的杯子，摇摇晃晃地走到杨来弟面前，拉着房怡和的胳膊对着杨来弟说："这是我娘，我有娘啊。"杨来弟低着头，不敢看梁玉梅。梁垦荒拉着梁玉梅坐在椅子上面，梁玉梅刚坐定又站起来，用杯子指着杨来弟说："你说啊，你来找我们干什么呢？你为什么来我们梁家？你说啊。"房怡和夺过梁玉梅的杯子道："行了，玉梅，跟你大哥回屋休息。来弟也累了，我们都回去休息。"

镜头摇摇晃晃地就没了。

梁大仓看着视频，完全看不懂。

"你小姨这是唱的哪一出啊？这个老阿姨是谁啊？"

安慧不等海平回答，抢白梁大仓："你以为是谁，是玉梅的亲妈。"

梁大仓看着梁红梅说："二姐，那个上海人杨来弟？"

梁红梅点点头。

梁大仓放下筷子，吃惊道："我的个妈啊，一点都认不出来了，怎么这个样子啊。"

梁红梅摇头道："都老了，咱都老了，她还能不老吗？"

"二姐，她来干什么？她怎么找到咱家来了？"

"我怎么知道呢。"

谁都无心吃饭了。

刘海平跟梁大仓简单地复述了一遍杨来弟来店里找梁玉梅的经过。

"我还以为是个神经病找错了地方，原来是真妈，亲额娘，如假包换的妈。咱家的故事还挺多。"

刘海平两手一摊，一脸无可奈何。

"你知道什么，没规矩，赶紧给果果喂饭，果果该睡觉了。"

梁红梅埋怨刘海平话多。

"小舅，到底是咋回事啊？"刘海平追问梁大仓。

梁大仓一五一十地把当年自己看到的情景讲给刘海平和安慧听。

刘海平听完瞪着大眼睛说："怎么跟电视剧似的。"

刘海平话音未落，梁红梅和安慧不约而同地问梁大仓："你说她现在来找玉梅干啥呢？”

梁大仓想了一想，摇头道：“这个不用猜，只有杨来弟自己知道。”

刘海平的手机铃声又响起来。

“苹果，业务繁忙啊，不对不对，应该叫刘店长业务繁忙。”安慧调侃刘海平。

刘海平瞪着安慧说：“小舅妈，是你闺女思思的电话。”

“快接快接，看这丫头搞什么鬼，打开免提，让我和你小舅听听。”

“小舅妈，你可真行，还喜欢窥探隐私。”

刘海平嘴上说着安慧是窥探别人隐私，还是打开了免提，自己也是孩子妈了，可怜天下父母心。

思思那边早已迫不及待，几乎在喊：“苹果姐，苹果姐，今天小姑发飙，砸盘子摔碗，吓死人啦。”

梁大仓一听，急忙问思思：“奶奶怎么样啊，思思？”

梁思思一听爸爸的声音，就喊起来了：“爸，你怎么在苹果姐姐家？”

梁大仓笑道：“你姐家又不是皇宫，我怎么就来不得？”

思思立马讥笑老爸：“我爸是谁啊，哪儿都能去。上天取经，下海探宝啊。”

梁大仓担心母亲，没时间跟思思贫嘴，追问思思：“思思，奶奶没事吧？”

“没事，没事。爸爸，咱家咋这么多故事啊，你不会也不是奶奶亲生的吧？”

梁大仓听后，哈哈大笑道：“这个傻孩子，你想啥呢。”

安慧拿起电话说：“你这孩子咋这么不着调呢，二百五。”

梁思思在电话里长长地咦了一声：“妈，你怎么突然和我爸一个鼻孔出气啦？好不适应哦。”

“别没正经，思思，奶奶现在干啥呢？”

梁大仓担心母亲的身体，杨来弟突然来了，梁大仓怕母亲受不了这刺激。

梁思思告诉爸爸，奶奶和那个老太婆回屋了，自己跟小土豆在屋里面学英语，小姑和大娘在收拾厨房，大哥回自己家啦。

梁思思一口气说完，问梁大仓："爸，还想问什么？一点都不关心你女儿啊，说了这么多，没有一句是关心我的，生气啦，挂了。"

梁思思说完就挂了电话。

梁大仓盯着安慧说："都是你给惯的。"

安慧刚想发作，手机响了，电话是工厂小柳打的，叮嘱她一定要看看他们那个所谓的老板微信群。

小柳说的这个群是连红旗发起建的，成员都是做各种工厂企业商贸的老板，安慧有的认识，有的根本不认识。安慧是被连红旗拉进群的，为了工厂装修工作进展顺利，她把小柳也拉进群。连红旗对此颇有微词，挤对小柳资格不够。安慧看看微信群里面的消息，气不打一处来。连红旗在群里发了一条求助信息，大意是年关将近，生意难做，朋友之间如果在金钱上斤斤计较，不守信用，不但生意不好做，朋友也做不成，还含沙射影地讽刺安慧开工厂做尿不湿是在吃老公的人脉资源。

安慧看完，一股无明火蹿到头顶。安慧觉得自己太冤枉了，从建厂到现在，风里雨里，只有自己一个人在撑着，梁大仓根本不闻不问，自己怎么就成了吃老公的人脉资源呢。

安慧冲着梁大仓就喊："梁大仓，梁大仓，看看你的好朋友，什么玩意儿啊！"

梁大仓一看安慧突然没头没脑地发火，虽然感到莫名其妙，但心里知道她最近心情烦躁，想起来这段日子她为了建工厂日夜奔波，自己从不主动关心，便拉着她的胳膊劝慰："回家吧，大家都累了一天了，咱回家再说。"

"回家？我哪有家啊，我就一孤家寡人。如果不是看在思思的分上，我早就不跟你过了。梁大仓，你把对患者的热情分一半给我，我都知足。梁大仓，我求你把对病人的关心分一点点给你老婆行吗？"

"我知道你累，知道你累，回家啊，回家。"梁大仓拉住安慧的胳膊就准备往外走。

安慧狠命甩开梁大仓的手，吼着：“我不回家。”

安慧情绪失控，梁大仓瞪着眼睛看着安慧。

刘海平抱着果果站在那儿插不上嘴，果果被吓着了，哇哇大哭。

梁红梅让刘海平带着果果去卧室，转过身就狠狠地踹了梁大仓一脚。

梁红梅收回脚，气哼哼地跟弟弟发脾气：“大仓，你可真是的，安慧忙成那样，你就不心疼？”

“谁让她这么能折腾，非要开什么工厂，这和开药店根本是两回事啊！还要生产尿不湿，这样的工厂各种要求都高，我劝她，她根本不听。二姐，她还把家里的房子偷偷卖了，我说什么了我？我还要怎么心疼她？”

“那你也不能乱发脾气。”

“二姐，你不能拉偏架吧，谁先发脾气的？真是。”

“你一个大男人，就不能让一让啊，安慧多累啊。”

“累是自己找的，我又没有让她累。”

安慧听梁大仓这样说，彻底气疯了，气急败坏地喊起来：“我为什么折腾？你说我为什么折腾？还不是为了多挣点钱。”

“你是不够吃还是不够穿？放着安稳的日子不过，非要折腾。”梁大仓也火了，顾不上是在二姐家里，指着安慧的鼻子就数落起来。

梁红梅不知道该劝谁了，左右为难。

“我就是要折腾，折腾才有意思，人活着挣大钱才有价值，别人能干的我为什么不能干？”

“你愿意干什么就干什么，以后你想干什么就干什么，别跟我说。”安慧一句也不让，梁大仓真动气了，指着安慧的鼻子继续发威。

梁红梅横竖都插不上嘴。弟弟是个好弟弟，平时没少帮衬自己；弟媳也不错，大大方方一个人，从不跟家人计较。可是家务事，谁也说不清楚。

梁红梅推着梁大仓往门口走，一边推一边劝梁大仓：“你先回家吧，先回家，不都冷静冷静，有什么好吵的，不都是为了把日子过好吗？”

梁红梅把梁大仓推出门，安慧这边还气得喘粗气。

梁红梅拉着安慧坐在沙发上，给安慧倒杯水。

安慧接过水杯，却不着边际地说了一句。

“我要喝咖啡。”

刘海平哄睡果果出来，看着安慧，慢悠悠地劝道：“小舅妈，这么晚喝咖啡，晚上不用睡觉了。”

“睡不着就不睡，有什么了不起的。”安慧接着生气。

刘海平一点也没有同情安慧的意思，走到她身边，似笑非笑地看着她。“不用撒娇，小舅走啦，你可真行，卖房子开工厂。”

“这孩子，没大没小的，怎么跟你小舅妈说话呢，一边待着去。”梁红梅拍下刘海平。

“本来嘛，我小舅也很辛苦啊，医院现在病号多，小舅也累啊，都相互理解理解。”

安慧喝口水，看看刘海平，将杯子递给梁红梅。“海平，就知道向着你小舅，舅妈白疼你了。”

“我谁也不偏向，我只说道理。”

安慧不说话了，梁红梅和刘海平都沉默不语。

“二姐，这日子咋就过成一地鸡屎啦？”安慧还是忍不住跟梁红梅抱怨。

刘海平苦笑道：“小舅妈，你的日子还一地鸡屎，那天天为钱发愁的我们，日子是一地啥啊？”

梁红梅劝安慧道：“知足常乐啊！安慧啊，谁家的日子也不是一地黄金，你的日子不错了。”

梁大仓站在车门前犹豫着，一横心打开车门，回头看了一眼二姐家的灯光，又犹豫了一下，开着车离开。

第六章 往事怎能如烟

梁玉梅借着月光看着熟睡的房怡和。

冬夜，银盘样的月亮挂在天空中央，月光均匀地洒在房怡和的脸上，梁玉梅发现母亲脸上的皱纹在睡觉的时候也那么明显。睡在房怡和身边的杨来弟满脸沧桑，一头白发在月光下显得格外扎眼。梁玉梅看着杨来弟，心中五味杂陈，轻轻带上门。

在梁玉梅的记忆里，母亲房怡和总是那么温柔漂亮，遇事从容淡定。

梁玉梅从开始记事起，就知道母亲有一种与连队其他女人不一样的气质和素养，尽管当时年幼的梁玉梅还不能准确地知道何为气质，何为素养。最让连队很多女人学不来的，是母亲对孩子们那种温柔细心，那种一看就能体会到的母爱。母亲不管多累多忙，总是把自己收拾得干干净净，梁家几个孩子也总是清清爽爽的。现在想来，母亲当年为这个家和孩子们默默地付出得太多了。因为与连队其他女人不同，母亲招惹了多少羡慕嫉妒恨啊。

梁玉梅记得自己上小学一年级的一个中午，她背着书包刚走到家门口，就看见门口围着好多女人和小孩子。

这些女人喊着叫着，乱哄哄一片，梁玉梅根本听不清她们在喊什么叫什么。梁玉梅远远地看见连长老婆王冬花从人群中挣脱出来，披头散发地说着：“疯了，疯了，这老娘们是疯啦。”王冬花看见梁玉梅，上前拉着她的手就说：“孩子，快去连部找你爸，叫你爸赶紧回家，快去。”

梁玉梅不明就里，伸着脑袋往家门口看。这一看不要紧，吓得她直哆嗦。她好像看见母亲那件碎花衣服在晃来晃去，显然衣服撕碎了，她就急着往家门口走。

王冬花急了，推着梁玉梅道：“你这孩子咋回事啊，快去叫你爸回家，你妈挨打啦。”梁玉梅一听妈妈挨打了，来不及多想，撒腿就跑到连部去找爸爸。梁玉梅记得她跑进门时，父亲梁勇敢正和杨木林连长下象棋。

父亲正得意呢，一边玩着棋子，一边哼着小曲儿。

梁玉梅进门拉着父亲的胳膊就往外走，梁勇敢却不动地方，挥挥手说：“闺女，你先回家，告诉你妈不用等我吃饭，我下完这盘棋就回家。”

梁玉梅急得说不出话，缓过神儿来后大声喊道：“爸爸，我妈被人打啦。”

梁玉梅到现在还记得父亲当时的样子，梁勇敢听到梁玉梅的话后立刻站起身，拉着梁玉梅就往门外走，象棋子撒了一地。

梁玉梅跟着父亲跑回家，门口还是围着很多人。

梁勇敢大喊道：“让开，让开，都干什么呢？”

人们一看梁勇敢来了，就让开一条路。

映入眼帘的那一幕吓到了父女俩。房怡和被一个胖女人压在地上，女人手中拿了一只鞋，硬是要挂在房怡和脖子上，房怡和拼命用手抵抗，胖女人力气大，压得房怡和动弹不得。

梁勇敢上去踢翻胖女人，梁玉梅认出这女人是连队一个老职工从老家带来的老婆，好像没有孩子，连队人都叫她雷管。

很多年以后，梁玉梅才知道雷管就是一点就爆炸的意思。

胖女人被梁勇敢踢倒在地上，梁勇敢和梁玉梅扶起房怡和。房怡和嘴角还有血，衣服被撕得破碎不堪，梁玉梅吓哭了。

雷管从地上爬起来，坐在地上哀号："你这个破鞋，就会勾引男人。"

"你骂谁破鞋？"梁勇敢上去就给了雷管一巴掌。

雷管一看是梁勇敢，又开始号啕大哭："你老婆是破鞋！"

梁勇敢上去又是一巴掌，胖女人嚎得更厉害了，哭咧咧地说："俺家老刘晚上说梦话，喊'房老师，房老师'。"

梁勇敢一听火冒三丈，说："你老头是流氓，看我怎么收拾他！你不去打你家老刘，还到我家来打人撒泼，老子杀了你，撕烂你的臭嘴！"

梁勇敢说着，又准备去打雷管，被房怡和死死地拽住胳膊。

梁勇敢暴跳如雷，瞪着眼睛看着雷管，说："老子还是第一次打女人。不分四六的东西，欠揍的货，竟敢打我老婆，作践我老婆。你再作践她，我打死你，你是真欠揍！"

房怡和冲着雷管喊道："你快滚回家吧，快滚啊。"

雷管却更大声地叫道："谁让你长得这么漂亮啊！"

周围的人哄堂大笑。

那时，二哥大仓在营部上中学，周末回家，听梁玉梅说雷管打妈妈，去树林找来树干和木头棍子就去雷管家找雷管算账，吓得雷管几天都不敢出门。

后来很多年，雷管还是见到梁家的两个儿子就绕道走，她真怕挨揍。有一次雷管被自己男人给打了，坐在大路边哭喊，人家老梁从来都不打老婆，人家养的儿子都护着自己妈，我命苦啊，没孩子，还挨打。

连队小学的孩子们都喜欢房怡和。

梁玉梅记得王冬花阿姨家的大儿子拴住和小儿子留根都喜欢房怡和。

拴住跟大哥垦荒同岁，总是被他爸妈轮流暴揍，因为他总是不写作业，考试总是考个大鸭蛋抱回家。王冬花阿姨不识字，就希望儿子能好好学习，可是拴住不喜欢学习，喜欢上树掏鸟窝。拴住刚挨爸妈打的时候没有经验，就知道自己往野地里狂奔，然后躲到地号里不出来，到了晚上也不敢回家。他妈王冬花害怕儿子被狼吃了就哭个不停。王冬花真怕拴住被狼吃了，北大荒狼多。结果拴住挨到天黑透了回家还要挨打。

杨木林连长找不到他上火，上火还打他出气。

拴住被打习惯以后就开始总结经验，研究战略战术，专门对付挨打，想尽一切办法躲过爸妈的棍棒。拴住只要看见王冬花脱鞋，就会跑得比兔子还快。拴住不等王冬花举起鞋底，就已经嗖的一下，大步跨出门槛，然后迅速绕着整栋房子转圈跑。他爸妈每次都被他转得晕头转向，每次学校开运动会拴住都是长跑冠军，他的爸妈哪是他的对手？他们跟在拴住后面，跑得头晕，不得不放弃揍他。

王冬花每一次被转晕的时候，都会倚着门框，气喘吁吁地开骂：“拴住，我看你回不回来！”

拴住为躲避挨打，也会偷偷藏到梁玉梅家里。每当这时候，房怡和就会给拴住一个大馒头，还会将馒头掰开，在中间夹些自家腌渍的小咸菜，比如小黄瓜啊，苤蓝丝啊，还有辣白菜、辣萝卜干什么的。

拴住撑得肚皮溜圆，回家倒在炕上就睡。王冬花一点招儿都没有。

有一次，拴住因为抢大哥垦荒的冰尜，将他打到鼻子出血。

那时的孩子们没有什么玩具，男孩子大都是用木头刻一把手枪，成群结队地在连队各个可以玩闹的角落玩耍，玩解放军抓特务。

拴住嘴里面还念念有词：大雨哗哗下，北京来电话，叫我去当兵，我还没长大。拴住是扯着嗓子喊，口齿还不清楚：大雨哗哗下，北京有电话，让我去当兵，我还长不大。

杨木林连长听到后就骂拴住：“你去当兵还不得打败仗。”

拴住不敢还嘴，接着自己喊：大雨哗哗下，北京来电话。

到了冬天，北大荒到处都是天然冰场，孩子们会在冰场上面玩冰尜。

梁勇敢给两个儿子做的冰尜比赛时从来不会倒，机关在冰尜底部，他在那里安放了一个自行车轴承中的小钢珠子。这种冰尜转起来飞快，不仅速度快还持久。

梁垦荒和梁大仓兄弟俩和连队的一群男孩子比赛就从来没有输过。

一次玩耍时，拴住想要垦荒的冰尜，垦荒不给，拴住就上手抢夺，两人交战，垦荒被拴住打到鼻子出血。

房怡和看着鼻子出血的儿子，搂着儿子掉眼泪。

王冬花从不娇惯拴住，知道拴住打了垦荒，就像拎小鸡一样拎着拴住推搡到房怡和面前，嘴里嚷嚷着交给房老师教育，该打就打，该骂就骂，打死算了。

梁勇敢拎着一条皮带瞪着拴住说："你小子长本事了，抢别人的东西还满嘴道理，今天老子替你妈教训教训你。"

梁勇敢围着拴住转一圈儿。

拴住这次是真害怕了，他曾经亲眼看见梁勇敢像捏虫子一样捏得小黑皮喊爹叫娘的。拴住看见垦荒的弟弟和妹妹围着他，知道想逃跑都没门了，开始吓得瑟瑟发抖蹲在地上，然后干脆一副死猪不怕开水烫的样子，低着头耷拉个脑袋等着挨打。

房怡和这时候夺过梁勇敢手中的皮带，让垦荒和大仓扶起已经跪在地上的拴住。房怡和拿来一条毛巾给拴住擦去脸上的泥土，让他坐在小板凳上。

房怡和问拴住："杨拴住，你爸爸妈妈打你疼不疼啊？"

拴住结结巴巴地回答："疼，不过我妈没有我爸打得疼。"

房怡和接着问拴住："拴住啊，挨打的滋味好受吗？"

拴住开始掉眼泪，摇头。

房怡和继续问拴住："你挨打不好受，你怎么打别人呢？我现在叫梁叔叔打你一顿好不好？"

拴住一边掉眼泪一边使劲儿哭。

房怡和循循善诱："拴住啊，这样吧，你跟垦荒道歉，告诉垦荒你错了，不应该打人。"

拴住抬头愣愣地看着房怡和。

"你跟垦荒道歉，我让垦荒原谅你，但是你要跟我保证，以后不能再抢别人东西，更不能打人。"

房怡和说完，拴住一个激灵站起来，跟垦荒道歉："垦荒，对不起，我以后再也不打你了。"

房怡和继续开导拴住："拴住啊，不是不打垦荒，是谁都不能打，打人是不对的，要改正。"

拴住马上回答："知道了。"

王冬花来接拴住，拴住走到门口却回过头来叫了一声妈妈。拴住跟房怡和说："妈妈，我想让你当我妈妈。"

拴住这一喊，气得王冬花脸色都变了。

王冬花恨道："谁是你娘？白眼狼！"

后来拴住在对越自卫反击战中牺牲，王冬花哭晕过去，一夜白头。后来拴住的弟弟杨留根也当了兵，竟然和黎明辉在一个中队。

想到黎明辉，梁玉梅心抽搐着痛。

连队里面很多孩子都想当房怡和的孩子，都羡慕房老师的孩子们。

梁玉梅一直为有房怡和这样的妈妈感到无比幸福。然而有一天有人告诉她，这个她无比热爱的妈妈不是她亲妈，这个世界上还有一个人，这个人是她的生母，因为这个人孕育了她。这一切对于梁玉梅来说无疑是灭顶之灾。

很多心灵鸡汤都煞有介事地说人的成熟是在一瞬间，其实不是的，每一个人的成熟有着不一样的机缘和标志。比如有人的成熟是从突然懂得了性，有的人是因为突然知道这个世界上同时存在着善与恶。梁玉梅的成熟，是因为知道了这个世界上人与人之间其实都存在着一种神秘而坚固的纽带关系——血缘。

梁玉梅从小生活的环境就是那个几百号人的连队，那个小连队就是她整个世界。她喜欢这个从小长大的小地方，亦如她喜欢这个无比温暖的家一样。她不知道外面的世界，她也从来没有想过去了解外面的世界，所以当有人不断来提醒她告诉她，房怡和不是她的亲妈时，她采取的方式是对抗。她不断地提醒自己，这些人都是坏人，他们在编造谎言欺骗自己，可能他们太羡慕她有一个这样完美的妈妈。不是吗？

小时候的梁玉梅以为这个世界上只有两个节日，中秋和春节。吃月饼和穿新衣服。连队别的家庭过年都是吃一顿饺子，给孩子们每人做一件新衣服。她的家不一样，年三十晚上，房怡和会召集六个孩子都围在身边，看爸爸妈妈表演节目，然后孩子们也要表演节目。

尽管每一年过年，爸爸表演的节目都一样——变魔术。

梁勇敢用一个布袋子放在两只手中撑开，振振有词地念咒：鸡蛋、鸡蛋快出来。然后两手一抖，真的会有两个熟鸡蛋掉在布袋子里面。房怡和就说，这两个鸡蛋是春兰和玉梅的。

梁勇敢每次变出来的鸡蛋都是先给吴春兰和梁玉梅，然后才能轮到两个哥哥和两个姐姐。

妈妈房怡和的节目每一年都不一样。妈妈会唱样板戏，妈妈还会唱洪湖水浪打浪，妈妈还会唱很多歌曲。

梁玉梅太爱这个家和爸爸妈妈了，她坚强地对抗着她还有一个妈妈存在的各种提醒，这种对抗成为她坚持爱房怡和的信念，这个信念伴随着她长大成人。

谁的往事不是深藏在记忆的最深处？

记忆犹如海底沙，潮涨潮落，流沙随海水不断涌动，往事如烟，怎么可能？

在这个月光如水的冬夜，当杨来弟就这样来到了梁玉梅的身边，梁玉梅回忆的闸门被往事的洪水冲开来，无法阻挡。梁玉梅抬头看着月亮，看着月亮皎洁的脸庞，两行热泪忍不住流出来。

梁垦荒这时已经悄悄地在梁玉梅身后站了很久，他不是不想劝小妹，他是不知道该怎样来劝说小妹。

梁玉梅打了一个寒噤，腊月天，夜凉得像深海里的水。梁垦荒把手中拿着的羽绒服给梁玉梅披上，轻声道：“玉梅，走吧，跟大哥回屋去。”

梁彤躺在卧室大床上看家谱。

孙美丽瞪着眼睛，看着聚精会神的梁彤。

孙美丽想不明白，家谱有什么好看的呢。孙美丽轻轻地咳了一声，梁彤没有察觉，依然专心看家谱。

爷爷和奶奶决意要编撰家谱时，梁彤还在读书。梁彤自幼跟着爷爷奶奶长大。梁家的孙儿一辈都是奶奶一个接一个地带大的，当他们一个个长大上学后，就像鸟儿一样飞离了爷爷奶奶家。尽管梁彤他们寒暑假都会回来看望爷爷奶奶，但渐渐长大的孩子们都有自己要忙的事情，平时几乎没有时间陪伴爷爷奶奶。

爷爷和奶奶开始编撰家谱，这一编就是十几年。

当初知道爷爷和奶奶要编撰家谱时，梁彤以为他们是为了找一件可以做的事情打发日子。

梁彤对家谱是陌生的。上大学时的梁彤喜欢寒暑假做背包客旅游，去过一些南方城市和乡村，见多了南方村村寨寨的家族宗族祠堂，他只是感觉在南方“家族”这一概念要明显强于北方。这种代表家族和氏族的精神寄托产物，在南方比比皆是，在北方却很少见。

爷爷和奶奶喜欢做的事情，梁彤不反对。

现在，当他打开爷爷和奶奶花费十几年心血编撰的家谱，他被深深触动了，内心突然有一种无以言表的激动，这种感觉就好像是突然找到了失联很久的亲人。一本书一样的家谱中那些看似熟悉却又陌生的文字，一个个闻所未闻的名字，都让梁彤感觉到亲切，甚至似曾相识。

孙美丽见梁彤看得入迷，就过来趴在他胸前轻轻地吻了一下他的额头。梁彤笑笑，接着看家谱。

孙美丽端详着梁彤。这个男人谈不上英俊，肤色黝黑还粗糙，个子还可以，一米八一，身材比例很普通，但是身上有一种让人踏实的磁场。

梁彤拍拍孙美丽的后背，目光没有离开家谱。

孙美丽随手拿过梁彤手中的家谱。

“看得这么入迷，跟读世界名著似的。”

“比世界名著好看，世界名著是别人的故事。”

孙美丽不以为然地撇撇嘴。

梁彤看看孙美丽，拿过来家谱准备接着看，孙美丽再一次从梁彤手中拿过家谱，顺手翻翻。

“美丽，你又没有兴趣，给我吧，我接着看。”梁彤说着，欲拿回家谱。

孙美丽不给，自己接着翻家谱。看到梁树根的名字，孙美丽惊讶地问梁彤：“梁树根是谁啊？”

“你猜。”梁彤故意卖关子，不告诉孙美丽。

“我可没工夫猜，你说不说？”孙美丽立马不高兴了。

“你不会看看后面括弧的备注。”

“啊，是爷爷啊。”

孙美丽看明白了，自己在那里乐得直拍被子。

“梁树根，梁树根，太有意思啦，这接地气的劲儿。怎么叫树根呢？有什么讲究吧？梁彤，你说呢？”

“应该是爷爷的老爸对家族的一个期望吧。”

“期望什么呢，长子叫树根，那其他的孩子该叫啥呢，不会叫树叶吧。”

“你还真猜对了，我爷爷叫树根，我二爷爷叫树林，几个姑奶奶呢，起名梁树叶、梁树枝、梁树芽。梁家，就像一棵大树，枝繁叶茂，树大根深。”

“真够土的。”

“你这样说可就没文化啦，这不是土，是接地气，懂不懂？这才是接地气的名字。”

梁彤认真解释，孙美丽一脸嘲讽。

“你那个舅爷，就是经常来找我小叔看病的那个舅爷，不是叫狗剩吗？你还笑话我们家。”

“梁彤，你有没有搞错啊，那不是我们家的直系亲属好不好。”

梁彤见孙美丽不高兴，便不再多说话，接着看家谱。

“我怎么没有见过二爷爷和几个姑奶奶啊？”孙美丽问梁彤。

“我听奶奶说，二爷爷去世早，二爷爷家的表叔在外地当兵，在当地成家立业，二奶奶跟着表叔生活，好像还改嫁过。几个姑奶奶嫁到西安两个，还有一个姑奶奶跟着儿子在南方，无锡一带。我们刚回老家那几年，几个姑奶奶回来过，我不记得了。奶奶和爷爷为了编撰家谱，还去过无锡和表叔家。”

“哦。”孙美丽答应着，发觉梁彤的视线根本没有离开家谱。

梁彤看得入迷，孙美丽去看手机，不再理睬梁彤。

牛玉香给孙美丽发来一条微信：闺女，没睡就来我这边一趟。

孙美丽起身下床。

梁彤看孙美丽下床，奇怪地问：“这么晚了，你干什么去啊？”

孙美丽头也不回道：“我去喝口水。”

孙美丽来到牛玉香住的次卧，看见牛玉香正对着手机发呆。

孙美丽坐在牛玉香床头，拿过牛玉香手中的手机放在床头。

“妈，你怎么还不睡啊？总看手机对眼睛不好。”

牛玉香看见孙美丽就来了精神头儿，一骨碌坐直身子，指着自己的手机说：“你看看，看看，我刚才在房产交易中心看到一套二手房，房主急着出手呢，说是全家移民，要的价格特别合理，位置也好，就在海边公园旁边。这样的房源不多，你看看，快看看。”

孙美丽看了一眼牛玉香说的房源，信息很详尽，卖主的资料电话和其他联系方式都挂在那儿，一看就是一个很有诚意的卖家。

孙美丽看完信息后把手机递给牛玉香。

“妈，这个房子是不错，可是我怎么跟梁彤开口，怎么开口啊？又不是没有房子住。再说这房子是我公公婆婆贷款买的，我们连房贷都不用还，人家老两口在还房贷呢，我们没有理由再要求买房。”

“谁家不是这样啊。你是真笨啊，理由想怎么说就怎么说啊，直接说就可以，还怎么说？你告诉梁彤，你没有安全感，自己没有房，一旦离婚，连个去处都没有。”

牛玉香瞪眼看着孙美丽发愁，恨铁不成钢啊。

孙美丽被牛玉香看得心里发毛，开始字斟句酌地开导牛玉香。

“妈，你看我们现在住的房子是梁彤爸爸妈妈买的，老两口还在还贷款，人家老人家也不容易，怎么好意思再买房啊。”

“他们不容易，不容易就不要给儿子娶媳妇。难道我就容易？啊，我容易吗？天天替你操心。你傻了吧，你不知道啊，你要是离婚，这房子没有你的名字，你到时候什么都捞不着，毛也没有，你就傻吧你。”

“过日子都往好里过，谁还想着离婚啊。”

“离不离婚的，谁能料到？你们现在这帮80后，一个比一个能作，咱村刚结婚就离婚的已经好几家了。你二姑家的表哥为了分家产，一个个都打成了乌眼鸡，打得头破血流，你二姑窝囊，被打断了胳膊。这年头，谁也不吃亏，老实就吃亏。”

牛玉香眼睛瞪得像个铃铛，恶狠狠地盯着孙美丽说着。牛玉香恨啊，恨自己的闺女不开窍。

孙美丽不同意母亲的说法。

“妈，梁彤多厚道啊，谁说80后能作，是90后和00后能作好不好。妈，我从来没想过要离婚，我同学有离婚的，过得还不如以前呢。”

“闺女，你是真傻啊。”

牛玉香叹气，端详着女儿。

孙美丽的脸型是时下最流行的瓜子脸，眼皮不只是双眼皮，还是三层眼皮，一笑起来，白皙的脸庞会自然飞起红晕。

“我闺女可真漂亮啊，可惜了这么好的人才，你说你当初怎么就看上梁彤啦？我闺女跟着梁彤亏大了啊，如果再等等，兴许能找个各方面条件更好的人家。人不都说，女人结婚就是第二次投胎。要我说啊，闺女你这胎投得太一般了。”

“行了，不要再说了，妈。”

“梁家家境还说得过去，一般中等吧。梁彤一个堂堂的留学生，在大学当老师倒也体面，可是你说他教的那叫什么课啊，社会学，还自学心理学，心理学不就和精神病一样吗？”

“妈，你说什么啊。”

“本来嘛，我都不好意思跟咱们家亲戚们说。闺女啊，我是你亲妈，我怎么会害你呢？俗话说得好，害人之心不可有，防人之心不可无啊。现在这风气和过去不同，老梁家人看着是不错，你这个婆婆呢现在看着对你也好，实在，可是真好假好就只有天知道。以你这长相，完全可以嫁豪门，可是豪门又嫌弃咱家穷。”

牛玉香拉着孙美丽的手，絮絮叨叨。

孙美丽听母亲越说越离谱，又喊了一声妈。

“豪门又嫌弃咱家穷，穷啊。”牛玉香自己开始难过。

孙美丽心中最疼的地方被扎了一下。

孙美丽大学专业是图书馆学，在大二时被一个学长近乎疯狂地追求，学长家是真正的豪门，这段感情在学长母亲的强硬干涉下结束。那时的孙美丽还是在一个对爱情充满幻想和憧憬的年龄，她一直想不明白学长怎么会向自己的母亲屈服，爱情是可以超越一切的啊。当孙美丽慢慢地了解了人生，了解了社会，看到学长在毕业后很短的时间就官居要职，才明白自己在学长的心里不过是一个曾经喜欢的人而已，孙美丽才明白爱情是多么虚幻的两个字。

孙美丽害怕母亲会没完没了地说下去。

“妈，梁彤人很好啊，婆婆和公公都不多事，就这样好好过日子呗，妮妮都快上学了。”

“你傻呀，你想好好过就能好好过啦？梁彤人是不错，长相太一般。你真傻，我是不让你好好过日子吗？我是说你要为自己多算计算计。算计，你懂吗？要为自己多捞好处。你要是能说动梁彤再买一套房，你们俩现在是夫妻，那么你就有权利在房本上写上你的名字，这样以后不管发生什么变故，你都有一半的房产权。手中有粮，心中不慌对不对？”

牛玉香说着，看着女儿的脸。

孙美丽摇头。

“这城里不是农村，农村有地，有地就饿不死，城市没有地，再没有房可不行。你们现在住的房子是老梁家在你们结婚前买的，根本没你的份啊。这新婚姻法啊，我研究好几遍了，人家男方的婚前财产没你的份。你说妈说的对不对？”

“妈，您说的还真不对。再说，我们没有任何理由再买房啊。再说好好过日子，怎么可能离婚呢？我和梁彤，我们是实心实意要过一辈子的。”

牛玉香听到这里，狠狠地打了一下孙美丽的手，孙美丽痛得叫了一声。

牛玉香捂住孙美丽的嘴，不耐烦道：“叫什么叫啊，能有多疼，我就不信啊，再让梁彤听见，还以为怎么着了呢。”

孙美丽甩甩手说：“他哪有心思听这些，人家在看家谱呢。”

“家谱？什么家谱？”牛玉香一脸不解地问道。

孙美丽强压着火气，跟母亲解释：“就是他爷爷奶奶花了好多年编的，他们老梁家的家谱。”

“哦，家谱啊，家谱在咱们村过去都是大户人家、有钱人、名门望族干的事。梁家不就是个一般人家，说大了也就够上一个小康，不愁吃不愁穿吧，他们家还有家谱，真是不知道天高地厚，笑死人了。”

“妈你不能这样说啊，家谱也是一种文化传承。”

牛玉香闻听嗤之以鼻，猛地一拍手，计上心来，看着孙美丽笑。

“对呀，怎么把这事给忘了，梁彤是老梁家长房长孙啊。我好像有一次听你说过，他爷爷奶奶编家谱花了好多钱，对不对？”

孙美丽点点头。

“好像好几万，还是十几万，我没听清，说是到处搜集祖宗资料什么的，我没细问。”

“什么，什么？有钱弄那些没有用的，应该给孙子买房啊，我看那老两口就是有钱烧的。”

孙美丽急了，连忙劝阻牛玉香：“妈，你小声点儿啊。”

“你怕啥，我在我闺女家，我想说啥说啥。再说了，你婆婆和公公一个月的工资加起来上万块，留着下崽儿啊？还有老太太现在住的那个小院，我打听了，过去在农村真不值几个钱，现在可值大钱了。那个小院位置好，交通方便，就在城边，值钱。”牛玉香一脸憧憬地掰着指头算计着。

孙美丽看母亲越说越有劲儿，连忙阻止母亲说下去：“行了，妈，我婆婆公公的钱没少给我们花呀，妮妮从出生到现在，吃的穿的都是我婆婆买的。”

牛玉香精神头儿更足了，拉着孙美丽的手不放，接着出谋划策：“他们该买，他们愿意花钱，你就让他们使劲儿花，你有本事就花干净你公公婆婆的钱，妮妮姓梁啊，他们给妮妮花多少钱都是应该的。你看，你们现在提出买套房，就说是给妮妮买的，我看他们谁敢反对。人家有钱人连重孙子的房子都预备好了，他们如果反对就是重男轻女，就是封建思想，你得跟他们斗争，坚决斗争到底！”

“妈，斗什么，好好的日子，非要斗争。行啦，您就别为我操心啦，我知道该怎么办，早点睡吧，明天我还要去接妮妮。”

“闺女啊，你就是个油盐不进的东西，怎么说你都不明白。梁家老太太最心疼梁彤，我早看出来了，你去找老太太说去，用不着拐弯抹角的，就直接说要买房。那老太太精着呢，仨猴拴在一起，都精不过她，她知道该怎么办。”

“妈，奶奶人挺好的，少见的开明，还有涵养，一点儿都不糊涂。”

“拉倒吧，那老太太不精明，能把一大家子都管得服服帖帖的？你看你婆婆跟她多好。有钱吃饱撑的，家谱，那家谱是能当吃啊还是能当喝，不如给她孙子买套房。”

孙美丽看母亲越说越没底线，起身关灯。

“妈你睡吧，明天我去接妮妮。”

牛玉香咕噜着，看着孙美丽离开房间。

“你就傻吧，我怎么生了你这么个傻闺女，一点都不像我。”

梁家小院的屋内，吴春兰端详着梁垦荒。

梁垦荒看了一眼吴春兰，瓮声瓮气道：“看什么看，脸上有大米啊，看。”

吴春兰给身边睡熟的妮妮掖掖被角，爱怜地看着妮妮的小脸自语道：“这小家伙做梦呢，还笑。”

吴春兰说完，披上衣服，问梁垦荒：“玉梅回屋啦？”

“让我劝回屋啦，应该睡了吧。”

“这一天闹腾的。”

“玉梅今天情绪反常。玉梅从小到大都是个文静姑娘，今天太反常啦，像疯了一样，这是心里不好受，崩溃了。”

“能不反常吗？这个杨来弟也真是的，说来就来了，连个招呼都不打。”吴春兰说着披上衣服准备下床。

梁垦荒猜到吴春兰是要去母亲房间，马上阻止道：“你干什么去啊，不要过去了，可能都睡了。”

“我是去看看杨来弟，大老远来啦，自己孤孤单单地在那儿，指不定想东想西睡不着呢。”

梁垦荒奇怪了，吴春兰刚才还在埋怨杨来弟，这会儿又关心上了。

“告诉你她在妈屋里呢，原来你惦记她呀。孤单什么啊，老妈在那儿陪着呢，说不定都睡了。再说了，谁请她来了？”

“看你说的。”

“几十年啦，现在才想起来看玉梅，这不是给玉梅添堵嘛。再说，谁知道她来找玉梅到底想干什么呢，关键是她来的目的猜不透，烦。”

“杨来弟不是说了吗，就是想来看看玉梅。”

“她说来看看，你就信啊，当初她还说来接玉梅呢，连个人影都看不到。”

“也许有迫不得已的原因呢。”

梁垦荒不再说话，吴春兰重新坐回到床边，叹了口气。

“当妈的哪有真舍得不要孩子的。杨来弟不是也挺难吗？你不也说她这些年不容易。”

吴春兰看梁垦荒不说话，披上衣服说：“我还是去看看杨来弟吧。你看好妮妮啊，妮妮睡觉爱踢被子。”

梁垦荒看着吴春兰出门，思绪有些乱。

梁垦荒知道吴春兰从心里同情杨来弟，其实梁垦荒心里也真不恨杨来弟。

自从梁玉梅经历过一场短暂的婚姻，随后又知道自己有家族遗传病，就打定主意独身。父亲为此很难过，母亲更是背着玉梅，不知道流了多少眼泪。父母都希望玉梅能平平安安地过完一辈子。

梁玉梅被杨来弟送到梁家的时候，梁垦荒都二十岁了，每一个细节都记得。他领着弟弟躲在后屋，但是前屋发生的一切都听得清清楚楚。

北大荒的第二代都对北大荒有着特殊的感情。北大荒人来自五湖四海，铁道兵、知青和很多自愿来支援边疆建设的知识分子，他们从祖国各地汇聚到北大荒，带来了现代文明和城市文化。

连队的老职工大多从小生活在农村，没有受过什么教育，当兵后也只上过速成班，有的连速成班都没有上过。这些五湖四海来的知识分子和城市青年，给生长在北大荒的第二代带来了文化引领和文明启蒙。

梁垦荒记得很清楚，和他撒尿和泥玩儿一起长大的拴住爸爸就没有文化，虽说是个连长，只会写自己的名字杨木林。

连队开大会，拴住爸爸动不动就骂娘。拴住他妈王冬花连自己的名字都不会写。拴住当兵的时候填表，问王冬花自己的政治面貌该咋填，因为他爸爸的表格都是拴住帮着填的，他的连长爸爸很没准儿，一次填的是下中农，一次填的是贫农，当时这成分可不是闹着玩的，可拴住爸爸就经常闹着玩。当时王冬花正积极要求入党，拴住一问王冬花自己该如何填写政治面貌，王冬花不假思索，想都不想，张嘴就来：“面貌，啥面貌，你就写五官端正。”

梁垦荒现在想起来这事都想笑。

梁垦荒上大学的时候，很多同学都奇怪他为什么普通话说得这么标准，梁垦荒说北大荒的方言就是普通话。

转业来北大荒的农村兵和城市兵最大的差异是卫生习惯不同，文化水平的差距大。城市兵带给农村兵不小的冲击，谁会真的愿意过那种不讲卫生、整天脏兮兮的生活，只是没有好习惯而已。

梁垦荒记得小时候因为爸爸不爱洗脚就睡觉，妈妈常常和爸爸闹别扭。爸爸最终还是听了妈妈的话，洗脚睡觉，因为爸爸怕妈妈不高兴，慢慢就养成了洗脚睡觉的好习惯。梁垦荒记得，他们家总是干干净净的，母亲每天都会让几个孩子洗脚刷牙再睡觉。那时候还没有成品的内衣裤，母亲就买来平纹布，给每一个孩子做内衣裤。因为母亲爱干净，连队的人都喜欢来家里串门。

当年杨来弟把玉梅托付给梁家也是动了心思的。

吴春兰走到门前停住脚步。

吴春兰贴着门听听，什么都听不见。正在犹豫进不进门时，门开了，梁玉梅推门走出来。梁玉梅显然被吴春兰吓着了，张开嘴巴还没叫出声就被吴春兰捂住嘴巴。

“玉梅，是大嫂。”吴春兰小声告诉梁玉梅。

“大嫂，你吓死我啦。”

“这么晚又来干什么？你大哥说你睡了。”

“睡不着。”

“玉梅，早点睡吧，折腾一天了。”

“我担心妈，妈睡了，可算睡着了。”

“那个，那个杨老师，没有哭闹什么的吧？”

“没有，正常。”

梁玉梅说完就催促吴春兰回屋睡觉。吴春兰打开手机电筒，屋外登时明亮起来。

梁玉梅问吴春兰："大哥睡了？"

"没有，看家谱呢。"

梁玉梅叹了口气。

"唉，这一搅和，我都忘了还有几本家谱样本落在店里啦。"

"玉梅啊，你别着急，那几本家谱，彤彤都拿回来了，彤彤心细。"

"大嫂，彤彤是心细，是个好孩子。"

"你大哥在看呢。咱家这家谱多亏了你，你大哥说，这家谱里面记的这些事儿，让玉梅这一润色，像故事一样好看。玉梅啊，腊月天要小心感冒，你回去睡吧，有什么事，咱们都明天再说。"

梁玉梅看着大嫂回屋，自己裹着大衣进了自己屋。

梁思思和小土豆睡着了，可能是受不了热炕的火力，两个人都把被子蹬了。梁玉梅把被子给梁思思和小土豆重新盖上，自己也钻进被窝。

杨来弟把孩子放在梁家后就去总场部赶长途车回上海了。

梁雪梅和吴春兰当时并不知道家里来了新成员。

那时两个多月大的梁玉梅一大早就哇哇大哭，姐妹仨才知道家里多了个妹妹。梁雪梅当年考上中专，放寒假才回家。吴春兰高中毕业没有考上大学，回连队参加工作。两人天天睡一个被窝。

那天两人一大早起来，看见房怡和正忙着给梁玉梅喂麦乳精，小半瓶麦乳精喂进去，玉梅不哭了。梁雪梅问房怡和这是谁家的孩子，房怡和说是你妹妹。梁雪梅当然不信。梁勇敢说："这孩子被人扔到地号里，我给捡回来了，以后就是你们的小妹妹。"

后来，吴春兰才知道这是杨来弟老师的孩子，被遗弃了。

梁家的几个姊妹都不相信杨来弟会这么狠心。

杨来弟在连队小学教一年级的语文数学，还有五年级的美术课。杨来弟曾经教过梁雪梅和吴春兰美术课，还救过吴春兰的命。

吴春兰上小学五年级的时候，杨来弟就带着吴春兰还有几个喜欢画画的孩子去麦场边上写生。夏天的北大荒傍晚很凉爽，孩子们喜欢去麦场画画。

一辆运粮的解放牌卡车刹车失灵，从麦场边上开过来，司机看到了坐在那里的孩子们，离得很远就伸出头来喊：“快躲开，快躲开。”

杨来弟喊叫着把孩子们拉扯到麦场中间。

吴春兰的鞋子却跑掉了，吴春兰不知道危险，正要翻身去捡鞋子，汽车开过来，杨来弟上前拽住吴春兰打个滚，汽车开了过去。汽车司机是个老司机，终于将车刹住了。在麦场干活的所有人都吓出一身冷汗大声尖叫，杨来弟的脚背被汽车压过，肿了好几天。

如果不是杨来弟眼疾手快，吴春兰很可能就滚到车轱辘下面了。

梁垦荒知道吴春兰回屋，头也不抬地自己在那儿看家谱。

吴春兰钻进被窝，看看睡得香甜的妮妮。

“玉梅还小的时候吧，我们都以为杨来弟能回来接她，谁知道一年又一年，连封信都没有，这一等就是四十年。玉梅心里未必不想见杨来弟，这血总是浓于水的。四十年，我们了解玉梅，不了解杨来弟，我们都不知道杨来弟是怎么过来的。我一直觉得杨来弟不是个坏人啊，她当老师的时候真特别和善，还救过我。”吴春兰说完，看着梁垦荒。

梁垦荒接过话头说：“知道她救过你。杨老师也够狠的，谁舍得扔了自己的孩子？我妈说过，就是要饭吃，也不能扔了孩子。那年我和妈去上海找她，她坚决不要玉梅。”

“她们这代人够苦的，没过过什么好日子。也许杨来弟真的遇到了我们无法想象的难处，不知道她到底遇到了多大的事，我吧，既同情她又痛恨她遗弃玉梅。”

“这种人有什么可同情的，作死不死的，现在又来找玉梅。”

梁垦荒一改往日的温和，说话恶狠狠的。

吴春兰很惊讶，梁垦荒一向是一个温和的人，这是怎么了，嘴巴这么毒。

“你怎么嘴巴突然这么毒？她不是表态了吗，只是人老了，想看看孩子，毕竟是身上掉下来的肉。你都是当爷爷的人啦，应该理解啊。”

梁垦荒听后，不再说话，也不搭理吴春兰。

吴春兰摇摇头说：“我不知道，反正我小时候吧，觉得她真好。”

梁垦荒还是低着头看家谱，一言不发。

吴春兰看梁垦荒还没有睡意，就问梁垦荒：“你还睡不睡啊？”

梁垦荒瞪着吴春兰道：“你睡你的，管我干什么。”

吴春兰打着哈欠不吭声了。

梁垦荒看着吴春兰钻进被窝，接着回忆那年陪着母亲去上海找杨来弟的事。

玉梅因为拔牙出血不止，查出患有血友病。

大仓说这种病基本都是家族遗传。

房怡和就让梁垦荒陪着自己去上海找杨来弟，想了解清楚玉梅这病是否真的是遗传，以便更好地给玉梅治病。

玉梅那时候并不完全清楚自己的身世。

梁垦荒带着母亲从滨海坐大巴到青岛火车站，又从青岛坐上火车到上海。母子两人一路奔波到了上海，通过当时同在北大荒一个连队的老荒友找到杨来弟。

杨来弟住在离市区很远的一个弄堂里，一间不足八平方米的阁楼上。

楼梯摇摇晃晃，上楼时，梁垦荒害怕将楼板踩塌。上了阁楼，里面一张床，一张小桌子，其他什么家具都没有。杨来弟为了给垦荒找一个坐的地方，掀开床铺去找垫子，垦荒看见床底下塞得满满的纸盒子。

梁垦荒对此很吃惊。梁垦荒工作后曾经多次来上海出差，住的都是酒店，去拜访的客户大都住在环境不错的小区，他只是听说过上海寸土寸金，没想到杨来弟住的地方环境竟然会这么差。那些自己看到的繁华背后居然是这个样子，而那些繁华距离杨来弟那么近又那么远。

梁垦荒和母亲只能找个垫子坐在窄窄的过道，腿都伸不直。

杨来弟得知房怡和母子来上海的目的后，非常坦诚，直接告诉房怡和，玉梅的生父章金虎有家族遗传血友病史，章家当初正是因为章金虎有遗传病，才同意儿子在北大荒找媳妇的。

房怡和听后非常生气。一向温和的房怡和质问杨来弟为什么当时不说实话，差点害了梁玉梅一生。

杨来弟哭了，说自己当时真的不知道。

当时的杨来弟虽然是壮年人，但是看上去已经非常显老，饱经风霜的样子。杨来弟再三解释说她是真的不知道这种病会遗传。

房怡和问杨来弟这么多年为什么不遵守约定，不接孩子回上海，为什么这么狠心，为什么连信都没有写一封。

杨来弟被房怡和的一连串为什么问得不知从何说起。

在杨来弟断断续续的讲述中，梁垦荒和母亲才知道杨来弟回上海后这些年生活不易。

杨来弟回上海后嫁给那个鳏夫，鳏夫的家境也不好，杨来弟生了女儿，鳏夫的妈一看不是男孩子就变了脸。鳏夫又是一个处处听娘话的儿子，杨来弟带着女儿和鳏夫一家人住在一起，鳏夫的哥哥和弟弟家生的都是儿子，鳏夫的娘护着两个孙子，杨来弟的女儿便成了这两个孙子欺负的对象。女儿长到五六岁，就要帮助奶奶家洗碗，洗衣服。杨来弟每次下班回家，女儿几乎都在洗衣服。杨来弟心疼女儿，就跟婆婆理论，婆婆就跟鳏夫告状，鳏夫就动手打杨来弟。女儿十岁生日刚过，鳏夫得癌症去世了。杨来弟成了婆婆眼中的扫把星，母女两人的日子更难过了。

“房老师，我知道你和梁排长都是好人，孩子跟着你们比跟着我好过，这个孩子就是你们的，我以后不会认她。”

“杨来弟，这些年来，我们全家人都呵护关心玉梅，我希望有一天交给你一个健康快乐的孩子，也不枉你当年对我和老梁的信任。既然你已经表态不会再认这个孩子，从今以后，你就永远不要让玉梅知道自己的身世，玉梅的病，我们梁家负责治。”

杨来弟哭着说得可怜，房怡和听完决绝表态，然后就带着梁垦荒离开杨来弟家。

临出门时，杨来弟偷偷恳求梁垦荒，一定要跟她保持通信，她想知道玉梅的治疗情况。梁垦荒看在杨来弟在北大荒曾经是自己小学老师的面子上，背着母亲答应了杨来弟的请求。

梁垦荒没有想到，他和杨来弟之间的通信，竟然被梁玉梅看到了，玉梅从杨来弟的来信中确认了自己的身世。

第七章 爷爷奶奶的爱情

吴春兰睡着后就打起轻微的鼾声。

梁垦荒看一眼吴春兰，给吴春兰整理一下前额的头发。吴春兰还和小时候一样，生气上火快，气消得也快，整个一个没心没肺的家伙。

梁垦荒看着睡着的吴春兰笑笑，回忆着玉梅和这个家的点点滴滴，继续看梁氏家谱。

梁垦荒手中还有一本家谱初稿，是梁玉梅打印的。

打印稿的每一页，很多话和很多字，梁玉梅都做过详尽修改。书稿经过玉梅整理润色，看着就是顺畅。梁玉梅为家谱写的后记有两三万字，梁玉梅写的父母爱情故事，生动活泼，他这个亲生儿子知道得都没这么详尽。

这本家谱幸亏有这个妹妹尽心尽力地整理和编辑。

想到这里，梁垦荒心生惭愧。

如果父亲没有陡然猝死，他也不会关心家谱的事。

父母当年准备撰写家谱的时候，他作为长子，第一个表态支持，其实他只是为了让父母高兴，仅此而已。他感觉到父母开始进入老年，尽管他心中万般不舍，不愿看着父母一天天老去，可谁又能阻止时间的脚步？他希望父母做自己喜欢的事，父母操劳一辈子，晚年生活开心就好。

梁垦荒看一眼手中的梁氏家谱样稿，眼睛有些发潮。此时此刻，已经六十岁的他无比感恩父母，他们十几年的心血，让他真正了解了父母的过去。他不知道现在这个世界上还有多少孩子真正了解自己父母的过往。如果被问及祖父的名字，能回答出来的又有多少呢？尽管他们当中有很多都是祖父母带大的。曾祖一辈更是别人家的历史，别人家的故事和别人家的人。

梁垦荒在父亲走后才真正明白和体验到故去的含义，父亲从这个世界永远消失，从他的生命中永远消失，无论他怎样思念，都不会再见。是家谱，让梁垦荒和父亲在这个世界跨越时空相遇。

家谱，让梁垦荒和家族的每一个人穿越时空相聚。

梁垦荒听着吴春兰均匀的呼吸声，知道她已经睡熟了。

梁垦荒将台灯的光亮调大些。

当梁垦荒知道自己还有一个夭折的姐姐，这个姐姐是妈和一个坏分子的孩子时，梁垦荒格外震惊。这个姐姐没有活到一周岁就夭折了。

梁垦荒心疼母亲，原来看着和善慈悲的面容背后，竟然有过如此悲惨的经历。

梁垦荒曾经在父亲去世后一个风和日丽的午后，跟母亲谈起这个姐姐，谈起父亲。

“妈，这个姐姐长什么样子？一定和您一样漂亮吧？”

“吃奶的孩子还没长开呢，肉嘟嘟的，你爸可喜欢她了，天天扛着她满连队转悠。”

“妈，您和爸爸的爱情应该是从这个姐姐开始的。”

“那时候不谈爱情啊，爱情这词可真犯忌讳。没有什么开始不开始的，人啊，互相之间了解了，都知道了对方的脾性，好好过日子就是了。”

母亲眯着眼睛，目光深邃，摇摇头，没有叹气，微笑地看着远方。远方有母亲和父亲的过往。

梁彤也在看家谱，看小姑写的爷爷和奶奶的故事。

梁彤看得眼睛发热，如果没有这本家谱，他可能永远不会读到这样一个爱情故事，永远不知道爷爷奶奶是这样相守一生的。

他只知道，奶奶是一个和善温柔的奶奶，他小时候喜欢待在奶奶温暖的怀抱。爷爷大嗓门，最喜欢带着他去爬山。爷爷还力大无比，将他举过头顶转圈圈。梁彤从懂事就知道爷爷最听奶奶的话。梁彤记得他很小的时候喜欢一个小机器人，爷爷说太贵了，以后再买。梁彤就去找奶奶哭，奶奶让爷爷带着他去买回来。奶奶说买，爷爷二话没说就带着他去买。

梁彤看着小姑写的爷爷奶奶的爱情故事，心中一阵又一阵暖意来袭。

梁勇敢喜欢坏分子的老婆房怡和这件事在连队慢慢传开了。

最先发现梁勇敢思想动向的是连长杨木林的老婆王冬花。王冬花觉得事情很严重，回家就报告给丈夫。杨木林多次审问战友梁勇敢，梁勇敢哈哈一笑说，哪有的事。杨木林说，老梁，你不用跟我打哈哈，你可不能犯糊涂。

梁勇敢很快就犯糊涂了。

北大荒的冬季太长太长了，每年的阳春三月才开始化冻，近半年的时间都是数九寒天下大雪。这段时间，军垦战士们不能开荒种地，唯一的工作就是积肥。

积肥这项工作很简单，没有任何技术含量，却特别辛苦特别累。

要先在连队地号边找一个地方，将猪、马、牛、羊和人的粪便用土掺和在一起，然后再一点一点地垒起一座小山丘，将垒砌的粪便压实。待到来年冰雪融化，冰凌花开，再用马车将这些垒得像小山丘样的肥料拉到其他地号里，掺进地里，用来增加土壤养分。

天寒地冻，零下四十多度的冬天，干活的兵团战士们为了御寒，都要戴上连队统一发的狗皮帽子、大棉手套，还要戴上大棉口罩，穿上棉裤和棉衣。每一个人经过这样的装备，都笨重得像北极熊，走起路来都不利索，加上每一个人装备一样，辨识度很低，从远处只能看出高矮，很难辨认出谁是谁，况且还要劳动，要多不方便就多不方便。全连队人在这个寒冷的冬天都集中在冰天雪地里一块儿干活，这是一幅要多壮观就多壮观的油画：枯树、干野菜、土地、皑皑白雪，白雪上面晃动着小数点儿一样的人影，黑白相间，层次特别分明。

望不到边的旷野大地成为连队积肥场。

按照连队统一部署，平时连队饲养的猪马牛羊粪便都倒在这里，以备冬天积肥时用。积肥工作讲究秩序，连队人员一上班，各排长就按照分派好的地方领着职工开始干活。旷野大地，白雪皑皑，人影绰绰，肃杀的黑土荒原顿时就有了生机。

寒冷的天，如果光干活就会觉得更冷。职工们就一边干活一边说笑话，说说笑笑就热闹很多，一热闹就没有那么冷了。不但不冷，干一会活，说一会儿笑话，人的头顶还会冒热气。这个时段，梁勇敢就成为那些结过婚的女人打趣逗闷子的男一号，谁让梁勇敢还是光棍呢。

王冬花经常开玩笑，光棍就是光溜溜就剩一根棍。

梁勇敢，胶东大汉，不怕说笑话。

最爱跟梁勇敢说笑话的是三排刘排长的媳妇李香英。

李香英是从山东烟台牟平来北大荒的支边青年，和梁勇敢是老乡。李香英长得人高马大，说话嗓门更大，说出来的话很是狂野，一口纯正的胶东话字正腔圆。

李香英铲起一锹冻土甩给梁勇敢，放下铁锹，很得意地看着他。

“老梁，昨天晚上搂着枕头睡的？”

李香英开始挑逗梁勇敢。

梁勇敢早就身经百战被逗皮实了，应对这帮妇女同志更是有一套自己的战术，来时能战，战时能胜。梁勇敢一般不会很快和她们这帮妇女交战，而是积攒火力，一旦开炮，非得炸死几个。

“老梁，问你呢，昨天晚上搂着枕头睡的？”

李香英嗓门很大，梁勇敢就是不接话茬。

李香英脸上挂不住了。

“老梁，你耳朵聋啦，昨天晚上搂着枕头睡的？”

梁勇敢这时候就将铁锹杵在地上，看着李香英。

“你想让我搂着你睡，你家老刘还不剥了你的皮。”

“他敢，我一脚踢死他，看我剥他的皮不。”

“那行，要不今晚咱俩试试？”

“你想得美。你看你，挺标致个模样儿，白瞎了，连个媳妇都混不上，还当陈世美，当陈世美就活该你没媳妇。你个陈世美，活该，该。”

李香英解气地说着，一锹冻土扬过去。

男男女女哄笑起来，全都使劲儿拍打着冻土，拍得嗵嗵作响，回声嘹亮，过瘾啊。

“老梁，昨晚做梦没娶个花媳妇？”

一个河南腔开始接火。

“天天娶媳妇，美着呢。”

“长啥样？”

“跟你一样。”

梁勇敢说完，笑眯眯地看着接火的河南女人。

河南女人火了，张嘴就骂，顺手捡起一块冻土就扔到梁勇敢的腿上。梁勇敢弹跳起来，河南女人一锤砸在棉花上，极不爽。河南女人不高兴后气急了，使劲挖起一锹土扬起来。

一铁锹的冻土随风飘扬，大家伙儿不干了，拍着身上的冻土，责怪河南女人不长眼色，没轻没重。

这个河南女人就是连长杨木林的老婆王冬花。

受到责怪的王冬花觉得很没有面子，抓起一把冻土，三步并作两步地走到梁勇敢的身后，以极快的速度将冻土放在他后脖子里面。冻土顺着脖子就流到后脊梁，梁勇敢被冰得再一次弹跳起来。

男男女女又哄笑起来，更加起劲儿地将冻土拍得啪啪山响，回声绕梁。

男男女女都哄笑着，只有房怡和不笑，也不抬头看光景。房怡和好像什么都没有听见，自顾自地在那儿闷着头干活。其实一看房怡和干活的架势，就知道她不会干活。房怡和没有劲儿，别人都挖几锹土甩出去了，她一锹土都没挖完，好不容易挖一锹土，还抬不起来。不过没有人责怪她，连队的人都厚道，权当看不见。

大家伙儿正说得起劲儿，休息哨声响起来。在连队就是这样，上班要统一时间，休息时间也要统一，不能无组织无纪律，一切行动听指挥，步调一致才能积好肥。三大纪律八项注意里面说得清楚，都是当过兵的人，守纪律。

休息哨声一响，大家就将铁锹、镐头往地上一撂，找几根木棒子点燃，开始烤火取暖说笑话猜谜语。比如，冬天穿棉袄，打一地名什么的，更多的人要利用干活中间这半个小时的休息时间去方便方便。

方便的地点是在雪地里挖出来的临时厕所，就是一堵雪墙，高一米半还多，方向男左女右，各不相干。只要休息时间已过，盈盈白雪上面会点缀着点点金黄，就像秋天里怒放的野菊花，夜里一场大雪，第二天便还是银装素裹分外妖娆。

妇女们往往喜欢结队行动。成群结队的妇女们刚一蹲下，就会有人恶作剧地嘀咕一句，黄河开闸啦。顿时，整个女人堆儿就会笑得稀里哗啦。如果哪一个人一不小心发出滋滋的声音，马上有人接话，受不了啦？谁让你晚上加班，搞那么累，活该。

房怡和在来北大荒之前从来没有听过这么狂野的笑话，她不知道女人之间还可以这样粗俗地对话，更无法习惯以这样的方式来解决问题。房怡和不到万不得已的时候，是很少跟着她们来这里方便的。

房怡和最近情况特殊，没有办法，只能这样来解决问题了。房怡和刚要解裤带，就听到了一句“搞死你”。这句话让房怡和顿时感觉犹如五雷轰顶，一下子汗毛直竖，浑身肌肉紧紧绷起来。

“他们是要搞死你，不，不，他们要搞死我。”

房怡和的坏分子丈夫睁大一双惊恐的双眼，双手用力地掐住房怡和的手，突然就纵身跳到窗外。

火车正急速飞驰，房怡和脑子顿时一片空白，傻傻地坐在那里，眼睛死死盯着火车窗子。窗外的景致唰唰飞过，什么都看不清楚，整个车厢的人像炸了窝样地乱了起来，一下子纷纷围拢过来，询问房怡和怎么回事。房怡和还是傻傻地看着包围过来的人，她一时不能明白丈夫干什么去了。

他们刚从北京回来，他们还在为自己的问题奔走。

人们围过来，关切地询问房怡和。房怡和耳朵什么也没有听见，火车是不可能停下来的，房怡和晕了过去。

不知道过了多长时间，房怡和醒了过来，身边围着许多人，还有列车员。房怡和在人们关切的询问声中终于明白发生了什么。此时此刻，房怡和心中的悲哀可以将整个世界淹没，却怎么也哭不出声来。

火车到站，房怡和傻傻地、迷迷糊糊地下火车，连列车员的问询都没有回答。下了火车的房怡和彻底清醒过来，开始拼命地沿着铁路线往回跑，跑得披头散发，跑得精疲力竭，最后就呆立在铁路轨道上。

丈夫那张扭曲变形的脸，那双挣扎弯曲的手，就在眼前晃动，不停地晃动，停不下来，那个“搞”字让她心悸，在耳边永久地回荡。跟上来的人拖走了房怡和，房怡和擦干眼泪，却无法埋葬丈夫的尸体，就一路奔波跟着来接她的连队指导员返回北大荒连队。

房怡和想到死，却不能死，女儿在她肚子里面一天天长大，房怡和必须打消死的念头。

解手的妇女们陆陆续续地提上裤子。

房怡和还在愣愣地盯着雪地上那点点金黄发呆。皑皑白雪中的点点金黄正在化作一朵朵金色的秋菊绽放。

李香英看了看房怡和，用胳膊肘撞她：“还不快点尿。”

“啊！”房怡和一声大叫，好像要把自己这一年的悲苦和郁闷都通过这一声大叫发泄出来。

“啊！啊！啊！”

李香英吓傻了，怔怔地看着房怡和。

一股热流顺着房怡和的裤管流到了鞋子里面。

“你，你……”李香英看着房怡和抖动的腿，“你怎么尿裤子啦？”

这时候，一阵嘈杂声传了过来。

“梁勇敢你怎么了？”

梁勇敢的脖子歪了。

“梁勇敢，梁勇敢，你怎么了？”

正在烤火的人们围拢在梁勇敢的周围。

梁勇敢脖子歪了，歪的方向就是女人们小解的地方，就在房怡和尖叫的时刻。

梁勇敢的脖子歪了以后，连队的卫生员想了很多办法为梁勇敢治疗，梁勇敢的脖子却怎么也回不到原来的位置，无论怎么看，梁勇敢的脖子都有些不正。更奇怪的是，梁勇敢的脖子歪着却不痛，正过来就痛，梁勇敢的脖子只好就这样歪着。

梁勇敢是为了看漂亮的房怡和小解弄歪了脖子。

王冬花认为梁勇敢是为了看房怡和弄歪了脖子。这个段子全连的人都会讲，连队这么个不大点的地方，东头有人放屁，西头都能听见响声闻见臭味。梁勇敢原来喜欢那个坏分子的遗孀房怡和啊，怪不得当了陈世美，扔了老家的未婚妻，这个梁勇敢可真是不简单。

有人开始怀疑平日里憨厚的梁勇敢是装老实。

北大荒的冬天本来就冷，零下四十度，西北风、大烟泡，一夜之间能下几尺厚的雪，雪花打在脸上就像小刀子划在脸上一样生疼。没关系，天冷人心热。连队的人虽然嘻嘻哈哈地笑话梁勇敢，但是谁也没有真把梁勇敢的歪脖子和房怡和联系在一起，打打趣儿说说笑话而已，不说不笑不热闹嘛。

我们来自五湖四海，为了一个共同的目标走到一起来了。同志之间，这点信任还是有的。何况和梁勇敢一起来开发北大荒的，都是清一色转业官兵，别管是哪个部队的，都是战友。

大家这样取笑梁勇敢也就图一乐，可是接下来的事就让梁勇敢的战友们乐不起来了。

梁勇敢真的喜欢房怡和——那个坏分子的老婆。梁勇敢脖子歪了以后，经常去房怡和家里帮着房怡和挑水。这不明摆着是喜欢吗？

连队里面关心和爱护梁勇敢政治生命的人心里都有点别扭。喜欢谁不好呢，为什么要喜欢她？

房怡和刚死了丈夫，她丈夫是个会拍电影的坏分子。六连人都叫这个漂亮女人的丈夫坏分子。六连人之所以管他叫坏分子，是因为他虽然是跟着那些作家、画家们一起来北大荒改造思想的，但人家都是由组织送来的，只有他自己不知道是怎么跟来的，自己说自己是坏分子，岁数却比人家小一轮。行啊，北大荒建设正缺人，来了就下连队去为建设北大荒做贡献。坏分子的老婆有一个与众不同的名字——房怡和。单是这名字就和那些兵团女战士的名字有着天壤之别，那些兵团女战士的名字里面都要带一个花，或者兰、英什么的。比如，一排有一个叫李香兰的，还有一个叫李香英的。二排有一个叫张爱英的，还有一个叫张美英的，另一个叫张莲英，不知道的，还以为她们是张氏三姐妹，齐聚北大荒。

房怡和，这个名字是啥意思？

没人明白房怡和为啥取这么个名字，坏分子和房怡和很少和连队人家来往。

这天傍晚，梁勇敢在下班路上截住正低头走路的房怡和。

房怡和本来就爱低着头走路，坏分子死后，房怡和走路时，头就低得更厉害了。

梁勇敢偌大的个子往房怡和面前一站，房怡和不走了。

三三两两下班的职工们都急着回家做饭喂孩子，累了一天，都急着回家，没有人关心梁勇敢想干什么，也没有人关注梁勇敢干什么。

梁勇敢看着低着头的房怡和，一阵心疼，好好一个女人，受这罪。

“你跟着我过吧，我保证你们娘俩不受罪。”

梁勇敢说着，看了一眼房怡和已经凸起的肚子。

房怡和不说话，也不抬头看梁勇敢，自己在那儿啪嗒啪嗒地掉眼泪。房怡和的眼泪掉在地上，很快结成冰。看着结成冰的眼泪，梁勇敢鼻子酸酸的，动了动歪脖子。

房怡和上牙磕打着下牙浑身发抖。

梁勇敢听见房怡和上牙磕打着下牙的声音开始心疼，又动了动歪脖子。

“怪冷的，你先回家，我去找连长汇报一下。对了，你的名字叫房怡和吧？房子的房，心旷神怡的怡，和平的和，对不对啊？”

梁勇敢有文化啊，房怡和心中一动，他不是大老粗，有文化。

房怡和站在那儿不动也不敢说话。

梁勇敢就朝着收工的大部队那儿走，连长在大部队里呢。

梁勇敢走了没几步，房怡和追上来。身体笨重的房怡和看着梁勇敢，你，你，你了几声，却不知该说什么好了。

“你不愿意啊？”梁勇敢看看房怡和问道，努力将脖子转到一个适合的角度。

房怡和又哭了。

“不愿意？那就算了吧。”梁勇敢说完轻轻地叹了一口气。

“这事可不能勉强，勉强了不好，不好。”梁勇敢接着自言自语道。

房怡和就哭得更厉害了。

“其实，我也是看你挺受罪的，不会干农活，坏分子死了，你又……唉，我想让你跟着我吃口热乎饭。你不该受这罪啊，北大荒条件艰苦，你一个女人家的，受罪啊。”

梁勇敢说着又看了一眼房怡和的肚子。

房怡和低着头，感觉到梁勇敢在看她，哭得说不出一句话。

“听说你连炉子都点不着，这天多冷啊。你说说你，你不该受这罪啊。唉，真是造孽。”

梁勇敢看着天边叹口气，眼睛不看房怡和，他看天，天边的太阳就要落山了，血色黄昏，还不到下午四点。北大荒的冬天，冷啊，天短夜长，长夜格外难熬，没有人说说话、暖被窝的夜更难熬。

“行了，我知道这事儿不能勉强，勉强不好，勉强真的不好。你就当我今天什么都没说行吧，别哭了，你一哭我心里真不好受啊。”

梁勇敢说着，开始往前走，刚迈出一条腿，听见房怡和说话了。

“你，你，你想清楚了？”

房怡和终于说话了。

“有什么可想的？”

房怡和又开始掉眼泪，啪嗒啪嗒，眼泪掉在地上又结成了冰，梁勇敢心痛。

“我想什么啊想，我想让你少受些罪。”梁勇敢的嗓门大起来。

“你是怎么来北大荒的？”房怡和抽抽搭搭地问梁勇敢。

什么意思？我怎么来北大荒的？什么意思？

一九五六年的三月六日，《人民日报》发表开垦荒地的社论。社论指出，开垦荒地是发展农业生产的百年大计，不但有重大的经济意义，而且有重大的政治意义。一九五六年五月，铁道兵司令员王震就在江西上饶召集铁道兵部队团以上干部开会，研究铁道兵复员军人到黑龙江最北部开荒事宜。会议决定，由王震带领一百二十名师团干部先行奔赴北大荒开展工作。

北大荒在王震将军他们到来之前杳无人烟，一片荒芜。尽管这里有山有水，草木茂盛，土地肥沃，零乱的河沟里挤满了游来游去的肥鱼，满山遍野花朵争奇斗艳，鸟儿自由歌唱，到处奔跑着成群结队的梅花鹿和狍子，但是历朝历代没有人烟。

王震将军来了，在北大荒广袤无垠的黑土地上站定，用曾经在南泥湾垦荒的手抓起一把黑黑泥土放在鼻子下面闻了闻，泥土的芬芳让身经百战的将军有些陶醉。将军使劲跺跺脚，挥挥手，大声说道：“就是这儿了。”

将军亲自选点，开始规划军垦农场宏伟建设蓝图。无论将军走到哪里，当时只有二十来岁的梁勇敢就跟到哪里。梁勇敢是师长的警卫员，王震司令员走到哪里，师长就要跟到哪里，师长走到哪里，梁勇敢就要跟到哪里。

夜晚，官兵们点燃篝火唱着歌，有滋有味地吃着烤狍子肉。

篝火映红了将军的脸。师长亲手撕了一块流着油的狍子肉递给自己的警卫员："梁子，留下来吧，来建设国家的粮食生产基地。"

看着首长殷切的目光，梁勇敢一个敬礼，声音洪亮地回答："是，首长。请首长放心，我一定做一名合格的军垦战士。"

首长们撤走后，梁勇敢写了血书给场部，要求到最艰苦的连队去。梁勇敢就这样来到三八五农场五分场六连，被任命为五排排长。排长是连长的下属，是班长的上级，是一个连队的中层干部。当时连队还是延续着部队的编制，虽然都脱了军装，还有部队情结。战士们都称自己是北大荒的垦荒人，很自豪的。平时大家都穿着不戴领章和帽徽的军装集合上下班。

一个连队有二百来号人。一个连有五个排，排下面是班组。梁勇敢留在北大荒，开始了军垦战士生活。

夏天，为了不让杂草盖住庄稼苗，军垦战士们要一锄头一锄头地锄去长在新开垦的土地上面那些杂草。这时候梁勇敢的汗水像豆瓣儿一样滴落在新开垦的黑土地上。秋天，为了抢收丰收的大豆，拖拉机不分昼夜地转个不停。成群结队的野狼就会在秋夜里出没。拖拉机的轰鸣声根本吓不走它们。一群群野狼睁着绿绿的眼睛，前爪子趴在拖拉机的窗户上，吃不着人，急得嗷嗷叫。野狼的眼睛比月光还亮。每到这个时候，梁勇敢就会猛踩油门，大声地喊上一嗓子，开着拖拉机往前猛冲。

真苦也真累，可梁勇敢心里面是真高兴啊。梁勇敢看着一车车粮食从农场运出去，去支援国家社会主义建设，梁勇敢真打心眼里高兴，是发自内心的那种高兴。

我是怎么来的？我就是这样来的。

梁勇敢想到这里，看看房怡和，一脸不解。

"你别听连队那些老娘们瞎说，我可真不是陈世美，等有空闲了，我给你讲讲到底是咋回事。”

房怡和又开始掉眼泪，啪嗒、啪嗒，眼泪掉在地上就结成了冰。

梁勇敢心痛啊。

“你什么意思啊？我怎么来北大荒的重要吗？”

“你来得光荣，我呢？”房怡和说完，开始大声痛哭。

“你是跟着坏分子来的嘛，这我比谁都清楚，我去接的你们啊。”

梁勇敢记得，他留在北大荒第二年，一批说是接受教育的人被遣送到这里接受劳动改造。梁勇敢他们排，分来一个会拍电影的年轻坏分子。坏分子还带着自己的新婚妻子房怡和，他俩来报到，是梁勇敢去接的。据说房怡和是一个部队文工团的舞蹈演员，才十八岁啊。连队的人都不歧视这些接受教育的人。大家都说人还有不犯错误的？改了就是好同志。军队的人都宽容。

梁勇敢同情这个小坏分子，主要是年纪太小，梁勇敢没有想那么多。

连队的人对小坏分子和他的妻子基本上不了解，因为他们两人都不爱说话，平时规规矩矩地上班，规规矩矩地下班，下班回到家里就不再出来了。再后来小坏分子死了，房怡和被接回连队后就向组织做了详细汇报。

杨木林连长还安慰房怡和，让房怡和安心工作。杨木林连长说组织上相信房怡和，房怡和不是坏分子，是兵团战士，让她好好工作。杨木林的老婆王冬花还特意给房怡和做了一顿捞面条吃。

人们七嘴八舌地问房怡和。

“他怎么死的？”

“跳车死的。”

“小小年纪，怎么这么想不开？”

“我真的不知道。”

“造孽，再怎么的，也要想想老婆，老婆还怀着孕呢，还这么年轻。”

房怡和不说话，每一次面对这些关切的提问，房怡和的伤口就会撕裂一次。开始房怡和还会痛哭，问得多了，房怡和就不哭了，再后来，也没人问了。

“你的父母呢？”王冬花还是忍不住问房怡和。

“我是孤儿。”

王冬花觉得很奇怪：“那你咋长大的哩？”

“是一个嬷嬷带我长大的。”

“生活真不赖，还能吃白面馍呢，俺都多么大了还吃不上蒸馍。”

王冬花根本不知道嬷嬷是人，她还以为房怡和说的嬷嬷是白面馒头呢。

晚上，杨木林连长知道王冬花没文化瞎说闹笑话了，骂老婆是傻瓜，嬷嬷是人，你咋还能当成白面馍。杨木林连长嘱咐王冬花以后不知道就别瞎说，丢人现眼。

王冬花不服气：“你知道，看把你能的。”

杨木林连长很得意：“我当然知道，俺们部队在北京的时候，我去执行任务，好多嬷嬷，黑衣服，白边，都回外国啦。咦，坏分子的老婆咋回事，为啥是外国女人养大的？”

其实杨木林连长也不清楚嬷嬷到底是什么。

很多年以后，杨木林顶着一头白发看到房怡和，才知道收养房怡和的嬷嬷是皇宫里放出来的女人。

知道房怡和是孤儿，连队的人都不再提这事了，谁再提都显得不厚道。

梁勇敢看着房怡和，心里面难受。

“你不知道，你不知道。”房怡和哭着。

梁勇敢不知该和房怡和说什么好，梁勇敢的脑子还是有点乱，看看冻得一直打哆嗦的房怡和，决定先送她回家，顺道去帮她挑两桶水。冬天，水井四周都是冰，房怡和这个样子去挑水太难也太危险了。

梁勇敢拿定了主意。

“我先送你回家吧。走吧，我送你回家，别在这儿站着，太冷了，不管你咋来的，咱现在都在建设北大荒不是。”

梁勇敢说着，开始往房怡和住的方向迈步。梁勇敢走得很慢，房怡和跟在梁勇敢身后，步调相当一致，梁勇敢走一步，房怡和走一步。梁勇敢将房怡和送到家门口。

梁勇敢不走了，来都来了，干吗还走？先帮着干点家务活吧，然后再去挑水。

“你不去伙房吃饭？”房怡和轻声问梁勇敢。

连队的规定，结婚成家的可以在自己家做饭吃，单身的都去连队食堂吃。

“不去了，就在你家吃，要饭票吗？”梁勇敢想活跃一下气氛，开个小玩笑。

房怡和吓坏了，连声说：“不要，不要。”

房怡和去外屋做饭，梁勇敢站在里屋来来回回踱步。

饭菜端上来，梁勇敢吃了一口炒土豆丝，显然是盐放多了，翻炒不均匀，有的土豆丝还是生的。

梁勇敢放下筷子。

“这个，这个，说实话，你做的这菜还真不如连队伙房做的好吃。”

房怡和低着头。

灯光下，梁勇敢看见房怡和脸红了。

梁勇敢表态道：“以后我做饭给你吃。”

梁勇敢接着嘱咐房怡和：“你安心休息，我去找连长开介绍信，你就跟着我过，冻不着，饿不着。”

房怡和头低得更厉害了，脸红红的，点点头。

梁勇敢从房怡和家出来，就直接去连部找杨连长，要连部开个证明，自己跟房怡和去营部登记结婚。

杨连长正在炉子边上烤火，炉盖上面还烤着土豆片，香喷喷的土豆味儿弥漫在空气里面。杨连长是和梁勇敢同一年来北大荒的铁道兵，看见梁勇敢进门就大声嚷嚷起来：“老梁，你来得巧啊，刚接到营长电话，说要调你去营部干农机参谋哩。”

“瞎参谋，烂干事，参谋不带长，放屁都不响。”

梁勇敢嘟噜着拿起一片土豆塞进嘴里。梁勇敢跟连长说话一向很随便，直截了当，没什么顾忌。

“你这个老梁，你这同志，这是组织对你的信任。”

“在哪儿都是干革命，当不当参谋都一样，我当排长，组织就不信任我了？真是。”

梁勇敢被土豆片噎住了，打了一个嗝儿。

“那是，那是。我们都是革命的一块砖，哪里需要就往哪里搬，你说是不是，老梁？”

梁勇敢又打了一个嗝儿。

杨木林笑话梁勇敢：“瞧你那点出息。”

梁勇敢咧咧嘴。梁勇敢脖子歪了以后的样子很滑稽，一咧嘴，样子就更滑稽。

杨木林看着梁勇敢就又乐开了。

“看你这没出息的样子，脖子好点没有？”

“好不好的还不就那样。连长，你给我开个证明，我明天就去营部登记结婚。”

杨木林不乐了。

杨木林觉得自己掌握的情报不准确，对梁勇敢的思想状况没有全面了解，自己的工作有点失职。梁勇敢的个人问题一直是杨木林的一块心病。连队人都说梁勇敢是陈世美，来北大荒后就跟家里农村的未婚妻散伙了。连队前后有几个山东支边女青年喜欢梁勇敢，但是梁勇敢陈世美的名声让人家害怕。陈世美多吓人，到时候孩子都生了，再没人要了，那可真是叫天天不应，喊地地不灵啊。杨木林问过梁勇敢连队的传言究竟是咋回事，梁勇敢说别听他们瞎说，却不解释，杨木林一直也不知道究竟是咋回事。

“老梁，你是说你去登记结婚？”

“对呀。”

“你和谁去登记结婚？哪个连队的？谁帮你介绍的？”

“就咱们连队的，房怡和。”

“什么？什么？什么？你是说坏分子的老婆？你真的和坏分子的老婆那个过？”

梁勇敢歪脖子那天，杨木林的老婆王冬花一进家门就乐，而且是乐起来没完。王冬花笑得咯咯的，绘声绘色地给杨木林讲述梁勇敢歪脖子的故事。讲到最后，老婆不笑了，看着杨木林说道：“老杨，不管咋说，老梁这人不赖。瞎说归瞎说，玩笑归玩笑，说实话老梁可真不是那样的人。老梁要是真那样了，那就是思想品德有问题，人品不好。不过这脖子再一歪，以后可咋办哩？本来就被人叫过陈世美，这下恐怕连个媳妇都娶不成了。一个大男人，晚上连个暖被窝的都没有，真可怜。要不咱回河南老家给他说一个？”

王冬花说到这里，自己打住了，看了一眼杨木林，接着嘟噜一句：“谁愿意来这儿呢？冻死个人。”

杨木林不高兴了，眼睛瞪着老婆：“不来这儿，你能天天都吃上白面馍馍？”

杨木林盘算着把自己在老家种地的妹妹介绍给梁勇敢，这样妹妹可以来北大荒吃白面馒头，吃上商品粮，还可以不用在地里面刨食吃，可以拿工资，自己也算对得起爹娘了。

杨木林见梁勇敢来真的，连忙站起来。

“老梁，你坐下，坐下，先坐下咱再说，中不中？”

杨木林连长给梁勇敢搬过来一把椅子，梁勇敢瞪着眼就坐下了。

“老梁啊，咱们一块儿来北大荒，你还在首长身边待过，这思想觉悟肯定不低，你这话要是光跟我说说也就算了，我也只当是没听见。”

梁勇敢一脸不解道：“我咋啦，犯法啦？”

杨木林连长不说话。

“连长，你以为我在开玩笑？我是真的要娶她。我也该成个家了，成个家，安心扎根边疆干革命。”

梁勇敢反应过来了，杨木林连长原来以为自己在跟他开玩笑。

杨木林连长反应不过来了，迷惑地看着梁勇敢，这伙计要干啥哩?

杨木林连长将凳子往梁勇敢的身边挪了挪，极其恳切地看着梁勇敢："都是我对同志关心不够。"

杨木林连长一脸诚恳。

"哎呀，我说连长，你想到哪去了，这事跟你有什么关系？我想成个家不行吗？"

梁勇敢摆摆手，无可奈何地看着杨木林。

"那可不行，坚决不行，你娶她，你的政治前途就完了。"

"为啥？政治前途完了？我向组织保证过，一辈子扎根北大荒。我就在北大荒给国家种粮食，还有什么政治，哪个前途？还政治前途，连长，你可真会上纲上线。"

"种粮咋啦，种粮也要讲政治，她是坏分子的老婆，你怎么能娶她呢？"

"坏分子不是已经死了吗？再说她又不是坏分子。"

"坏分子死了，她也是坏分子的老婆，你咋就转不过弯儿来呢？"

"这事本来不弯啊，我娶了她，她不就是我老婆了吗？连长，你咋就转不过这个弯来呢？"

"你怎么就不明白呢？你怎么能娶她呢？你根红苗正，她是什么？嗯，她是什么？"

"那连长你说她是什么？她不是坏分子吧？不是地主资本家吧？不是剥削阶级吧？"

"这个，这个……"

梁勇敢这下还真把杨木林连长给问倒了。因为关于坏分子的老婆是一个什么人这个问题，杨木林连长还真的从来就没有想过，反正就知道她是个坏分子的老婆，一个少见的漂亮女人。

"这个，这个嘛……"

杨木林连长搓着手，开始来来回回地围着炉子转圈儿。

"行了，连长，你就给我开个证明不就行了，别这个这个的，看把你难的。别转了，晕。”

“不行，这不行，我得和指导员合计合计，我问问指导员再说。老梁，你给我说实话，你是不是就看着人家漂亮？”

“是啊，你看着不漂亮？”

“老梁，你不要抬杠嘛。”

“我没抬杠，是你心里面弯弯绕。”

杨木林连长在那儿继续转圈圈。

梁勇敢看见杨木林连长很为难，觉得自己给他出了一道难题。可这道难题难在哪儿呢？梁勇敢一时还想不明白。

梁勇敢看看杨木林连长，杨木林连长看看梁勇敢。大眼瞪小眼。

炉子上面的土豆片糊了，梁勇敢赶紧过去翻土豆片，来不及了，焦味刺鼻。梁勇敢用炉钩子将土豆片拨拉到地上，再用扫帚扫到墙角。

杨木林连长生气了。

“勤快得不是地方。”

梁勇敢听见后，干脆啥也不干，看着杨木林连长，杨木林连长看着梁勇敢，两人大眼瞪小眼地继续互相看着。

最后梁勇敢没有去营部当参谋，排长也没当成，在连长的帮助下，如愿娶了坏分子的老婆房怡和。

梁勇敢和房怡和结婚的第二天，梁勇敢的脖子就正过来了。

三个月后，房怡和生了一个女儿。

全连的人都知道这个孩子是坏分子的。梁勇敢望着刚刚出生的女儿，嘴里喃喃自语：“小人儿啊，这么个小人儿啊，什么都不缺。”

梁勇敢特意去买了几两水果糖分给邻居的小孩子们。

看着刚刚出生的女儿，房怡和放声大哭。

梁勇敢看着老婆哭，一边搓着手，一边喃喃地自语：“这是怎么了？女人都要生孩子嘛。”

房怡和生下女儿后没有一滴奶水，梁勇敢只好拿一个奶瓶子到连队各处化缘。有时候一下子能要到几个哺乳期妇女的奶水，梁勇敢就用一个瓶子装起来，放在水缸里储存，到时间拿出来放在蒸锅里热好，再给女儿吃。

房怡和给女儿起名叫小怡，然而花儿一样的小怡没有活到一周岁就发高烧死了，房怡和哭得昏天黑地，几天都没有吃喝，水米不进。

梁勇敢一声不吭地守护着房怡和。

谁来看望房怡和，梁勇敢都不同意。最后房怡和自己顶不住了，昏倒在地，梁勇敢就抱着房怡和，一口一口给她喂米汤。房怡和醒了，开始大口大口地吃饭。

一年以后，房怡和像换了一个人，连队人很少再见到房怡和哭。然后她给梁勇敢生了两个儿子，两个女儿，一家人总是说说笑笑地过日子。

梁勇敢一直到退休都没有当官，连队建制撤销后，梁勇敢干了一辈子机务工。房怡和在连队小学教书，一直到退休都是小学老师。

连队人谁都没见梁勇敢和房怡和红过脸。梁家的四个孩子，两个大学生，一个中专生。梁家收养的两个女儿，出息得更是让连队人刮目相看。

曾经，梁垦荒对家谱毫无兴趣，认为那上面只是一些与己无关的名字。自从看了玉梅在后记里面写的父母爱情故事，看到家谱中记载，自己的曾祖父，曾用寒酸的小本子一点点记下族人的生活经历，为后人留存，他就开始关注家谱，面对家谱中记载的一个个血脉相连的名字，重温着他们的故事。在这个时刻，一个个名字都鲜活起来，有了温度。

世事沧桑，生命竟然如此神奇。

生老病死，生死轮回，一个家族一代代人的生生世世。

梁垦荒不由得感慨，来一趟人世间是多么不容易。短短几十年，在时间的长河中只是一瞬间，即便百年也不过白驹过隙，是家谱将短暂的生命延续下来。家谱里记录子孙繁衍，记录祖先们的生活，记录他们为生活所做过的种种努力，他们为人处世的风尚，他们每一代人对家风的传承，这一切都无声地滋养着后人。

梁家传世家训看似古板："敬天畏地，勤俭持家，忠厚做人。"但这些朴实的教诲成为梁家一代代人的精神支柱和人生路标，父亲这样教育他，他这样教育自己的儿子。

梁家的老家规事无巨细，款款清明。

有这样一条老家规："忌传邻里亲戚闲话。"

梁垦荒看后无限感慨。

翻开父母用十几年心血编撰的家谱，面对一个个陌生而亲切的名字，梁垦荒真真切切感受到生命的顽强和脆弱，感受到什么是血浓于水，根叶相连。父亲走后，他才真正懂得，其实每个人一生与亲人的缘分很浅，相处的时间很短，生离死别完全不受人的意志所左右，是家谱让每一代人再次相聚。

梁家的先人不是名人，不是望族，一个个在主流历史中没有脸孔，没有盛名，甚至连最亲的家人都未必知道他们，但父亲的记录让后人知道，梁家祖辈曾经切切实实地来过这个世界，为生活努力过，这就够了。

梁垦荒感谢小妹玉梅，这个身上并没有流淌梁氏血液的妹妹，用一颗虔诚的心帮助父母做了这件对梁家后人功德无量的事。

"妈，我爸怎么会是陈世美呢？"

那个午后，那个风和日丽的午后，梁垦荒和母亲有说不完的话。

"你爸可不是陈世美，你爸是这个世界上最厚道最有良心的人。"

房怡和在女儿病死的那一刻万念俱灰，梁勇敢就一直陪着她不吃不喝，房怡和不忍心梁勇敢跟着自己受罪，就开始喝米汤。

梁勇敢问房怡和是否知道为啥连队人叫他陈世美，房怡和摇头。

梁勇敢告诉房怡和，和他订婚的女子在城里读书时爱上自己的老师，不得已跟着梁母来北大荒，向梁勇敢坦白事情真相，希望得到成全。梁勇敢为了不影响女子的名声，主动提出退婚，让母亲带女子回老家。

房怡和问梁勇敢这样做是否觉得委屈。

梁勇敢说人这一辈子，啥事都能摊上，委屈不委屈的，要看自己做的事是否对得起自己的良心。人在做，天在看，要是遇到难事就不想活了，那这辈子要死几回？活着多好啊，活着就有希望，有奔头。

梁勇敢给房怡和讲了一个战友的故事。

战友小李才十九岁，早晨还和梁勇敢一块儿站岗，两人相约等休假时去照相馆，照张相寄回老家给父母看看，让爹娘美美，可战友晚上就被一辆卡车撞死了。才十九岁啊，梁勇敢摸着战友没有温度的脸，说什么都不信这是真的，活生生的一个人怎么说没有就没有了呢？

活着，好好活着吧，活着真好啊。

梁勇敢还开导房怡和说，那个坏分子傻呀，这一死就一辈子都是坏分子了，如果活着兴许还能改好不是。

只要活着，就有希望过上自己想要的生活。

梁勇敢抚摸着房怡和的头。

“小房啊，咬紧牙就没有过不去的坎儿，咱们要把自己的日子过舒坦，人到什么时候都要活命，还要活好，这世上再没有比命更值钱的东西。”

房怡和不哭了，从那一刻开始，房怡和下定决心要和梁勇敢好好过一辈子，要和梁勇敢过好这一辈子。那时候，房怡和明白了，人一辈子不长，要珍惜。

“妈，你怎么会是孤儿？”

“我不是孤儿。我母亲是一个有钱人的二房，害病死了。我外婆家在河北乡下，父亲带着全家去了香港，故意把我扔下了。我被一个宫里出来的嬷嬷带到家里养大。嬷嬷就一个人，嬷嬷教我读书、跳舞、各种礼仪，嬷嬷还教我学习爱，爱自己，爱别人。”

梁垦荒静静地听着。

“我在一个新年联欢晚会上认识了那个拍电影的人，他喜欢和我跳舞，从那以后他总来找我。当时嬷嬷要走了，回自己的老家去，要带我走，他不让我跟嬷嬷走，让我跟着他走，我选择跟着他。他当时在读电影学校，学摄影，经常给我拍照片。嬷嬷临走不放心我，介绍我到一个舞蹈团去跳舞，这样我就有了栖身之地。”

梁垦荒听母亲说着，想象不出那个年代的人是什么样子。

“我那时其实不懂爱情，更不懂生活。我们两人来往一年多时，有一天他来找我，说他犯错误了，要去北大荒，问我跟不跟着他去。我什么都没想就跟着他来了北大荒，我以为喜欢一个人就天涯海角，地老天荒。”

梁垦荒无法想象，如果母亲不认识这个拍电影的人，母亲的一生会是怎样的。

“你爸心眼好啊，总是催着他回一次北京，看看能不能解决问题。当时来北大荒的坏分子都陆续回京了。我跟着他回北京去找学校，学校的人跟我说，他是因为偷盗被开除的。我当时有了孩子，欲哭无泪，我们决定回北大荒。我劝他，北大荒人好，我们就在那里生活一辈子，谁知道他竟跳了火车，丢下我们，很决绝，他让我明白了什么是残酷。”

“妈，你恨他吗？”

“恨得要死，后来不恨了。你爸说得对啊，花力气恨人太累了，有力气，应该去爱你该爱的人，一个人，心力有限啊。你爸还说，别人欠咱的，咱们不难受，咱们欠了别人的才难受。现在他的样子我都想不起来了，连轮廓都记不清。”

母亲像是在说别人的故事。

“妈，您和我爸这是真正的爱情。”

“爱情不爱情的看怎么说，心中有爱就有情，心中无爱就没有情。就像人说的伤痛也一样，心中有伤才会痛。你爸心眼好，实诚，待我也好，妈这辈子知足。”

天边露出鱼肚白，梁垦荒才发觉自己一夜未眠。

梁彤也放下家谱，天已经亮啦，小姑记录的爷爷奶奶的爱情故事，让梁彤看得入迷。

那个时代，那些人，那样的爱情。

梁彤想象不到奶奶曾经有过这样残酷的人生经历。梁彤想到小姑，心里又是一阵难过，小姑怎么会不是梁家的人呢？小姑那个生母怎么会这样狠心丢弃她近四十年啊。

孙美丽揉着眼睛看着梁彤。

“你一宿没睡吗？”

“是啊，我该去接妮妮啦。”

梁彤答应着，坐起来。

孙美丽拉住梁彤的胳膊。

“你可别去啦，你这样开车多吓人啊。还是我去接妮妮吧，我去接妮妮，你睡一会儿。”

梁彤重新躺下。

梁彤躺在那里一直在想，北大荒是个什么样的地方啊？每一个人的一生都会有这么多故事吗？

第八章　军　礼

模糊不清的电脑屏幕突然明亮起来，画面依然模糊。

夜，海浪汹涌，翻卷的巨浪迎面扑过来。狂风夹着雪花，漫天飞舞。海面上影影绰绰的人影在海水中晃动。海水已经漫过海边堤坝，堤坝上站着很多人。车灯发出忽明忽暗微弱的光。站在众人前面的是身着搜救服的武警和消防部队战士。隐隐约约可以看见两个人影在海水中浮沉，又一个巨浪扑面翻卷而来，盖住了整个屏幕。

电脑黑屏了。

梁玉梅拖动鼠标的手开始颤抖。

这个夜晚被市电视台记者记录下来，这么多年过去了，梁玉梅没有删除。

“梅，跟我回家。”

李雅琪关掉电脑，拉起梁玉梅。

梁玉梅不说话，看着李雅琪关了电脑，木然地盯着电脑屏幕。

梁思思和小土豆已经睡得昏天黑地。

“我给大哥和大嫂都发了微信，你到我家里住两天，现在就跟我走。”

梁玉梅木然地看着李雅琪，不言不语。

李雅琪住的别墅在离市中心不远的位置。

李雅琪自从儿子和丈夫满世界去捡破烂后，就将公司迁来别墅一楼办公。文化公司，拼的是智力，偌大的别墅闲置着可惜。

公司几个心腹骨干跟了她很多年，每人各自负责一摊儿，都有公司的股份，个个卖力工作，李雅琪对公司的业务基本不用操心。

当李雅琪听刘海平讲完故事，就果断地通知公司所有员工带薪放假一周，安排家里的保姆即刻收拾好二楼客房，然后就来到梁家小院。

李雅琪一直等到梁家小院的灯都熄了，才给梁玉梅打电话。

李雅琪给梁玉梅沏了一壶玫瑰花茶，什么都不说，什么也不问，她知道此时此刻的梁玉梅在思念谁。

爱情的引擎千奇百怪，更让人不可思议，它究竟埋藏在什么地方谁都不知道。比如一个眼神，一句话，一个不经意的手势，一个不起眼的细节，抑或一只蚂蚁一只瓢虫什么的，它们都有可能成为引爆爱情的引擎，产生出一种无法比拟的爆破力，将青春男女炸得灰飞烟灭。

梁玉梅和黎明辉的爱情引擎是蝎子。是的，就是那种被称为“五毒”之一的蝎子，一种长得并不好看的虫子。

梁家村的西山脚下，身着便装的黎明辉用一把小铲子在石缝泥土里到处找蝎子，每当挖出一只，便乐呵呵地放进随身带着的玻璃罐子内。黎明辉的手很准，一挖就能挖出一只蝎子。他手中的玻璃罐内已经有十几只蝎子了。黎明辉换个地方走几步，走几步再换个地方继续沿着石头缝寻找蝎子的踪迹。

黎明辉在找蝎子，梁玉梅在离黎明辉不远处的松林中漫步。

梁玉梅东张西望，走走停停，为了给一家科普杂志社的同学写一篇关于松树的科普文章，来松林观察松树松果。深秋季节，树林中唯有松树依旧郁郁葱葱、生机盎然。松针倔强笔直地站立在树枝上，松果大小不等挂在松枝间，嫩嫩的，萌萌的，自豪地挂在树枝上。梁玉梅看着，想着百科全书中对松树的各种讲解，想着怎样架构这一篇小文。

黎明辉还在认真地翻土，认真地寻找蝎子。

梁玉梅东张西望地走到黎明辉旁边，黎明辉没有察觉，继续翻土。黎明辉好像突然想起了什么，一拍脑门，将玻璃罐放在石头上，自己大步走到刚才挖蝎子的地方，拿起仍在石头缝内的小铲子。

梁玉梅来到石头边站住，东张西望，没有方向感地看着。梁玉梅一低头，看见石头上边的玻璃罐，好奇地拿起来看。当梁玉梅看清楚透明的玻璃罐内正在爬行的蝎子时，惊慌地将玻璃罐举起就往地上摔，黎明辉眼疾手快，俯身接住马上就要掉在石头上的玻璃罐，整个动作完成得利索帅气，梁玉梅看呆了。

“战友，不要摔我的蝎子。”

梁玉梅疑惑了，战友？循声望去，黎明辉在微笑。

“习惯，习惯。”黎明辉挠挠头，嘿嘿一笑。

“您是那个部队的？”梁玉梅看着身着便装的黎明辉问。

“那个部队。”

黎明辉指指身后。

梁玉梅笑了：“是特警啊。”

“人都说，爱笑的人运气好。”

黎明辉看见梁玉梅笑，自己也笑。

梁玉梅指指蝎子，黎明辉抱紧瓶子，瓶子里的蝎子爬着。

“你要蝎子干什么用？”

“我奶奶有眼病，我娘说吃蝎子能治奶奶的病。”

“真的？”

“真的。”

“我来帮你。”

黎明辉笑着问梁玉梅：“你不怕？”

梁玉梅胆怯了，后退一步。

“看吧，害怕了。”黎明辉乐。

“我该回部队了，再见。”

黎明辉说完，一个箭步就踏上一块大石头，然后稳稳地站住，回过头跟梁玉梅挥挥手。

“我经常看见集市上卖蝎子，等我帮你买些。”

梁玉梅看着离开的黎明辉说道。

黎明辉头也不回地挥挥手臂，留给梁玉梅一个健硕的背影。

这个背影就这样定格在梁玉梅脑海，从此挥之不去。

梁玉梅跟着房怡和去赶集，看见卖蝎子的，不自觉地就买了一大瓶子。母亲问她为啥买蝎子，她竟然语塞。母亲看着她微笑不语。可是蝎子买回来后，梁玉梅却犹豫要不要去找黎明辉。

梁玉梅拿着蝎子去军营碰运气。

站岗的哨兵看见梁玉梅像是看见了老熟人，一个立正。

“老乡，你也是来给班长送蝎子的？”

“啥意思？”梁玉梅听到哨兵的话，摸不着头脑。

“班长经常帮助附近的老乡干活儿，班长上山找蝎子给奶奶治病，老乡们知道了，就来给班长送蝎子，山上土蝎子少。”

哨兵解释给梁玉梅听。

梁玉梅还在发愣。

哨兵一个电话，身着军装的黎明辉健步走了出来，看见梁玉梅明显地有些惊喜。

“是你啊。”

“你以为是谁啊？”

蝎子就这样成为两人的爱情引擎，引爆梁玉梅的初恋。

那一年，梁玉梅刚工作两年。

梁勇敢和房怡和特别喜欢黎明辉，哥哥姐姐们爱护黎明辉。

梁玉梅第一次去黎明辉家，明辉娘给玉梅包饺子。

在黎明辉家灶火间，黎明辉和梁玉梅陪着明辉娘坐在小板凳上面择韭菜。

黎明辉跟娘撒娇：“娘，你包的饺子最好吃。”

“那你以后就和玉梅常回来，我包给你们吃啊。”明辉娘笑呵呵地看着儿子。

“娘，等我有了房子，就接你去我家。”

“那我可不去，城里哪有咱家好，光这新鲜水灵的韭菜就吃不着。”

“那我就在阳台种韭菜，我们队长家的阳台种了两泡沫箱呢。”明辉逗娘开心。

明辉娘看着梁玉梅笑，心里乐开了花儿：“你看把他能的。”

玉梅也笑。

黎明辉便一本正经地继续逗娘开心：“真的，娘，您儿子是特种兵，干啥啥都行。”

黎明辉说完，回头跟梁玉梅小声说：“吃啥啥不剩。”

梁玉梅乐啊，笑个不停，黎明辉总能说出一些让梁玉梅一听就乐的话。梁玉梅坐在黎明辉身边，默默地看着黎明辉母子俩，心中充满暖意。

这个家跟自己的家好像哦。

“玉梅啊，我可不去城里，只要你们能平平安安、踏踏实实过日子，我就知足。”

“那哪儿成啊，大妈，您不去，明辉难受。”

明辉娘马上安慰梁玉梅：“不让俺孩子难受，啊，不让俺孩子难受，不难受。俺舍不得俺孩儿难受，我常去啊，你们都要好好的。”

黎明辉看着梁玉梅偷笑：“我都这么大了，俺娘还操心。”

明辉娘的目光满是慈爱。

“玉梅啊，儿再大，也是娘的儿，等你们有了孩子就知道当娘的心思了。”

梁玉梅帮着明辉娘择韭菜。

明辉娘洗韭菜，洗得仔细。

“明辉他爹说，孩子送到部队，他就是国家的人，这话是不假，可国家的人，也是娘的儿啊。这韭菜啊，割了一茬还能再长一茬，娘跟前的儿啊，可就他这一个啊。玉梅啊，你可要帮着我看好他。”

玉梅听着明辉娘的话，眼泪在眼眶里转。

黎明辉揽过母亲的腰，将头抵在母亲的后背，黎明辉那个健壮俊美的背影一直印在梁玉梅的脑海中，永远。

黎明辉和梁玉梅在部队举办了集体婚礼，梁勇敢和房怡和给梁玉梅准备了丰厚的嫁妆，还在梁家小院给他们举行了一场只有家人参加的婚宴。

梁勇敢拉着黎明辉的手不松开，叮嘱了一遍又一遍。

“明辉，我把宝贵闺女交给你，你可要好生待她，不然我不依你。”

黎明辉敬礼：“爸，妈，我保证照顾好玉梅，不然就让大哥和二哥砸扁我。”

梁垦荒和梁大仓跟黎明辉挥着拳头：“你敢，把你砸成泥。”

黎明辉和梁玉梅去补拍结婚照。

结婚前黎明辉太忙，两人没来得及拍婚纱照。

摄影楼内，前台的服务小姐在忙着招呼客人。工作间内，摄影师在前前后后地忙碌着，寻找着拍摄的最佳角度。

黎明辉身着军礼服站在台子上。黎明辉显然不自在，他看着梁玉梅抱怨着真麻烦。梁玉梅喜欢看黎明辉穿军装的样子，要求他一定要穿军装拍一张结婚照。

摄影师终于选好了角度，喊着：“好啦，看着我，笑一个，预备，茄子。”

梁玉梅却一下子笑喷了。摄影师急了：“喂，怎么回事？这也笑？太夸张了吧，不至于笑成这样吧。”梁玉梅却笑得停不下来。

黎明辉不解，你傻笑什么？梁玉梅让黎明辉看看自己的衣服扣子。黎明辉低头看看，原来最后两个扣子错位了。黎明辉自己也乐翻了。摄影师看见后笑道：“真的很有喜剧效果。”

梁玉梅帮着黎明辉扣好扣子，忍不住又笑了。

黎明辉故意逗梁玉梅：“严肃点，注意纪律。”

黎明辉说完自己乐。

摄影师急了：“喂，两位，抓紧点时间行吗？我还有很多活儿等着呢。”

两人重新站好，黎明辉和梁玉梅的头刚靠近，摄影师就提醒：“看镜头，说茄子。”

梁玉梅继续拖动鼠标，黎明辉身着军装，梁玉梅穿着婚纱，两个人的笑容像阳光下的向日葵。梁玉梅的手不停地颤抖，心在滴血。这张照片，黎明辉没有看到，永远看不到了。

那天两人去取婚纱照，梁玉梅提前来看过照片，已经挑选好了。梁玉梅想给黎明辉一个惊喜。两人取了照片，梁玉梅不让黎明辉看，坚持拿回家后再仔细欣赏。

两人去饺子店吃饺子。

黎明辉一边吃一边说：“这味道不如我娘包的。”

梁玉梅笑，给黎明辉倒些醋在盘子里，黎明辉夹了一个饺子放到梁玉梅的盘子里。

梁玉梅张开嘴，黎明辉假装看不懂。

梁玉梅继续坚持：“你怕什么，又没穿军装。”

黎明辉假装严肃：“那我也是解放军叔叔。”

梁玉梅乐死了，夹起一个饺子往黎明辉嘴里送，黎明辉坚决不配合，饺子掉在桌子上。

“小朋友，不许浪费粮食。”黎明辉故作姿态，一本正经，捡起饺子放进嘴里。

梁玉梅又乐翻了。

黎明辉压低声音："淡定，淡定。记住，今后要多向解放军叔叔学习。"

梁玉梅没办法不笑啊。

这时，窗外飘起雪花，黎明辉接到命令立刻归队，之后再也没有回家。黎明辉当晚在执行海上救援抢险任务时牺牲。

梁玉梅知道消息后，在床上枯坐了两天两夜，她抱着黎明辉的衣服，看着母亲给自己准备的龙凤呈祥图案的床单枯坐，她不相信这是真的，这个家，他们才住了几天啊。

梁勇敢和房怡和把她接回梁家村小院，梁玉梅放声悲哭。

李雅琪看着梁玉梅一口一口地喝着自己调制的花茶，她在茶里面放了一片安定，她希望梁玉梅能安静地睡一会儿。

在黎明辉家乡的烈士陵园，在汉白玉雕塑的黎明辉烈士纪念碑前，黎明辉的上级领导和新任领导杨留根，还有刚刚坐完月子的李雅琪陪着梁玉梅静静地站了很久很久。

杨留根是王冬花阿姨的小儿子，和黎明辉一个中队，是副中队长，刚刚调到滨海。杨留根还没有来得及去看望梁勇敢一家人，就遇到了黎明辉牺牲这件让人撕心裂肺的事。

杨留根对玉梅说："玉梅，我们跟明辉告个别，回去吧。"

李雅琪什么都不说。

梁玉梅不说话，平静地看着墓碑，然后，梁玉梅缓缓地举起右手。

梁玉梅轻声哼着："自从穿上了这身绿军衣，我就学会了敬军礼。敬一个军礼泰山重，战士最懂它的含义。"

梁玉梅端端正正地给黎明辉敬了一个军礼。

泪水顺着梁玉梅的脸颊滑落，梁玉梅终于哭出声。

杨留根听到玉梅唱歌，泪流满面。

梁玉梅一遍又一遍地自语："这是明辉教我的歌。"

那晚梁玉梅和黎明辉坐在海边礁石上看星星。

梁玉梅说："我采访你一下，必须实话实说。"

黎明辉笑："解放军叔叔从不说假话。"

"你最喜欢喝咖啡还是茶？"

"雪碧。"

"啥？"梁玉梅一下笑翻了。

"你最喜欢吃什么？"

"俺娘包的饺子还有手擀面。"

"你最喜欢哪首歌？"

"《军礼》。"

梁玉梅还要继续采访，黎明辉说这不公平，我也采访一下你。

"你最喜欢喝什么？"

"咖啡。"

"你最喜欢吃什么？"

"大米饭，西红柿炒鸡蛋。"

"你最喜欢哪首歌曲？"

"《容易受伤的女人》。"

"啥，受伤的女人？男子汉怎么舍得让自己的女人受伤？"黎明辉抱住梁玉梅，紧紧地抱着。

"我这一辈子都不会让你受伤。来，我教你一首歌，《军礼》。"

黎明辉唱一句，梁玉梅跟一句。

后来，梁玉梅开店，以做手擀面为主的店，加上咖啡。梁玉梅寻遍滨海，找到李师傅来店里做面，梁玉梅相信黎明辉在天堂一定能够闻到面条的味道。

一碗面or咖啡，只有梁玉梅知道店名的含义，李雅琪也懂。

失去黎明辉的伤痛还没有缓解，梁玉梅又失去了刚刚孕育两个月的孩子，又得知确认了自己的身世和病情。

梁玉梅从此再也不谈爱情。

刻骨铭心的爱一生一次已足够。

梁玉梅没有将失去孩子的事情告诉父母，她打定主意好好陪在日渐老去的父母身边共度余生，因为她觉得自己只有这样做，才对得起父母的养育之恩。老父亲走了，梁玉梅几乎每天陪伴在母亲身边。

这一切，李雅琪都懂。

杨来弟突然来了，梁玉梅可以依靠倾诉的人已经走了多年。

李雅琪心疼地看着睡过去的梁玉梅。

“为什么？为什么？杨来弟，你为什么还要出现在梅的生命里？”

李雅琪在心中连声追问，看着窗户开始泛起亮光，看着天边露出鱼肚白。

第九章 家 宴

杨来弟来到梁家第二天就开始发高烧，旅途劳累加上心理负担过重，杨来弟终于顶不住躺下了。

房怡和坚持要送杨来弟去医院治疗，杨来弟却固执地说自己只是累了，休息一下就会好。无论房怡和怎样劝说，杨来弟就是不去医院，房怡和没办法，只好让小儿子梁大仓来家里给杨来弟看病。

梁大仓给杨来弟做检查，没有发现大问题。梁大仓凭经验感觉杨来弟心脏有旧疾，建议她去医院检查。杨来弟矢口否认，说自己这么多年就是蛮辛苦，累得很，没有什么大病。

房怡和看见过杨来弟吃药，询问杨来弟，杨来弟说血压有些高，不碍事。

梁大仓让安慧来梁家村给杨来弟输液。

安慧给杨来弟输液治疗了三天，杨来弟退了烧，精神儿也好了很多。

梁大仓不放心杨来弟的病情，让安慧过来帮着母亲看护杨来弟几天。安慧护士出身，当年辞职时是一个业务精干的护士长，打针吃药这些基础护理工作做得都非常到位。

安慧护理杨来弟，梁大仓放心。

梁大仓担心杨来弟真有什么大病，病倒在梁家，受累受煎熬的是自己的母亲。梁大仓这样想的时候，对杨来弟有些许愧疚，自己曾是杨来弟的学生，在母亲和她之间，他当然选择维护母亲的利益。

快过年了，梁家人以为杨来弟病好之后就该回上海了，可是她丝毫没有返程的意思，也不跟房怡和提和梁玉梅相认的事，仿佛自己是梁家一个久未联系的亲戚一样。

房怡和曾多次有意无意地询问杨来弟来梁家究竟为了何事，杨来弟只是说想来看看玉梅，再无二话。房怡和知道这件事情需要耐心，就每天陪着杨来弟说说话，说说当年在北大荒的趣事，聊一聊多年来还联系着的一些老荒友的近况。

房怡和看杨来弟已经病愈，决定在玉梅店里设家宴，款待杨来弟。

房怡和想让杨来弟看看玉梅现在的生活，无论杨来弟来梁家是什么目的，杨来弟都可以先轻松下来。

房怡和准备找一个合适的时间，好好和轻松下来的杨来弟推心置腹地谈一谈，谈一谈两人在北大荒的共同经历，谈一谈两人分开这几十年各自的生活，房怡和甚至想跟杨来弟谈一谈并不遥远的未来——死亡。当然，最重要的是要谈谈玉梅。

房怡和也想让玉梅了解了解自己的生母杨来弟。

房怡和知道，玉梅没有见过自己的生母年轻的模样，玉梅看见的生母憔悴苍老，玉梅心里不是滋味儿。

玉梅自那天发泄后，一直没有回梁家村，房怡和知道玉梅在躲着杨来弟。躲避其实是另一种牵挂，不是吗？

房怡和看明白这一切后，从心里希望玉梅能走近杨来弟。房怡和这些天想了很多很多，慢慢地理清了自己的思绪。

看着编撰好的家谱，看着家谱中梁玉梅的名字，房怡和竟然也像过电影一样将自己的一生经历了一遍。她不停地问自己，如果现在离开这个世界，心中最大的遗憾是什么？是什么呢？房怡和不断地追问自己的内心，答案竟然是玉梅没有和生母杨来弟相认。是的，是玉梅没有谅解自己的生母，没有回到生母身边。

房怡和想明白这一切后心生愧疚，她感觉自己对玉梅的爱是那么狭隘。

玉梅过去知道生母杨来弟的存在，知道生母还活着，还在这个世界，现在玉梅见到了生母，却没有和生母相认，这责任就在自己啊。

杨来弟来了，房怡和觉得自己可以不留遗憾地离开这个世界，她应该感谢杨来弟的到来。杨来弟来到梁家这几天，房怡和看出杨来弟这些年生活得不易，二十几年前和杨来弟匆匆一见，转眼两个人都已至暮年。

白驹过隙，沧海桑田。

也许一个人只有到了暮年，到达生与死的临界点，才会真正明白，当生命这趟列车即将到达终点，面对下车，谁都没有选择。

房怡和看得出来杨来弟其实精神负担很重，每一天都在煎熬着。房怡和从心里可怜她，因为都是女人。

人都说老马通路数，老人通世故。所谓的世故无非是多吃几十年咸盐，磕磕绊绊地走了很多路，这些路有的直有的弯，沟沟坎坎走过，才豁然通达而已。

身为女人，房怡和更能理解杨来弟的不易。

杨来弟来到梁家第一天，房怡和无数次观察过杨来弟看玉梅的眼神，那就是一个母亲对亲生骨肉才会有的眼神啊。那种眼神，意味着这个孩子就是她的整个世界，那种眼神，是这个女人无论看世界上其他任何所有东西都不可能有的眼神，无法用语言来形容。

房怡和知道杨来弟对玉梅的思念已经像被洪水灌满的堤坝，必须泄洪，不然杨来弟死不瞑目。

其实每一个人到了生命接近终点时都会回忆一生，这种生命现象，房怡和是在梁勇敢去世以后才明白的。

房怡和很后悔，如果自己早一点关注生命即将走到终点时的种种，她会日夜陪伴在老伴梁勇敢身边，听听梁勇敢对这个世界还有什么不能割舍的意愿，帮助梁勇敢减少心中的遗憾。

房怡和记得梁勇敢在去世的前几天，突然跟她说，自己把一生的时光像过电影一样过了一遍，连小时候上树掏麻雀窝的事都想起来啦。当时房怡和感觉一辈子粗线条的梁勇敢真的老啦，喜欢回忆往事，人只有真的老了才开始念旧怀旧。

房怡和没有想到梁勇敢很快就离开了人世，离开她，离开了孩子们。梁勇敢活着的时候，她和梁勇敢每当听到老连队的哪个老荒友离世的消息都格外伤感，但是两人谁都没有谈论过自己的身后事，谁都没有正视这个本该面对的现实。

人都是生而留恋，谁都不肯离开这个世界，谁又能不离开？死亡是这个世界所有生物最公平的归宿。

梁勇敢过世的前几个月，说自己做了一个梦，梦里面一切都真真切切的，杨来弟来家里跟他要玉梅，杨来弟是年轻时的模样，玉梅却有两个，一个在襁褓中，一个是现在的玉梅。

梁勇敢问房怡和，如果有一天杨来弟来梁家认回玉梅怎么办？

房怡和没想过这个问题。

自从在上海和杨来弟见面后，房怡和就再也没有想过这个问题。

玉梅两个月大就被杨来弟送到梁家，房怡和夜里要起来三四次，给小玉梅喂食米糊糊，养育玉梅长大，玉梅就是她的孩子，和她自己所生的没有两样。

杨来弟主动放弃了玉梅。

房怡和在杨来弟来到梁家后，想起了梁勇敢说过的话。

难道每一个人在要离开这个世界的时候都会有预感吗？

梁勇敢走后，房怡和觉得时间紧迫，她害怕自己也会突然就离去，死神来收你的时候，从不打招呼。她要将梁勇敢最后的心愿完成，她抓紧一切时间编撰家谱，现在家谱终于编完，她轻松了，她觉得对得起梁勇敢了，她帮助梁勇敢了却了一生的心愿。

房怡和看着白发苍苍的杨来弟，意识到自己已经走进生命的暮色中，已经接近生命的终点。房怡和在一瞬间明白，如果杨来弟来的目的真的是和玉梅相认，她必须放手，放手才是对玉梅真正的爱护。

房怡和想通了，开始理解同情杨来弟，杨来弟已近七十，这个时候，杨来弟一定会思念这个被她不得已送人的孩子。

人老了，都格外愿意和孩子待在一起，待也待不够。人老了，还格外喜欢回忆陈年旧事。人老了，就要离开这个世界，无论愿不愿意离开，舍不舍得离开，都必须离开，别无选择。正因为如此，人老了才时而明白时而糊涂啊。

梁勇敢在过世前的几个月，几乎天天叨咕几个孩子的名字，念叨哪个孩子多些日子没回家啦，哪个孩子的孩子该上幼儿园啦。年轻时的梁勇敢可不这样，暴脾气，几个孩子没有不怕爸爸的，如果不是房怡和在他和孩子们之间相互安抚，孩子们都不敢跟他亲近。但是暴脾气的梁勇敢从来都不对房怡和发脾气，对房怡和百依百顺。偶尔闹个脾气，也会主动跟房怡和认错。

梁勇敢走后这两年，房怡和体会到了什么是孤独，真真切切地感觉到了死神会随时降临，感觉到人生苦短这四个字，原来这么沉重，这么让人心生恐慌和畏惧。

杨来弟是玉梅的生母，这件事在连队几乎人人皆知。梁勇敢曾经为了堵住爱说闲话人的嘴，借着小黑皮拦截玉梅的事，对小黑皮大打出手，以示警告。可是没有用，人爱扎堆，在一起都要说点东家长西家短的是非，不然怎么会是娑婆世界。

梁勇敢临近退休时，思乡心切，加上牵挂老父亲嘱托的修编家谱一事和玉梅的身世，梁勇敢决意回老家生活，落叶归根。梁勇敢担心房怡和不愿意跟自己回农村老家，几经铺垫，征求房怡和的意见。

房怡和没有意见。对于年少丧母、没有家庭温暖的房怡和来说，梁勇敢和几个孩子就是她生命的全部，是梁勇敢给了她一个家，一个可以踏踏实实、不用提心吊胆过日子的家。房怡和去北大荒后，从一个充满梦想的少女变成一个苦哈哈的年轻寡妇，走路都直不起腰来，是梁勇敢用一个男人宽厚的胸膛温暖了她，她从此脚踩在大地上，学会一步一步地走路。梁勇敢说回老家，房怡和就知道，那也是自己的老家。

梁勇敢给一个在家乡任职的战友写信，表达自己想回老家的愿望。经过战友一番努力，全家人总算都回到老家。回到老家后的日子并不像外人看见的那样鲜花盛开，一大家子人举家回乡，光是生计就令人拼尽全力。梁家每一个人都很努力地付出，才有了现在的生活。

房怡和知道梁勇敢最放心不下玉梅，他希望玉梅能有个自己的小家，有个伴儿。梁勇敢带着遗憾离世，房怡和希望自己能在有生之年弥补梁勇敢留下的所有遗憾。

梁思思和小土豆依旧泡在梁玉梅店里，帮着招呼客人，思思还在做留学梦，跟着小土豆天天练习口语。

梁玉梅在李雅琪家里休息了两天。

李雅琪这次回滨海，是因为婆婆病重，医院已经下了病危通知，李雅琪的丈夫和儿子下了飞机就赶往医院。李雅琪本来打算找梁玉梅帮忙的，得知杨来弟来滨海一事，陪了梁玉梅两天后也去了医院。李雅琪跟梁玉梅什么都没说，只是嘱咐她不要辜负自己的心。

梁玉梅原打算在小年之前停业关门，可没想到，店内客流量有增无减。

放寒假后，学生们大都回了家。一部分准备考研的学生留在学校复习功课泡图书馆，准备找工作的和已经在单位实习的学生会住在学校，有地方吃住，解决一笔不小的开销。面临社会的选择，学生们开始学会精打细算。他们有时来店里只吃一碗面，不再喝咖啡，为的只是借用店内的网络和空间。梁玉梅心里明白，便会送上一杯咖啡给他们。店内每天人流不断，还有一些准备考研的学生干脆整日泡在店里，喝着咖啡，复习功课，为了省钱，直到傍晚饿了才要一碗面。梁玉梅看到这样的学生，会让李师傅做一些家常面，两元一碗卖给这些孩子。

梁玉梅打消了关店的念头，打算到年根时再关门。

刘海平的婆婆两年前查出乳腺癌，治疗还算及时，术后恢复也不错，可是近日却感觉浑身无力，不思茶饭。海平带婆婆去医院检查，大夫当天即收住院。检查结果出来，病灶转移。

刘海平的丈夫孙家琪在海上漂了几个月，早已归心似箭，没想到回家的第二天就要去医院陪护母亲。

梁红梅要照顾外孙，还要给海平婆婆做饭，忙得晕头转向。

梁玉梅见二姐太忙，时不时让李师傅给海平和她婆婆煲汤，然后派思思和小土豆去医院送饭。思思和小土豆满心欢喜，每次去医院送饭后，都在外面玩够了再回来。刘海平不在店里，思思贪玩儿，梁玉梅缺少帮手，只能亲自上阵盯在店里。

梁玉梅觉得这样挺好，日子每一天都忙忙碌碌，忙碌就可以不去想杨来弟。梁玉梅不停地忙着，她用忙碌填满自己的时间和空间。

不去想就能真的不存在吗？当然不能。

梁玉梅想起自己在杨来弟来的那天大闹，感觉无地自容，她知道自己是在宣泄几十年的委屈和怨恨。对杨来弟，梁玉梅有一种说不出的感情，这种感情太复杂。杨来弟来了之后一直安静地待在梁家村，没有立刻返回上海。梁玉梅忙碌着，看不见杨来弟却平添了一份莫名的牵挂。梁玉梅会时不时地就突然想到杨来弟，她会想，杨来弟吃的什么呢？住得习惯吗？母亲房怡和与杨来弟平日如何相处呢？

梁玉梅自从知道杨来弟的存在以后，曾经无数次地想象过杨来弟的样子，然而当她第一眼看见杨来弟的时候，满是心酸。

杨来弟像是一个活在八十年代的人，无论是穿着还是语言都和现在格格不入，甚至可以说是落魄，梁玉梅看了心里难受啊。

梁玉梅害怕见到杨来弟。

李雅琪去了医院护理婆婆。

梁玉梅回了自己在城里的家，逼迫自己学会暂时忘记和失忆。

梁玉梅回家住，梁思思和小土豆就来梁玉梅家住。两个孩子自己找乐，玩得不亦乐乎。梁玉梅白天在店里忙，晚上跟思思小土豆玩闹，以为这样就可以不再想杨来弟，可她只要一有空闲，还是忍不住想到杨来弟。

房怡和要设家宴款待杨来弟，是对杨来弟下逐客令呢，还是想让杨来弟看看自己现在的生活呢？梁玉梅猜不透。梁玉梅感觉自己有点不厚道，她是在猜测把她养大的恩人。

梁玉梅想到这些，心里就会更烦躁，平添更多的烦恼。

梁玉梅随手拉了一个菜单，除了一些家常菜，还特意嘱咐李师傅去买两条新鲜鲅鱼。这种鱼刺少肉嫩，适合包饺子。鱼肉馅饺子，杨来弟应该没有吃过吧，梁玉梅希望杨来弟能够吃得可口一些。

杨来弟来滨海，背着一个不大的老式双肩背包，来到梁家后，几乎每天都穿着来时的衣服，用的手机还是一款老式诺基亚，十几年前的款式，现在你就是想买都买不到的那种古董手机。

杨来弟到底过着怎样的生活呢？

梁玉梅每当想到这些，心就刺痛，会烦躁不安。如果不是杨来弟来滨海找她，她已经忘记在这个世界上还有这样一个人。她是真的将房怡和当生母来供养的，但是她真的在心灵深处忘记杨来弟了吗？

显然不是这样的，是将杨来弟暂时封存了。

经历了黎明辉的牺牲，梁玉梅对人生无常有了蚀骨体验，她学会了不去想为什么，因为有一些为什么永远没有答案，就像想不明白生母为何要丢下她一样。

现在杨来弟来了，梁玉梅的心还是不由自主地乱了。

梁玉梅将菜单交给李师傅和服务员，自己去煮一壶咖啡坐在靠窗的桌前。梁玉梅特别喜欢闻咖啡的香味儿，这种香味儿让梁玉梅的嗅觉沦陷。香气迷人，令梁玉梅难以自拔。这种香味还让她有一种奇妙的感觉，感觉咖啡就是知己和久违的朋友。她明白，之所以有这种感觉，是因为咖啡总能让她想起一个人。

梁玉梅第一次喝咖啡就是跟这个人，这位女企业家有一个特别好听的名字——徐晓璇。

徐晓璇开着夏利拉着她到了一个香港人开的咖啡店。

这家咖啡店的咖啡价格不菲，出入此地的都是高端人士。

那个年代的咖啡店不是休闲之地，就像桑塔纳和夏利轿车在人们眼里不是代步工具而是一种地位身份的象征一样，能够出入咖啡店的人几乎都是外商和本地成功人士，进出咖啡店是一种身份，一个标志，甚至是某种名片和标签，来咖啡店的人似乎都不是来品咖啡的，而是来交际谈事的。

徐晓璇显然是这家店的VIP（贵宾），服务生见到徐晓璇鞠躬九十度，很自然就引领徐晓璇来到一个包间。

当梁玉梅看到价目表时，心里一哆嗦。

一杯咖啡的价格就是她小半个月的工资。

采访很顺利，显然徐晓璇得到过各种媒体的青睐，她谈吐大方，很娴熟地应对梁玉梅每一个问题，言语分寸把握到位，两个人聊着聊着，几个小时就过去了。临分别时，梁玉梅跟徐晓璇很认真地承诺，等到杂志出来后会给她寄一本，徐晓璇很淡漠地回答，如果忙就不必费心。

那时梁玉梅刚刚大学毕业，正是时时刻刻准备给单位留下好印象的年龄。当时改革开放二十几年，很多人都从穷小子暴富，媒体的有偿服务也开始明码标价，套路基本形成，花钱登封面，树碑立传，是这些先富起来的人生活中不可或缺的一部分。媒体软性文章已是人人心知肚明的套路，记者编辑开始向钱看。徐晓璇赞助杂志社一笔不小的款项，合同写得清楚，杂志社每年要给徐晓璇刊发几篇包装企业的通讯，合同双方必须履行各自的职责。

梁玉梅点灯熬油煞费心机地写好稿子后，反复看过几遍才交给主编审稿，主编看了几页就开始皱眉头，让她回办公室等等。

梁玉梅忐忑不安地熬时间，终于熬到主编召见。

主编眉头皱得像一座小山，这个这个了半天，说道："小梁啊，你看，这个徐晓璇是很有特点的，你没有写出来啊。徐晓璇干起事业来呢是女中豪杰，花木兰替父充军嘛，豪情壮志，要有那种直挂云帆济沧海的气势，你这篇文章太软，这个徐晓璇怎么像个家庭妇女呢，婆婆妈妈的。"

梁玉梅顿时惶恐万分，她没想到会被主编批得体无完肤。

事情的变化总是出乎意料。

在梁玉梅辗转反侧一晚，鼓着个肿眼泡去上班，准备重写稿子时，主编在办公室门前截住她，脸上阳光灿烂，眼睛眉毛都含笑。

主编告诉梁玉梅，徐晓璇非常喜欢她写的稿子，指名合同中规定的稿子都让她执笔。

主编嘱咐梁玉梅："小梁啊，好好干，任务艰巨，你从现在开始要给她多吹吹风。"

主编口中的她当然是那个徐晓璇。

"明年的广告赞助费用就要看你的啦。小梁啊，我看好你，好好干。"

梁玉梅受宠若惊，诚惶诚恐，过后冷静下来，突然害怕了。她不会骗人，她从小到大都是在父母诚实做人的教育中长大的。主编说的吹风，梁玉梅是懂的，懂了才知道害怕。

老天开眼，徐晓璇在她惶恐不安时主动约见。

梁玉梅给自己鼓劲，告诉自己见到人后就抓紧时间提赞助费，她要坦诚地告诉人家，她热爱这份工作，没有赞助费，自己很难跟领导交差。

两人再一次来到咖啡店。

刚一落座，徐晓璇就从包中拿出一张咖啡店的消费卡递给梁玉梅。梁玉梅吓傻了，不知所措地看着徐晓璇。

"拿着吧，看得出你是个老实人。"

徐晓璇嘴角露出一丝不易觉察的笑容。

"感觉你挺喜欢喝咖啡的。"

徐晓璇笑吟吟的，说话不紧不慢。

面对这样一个通透犀利的人，梁玉梅有一种无处可逃的狼狈，机械地点点头。

“咖啡的香气很诱人，而且喝过之后特别有精神。”

“晚上不要喝哦，喝了睡不着的。”

徐晓璇友善地叮嘱梁玉梅，梁玉梅低着头笑了。

“你家教真好。”

“谢谢。”

“我见的人多了，这种素养是装不出来的。”

徐晓璇说得真诚。

梁玉梅将消费卡推到徐晓璇面前。

“徐总，这个我不能要。”

“不要骂我啦，我原想给你一张百货商场的消费卡，你自己去挑件衣服，知道你不可能要，才给你一张咖啡店的卡，写东西累了，可以过来放松一下，也可以过来写东西啊。不要不好意思，你是为我们公司写东西嘛，这里安静。这个店的冰激凌很好吃。”

梁玉梅有些难为情，采访是工作，写稿子是工作，既然是工作，拿工资已经足矣，这样接受好处，她心中还是说服不了自己。

徐晓璇看透了梁玉梅的心思。

“你回去就这样跟你们主编汇报吧。”

徐晓璇说话间就将消费卡放进梁玉梅包里，很自然地告诉她，集团明年在杂志社的赞助费会提高两成，软文还是由她来写。

再后来，两人自然而然成为朋友。

徐晓璇喜欢找梁玉梅聊天，但是梁玉梅总是感觉徐晓璇跟她之间有一种天然的距离感。

“玉梅，你一定要保持你的真诚，杂志社的工作你不要有压力，我每年都会跟社里合作的。”

在海边散步时，徐晓璇看着大海，轻声叮嘱梁玉梅。

梁玉梅当时的心情就是觉得天上真的会掉馅饼！梁玉梅最害怕出去拉广告，徐晓璇的承诺就是给梁玉梅上保险啊。

梁玉梅跟母亲房怡和讲徐晓璇的故事，房怡和告诉梁玉梅，徐晓璇心灵深处一定有一块最柔软的地方。

梁玉梅慢慢了解到徐晓璇的确是一个富有传奇色彩的女人。梁玉梅就想好好地观察她，然后写写这个女人的故事，不带任何功利色彩地写。

然而没有了后来，徐晓璇在一次出差途中死于非命。这个让梁玉梅第一次喝咖啡就爱上喝咖啡的人就这样没了。

梁玉梅非常难过，难过以后，梁玉梅第一次开始思考生命。

梁玉梅有一段时间不敢去喝咖啡，她怕看见那个两人经常久坐的位置。但是梁玉梅没有办法不去咖啡店，梁玉梅爱上了喝咖啡，梦想着有一天自己开间咖啡店。

梁玉梅遇到黎明辉后，给他讲了徐晓璇和咖啡的故事，和他一起来店里喝咖啡。

梁玉梅还未到四十不惑的年龄，已尝遍无常人生的苦辣酸甜。

梁玉梅喝着咖啡看着窗外。

窗外，行人都迈着匆匆的脚步急急地在行走。从什么时候开始，路上的行人都变得如此匆忙?

梁玉梅记得她刚参加工作那些年，她忙完稿子，最喜欢看窗外。杂志社当时在市区一个居民小区旁边，梁玉梅能看到窗外一些带着孩子的老人，老人们走累了，就领着孩子席地而坐，在树下休息。窗外还有各种景致，现在都消失了。

喝着咖啡，梁玉梅脑海中又浮现出杨来弟第一次来店里的情景，蹒跚的脚步，一声沧桑的囡囡。想起杨来弟，梁玉梅的心又开始乱起来，眼睛盯着咖啡发呆。

安慧坐在小院的藤椅上晒太阳。

腊月，这样能晒太阳的时间不多。

工厂的一切都安排就绪，招工启事挂出来没几天，报名的人数超出了安慧的预计，安慧坐等春节后开工生产。

让安慧心烦的是连红旗。

现在所有生意都没有了几十年前的暴利，再也不会产生暴发户。按照梁红梅的说法，那年头只要敢干，干什么都能发财，卖个内裤都挣钱，可是更多的人不敢丢了铁饭碗去卖内裤。现在不行啦，丢了铁饭碗去卖内裤的人多了，卖内裤又不挣钱了。现在挣钱的手段千变万化，年轻人脑子更加灵活，经商圈子里更看重人品和实力。有实力没人品，人家躲着；有人品没实力，人家等着。等的人有足够的耐心。电商微商和直播，生意真是难做。一个字，难；两个字，更难；四个字就是难上加难。总归一个字，难。

安慧做实体困难更多。

安慧连着几天都睡不好觉，想不出一个好办法来对付连红旗的无赖行径。

安慧原来和梁大仓一个单位，她学的是护理专业。夫妇俩都忙，第一个女儿出生后，一直由爷爷奶奶带着。

一个星期天，安慧休息，就去梁家村把三岁的女儿接到家里。女儿自己走出家门后掉进了深井里，再也没有回来。安慧昏死过去整整七天，这个伤疤烙在梁家每一个人心上。安慧更是自责愧疚，几乎抑郁而死。好在有婆婆开导安慰，安慧才走了出来。后来安慧生了思思，说什么都要辞职，专职照顾女儿。梁大仓无奈，只能同意安慧做的决定。思思的到来，让安慧曾经绝望的人生又燃起希望，她一心要给女儿最好的生活，让女儿接受最好的教育。

安慧在思思两岁时从医院辞职，自己经营一家药店。

药店开张后，安慧为了节省成本，自己既当老板又当店员，每天都是从睁眼忙到闭眼。等安慧熟悉了业务，搭建好自己的人脉网络，女儿思思已经上初中了。

安慧为这个女儿千算万算地计划着人生，可是梁思思却不领情。安慧知道，这是因为她在思思最需要陪伴的时候没有做到位，怪得了谁呢？

安慧要办厂，要挣大钱，安慧一心想用钱来弥补对女儿的亏欠。

手机微信提示音不停响着，安慧懒得看，她知道这个连红旗是不达目的不罢休。安慧在心里骂连红旗无耻，闭上眼睛，让自己静一静。

房怡和拿着一条手工织的毛披肩给安慧盖上。

"妈，我不冷啊。"

安慧睁开眼，看见婆婆站在身边，婆婆的面容总是这样慈祥。

房怡和指了指屋门："冷了就回屋待着。"

安慧点头。

安慧想起杨来弟应该在婆婆的房间，轻声问房怡和："妈，那个，那个……"安慧竟然不知道该怎样称呼杨来弟。

房怡和笑。

"看你那点出息，有什么不好称呼的，叫杨阿姨就行了。"

安慧不好意思地笑了，房怡和拍拍安慧的头。

"妈，杨阿姨来了几天啦？她来咱家干啥啊？"安慧小声问婆婆。

房怡和眯着眼睛看看太阳。"我也不知道啊，今天阳光真好啊。"

"妈，要不您问问她，我怎么觉得她来了以后，咱家人都不适应，大哥大嫂原来天天在这儿陪您，现在都回城里啦，玉梅也不回家。"

安慧走过来陪着房怡和看太阳。

房怡和依旧笑笑，眯着眼睛。

"我问啦，问了几次，人家不是哭，就是说没什么目的，是来看看我，过去多年的老同事，当然也想看看玉梅，毕竟都是土埋大半截的人啦，人之常情嘛，你们不用多想。"

安慧的手机不停地响。

房怡和问安慧："工厂的事情还没有办利索？"

"也利索也不利索，有些事随时处理吧。"

“是不能急，嗯，不能急，我们家安慧就是个干大事的人。”

房怡和笑眯眯地看着安慧，安慧不好意思地笑了。

安慧的手机还在不停地响，安慧烦躁地将手机提示音按了。

房怡和看出安慧有心事。

“遇到什么难事啦？说给妈听听。”

安慧不想给婆婆徒增烦恼，摇摇头。

“安慧啊，有什么事情呢要说出来。我老啦，但是凡事都有一个理字，在不在理，事说了算，人有时候还真说了不算。妈虽然老了，可是吃的盐比你多点不是。”

安慧想了想，便把连红旗如何欺诈自己的事情前前后后地说给房怡和听。

房怡和听完没有立刻发表意见。

“你怎么打算的？”房怡和问安慧。

安慧实话实说：“挺烦的，不知道该怎么办啊，钱不是太多，翻脸不值得，不翻脸的话，我忍不下这口气。”

房怡和拉着安慧的手说：“事情已经出来了，烦死也没有用，得想办法解决。”

房怡和开解安慧，安慧点头。

一阵风突然就刮起来，天色暗了下来。

“走吧，安慧，先进屋说话。这事让妈想想，想得对不对呢，你再看。这天说变就变呢。”

安慧指指屋内，房怡和笑。

“怕什么，又不是妖魔鬼怪，走，回屋去。”

房怡和看看天，拉着安慧就往屋里走。

杨来弟在写字台前写着什么，写得很专注，神情出奇地安详。这一刻的杨来弟没有了唯唯诺诺的神态，平静地写着。

杨来弟没有察觉到房怡和她们回来了。

安慧看着杨来弟，现在能这样专注地在纸上写东西的情景真不多见。

房怡和示意安慧不要打扰杨来弟。

房怡和坐到沙发上，安慧将披肩挂在衣架上，挨着房怡和坐下来。

杨来弟停止写字，将稿纸叠好，压在镇纸下面。

“房老师啊，是不是要过小年啦？”杨来弟看见房怡和回来了，随意地问着。

“是呀，还有两天。”房怡和回答着。

安慧以为杨来弟是准备回上海，拿出手机翻看飞机航班，没想到杨来弟接着说了一句：“这日子过得蛮快的。”

安慧抬头看看杨来弟。杨来弟一副很抱歉的样子，两只手不知所措地合在一起，分开，又合在一起。

安慧注意到休息过来的杨来弟比刚到梁家时精神了很多，两眼明显有了神采，疲倦和沧桑已经看不见了。这样的杨来弟看上去平和家常，还有那么一丝丝不易觉察的清雅气质。安慧打量着杨来弟，她怎么也想不明白，眼前这个看着温和善良的女人怎么会将自己的亲生女儿送人呢？她的生活到底遇到了怎样的困难？

杨来弟感觉到安慧在观察自己，有些难为情地低下头。

“来弟啊，我让安慧给你泡的安神茶，你喝着还习惯吗？”房怡和洗着茶杯问杨来弟。

安慧感觉到自己失态，接过房怡和手中的杯子继续冲洗。

杨来弟忙不迭地回答着：“蛮好，蛮好啊。房老师，你们家的热炕睡着解乏。”

房怡和给杨来弟沏了一杯红茶。

“来弟啊，今天我们去玉梅店里聚一聚。你来家就病了，今天我看着你气色不错，咱们去玉梅店里聚一聚，让店里的师傅给你做几个拿手菜。”

杨来弟接过茶杯，却没有喝茶，用手搓着茶杯。

“在这里蛮好啊，在这里蛮好啊，不要麻烦，不要麻烦啦，房老师，我们就在家里好了。”

杨来弟说话声音很小。

房怡和看见杨来弟拘谨的样子，心里格外不是滋味儿。

安慧端着茶盘出去了。

房怡和端详着杨来弟，想起杨来弟在北大荒当老师的那些日子。

那时杨来弟才二十几岁，本来皮肤就白皙，加上说话南方口音，听起来格外柔和恬静，在北大荒人的高门大嗓中独有韵味。杨来弟梳两条长辫子，辫梢扎一个湖蓝色蝴蝶结，每天上完课回到办公室，就讲学生们的趣事，说到高兴时，会咯咯地笑个不停，鼻子右下方的小黑痣也跟着笑。

课间时间，杨来弟和小学生们一起做广播操，学生们喜欢盯着杨来弟看，杨来弟会笑眯眯地看着学生们。

“不要看啦，都好好做操呀。”

杨来弟越说，学生们越是齐刷刷地看着她，杨来弟这时候就会满脸红晕。

做完操，杨来弟还喜欢和学生们跳猴皮筋。

下课铃声一响，孩子们像一群家雀样飞出教室，女孩们尖着嗓子喊，小皮球，架脚踢，马兰开花二十一，二五六，二五七……杨来弟就跟着女孩们一起跳猴皮筋。杨来弟两脚灵活地挑着猴皮筋，动作轻盈，常常跳得额头都是汗，连那颗小黑痣上面都有汗。

那个活泼可爱的杨来弟去哪儿了？时间都去哪儿了？回城后的杨来弟到底过着怎样的生活呢？

这四十年，房怡和断断续续地听说杨来弟生活不宽裕，第二任丈夫死后，杨来弟自己带着女儿生活，一直没有固定的住所。在上海的荒友们聚会，杨来弟基本不参加。后来又听说杨来弟的女儿不知道去了哪里。房怡和很想问问杨来弟小女儿的近况，又张不开口。

安慧端着果盘进门。

苹果因为放在地窖里的缘故，格外多汁。

房怡和吃一口苹果，问杨来弟：“来弟啊，你还记不记得咱们在北大荒，到了冬天没有水果吃，吃冻梨，孩子们都牙疼。”

杨来弟小口吃着苹果，点点头，却没有说话。

安慧好奇，冻梨怎么吃啊。

家宴菜品是玉梅精心准备的。

四个小凉菜：芝麻香豆皮、皮蛋脆黄瓜、五香花生米和小葱拌豆腐。这几个小凉菜，梁勇敢生前特别喜欢吃，随便一个就是他下酒的好菜。

热菜既家常又讲究，有腊月里家家户户爱做的豆腐白菜炖粉条，有萝卜丝炒虾皮、酸辣土豆丝、炖鲅鱼、油炸黄花鱼、油焖大虾，还有李师傅最拿手的红烧肉和辣子鸡。

梁家一大家子，除了在医院不能回来的海平一家三口，全部到齐了。海平和孙家琪带着果果在医院陪着婆婆。

梁家十几口人来到店里后都围着大圆桌聊闲天，牛玉香也跟着梁彤一家三口来到店里。

牛玉香进店后就主动去和房怡和打招呼问好，牛玉香心里明白，房怡和是这个家的佘老太君。

房怡和看见牛玉香很高兴。

“来弟啊，这是垦荒的亲家，能干得很，给我们老梁家培养了一个好孙媳妇。”

杨来弟看着牛玉香连声说：“蛮好的，蛮好的，房老师蛮有福报。”

牛玉香已经听孙美丽说了杨来弟的情况，却揣着明白装糊涂，一脸无辜，假装天真地问房怡和：“大姨啊，这位慈眉善目的阿姨是哪一位啊？”

房怡和不慌不忙，跟牛玉香介绍：“这个阿姨啊，是我在北大荒时的老同事老朋友，我们多年没见喽。”

“是吗？”牛玉香嘴里应着，心里盘算着，当初自己闺女进梁家，差一点没有过了老太太这一关。牛玉香想起这些就生气，她觉得自己的女儿可以选择不嫁，但是梁家却没有任何理由挑剔。牛玉香知道，跟这个老太太问什么都是白问，老太太不会说漏一句。

牛玉香于是打定主意要借此机会让这个老太太难堪一下。

牛玉香故作亲热地过去拉着吴春兰的手。

“亲家母，我怎么看着这个阿姨好眼熟啊，好像在哪里见过一样。”

吴春兰深知牛玉香的挖坑能力，自己被坑了几次，知道牛玉香基本上是大内高手的段位，于是便不接话头，笑脸应对道：“亲家母，您就在我妈身边坐吧。”

吴春兰不上当，牛玉香很上火。

房怡和招呼众人入座。

房怡和让杨来弟坐在自己右手边，按照滨海的待客规矩，这是一席。房怡和安排好杨来弟的座位后，让牛玉香坐在自己左手边，二席的位置。

牛玉香看着这个安排，心里满意，嘴上却故作客气。“这哪行呢，大姨啊，咱们都是一家人，我坐哪里都一样。”

“亲家，你是贵客。”房怡和说着，让座。牛玉香便高高兴兴地坐下。

梁垦荒安排自家人落座，梁玉梅坐在二姐红梅旁边，安慧见状，和大仓换了位置，挨着玉梅另一边坐下。思思不愿意，拉着小土豆非要挨着梁玉梅，梁红梅只好挪个位置，思思拉着小土豆坐在梁玉梅身边。

房怡和看着思思和小土豆在梁玉梅身边闹，笑呵呵地跟杨来弟说：“思思从小就爱跟着小姑。”

“玉梅，你这里有红酒吗？”房怡和问玉梅。

梁玉梅拍下脑门：“妈，妈，您看我这脑子，在前台柜子里呢，我这就去拿来。”

“奶奶，我去拿酒，我去拿。”梁思思举手，嘻嘻哈哈地说着，一蹦三个高儿就去把红酒拿来。

梁彤连忙起身去接思思手中的酒瓶，思思却不给。

梁思思将红酒拿到房怡和眼前晃晃：“奶奶，我来给您倒酒。”

“好啊，我大孙女来倒酒。”房怡和笑眯眯地看着思思。

安慧看出思思憋着坏心思，过来阻拦思思："思思你瞎闹什么，没规矩，让大哥倒酒。"

思思看着安慧，倔强地拿着酒瓶，不肯松手。

房怡和笑道："让我大孙女倒酒也一样。"

梁思思开始按照秩序倒酒。第一杯倒给杨来弟，思思稳稳地往杨来弟的酒杯里倒酒，酒倒得非常有水平，三分之一，不多不少。

房怡和看着，笑眯眯地说道："看我们思思，进步多快，看来小姑没少教我们思思。"

梁思思微笑着点头，手却一松，酒瓶差点摔在地上，大家都惊了一下，看着梁思思。

梁思思却稳稳地拿住酒瓶，酒不偏不倚就洒在杨来弟的衣服上。梁思思一点都不惊慌，将酒瓶稳稳地放在桌上，连声跟杨来弟说："对不起，对不起啊。"

杨来弟惊得一下站起身来，讪讪地笑着，看看梁思思，连声说："没关系，没关系的呀。"

梁思思不慌不忙地拿起餐巾纸给杨来弟擦衣服。

全桌人都不出声。

孙美丽小声跟梁彤嘀咕："梁彤，你这个妹妹真不简单，看着没心没肺，原来城府这么深，一肚子坏心眼。"

梁大仓看着安慧咬牙道："安慧，你看看，思思让你给惯成啥样啦，疯疯癫癫，没规没矩。"

安慧脸上挂不住，想起身去教训思思，梁大仓拉住安慧的手，悄声阻止："妈在呢，别让梁家人脸上不好看，回家再说。"

安慧恼怒地看着梁思思，梁思思一点都不生气，假装看不见。

房怡和看梁思思已经将杨来弟衣服上的酒渍擦干净，却还在擦，就拿起酒瓶，吩咐安慧："安慧啊，来，过来倒酒，思思回去坐着吧。"

梁思思嘴里说着好嘞，乐滋滋地回到座位，挨着小土豆坐好，然后得意地看着梁玉梅。梁思思见梁玉梅脸有愠色，不敢笑了，她不明白小姑怎么啦，小姑不是讨厌这个老太婆吗？这老太婆当年如此狠心将小姑抛弃啦，我小姑出气呢，小姑这表情，什么情况啊？梁思思赶紧低头不再看梁玉梅。

牛玉香感觉出点滋味来，原来梁家人的友善和睦是装出来的啊，小姑娘胆子挺大，明显地是故意整人嘛。好啊，老娘倒是要看看梁家到底藏着多少蹊跷事。

牛玉香心里想："外人都说他们梁家的家教好，好能教出这么个败家孩子？"

牛玉香看了一眼梁思思，梁思思正低着头看着眼前的肉丸子出神。

安慧给每一个人酒杯里都倒上红酒，走到孙美丽跟前时，房怡和吩咐安慧："安慧啊，让美丽和春兰喝果汁，你也喝果汁，吃完饭，你送二姐回家，垦荒喝酒，春兰开车。"

孙美丽却举手笑道："奶奶，今儿家宴，我陪奶奶您喝点酒，让梁彤开车。"

房怡和高兴。

"好啊，看看我孙媳妇多体贴奶奶，都是亲家教导有方。安慧，给美丽倒酒。"

安慧按照房怡和的吩咐依次倒酒倒果汁。

房怡和端起酒杯，看着杨来弟。

"来弟，今天我们老梁家人基本都到齐啦，欢迎你来老梁家做客，我先说两句，就倚老卖老一回。"

房怡和说完，杨来弟拘谨地一笑。

房怡和接着说："杨老师啊，你不知道，我们家呢过年过节都要聚在一起，谁过个生日呢，全家也要聚聚，图个热闹，一家人也借机会见见面。"

房怡和说话时，一桌人都安静地听着。

牛玉香暗自思忖，这老家伙说话果然有水平，笑里藏刀啊，一家人一家人的，明摆着说人家杨来弟是外人，还真会说啊。

“来弟啊，我们家每次聚会呢，是孩子们每家轮流坐庄，我和老梁图个清闲，老了就听孩子们安排。这次不一样啊，来弟，我们是几十年前的同事，能见一面不易，我们都是倒着使劲儿的年岁了。”

牛玉香听罢，鼻子不自觉就哼了一声，心想：“显摆啥呀，给人家不明不白地养了几十年孩子，人家来要了，看你怎么办。哼！”

牛玉香无心再听房怡和说话，开始仔细端详梁家的每一个人。看到梁玉梅的时候，她突然发现这个梁玉梅和梁家的其他孩子长得还真的一点都不像。

亲家公梁垦荒敦实，个子中等，脸色略黑，像那个过世的梁老爷子；梁家大闺女在国外，只见过一面，模样像妈；小儿子一脸书卷气，长得白净，大眼睛跟梁老太一样；二闺女红梅长得像大哥。

这小闺女玉梅和谁都不像啊。

梁玉梅白皙的皮肤，丹凤眼，瓜子脸，是梁家最漂亮的孩子，走在人群中也是很扎眼的那种漂亮，四十岁的人，看上去顶多三十多岁。再仔细一瞧，牛玉香发现梁玉梅的鼻子中间长着一颗小黑痣，这就是美人痣啊。牛玉香端详着，看见大家伙已经站起身来碰杯。

牛玉香听见房怡和喊自己：“亲家，举杯啊。”牛玉香连忙端起酒杯，没想到一时间太慌张，酒杯一下子掉在地上，碎了。

牛玉香顿时觉得脸上挂不住，本来想用笑声缓解自己的尴尬，却笑得难受，只好看着孙美丽求助。

梁彤起身过来收拾地上的玻璃碎片，孙美丽连忙给牛玉香重新端过来一杯酒。

房怡和为缓和牛玉香的尴尬，对牛玉香笑笑：“来，亲家，干杯。”

一家人起身，干杯。

待大家都再次入座时，牛玉香看了一眼房怡和，不经意间看到杨来弟也看着房怡和，杨来弟的鼻子上也有一颗小黑痣。

牛玉香一惊，无心吃饭啦，再仔细端详杨来弟，虽说苍老，但面容还有年轻时的痕迹。杨来弟的嘴小巧，牛玉香仔细再看梁玉梅的嘴，几乎一样。这个杨来弟还真是梁玉梅的亲妈。那这事情更不简单啦，这个梁老太太凭什么要养人家的孩子？养孩子可不是容易的事。学雷锋啊，怎么可能，这里面一定有蹊跷。莫非是梁老爷子的种？真说不定呢。这一发现，让牛玉香有些兴奋，如果真是梁老爷子的种，这家人可有好戏看了。

房怡和给牛玉香盘中夹了一块红烧肉。

“亲家，你尝尝我们家的传家菜红烧肉，肥而不腻，尝尝。”

牛玉香连忙应声：“好，好啊。”

牛玉香往嘴里送了口红烧肉，不油腻，还有一股淡淡的清香。这红烧肉还真的好吃啊。这家人可真会吃，我怎么就没有这种福气呢？都是人，人家可以吃这么好吃的红烧肉，我凭什么就吃不到？

妮妮本来坐在孙美丽怀里，突然要找奶奶，孙美丽无奈，只让妮妮坐到吴春兰怀里。

妮妮看着吴春兰，小手指着吴春兰的头发问道：“奶奶，你怎么有白头发啦？”

吴春兰笑道：“奶奶老了呀。”

妮妮突然就情绪失控地大声哭起来，一边哭一边抽泣着：“我不让奶奶死，我不让奶奶死。”

妮妮这一闹，全家人都停止吃饭，莫名其妙地看着妮妮和吴春兰。

梁彤和孙美丽连忙起身过来哄着妮妮。

孙美丽想要把妮妮抱过去，妮妮却抓着吴春兰的胳膊不放，一边哭一边说了一句：“我不让奶奶死啊。”

吴春兰轻轻地拍着妮妮的后背说：“妮妮，妮妮，奶奶在这里呢，奶奶怎么会死呢？”

梁垦荒站起身说：“小孩子可能做噩梦了，咱们继续吃饭。”

吴春兰虽说不知道妮妮何出此言，但已猜到妮妮这样哭泣一定是有原因的，又不好多问妮妮，就心疼地搂着妮妮哄着：“妮妮，不怕，不怕啊。”

妮妮缓过劲儿来，说："姥姥说人老了就会死的，姥姥说太爷爷死了。奶奶，我不让你老，我不让你死。"

妮妮哭得可怜，原本刚缓和过来的气氛顿时又尴尬了，一家人都心疼地看着妮妮。

牛玉香本来还在吃红烧肉，吃得嘴角都是油，听到妮妮这样说就坐不住了，起身来到妮妮身边，声音很大地斥责妮妮："姥姥什么时候说奶奶会死啦，姥姥说人老了才会死。"

一大家子人本来就有些莫名其妙，现在听见牛玉香这样吼妮妮，已经明白了八九分，开始担心房怡和的感受。

吴春兰心中已经明白了妮妮为啥大哭，是自己刚才说的一句奶奶老了，勾起了妮妮某些可怕的记忆。吴春兰心中怨恨牛玉香说话难听，不计后果，在这种场合又不能发作，心里面埋怨牛玉香为老不尊，不是个东西，说话没轻没重。

吴春兰不冷不热地看一眼牛玉香。

"这么点儿个孩子，什么死呀活呀的，会吓着孩子的，以后有些话还是不要跟小孩子讲。"

牛玉香想跟吴春兰说几句难听的，见房怡和没有出声，只好强压着自己的火气。

房怡和连忙缓和气氛："妮妮这个傻孩子。"

房怡和说着，招呼杨来弟吃菜。

吴春兰抱着妮妮站起身："妮妮，奶奶带你去看看金鱼好不好？"

妮妮依旧抽泣着："姥姥说……"

妮妮还没有说姥姥说什么，牛玉香生气了："姥姥说什么了，姥姥说姥姥说的。"

妮妮哇的一声又哭了，一边哭一边哀求着："姥姥，你别打我。"

显然，牛玉香打过妮妮。

梁垦荒气得瞪着眼睛看着牛玉香，没法发作，吴春兰心疼地抱紧妮妮。

孙美丽过来拉着牛玉香说："妈，回去坐呀。"

牛玉香不理会孙美丽，继续补刀："妮妮问我，太爷爷上哪儿去了，我告诉她太爷爷死啦。妮妮问什么是死，我就说死就是再也看不见啦，人人都要死，人老了都要死。这孩子怎么撒谎啊，我还说错了吗？"

牛玉香理直气壮、旁如无人地说着，全桌人都无心吃饭了，看着牛玉香。

孙美丽担心母亲会没有轻重地说下去，急忙拉着牛玉香的手，连声叫着："妈，妈。"

思思气不过，忍不下去了，走过来拉住牛玉香的胳膊说："行啦，阿姨您快回去吧。"

牛玉香冲着梁思思就开炮，大声喊道："你这个孩子，啊，你让我回哪去啊？你这孩子真没礼貌，没教养，没家教。"

梁思思火冒三丈，盯着牛玉香说："你还有理啦，我让你回去坐着，你有教养还打孩子，妮妮多小啊，你也下得去手，你心可真够狠的。"

梁彤和孙美丽急忙左右安抚。

梁思思又盯着孙美丽喊："孙美丽，管管你妈吧。"

孙美丽脸憋得通红，又不好发作。

梁大仓大步走过来，拉起梁思思。

"思思，你给我闭嘴，没规矩。"

梁大仓拉着梁思思回到自己的位置，按着梁思思呵斥："给我老实待着，回家跟你算账。"

坐在梁思思身边的小土豆胆怯地看着眼前发生的一切。

杨来弟干脆低着头谁也不看。

牛玉香不干了，大声喊着："美丽，闺女啊，老梁家就这么欺负你啊？怎么都这么缺家少教啊，啊，一个个没大没小的，当着我的面就敢这样欺负我闺女，我闺女怎么这么受气啊。"

孙美丽拉着牛玉香的手，使劲儿地握着，示意母亲不要再说了，牛玉香不管，梗着脖子看着吴春兰。

“我闺女这样的人才，凭什么要受这窝囊气，亲家母，你给我说清楚，你今天必须给我个说法。”

吴春兰面露尴尬，不知该怎样应对牛玉香。

房怡和心中气啊，她真不知道牛玉香这么泼辣不讲道理。

梁玉梅实在看不下去，过来拉着吴春兰说：“大嫂，咱们带着妮妮去看看鱼。”

梁玉梅又吩咐梁彤：“彤彤，你和美丽回去坐着陪奶奶吃饭。”

吴春兰抱着被吓得停止哭泣、一个劲儿打嗝的妮妮，跟着梁玉梅离开了饭桌。

梁红梅看看乱成一锅粥的局面，连忙来到母亲身边，抚摸着母亲的后背，安抚母亲。

房怡和拍拍梁红梅的手：“红梅啊，让杨老师尝尝鲅鱼水饺。”

梁红梅连忙端起杨来弟的盘子，夹了两个水饺，心里怨恨杨来弟，都是你，来我们家干什么呀。

房怡和吩咐梁垦荒：“垦荒啊，你和大仓都敬你们杨老师一杯。”

房怡和转身看着低着头的杨来弟说：“来弟啊，你教他们的时候，垦荒上四年级，大仓还小。”

“垦荒蛮聪明的，门门功课都是一百分。”杨来弟回答着。

牛玉香站在原地，这时候真找不到台阶下了，一脸茫然。

房怡和这次是故意晾一晾牛玉香，她觉得牛玉香太过分。房怡和心里面疼惜吴春兰，遇到这样的亲家，吴春兰平时不知道要生多少闲气。

梁彤过来拉着牛玉香的胳膊说：“妈，别站着了，回去坐啊。”

孙美丽硬是拽着牛玉香回到座位。

梁垦荒心疼妮妮挨打，故意不说话，不招呼牛玉香。

房怡和知道这样僵持下去不好收场，就笑着说：“坐吧，亲家。”

牛玉香看看房怡和，再看看杨来弟，突然笑了，笑得咯咯的。

一家人被牛玉香笑得莫名其妙，都不好说什么。

小土豆本来夹了一筷子土豆丝，听到牛玉香大笑，土豆丝掉在桌子上，愣愣地看着牛玉香。

梁思思正在吃丸子，她咽了一口丸子，小声嘀咕："我去，怎么又犯病了？"

牛玉香拿着筷子点着杨来弟，脸却对着房怡和，故作恍然大悟状："哎呀，我说我怎么看着贵客眼熟呢，她小姑和贵客长得可真像，太像啦，一个模子刻出来的。"

牛玉香说完，转过脸来盯着杨来弟，继续狠狠地补了一刀："这不知道的，还以为他小姑是你亲闺女呢。你鼻子上面长个黑痣，他小姑鼻子上也有一个；你俩模样都一样啊，一模一样。"

牛玉香说完，得意地看看杨来弟，然后再去看房怡和。

所有的人都不由自主地看向杨来弟，孙美丽见状，歇斯底里地叫了一声妈。孙美丽话音未落，杨来弟站起来，摇晃一下，晕倒在地。

第十章　生命的底色

房怡和病倒了，头昏脑胀，心慌气短，昏睡了一整天。

房怡和醒来时，看见大儿子垦荒正焦虑地看着自己，春兰和安慧两人趴在自己身边睡着了。房怡和想坐起来，刚一动身，就感觉头重脚轻，浑身无力。

家宴因为牛玉香故意挑事，加上思思的恶作剧而不欢而散。

梁垦荒安排梁大仓和安慧送杨来弟去医院，梁彤将家人都送走，房怡和硬是撑到人都散了，才感觉自己浑身瘫软没有一点力气，然后一屁股坐在椅子上，被垦荒和玉梅送回梁家村。

房怡和当时觉得浑身没有力气，一口气憋着，难受，以为回家休息一下就会好的，没想到回家后，浑身像散了架一样，第二天想起床都困难。

梁垦荒看见母亲醒来，急忙扶起母亲，给母亲的背后垫上靠枕。

房怡和指指安慧和吴春兰，示意梁垦荒不要出声。房怡和知道两个儿媳妇应该是熬夜守着自己，累得睡着了。

梁垦荒轻声问母亲：“妈，安慧熬了小米粥。”房怡和点点头，胃里面一阵不舒服，翻江倒海地难受。

小米粥就在写字台上面的电饭锅里，梁垦荒盛了一小碗端过来，开始给房怡和喂粥。

母子两人都不说话，梁垦荒喂一口，房怡和吃一口。

房怡和吃了几口小米粥，示意梁垦荒不想再吃，梁垦荒用祈求的目光看着母亲，母亲还是摇摇头。

梁垦荒不好勉强母亲，转身将饭碗放在写字台上面，回过身来，看见母亲伸着手跟自己示意，梁垦荒急忙握住母亲的手。母亲脸色蜡黄，气色很差，眼睛没有了往日的光泽。梁垦荒心疼地看着母亲，握着母亲的手，母子两人都不说话，默默地对视着。

房怡和用力握了一下儿子的手，点点头。梁垦荒明白，母亲这是告诉他自己没有事，不要担心。梁垦荒眼睛有些发潮，克制着情绪，对母亲笑笑，点点头。房怡和露出笑容，母子两人再次会心一笑，梁垦荒两只大手紧紧握住母亲的手，为母亲传递力量。

房怡和闭上眼睛靠在靠背上面。

滨海市立医院的门诊大厅里，人来人往，熙熙攘攘，这年头的病号越来越多。

梁大仓穿过门诊大厅，拐进电梯口，电梯口等待的人也多。

梁大仓索性去走楼梯。

梁大仓进病房时，杨来弟在收拾东西。

杨来弟默默地收拾东西，换洗的衣物大多是房怡和的，洗漱用具是梁大仓给买的。

杨来弟那天晕倒后被送到医院。

梁大仓将杨来弟收在自己的科室，坚持给杨来弟做了全面检查。检查结果出来，杨来弟患有心脏病和高血压。对于杨来弟，梁大仓既可怜她，又怨恨她。想到杨来弟还是玉梅的亲妈，又有点讨厌她。梁大仓素来温文尔雅，亲和力很强，但是每次见到杨来弟还是笑不出来，梁大仓自己都不知道为什么。

杨来弟看见梁大仓进门，小心翼翼地叫了一声："大仓啊。"

病房内的另一个病号是一个和杨来弟年龄相仿的老太太，看见梁大仓进门，迫不及待地喊着："梁主任，梁主任啊，你可来啦，我等了你好长时间。"

梁大仓笑道："您这是怎么啦？想我啦？"

"我等你看看我的片子，那几个小毛贼我信不过，他们刚才来查房，说我没事啦，让我今天就出院，我不信他们的，我就信你。"

"大姨，您可别小看这几个小毛贼，他们可都是硕士博士毕业，在北京大医院练过，个个都是高手，比我可强多啦。"

"不顶用，不顶用的，医生是越老越值钱，姜还是老的辣，他们没有经验，我就信你。再说啦，我那个不孝子这次好不容易出点血给我交了住院费，下次再住院，我到哪儿去找钱啊。"

老太太说着，将片子直接递给梁大仓。

杨来弟收拾好东西，安静地坐在病床上，平静地看着眼前这一切，波澜不惊，一副见怪不怪的样子。

梁大仓很仔细地看着片子，反复看了几遍，然后很认真地跟老太太说："没事了，您呀，今儿真的可以出院啦。"

老太太接过片子，自己在那儿自言自语："我出院，我信你，我只能信你啊，这玩意儿我看不懂。"

老太太突然神秘地悄声问梁大仓："那我那些没有花完的钱可以退给我吗？"

梁大仓想了想说："这个我还真不清楚，退是肯定要退的，至于怎么退，我可以帮您问问。"

老太太听后，千恩万谢地回到自己病床上坐着，东张西望。

梁大仓重新回到杨来弟病床前，叫了一声杨老师。

杨来弟有些惶恐地看着梁大仓。

“杨老师，您的所有检查报告都出来啦，还是老毛病，心脏需要继续用药，不能停，您这样私自停药很危险，降压药还是维持一天一片就可以。咱今天出院吧。”

“大仓啊，唉，真不好意思啊，你看我这一住院，这——”

杨来弟诚惶诚恐，梁大仓知道杨来弟接下来想说什么。

“您别担心，住院费，玉梅都给您交过啦，该服用的药都拿啦。”

杨来弟听梁大仓说完，不好意思地低下头，用手搓着衣角。

老太太走过来，看看梁大仓，端详着杨来弟，疑惑地问杨来弟：“你是梁主任的老师吗？”

杨来弟点点头又摇摇头。

梁大仓对老太太微笑：“是啊，这是我的小学老师。”

“我的天，你是梁主任的老师，那你得有多大学问。我咋看着不像呢？我咋就没有看出来呢？”老太太嘀咕着，“不像，真不像。”

杨来弟低着头不出声。

老太太忽然又恍然大悟地笑了：“也是，梁主任对你这么上心，天天来看你，不是老师怎么可能这么关心你呢。”

“大姨，她是我老师啊。大姨，我不关心您吗？”

“那是那是，关心，关心，梁主任人好。”

老太太羡慕地看着杨来弟：“你是当老师的啊，真好。你退休金很多吧，俺村的一个老师退休金好几千呢。”

杨来弟避开老太太询问的目光，不说话，看着病房的过道。

店内客人不多，三三两两进进出出的几个常客，他们喝着咖啡，好像在聊着什么。

梁玉梅给他们赠送一壶咖啡。

小年也是年啊，祝小年快乐。

几个常客不好意思，客气地问梁玉梅是不是耽误老板过小年了。梁玉梅说感谢他们支持。

店门外的几根树枝不知什么原因掉了下来，刘海平找来梯子，自己爬上去重新整理好。梁玉梅看见后，连忙出来，在梯子下面扶着，看着刘海平熟练地完成每一个动作。

刘海平跳下梯子，双手拍几下："完美。"

李师傅一个人在厨房准备做面条。

两个服务员家在郊县，梁玉梅给她们发完工资奖金，还给她们的父母也准备了红包，打发她们回家过小年去了。

梁玉梅和刘海平忙活完，又将所有的事情捋了一遍，安排停当后，就坐在靠窗的桌子旁喝咖啡。

过了小年就是年，今晚小店关门大吉，正月十六再开门大吉。

天气很好，阳光刚好洒在窗前。

刘海平露出小虎牙乐道："小姨，咖啡有毒，中毒就没有解药。"

梁玉梅点头道："我中毒太深，不求解药。"

刘海平笑笑，两人接下来都没有说话，各自怀揣心事，静静地看着窗外。

刘海平看了一眼放在桌子上面的银行卡，觉得卡上面的每一个数字都特别怪异，特别刺眼。

刘海平转过头继续看窗外的风景。

森林公园的树叶都落啦，树干有的挺拔，有的却歪歪扭扭，显得有些难看。所有的大树有树叶的时候都好看，难看的部分是看不出来的。刘海平觉得树叶就像人们的漂亮衣服，可以遮盖很多不能暴露的丑陋。一棵老槐树的上面有一个硕大的鸟窝，刘海平特别想爬上去看看窝里面有没有鸟。

梁玉梅的余光一直盯着刘海平。梁玉梅有时会觉得她和海平的关系更像姐妹。两人相差这么多岁，却总在一起疯玩。

海平小时候不爱学习，喜欢到处疯玩，爬山上树下海，根本不像一个女孩子。海平把爸爸叫作爹，海平爹是滨海土生土长的海边人。海边长大的人都靠海吃海，海是一年不分四季的庄稼地，海物不猫冬也不苦夏，海边人只要不懒惰就饿不死。海平爹最纵容海平，海平很小的时候，就跟着爹挎着鱼篓子，赶海挖蛤。海平爹对闺女的要求是做人有规矩就行，其他的都随海平心意，高兴乐意就行。

海平的理想是当女兵，女兵当然不是谁都能当的，海平高中毕业，考上一所普通大学，选了实用的会计专业。海平的性格在结婚后来了一个大反转，变得很沉静。谁说江山易改本性难移?

梁玉梅看着窗外的人行道，观察着来来往往的人们，乐呵呵的，愁眉苦脸的，喜笑颜开的，面无表情的，卑微的，傲慢的……每种神态都是一个人内心世界的折射，一样的路，不一样的人，大千世界啊。

梁玉梅接下来盯着那一棵棵站立在冬阳下面的树。

几片贴在树干上面的最后的叶子滑落下来，她仿佛听见树叶落地的声音，这声音有着诗一般的韵律。梁玉梅特别想要留住它，她很想走出店门，让树叶落在手中，然后让树叶在手中滑落坠地，但她只是想想而已。梁玉梅突然感到有些悲哀，如果年轻十岁，她会飞奔出去的。谁说岁月只是年轮，岁月有时候也是改变。

“二十三吃糖瓜，二十四扫房子，二十五贴福字，二十六炖锅肉，二十七宰只鸡，二十八把面发，二十九贴对子，三十全家吃饺子，三十晚上坐一宿，初一饺子，初二的面，初三的盒子往家转。”梁玉梅小声叨咕着。

刘海平转过脸来看看梁玉梅：“小姨，姥姥这套，你学得真扎实，一个字都不错，一百分。”

“那是，我是谁呀。”

“你是谁呀？”

“渔家住在水中央，两岸芦花似围墙，撑开船儿撒下网，一网鱼虾一网粮。庄稼之人不得闲，面朝黄土背朝天。”

梁玉梅哼唱几句后，故意停下来，看着刘海平。

“但愿五谷收成好，家家户户庆丰年啊，庆丰年。”刘海平故意大声接着唱。

“七仙女，大声点儿。”刘海平唱完，又故意说了一句。

梁玉梅想缓解一下沉闷的气氛，故意提高声音接着唱：“人间天上不一样，男婚女嫁配成双，大红花轿来迎娶，吹吹打打入洞房，入洞房啊。”

梁玉梅唱着，故意伸出兰花指，指着刘海平，把过来送咖啡的李师傅吓着了。

“那是，大妞啊！大妞是我们家的七仙女啊。”

大妞，是梁大仓给梁玉梅起的绰号。现在梁玉梅和刘海平两人都在等梁大仓的电话，两人要结伴一起去医院。

梁玉梅去接杨来弟出院，刘海平去医院给婆婆交住院费。

等待是一件非常让人心焦的事。

梁玉梅不想去医院接杨来弟，想早点回家照顾房怡和，梁垦荒劝说梁玉梅必须去医院接杨来弟出院。

梁垦荒劝玉梅：“我知道你心里别扭，可是只有你去最合适，你不去，妈该上火了，哥也上火。”

梁垦荒说得真切，梁玉梅不想大哥着急上火，才答应去接杨来弟出院。

很多道理没人真的不懂，但做起来不易，懂和做，差着一段很长的距离。

刘海平来店里是跟梁玉梅借钱的。

刘海平婆婆在农村，公公去世多年，家里本不宽裕，这一病，几乎花光两家的积蓄。

刘海平一大早来店里还没跟梁玉梅张口提借钱的事，梁玉梅就跟海平说店里最近一笔钱因为快过年了，还没来得及去存，想等过了年再去存。

梁玉梅问海平有没有需要用钱的地方，有就先支出去用着，权当提前发工资。利息不高，和银行一样就行。过年了，银行人多，自己懒得跑银行。

梁玉梅怎么可能跟刘海平再要回去这笔钱呢？平时都是刘海平跑银行，

刘海平心知肚明，小姨这是在帮自己呢。

小姨做事最像姥姥。

房怡和在帮助别人的时候，都是让被帮助的人感觉是在帮房怡和的忙。

梁家小院后面住着一户孤儿寡母，梁垦荒和梁大仓穿小的衣服，房怡和有心送给这家人，又怕人家脸上挂不住，房怡和就会在合适的时间跟人家先拉拉家常，然后随意拿出这些衣服，请人家帮忙看看，有没有合适的人能穿。房怡和跟人家说衣服扔了可惜，放着占地方，还感谢人家帮忙。这家的孩子后来考上大学，每年放假回来，都来看望房怡和。

梁玉梅把银行卡拿起来，拉过刘海平的手，将卡放在刘海平的手心。

“苹果，这是你的卖身契，等你婆婆出院，正月十六再开门，我是不是可以退休啦？”

梁玉梅故意说得轻松些，她害怕伤了刘海平的自尊。

刘海平握住银行卡说：“小姨，我跟你签一个两辈子的卖身契吧。”

“好啊。”梁玉梅一乐，鼻子上的小黑痣也在笑。

刘海平心里叹道：“这么好的小姨怎么会不是姥姥亲生的呢？可小姨为人处世真是很像姥姥啊。”

印刷厂老板来电话，问梁玉梅家谱印刷的事情。

梁玉梅连忙道歉，说家里这些日子事情太多，都忙昏了，具体事宜会让梁彤去沟通。印刷厂老板跟梁玉梅是老熟人，梁玉梅在杂志社的时候，两人就常联系，老板对梁玉梅很了解，连说有什么可抱歉的，大家都是老朋友，有什么需要随时联系。

刘海平听到梁玉梅提大哥的名字，想起那天的家宴。

刘海平不由得咬牙。

“白瞎了我大哥这么好的人，怎么就嫁给了这么个人家。”

刘海平没头没脑地说了一句，梁玉梅没听明白。

“海平你说什么？彤彤嫁给孙家啊。”

“可不就是嫁给了孙家，想起来就生气。”

刘海平生气了，将手中的银行卡摔在桌子上。

梁玉梅拿起银行卡说："海平，别拿它出气。"

"傻了，傻了。"刘海平夺过银行卡放到嘴边，点头如捣蒜，"是啊，是啊，我拿它出什么气，是不是傻。"

"放好了。"

"是。"刘海平将银行卡放进钱包。

梁玉梅扒拉着手机看微信，一边扒拉一边问刘海平："我是打电话问一下家谱的事呢，还是给彤彤发个微信？"

刘海平下巴抵着桌子，说："发微信。"

梁玉梅看看刘海平，说："彤彤的丈母娘还真挺要人命的。"

"是要两条命，我哥和妮妮的。"

"未必，我看她对你哥和妮妮还不错，你嫂子她妈应该是有什么事不顺心，不然也不至于瞎闹。"

刘海平抬起下巴，瞪着大眼说："全是装的，母女俩都是戏精，她不是闹，是作死。"

梁红梅从医院回到家，坐下没有五分钟，电话就响了。梁红梅一看来电显示，吓得一激灵。电话是外孙果果幼儿园的穆老师打过来的，梁红梅担心果果再有事。

穆老师告诉梁红梅，果果今天去了幼儿园就躲在角落里面发呆，穆老师以为果果不舒服，仔细询问才知道，果果特别想爸爸，果果几天都没看见爸爸了。梁红梅没有办法解释清楚，只好将家中的情况大致跟老师讲了一下，告诉穆老师，果果爸爸有时候回到家，果果都睡了。穆老师问梁红梅，能不能让果果爸爸放学的时候来接果果，孩子会很开心。

梁红梅放下电话暗自感慨，现在的孩子，都一个个成了小人精，动不动还有情绪、心理疾病、阴影什么的。人类到底是进化还是退步了呢？过去管独生子女叫小皇帝，现在这些小皇帝的孩子该叫什么呢？太上皇啊，谁都惹不起，真是颠倒了。

梁红梅叹口气，闭上眼睛准备休息一会儿，脑子却不听自己指挥，乱哄哄的各种声音交集着打架，根本静不下来。

梁红梅拿来一张纸，开始将要办的事情一件件都写下来。这个办法是母亲教给她的，这样做不但能管理好情绪，还能不遗漏要办的事情。

梁红梅开始罗列一天要办的事情。第一，交住院费，海平。第二，医院护理守夜。写到这里，梁红梅停下来。女婿从回家第二天就去医院伺候他老妈，连一个囫囵觉都没有捞着睡。海平白天忙完，回家还是忙，忙着给婆婆做些可口的饭菜增加营养。梁红梅想了想，决定让女婿去接果果放学，自己去医院守夜。梁红梅写下自己的名字。写完自己的名字，梁红梅不放心果果，马上给女婿打了电话，让他现在就去幼儿园接果果。然后接着写，第三，买一个暖手宝或者暖水袋。海平的婆婆天天输液，手冰凉，一个暖水袋不够用。梁红梅写到这里，想起自己家好像还有一个海平上高中时买的热水袋，放在床下面的抽屉里。

梁红梅连忙起身去卧室，拉开抽屉，果然暖水袋安安静静地躺在那里。梁红梅拿起来一看，暖水袋的边已经变硬，轻轻一碰，掉渣。梁红梅只好将暖水袋扔进垃圾桶，把抽屉打扫干净。

梁红梅接着写，买暖手宝或者暖水袋。

还有什么呢？梁红梅咬着笔头盘算着，打折的日用品可以顺手多买一些，必须要买的还有什么呢？梁红梅看看写下来的内容，心里透亮好多。母亲的这个方法好，人不容易急躁，还清楚明白。

想到母亲，梁红梅心头一沉，母亲的身体不知道怎么样啦。

梁红梅拨通大嫂吴春兰的电话。

接到梁红梅电话时，吴春兰和安慧正在外面散步聊天。

两人伺候房怡和两天，都有些累了。房怡和熟睡后，吴春兰拉着安慧出来透透气。

房怡和的情况让吴春兰心里一直堵得难受。

梁红梅接通电话，就急三火四地问吴春兰："大嫂，妈现在怎么样啊？"

吴春兰如实禀告："不是太好，妈怎么突然就跟泄了气一样，没精神。"

梁红梅急了，说道："那我现在就回去看看妈。"

吴春兰还没来得及回答，梁红梅接着恨道："都是那个杨来弟，来咱们家干啥，神经病，都快过年了，还不走。我现在就回家，让杨来弟赶紧走吧。都不好意思撵她走，我去撵她走，待在咱家不走，添乱。"

"红梅，你回来也没用，你家里事情多，够你忙的，我们现在都帮不上你，有我和安慧照顾妈，你放心吧。再说了，不看僧面看佛面啊，你撵她走，玉梅难受。"

安慧夺过吴春兰的手机，嚷道："二姐，需要钱你说话啊，别自己扛。"

梁红梅心头一热，说："知道了，你和大嫂辛苦啦。对了，你和大嫂一块儿跟杨来弟说说，赶紧走吧，马上过年了，这都什么事啊！你和大嫂跟杨来弟说嘛，有什么不好意思的。"

"这话可不好说。"

梁红梅生气地说："一个两个的全是老好人，我回去撵走她，我还就不信了，她还好意思再待下去。"

吴春兰凑到手机跟前说："红梅，你不要担心妈这边，你那边有什么事呢，千万要跟我们说啊。杨来弟的事儿，我们都不能做主。红梅，钱不够，我给你转，你忙你的。"

梁红梅听大嫂这样说，也不好揪着杨来弟的事情不放，说声知道了，就挂了电话。

"二姐这命啊。"安慧心疼梁红梅。

"谁说不是呢，天天忙，日子还是不宽裕，这都是什么事啊。红梅能干，心眼又实在，咋就天天过紧紧巴巴的日子呢？"吴春兰跟着叹气。

安慧突然想起在澡堂遇见梁红梅的事，跟吴春兰通报："大嫂，二姐那天还在澡堂给人搓澡呢。"

吴春兰惊讶道："你没看错吧？"

"看错什么啊，被人家忽悠了，没挣到钱。正好我去洗澡，本来想泡泡澡轻松下，进门就碰见二姐被人忽悠欺负，我和她一起回的家。"

"海平的婆婆得了这么个病，又没有医保，抗癌药很多都要自费。唉，看来红梅是等钱用。"

"二姐这么能干，就是挣不到钱。"

"是挣的不够花的。"

两人都不说话了。

安慧拿出手机翻看，跟吴春兰商量："我这里还有一万多，转给她？"

吴春兰马上阻止："你还不知道红梅的脾气？她不会收的，要给她钱，也得想点别的办法。"

安慧摇摇头，说："服了他们老梁家这帮人，规矩可真多。"

"怎么说的你好像不是老梁家的人一样。"

"忘啦，忘啦，你是在老梁家长大的童养媳。"

"你呀。"吴春兰看着安慧，笑出了声。

安慧故意张大嘴，一脸无辜地看着吴春兰。

"还在生亲家母的气呢？"安慧恢复正常，问吴春兰。

"不生气是假的。彤彤是个厚道孩子，这娘俩联手，还不把彤彤吃了？我和你大哥好说，不想见她就不见，可是彤彤现在是她半个儿，难啊。"

"有时候想想这个门当户对还是有道理的，我指的不是经济上面的匹配，是指家庭教育啊。"

安慧显然说到了吴春兰心里，吴春兰不由得感慨："谁说不是呢。提起牛玉香我就来气，真不知道她一天到晚想啥呢。"

"想啥，算计，还不是一个钱字，修养太差，好像不只是修养的事。大嫂，今天咱话说到这里啦，想到哪儿就说到哪儿吧。"

吴春兰听出安慧话里有话，看着安慧，停下脚步。

"有什么话就说嘛，我就知道你们都知道她是什么人，怕我脸上挂不住才不说的，说吧。”

“我觉得吧，我觉得，嗯……”

“看你这个费劲样，这个什么呢这个，哪个啦？”

安慧看吴春兰着急，停顿了一下。

“我觉得妮妮还是少让她姥姥带吧。去年夏天吧，我有一次去超市买菜，看见卖羊奶酥的，厂家搞活动，我看看生产日期什么的都对，知道妮妮爱吃，就买了一箱给妮妮送过去。到了你家小区门口吧，看见妮妮和她姥姥在小区门口玩，我停好车正准备下车，就看见妮妮姥姥拍了一下妮妮屁股。我当时没在意，以为小孩子嘛，可能调皮，姥姥不高兴，姥姥也没有什么耐性，打一下也打不坏。我呢，就想等一会儿再下车，怕妮妮姥姥看见我难为情，可后来的事真让我惊呆了。”

安慧说到关键处却停下来，看着吴春兰又不说话了。

“到底发生了什么事？安慧，你要急死我呀。”

“妮妮姥姥教唆妮妮去商店偷东西。”

“什么啊，什么？乱套啦！你说什么呢？这还了得啊，是真的吗？”

“是真的。我看见妮妮姥姥推着妮妮往前走，我的车就停在小店旁边，妮妮姥姥一边推着妮妮，一边说，快去拿，一会儿人就回来啦，你就拿不成了。妮妮说，奶奶说不能拿别人的东西。妮妮姥姥就说，奶奶说，奶奶说，你奶奶放个屁都是香的，看你那没出息的样儿，又没有人看见。”

“你怎么不过去拦住妮妮？”

“我听明白后就赶紧下车，我一看小卖店没人。唉，怎么能这样教孩子呢。”

安慧说完，吴春兰彻底气疯了，忍不住埋怨道：“安慧啊安慧，你怎么就不早跟我说呢？这还了得啊，这是把孩子往邪道上引啊。”

安慧连忙解释：“我想跟你说来着，我回家跟大仓说，大仓不让我跟你说。大仓说他在医院见的人多了，什么人都有，妮妮姥姥不一定是教孩子偷东西，没那么严重，妮妮姥姥就是天生爱占小便宜，如果跟你说了，亲家之间会闹矛盾。我还哪敢跟你说啊。”

“这个大仓，看我怎么收拾他。我饶不了大仓。大仓不让你说你就不说，大仓不让你办厂，你也没听他的。”

安慧知道吴春兰上火，后悔自己说多了。

“别急别急，我也是那晚家宴才领教牛玉香的厉害，和咱们就不是一路人，有什么事从不直说，拐弯抹角骂人。这人啊，何必呢。”

安慧越劝，吴春兰越气。

“妈被她气病了，摊上这么个亲家，你让我可怎么好啊。这几天我在妈跟前都抬不起头。妈当初见牛玉香第一面，就让我和垦荒不要急着定亲，等等再说，先了解了解。彤彤那孩子吧，说要结婚，我们就没再多管。你也知道，现在的孩子怎么肯听家长的话，主意都正得很。唉，肠子都悔青了。也是我太惯着彤彤，啥事都由着他。”

“大嫂，我觉得事情可能也没那么严重。一人一个脾气，美丽妈妈可能就是个性要强，凡事都要出风头，喜欢压着别人。怎么说呢，就是那种凡事都想让别人听从自己的那种人，自以为是惯了。”

“妈总是说千人千样，可这样的人真少见。”

“大嫂，你不要想得那么严重，你看你气的这个样子。妈不是总说，生气是气自己嘛。人不都说，改变自己是精神，改变别人是精神病。以后少来往吧，惹不起躲得起，两个孩子的事情让他们自己去处理，谁也不能跟着孩子一辈子。”

“说得轻巧。”

“我也知道家家有本难念的经，可是这人确实不好对付。”

“我早就觉得她做事不对劲儿，跟你大哥说吧，他就说我嘴碎，爱唠叨，让我不要跟她一般见识。气死我啦，唉，气死我啦。”吴春兰说着蹲在地上直喘粗气。

安慧拍着吴春兰的后背，连声劝着：“算啦，算啦，有些事未必和我们想的一样，也许那天我也听错了呢。”

吴春兰直摇头，有气无力地说："行啦，别在这里和稀泥啦。这么多年了，我还不知道她吗？你知不知道，她还打我呢。"

安慧听罢，吓了一大跳："大嫂，你说什么呀你。再说了，你也不是一根木头，你就让她打啊，她凭什么打你啊？"

吴春兰摆摆手说："算了，算了，我也是急糊涂啦，信口开河，也不能说她打我，就是狠劲儿推我，撞得我腰疼了好几天。"

安慧不明白地问吴春兰："她要干啥啊？"

"都好几年啦。美丽坐月子的时候，我让月嫂煲了鸡汤，月嫂下班后，美丽说想喝汤，她就去热。鸡汤热好了，她拿着个盆子就去锅里舀汤，我看见了就赶紧阻止。我还没敢说重呢，我说，亲家母，你怎么拿盆舀汤啊，多不方便，那旁边就是勺子，拿勺子舀，方便还干净。你猜怎么着，人家过来就推我，狠命地推我那种，一边推一边说，你瞧不起我们农村人啊，一下子就给我推到那个大理石饭桌沿儿上。"

安慧张着嘴看着吴春兰，吴春兰站起身。

"当时给我腰撞得疼死啦，我又不好发作，牛玉香那张嘴，我说一句，她能说十句。你说美丽坐月子，我和她妈吵架，像什么呀。我就忍了。回家我跟你大哥说这事，你大哥说她农村人力气大，不是故意的。你说气不气人？前几天，在彤彤家，她把碗打碎了，我当时都不知道该说啥，害怕彤彤为难，只好哑巴吃黄连。不能提，不能提，气死我了，你说我怎么摊上这么个亲家。"

"都是因为你和我大哥太好说话了，她蹬鼻子上脸，有些人就不能给好脸色。"

"我就想不明白，放着好好的日子，为啥不好好过呢？我们家虽说不是什么大富大贵的人家，可日子也不艰难，彤彤和美丽工作都不错，那就好好过吧。真不知道她想什么，三天两头就来给她闺女灌迷魂汤，作。总说我们瞧不起农村人。"

"瞧不起就是瞧不起，咋啦，这是她自己骨子里自卑啊！自己自卑，就变着法儿地找平衡，刷存在感。”

“是啊，我真不明白是怎么回事儿。”

“以后少来往吧。”

安慧人干脆，说话也不拖泥带水。

两人正说着，梁垦荒打来电话，让吴春兰回家，说玉梅接杨来弟回家了。

安慧一下子笑了，慢悠悠地说：“怎么把她给忘了，大仓跟我说过杨来弟今天出院的。大嫂，她怎么还不走啊，是挺烦人的。”

“妈现在病着，她又回来啦，这日子没法过，没法过啦。”

“今天小年啊，都忘了，快回家，这日子总还要过啊。”

安慧说完，推着吴春兰往前走。

“安慧，老梁家每年腊月二十三就开始团圆啦，今年这年可咋过啊。”

“先到路口把糖瓜买了，让灶王爷多给咱家说说好话，明年老梁家的日子还是照样红红火火的。”

“你说好话吧，你会说。”

“好啊，好啊，我说一箩筐好话。”

吴春兰哭笑不得地看着安慧，一下子笑了。

梁彤家的客厅是按照孙美丽的想法设计装修的。

乳白色为主色调，家具不多，宽敞明亮。

梁彤打开包，看见一团黏糊糊的东西，黏在包内夹层里面，拿出来一看，是一块没有吃完的年糕，应该是妮妮那晚家宴没吃完的，自己顺手放进包里后竟然忘记拿出来。看见年糕，梁彤不由得就想起那晚的家宴，心里一阵不舒服。

梁彤做梦都没有想到自己的岳母如此四六不分，蛮不讲理。当初第一次跟孙美丽去岳母家，岳母那个高兴劲儿溢于言表，村里的七大姑八大姨都被她招呼到孙家，来看女婿。当时梁彤感觉岳母是一个性格大大咧咧、热情似火之人，挺朴实。

奶奶不看好这桩婚事，她只是和岳母一家吃了一次饭，就告诉梁彤不要急着结婚，相互再了解了解。

梁彤当时觉得奶奶多虑了。现在看来，奶奶到底是经历的事多，会看人的。

梁彤觉得结婚是和孙美丽生活，没有什么大不了。现在看来，不听老人言，吃亏在眼前啊。如今这种局面，自己又能怎么办呢？

梁彤第一次觉得岳母竟然如此粗俗难耐，甚至有点心术不正。梁彤拿着年糕发了会儿呆，将年糕扔进垃圾桶，用湿巾将包的夹层仔细擦干净。

孙美丽带着妮妮在卧室折纸，卧室门开着，孙美丽看见梁彤坐在客厅的沙发上发呆。

孙美丽这几天心里也不舒服。她没有想到母亲越闹越不像话，母亲这种肆无忌惮，让她感到很丢人。尽管她知道母亲的心病，但此时对母亲真的是爱恨交织。

梁彤坐在沙发上想着奶奶的病。他知道奶奶是受了刺激，这口气在奶奶心里憋着，无法发泄，他也知道奶奶不愿意看到自己的宝贝孙子难堪，才忍着。梁彤自幼跟着爷爷奶奶长大，奶奶一病，梁彤心里特别难受。梁彤决定办完小姑交待的事后去梁家村看奶奶。

微信的提示音不停地响，孙美丽拿起手机一看，全是牛玉香发过来的。孙美丽担心父亲身体有什么不适，父亲有慢性病，身体一直很弱。孙美丽不得不勉强翻翻微信，母亲还是那一套，闺女，妈都是为你好，你不能像妈这样过一辈子，在梁家受委屈，你抓紧时间买套房子云云。

孙美丽不想给母亲回微信，母亲的偏执让她很无奈。她真的不知道该跟母亲说什么，才能让母亲放下执念。

孙美丽将手机扔回床上。

待在农村家中的牛玉香没收到女儿的回复，拿着手机发呆。

牛玉香在家宴的第二天，被闺女劝回家。牛玉香不愿意回家，回家守着一个病秧子心里憋屈。

牛玉香当年看着孙家的家境还不错，就答应了媒人的提亲。牛玉香没想到的是，自从自己生了闺女孙美丽后，孙家上上下下都变脸啦，婆婆没有好脸色，伺候月子不尽心，想吃个鸡蛋都要看婆婆的脸色。

自己的娘家妈本身就是个重男轻女之人，牛家姊妹五个，就弟弟一个独苗，牛玉香的妈将独苗儿子宠上天，家务活全部分配给几个闺女干，连地里的庄稼活儿也是姐妹几个干。春播秋种，牛玉香几个姊妹每年都累成狗，回到家后，热乎饭还要让什么都不干的弟弟先吃。

在娘家的委屈，牛玉香无处诉说，本以为嫁到孙家可以改变一下自己的生活和命运，可惜自己肚子不争气，偏偏生个闺女。孙美丽的父亲是独苗，孙家老爷子一心盼望有个孙子。当时计划生育抓得紧，想要个二胎，要做太多的工作，牛玉香的委屈无处倾诉。孙美丽的父亲偏偏性格温和，对母亲唯命是从，知道牛玉香委屈却不懂安慰，被牛玉香唠叨烦了还发脾气。

牛玉香原本想通过打点关系，托人要一个二胎指标，生一个儿子改变命运，没想到费了很多周折才要到一个二胎指标，自己却查出子宫肌瘤，做了手术后竟然无法再怀孕。

那一段日子，牛玉香几乎天天以泪洗面。公公婆婆看见哭泣的牛玉香就烦，牛玉香和公婆的关系彻底恶化。还好遇到改革开放，牛玉香跑到镇上去做小买卖，从贩卖毛巾袜子开始，仨瓜俩枣积少成多，家里的日子越来越宽裕。

牛玉香所有的心思都用在孙美丽身上，她要让闺女上学读书，考大学，去城市生活。孙美丽也争气，是村里为数不多的几个大学生之一。牛玉香为此在村里很得意，总算扬眉吐气一回。

对于孙美丽这桩婚事，牛玉香不是很满意。

牛玉香认为梁彤长相太一般，配不上自己如花似玉的闺女。但是牛玉香心里也清楚，以自己的家境，想要找到条件更好、人才又好的人家也不是件易事，现在人人都朝钱看。梁彤家无权无势，但是家境还不错，不大富大贵，也算是小康。牛玉香唯一能做的，就是教会女儿接受自己的教训，不能让婆家人拿住自己，而是要拿住婆家所有人，要在婆家说了算，凡事管他有理没理，先要占上风，占了上风，自己的日子才能顺溜，日后的日子才能高枕无忧，可是自己的闺女好像什么都听不进去，一点都不开窍。

牛玉香发愁。

妮妮折好一只小鸟，跑到客厅找爸爸。

“爸爸，我叠了一只鸟。”

“哇，真棒啊，是自己完成的吗？”

“不是啊，是妮妮和妈妈一起完成的。”

“鸟会飞吗？”

“会飞。”

妮妮把小鸟递给爸爸，然后自己拉扯着尾巴，鸟的翅膀抖动起来。妮妮得意地看着梁彤。

梁彤被女儿的纯真融化，抱起妮妮说：“妮妮真是我们家的小天使。”

“爸爸，我要把小鸟送给奶奶。”

“妮妮，太奶奶生病啦，奶奶和爷爷都在照顾太奶奶。妮妮和爸爸妈妈在家玩好吗？”

妮妮不说话，梁彤知道妮妮还是想去找奶奶。

孙美丽过来抱起妮妮，哄道：“妮妮啊，来，妈妈带你去给呱呱做一件新衣服。”

呱呱是妮妮给玩具青蛙起的名字。

妮妮赖在梁彤身上不下来。

孙美丽拿来一团彩绸继续吸引女儿跟自己走。

“妮妮，跟妈妈去给呱呱做新衣服。”

妮妮看见五颜六色的彩绸，从梁彤身上跳下来，抓过孙美丽手中的彩绸喊着:“我要自己做。”

梁彤看着妮妮想，小孩子真的是纯真。

孙美丽提醒梁彤:“小姑让你去印刷厂联系家谱印刷，你还不快去。”

梁彤想起正事还没办，打开手机。

“对呀，我这就给老板打电话。”

“你直接去就是啦，还打什么电话。”

“我要看看老板的时间，我还想回梁家村看看奶奶。”

孙美丽听见梁彤提到奶奶，心中有一股说不清楚的内疚感。

孙美丽知道梁彤这几天话不多，跟家宴那天母亲的胡闹有直接关系，但那是自己的亲妈啊，自己妈的尊严和面子，必须维护。孙美丽的闺蜜跟她说过，在婆家和老公面前，必须维护娘家的面子，无论对错都要维护。

梁彤打通印刷厂老板的电话，老板乐呵呵地告诉梁彤，明天在办公室等他，今天要回老家陪着老娘过小年。

梁彤放下电话问孙美丽:“今天是小年吗?”

孙美丽也不清楚，去翻日历，确定是小年。

两人都有点发蒙。以往每到小年，梁家一大家子就开始春节聚会，小年都在梁家村小院过，二十四在梁垦荒家聚会，二十五在梁大仓家聚会，二十六就在梁红梅家聚会，二十七到二十九三天，谁有空闲谁就去梁家村收拾梁家小院的卫生，贴对联，烧热炕，帮助房怡和准备年货。各自小家自我安排卫生大扫除，自备年货，聚会也不是强求的，爷爷和奶奶很民主，谁有时间谁就来聚会。

大年三十，必须一个都不能少地在梁家村过年守夜，房怡和给每个孩子发红包。房怡和给儿子儿媳、孙子孙媳、外孙外孙女，还有妮妮和果果都包一个大红包。通常过小年这天一大早，房怡和就开始挨家挨户地通知儿孙们回梁家村过小年。

爷爷走了两年，奶奶每年小年还是一样招呼着孩子们。

梁彤想到这些，心里又是一阵不舒服。奶奶病了，过小年都没有人张罗了。如果奶奶走了，这个大家庭会怎么样呢？梁彤又想起爷爷在的时候，每年过小年，爷爷都高门大嗓地喊自己："大孙子，来，来，过来给爷爷倒酒。"

想起爷爷，梁彤心里更不是滋味儿。

"我想去小院看看奶奶。"

孙美丽看着梁彤不说话。孙美丽知道，梁彤是奶奶带大的，跟爷爷奶奶的感情很深。

梁彤看孙美丽不说话，想了想说："要不这样吧，反正今天不能去印刷厂，我们带着妮妮一起回奶奶家。"

孙美丽看着正在专心给呱呱做衣服的妮妮，心里明白，现在自己真没有勇气面对奶奶。

"妮妮一回去就缠着奶奶。再说那个什么杨来弟不是今天出院吗？我带着妮妮在家，你自己回去看看奶奶。"

两人正商量着，吴春兰打来电话，让梁彤带着美丽和妮妮回奶奶家过小年。梁彤看看孙美丽和妮妮，觉得自己一个人回奶奶家也不合适，便跟母亲谎称有急事在外面办呢，不能回去过小年了。

房怡和躺在炕上闭目养神。

吴春兰和安慧在厨房忙活。

梁垦荒坐在那儿内疚地看着母亲。

房怡和睁开眼，说："垦荒，玉梅去接来弟了？"

"是啊，快回来了。妈，真对不起，我那个四六不分的亲家太不像话，气着您了。"

"跟你们没关系，这些日子事多，有点累。谁也气不着我，都是自己找气生。"

"妈。"

房怡和看看儿子，看着儿子头上长出的白头发茬儿，心疼道："肯荒啊，你这白头发随了你爸。"

梁垦荒摸摸头皮，笑了。

“你要跟春兰说说，以后可不能给你亲家母脸色看，那样会让彤彤不好看啊。到时候，彤彤夹在中间，难啊。”房怡和嘱咐儿子。

梁垦荒看着虚弱的母亲，想起自己的老师说过一句话，人啊，不管多大岁数都要有个妈。是啊，有个妈，你心里就有依靠，不管遇到什么事，有妈妈安慰和开解，心里就踏实。

“垦荒啊，美丽她妈妈是太要强了，要强得不是地方啊，性格是不好改的，太爱钻牛角尖儿。”

梁垦荒点点头。

“不要跟她计较，慢慢磨合吧。已经结了亲家，就不要弄得不和睦。一家人和和气气，日子才平顺。”

“我这个亲家有点不讲道理。”

“这几年，春兰应该生了不少闲气。老话说，家家有本难念的经，难念也得念啊，一个家，不能不和睦。讲理呢，就是各说各的理，各讲各的理，可家不是讲理的地方啊。老话说得真好，清官难断家务事，难啊。春兰是个实在人，难为春兰了。”

“妈，放心，我退休了，我以后多干点家务，有些事慢慢会好的。”

“我得跟春兰说说，实在想不通就不想，有时候啊，理讲清楚了，情分就没有了。让春兰不要跟美丽她妈计较，原谅她，原谅别人就是善待自己。你和春兰都要注意身体，气大了伤身啊。垦荒啊，你也是六十的人了，人这一辈子，不长。”

“妈，您放心，春兰不会钻牛角尖儿。”

房怡和抚摸着梁垦荒的鬓角，很是心疼。

“长了这么多白头发，儿子，要注意身体。”

“妈，放心吧，我没事儿。”

梁玉梅领着杨来弟回来了。

“来弟回来啦。”房怡和说着，准备起身。

杨来弟进屋就赶紧坐到房怡和身边，不让房怡和起来。

杨来弟在医院调养了几天，气色好了很多，整个人恢复了精神，神情安详，不再像刚来梁家时那么拘谨。她很平静地叫声房老师，主动伸出手为房怡和掖掖被角。

梁玉梅进门后，一会儿摸摸炕的温度，一会儿摸摸房怡和的额头，自顾自地在那儿忙活。

梁玉梅开车拉着刘海平去接杨来弟出院。到了医院门口，刘海平下车直奔医院收费处。梁玉梅却将车停在停车场，给梁大仓打电话报告一下停车位置，在车上面等着杨来弟。

梁玉梅不想去病房接杨来弟，她不知道该如何面对这个突然来到身边的生母。梁玉梅等梁大仓扶着杨来弟来到车前，才礼节性地打开车门。梁大仓安顿好杨来弟，嘱咐梁玉梅注意安全，梁玉梅应付着答应二哥。梁玉梅和梁大仓平时见面话很多，这个时候她却什么都不想说。

车开进梁家村，梁玉梅就给二嫂安慧打电话，安慧出来接杨来弟回家，梁玉梅不出声地跟在安慧后面进家门。

杨来弟一路尴尬，却没有办法。等回到梁家小院，梁玉梅就更没有话了，杨来弟看着梁玉梅进进出出地忙活着。

刘海平从收费处出来，来到婆婆的病房。

刘海平看见病房里只有婆婆孙婵娟一个人坐在病床上面，两眼望着门外，似在期待着什么。

孙婵娟看见刘海平进门，脸上露出略带羞涩的笑容，喊了一声："苹果。"

"妈，果果和他爸爸上哪儿去了？"

"家琪带着果果出去买东西了，果果兴许是在病房憋坏啦。"

刘海平坐到孙婵娟身边，问道："妈，您感觉怎么样了？是不是还很恶心？"

孙婵娟拉着刘海平的手说："我没事了，你去跟医生说说，我想出院回家养着。”

刘海平知道婆婆是个实在人，话不多，主意正。

刘海平给婆婆揉揉肩，劝道：“妈，安心养病，住院费交过了，不要心疼钱，家里有钱。”

刘海平说完，感觉心被什么扎了一下。

刘海平去交住院费的时候，收款处说已经交过了，海平猜到是小舅梁大仓又给垫付了，就直接去办公室找小舅。

梁大仓在开会，看见海平，给她发了一条微信，让她照顾好婆婆，过一两天，婆婆就可以回家休养了。

刘海平心头发热，喉咙发紧。从婆婆生病到这几次治疗，小舅垫付了将近两万块钱，海平几次要将钱还给小舅，都被拒绝了。

梁大仓跟刘海平开玩笑，说等店长有钱了，连本带利一起还。

孙家琪带着果果回了病房。

果果手里拿着一个风车，一脸花朵盛开，看见妈妈，撒腿就跑过来抱着刘海平的腿。

孙家琪抱过来果果，放到母亲身边。

“儿子，去给奶奶演示一下风车起飞。”

果果来了精神头儿，问奶奶：“奶奶，你不知道吧，你听我给你讲哦。”

孙家琪转身给刘海平递眼色，说：“海平，妈的衣服我洗好了，晒在护士站，跟我去拿一下。”

刘海平看着果果，眼皮都不抬地说：“你自己去拿，几件衣服，又不沉。”

孙家琪拉着刘海平就往外走。

出了门，孙家琪责怪刘海平：“你可真是实心眼，我想出来跟你说点事儿，你怎么这么傻。”

“不傻能嫁给你？”刘海平生气了。

孙家琪连忙哄刘海平：“行啦，我傻。我问你，咱家还有多少存款？”

“已经清零了。”

“负数是多少？”

“暂时还没有负数，没有借外人一分钱。”

刘海平从包里面拿出一张银行卡，说：“小姨给我五万，小舅给垫付的住院费，前前后后两万多，我妈给过一张六万块钱的卡已经清零了，还有奶奶给的，大舅给的，也有六七万吧，我还没动，放着应急。”

孙家琪听完，握着拳说：“亲人的钱也是钱，咱得还。谁的钱都不是大风刮来的，谁挣钱容易呢？”

刘海平看见孙家琪这个样子，不想给他太大的压力，安慰道：“还有钱呢。你有什么事？”

孙家琪发愁道：“妈闹着要求出院，我知道她是不想再花钱。”

刘海平理解地看着孙家琪，安慰道：“小舅跟我说，明后天可以办理出院，回家养着。你别担心，这事听小舅的。我妈在家收拾房间呢，接到家里去养着也好，我们照顾起来方便。小舅说口服药明天开，我去开药就可以。”

孙家琪突然一把抱住刘海平：“海平，真对不起，一分钱难倒英雄汉，我算是明白啦。好在有你和舅舅们，这恩情我老孙记在心里了。”

孙家琪力气大，刘海平快窒息了。刘海平将头埋在孙家琪胸前，轻声道：“我奶奶说，一家人越是困难的时候越要互相帮衬。”

孙家琪将刘海平紧紧抱着。

刘海平被抱得喘不上来气，问孙家琪：“你要杀妻啊？”

孙家琪流着眼泪笑了，说了一句：“我怎么舍得。”

梁红梅收拾好房间。

冬日的暖阳透过窗帘散在房间的每一个角落，梁红梅才想起来还没有拉窗帘。

梁红梅拉开窗帘，阳光一下子射进来，梁红梅迎着阳光闭上眼睛，阳光的味道真好。

梁红梅深深吸口气，坐在地板上面休息。

放松下来的梁红梅很快有了困意。梁红梅自己都记不清，已经多少天没有睡个安稳觉了。

本来梁红梅想替女婿值班，海平却让母亲回家打扫卫生，说婆婆这两天就出院回家来养着。梁红梅觉得来家休养也好，至少可以吃上可口的饭菜。

梁红梅去洗把脸，冷水浇在脸上，梁红梅清醒了很多。打开手机，梁红梅看见玉梅发的朋友圈。

一张黑白照片，格外醒目。背景不是很清楚，好像是一望无边的天际，落日余晖层次分明，海边是非常清晰的图案，岸边，一对老夫妇相互搀扶着远去。

梁红梅能看出来是父亲和母亲的背影，她心头一热。

配图的文字不多——生活的温度就是生命的底色。

梁红梅看到这句话，嘀咕道："生命的底色，什么是生命，底色是什么色呢？这个玉梅，一天到晚穷心思真多，自己亲妈找上门来都不知道发愁。"

梁红梅想到玉梅的亲妈杨来弟就心烦。快过年了，这杨来弟怎么还不走？不知道要待到什么时候，待在梁家就是添乱。梁红梅又想起母亲的身体，接着又想起那日家宴牛玉香的样子，心中又恨起了牛玉香。牛玉香，你是个什么玩意儿，竟然欺负我大哥大嫂，欺负他们太讲道理。梁红梅想着这些家务事，心里烦躁，罢了，罢了，还是去给孩子们做饭吧。

梁红梅放下手机，走进厨房。

第十一章　口罩，口罩

陪着房怡和过小年的只有梁垦荒俩口子、玉梅和安慧。

杨来弟似乎对小年没有什么概念，既不欢喜也不重视。

房怡和胃口不好，吃了几口饭，吴春兰和安慧精心准备的几样饺子几乎没有动。房怡和兴致不高，话也不多，只是礼貌地招呼杨来弟吃饭，给杨来弟夹菜，没了平日里的热情。

杨来弟坐在房怡和身边如坐针毡，局促不安，低着头吃饭，眼睛也不看别处，刚从医院回来的那股坦然劲儿又没了。

吃完饭，吴春兰和安慧收拾碗碟。吴春兰苦着脸一声叹息，这些年了，老梁家第一次过小年这么冷清，连大仓都不回来。安慧连忙解释，大仓值班。吴春兰说知道。

两人都不再说话，继续闷着头收拾厨房。

吴春兰洗着碗，还是忍不住冒了一句："都怪杨来弟，来咱家干啥？红梅说得对，还不如撵走得了。妈不好意思撵她走，我出面撵她走。"

杨来弟来到梁家这些日子，安慧还是第一次听到吴春兰埋怨杨来弟。

安慧对杨来弟既不喜欢也不讨厌，只是心疼婆婆和玉梅。

“有什么办法呢，她是玉梅的亲妈。”

“她要不是玉梅的亲妈，我早不客气了。”

“大嫂，你不客气又能怎样啊。”

“也是，这种事儿还真不好处理，难为妈了。”

其实梁大仓没有值班，他很想去看看母亲，又担心思思去奶奶家看见杨来弟再恶作剧，外加捣乱升级。梁大仓叮嘱安慧照顾好母亲，跟大哥说明情况，自己带着思思和小土豆去滨海市的商业街找饭吃。

小土豆本来兴冲冲地从加拿大回来给姥姥过八十大寿，没想到家里发生了一大堆让她想不明白的事情。小土豆偷偷跟妈妈联系，妈妈总是忙。小土豆的问题让梁雪梅一句两句话很难说清楚，梁雪梅只能嘱咐小土豆待在小舅家跟着思思姐姐，不要掺和大人之间的事，更不要让姥姥操心。

小土豆很郁闷，心中有十万个为什么，却没人给她一个答案。

那晚家宴后，梁思思被梁大仓狠狠地教训一顿。

其实梁思思根本没有听清楚老爸说些什么，只是从来没有看见老爸如此大动肝火，心中有些胆怯而已。梁大仓说了很多，梁思思一句也没有听进去。家宴之后，梁思思不敢带着小土豆再去小姑店里，每天和小土豆待在家里玩玩游戏，唱唱英文歌曲，两人都觉得无聊透顶。梁思思打算去梁家村看看奶奶，又害怕奶奶见到自己生气，加上安慧在奶奶身边，梁思思不想听妈妈唠叨。

梁思思带着小土豆玩游戏，小土豆对游戏却没有兴趣。小土豆没事儿就上网和自己在加拿大的同学们聊天，思思为了练习口语，跟着小土豆一块儿聊天。虽然口语一般，小土豆的同学说啥只能听一个大概，但这样聊天是学习的好办法，两人总算找到一件有意思的事做，于是一天到晚没事儿就上网视频聊天，聊得热火朝天。

商业街的夜景和热闹吸引了小土豆，各种小吃都想试吃，没一会儿工夫，小土豆和梁思思已经吃饱了。

梁大仓却没有找到吃饭的地方。梁大仓看着几乎家家爆满的饭店，不由得感慨自己还真是清朝穿越来的，平时两点一线，家和医院，医院和家，他就几乎没有逛过街。梁大仓肚子饿得咕咕叫，却真找不到一家有空位的店。梁大仓看见思思和小土豆吃得开心，心里对两个孩子心生愧疚。小土豆回国后，自己天天忙工作，都没有带孩子逛过街，给小土豆买件衣服。思思如此任性，自己也有不可推卸的责任，思思长这么大，自己也没有带闺女玩过几次。

三人没有目的地走着，梁大仓只顾掏钱，满足两个孩子，自己的肚子却找不到可以填充的东西。思思和小土豆喜欢吃的东西，梁大仓根本没有胃口，一直逛到了街尽头，也没有看见自己能吃的。

梁大仓好不容易看见一个卖烤红薯的，两个孩子却没有一点兴趣，梁大仓买了个烤红薯。

思思厌烦，不理解老爸为啥爱吃烤红薯。

“老爸，你是旧社会过来的吗？”

梁大仓吃着红薯连忙称是，一边吃一边美滋滋地说：“当年在北大荒，每年过年就盼着我爷爷奶奶从老家给寄点地瓜干和花生米吃。”

梁大仓说完，指指烤地瓜摊问小土豆：“你也吃一块儿烤地瓜？”

“小舅舅啊，我吃饱了，一点都吃不下去了。”小土豆礼貌地拒绝道。

思思觉得老爸真够土的，戏谑道：“爸爸，我知道我妈为啥嫁给你了。”

“为啥？”

“你好养活。真的，爸，很好饲养哦。”

“也不知道你妈养了一头猪呢还是养了一头牛。”梁大仓一点不生气，乐呵呵地看着思思。

梁思思想了想说：“是一头牛，就知道干活儿的牛。”

梁大仓傻乐，面对自己这个娇生惯养的闺女，他真没有脾气。梁大仓吃了一个烤地瓜，肚子基本填饱了。

三个人接着闲逛。

梁思思似乎对什么都没兴趣，小土豆则看什么都新鲜，好奇地问东问西。

三人来回逛了三遍，梁大仓实在找不到可以进去的店，正发愁怎么打发两个小祖宗，思思走累了，嚷嚷着："爸，爸，咱们回家吧，累死了。"

梁大仓感觉胃里不舒服，知道自己是刚才吃烤红薯吃的，听到思思提议回家，暗自高兴，马上问小土豆还有没有想吃的，小土豆说撑得够呛啊。

梁大仓带着思思和小土豆回家。

梁垦荒躲在自己屋内给梁大仓打电话，梁大仓没有接电话，梁垦荒就发微信，见大仓没有回微信，就躺在炕上看着天花板。梁垦荒实在放心不下母亲的身体，想跟做医生的弟弟商量一下怎么办。

梁玉梅推门进来，叫了一声大哥，眼泪就扑簌簌地流出来。

梁垦荒连忙下床，把梁玉梅让到沙发上坐下，去给她倒了一杯白开水，自己也坐下来。

"玉梅，你这是咋啦？出什么事啦？跟大哥说说。"

梁玉梅抽泣着："大哥，我担心妈身体出问题啦。如果妈身体出问题可怎么办啊？爸刚走，我们不能再没有妈。"

梁玉梅说完，无助地看着梁垦荒，梁垦荒感觉此时的梁玉梅像个孩子。梁垦荒看梁玉梅哭得梨花带雨，实在不忍心说什么。

"大哥，你出面去劝劝那个杨来弟，让她走吧。大哥，你劝她走吧，赶紧走，离开咱家。快过年啦，她难道要在咱家过年吗？"

"什么她、她的，那是你……"

梁玉梅不等梁垦荒说完，就截住梁垦荒的话，决绝地说道："我妈姓房，我姓梁，我这一辈子就一个妈。"

梁玉梅把话说到这个份上，梁垦荒沉默了，不知道该怎样劝说。

这段时间梁玉梅备受煎熬，梁垦荒都看在眼里。梁垦荒一样备受煎熬，看见母亲心力交瘁，梁垦荒心里更不是滋味儿，也曾经私下里动过念头，自己去劝劝杨来弟回上海，不要打扰母亲和玉梅的生活。母亲病着，梁垦荒心疼母亲；梁玉梅瘦了，梁垦荒也从心里心疼这个小妹。这一切不是小妹的罪过，更不是母亲的。

“玉梅啊，妈是那天让我那个四六不分的亲家母气着啦，你不要多想啊。”梁垦荒说完，自己叹口气。

“大哥，你不用安慰我，源头还在杨来弟。大哥，你说她来咱家干啥来啦？”

“玉梅啊，你怎么想的，能跟大哥说说心里话吗？”

“没什么可想的，我什么都没想，我只有一个妈一个爸。”

梁垦荒看梁玉梅情绪已平复，不断地强调自己只有一个妈，知道梁玉梅内心其实是在挣扎纠结。

“玉梅，假如你是小孩子，大哥说的是假如啊，杨来弟来找你，你会发脾气，宣泄委屈，现在你都到了不惑之年，应该知道怎样面对她，怎样理智地处理你和她之间的关系。大哥知道，一些道理好懂，但是能做到比较难。”

梁垦荒说完，梁玉梅没有说话。

梁垦荒接着安慰和开导梁玉梅：“玉梅，其实从第一天看见杨来弟，怎么跟你说呢，大哥这么跟你说，我看见她第一眼，几乎没有认出来。咱家这几年，爸还活着的时候，来过不少老荒友，来看爸妈。尽管他们都老了，但是还有精神头儿，一个个都很乐观，即便不富裕，但生活都还过得去。你再看看杨来弟，她教我的时候那个样子，我到现在还能想起来，那时的她和现在真是天壤之别。玉梅，我不知道你注意到没有，她穿的衣服还是八九十年代的样式，她生活得一定不容易。”

梁玉梅听到这里一点都没有感动，反而一下子炸了。

梁玉梅站起身，气得发抖。

“她不容易，我们就容易吗？我们从北大荒回老家更不容易啊。我们刚回老家来的时候多难啊，我们家每一个人都很努力地生活，你都忘了吗？大嫂和妈为了挣钱还债，起早贪黑地去小商品市场卖中国结。二姐家到现在不也还在为钱发愁吗？大姐在加拿大卖咖啡，起早贪黑，没日没夜，连个服务生都不舍得雇。我们家的人谁也没有扔了自己的孩子。”

“玉梅，你冷静冷静。”

“大哥，我很冷静。杨来弟的不易难道是我造成的，是我们梁家造成的，是我们这些人造成的？她没有养过我一天，我没有吃过她一口饭，她跟我们有什么关系啊？我是妈拉扯大的，妈拉扯我多不容易啊，大哥。”

“玉梅你不要急，可她毕竟是你的……”

梁垦荒“亲妈”两个字还没有说出来，梁玉梅就阻止大哥说下去。

“是我的亲妈是吧？大哥，她只是生了我而已，充其量是生母而已，就是人们现在说的生物学母亲，我对她没有一点印象，我和她跟陌生人没有区别啊，大哥。”

“玉梅啊，你是咱们家最有文化的，好多道理大哥不说你也应该明白。”

“跟这种人没有道理可讲，她打扰到我们全家人的生活了，大哥。”

梁玉梅说完，咕咚咕咚喝了一杯水。

梁玉梅说得不无道理，梁垦荒心里明白，可他不能火上浇油。

梁垦荒起身又去给梁玉梅倒了一杯白开水。

安慧还在为连红旗在群里发布不实的诽谤而生闷气，却没有想出办法还击，拿着手机，坐在沙发上发愣叹气。

杨来弟坐在沙发上看书。

吴春兰跪在炕上给房怡和揉肩膀，听见安慧叹气，就问安慧为啥发愁，安慧一五一十地将被连红旗骗钱构陷一事讲了一遍。

吴春兰听了气愤不已：“真是没天理啊，明明占尽便宜却还要倒打一耙，就是明抢呗。”

房怡和拍拍吴春兰的手说：“行啦，就知道火上浇油，不用再按啦。你呀，这世上啊，什么习性脾气的人都有，什么事都有。人不都说，大千世界，无奇不有。”

吴春兰拿过被子让婆婆倚着，自己坐在房怡和身边。

“妈，您是不知道现在的人有多坏。”吴春兰说。

“看你说的，谁像你说的那么坏啊。春兰，人都不一样，千人千样，别人多坏你改变不了，咱自己有底线就行，你不坏，我们都不坏就行，生气就能解决问题吗？安慧啊，你也是，就知道生气。这件事我想过了，好办。”

吴春兰和安慧都看着房怡和。

安慧好奇地问：“妈，这种事太气人了，您说咋办？咋办？”

“这样办，实事求是把事情在你那个什么群里讲清楚就可以。讲清楚事情的前因后果，该怎么给钱怎么给，该补的补，该退的退，没有你想的那么难。”

安慧苦笑道：“妈，您是不知道现在的人都变了，人都坏透了，退钱跟割肉一样，难啊。”

房怡和起身挪了一下身子，招呼杨来弟：“来弟，上炕来看吧，暖和。”

杨来弟脱了鞋子上炕，继续看书。

房怡和吩咐吴春兰：“春兰，你去看看安慧群里面那些人都在说啥，跟妈学学。”

吴春兰不解地问房怡和：“您让安慧跟您说嘛。”

房怡和却说：“关心则乱，只怕安慧自己都不清楚人家都是啥态度。”

安慧听后，连忙说：“嫂子，我给你截图。”

吴春兰看看房怡和又看看杨来弟。

“你还是念给我们听听，我们都帮你出出主意。”

安慧一字不落地念了一遍。

房怡和听完就乐了，笑呵呵地说：“安慧啊，我说你就知道急，按照丈量面积，这连总还要倒找你钱？”

安慧马上说：“可不是嘛。”

吴春兰跟着来一句："现在的人都不讲理，无理还要搅三分，为了钱啥都干。"

房怡和看看安慧，又看看吴春兰。

"你们也没有讲出个理来啊。"

"妈，安慧丈量出来的面积是连总装修公司的三分之二，安慧知道这里面一定有猫腻，又找来一个没有任何牵绊的装修公司技术人员，帮忙丈量了一下整个装修面积，情况和安慧估计的不差上下。"

吴春兰说完，安慧补充道："是啊，妈，可是有什么用啊，人家拿着我的合同说事呢。"

吴春兰接着烧火道："妈，仔细一算，安慧付给连总的装修费已经远远超过实际装修面积的费用，安慧亏大啦。"

"来弟，你听明白没有？"

房怡和转头去问杨来弟，杨来弟已经睡了。

房怡和吩咐吴春兰给杨来弟把衣服脱了。

"来了这些天，就没有睡过一个好觉，今天是累过头啦。"

房怡和心疼杨来弟。

吴春兰给杨来弟脱衣服，杨来弟迷迷糊糊地配合着。吴春兰扶着杨来弟躺下，杨来弟浑身瘫软，任由吴春兰摆布。

房怡和继续问安慧："安慧啊，你就没觉得自己有责任？"

安慧觉得自己冤死了："我的责任就是太信任他了。"

"我不这么看，妈觉得你只说对一半。"

"妈，一半儿是啥意思啊？"

房怡和掰开揉碎了跟安慧阐述自己的看法："你相信他没有错。人嘛，如果相互之间一点信任都没有，也没法共事。可是开工后，你去过现场吗？你真的就忙得不能过去看看？你还是懒得去啊。"

安慧不敢顶撞房怡和，自己嘀咕："忙不过来啊，哪有时间去现场啊。"

房怡和看着吴春兰说："春兰，你听听，全是别人的不是。忙是借口，是懒得去看，懒得操心，所以你才找熟人干活。其实很多人都和你一样，你看电视上法制栏目天天播的那些案例，不都是熟人变仇人的事吗？要我说呀，慧啊，你看妈给你出的章程对不对，这样办行不行？别光顾着生气，乱了方寸，还没用，遇到事就要想办法解决。”

安慧点头道：“妈，您看这事该咋办？”

房怡和问安慧：“你真想听听妈的建议了？”

安慧点头，吴春兰着急了：“妈，您就不要卖关子啦。”

“那行啊，只要不嫌我老太婆多管闲事。”

安慧坐到房怡和身边，搂着她说：“妈，我从来没有嫌您多管闲事，您那一句话顶一万句，句句都是名言。”

房怡和乐了，看着安慧说：“安慧啊，你什么时候学会油嘴滑舌啦？”

安慧嘿嘿地笑。

梁大仓看见大哥的微信留言，知道母亲精神不好。梁大仓担心母亲身体有什么不适，虽然前段时间刚给母亲做了体检，体检结果没有问题，可人上了岁数还真不好说，一天一个样，何况一个八十岁的老人呢。梁大仓立刻给大哥回微信，约他明天一早在医院会合，带着妈妈全面检查一下身体。

梁大仓听见梁思思和小土豆躲在思思房间叽叽嘎嘎挺热闹，就想起梁思思那天在家宴上的恶作剧，自语道：“惯坏了，这孩子真是惯坏啦，一点规矩都没有。”

梁大仓想想自己天天忙，忽视了对思思的教育，思思如此任性，自己有着不可推脱的责任。梁大仓和安慧一样，对思思都是尽全力提供优质的生活保障，基本上是思思喜欢什么就买什么，养成了思思任性和咄咄逼人的性格。

梁大仓想起安慧前段时间跟自己提起过，思思不想工作，准备出国留学。梁大仓想到自己难得有时间待在家里，正好现在思思在家，小土豆又从国外回来了，不如去跟思思聊聊出国留学的事。

梁大仓过去敲思思房门，思思开门，却一副拒人于千里之外的架势，站在门口。

“爸爸，啥事啊？”思思问。

“爸爸过来看看你们，小土豆回来这么长时间，我还没有跟小土豆说说话呢。”梁大仓讪笑。

梁思思听了却站在那里不动地方，明显不想让梁大仓进自己屋。

梁思思回头喊道：“小土豆，你转过头来。”

小土豆转头看着梁思思。

梁思思看着爸爸：“看见了吗？都不缺胳膊不缺腿的，放心吧。”

梁大仓心里那个气呀，又不好发作，瞪着梁思思，不知道该说什么。

梁思思见爸爸没有离开的意思，回头问小土豆：“小土豆，你小舅舅想跟你谈谈心。”

小土豆根本听不明白姐姐的暗示，乐颠颠地过来问思思：“怎么了？”

小土豆看到梁大仓，亲热地叫了一声舅舅。

梁大仓猜到两个孩子应该在玩游戏，便跟小土豆说：“舅舅来跟你们聊聊天。”

小土豆很高兴，一拍手说：“进来呀，舅舅，我们正在看我同学的小宝贝。”

什么？什么？一颗炸弹扔过来，梁大仓以为自己听错了，头嗡嗡地响。

梁思思见没有办法阻止爸爸进屋，小土豆又说了实话，气得狠狠盯着小土豆看了一眼，然后看着爸爸。

梁大仓的头还在嗡嗡地响，被炸蒙了。小土豆才多大啊，十八岁不到，她同学的孩子，什么意思呢？

梁思思知道老爸是晕了，晕了好，要的就是这效果。梁思思暗自高兴，故意推着梁大仓进屋，嘴里故意说着气话：“爸，爸，过来看看呗，小孩儿可好玩了。”

梁思思推爸爸进屋，小土豆让舅舅坐在电脑跟前。

视频中，一个十几岁模样的金发女孩子躺在床上面，旁边是一个刚出生不久的婴儿，胖胖的小脸，睁着眼睛，金发碧眼，纯正的欧美人。

梁大仓看着画面发愣，头脑立刻短路。

小土豆挨着梁大仓站着，对着镜头说："Hi，this is my uncle.（嗨，这是我的舅舅。）"

小土豆的同学没有丝毫难为情地回着："Hello，uncle.（你好，舅舅。）"

梁大仓自己反而脸红了，心里脏话出圈，一连串地骂道："这混蛋孩子还不得把她爹妈气死，这么个小孩子，还要养一个小孩子。"

梁大仓在医院见过不少稀奇事儿，但还是个例，小土豆这个同学显然一副常态的模样，非常坦然，外人反而脸红。

梁思思接着气梁大仓，戳着他的后背说："爸爸，人家问你好呢，没礼貌。"

梁大仓机械地说了一声："Hello.（你好。）"

小土豆和同学热烈地交流着，还不时地会心一笑。梁大仓如坐针毡，起身想离开，却被梁思思按住，动弹不得。

梁思思一副得意和幸灾乐祸的样子，蔑视着梁大仓。

小土豆和同学说完，就问梁大仓："舅舅，我跟同学说你是一个了不起的医生，同学说孩子满脸都是黄色，心里很着急，她爸爸妈妈不在家，问你怎么办。"

"她爸爸妈妈怎么不管她？"梁思思听完，立刻尖叫。

"从来都不管的，她经常住在我家啊。"小土豆很认真地回答梁思思。

小土豆很负责地又问了梁大仓一遍刚才的问题，梁大仓不好发作，耐心地告诉小土豆，新生婴儿大都会出现这种情况，是黄疸，过几天就自行消退，不用担心。小土豆和同学继续说了一会儿，然后关掉视频。

梁大仓冷静下来，很替小土豆担心，问小土豆："你为什么和这样的人交朋友？"

小土豆一脸狐疑："杰妮是一个非常善良的人。"

梁大仓冲口而出："她私生活这么混乱，怎么可能是一个好女孩。"

小土豆显然听明白了，非常生气，一脸不高兴。

"舅舅，你不要这样说我的朋友，你不能看不起我的朋友。"

"她还这么小，怎么不去将孩子做掉？"

梁大仓按照自己的思路说着，小土豆听完更生气了。

"舅舅，你怎么可以这样残忍呢？加拿大不允许堕胎的，以后杰妮会注意的，会做好防护措施。"

梁大仓一下子被小土豆的逻辑彻底打败，看着小土豆，无言以对。

措施？乱七八糟的，还措施，什么措施，东西南北中，老子还真就不信了。

梁大仓当即下定决心，坚决不能让梁思思出国留学。

梁思思见小土豆生气了，拉起梁大仓就推到门外，一点也不客气。

"爸，你去休息，去休息吧。"

梁思思关上了门。

梁大仓愣愣地回到客厅，坐到沙发上面，脑子不够用了。

梁大仓心里彻底地乱啦，小土豆刚才那句话，刺伤了自己。全世界的孩子都一样，都需要父母的陪伴，自己陪伴思思的时间的确太少了。梁大仓正想着，电话响起来，是一个大学同学打来的。同学和他探讨了一个医学问题后提醒梁大仓，武汉疫情很严重，要给家人多准备些药物和口罩，提醒梁大仓这段日子多看看同学群。

武汉疫情？梁大仓还真没当回事儿，根本没有时间关注。

梁大仓放下电话就去看同学群。

同学群里每天都有学术交流，可是今晚的同学群不仅仅是热闹，气氛略显得有些诡异，同学们都在相互提醒着，给家人多准备些口罩。武汉发现不明肺炎，有些类似当年的SARS，可是比SARS更严重，传染性极强，武汉口罩已经严重脱销，根本买不到口罩。

梁大仓将信将疑地看着同学们在互相叮嘱议论着，决定给安慧打个电话。安慧以前开过药店，现在药店交给她的一个下属接管，应该能买到口罩。还是让安慧给全家人都预备些口罩吧，疫情严重到什么程度，真的假的先不管，多预备些，万一真的很严重呢？

房怡和已经睡下，吴春兰也回了自己屋。

安慧回到她和梁玉梅住的屋子里面，梁玉梅已经躺下睡了，安慧轻手轻脚地坐到写字台前。

安慧刚坐定，电话响了，虽然是震动模式，声音在安静的夜晚却格外刺耳。安慧一看是梁大仓的电话故意不接，梁大仓却锲而不舍地接着轰炸。安慧害怕吵醒梁玉梅，压低声音问梁大仓有什么事。梁大仓一字不落地将在同学群中看到的信息转述给安慧，再三叮嘱她明天一定要去多准备些口罩。安慧将信将疑地答应后，接着在自己群里面发信息。

夜深人静，安慧的思维却很活跃，婆婆给她出的主意深得她心，古人说家有一老如有一宝，还真是啊。安慧不由得感叹，不知自己到婆婆这个年纪时能否如此通透。

安慧在群里客气地跟连红旗赔礼道歉，称自己近日为了建厂的确太忙，有些事情没有及时处理，见谅。然后又跟群里的兄弟姐妹道歉，说本应该和连总私下解决问题，却让大家跟着受累，但是既然连总在群里发表了一些有误会的言论，损害到自己的信誉，只能占用大家的公用空间说明情况，自己非常珍惜和各位的缘分，等等，语言客气却不失锋芒。然后安慧将和连红旗的合同如实发在群里，又将装修公司丈量面积图纸发到群里，最后将核算连红旗欠自己的款项列清楚。做完这些，安慧感觉轻松愉快，钻进了被窝。躺在炕上，被窝里热乎乎的，安慧想起刚才在群里发的信息，心里敞亮了，甚至觉得就是连红旗不退钱给自己都可以不计较了，原来自己在乎的是一口气啊。安慧开心得竟然没有了睡意。

安慧索性不睡了，趴在被窝里在手机记事簿上记下要办的事。第一，口罩。写下“口罩”两个字，安慧疑惑着，怎么会缺口罩呢？口罩，口罩会缺吗？不会吧，这么些年来，还从没有听说过缺口罩的。安慧几年前开医药器械用品店，口罩的销量一般，不能算是主业，基本是对口供应。怎么会缺口罩呢？安慧想了想，把“口罩”两个字删除。

吴春兰睡不着，推醒梁垦荒。

被家里的事情弄到头疼的梁垦荒刚刚有些睡意，被吴春兰一推，惊醒过来。

“你怎么了，吓成这样？”

“你烦不烦人啊，多晚了，我明天还要带妈去查体。”

梁垦荒躺了一会儿，烦躁地坐起来，推推吴春兰。

吴春兰根本没有睡意，还在想杨来弟和梁玉梅的事情，被梁垦荒一推，坐起来。

吴春兰问：“睡不着啊？”

梁垦荒瓮声瓮气地回了一句：“你能睡着吗？”

“你和玉梅谈得咋样啊？”吴春兰问着，拉起梁垦荒的手。这双并不粗糙，皮肤明显松弛的手，告诉吴春兰，梁垦荒也老了。

吴春兰心中感慨，抚摸着梁垦荒的手，这双手，吴春兰已经牵了大半辈子。

吴春兰第一次牵梁垦荒的手，应该是十九岁那年冬天。

北大荒的冬天，雪落地近一米厚时就变得很厚实坚固，人们都喜欢用雪爬犁来做运输工具，运送各种生活用品。吴春兰记得那年冬天，她和垦荒两人去玉米地里拉玉米秸。北大荒因为气候的缘故，玉米春播秋收，只有一季，收完玉米后，玉米秸都杵在地里面。到了冬天，玉米秸经过风吹日晒，全都干得见火就着，用来烧火做饭非常方便。冬天，连队家家户户都来收割玉米秸，拉回家烧火做饭用，连队没有什么限制，想怎么割就怎么割，玉米秸捆成捆，用爬犁拉回家用就行。

这种活儿，一般都是职工家的孩子们放了寒假后帮助父母干的家务活。

孩子们都不觉得累，有的孩子还带上饭，对着凉风就吃，觉得好玩。

房怡和从来不让孩子们在外面吃饭，她给孩子们排班干家务。垦荒和大仓去地里拉玉米秸，雪梅、红梅还有春兰在家做饭洗衣服，小玉梅什么都不做负责监督，如果发现哥哥姐姐谁没有做好，跟爸妈汇报。那天，大仓感冒了，吴春兰就和梁垦荒去地里拉玉米秸。到了地里，梁垦荒吩咐吴春兰将自己割好的玉米秸捆扎结实就可以。

梁垦荒干活从不惜力气，那时他大学毕业留在省城教书，每年寒暑假都回家来帮助父母干农活。梁垦荒不一会儿就割了一大堆玉米秸，吴春兰就抓紧时间捆扎。

连长的小儿子杨留根也在他们旁边割玉米秸。留根讨厌父亲天天都让他来割玉米秸，没有时间玩，就开始想尽办法偷奸耍滑糊弄。留根割一捆玉米秸，然后散开，先在爬犁上面铺一层，然后中间用玉米秸支起来，架空，散乱地一堆，再在上面盖一层整齐的玉米秸，看上去是满满一爬犁玉米秸，其实很少。

干完这些，留根就开始满地里去追野鸡。留根有时候会提前几天在地里面下夹子，有的野鸡被夹住后就冻死了，留根会根据记号来找，找出来就拿回家炖蘑菇吃。留根常常会来找垦荒一起去下夹子，垦荒不去，留根就讥笑垦荒胆小。留根很快就割好一爬犁玉米秸，捆扎好就去找野鸡，当然玉米秸中间是虚的。

吴春兰看见留根蹿没影儿了，就跟梁垦荒说留根爬犁上面的玉米秸是支起来的，留根耍滑头。梁垦荒瓮声瓮气道，不管他，反正咱不能那么干就是啦，他是糊弄自己呢。

吴春兰一边捆着玉米秸一边笑："垦荒哥，让你这么干活你也不会呀。"

梁垦荒看一眼吴春兰说："学那干啥，爸妈天天告诉咱要诚实，咱不学他。"

梁垦荒抬头看见自己割了一大堆玉米秸，吴春兰手忙脚乱地捆扎不过来，就放下手中镰刀过来帮忙。两人头挨着头，不一会儿就将割好的玉米秸捆扎好，满满一爬犁。

梁垦荒看着一爬犁玉米秸，喊着吴春兰：“春兰，咱回家。”

留根这时候拎着一只大野鸡回来，看见梁垦荒就显摆道：“垦荒，看看，老子又抓了一只大个儿的，够吃两顿。这玩意儿炖蘑菇真香。”

梁垦荒头都不抬地说：“小心撑着。”

“自己没本事抓野鸡还不服气。”杨留根笑话梁垦荒。

梁垦荒拉起爬犁，喊吴春兰：“春兰，扶住了，咱回家。”

吴春兰扶着爬犁，梁垦荒将绳子套在肩膀上面，拉着爬犁就走。

杨留根生气了，捏了一个结结实实的大雪球就砸过来，不偏不倚砸在吴春兰脖子上，吴春兰因为热，正好没戴头巾，被大雪球砸得生疼，慌忙大喊一声：“垦荒哥。”

梁垦荒回头看见雪球在吴春兰的脖子上开花，明白是留根捣蛋，放下爬犁直奔着留根过去，一下子就将他按在雪地上。梁垦荒按着留根的头，骑在留根的背上，留根拼命喊着：“老子不是故意的，老子不是故意的。大哥，你饶命，饶命。”

梁垦荒抓起一把雪就塞在留根的衣领里，留根拼命挣扎着。吴春兰看见留根的狼狈样儿，笑个不停。

梁垦荒斗志昂扬地伸出一只手说：“春兰，来呀，过来，给他嘴里塞点雪，解解渴。”

吴春兰摇头。

梁垦荒伸着手继续喊着：“没事儿，过来，他不敢报复你。留根，你要是敢报复，我见你一次打一次。”

留根彻底认怂，一个劲儿点头：“我不敢报复，不敢报复。”

吴春兰走过来，把手放在梁垦荒的手里，梁垦荒像触电一样，拉着吴春兰的手不放。

四目相对，两只手紧紧地握着，都忘记了还有留根的存在。

留根一看，从梁垦荒身下爬出来，喊着：“老子看见有人搞对象啦。”

留根边喊边跑，梁垦荒却没有松开吴春兰的手。

梁垦荒抽回自己的手，问吴春兰："想什么呢？"

吴春兰还没有从往事中走出来，看看梁垦荒笑："时间过得真快。"

"可不是吗，玉梅都快四十的人啦，一下子看见杨来弟，是没办法接受啊。"梁垦荒也按照自己的思路接话。

吴春兰这才发现自己走神了，和梁垦荒不是一个思路。

"慢慢来吧，谁都不容易。"

吴春兰知道梁垦荒和玉梅没谈通，安慰梁垦荒。

安慧醒来，穿戴整齐后走进婆婆的房间，看见杨来弟自己在屋里看书。

杨来弟很安静地坐在写字台前，几缕白发在阳光下泛着银光。杨来弟很安静地在看书，安慧看不出她的悲喜。

安慧端着饭走进婆婆房间，杨来弟显然已经听到动静，起身看着安慧道："安慧，你哥嫂和囡囡，嗯，和玉梅陪着房老师去医院检查身体了，房老师说让你多睡一会儿。"

杨来弟说完，局促地站在那里，低眉顺眼地看着安慧。

安慧心中顿生怜悯，问杨来弟道："您吃过没啊？咱们吃饭，要不您想吃点什么我来做。"

杨来弟连忙回答："吃啦，吃啦，和房老师一块儿吃的。"

安慧笑笑："那您看书吧，我去吃饭。"

杨来弟重新坐回椅子上面看书。

安慧端着饭去餐厅开始吃饭。安慧很快吃完饭，将饭碗收拾好。

安慧回到自己屋里，听见手机微信提示音不停地响着，打开手机一看，群里热闹非凡。很多人都在变相地讨论安慧昨晚发的微信内容，众人都不提姓和名，却都在发表自己的看法。

连红旗没有冒头，潜水呢。潜水就是理亏，安慧想到这就高兴，婆婆果然有办法。

安慧收拾停当，准备去市里买口罩，想起大哥昨晚千叮咛万嘱咐，让她在家陪着杨来弟。安慧返回婆婆的卧室，看见杨来弟趴在写字台上面低声抽泣，显然是在压抑着自己几近崩溃的情绪。安慧心里有一股说不出来的滋味，这个老人应该经历了很多很多，心中有太多委屈需要跟人倾诉，却找不到人诉说。安慧心里可怜杨来弟，想陪杨来弟说说话。

安慧走过去，抚摸着杨来弟的肩头。

“阿姨，您有什么难事可以跟我说说，看看我能不能帮到您。”

杨来弟停止哭泣，趴在那里摇摇头。

安慧去拿来一条温热的毛巾递给杨来弟，杨来弟接过毛巾擦干净眼泪。

“房老师家的人都好都好，大仓很好的，你蛮有福气。”

安慧见杨来弟的情绪平稳下来，柔声说：“是啊，阿姨，我们去喝茶好吧？您喜欢喝咖啡吗？”

杨来弟很配合地起身，跟着安慧坐在沙发上，不好意思地说：“我没有喝过咖啡的，喝茶就好呀。”

安慧打开电热壶，水烧开后，安慧沏了一壶红茶，给杨来弟倒了一杯茶，自己去冲了一杯速溶咖啡。

杨来弟很安静地喝茶。

安慧想和杨来弟说说话，却找不到合适的话题。安慧感觉气氛有些尴尬，喝着咖啡，用余光看着杨来弟。

“阿姨，玉梅的咖啡店生意很火啊，店里的咖啡都是我大姐从国外寄过来的。”

杨来弟看着安慧：“是呀，我听老王跟我说过的。”

安慧意识到自己冒失了，怎么跟杨来弟说这个话题呢，真是哪壶不开提哪壶。安慧马上转移话题，不再谈玉梅的店，不提玉梅。

“阿姨，我感觉上海人生活都很精致。”

杨来弟表情复杂地说：“哪里有啊，精致什么呢，也要看人的。”

安慧接下来竟然不知道该说什么了，默默地喝着咖啡，用余光继续观察杨来弟。

杨来弟喝口茶，从裤兜里拿出一个黑丝绒袋子，从袋子里面拿出一个金手镯，看了一眼后又放进袋子。

杨来弟看看安慧，低着头抚摸着黑丝绒袋子。

“大仓真是个好孩子，安慧，你也蛮有福的。”

“是啊，大仓人好，梁家人都好啊，我妈总说我嫁到了一户好人家。”

“房老师的孩子们都蛮好的，房老师很会教育孩子。”

“是啊，我婆婆是我见过的最善良开明的老人。”

杨来弟似乎下定了决心，抬起头看着安慧，眼神没有了局促和不安，只有一份信任。

杨来弟盯着安慧，眼睛里满是信任。

“安慧啊，我想拜托你一件事。”

“阿姨，您说。”

杨来弟还没来得及说话，大院的门这时候开了。

梁垦荒走在前面，吴春兰和梁玉梅扶着房怡和跟在后面进了院门。

安慧听到声音，起身到窗前看看，回头高兴地跟杨来弟说：“我婆婆回来啦。您说什么事啊？”

杨来弟并不慌乱，把袋子又装回裤子口袋，不慌不忙地说：“以后再说吧。”

安慧开车进了市里，几个药店转下来，发现口罩竟然成了紧俏货，几家药店已经卖断货。安慧吃了一惊，急忙给梁大仓打电话。

梁大仓把做完体检的母亲送走后，连忙赶去门诊，专家门诊不能耽误。在门诊忙了大半天，抽空儿喝口水，安慧的电话就来了。

安慧劈头盖脸就轰炸起来，声音很大地嚷道：“梁大仓，你早就知道口罩断货是吧？你逗我玩呢，你就怕我闲一会儿。”

梁大仓赶紧关上门。

“祖奶奶，你好玩吗？我在门诊。我昨晚才知道口罩紧张，今天就断货，这些不良商家，准备发国难财啊。你不是认识的人多吗？想想办法，再到你原来的店里看看嘛。”

“我上哪儿去想办法啊，市里几个大药店都断货，我真没有办法。”

“你不能去下面的药店看看啊，市中心的药店肯定人多啊。”

梁大仓说完赶紧挂了电话。梁大仓知道，自己要是不挂电话，安慧接下来就该下暴雨了。

刚才母亲检查身体，发现母亲甲状腺上面有个小东西，看着不太好，梁大仓给母亲做了扫描，在等结果。这样的等待本来就有点难熬，加上安慧的电话，梁大仓心烦，出去找来同事替班，自己索性去病房看看。

安慧转到自己原来开的药店，店员说一个口罩都没有。安慧打电话给店主，店主曾是自己的手下，安慧觉得应该能找到几个口罩。店主跟安慧叫苦，说早知道口罩这么紧俏，一定会多进货，自己家人都没有留存，现在正在外面进货呢，而且根本等不到货。

安慧没辙，只好去远离市区的几个镇上的药店，转了一大圈，才买到两个口罩。平时两三元一个的口罩，竟然卖到三十一个，还没有货。安慧急了，口罩，口罩，这玩意儿还断货呢。安慧坐在车里念叨，口罩，口罩，口罩啊，芝麻开门，口罩啊。

梁大仓给安慧打电话，吩咐她多备一些口罩。

梁大仓四平八稳地吩咐安慧：“如果能买到N95，多准备一些。”

安慧一听就冒火：“N95，N95，N96也没有啊。你能不能在医院找几个口罩预备着？”

梁大仓无奈地说了一句：“医院也没有啊，都在紧急储备口罩呢。”

口罩？口罩咋会断货呢？安慧想不明白了。

第十二章　谁的眼泪在飞

梁玉梅和梁彤陪着房怡和看家谱封面设计。

家谱的封面是印刷厂设计人员设计的，房怡和反复看了几遍，却找不到自己想要的那种感觉。

梁玉梅看着房怡和的表情，猜到母亲对这个封面设计不是很满意。

“妈，这个封面看着，是不是和您想要的效果不一样啊？您看着不满意，再找他们重新设计，不用担心时间，来得及啊。”

“不急，我再看看。”

房怡和说完，接着翻看家谱内页。

房怡和此时心情很复杂。她并不担心印刷时间是否来得及，她是为玉梅在家谱中的定位纠结，杨来弟就在梁家，该怎么办呢？

“玉梅啊，记不记得你爸爸说过，爷爷为几个孩子起的啥名字啊？”

梁玉梅笑了，看了一眼梁彤，梁彤跟小姑挤下眼睛，偷着乐。

“记得啊，爸爸的名字是树根，姑姑们是树叶和树枝。”

房怡和也笑：“老梁家就是一棵大树。”

梁彤憨笑，忍不住问奶奶：“奶奶，我太爷爷起的名字真接地气，听上去可壮实了。要是我太爷爷给我起名字，应该起个更壮实的，是不是啊，奶奶？”

“可能吧，那要按照梁家的辈分来起名字了。”

“起个什么名字呢？我想想啊，就叫树洞吧。”梁玉梅故意逗乐。

“没正经。”房怡和合上家谱。“彤彤啊，那你说爷爷会喜欢什么样的封面呢？”

“奶奶，爷爷也许会喜欢一棵大树吧。”

房怡和转过脸来问梁玉梅：“玉梅啊，你说呢？”

梁玉梅看着房怡和手中的家谱，说：“我感觉应该也是。”

房怡和拍拍手中的家谱，说：“两个马屁精。那你们就想想以一棵大树为背景设计封面吧，彤彤去跟印刷厂联系，玉梅抓紧时间写后记。”

“妈，您放心，我在印刷前肯定能写完。”

“这我可信，玉梅是我们梁家最有文化的，还是作家呢。”

梁玉梅想起两个哥哥和姐姐还没有给自己写的后记反馈意见，假装生气。

“妈，大哥他们怎么还没有给我意见？”

“你催他们，他们敢不听我们玉梅的，我就不客气。”

梁彤憨憨地一笑：“小姑有尚方宝剑，我今后必须跟着小姑走江湖，跟着小姑混江湖，大鱼大肉还有酒，风风火火闯九州。”

梁彤继续哼道：“嗨呀，依儿呀，路见不平一声吼啊，该出手时就出手，风风火火闯九州啊。”

梁玉梅也乐了，跟着哼道：“嗨呀，依儿呀……”

姑侄两人一边唱着，一边跟着节奏扭动着身体。

房怡和听梁彤一派江湖气，拍着梁彤的手笑：“什么乱七八糟的，都没个正形。”

梁彤和梁玉梅一左一右地搂着房怡和乐。

房怡和随即叮嘱梁彤这段时间不要什么事情都找小姑，印刷方面的事自己多用心，马上过年了，让小姑静下心来写后记。

梁彤答应着，让房怡和放心。

“奶奶，今天天气好，我陪您去外面晒晒太阳。”

房怡和说是该出去晒晒太阳了，便吩咐梁彤去把杨奶奶一起叫上，一块儿出去走走。

梁彤答应着出去了。

梁玉梅收拾好电脑，说：“妈，那我去整理一下稿子。”

“玉梅啊，别急着走，我还有话跟你说。”房怡和喊住玉梅。

母亲的检查结果出来，确诊是甲状腺结节，梁大仓松了一口气。但当片子拿到手后，同事建议最好还是做一个小手术，将结节去掉。同事让梁大仓自己拿主意，梁大仓心知手术的目的和必要，可他却不想母亲受一点罪，动刀子动剪子的，怎么可能那么轻松。

他站在窗前看着那些枝丫交错的梧桐树。

医院后门通往公园的路两旁栽种了很多梧桐，夏日的夜晚，梁大仓值夜班疲累时，总会到梧桐树下坐一会儿，吹吹夜风，闭眼听听树叶的吟唱。夜晚没有白日阳光暴晒，树下会有风不时地吹过来，一阵一阵的，安抚着树下的人。

梁大仓每一次听到梧桐树轻声歌唱，心中就会对这个世界充满了感恩。冬日里，梁大仓喜欢站在窗前看浑身光秃秃的梧桐，树干交错，奇形怪状，没有树叶的遮蔽，所有的一切都暴露无遗，但是却自带一种美感，真实质朴。梁大仓看着这些质朴的梧桐，从心里感恩自己的父母。年幼时，父母给予他温暖；成年后，父母尽自己的能力帮助他；待到中年，父母的身体一直都健康，从未让他们做子女的忧心过。

然而健康的父亲却在某一天突然故去。身为大夫，从医快三十年，见惯生死，父亲走的时候，梁大仓在身边，无论怎样克制，在父亲离开那一刻，他还是忍不住号啕大哭。

父亲的整个抢救过程，他都在，当父亲满身插满管子时，梁大仓的心就开始剧痛，疼痛矛盾纠结。他知道父亲有多痛苦，但是他真的希望父亲能挺过来，继续活着，这样自己还有个爸爸。他没有放弃抢救，就因为这个人是父亲，是他在这世界上最亲最爱的人。所以当每一下电击落在父亲身上，他的心就刺痛难耐。父亲走后很长一段时间，他都不敢回忆抢救父亲时的情景。一次办公室没人的时候，他回忆起父亲当时抢救的情景，狠狠地给了自己两记耳光。

现在很多同行都在探讨临终关怀，每当这时候，梁大仓就会苦笑着审视自己，自己在父亲临终的时候给予关怀了吗？

梁大仓看着母亲的检查结果，他突然意识到母亲离自己而去的日子也越来越近。梁大仓心发颤，尽管知道这一天的到来是必然，但是自己却从未敢真正地正视这个结果。

每年来医院实习的学生很多，梁大仓要带一拨又一拨的学生。曾经有个学生看见自己的亲人故去后忍不住痛哭，连上班都没有精神，梁大仓就教育学生，我们是医生，医生知道吗，你要学会坚强。坚强，其实不是学会的，多少人都是被逼坚强的。没有真正经历过，不要轻言感同身受。父亲故去以后，他再也没有像以往那样教育实习生。

锥心之痛岂是人人都体会过的。

护士长急匆匆地跑来办公室，告诉他六床病人又昏过去了，王医生说要送ICU。梁大仓跟着护士长就往病房走。

病房内，几个护士正推着病人准备送ICU。王大夫看见梁大仓，小声说道："主任，这次可能够受的。"

梁大仓跟着推床，点点头，嘱咐道："不要忘记告诉冯医生一声。"

王大夫点头道："刚发了信息，冯大夫应该是有手术。"

六床病人是梁大仓同事冯医生的母亲，同时也是这个医院的专家。梁大仓和冯医生是校友，当年梁大仓从北大荒调来滨海市工作，得到冯医生母亲很多照顾。老人家因乳腺癌晚期，住院出院地反复折腾已经快半年，几次病危，都是死去活来，人已瘦成一把骨头。老人家是医院前辈，著名的妇产科专家。

梁大仓看着昏迷的老人，心里有些酸楚。

医院办公室通知梁大仓马上去会议室开紧急会议，梁大仓叮嘱王大夫注意观察，有情况及时沟通。目送着老人被推走，他转身去了会议室。

房怡和端详着梁玉梅，梁玉梅撒娇喊妈。

梁玉梅喊着妈就将头靠在房怡和的肩头。

“玉梅啊，自从来弟来了以后呢，妈看你情绪不稳定，一直都没问你。”

“妈，您别说了，我心里只有您这一个妈，我不会认她。”

“这我信。可是梅啊，你都快四十的人啦，可不能耍小孩子脾气。你也看到了，来弟不易。不管她想什么，我琢磨着，她来找你一定有不得已的苦衷，又不好说出口。还有两三天就过年了，妈跟你商量商量，留她在咱们家过年好不好？她还没跟你一起过个年呢。”

梁玉梅有些意外地看着房怡和。

“玉梅，其他的事，过完年再说。你不要总是躲着她，她是你亲生的妈，你有时间陪陪她，跟她说说话，有些事儿啊，说开了就好了。”

梁玉梅显然没有考虑过这个问题。她曾经上网查过飞机火车票，去上海的交通方便，直达飞机和动车都还能买到票。梁玉梅心里盘算过，杨来弟即使不说自己的来意，过年总还是要回上海自己家过的。她曾打算过，只要杨来弟提出回上海，她会给杨来弟买一张机票，再给杨来弟一些钱带着。

梁玉梅下巴抵着房怡和的肩头。

“妈，我没有躲着她。”

“好啊，那你今天就和妈陪着来弟去市里百货商场逛逛，给来弟买两身新衣服。”

“妈，我没时间啊。”

“抽点时间，陪来弟买身新衣服，过年了。”

房怡和拉起梁玉梅的手，梁玉梅马上弹跳式地表示不愿意去，将手从房怡和手中抽出来，房怡和顺手打一下梁玉梅的手心。

“去，听话。”

“妈，好疼啊。再说您哪能去逛商场啊，现在正是人多的时候。”

“不疼你还能记住妈说的话？人多咋啦，你是怕妈老了不中用，那你就自己陪着来弟去，就这么定啦。”

“妈，今天不行，我要校对家谱。”

“不差这一天半天，今天你必须陪着来弟去买衣服。”

梁玉梅固执地摇头：“我不去，不去。”

房怡和态度坚决：“这事儿不由你，你必须去。”

“不去。”

梁大仓开完会回到办公室已经到了下班时间。

梁大仓刚坐定，冯医生进门后就坐在梁大仓对面，红着眼睛说道：“没走，回病房了。”

梁大仓明白冯医生的意思，老人家没有离开这个世界，但是很受罪。这个时候，两个男人之间，任何语言都会显得苍白无力和多余。梁大仓提议，到饭点了，一块儿去吃饺子。冯医生苦笑，没有心思吃饭。

沉默了一下。

梁大仓安慰冯医生：“咱们都是学医的，你不要这样折磨自己，注意身体。”

冯医生看看梁大仓，问道：“我记得你有一个侄子好像是学心理学的？我记得不是很清楚，好像什么时候听你提过一嘴。”

梁大仓点头，告诉冯医生是选修，成绩不错，正准备帮同学开一个心理咨询室。冯医生深思片刻，问梁大仓能否让侄子过来帮个忙。梁大仓觉得奇怪，医院有资深的心理医生啊。冯医生却说：“老人家和他们太熟悉啦，效果不好。”

梁大仓还是不太明白，看着冯医生。“有这个必要吗？老人家很开朗，你怀疑什么呢？”

“我也只能跟你说了，我怀疑老母亲有什么心事未了。昨晚我守夜，唉，折腾了大半夜，你猜老妈说什么？”

梁大仓摇头，真猜不出来。

“我老妈说床底下到处是没有成形的孩子，还说房顶四周爬着很多断胳膊断腿的婴儿。我怕吓着我妹妹，让我妹妹回家，我自己守了一夜。我妈还是这样含含糊糊地说，我听了头皮发麻，浑身起鸡皮疙瘩。”冯医生说完，一个劲儿地摇头叹气。

梁大仓安慰冯医生：“人这个时候神志不清，也许是幻觉，也许是噩梦，这个时候的人，似乎都是在半梦半醒之间。”

冯医生点点头，指了指自己的心窝说道：“我知道老太太这里藏着事儿呢，老太太遭罪啊。”

梁大仓明白了冯医生的需求，拿起手机翻看着。

“我马上给侄子打电话，你别急啊。”

梁彤正在“一碗面or咖啡”店内跟大卫侃足球。

梁彤和大卫两人是初中和高中同学，大卫从美国回来后在一家合资企业任职，就是别人说的高级白领，和自己学的心理学专业风马牛不相及。人家看重的是他的英语沟通能力，在这样的二三线城市，像大卫这样的还真不多。大卫经常跟梁彤抱怨工作环境太差，想开一家心理诊所，请梁彤加盟，梁彤顾虑自己在职，一直没有答应大卫。大卫自己也没下决心。临近春节，大卫的一个大单被自己信任的上司截了，大卫等于一年白忙活了。大卫实在不爽，坚决要求上司归还经济损失，怎么可能呢？大卫在公司的日子立马不好过了。大卫知道自己犯了一个幼稚的错误，于是下决心辞职，开一家心理诊所。大卫要求梁彤业余时间来帮忙即可。

梁彤答应帮忙，大卫还是烦躁，放不下，想不通，恨不能千刀万剐了那个上司。

“我来给你讲一段足球吧？”

大卫一脸鄙视。

“对！嗯，就讲阿根廷和意大利交战吧，德国也行，法国、巴西、英格兰都行。阿根廷风靡世界的球星、超级球星马拉多纳，你知道吗？”

大卫鄙视道：“你爸是他的铁杆吧？”

“但还有一位谁都不知道的球星叫汤姆西松。”

“阿根廷很少有人叫汤姆？没事儿，就算他是一个混血儿吧，父亲是英格兰人、爱尔兰人，干脆就是美国人。”

“别打岔。这个汤姆西松平易近人，极有涵养，球技不算高超，但他却极受队员爱戴。教练也喜欢他，为什么呢？汤姆西松爱动脑勤于思考，他爱提一些作战方案，总是和教练差不多，但也决不会比教练高明。汤姆西松人缘极好，和世界很多大牌明星的关系也不错，罗西、济科、苏格拉底、普拉蒂尼等，他们都是汤姆西松的国际哥们。

“现在比赛开始。

“数万名观众挥动着阿根廷国旗，高呼着：‘马拉多纳，马拉多纳。’

“足球！多么了不起的运动啊。真正的球中之王！这是力与力的较量，这是意志与意志的交锋，这是激情与激情的碰撞。几百米的绿茵场上，二十二名肤色鲜明的健儿参差不齐地奔驰穿越，沿着球的轨迹或聚或散，翻转腾挪，阵垒分明。他们在不断地超越着，超越着别人，更是超越着自己。

“激烈的角逐后，运到前场的球又被对方随便一脚踢出了界外。还在微微喘息的守门员又被远方忽起的一脚劲射，射得追悔莫及，差点儿病倒在赛场上。

“这就是足球！

“上半场：零比零。

“大概是阿根廷队员求胜心切吧，而对方又抱定了不败的决心。

“不败可不一定要赢！

“离终场只剩下八分八秒了。球在禁区内被开过中场。看吧，布朗和布鲁查加在相互抱怨。马拉多纳暴跳如雷。巴尔巴诺呢？坐在地上开始蹬腿。终于，马拉多纳得球！马拉多纳就是在摔倒的情况下，意识也在前进。马拉多纳在蹚一条路，那是一条没有路的路。看吧，马拉多纳飞起一脚，高超、凌厉、优美集于一身，旋风般地冲向对方的大门，左冲右突……

“全场观众热血沸腾，彼此能听到有力的心跳，而呼吸却似乎停止。其他队员束手无策！对方的人都三五成群地包围上来。哦，马拉多纳！对方的最后一个后卫扑了上来。刚才还在为队友们解除争吵、稳定情绪的汤姆西松也冲了上来。他与马拉多纳保持平行（决不因为机会难得而造成越位），于是马拉多纳一记横传，注意，是横传。汤姆西松飞起一脚——角度虽然不佳，但一条优美的弧线过后，球砸在守门员的屁股上，然后笔直地弹进球门——直传进门！！！

“哈！数不清的鲜花掷进场内，淹没了汤姆西松和马拉多纳。‘汤姆西松’‘汤姆西松’的声浪更是此起彼伏。

“教练和汤姆西松被记者包围了，记者们在询问他们的情况。男球迷们想探知他们练球的秘密，女球迷们关心汤姆希松有没有老婆！情人？有几个？汤姆西松迎着镜头向人们矜持地微笑着。他又把献上来的花束递给教练和马拉多纳。教练开始惊愕的表情早就换成了具有大将风度的坦然。

“于是马拉多纳昏了过去！！！”

大卫斜着眼睛看着梁彤。

“不服？马拉多纳。”梁彤不怀好意地笑。

大卫苦笑。

“佩服，还有这样的操作哈！不过这段足球应该是你爸讲给你听的吧。”

“不是我爸，是我小叔，我爸多老啊。怎么样，惊不惊喜，意不意外？”

“意外？我们公司那货不就是汤姆西松。我又不是马拉多纳。”

两人正你一句我一句地闹着，梁大仓的电话打了过来。

梁彤听梁大仓说完后看着大卫，神秘地说："我小叔找我去帮忙，你有兴趣吗？"

"倒忙？"

"催眠，你的专业。怎么样，先开一单？"

大卫精神头儿十足。

"谁怕谁啊，走起。"

病房内，病床上躺着的冯妈妈精神好了很多，虽然骨瘦如柴，两眼还有神。梁大仓和冯医生出去后，大卫和梁彤坐在冯妈妈床边。大卫很快就对冯妈妈进行了深度催眠。

梁彤开始询问，冯妈妈低声自语。

"我看见了他们，都没有长大，个子很小很小，他们都想来到我身边，他们恨我，但是他们过不来。"

"你很害怕？"

"有些怕，我感觉到他们的仇恨，他们应该仇恨我，是我剥夺了他们来这个世界的权利。我有什么办法呢？我不是故意要这样做啊。那个年代，都是这样的。"

"这不是您的错，这是您的工作，您要放下。"

"我很内疚。"

"所以您心里一直不安和恐惧。"

"他们又来了。"

"在哪里？"

"屋顶。他们想靠近我，他们做不到，他们很着急。"

"您跟他们说一声对不起。"

"对不起。"

冯妈妈似乎睡着了，非常安静。

梁彤和大卫对看了一眼，都看着冯妈妈。

“如果这样睡过去，应该不会痛苦。”

梁彤声音小到只有大卫能听见。

突然，冯妈妈坐起来，惊恐万状道：“你来了，你终于来了。我找不到你，对不起，对不起。”

大卫连忙起身，帮助冯妈妈安静下来。

“真的对不起，我知道你恨我，是我的错，是我的错。十几年了，我想起来就难过，这也许是我职业生涯中唯一的一次，唯一的一次。”冯妈妈自语，“我想找你，我没有勇气啊。”

“您确定是唯一的一次？”

“是的，她来的时候很消瘦，我给她做了检查，发现除了有出血现象外，几乎听不到胎心，听不到。是我判断错了，其实是当时母体本身太弱太弱。我劝她做人工流产，不要生一个有残疾的孩子。她几近昏厥，我安慰她，跟她说还有机会再生，可以回家跟爱人商量一下。她哭得更厉害了，后来她回去了。几天以后她回来找我，瘦了很多。她要求我给她做人工流产。我做到一半，就发现自己判断失误。我应该再给她检查一次的，我太自信了，忽视了细节。我已经没有办法纠正我的错误。后来我问她，是你丈夫陪你来的吗？她摇头。我想跟他丈夫说明一下，后来才知道，她丈夫是英雄。”

梁彤问道：“英雄？啥意思？”

梁彤怀疑老太太癔症了。

“是的，十几年前海上救援牺牲的英雄。”

梁彤闻听，急忙问道：“黎明辉吗？”

“是，是的，是这个名字，我后来特意看报纸证实了。我的医助认识她，告诉我的。我让医助送她回家，我可怜她，更憎恨自己。唉，我知道我的生命将抵达终点，我始终无处安魂，我想当面跟她说一声对不起。我的医助也不知道她在哪里。我不好意思到处打听，一直找不到她。”

冯妈妈睁开眼睛，看着梁彤。

“现在我说出来了，我要走了，不知道她会不会原谅我。”

梁彤却突然失去了理智，对着冯妈妈怒吼道：“你不能走，你要继续活着，活受罪。你活该受折磨，你为什么要这样啊？”

大卫被梁彤的突然发作惊呆了，看着梁彤。

“你冷静一下，我们在为她治疗。”

梁彤却不能自已，浑身发抖。大卫急忙将梁彤推出病房。等候在病房外的冯医生和梁大仓跟着大卫进了病房，他们同时听见冯妈妈长长地出了一口气，安静地走了。

冯医生默默地看着母亲，流下两行热泪。

大卫简单扼要地跟梁大仓说明和冯妈妈的沟通经过，表示抱歉，抱歉不能帮助料理后事，然后急急忙忙出去寻找梁彤。

大卫看见梁彤坐在医院后门的公园长椅上，正低头饮泣。大卫坐在梁彤身边拍拍梁彤的肩，梁彤拒绝地扭动一下肩膀。

大卫不说话，陪着梁彤坐着。

午后的冬阳透过片片枯树叶斑斑驳驳地照在身上。梁彤平静下来，抬着一双泪眼问大卫：“你知道她说的那个可怜的女人是谁吗？”

大卫摇头。梁彤眼泪流出来，不情愿地说道：“我小姑啊。”

大卫吃了一惊，梁彤的小姑？大卫当然认识。大卫反应过来，梁彤的小姑夫牺牲后，大卫还陪着梁彤去烈士陵园献过花。

大卫一拍脑门：“天哪！我们第一次看病竟然是这样。这人与人之间都什么缘分啊。”

梁彤默默不语。

大卫的电话铃声响起，孟庭苇带着哭腔地唱着：“谁的眼泪在飞，是不是流星的眼泪，变成了世界上每一颗不快乐的心，谁的眼泪在飞……”大卫拿着手机，光看却不接电话，电话的铃声就不断地响。“谁的眼泪在飞？每一天又有多少人泪如雨下？”

“让你爹拍死你算了，还不快接电话。”梁彤烦道。

“不想接，老婆的追命电话，让她烦死，天天逼着我去给领导送礼道歉，还要我陪着她去给她的领导送礼。烦死了，这个地方真烦人，过节送礼，过年还送礼，送死得了。我就不明白了，城市里面怎么还亲套亲的，都从哪儿来的亲戚啊，树连着根，得罪一个等于得罪了一圈人。活着真累，烦。”

“你先接电话。”

大卫接了电话，老婆追问他买到口罩没有。

大卫奇怪地问梁彤：“我老婆说买不到口罩。你知道口罩为什么断货吗？”

“不是都在说武汉发现了不明原因的肺炎吗？口罩前两天就买不到了。”

大卫疑惑：“不会吧？这么严重，肺炎？”

梁彤起身，拉起大卫，催促道：“谁知道呢。走吧，咱们都回家吧。”

大卫盯着梁彤看。

“看什么看，男子汉，还能是大豆腐？”

大卫乐了：“行了，最喜欢你这点。”

梁彤转身就走，头也不回地挥挥手。

大卫的手机铃声又响起来。

梁彤看着大卫的背影渐渐消失，才从一棵大树后面钻出来，重新坐回长椅上。

梁彤此时哪儿也不想去，只想静静地待一会儿。冯妈妈的话刺激了梁彤，梁彤格外心疼小姑，他无法想象小姑这十几年都是怎么熬过来的。

想到小姑的命运，梁彤又想起待在梁家村的杨来弟，心里突然生出一种深深的憎恶之情。梁彤觉得小姑的命运是杨来弟造成的。

不知道过了多长时间，梁彤看看天色，已近黄昏。

小姑？梁彤以为自己看错了。

站在自己面前的梁玉梅两眼通红，分明是刚刚痛哭过。

发生了什么事？

梁玉梅挨着梁彤坐下。

“世事无常啊，李雅琪的母亲突然过世了。”

梁玉梅的声音带着浓浓的鼻音。

李雅琪？小姑的闺蜜。

梁彤松了口气。

“彤彤，世事无常啊。李雅琪回来伺候病危的婆婆，今天上午却接到弟弟的电话，说她母亲和姐妹们去跳广场舞，突发心梗，走了。”

梁彤知道，他现在只需做一个倾听者就可以。

梁彤默默地听着梁玉梅说话，什么都不问。

“我去车站送她，看她六神无主的样子，心里真难受。人啊，生老病死，哪一样都让人难以承受。”

梁玉梅说完，看着前方发呆。

梁彤想起冯妈妈说的话，心里发紧。

“小姑，咱俩去店里喝咖啡吧。”

“没心情。”

“小姑，我现在特别想喝咖啡。”

梁彤到了店里，又改主意了，想喝酒。趁着梁玉梅去洗脸的工夫，梁彤拿出红酒。

梁彤心里憋得难受，丈母娘大闹家宴，奶奶病着，小年没有陪奶奶过，杨来弟来梁家，一家人的生活被打乱。

烦！梁彤需要发泄。

梁玉梅把玩着手中的咖啡杯，最后一滴咖啡滴在手中。梁玉梅看着在那里自斟自饮的梁彤，不知为什么，想起了在小院的杨来弟。梁玉梅去车站送走李雅琪，心里突然开始牵挂在梁家小院的杨来弟。梁玉梅心里烦躁，独自来公园散步，看见梁彤坐在长椅上发呆。

梁彤端着酒杯，晃晃杯中酒。

“小姑，这酒不错啊。”

梁玉梅无声地笑了，知道梁彤是没话找话说，梁彤根本不会喝酒。

“酒是不错啊，我从李雅琪家里面顺的。”

梁玉梅说完就乐了。

“你还会干这个？顺的？”

梁彤盯着酒杯，已经微醉。

第十三章　妈，你回来吧

腊月二十七，吴春兰和安慧两人去超市备年货。

往年备年货的事都是吴春兰和梁红梅操办，安慧店里忙，不到年三十基本没有空儿。今年梁红梅家情况特殊，安慧跟着吴春兰出来备年货。

到处都在传武汉爆发不明原因的肺炎，专家站出来说话，说此病很有可能人传人，而且此病毒非常厉害，比当年的SARS传染性要强。

安慧的同学群也在传武汉肺炎的各种消息，几乎天天都有不好的信息在群里面传播。大家相互叮嘱做好预防，并且都很担忧，甚至有恐惧情绪。

安慧对这一点不是很理解。自从离开医院后，安慧的精力都用在经营药店上面，每一天都累成狗，很少上群里去参加各种讨论，偶尔看一眼，群里的同学大都在说家常。

护校同学基本都是女同学，每天东家长西家短，没完没了地聊，美妆啊，护肤啊，不甘心地想留住时间青春啊，还有那种对自己的生活各种不满足什么的，天天交流，晒照片。照片千奇百怪，敷面膜的，外出旅游的，什么都晒。偶尔会有不好的消息，比如哪个同学得了不治之症，班长是群主，就发动同学们捐款什么的。安慧这个时候会尽力帮助同学，但是却没有太多的时间去参加群活动。

梁大仓的同学群就不同了，各种分析疫情的情况通报每天都在不断更新。据武汉的一个同学发过来的一些情况通报，可以说形势严峻，武汉有的医生已经感染。梁大仓叮嘱家人出门都戴上口罩，嘱咐安慧去药店多备一些连花清瘟胶囊、抗生素之类的抗感冒类药，还有酒精之类的消毒物品。

安慧忙了两天，准备了各种药品，又开始备年货。

吴春兰和安慧两人戴着口罩在超市转来转去，准备多储备一些生活用品。梁大仓嘱咐要多准备些日用品，这段时间尽量少去超市，超市人多拥挤，预防很重要。

滨海市有人在传市内发现了疑似病例，弄得人心皇皇。

吴春兰看安慧自如地在货架上熟练地拿货，很是羡慕，她自己感觉快憋闷死了，干什么都难受。吴春兰和安慧两人几乎将各自的推车都装到冒尖，才去收款台结账。

“你不憋得慌？”吴春兰问安慧。

“这种口罩还憋呀，你是没有戴过医用口罩，没法形容。”

“戴个口罩这么遭罪。”

安慧不以为然，轻描淡写地说：“那是没有遇到生命危险，等遇到生命危险，铁皮都要戴。”

吴春兰听安慧这样说，一脸无奈。

“大仓他们真不容易，天天戴口罩。”

“他还好吧，不用时时刻刻戴口罩，上手术台的大夫天天都要戴，习惯就好了。”

“干什么都不容易。”

“什么都不干容易。”

吴春兰和安慧大包小包地提着采购的东西，聊着天出了商场，直奔停车场。

吴春兰一出超市门就准备摘口罩，安慧立刻劝道："嫂子，你就坚持一会儿吧，等上车再摘口罩。"

"不行，不行，憋死了，憋死了。"吴春兰说着就把口罩摘了。

安慧打开车门，看见梁红梅的洗浴篮子在后座放着，想起那日在澡堂碰见梁玉梅的事儿，问吴春兰："大嫂，我们要不要问问二姐需要什么东西，咱一块儿给她买了。她最近太忙了，海平的婆婆出院住在她家呢。"

吴春兰放好东西说："问啊。还是你心细，我没想到，忙晕了。给她打个电话，问问缺什么，我们去买。"

安慧拨通梁红梅的电话，问她需要什么东西，顺便买了送过去。梁红梅嗓子发哑，说话有气无力，告诉安慧，海平两口子这两天都在备年货，日用品家里还有储备，不着急买。

安慧挂了电话就笑。

"二姐平时总是到处买打折的东西，应该不缺什么。"

"红梅过日子比我们都仔细，论精打细算，我们都不如她。"

"什么仔细不仔细，都是被逼的，二姐太不容易了。你以为我是笑话二姐？其实我特别佩服她，她是一个非常努力生活的人。"

"努力生活不一定达成心愿，不努力肯定不行。"

两人说话间整理好东西，安慧开车，吴春兰坐在副驾驶位置，离开停车场。

街上的行人并不是很多，来往车辆比往年明显要少。

安慧感慨："这一闹病毒，出来的人都少了，往年这些天正是送礼的时候，送礼的多了去了。"

吴春兰也笑："往年这时候，到处都是送礼的。"

车内报警器不停地响着，原来吴春兰忘了系安全带。安慧提醒吴春兰系上安全带，吴春兰嘟囔着："自己不开车就忘。"吴春兰系上安全带，自己在那里乐："习惯真可怕。"

"嫂子，妈留杨来弟在咱家过年，不知道妈有什么打算。"

吴春兰看了一眼安慧。

“有啥想不明白的，想让玉梅跟亲妈过个年，让杨来弟跟自己亲生闺女过个年。妈就是太善良了，换了我，赶紧打发她走。”

“这种事儿，不善良又能怎么办呢？妈这是为玉梅好啊。”

“谁说不是呢，说到底是心疼玉梅，说来玉梅也可怜。”

“这都是命啊。”

“命？命又是什么呢？什么是命呢？”吴春兰心里说。

梁玉梅把熬夜写好的家谱后记存档，再存一份到电子邮箱，最后拷贝到一个新优盘，这样留存了三处才放心。

梁玉梅知道自己这段时间心不安定，做事丢三落四，便在台历上面记下每天要做的事。

梁玉梅存好文档后去翻看台历，把做过的事都一一划去，发现还有一事暂时无法完成。台历上面写着要去看望海平的婆婆，她出院后住在二姐家里，梁玉梅一直想过去看看，却总是没有时间。梁玉梅自嘲地笑了，时间都去哪儿了？梁玉梅准备去睡一会儿，然后去看望海平的婆婆。

梁玉梅一进卫生间，看见一堆换洗的床单和衣服还在洗衣机上面堆着。梁玉梅苦笑着将衣物放进洗衣机，打开开关，带上卫生间的门就进了卧室。

躺在床上，杨来弟的影子在眼前晃来晃去，挥之不去。梁玉梅蒙上头，可是思绪依旧还是乱的，根本无法入睡。

梁玉梅有几天没有看见杨来弟了，她找借口回城里自己的家写后记，其实是在躲避杨来弟。眼看着还有两天就过春节，杨来弟并没有离开的意思。房怡和已经挽留杨来弟在梁家过春节，难道杨来弟还真的要留在梁家过年吗？那么梁家这个团圆年该过得多尴尬啊。

梁玉梅特别希望杨来弟能主动离开梁家。如果杨来弟真的离开，回到上海又会怎样生活呢？梁玉梅内心深处又为杨来弟担忧。杨来弟的生活窘况，梁家人都看得明白。梁玉梅矛盾着，干脆不去梁家小院。回家后，梁玉梅把跟屁虫样的梁思思和小土豆撵回家，想好好安静下来，完成家谱的后记。没想到写后记时，眼前总有杨来弟的影子在晃，勉强将后记写完，杨来弟的身影却更清晰了。

梁玉梅心中五味杂陈，酸甜苦辣都不是真正的滋味儿。

梁玉梅记得她上小学的一天，按照家里的惯例，放学后去连队食堂，拿父亲的饭。她刚走到食堂门口，就看见小黑皮流里流气地站在那儿。梁玉梅听母亲嘱咐过，看见这个小流氓要绕道走，就准备立刻绕开。小黑皮却凑到她跟前一脸坏笑道："小丫头，你是上海人，你知道吧？"梁玉梅吓得浑身发抖，看着小黑皮。

小黑皮很得意，呜噜呜噜着："你亲妈是上海人，她回上海享福不要你了，你晓得吧？你不是老梁家的孩子，你知不知道啊？"小黑皮正得意地胡说，父亲梁勇敢路过，狠狠地揍了小黑皮一顿，带着梁玉梅回家。

梁勇敢拉着小玉梅的手，叮嘱玉梅别听小流氓瞎说。

梁玉梅记得那一天晚上，她第一次失眠，睡不着觉，怎么都睡不着，眼睛都困得睁不开了，思绪却纷乱无序。她想不明白，小黑皮说的话是真是假。如果是真的，她现在的爸爸妈妈应该是后爸后妈。可是后妈都很歹毒，比如她们班上的同学罗玲玲，经常被她后妈打得手背都肿了，老师同学们都说罗玲玲的后妈太坏了。可自己的妈妈多温柔多好啊，只有她自己才能体会到母亲房怡和对自己的那种关爱。这一切都是为什么呢？这个世界好复杂。亲妈是什么意思呢？她想不明白，想了一晚上都想不明白。

第二天，梁玉梅高烧不退，醒过来的时候，正躺在母亲房怡和的怀里，母亲的两行热泪滴在自己脸颊上面，滚烫的热泪啊。梁玉梅告诉自己，房怡和就是自己的亲妈。

后来，全家人回到老家。一家人都为生活而努力着。哥哥姐姐们都在打拼，只有她无忧无虑地上学读书，考上大学。

工作后，她有时宁可骑着自行车折腾一个多小时，也愿意回梁家村和父母住在一起。然而命运就是这样捉弄人，她偶然间看见了大哥和杨来弟的通信，才知道自己真是杨来弟的孩子，而杨来弟在母亲和大哥去上海找她时，竟然做出永远抛弃她的决定。

那一天，她在海边的礁石上从清晨坐到凌晨，她看着天空从五彩云霞到月光遍洒，她一遍又一遍地问着为什么，为什么。那种被遗弃的感觉是蚀骨之痛，那种痛是一道深壑，深不见底。

那一天，梁玉梅从心里憎恨杨来弟。

想到这里，梁玉梅的眼泪一下子就流出来，多日来克制的堤坝一下子决堤，梁玉梅捂在被子里面大哭。梁玉梅感觉杨来弟的到来，在无形中让她跟母亲跟姐妹兄弟之间有了一种莫名其妙的距离感，她害怕这种感觉。

梁玉梅哭着呼喊黎明辉的名字："明辉，你告诉我该怎么办啊。"梁玉梅感到孤单，感到无助，她哭着，她思念那个带给她快乐和依靠的人。

梁彤和孙美丽带着妮妮住在父母家，这是惯例。一到腊月的二十六七，梁彤和孙美丽就来父母家里住，年三十再和父母一起回梁家村。妮妮喜欢找奶奶，梁彤和孙美丽放假，可以帮助母亲干些家务。自从有了妮妮，梁彤和孙美丽住在父母家的时间比在自己家的时间多。妮妮三岁之前都是奶奶在带，上幼儿园这两年，因幼儿园离爷爷奶奶所住的小区近，奶奶接送孩子方便，妮妮大部分时间都是跟着奶奶。

清晨，梁彤醒来，看见孙美丽搂着妮妮还在睡，就拿起家谱来看。

梁彤要抓紧时间再看一遍家谱，边看边校对。

梁彤看见家谱被小姑画出来需要核实修改的部分，心中总是有一种说不出的滋味儿。看见家谱上面梁家后人中小姑的名字，想起冯妈妈临死前的忏悔，想到小姑的命运，梁彤心中就有一种被刀割的感觉。

喝醉了就能忘记吗？梁彤苦笑。

临近春节，小姑的事只能压在心里。事情已经过去这么多年，他不想让奶奶和爸妈为过去的事情难过揪心。他只是放心不下小姑，现在小姑的生母找来，小姑的心情应该比谁都复杂，没有这样的经历是无法真正理解小姑的感受的。他现在能做的就是多为小姑承担一些家谱出版校对工作。

家谱，家谱，梁彤还从来没有对家谱如此用心过。

爷爷突然离世，他才注意到父母也开始步入老年，父亲的白发母亲的皱纹，让他知道什么是光阴，家谱帮助他读懂每一寸光阴的故事。

他翻杂志，上网搜索和家谱相关的知识，看到一位老者关于家谱的话，直击心灵。

老人家说，我们家编撰修谱是因为我不想愧对祖先，我就是一个普通工人，可是我明白家谱是一个家族姓氏传承的延续，收录的虽然是家族历史，但是也代表着将来，是祖辈们对下一代的期许和希望。老人家说他在整理家谱的时候，翻阅发黄和新鲜的纸张，看着一个个陌生的名字，在名字和名字之间，看到的是人生、年代还有家国。家族要传承的是血脉，也是精神。老人说自己家的老人祖祖辈辈都告诫后人做人要本分，他也是这样告诫自己的后人的。

老人的语言虽然质朴，却说出了一个千古命题：家庭教育对一个人的重要性。

梁彤现在想起爷爷，觉得异常愧疚。

爷爷和奶奶为了编撰家谱，用了十几年的时间。这期间，他从来都没有想过为爷爷奶奶做点什么。他读大学，出国留学，在外人眼里是一个特别有出息的孩子。每次回梁家村看望爷爷奶奶，他都是那个人人羡慕的别人家的孩子，是村里人人夸奖的榜样孩子，孝顺孩子。

他总是给爷爷奶奶买吃的用的，但是他从来就不知道爷爷奶奶花费十几年的心血编撰家谱是为什么，他以为爷爷奶奶是在做一件还算有意义的事，共度光阴，爷爷奶奶不过是在跟岁月同行，仅此而已。

现在拿着这一本沉甸甸的家谱，梁彤才知道其中的一字一句都是爷爷奶奶的心血，而和这个家族并没有血缘关系的小姑梁玉梅，为了帮助奶奶完成这本家谱，拼尽了全力。

孙美丽醒了，看见梁彤在发呆，揉着眼睛问道：“你一大早的发什么呆啊？”

“我一会儿要去跟印刷厂老板联系一下家谱的事，确认正月初六能不能按时开工，千万不能耽误正月十六我奶奶的生日。”梁彤回道。

孙美丽一下子坐起来，火冒三丈地说：“家谱，家谱，你就知道家谱。”

梁彤觉得奇怪：“你怎么啦，发什么火啊？”

孙美丽大声喊道：“我发什么火，你说我发什么火。”

梁彤一脸无辜地说：“我怎么知道你发什么火？”

孙美丽的声音提高八度：“你就不能忙点正经事吗？”

梁彤笑着拍拍孙美丽，道：“我这不就在忙正经事吗？”

孙美丽更生气了，恨道：“你有病啊，天天不是家谱就是奶奶小姑，长本事了，还学会了喝酒买醉。”

梁彤以为自己这些天忽视了孙美丽，孙美丽才如此光火，急忙解释：“你看看你，不是跟你说过吗？家谱是爷爷奶奶一辈子的念想，马上就忙完了。”

孙美丽突然摔了枕头：“念什么啊念，我还有念想呢，我想再买一套房子。”

这都哪儿跟哪儿啊？

梁彤被孙美丽弄得晕头转向，看着孙美丽：“你说什么？”

妮妮被两人的争吵声惊醒，看见妈妈一脸怒容，哭了：“我要找奶奶。”

孙美丽上去就打了妮妮一下，冲着妮妮吼道：“找什么找，天天找奶奶，找奶奶，你给我闭嘴，我是你妈。”

妮妮被孙美丽打蒙了，吓得直打嗝，不敢哭了。

梁彤看见孙美丽打妮妮，一下子就火了，简直莫名其妙，怎么能打孩子？

“你怎么跟泼妇一样，还打孩子。”

梁彤抱起妮妮，妮妮抽泣着：“我要找奶奶。”

梁彤拿过来一个毛茸茸的小猪猪递给妮妮，妮妮不要，用小手拨拉到一边。梁彤哄着妮妮：“奶奶去太奶奶家了，等一会儿爸爸带你去找奶奶好不好？”

孙美丽上前来一把抱过妮妮，怒吼道：“你愿意上哪儿就去哪儿，妮妮是我的孩子，谁也别想带走。”

梁彤烦恼透顶，不知道孙美丽发的是哪门子邪火。住在父母家里，又不好发作，只能瞪着眼睛说：“我告诉你，你别过分啊。”

孙美丽不理梁彤，问妮妮：“妈妈带你去玩游戏好不好？”

妮妮一听玩游戏，就跟着孙美丽去床上找手机玩游戏。

梁彤更恼火了，平常妮妮想看个动画片孙美丽都不允许，怕伤了妮妮的眼睛，现在竟然领着妮妮玩手机，一大早的抽的什么风啊。

梁垦荒在客厅听到孙美丽喊叫，又听到妮妮的哭声，最后竟然听到一向好脾气的儿子喊了一嗓子，不知道究竟发生了什么事，坐在沙发上担心。

吴春兰一早起来就去梁家村和安慧会合备年货，梁垦荒留在家里照看妮妮。梁垦荒本来就不习惯睡懒觉，到了六十岁，觉更少，每天不到五点就醒。夏天还好，能出去走走，冬天五点钟，天还没有亮。梁垦荒醒了就躺在被窝里面看书，天亮才起身到客厅喝杯水，到厨房准备早餐。

梁垦荒知道现在的年轻人，不睡到日上三竿不会起床。

梁垦荒自己吃点早饭后就坐在沙发上看书，听到妮妮哭，梁垦荒有点坐不住，又不能多问。

梁垦荒退休以后才理解什么是家务事，家务事还真不是好管的。这些年，都是吴春兰操持家务，上有老下有小，吴春兰从来没有抱怨过。

自从梁彤结婚，吴春兰总是生气上火，气儿媳妇太懒，气儿子不懂事，娶了媳妇忘了娘。每次吴春兰发牢骚，梁垦荒都以为女人就是事儿多，退休后，天天和柴米油盐打交道，梁垦荒才理解了吴春兰的抱怨。

梁垦荒了解吴春兰的脾气秉性。可能吴春兰的父母都是南方人的缘故，尽管吴春兰在北大荒长大，却没有北大荒人的高门大嗓，人长得瘦小，说话柔声细语的。现在老了，反而喜欢发火，嗓门也高了，看来生活真可以改变一个人的脾气。

梁垦荒正胡思乱想着，看见梁彤出来了。

梁彤看见坐在沙发上的父亲，叫了一声爸。

梁垦荒轻声问梁彤：“一大早吵什么呢？”

梁彤笑笑。“没吵什么，妮妮要找奶奶，美丽哄不住就火了，小孩子，没事儿了。”

梁垦荒听听，确实没有动静了，才放心地继续看书。

梁彤洗漱完，来到餐厅，拿起餐桌上面放着的面包就吃，梁垦荒连忙起身去厨房。

梁彤喊着：“爸，我不吃了，今天还要去印刷厂。”

梁垦荒端着饭过来劝儿子：“不在乎这一会儿，吃了饭再走。”

梁彤说：“真的吃饱了，不饿。”

梁彤转身回到卧室，看着怒气未消的孙美丽正转身瞪着自己，梁彤被孙美丽这一表情弄得心寒。妮妮自己在玩手机，梁彤想去拿开妮妮手中的手机，又怕妮妮哭闹让父亲听见担心。

梁彤想起那天家宴，牛玉香在奶奶家闹的那个样子，心里非常烦躁，这娘俩还真像啊。

梁彤正发愣，孙美丽甩了一句：“咱们回家住吧。”

梁彤看看孙美丽，耐着性子劝道：“美丽，我不知道你为什么这么烦躁，家里最近事情很多，快过年了，有什么事我们过完年再谈，不要让父母为我们操心。”

孙美丽动动嘴唇没说话，看着梁彤拿起车钥匙出门。

梁垦荒见儿子要出门，拿了一个口罩给儿子，让儿子戴上。

房怡和跟杨来弟吃完早饭，一起回屋里看电视。

这两天电视台在重播《父母爱情》，房怡和跟杨来弟看得津津有味。房怡和跟杨来弟商量，让杨来弟留在梁家过春节，杨来弟很爽快地答应了，房怡和也高兴。房怡和有自己的打算，玉梅长这么大，还没有跟自己的亲妈在一起过一个年，杨来弟肯留下来，也算成全了房怡和对玉梅的一片心意。

杨来弟来的时候只背了一个双肩背包，带了几件换洗衣服。在梁家住了这些日子，房怡和留心观察杨来弟的饮食起居，将孩子们给自己买的还没穿过的衣服都送给杨来弟。房怡和本打算让梁玉梅陪着杨来弟去商场买身新衣服，结果两人就像商量好的一样，一个不愿意去买衣服，一个不想陪着去买衣服，房怡和只好作罢。

房怡和不再追问杨来弟来梁家的目的。房怡和偶尔在心里也会抱怨杨来弟，自己实心实意地待她，却得不到一句实话，但转念一想，人都来了，面对玉梅，杨来弟迟早要有一个态度。

杨来弟自从答应房怡和留下来过春节，在梁家不再拘谨，也没有了刚来那会儿时不时就流露出来的负罪感。杨来弟有时吃完饭还自己出去走走，和房怡和相处日渐融洽，两人仿佛回到当年在连队小学一起教书的时光。

两个老人像久别重逢的老姐妹一样，一起喝喝茶，聊聊连队的陈年旧事，中午累了就睡一会儿，每天追剧、聊天、散步。房怡和喜欢听京剧，有时还会邀请杨来弟一起听张火丁的《锁麟囊》。房怡和会跟着哼："春秋亭外风雨暴，何处悲声破寂寥？隔珠帘只见一花轿，想必是新婚渡鹊桥。吉日良辰当欢笑，为何鲛珠化泪抛？此时却又明白了，世上何尝尽富豪。"

梁思思和小土豆两人在家里待久了，实在无聊，咖啡店已经关门，海边风大太冷，公园也没什么玩的，两人便坐着公交车来梁家村。

房怡和看到戴着口罩的小土豆和梁思思，连声说："姥姥糊涂了，姥姥糊涂啦，差点把大事给忘了，让咱们小土豆回来受罪啦。"

梁思思一听就生气。

"奶奶，你可真偏心。"

"不偏不向，奶奶一会儿就给你们俩做口罩。"

房怡和一直想留小土豆在自己身边住，让思思和小土豆一块儿来住，思思不肯，她看见杨来弟就来气，整日带着小土豆在家里游乐场等地方闲逛，四处游荡。

梁思思和小土豆戴着安慧开药店时卖的布口罩，两层布，根本不能起到什么防护作用。

口罩脱销，全国都一样。网上有人开始分享各种自制的口罩图片，有人使用塑料桶改造成口罩，样子像N95，表面鼓出个大包，样子真滑稽。还有人用塑料瓶剪成一个弧形，两边用松紧带一穿挂在耳朵上。有人还在网上教授怎样做口罩。

房怡和一直想自己做几个口罩给孩子们，安慧因为买不到口罩上火，房怡和就想到了自己做口罩，可这两天忙着追剧，把做口罩的事儿给忘了。

房怡和吩咐梁思思带着妹妹去屋里玩，自己去做口罩。

小土豆惊讶道："姥姥，你还会做口罩啊。"

房怡和美滋滋地笑道："会呀。你去和姐姐玩吧，口罩一会儿就做好，姥姥做的口罩可比买的好。"

在北大荒待过的人，哪一年也要戴上几个月的口罩，冬天不戴口罩，脸上会长冻疮的。做口罩更不在话下，女职工们慢慢摸索出来一个做口罩的好方法，纱布平铺一层再斜着铺一层，这样交叉着铺几层后，纱布密实，透气却不透风。

房怡和找出一大卷纱布来。杨来弟惊讶房怡和储存了这么多纱布，房怡和告诉杨来弟，是儿媳妇开药店时，她批发了这些纱布用来蒸馒头，家里人口多，过年蒸几锅馒头都不够吃。

杨来弟羡慕房怡和日子过得殷实。

房怡和问杨来弟还记得怎么做口罩不，杨来弟说记得很清楚。两人展开纱布，房怡和比量比量，拿出剪子剪裁好。

房怡和找出缝纫机。缝纫机有些上锈，房怡和在生锈的地方滴了几滴花生油，机器马上好用了。两个老太太不一会儿就做出十几个口罩。

安慧和吴春兰正好回来，将采办的年货归置好后，看见俩老太太做的口罩，都很惊讶。

"有什么可惊讶的，早就跟你们说过买不到口罩不要上火，咱自己做，你们还不信。”

房怡和很得意，安慧听后就点赞。

房怡和让吴春兰和安慧戴上口罩试一试，两人一试，不但大小适中，而且厚实耐用，能清洗，可以反复使用。

两人赞叹婆婆手艺真好。

安慧告诉婆婆，大仓说这次疫情老人是易感人群，嘱咐房怡和跟杨来弟出门散步时记得戴上口罩。

房怡和一听说老年人容易感染，马上想到村里有十几个孤寡老人，不知道有没有口罩用。房怡和建议把这些纱布都做成口罩，送给这些老人们用。

吴春兰和安慧一起帮婆婆做口罩。

一卷纱布做了几十个口罩，房怡和拿出二十个，写了一张字条，让吴春兰拿着去找村委会干部，帮忙送给字条上面写着名字的孤寡老人。

吴春兰去村委送口罩，安慧在家里给婆婆做午饭。

吃午饭时，杨来弟本来已经很放松，自己主动夹菜，没料到却被梁思思捉弄了。

梁思思从进屋门就一直不拿正眼看杨来弟。吃饭时，梁思思趁房怡和跟小土豆说话的间隙，看见杨来弟夹菜，就故意将筷子夹住杨来弟的筷子。杨来弟刚好夹住几根粉条，经梁思思这一围攻，粉条立马碎了。安慧看明白梁思思的用意，又不好发作，只能用脚踢吴春兰，用目光向她求助。

吴春兰知道思思又跟杨来弟过不去，便故意喊了一声思思，梁思思才松开自己的筷子。

杨来弟讪讪地收回自己的筷子，低头吃饭。

吃过午饭，安慧开车带思思和小土豆回家。安慧害怕思思再惹是生非，硬是拉着思思和小土豆离开梁家村。

梁思思坐在车上，看着沿途的风景，非要带着小土豆返回梁家村。

安慧生气，却无奈，劝思思：“奶奶身体刚恢复，你过两天再来。”

梁思思一听，更生气了。

“死老太婆，还不走，赖在我们家干啥，马上过年了。”

安慧警告思思老实一点，不要招惹杨来弟，让奶奶生气。安慧告诉梁思思，杨来弟要在梁家过春节。

梁思思一听就爆炸了。

“奶奶老糊涂了，干嘛留她过年？家里人在一起过年，她算怎么回事啊，多余，烦死人了。”

“她是奶奶的老同事，咱们家重要的客人，你不要胡来。”

“等着吧，看我怎么收拾她。”

“你敢。”安慧发狠，梁思思不再说话。

房怡和午休起来，发现杨来弟不在屋里，以为她是出去散步了，就打开电视，自己继续追剧。

吴春兰收拾好厨房，回屋休息了一会儿，看一下手机，算着时间，估计婆婆该醒了，便过来给婆婆沏茶。

吴春兰进门看见房怡和在看电视剧《父母爱情》。

“妈，您看电视剧里的男主角像不像我爸？”

“你爸可没有人家本事大，人家是军官，当那么大个干部，你爸一辈子都是机务工，不过脾气还是挺像的。”

“是真的像啊，我爸多宽厚啊。”

“倔。”

吴春兰看杨来弟不在家，问房怡和：“妈，杨老师呢？”

房怡和盯着电视，头也不回。

“可能是自己出去散步了。这两天她开朗好多，经常自己出去走走。看来留她在这儿过年就对了，玉梅长这么大，还没跟亲妈一起过个年呢。”

吴春兰给房怡和捶肩。

“妈，您让杨老师在咱家过年，是不是有什么想法啊？”

房怡和回头看了一眼吴春兰。

“别瞎猜啦，我当然有想法，你想听听？”

吴春兰没有回答，转身去拿过来一条小毛毯。房怡和起身将电视关了，吴春兰将毛毯盖在房怡和腿上，自己坐到房怡和身边。

“人啊，有的是活着活着就活明白啦，有的是越活越糊涂，所以人都说越老越糊涂啊，等活明白的时候呢，就离死不远啦。”

吴春兰一听，慌神了：“妈，您怎么啦，哪儿不舒服吗？”

房怡和被吴春兰逗笑了：“你看看你，都快六十的人啦，怎么就沉不住气呢？”

吴春兰也笑了：“妈，马上过年了，您说这些干啥，我去给您沏茶。”

房怡和指了指写字台上面梁勇敢的照片，说：“不用了，我不想喝。我昨晚做了一个梦，梦到你爸呀就坐在写字台这儿，他一边看家谱一边嘱咐我，让我把玉梅还给人家杨来弟。你爸还说玉梅写不写进家谱，得问问人家杨来弟怎么想。杨来弟来了，就该问问人家，你爸说得对。”

吴春兰叫了一声妈，不知该跟房怡和说什么。

自从杨来弟来梁家，家里人都小心避讳着，不谈杨来弟和玉梅的关系。谁都知道这是一道难解的题，没有标准答案。而杨来弟和玉梅的这层关系更像一颗定时炸弹，随时都可以引爆，让梁家人受伤。

“你不用这样紧张。孩子呢是人家的，我养大的是不错，我肯定舍不得玉梅离开我啊，我养大玉梅是一份心，人家要跟亲娘相认也是情分啊。我们不能只想着自己的感受，不顾她们娘俩的感受啊。玉梅这两天借口写东西回城里去住，还不是为了躲着杨来弟？她是心里放不下杨来弟，放下了就不用躲着了。”

“妈，玉梅可不是那种没良心的孩子。”

“你看看，你看看，我说你们想的和我不一样吧，玉梅认亲娘就没良心啦？你可说错了，玉梅认了亲娘，我看才是真正有良心，才是咱们老梁家教出来的孩子。”

吴春兰不吭声了，理是理，情是情，情理有时候说不通的。

“你爸走后这两年啊，我就在想，我说不定哪天也突然就被阎王爷收走了，我会怎么离开这个世界呢？”

房怡和说得轻松，吴春兰却彻底慌神了，不知不觉就站起身来。

房怡和拉着吴春兰坐下。

“你坐下，听我把话说完，你说你慌得啥呀。来弟这一来啊，我彻底想明白了，该了的事啊要尽快了，我这辈子啊，就是玉梅这事儿一直是我的心病。”

“妈，您把玉梅养大，我也是您带大的，您是我们的母亲。”

“跟这没关系。你听我说，玉梅这孩子命也不济，两个月就被她妈放在咱们家，刚结婚找了个知冷知热的人吧，这人又说没就没了，还有家族遗传病，虽说不重吧，但精神上还是有负担。咱们对她再好，她心里这个结得打开，后半辈子她才心安。这就是人伦，谁也没有办法替代。”

吴春兰低着头不说话了，她觉得婆婆看得透彻。是啊，公公和婆婆待自己胜过亲生，自己不也会时常想起过世的爸妈吗？想起爸妈，自己也一样难过。婆婆说的当然合情合理，天下合情合理的事情多了去了，谁能保证每件事都合情合理呢？吴春兰活了大半辈子，面对不合情不合理的事情，依然束手无策。

“你再看看杨来弟，就这么着背着个双肩包就来啦，那个双肩包的式样还是彤彤上高中那会儿时兴的，她这些年过得不易。我昨天看见她换衣服，吓了一跳，她那件羽绒服的里子，是她在北大荒时候喜欢穿的那件外罩改的啊。四十年啦，这衣服都还在穿，还拼接了几块别的颜色的花布，这不就是打补丁吗？来弟她不易啊，你说在农村，现在有几个人还穿补丁衣服，咱村也没有啊。”

房怡和说到这里，吴春兰点点头。

“来弟怎么出去这么长时间呢？”

房怡和看看窗外。

“我出去找找。”

房怡和也觉得该出去看看，拐弯抹角的小路多，杨来弟别走迷路了。房怡和嘱咐吴春兰找到来弟早点回家，开始降温了，天冷，容易感冒。

吴春兰答应着出门。

吴春兰出门后，就沿着家门口的小路走到村口通向市区的大路。村里去往市区就一条大路，村里老少散步徒步都在这条路上。

吴春兰四处望望，没有看见杨来弟，又转回来沿着小路返回，在几条小路口各自寻找一遍，依然没有看到杨来弟的身影。吴春兰猜想自己和杨来弟是走岔路了，她怕婆婆着急，急忙赶回家。

房怡和还在沙发上面坐着看电视，家里没有杨来弟的影儿。

房怡和看见吴春兰自己回来了，有些奇怪。

“春兰，你怎么自己回来啦，来弟呢？”

“妈，村里几条路我都看过了，没看到她啊。家家户户都在自家院里忙活，我还以为她是上海人，没见过咱农村过大年，难不成去谁家看热闹啦？还进人家院子里找了，都没有啊。”

“这可真是奇怪，难道自己离开了？”

“妈，她不会是自己回上海了吧？”

吴春兰担心杨来弟不辞而别。

“来弟不会这么不讲究吧，走也该跟我打声招呼。”

“妈，人家来的时候也没跟您打招呼。”

房怡和愣了一下，想了想，吩咐吴春兰打开柜子，看看杨来弟的包还在不在。

吴春兰急急忙忙打开柜子，柜子里面掉出来两封信和一个黑丝绒小布袋。

吴春兰捡起信和布袋递给房怡和。

“妈，杨来弟的双肩包不见了。”

房怡和接过信和小布袋，看看信封表面，一封信写给自己，一封信写给玉梅。

房怡和将金丝绒黑色小袋子里面的东西拿出来一看，是一个样式很老的金手镯。

“难道来弟真不告而别了？不应该啊，我们没有对不起她，这样做就太过分了。”

吴春兰提醒婆婆：“妈，您还是看看杨来弟留给您的信吧。”

房怡和答应着，开始看信。

杨来弟留给房怡和的信非常简单，只有几句话：“房老师，您好！我回上海了，我如果留在您家里过春节，会给您和家人带来很多不便。谢谢您把玉梅教养长大，培养成才，万分感谢您。看到玉梅生活幸福，我放心啦。再见。杨来弟即日。”

杨来弟写了即日，又写了年月日，房怡和一看，时间是前几日。

“她早就打算要回上海了。”房怡和说着将信递给吴春兰。

吴春兰看完信，有些着急。

“她现在回上海，怎么回去啊？动车还是飞机啊？妈，还是告诉玉梅一声吧。”

房怡和点点头，让吴春兰打电话跟玉梅说一下情况。

吴春兰看着房怡和手中的另一封信，让房怡和看看杨来弟留给玉梅的信。房怡和坚持等玉梅过来自己看。

房怡和让吴春兰把自己的手机拿来，翻到杨来弟的电话号码就打过去，杨来弟的电话关机了。

“这是不让咱们找她啊。”

是啊，吴春兰应着，不知道该怎样劝婆婆。

房怡和有点恼火。

“杨来弟啊杨来弟，都这岁数了，还这么任性，还骗我说在梁家过年，这人可真有点不讲究。”

梁玉梅迷迷糊糊地睡着，听到轰轰隆隆的响声，此时的梁玉梅已经困得睁不开眼，用被子捂住耳朵接着睡觉。轰隆声越来越大，梁玉梅爬起来，竖起耳朵听听，声音应该是从卫生间里面传出来的。

梁玉梅推开卫生间的推拉门，轰隆声更响了，原来是洗衣机内的衣服扭动不均匀，洗衣机不能正常运转的轰鸣声。梁玉梅关掉洗衣机，回到床上接着睡觉。刚刚躺下，电话刺耳的铃声响起来。梁玉梅不情愿地拿起手机一看，是大嫂的来电，马上接通电话。

梁玉梅开车一出小区大门，眼泪就不自觉地流出来。

“你要干什么呢？你为什么要来？你为什么又一声不吭地离开？妈。”梁玉梅在心里喊道，“妈。”

梁玉梅听到了自己的心声，双手开始颤抖，自己竟然喊她妈。

梁玉梅将车靠在小区门外一个饭店门前的停车场，趴在方向盘上面哭了。

房怡和在房间来来回回地踱步，吴春兰跟在房怡和后面不说话。

“都怪我啊，都怪我啊，我应该让玉梅主动和来弟相认。”

“妈，您就不要着急上火了，这事怎么着也不能怪您啊。玉梅一会儿就过来啦，看看她跟玉梅说了什么。”

吴春兰扶着房怡和坐下，房怡和坐在沙发上，一只手不停地敲着沙发背。

吴春兰心知婆婆这个时候心里上火着急，怕婆婆急出病来，去倒了一杯白开水，试试温度，感觉有点高，又往水杯里加了些凉白开，递给婆婆。吴春兰压抑着心中对杨来弟的怒气，劝房怡和：“妈，您喝口水，咱家有点热。”

“热热热，大冬天的，还非要冷了才舒服啊？”

吴春兰见状，知道一向沉稳的婆婆心中一定已经着火了，连忙哄着：“妈，您喝口水。”

“玉梅怎么还没来啊？”房怡和问。

吴春兰拿起电话说：“我问问玉梅走到哪里了。”

“不要给玉梅打电话，开着车呢，怎么接电话啊，危险。”

吴春兰连忙应声：“不打，不打，我不给玉梅打电话。”

房怡和不说话了，吴春兰看着房怡和也不敢再说什么，心中急道，玉梅，你快来吧。

梁玉梅此时此刻无比憎恨自己，她恨自己无情无义，更恨自己软弱。有人敲车窗，梁玉梅打开车窗，一个中年妇女问梁玉梅是不是不舒服，是否需要帮忙。梁玉梅说声谢谢。梁玉梅想起房怡和跟吴春兰还在梁家村等着自己呢，便开车上了大道。

吴春兰听到有车开过来的声音，看看房怡和，房怡和坐在沙发上面闭着眼睛。

吴春兰起身出门，看见梁玉梅正好进院门。

梁玉梅喊声大嫂，吴春兰用手势制止梁玉梅说话，拉着梁玉梅的手，悄悄告诉她，杨来弟给她留了一封信。

梁玉梅问：“妈怎么样了。”

吴春兰说：“上火了，发脾气呢。”

杨来弟留给梁玉梅的信也很简单。

“玉梅，这一辈子还能看到你，我知足了。这个手镯是我在医院做护工时，一个患者送给我的，我留给你。你要好好孝养你的妈妈。再见。杨来弟即日。”

梁玉梅看完信，拿着金镯子看了看。

“做护工？为什么做护工？”

“玉梅、春兰，你们说来弟得多尽心尽力，人家才送这么贵重的礼物给她？”

梁玉梅和吴春兰都不说话。梁玉梅默默地坐到沙发上，尽管尽力克制，眼泪还是流了出来。

房怡和看见梁玉梅流泪，也不安慰。房怡和吩咐吴春兰给王冬花打电话，看看杨来弟有没有去她家，再把杨来弟在上海的电话号码和联系方式都找到。吴春兰答应着，回自己屋里给王冬花打电话。

房怡和看看梁玉梅，拿纸巾给玉梅擦着眼泪。

“玉梅啊，听妈的话，叫上大哥和彤彤，再通知你二嫂，咱们分头去火车站汽车站找找，没走多长时间，能找到。就是人真的回上海了，至少咱们要知道来弟安全吧，其他的事以后再说。”

梁玉梅抬着泪眼，看着房怡和说：“妈，您先别急，走就走吧。”

“胡说，你说的就不是真心话。你若说的是真心话，我就白养你四十年了。”房怡和厉声说着，看着梁玉梅。

“我先查查滨海到上海的火车和飞机班次。”梁玉梅小声说了一句。

房怡和嘱咐再查下长途大巴。

“来弟过得仔细，说不定会坐大巴回上海。”

梁玉梅迅速打开手机，查找滨海当天去上海的各种交通工具时间表。

梁玉梅很快就查完了。

“妈，今天飞机航班只有一班，晚上九点起飞，动车上午的两班已经发车，晚上八点还有一班，长途大巴只有一班早晨八点发车。”

“这么说，来弟她还没有来得及离开滨海。”

吴春兰回来了，手里拿着一张记着电话号码的纸。吴春兰将纸条递给房怡和。

“妈，王阿姨说杨来弟没跟她联系。这是杨老师在上海的电话号码，我全部打了一遍，都没有人接。”

房怡和算着时间。

“应该没有走远，中午吃完饭不到十二点，我是一点多钟睡醒的，前前后后两个来小时。我们不要慌，看看怎么找更省时间。”

房怡和让吴春兰通知垦荒和彤彤还有安慧来小院集合，分头去找杨来弟。

梁玉梅看着房怡和说：“妈，她想回上海就让她回吧，我们也省得操心。”

房怡和将写着电话号码的纸递给梁玉梅。

“玉梅啊，你还说傻话，你说的这是什么话，是真心话不是？她这样离开，是不想给我们添麻烦，她心里一定有苦衷，藏着心事。你这样说话，我真不高兴了。”

房怡和说完，梁玉梅低着头不吭声。

房怡和吩咐吴春兰直接通知垦荒他们去机场和火车站找人，安慧去长途站找，让吴春兰留在小院等着。

房怡和刚吩咐完，王冬花的电话打了过来。

王冬花扯着嗓门喊着：“老房啊，老房，老房啊，我想起来啦，杨来弟的小闺女死了以后，小闺女女婿应该在上海，李大个子有他的电话。”

房怡和一愣，问王冬花：“你是说来弟的小闺女不在啦？”

王冬花依然扯着嗓门喊：“是呀是呀，都不在好几年了。癌症，治了好多年，女婿拖不起就离婚，带着孩子走了。小闺女住院，来弟就在医院当护工，白天照顾闺女，晚上照顾别人。来弟命苦啊。”

房怡和惊愕不已。

“冬花啊，你怎么不早说啊？”

“我也是刚知道来弟的情况。她去滨海找你们，李大个子才跟我说的，他不知道来弟和玉梅的关系。来弟回上海生活最苦，平时不跟连队的人联系。来弟都回城几十年了，到现在也没有自己的家。老房啊，来弟苦啊。”

房怡和让王冬花把杨来弟小女婿的电话发到自己手机上，王冬花答应着，絮絮叨叨地挂了电话。

吴春兰告诉房怡和，垦荒和彤彤已经出发去机场了。房怡和吩咐吴春兰再跟垦荒联系一下，如果在机场看到来弟，说什么也要把她接回来。

吴春兰答应着给梁垦荒打电话。

梁彤开着车，看了一眼坐在副驾驶位置的父亲，父亲一脸严肃。

“爸，我觉得这个老太太挺自私的，这不是折腾人吗？奶奶也太迁就她了，没这个道理，怎么弄得跟我们欠她的一样。”

梁垦荒没有说话。

梁彤想起冯妈妈临终说出小姑流产一事，张张嘴想告诉父亲，最后还是克制住了。梁彤经过冯妈妈的事后，对杨来弟心存芥蒂。

这老太太真烦人，梁彤心里烦道。杨来弟的到来，打乱了梁家所有人的生活，也扰乱了小姑的平静，最让梁彤心里过不去的是，小姑的命运如此多舛，跟杨来弟有直接的关系。

“爸，你说这老太太想干啥呀？不养小姑，折腾我奶奶，她凭什么啊？”

“好好开车。”

梁垦荒一脸严肃地说了一句，梁彤不再说话了。路上的车辆并不多，梁彤知道老爸是不想说这个话题，只好噤声。

梁玉梅愣愣地站在原地，没有任何表情，她一时间竟然不知道该怎样面对眼前这个局面。

原来杨来弟生活如此艰苦，如此窘迫，甚至狼狈，大上海的繁华和她没有一毛钱的关系。原来杨来弟这些年就是这样艰难度日的。现在，这个世界上，杨来弟唯一的亲人就是她自己。

房怡和知道玉梅被王冬花的话刺激了，她顾不上安慰梁玉梅，眼下找人要紧啊。

房怡和拉着梁玉梅的手说：“玉梅啊，跟妈走，咱娘俩去高铁站，兴许来弟在那儿。”

梁玉梅缓过神来，眼泪再一次流出来。

房怡和给梁玉梅擦着眼泪：“孩子，不哭啊，咱不哭，没事的，一定没事的。”

安慧出门，思思追出来给安慧几个口罩，央求她带着自己和小土豆一起去找杨来弟。安慧坚决不同意梁思思跟着，让她在家里带好小土豆。

梁思思看着安慧开车离开，跟小土豆发脾气。

“我妈还以为我真想去找她呢，我是想去骂她。这个死老太婆，来我们家干啥，整个一个讨厌鬼，搅得全家都不安宁。大过年的，烦死人了，我真想抽她。”

梁思思拉着小土豆准备回家，忽然计上心来，神神秘秘地看着小土豆。

“咱俩去看看苹果姐吧？”

小土豆老实，害怕道：“舅妈说让我们在家待着。”

梁思思一挥手道：“别管她，一会儿就走。”

吴春兰劝说房怡和留在家里等消息，房怡和很固执，坚持和梁玉梅一起去高铁站。这时候安慧打来电话，问房怡和如果找不到杨来弟怎么办。房怡和果断地命令多找一会儿，等到没有班车了，都回梁家村会合。

梁玉梅打开车门，房怡和要坐在副驾驶座上，梁玉梅给房怡和系上安全带。吴春兰追出院门，手里拿着几个口罩，叮嘱梁玉梅，记着戴口罩，车站人多。

吴春兰目送着梁玉梅开车离开，无奈地摇摇头：“大过年的，这都什么事啊。”

孙美丽带着妮妮画画，妮妮的水彩笔掉在地上，孙美丽看着妮妮，让妮妮自己捡起来。妮妮在孙美丽面前不敢撒娇，乖乖地捡起来水彩笔后发呆。孙美丽问妮妮怎么不画啊，妮妮小声说想找奶奶。孙美丽不高兴了，狠狠地瞪了妮妮一眼，妮妮低着头，不敢看孙美丽。

孙美丽缓和一下语气，轻声跟妮妮说：“妮妮啊，你是爸爸妈妈的孩子，你有家，你和爸爸妈妈是一家。等过完年就和爸爸回自己家，别整天奶奶奶奶的，你不是奶奶的孩子，你是妈妈的孩子。”

妮妮不说话，拿着画笔画画。

孙美丽的电话铃声很大，孙美丽拿起电话一看，是牛玉香要跟自己视频。视频接通，牛玉香问孙美丽家里有没有人。孙美丽苦笑，我不是人啊？

牛玉香振振有词：“你傻呀，我说的是外人。”

外人？对孙美丽而言，谁是外人呢？孙美丽很无语。

孙美丽告诉牛玉香只有妮妮和她两人在家。牛玉香马上就问房子的事情进展如何，孙美丽有气无力地告诉牛玉香过完年再说。

孙美丽自上次和梁彤争执以后，心里一直不舒服，她冷静下来想了又想，感觉自己提出再买一套房，真的是有点说不过去。结婚五年了，梁彤没有跟自己红过脸，在家人面前，梁彤处处维护自己，这些孙美丽心里是清楚的。孙美丽想等到过年回家时和母亲好好谈谈。

孙美丽问牛玉香家里准备口罩没有，牛玉香满不在乎，说村里人少，空气好，用不着口罩。孙美丽叮嘱牛玉香还是要小心，这次疫情很严重，现在外地车辆回来，都检查得很严格。牛玉香让孙美丽放心，说村子里面没有事，今天白天自己还去镇上买了条裤子。牛玉香再三叮嘱孙美丽初二带着妮妮回娘家。孙美丽答应着。

牛玉香抓住主题，叮嘱孙美丽："美丽啊，妈再跟你说一遍，无论如何要再买套房子，写上自己的名字才踏实。"

"您就别操心了，房子价格现在很高，等一等也可以。"

牛玉香一听就火了："等，等等，价格高怎么了，老太太有钱去出什么谱，就不能给孙子买房子？"

孙美丽还没来得及说话，牛玉香生气道："那老太太就是吃饱撑得没事干。"

孙美丽觉得牛玉香火气大，只得好言好语地劝说一番，然后找个借口把微信视频关了。

机场、高铁站和长途车站都没有找到杨来弟。所有的人都不死心，一直等到天黑，才陆陆续续回到梁家小院。

吴春兰在屋里心神不安地等待着，天黑了，不见人回来，就打电话问梁垦荒，梁垦荒说正往梁家村走呢。

梁玉梅拉着房怡和先回来了。

安慧和垦荒、彤彤一起进门。

所有的人进门后都没有说话。

房怡和进门后就坐在沙发上，闭着眼睛不出声。

屋子里面异常安静，天彻底黑透后，房怡和不说话，谁也没有去开灯。过了一会儿，吴春兰小声问房怡和：“妈，您累了半天，想吃点什么？我去做。”

房怡和睁开眼，问吴春兰：“怎么不开灯啊？”

吴春兰这才去打开灯。

“春兰去做点面条，吃完都回家吧。”

吴春兰答应着去了厨房，安慧迟疑了一下，也跟着去了厨房。

安慧到厨房时，吴春兰正往锅里面加水。安慧让吴春兰少放点水，现在都吃不下。

吴春兰叹口气。

安慧生气，拿起抹布又摔了。

“真折腾人啊，大过年的，这都什么事啊。杨来弟真够烦人的，早不走晚不走，眼看过年了，走了。走也得打个招呼啊，真不讲究，讨厌。”

“啥也别说了，再让玉梅听见，妈今天心里不好受。”

“我就是看妈不好受才生气啊。”

“你不知道，杨来弟也真不容易，一会儿吃饭不要提她。”

“懒得提。”

吴春兰和安慧做好面条，摆好饭碗，给每一个人都盛好饭后，安慧就招呼大家吃饭。

房怡和实在没有胃口，但她知道自己不吃孩子们都不会吃。房怡和坐下来，让安慧将碗里的面条倒了一半给垦荒，自己慢慢地吃完。其他人都默默地吃完饭，跟着房怡和回屋。

房怡和让大家都回家。安慧要求留下来陪房怡和，让吴春兰回家。梁玉梅也要求留下来陪房怡和。

“安慧留下来，其他人都回家。”

房怡和说完，闭着眼睛不出声。

梁思思和小土豆跟刘海平趴在床上叽叽咕咕地说了半天，刘海平听着，听完一脸怒气。

孙家琪听不清楚梁思思说什么，看见刘海平生气的样子，问梁思思：“思思，跟你姐说啥了，把你姐气成这个样子？”

梁思思还没有回答孙家琪，刘海平就一脚踢到孙家琪腿上。

“躲一边去，没你什么事儿。”

刘海平说着下床，推孙家琪出门。

“去跟你儿子玩儿去。”

孙家琪来到梁红梅和母亲住的房间，看见果果正和母亲玩翻绳，岳母坐在床上发呆。孙家琪给岳母倒了一杯水。

“妈，最近累坏了，我带着果果去客厅，你早点休息。”

梁红梅接过水杯，喝了口水。

“这个杨来弟是真烦人啊，没有这样折腾的，姥姥这么大岁数了，禁不起折腾。”

孙家琪知道岳母在为姥姥担心。

“妈，您就别操心了，有我大舅他们呢，你别再急出个好歹来，我姥姥更上火。”

“怎么能不上火，真烦人，也就是我妈，换了别人，不会去找她，愿走就走呗。”

孙家琪见岳母火气大，不再说话。

梁思思问刘海平：“姐，你说这个老太婆会不会真丢了？”

梁思思说完，顺手拿起枕头就扔在地板上，气呼呼地说：“丢了才好呢。”

刘海平白了一眼梁思思。

“不要拿我的枕头撒气。”

小土豆跳下床，捡起枕头，放好。

梁思思说：“我把枕头当成老太婆了。”

“死老太婆，不是看我小姨的面子，我早轰她走了。唉，烦死了，大过年的，这老太婆咋回事啊，她怎么会是小姨的妈？”

“还是亲额娘啊。”

“想不通。”

刘海平和梁思思你一句我一句地说着，小土豆听不懂。

梁思思看一眼小土豆，小土豆显然不明白究竟。梁思思问刘海平：“姐，我妈来电话说在小院陪奶奶。姐，奶奶不会有事儿吧？小姑不知道咋样了。”

“谁知道呢，你和小土豆就在我这儿睡吧。”

“好啊，那姐夫咋办？”

“睡沙发。”

刘海平说完就乐，露出小虎牙。

冬天的夜晚，海面上的风格外清冷。

梁玉梅坐在礁石上面，抬头看着比海风更清冷的月亮，两行热泪顺着眼角流下来。梁玉梅将头埋在臂弯喃喃自语道：“妈，你在哪里啊？妈，你回来吧。”梁玉梅仰天长啸：“妈，你回来啊！”

梁垦荒和彤彤在海边站着，父子俩默默地守护着礁石上面的梁玉梅。

在不远处的另一块礁石上面，杨留根静静地注视着梁玉梅。

第十四章　大田后生仔

大年三十一大早，房怡和接到派出所民警的电话。民警认真地和房怡和核实杨来弟的情况，通知房怡和到派出所领人。

民警还特意叮嘱房怡和不要忘记戴口罩。

房怡和让玉梅和垦荒到派出所去会合，叮嘱他俩不要忘记戴上口罩，然后和安慧戴好口罩随即赶往派出所。

房怡和和安慧按照民警发的位置找到派出所。

安慧将车停稳，扶着房怡和下车，看见玉梅跟大哥和梁彤已经在等她们。

一行人进了派出所。

房怡和问值班民警杨来弟在哪里，值班民警安慰她说人很安全，让她放心。

值班民警端详着房怡和，问道："您是梁老师？"

房怡和愣住了。

叫她梁老师的都是在梁家村长大的孩子。

房怡和跟着梁勇敢回梁家村后，孙辈们都小，彤彤和海平都需要她照看，她每天教孩子们读唐诗宋词。村里一些照看孙子的奶奶都喜欢来找房怡和聊天，这样自己家的孩子可以跟着彤彤他们一起学习。她们都叫房怡和梁老师，孩子们也跟着叫梁老师。房怡和家当时就是一个小幼儿园，孩子们还喜欢吃房怡和做的饭。

房怡和问值班民警："你是梁家村的？"

值班民警有些激动地说："梁老师，我小时候总在您家吃饭，我都好多年没看见您了。我爷爷奶奶走后，我们都不怎么回村了，有时候还真挺想梁家村的。"

房怡和告诉值班民警："梁家村现在可热闹了。"

值班民警笑了，乐呵呵地说："是啊，可惜我们家老宅卖了，要不现在也值很多钱呢。"

房怡和在梁家村带过的孩子太多了，一时还真想不起来眼前这个俊朗的小伙子是谁。房怡和着急见到杨来弟，问杨来弟在哪儿，值班民警让梁彤去办理相关手续，自己带着房怡和他们来到一间办公室。

办公室很空旷，只有几张长椅，没有其他的办公用具。

房怡和看见杨来弟坐在隔了一层玻璃的里间长椅上，头也不抬，神情漠然，根本不关心外面有什么人走动，发生了什么事。

"梁老师，她，"值班民警用手指一指杨来弟，又指一指自己的头，小声问房怡和，"这儿没问题吧？"

房怡和听见值班民警这样问自己，难过地摇摇头，说："正常。"

值班民警小声告诉房怡和，可她从进来就说在看守所待着蛮好的。民警一脸狐疑。

房怡和告诉民警，说杨来弟真的没事，回家就好了。

值班民警告诉房怡和，杨来弟没有身份证，在长途车站无法买票，就跟人家售票员吵架，人家报警了，所以她就只能在派出所待着。她进来后什么都不说，今天年三十，民警吓唬她，说要将她送拘留所，她才说出是梁家的亲戚，身份证不知道什么时间丢的。

值班民警拿着一张表进去让杨来弟填写，杨来弟头都不抬地填写，写完又低下头。值班民警和气地告诉杨来弟："你家里来人了。"

杨来弟抬头看见房怡和他们，吃了一惊，然后又低下了头。

梁彤办完其他手续回来，问民警还有什么手续要办，民警说可以领人了。

房怡和示意梁玉梅去领杨来弟出来。

梁玉梅进屋，看见杨来弟依旧低着头，身边放着当日来时背的双肩包。梁玉梅心中一阵酸楚，眼泪在眼眶里面打转，她很想叫一声妈，却怎么都叫不出口。

杨来弟抬头看见梁玉梅，吃惊而慌乱，不知所措地看着梁玉梅，不说话。

梁玉梅看见杨来弟面容疲惫不堪，心中又是一阵难过，想起杨来弟留给自己的金手镯，想起杨来弟信中写的那段话，多年积压在心头的怨气，在此刻彻底消散，似乎有一种爱恨交织的情感在纠缠。

梁玉梅拿起双肩包，看着杨来弟，轻声说："走吧，我们回家。"

杨来弟依旧忧心惶恐地看着梁玉梅，满眼的愧疚不安。

梁玉梅指指站在外面的房怡和。

"妈是诚心诚意留您在这里过年的，您就过完年再回上海吧。"

杨来弟眼泪一下子流出来，杨来弟克制着，小心翼翼地喊了一声："囡囡。"

梁玉梅虽然没有答应，却主动伸出手扶起杨来弟。

值班民警被叫回办公室，房怡和本想向值班民警表示谢意，看见所有的民警都在办公室开会，就带着杨来弟准备回家。

一行人来到停车场，准备离开时，值班民警追出来喊住房怡和。值班民警告诉房怡和，武汉已封城，疫情严重，嘱咐房怡和他们抓紧时间回梁家村，本市有些村子已经自主封了。房怡和此时才感觉到疫情的严重性。几天来，媒体对于疫情有各种报道，民间也有传闻，房怡和看过后没有特别警惕，现在才知道疫情的严重程度。

房怡和谢过值班民警后领着杨来弟回家。

房怡和他们回到梁家村，吴春兰带着孙美丽和妮妮，思思和小土豆已经回到梁家小院准备过除夕。

思思看见房怡和回来，拉着小土豆就过来搀扶房怡和，两人一左一右地护着房怡和。

思思见到奶奶，开始各种形式的新闻广播。

“奶奶，武汉封城了，武汉封城啦。”

“知道了，孩子啊，让奶奶喘口气。”

房怡和摘下口罩，喘口气。

“奶奶，这疫情是不是很严重啊？我和小土豆上网看了，有个人走在街上就倒下没起来。网上还有好多视频，武汉医院人山人海，看病的人都排不上队，好吓人啊。”

“思思啊，你让奶奶喘口气行不行啊？去给奶奶倒杯水。”房怡和坐在沙发上，吩咐思思。

梁思思这才停止广播，不好意思地笑了，慌忙去给房怡和倒杯水。

梁玉梅扶着杨来弟去自己屋里休息。

孙美丽带着妮妮过来看房怡和，妮妮手里拿着一个中国结，进门就扑过来说：“太奶奶，太奶奶，妮妮给太奶奶的新年礼物哦。”

梁垦荒连忙抱过来妮妮：“妮妮啊，让太奶奶歇一会儿。”

妮妮偎依在房怡和身边不走。

房怡和摆摆手说：“就让妮妮待在这儿吧，你们该忙什么就忙什么去。老规矩，厨房交给春兰和安慧，垦荒和彤彤看看有什么力气活儿，搭把手，去把各屋的炕都烧热，吃饭的那间屋子多烧一会儿。”

垦荒和梁彤答应着都出去忙活了。

房怡和接着吩咐孙美丽，让她带着思思和小土豆，把每间屋子的卫生都检查检查。

“美丽啊，大过年的，要干干净净的。家里干净，才有福气，住着也舒服。”

“奶奶，您放心。”

“美丽，把二姑家住的那间屋子清理得干净些，该用的东西找出来放好，二姑一家初二就该回来了。”

孙美丽满脸堆笑地答应，随即让思思和小土豆跟自己走。

梁思思一脸不情愿地拉着小土豆跟在孙美丽身后，翻着白眼看着孙美丽的背影，小声嘀咕：“德行，哼！”

安慧陪着梁玉梅安顿好杨来弟，过来告诉婆婆，自己现在要去二姐红梅家一趟。

房怡和看着安慧的脸色不太好，就问安慧红梅家里有什么事儿，这几天光忙着找来弟，不知道海平的婆婆身体恢复得怎么样，一直说去看看，也没有工夫。

安慧不想婆婆太操心，这几天一家人让杨来弟闹腾得都不得安宁，就敷衍婆婆说没什么事儿，只是想过去看看。

房怡和不高兴了：“大年三十的，还能没事儿？”安慧知道瞒不住，索性告诉婆婆。

安慧告诉房怡和，海平的婆婆这几天没有按时吃药，自己偷偷把药扔了，不配合治疗，明显是在为省钱故意这样做，放弃治疗等死呢。海平发愁，没有办法，问大仓怎么办，大仓就嘱托安慧去二姐家看看海平的婆婆，开导开导。

房怡和听到这儿，连声说：“糊涂啊，真是糊涂。”

安慧接着告诉房怡和，红梅家里现在都在为海平的婆婆操心呢。海平和家琪怎么劝说都无济于事，按说两个孩子都很孝顺，二姐和亲家母又是好姐妹，海平的婆婆明显是怕花钱，这几天还闹着非要回乡下自己家。二姐说她这是回老家等着走啊。

“这是真糊涂啊，糊涂，不明白事儿啊。”房怡和听安慧说完，拍着沙发说着。

妮妮拱在房怡和怀里说："太奶奶糊涂。"

房怡和笑了，摸摸妮妮的小脸蛋。

房怡和跟安慧商量，一起去红梅家看看，让安慧去备几样年货带着。

妮妮却黏着房怡和不动地方。

安慧出门叫思思和小土豆过来陪着妮妮玩儿。

思思正跟在孙美丽身后检查贴在每间屋子门外的对联，一脸不情愿。孙美丽没有表情地领着思思和小土豆一间屋子一间屋子地转悠着，看着。思思听见安慧叫自己，逃脱般地拉着小土豆就跑过来。

安慧领着思思和小土豆进屋，房怡和已经穿戴整齐，思思进门就抱起妮妮。

"妮妮啊，姑姑带你去叠纸飞机好不好啊？"

"我不要飞机，我要叠青蛙和白雪公主。"

"好啊好啊，我还会叠七个小矮人呢。"

"我要小矮人。"

"好啊。"

思思抱起妮妮就上炕。

妮妮很快就跟着思思开始叠纸。

小土豆跟着也上炕。

"妮妮呀，我还会叠小鸟呢。"

妮妮咯咯笑着："我不要小鸟啊，我要小矮人。"

房怡和看着妮妮，笑着跟安慧说："到底是个孩子，就认玩儿啊。"

安慧拉着房怡和说："妈，咱们走，早去早回。"

这次房怡和没有坐在副驾驶位置，而是坐在后排车座上。房怡和一上车就闭上眼睛养神。

安慧知道这两天婆婆为了杨来弟的事儿没有睡好，也不打扰婆婆。安慧给婆婆腿上盖上一条小毛毯，将车内暖气开高些。

路上基本没有车辆和行人，安慧将车速放慢，她怕开快了会让婆婆不舒服。

房怡和闭上眼睛，想到二女儿红梅现在的生活，心中一阵阵难过。

梁家几个孩子当中，红梅的生活一直很拮据，总是紧紧巴巴地过日子。红梅能吃苦，可日子总是不富裕。二十世纪八十年代末期，北大荒农场开始改革，职工子弟不分配工作，只有包地这一条出路。改革伊始，都在摸着石头过河。偌大面积的土地分给职工，一人二十亩地。连队的职工从建场就集体作业、机械化作业，农场改兵团，兵团又改回农场，建制几乎没有大变，只是改变一下名称而已，可这次改革很彻底，职工们全部承包土地。

北大荒的职工们已经习惯一切行动听指挥，一直是集体作业，这样的改革，让很多职工不适应。特别是北大荒第二代，包地，怎样承包，收入会怎样，一切都是未知数，过去每个职工可都是拿工资啊。包地就要停发工资，让所有人的心里都没有底。

对于未知，人总是充满恐惧和不安。

梁家的几个孩子，只有红梅要包地。

垦荒大学毕业留在省城，当时的大学生被誉为天之骄子。垦荒和吴春兰结婚后，吴春兰跟着垦荒也去了省城。雪梅跟着任和祥回了上海，大仓考上了医学院，玉梅还小。只有没有学历的梁红梅要靠承包土地生活。

那时梁勇敢的老父亲故去多年，在老家的老母亲身边需要人照料，房怡和为了给梁红梅找一条出路，便和梁勇敢商量，让红梅回老家，这样既能照料奶奶的日常生活，也能寻找机会定居在老家，有机会还可以复读，再试着考学，边疆地区录取的分数线不高。农场这份工作，既是包地，本人不在连队，只要土地不荒废，有人耕种，就不会被除去农场职工之名，什么时候想回来还可以回来。

梁勇敢当时对老母亲的生活起居也不放心，老父亲去世，弟弟梁树林在家形同虚设，事事都听媳妇于大兰的，偏偏于大兰是个貔貅，只进不出的个性，平时没少给老母亲气受，苛待母亲是常事，梁勇敢没有办法。

梁勇敢随着年龄增长，叶落归根心切，心中一直记挂着父亲临终的嘱托，红梅的工作也的确是梁家不好解决的难题。红梅没有学历，不可能进机关学校，红梅在连队除了包地别无出路和选择。

梁勇敢觉得房怡和的建议很合自己心意，便和红梅商量。红梅当时在连队正苦闷，自己也愿意回老家去闯一闯。房怡和就这样放手让红梅独自一人回到老家。房怡和没有想到，回到老家后，红梅一直很辛苦。

孙家琪睁开眼，想起昨晚的事就后怕。

昨晚孙家琪起夜上厕所，看见刘海平瞪着眼睛躺着，连忙摸摸她的额头，以为她不舒服。

“我没事，我不能有事，我要有事，你就更辛苦了，不仅要去挣钱，还要带大果果，你就惨啦，老公你就惨啦。”

“好了好了，净说些丧气的话。不过老婆，我还真怕你有什么事儿。”

孙家琪听到媳妇胡说八道，不高兴了。刘海平趴在孙家琪胸前。

“我真有点支持不住啦。”

“咱们一起加油，一定能挺过去，会好起来的。”

孙家琪搂着刘海平，像是鼓励海平，更像是给自己打气。

刘海平的眼泪一下就流出来。

孙家琪给刘海平擦眼泪，不停地安慰刘海平，有我呢，有我呢。

刘海平一哭，孙家琪没了睡意，夫妻两人开启聊天模式。

孙家琪竟忘记了上厕所。

孙家琪知道，刘海平在为母亲偷偷停药的事忧心。孙家琪当然知道，母亲的药不能停，吃药才有希望康复。

“我老孙要是知道让你现在过这种日子，真不如打一辈子光棍儿。”

孙家琪说完，刘海平停止哭泣，看着孙家琪，连声说对不起。孙家琪一听，心里更难受了。

刘海平跟孙家琪说自己想出一个办法，可以避免婆婆不吃药。孙家琪问是什么办法，刘海平说把药放在每天早晨的稀饭里面，一块儿吃了。孙家琪担心这样会影响药效。

两人商量着，就听到隔壁卫生间里面扑通一声，声音很沉闷，明显是有人摔倒在地。

孙家琪和刘海平一骨碌爬起来冲进卫生间，只见梁红梅晕倒在地上。孙家琪连忙抱起梁红梅，送到房间。母亲没有睡着，看见儿子抱着梁红梅过来，连声问发生了什么事情，孙家琪告诉母亲，岳母在卫生间晕过去了。

刘海平准备叫救护车。

梁红梅很快醒过来，告诉海平自己忘了吃降压药，头晕，不用上医院。

刘海平知道母亲是为了婆婆的事情上火，看看婆婆，劝道："妈，您千万按时吃药啊，我们一家人在一起，没有什么过不去的坎，你看把我妈急的。"

婆婆难过地说："都是我拖累了你们。"

孙家琪一夜都没睡好，这些年自己在海上漂，家里都是海平撑着，海平从来不抱怨，孙家琪知道海平不容易。

孙家琪看看身边熟睡的海平和儿子，轻轻下床，蹑手蹑脚走到母亲和岳母住的房间门口，贴着门听动静。昨晚岳母突然晕倒，让孙家琪想着就后怕，家里现在谁也病不起啊。

海平过来把孙家琪拖回卧室。

孙家琪的母亲孙婵娟其实已经醒了，看见梁红梅还在睡，不想惊动梁红梅，轻手轻脚去了趟卫生间，便回屋躺在床上休息。

孙婵娟想起第一次见到梁红梅时的情景。

孙婵娟家住孙家村，孙家村紧挨着梁家村。

那天傍晚，孙婵娟从海鲜市场收摊回家，走到家门口，看见一个灰头土脸，年纪和自己相仿的女孩了蹲在那里。

女孩子显然累极了，歪着头迷迷糊糊在打瞌睡。孙婵娟放下手中的家什，顺手推推她，你找谁啊，天快黑了，快回家吧。姑娘醒来，迷迷糊糊自报家门，我叫梁红梅，我回老家来照顾奶奶，家里锁着门，我好饿，我实在走不动了。孙婵娟一听说姓梁，猜她是去梁家村摸错门了，告诉梁红梅，这是孙家村，和梁家村紧挨着，让梁红梅再去梁家村找找。

梁红梅蹲在孙家大门口，旁边放着一个大皮革包，孙婵娟一看这包裹，就知道梁红梅是从关外回来的。

梁红梅站起身来，还没站稳就一头栽在孙婵娟怀里。

孙婵娟扶着梁红梅回家，梁红梅喝口水，醒过来却有气无力的。婵娟娘给梁红梅做了一碗面条，梁红梅呼呼噜噜一口气吃完。

梁红梅吃完面条，从贴身衣兜里拿出五元钱递给婵娟娘："阿姨，这是饭钱。"

孙婵娟被梁红梅这一举动惊到了，这是个什么人啊，这么阔气，一出手就是五块钱，卖几天海鲜也不过挣三两块钱。

婵娟娘不收，梁红梅执意要给。两人争执不下，婵娟娘直看婵娟，希望婵娟拿个主意。

婵娟摆摆手道："一碗面条，没几个钱，现在改革开放了，谁家还吃不上饭吗？你快去找亲戚吧，晚了就更不好找了。"

梁红梅苦着脸道："我老家在梁家村，我爸妈在北大荒，我爸妈让我回老家来照顾奶奶，可奶奶家院子大门锁了一天，问村里的人，都说我小叔出海回不来，我婶子带着孩子回娘家了。"

婵娟娘好奇，问梁红梅："你奶奶哪儿去了？"

梁红梅哭道："不知道啊，邻居说好几天没有看见奶奶了，我害怕。"

孙婵娟就问梁红梅："你婶子是谁啊？"

"于大兰。"梁红梅说出婶子的名字。

孙婵娟一听是于大兰，惊慌失措地拉着母亲到一旁。

"娘，她婶子是梁家村有名的泼辣货，我们市场的人都躲着她。你知道吗？于大兰每次买一斤鱼，就要顺手拿一把蛤蜊，从来不吃亏。再说，这个人从劳改农场回来，咱还是让她走吧。"

“按说该让她走，可是这闺女实心眼，她二婶会不知道她回来？这是摆明了难为她，一家不知一家经。这么晚了，你让她上哪儿去呢？”

孙婵娟娘俩正商量着梁红梅的去处，梁红梅却倒在炕上呼呼地睡着了。

“唉，这孩子累坏了。这么个孩子，自己从关外回来，大老远的，她爹妈还不知道怎么惦记呢，都不易啊。”

婵娟娘心疼梁红梅，梁红梅就这样在孙婵娟家度过了回老家的第一个夜晚。

房怡和问安慧还有多长时间到红梅家，安慧说还有两个红绿灯就到了。

梁红梅家在滨海市中心，房价一平方米一万多。当初为帮助红梅买套房子，房怡和要动员全家人帮忙，可是红梅坚决不让母亲这样做，红梅坚持要靠自己的努力买房子。

红梅自从丈夫去世后，就拼命四处打工，做小买卖，三块五块地积攒，愣是攒够了首付款。为了省钱，梁红梅和刘海平娘俩冬天不缴供暖费，楼上楼下人家供暖，家中温度基本保持在十六七度，不冷就行。三九天，梁红梅每天临睡前开一会儿空调，卧室温度二十五六度，就是为了一年节省一千块钱的取暖费。

房怡和想到这些，心里更难过，红梅就是这样的脾气，谁给钱都不要。

房怡和曾经和梁勇敢多次商量，百年之后，把梁家小院卖掉，一半的钱留给红梅，剩下的那一半留给其他几个孩子。老两口相信他们这样做，其他的孩子不会有意见，倒是担心红梅不会接受这样的安排。

梁红梅的小叔梁树林常年出海作业，红梅回老家时，梁树林出海在外。于大兰接到梁勇敢的电报和信，看完就撕了，根本没有告诉自己的婆婆。

于大兰猜测梁红梅回老家来的目的，认为梁勇敢在骗人，北大荒日子不好过，大伯哥一家人惦记着梁家老宅这点房产才是真的，梁勇敢是让红梅回来争房产的。所以于大兰算准梁红梅回家的时间，当天躲到邻村闺女家。

婆婆在镇医院住院，于大兰根本不管，反正有医生护士看着，死不了。

于大兰恨死梁树林了。梁树林不是一个会过日子的人，没有事就去赌牌，有点小钱就惦记着喝酒，梁勇敢给家里寄的钱，花在婆婆身上的，十个指头都可以数过来。公公去世后，婆婆身体一天不如一天，于大兰就趁机跟梁勇敢要钱，自己留着用。

梁红梅当然不知道这些农村家里曲里拐弯的事，一路憧憬着回老家来，足足等了一天，又累又饿，不见婶子回来。人生地不熟的，无处可去，梁红梅只好拿着行李沿着村里的小路走，想找个旅馆先住下，找了很长时间也找不到旅馆。梁红梅走到孙婵娟家门口时，怎么都走不动了，只好蹲在那里昏睡。

多年以后，梁红梅和孙婵娟从好姐妹成为亲家，两人都认为是天意，有时候说起年轻时候的事儿都忍俊不禁。

红梅心眼好，人实在，孙婵娟将红梅介绍给自己表姑的儿子。可惜，自己这个表哥没有福气，前几年撇下红梅母女走了。

孙婵娟想到这些，更心疼梁红梅，人的命真是不由自己啊。想起当年和梁红梅吵架，孙婵娟又想笑。

梁红梅在孙婵娟家住了一晚，第二天早起，梁红梅帮忙打扫孙家院内卫生，红梅很感激孙家收留自己。

孙婵娟起大早去赶小海。父亲早逝，孙婵娟拼命挣钱，是孙家村最早一批在农贸市场贩鱼的个体户，孙婵娟一心想让寡母过上好日子。

婵娟娘当时在做饭，没有注意到红梅在干啥。

梁红梅扫完院子，看见院门口放着一些渔网和链子接在一起的木棍，不知道这些都是赶海工具，一心想着帮忙收拾整齐，就将赶海工具拆散后用绳子捆绑结实。

孙婵娟赶小海回家一看，气得大喊："梁红梅，你干什么呢？"

"我帮着阿姨收拾卫生，这些绳子太乱了，我归置归置。"梁红梅头都不抬一下，埋头干活儿。

“你这个人专干坏事。”孙婵娟上前夺过梁红梅正在捆扎的工具，心里那个气啊。

“我干什么坏事了，你说。”

“这是我的赶海工具，你都给拆啦。”

“我又不是故意的，我帮你安装好不就行了。”

“你会吗？”

“你教教我，我就会了。”

“教你？”孙婵娟以为自己听错了。看见梁红梅一脸委屈，一副被冤枉的样子，孙婵娟更窝火了。

两个姑娘你一句我一句，谁都不让谁地吵着，孙婵娟被梁红梅的思维逻辑弄到崩溃。

“赶紧走吧，该去哪儿去哪儿，劳改农场来的人就是差劲。”

“你说谁是劳改农场的，你说清楚了，我是北大荒人，北大荒人啊！”

梁红梅语气里分明透着自豪。

“北大荒人咋啦？”孙婵娟不明白梁红梅那种自豪感从哪儿来的，孙婵娟轰走了梁红梅。孙婵娟以为再也不会和梁红梅有交集，却没料到两人竟成为好朋友和亲家。人世间这缘分谁能说得清楚啊。

自从梁红梅回老家后，于大兰见躲过初一躲不过十五，索性就拿梁红梅当丫头使唤。

于大兰就让梁红梅干家里地里的粗活累活。

梁红梅不抱怨，还勤快，干活麻利，于大兰一时竟忘记要赶走梁红梅了。

红梅看得出来，奶奶身体不好，婶子又强势，小叔平时出海回来几乎不着家，小叔家两个姐姐都嫁到外村，一个弟弟在外地当兵，家中婶子持家。奶奶是个好说话的，自己受罪也不出声，忍着。

红梅不想父母为老家的事情操心，就瞒着父母家里这些实际情况，每次给父母写信都报喜不报忧。

北大荒农场改革开始后，一度不发工资，梁勇敢没有钱寄给奶奶，于大兰就天天给奶奶气受。红梅不想再给父母添堵，总想着挣点钱贴补家用，让奶奶过舒心日子。梁红梅苦于找不到挣钱的活计，央求奶奶帮忙找活干。奶奶心疼红梅，不答应红梅出去干活。梁红梅自己找了一个搓海带绳的活儿，搓得手都肿了，挣得并不多。红梅觉得挣得不多也比没有强，就坚持搓海带绳挣钱，一点一点地攒着。

于大兰见梁红梅勤快，肯吃苦，春播秋种都领着梁红梅下地干活。

于大兰领着梁红梅到地里去收花生。

于大兰自己在一边歇着，让红梅干活。

于大兰家的地挨着孙家村的地边，孙婵娟家的地就在地边上。

农村讲究家族势力，孙婵娟的爹当年逃难来此，举目无亲，分地时分到村子的边缘处。

于大兰知道梁红梅回老家来是邻村孙婵娟的娘收留了一晚，心中一直埋怨她多管闲事，早就想寻机教训一下。收花生时，看见婵娟娘在地里忙活，于大兰就趁梁红梅不注意，故意将自家地边一个倭瓜踢进地沟，继而虚张声势说自家倭瓜丢了，然后就断定是被婵娟娘偷了，立马借故去旁边孙家地里找。

正在地里劳作的婵娟娘无奈地辩解，于大兰失手推倒了婵娟娘，婵娟娘头摔在镐头上流出鲜红的血。

于大兰怕出人命，慌忙和梁红梅将婵娟娘送进镇医院。

于大兰吩咐梁红梅留下负责看护受伤的婵娟娘，自己迅速去地里找自己踢掉的倭瓜，她怕留下证据。于大兰到了地里却怎么都找不到倭瓜，以为倭瓜顺着垄沟滚走了，就安心回家，把红梅留在医院。

孙婵娟接到村里人报信后赶到医院，看见梁红梅正在婵娟娘床前端茶倒水。婵娟娘将事情经过学说一遍，婵娟听完就将梁红梅撵出病房。

梁红梅很纳闷，说："我婶子做得不对，我替婶子给你道歉。"

婵娟不依不饶地说："你能替你婶子道歉吗？"

梁红梅说："我不是已经给你道歉了？"

婵娟刺激梁红梅："还我娘清白才是真心道歉。"

梁红梅更纳闷了，疑惑地说："我怎么能还你娘清白呢，我当时并不知道发生了什么事。"

婵娟故意刺激红梅："你能找到倭瓜就能还我娘清白。"

梁红梅答应去地里找倭瓜。

孙婵娟真晕了，看着梁红梅离去的背影，跟娘说："这人脑子还真有病啊，她是要给自己婶子没脸呢。"

婵娟娘告诉女儿，这个姑娘是个实心眼，她婶子实在是霸道，大概是怨恨咱家当初收留这姑娘，看来姑娘在婶子家日子不好过。

孙婵娟认为梁红梅是装傻。

孙婵娟为给母亲讨回公道，第二天天刚蒙蒙亮，就到地里找倭瓜，看见梁红梅还真在地里来回走着找东西，心说这人还真是脑子坏了。孙婵娟担心梁红梅找到倭瓜没了证据，便飞快地在垄沟里蹚来蹚去，终于找到了掉在垄沟里的倭瓜。

孙婵娟试探梁红梅："倭瓜找到了，你敢去给我娘做个证明不？"

梁红梅不假思索地爽快点头："好啊，我婶肯定不是故意的，我去做个证明，阿姨消了气，我婶也不担心啦。"

梁红梅的态度让孙婵娟纳闷。

孙婵娟试探着问梁红梅："你知不知道你婶子平白无故找我娘麻烦是为啥？"

梁红梅连声说着："什么找麻烦啊，我婶说了，是误会，误会解除就行了。"

孙婵娟心里嘲笑梁红梅没脑子，脑子坏掉啦，不光缺心眼，还缺根筋少根弦。孙婵娟于是命令梁红梅跟着自己到梁家小院给母亲作证。

梁红梅二话没说就答应了。

于大兰看见孙婵娟抱着倭瓜进门，面露尴尬。梁奶奶赶紧出门迎着孙婵娟往屋里让。梁奶奶一个劲儿给梁红梅递眼色，梁红梅却什么都没看明白。

孙婵娟笑里面带着刺，喊着于大兰：“于大姨，丢的倭瓜我找到啦，俺娘还在医院，我就不进屋了，让梁红梅证明，我可不诬赖人。”

梁红梅拍着胸脯作证：“婶子，我亲眼看见倭瓜在垄沟。”

梁红梅还表示自己一大早去地里找倭瓜，就是为了不冤枉人家。

孙婵娟心里偷着乐，得意地离开梁家。

于大兰虎着脸大骂梁红梅是白眼狼，拿扫帚将梁红梅打出院门，让她赶紧滚回北大荒。

孙婵娟想到这里，看着梁红梅脸上的皱纹，感叹岁月无情。她想起自己的病情又难过不已。为了给自己治病，梁红梅四处打工，只要能挣钱，脏活苦活都干。红梅娘家的兄弟姐妹为了自己的病也没少帮衬。梁家的人是真好，可自己这病是真花钱啊。孙婵娟想到自己年轻时也是一个能干的人，现在老了不能干活，还拖累家人，是真不想活啊。

房怡和没有想到红梅回老家后的生活如此艰辛。

红梅回老家后不久，梁树林和村里几个人在海上小船玩牌，忘记了时间，海水涨潮，几个人没有来得及逃脱，全部死于非命。海边长大的几个人，居然都葬身海底，说起来真是不可思议。

梁奶奶受不住这个打击，第二年也走了。

于大兰哭自己命苦，梁树林没良心，丢下她不管，将所有的恨意都以各种方式发泄在梁红梅身上。

梁树林的儿子在部队提干后，在当地成家，回梁家村接母亲于大兰去和自己一起生活。一段时间后，于大兰在城里找到一个后老伴，便决定卖掉老院子。当时红梅哭啊，于大兰的决定无疑就是让红梅在老家没有容身之地，红梅哭着给父亲写信。

梁勇敢为保住梁家老院子，专程从北大荒回老家，劝阻于大兰不要卖老宅。于大兰根本不听劝。

当初梁勇敢看在弟弟照顾老人的分上，主动放弃了老宅所有权。于大兰要卖老宅，梁勇敢根本没有办法阻止，也没有法律依据。弟弟已死，于大兰为了和后老伴结婚而卖老宅，不过是要钱。卖宅子，于大兰说了算。

梁勇敢为了留住老宅，让红梅有个立锥之地，也留住自己对父母的记忆，花了三倍的价钱。

房怡和几乎借遍连队每一户人家，才凑够于大兰要的六千块钱。

一家人为留住老宅背了几千块钱的债务。

老宅保住后，梁勇敢和房怡和退休，举家回老家安度晚年。九十年代初，梁家人都回到老家，一家人节衣缩食，用了几年时间才还清欠债。

梁勇敢在老战友帮助下，为孩子们找到对口的工作。当时正值人才交流招聘高潮，只要有文凭，不愁找工作。红梅没有学历，经梁勇敢老战友帮忙，在一家集体所有制制衣厂当工人。

孙婵娟记得红梅工作后，每年过年都要大包小包地买东西，来家里看望母亲，红梅一直记着当年母亲的收留之恩。

婵娟娘临终时拉着红梅的手嘱咐，让红梅和婵娟像亲姐妹一样相处，婵娟孤单，没有姐妹兄弟。

孙婵娟觉得梁红梅哪儿都好，就是有点二。

母亲坚持说梁红梅不是傻，是实心眼。

一场意外，让孙婵娟知道了什么是实心眼，实心眼其实就是善良。

孙婵娟在海鲜市场挣了一些钱后就开始自己搞批发。世事难料，人间无常。一次孙婵娟在进货时，货车出事，压断了腿，孙婵娟心灰意冷。梁红梅知道后，衣不解带伺候了十几天，忘记跟单位请假，差一点被开除。从此后她们真的成为生死之交。后来两人各自成家，都有了孩子。孙婵娟生了儿子，梁红梅生了女儿，两个孩子一起长大，自然而然走到一起。

梁红梅这一觉睡得踏实，醒来天已大亮。

梁红梅看见孙婵娟看着自己，眼角还挂着泪，急忙起身坐起，一看表惊道："我的天，都快中午啦，今天可是年三十啊。"

"什么年三十不年三十的，自己家人，吃点什么都行。"孙婵娟劝梁红梅。

"我妈总说过年就要有个过年的样子，你歇着，我去弄饭。"梁红梅说着起身。

果果听到奶奶和姥姥说话，跑进来就喊："奶奶，姥姥，武汉封闭了。"

梁红梅没听明白，看着跟在果果身后的刘海平。

"果果说得不全，妈，武汉封城了，刚才新闻报道的，看来疫情很严重。"

"管它呢，反正咱们也不出门。"梁红梅没觉得有什么大问题。

果果跳到床上说："姥姥，我要飞机。"

孙婵娟拍了一下果果的屁股："行啊，让你姥姥给你买个大炮。"

梁红梅问果果："你不是有飞机吗？"

果果耍赖："那个飞机太小了。"

梁红梅拍着果果的小屁股："行啊，让奶奶给你买大炮，轰，声音大着呢。"

刘海平敲着果果的头："买飞机大炮，你咋不买个宇宙飞船？"

祖孙三代正说得热闹，房怡和到了。

小土豆和妈妈视频。

梁雪梅对国内的疫情忧心忡忡，说国外网络媒体报道得十分恐怖，嘱咐小土豆老老实实地待在姥姥家，不要出门。小土豆以往每次回国都是夏天，这次回国，原想好好跟姐姐逛逛庙会，过一个中国特色年，偏又赶上有什么疫情，竟然出不了门，小土豆很失望。

吴春兰喊梁思思和小土豆吃午饭，两人吃了太多零食，都不想吃饭，躲在屋里玩电脑。

小土豆过了饭点又说饿了，梁思思突发奇想，要给小土豆做意大利面。

两人翻箱倒柜地找食材，厨房都找遍了，没有找到原材料。梁思思记得屋里大柜子里面还有很多存货，面粉、花生油和作料什么的。梁思思领着小土豆就回屋翻柜子。

两人翻了一会儿，除了面和油，几包咸盐，几包酱油醋，连意大利面的渣渣都没找到。梁思思不甘心，看见一个整齐的包装箱在底层，决定拿出来看看。梁思思打开一看，惊喜万分："天啊，竟然是口罩。"

梁思思马上打电话给安慧。

安慧正开车拉着房怡和孙婵娟行驶在回梁家村的路上，孙家琪开车拉着海平娘俩和梁红梅跟在安慧车后面。

房怡和做孙婵娟工作，邀请她来梁家村和大家一起过年。

果果听说要到太姥姥家过年，还能看到妮妮姐姐，兴奋得手舞足蹈。海平感慨，还是姥姥有办法。孙家琪说姥姥就是咱家的定海神针。

安慧接到梁思思的电话，梁思思兴奋极了，说在大柜子里面发现了一大箱口罩。安慧自己都想不起来这一箱口罩是什么时候放在梁家村的。安慧让梁思思看看是不是N95。

梁思思烦了，说："不知道，你自己回来看，我要去找小姑。"

梁思思说完就把电话挂了。

"这个熊孩子，真该打，莫名其妙。"安慧知道思思的脾气，自我解嘲。

年夜饭准备好了。

孙婵娟和杨来弟坐在房怡和左右两侧。

垦荒一家老少五口挨着杨来弟，红梅一家坐在吴春兰身边，梁思思和小土豆挤在梁玉梅和刘海平中间。梁家老少四代十五六口，除了还在医院忙着的梁大仓，都聚齐了。

大仓给母亲打电话，连声说对不起，不能陪母亲吃年夜饭。

房怡和放下电话就笑："大仓这孩子转性了，每年都忙，今年想起来跟我说对不起了。"

"妈，大仓长大了，懂事了。"安慧故意调侃道。

梁思思一听不愿意了，看着安慧说："不许这样说我爸爸，我爸是孝顺奶奶。"

房怡和高兴，举杯祝孩子们过年好。

一大家子都起身和房怡和碰杯，互祝新年快乐后，开始边吃边聊。

梁玉梅给刘海平使眼色，刘海平马上起身说："我提议，欢迎敬爱的姥姥演唱一首《洪湖水浪打浪》。"

房怡和乐道："姥姥老啦，唱不动了，还浪打浪啊，浪了几十年了。"

杨来弟看着房怡和，想起当年连队开春节联欢会，章金虎扮演大春，自己客串杨白劳，房怡和扮演白毛女，三人一上场，欢呼声一浪又一浪的。

"你们都不知道，房老师演的白毛女可像了。"杨来弟说话了，来梁家这些日子，还是第一次这样大大方方地主动开腔。

"我知道啊，我看过。"梁垦荒立刻呼应。

"我也看过，大辫子这么长，在妈的身后甩来甩去的。"吴春兰马上附和。

梁彤高兴地看着奶奶："家谱上记了，我看刚过，小姑写的。"

房怡和看着梁玉梅："咋，玉梅，这事儿也记？"

梁玉梅很开心地点头："一定要记，妮妮长大了看啊。"

"奶奶，您就来一段吧。"梁彤起哄。

"奶奶，白毛女是谁啊？"思思不明白。

安慧按住梁思思，低声说了一句："白毛女就是白毛女。"

"哦，我知道了，想起来了，就是那个欠债的，傻了吧唧不嫁给地主，嫁给地主就可以不用还债的那个美女。"梁思思恍然大悟，一副满不在乎的样子。

"你懂什么，胡说八道的，三观不正。"安慧推了思思一下，压低声音劝说女儿。

房怡和笑了："现在的孩子，哪里知道白毛女的苦啊。"

"房老师，我们俩唱一段白毛女给孩子们听听。"杨来弟看着房怡和笑。

梁彤马上鼓掌叫好："好啊，奶奶，您就唱吧。白毛女，来一个。杨奶奶，来一个。"

房怡和看看杨来弟："唱？"

杨来弟站起来说："好啊。"

一家人全都惊讶地看着两个老人。

梁思思最惊讶，心说，俩老太太准备干啥啊？

杨来弟开嗓：

卖豆腐赚下了几个钱，
爹爹称回来二斤面，
带回家来包饺子，
欢欢喜喜过个年，哎，过呀过个年。

杨来弟的尾音唱出了韵味。杨来弟这一开嗓，满桌人都惊呆了，房怡和用赞许的目光看着杨来弟。

杨来弟接着唱道：

人家的闺女有花戴，
你爹我钱少不能买，
扯上了二尺红头绳，
我给我喜儿扎起来，哎，哎，扎呀扎起来。

房怡和起身，很自然就接唱道：

人家的闺女有花戴，
我爹钱少不能买，

扯上了二尺红头绳，

给我扎起来，哎，扎呀扎起来。

杨来弟低沉婉转的女中音，极富磁性。房怡和的声音虽然有些老年人的沙哑，总体还是很清亮，脆生生的。两人对看一眼，合唱道：

门神门神骑红马，

贴在了门上守住家，

门神门神扛大刀，

大鬼小鬼进不来，哎，进呀进不来。

房怡和跟杨来弟两人配合默契，给梁家一大家子人一个大大的惊喜。梁垦荒带头鼓掌，全桌人都鼓起掌来。

小土豆不是很明白两个老人家唱的啥，一个劲儿地说OK。

孙家琪站起身来说：“姥姥，我呢首先祝您健康长寿，万事如意，开开心心。只要有您在，我们就有主心骨。也祝愿远方来的奶奶健康快乐，祝我们全家都幸福快乐。姥姥，我给您表演一个舞蹈怎么样？”

所有的人都吆喝起来：“同意，同意，来一个。”

刘海平担心孙家琪出洋相，只好装作跟姥姥说话，其实是在劝孙家琪：“姥姥，您听他瞎掰，我怎么都不知道家琪会跳舞。”

果果大喊：“妈妈，爸爸会跳舞，在家里厨房跳舞，还扭屁股，手里还拿着刀。”

“海平啊，你可不能小看俺外孙女婿。家琪，给姥姥跳一段果果说的那个厨房舞。”房怡和鼓励孙家琪。

孙家琪放下酒杯说：“姥姥，我打算过完年不再出海了，我要留在家人身边，照顾他们。”

房怡和点头：“这就对了。”

孙美丽不屑地跟梁彤小声嘀咕：“不出海，拿什么养家？真会演。”

“大过年的，别胡说。”

孙美丽不服气，小声嘀咕：“本来嘛，哄奶奶高兴，惦记着奶奶那两个钱呗。”

梁思思听到孙美丽说的话，故意大声喊孙家琪：“姐夫，我嫂子说你没钱养家。”

孙美丽恨死梁思思了，狠狠地盯着梁思思看。

梁思思得意地看刘海平：“我嫂子又翻白眼，吓死宝宝啦。”

刘海平乐死了。

安慧气极了，忍不住呵斥梁思思：

“你个二百五，闭嘴，不说话没有人把你当哑巴。”

孙家琪一点都不生气，乐呵呵地说：“小舅妈，大过年的，不说不笑不热闹啊。嫂子说得对，我呀还真没钱，我有一身力气，健康，这几年在海上，没事就跳舞锻炼身体。”

孙家琪说完看着孙美丽，笑嘻嘻地问：“嫂子，我现在开始表演？”

“好啊，好啊。”孙美丽讪笑。

孙家琪拿出手机，播放音乐。

梁思思一听是《大田后生仔》，乐得拍手，起身就去拉孙家琪的胳膊，嘻嘻哈哈道：“姐夫，姐夫，我喜欢，我跟你一起跳。”

孙家琪用一口标准的闽南话唱起来，边唱边跳：

我出生的地方叫作大田县，
县里很多的乡镇，它们都很团结。
东街口的路边，有很多奶茶店，
〇〇后的同学，你不会说方言。
做人一辈子，快乐没几天，
一条大路分两边，随你要走哪一边。

不怕不怕就不怕，我是后生仔，

风大雨大太阳大，我就是敢打拼。

房怡和问杨来弟："你知道他唱的啥吗？"

杨来弟摇头。

"我怎么听着，要浪赶紧浪啊，快乐没有啦，这孩子这是唱的啥？"房怡和纳闷。

"姥姥啊，这首歌在网上可火了，人家用的是闽南话。做人一辈子，快乐没几天，一条大路分两边，随你要走哪一边。不怕不怕就不怕，我是后生仔，风大雨大太阳大，我就是敢打拼。姥姥，这是鼓励年轻人要打拼，三观正，正能量哦。"刘海平跟房怡和解释。

孙家琪一边跳，一边跟海平招手，海平站起来，又拉上小土豆，几个人边唱边跳。

梁思思又过来拉梁玉梅，梁玉梅根本无处可逃，一行人跟着音乐唱着跳着。

"大哥，来呀。"刘海平喊梁彤加入。

房怡和鼓动梁彤："彤彤，去跳呀。"

梁彤也跟着节拍跳起来。

"婶婶，来啊。"梁彤过来拉着安慧。

安慧直摇头。

"房老师，你真好福气啊，这一大家子人，真好。"杨来弟一脸羡慕。

"过年，图个热闹。"房怡和笑眯眯地看着儿孙们。

此时的梁大仓已经接到紧急支援武汉的通知，他还是市中心医院援鄂医疗队的领队，黎明就出发。

梁大仓算着时间，也就是说他不能回家去看老母亲，也不能陪母亲过年，甚至不能跟母亲和家里人告别。

梁大仓站在自己家窗前，感觉屋里燥热，推开窗户，大年三十，万家灯火，还有阵阵隐隐约约的笑声，若有若无地传过来。虽然有疫情，还没有人知道此次疫情有多严重，家家户户都在团聚，疫情在武汉，离自己远着呢。梁大仓接到通知那一刻，才明白此次疫情远比自己估计的严重。同学群里已经开始热烈地讨论，武汉缺的不仅仅是医生，还有很多医疗防护用品。

梁大仓深呼一口气，关上窗户，开始整理行李箱。

家人已经习惯了他年三十值夜班，他往年只要一下班，就会直奔梁家村。过去那几年没有私家车时，梁大仓也会坐第一班车赶回父母家，给父母拜年，然后躺在母亲的热炕上美美地睡一觉，享受着母亲“儿啊，快起来吃饺子”的温暖。

老爸走的那年，他年三十没有值夜班，陪着老妈守岁。他记得，老妈从吃团圆饭就握着自己的手，一直到临睡都不舍得松开。今年回不去给老妈拜年了，这一去不知道要多长时间。十天二十天，还是一个月两个月？不知道。

“妈，对不起啦。”梁大仓想到这里，有些难过，一直想回去看看老妈，一直也没有回去。梁大仓鼻子发酸。

一曲《大田后生仔》接近尾声，安慧接到了梁大仓的电话。

安慧起身笑道：“我去接大仓的电话。”

房怡和嘱咐安慧：“你告诉大仓，不要急着回来，休息休息，开车要小心。”

安慧答应着，出去接电话。

第十五章　再见吧，妈妈

安慧听梁大仓说正在待命去援鄂，愣在原地，她还真没想到大仓会去支援武汉。梁大仓已年过半百，即便去武汉，医院也应该派年轻的医生，大仓要去，疫情一定是非常严重。当年SARS疫情，她和大仓都去了北京支援。

安慧愣了一会儿，脑子清楚很多。大仓是呼吸科主任，他应该去啊，这一点，安慧能理解。理解归理解，可是安慧还是舍不得啊。

“大仓。”安慧在心里叫了一声。

安慧握着手机，不知道该跟大仓说些什么，眼泪在眼眶里打转。

“安慧，你听明白了吗？我在待命，我是领队，不能离开单位，不能回家过年。我回家收拾几件衣服和生活用品，我们天亮就出发。安慧，疫情严重，很严重，你和思思就不要回城里来了，住在妈那里，拜托你照顾好我妈。”梁大仓说得着急。

安慧眼泪一下子就出来了，本来想好好地答应大仓，让他放心地出发，话到嘴边却变酸了，声音变了调。

“你妈，你妈，你就知道你妈，你怎么就不问问我妈？梁大仓，你真是个大混蛋。”安慧骂着，眼泪再一次夺眶而出。

梁大仓着急了：“安慧，安慧，你听我说。”

安慧挂了电话，来不及去和家人打招呼，进自己屋去拿车钥匙，匆匆忙忙穿上羽绒服，开车直奔市里的家。

梁大仓的电话又追过来。

安慧吼道：“你在家等我，我马上就到家了。”

梁大仓也急了，喊道：“安慧，你不要冲动好不好，你这样让我老妈多着急啊。”

安慧气道：“我没有告诉你老妈。”

梁大仓的话提醒了安慧，安慧给吴春兰发微信，简单说明情况，告诉大嫂自己回家去看看大仓，大过年的，不要跟家人提大仓去武汉的事。

除夕夜，路上几乎没有行人，安慧开得很快，不到二十分钟就开回家。安慧竟然没有按电梯，几乎是跑上楼闯进家门。

梁垦荒一开嗓子，孙美丽吃了一惊，她还是第一次听公公唱歌。公公平时很少说笑，仿佛只有跟奶奶和妮妮在一起时还有个笑脸，在儿子这一辈人面前，话不多。孙美丽心中感慨，梁家还真是藏龙卧虎啊。从上海来个寻亲的老太婆都会唱《白毛女》。孙美丽虽说不详细了解白毛女是一个什么样的故事，但还是知道个大概。图书馆内有关八个样板戏的资料，只有中文系老教授喜欢查阅，孙美丽很少去看那些。

梁彤听到梁垦荒唱歌，带头鼓掌，但是老爸唱的这首歌，梁彤不是特别熟悉。

再见吧，妈妈，
再见吧，妈妈。
军号已吹响，
钢枪已擦亮，

行装已背好，

部队要出发。

房怡和和杨来弟饶有兴致地听垦荒唱歌。

吴春兰看着安慧的信息，替大仓担心，听到垦荒唱这首歌，心中不是滋味儿。

吴春兰记得小时候连队开联欢晚会，梁垦荒和梁大仓总是上台说相声。两兄弟相差那么多，但是站在台上一点都不违和，一逗一捧，连队孩子们都笑傻了。

吴春兰正在沉思，梁垦荒唱完了。

房怡和招呼大家吃饭。

房怡和见安慧没回来，问吴春兰："安慧咋还没有回来？接个电话要这么长时间。"

吴春兰不敢说实话，支支吾吾地说："妈，安慧刚给我发了信息，说去办一件什么跟工厂有关的要紧事儿，让咱们先吃，不用等她。"

房怡和听罢，看着杨来弟和孙婵娟说："大年三十也不闲着，我们家最忙的人就是大仓媳妇，能干。"

一家人乐呵呵地开始吃饭。

一开始吃饭，梁家几个孙儿辈都忍不住看手机，各自一边扒拉着饭菜，一边眼睛离不开手机屏幕。

房怡和看看孩子们，说："吃饭都好好吃，这样一边吃饭一边看手机对眼睛不好。"

房怡和刚说完，梁思思突然大叫："奶奶，你看你看，我们同学群里都在传，武汉好多病人没有床位，都在医院挤着，人山人海啊。"

梁思思说着离开自己的座位，拿着手机过来给房怡和看。

"思思，先吃饭。这个病，看样子传染性很强，咱们都注意。"房怡和跟思思说着，示意思思去吃饭。

梁思思刚转身，又接着喊开了："网上都在传是吃蝙蝠传染的。呀，好恶心啊，那玩意儿看着就恶心，怎么吃啊。"

梁玉梅见安慧没回来，大嫂的表情有点怪，便阻止梁思思说下去，喊道："思思，快吃饭吧。"

梁思思一边答应一边继续翻看手机网页。

梁垦荒给杨来弟夹菜，房怡和招呼孙婵娟吃饺子，吴春兰给妮妮喂饭，妮妮困了，不想吃东西，吴春兰抱着妮妮离开饭桌。

梁思思安静了一会儿，又开始叫喊："奶奶，奶奶。"

"思思啊，又怎么啦？安静地吃饭。"

"奶奶啊，不是的，奶奶，现在到处都在发帖呢，不让聚集聚会，不让到处乱窜。奶奶，你看这还有一条新闻，是河南的，他们把村里的路都封住了，挖个大坑，不让武汉人进村，一绝啊，真有才。"

梁思思一边看一边自己叨咕："啥情况啊，情况严重啊。"

房怡和看梁思思根本没有心思吃饭，一边小土豆也在看着碗里的饭发呆。

房怡和实在不忍心再批评梁思思。小土豆千里迢迢回来给自己过生日，没想到杨来弟来了，小土豆没有在自己身边待几天，都是跟着梁思思，思思这孩子还算懂事。

有些冷场。梁垦荒用脚踢了踢梁彤，梁彤站起身来。

"奶奶，我们都祝您开心快乐，来吧，举杯。"

全桌人都响应梁彤的提议，站起来跟房怡和碰杯。

安慧匆匆忙忙赶回家，看见梁大仓还在收拾东西。

梁大仓看见安慧，有些惊讶。

"你够快的，开飞车啊，都这岁数了，可要小心啊。"

安慧上去就把梁大仓收拾的箱子踢翻。

"我这岁数咋啦，我老掉牙了还是老到不能看啦？"

安慧怒目圆睁。

梁大仓暗自叫苦，知道自己这下戳到安慧肺管子了。

安慧年轻时非常爱美，人也长得漂亮，当年也是医院一枝花啊。

梁大仓知道自己犯忌讳了，连忙满脸堆着笑："不老不老，你可真不老，我们科护士都说你是女神。"

安慧横眉冷对："别拿好话哄我，梁大仓，你不许去武汉。"

梁大仓这下有点吃不准安慧想干啥了。平时单位有个大事小情，安慧一般都不过问，即便不乐意，也能表现出该有的大度。

有一次，梁大仓值夜班被一个病号投诉，医院罚了梁大仓一千块钱。

这件事着实有点冤枉梁大仓，事情起因是当晚梁大仓当值，接电话时正在急诊帮忙，回答患者问题就有些仓促，结果就遭到投诉。

现在医患关系非常复杂和紧张，什么情况都有。医院给了梁大仓罚款处分以示惩戒，也给投诉人一个说法。

安慧知道前因后果后，非要去找院方理论，梁大仓费了好大劲才安抚住她。

安慧这个人性格开朗大方，生气并不是为钱，安慧绝对认死理，认为医院对梁大仓这样处罚是对恶的纵容。安慧就这个脾气，但在工作上还是非常支持梁大仓的。

安慧看见梁大仓不吭声，气就不打一处来。

"梁大仓，你说话啊，不许去武汉。"

梁大仓扶着安慧坐到床前，拍拍她的肩头，安慧甩甩头，赌气地不看梁大仓。

"你今天这是怎么了？你也在医院待过，这个时候就是上战场，怎么可能当逃兵呢？想去得去，不想去也得去。你看，今天院里领导和很多人都没有回家过年，都在千方百计准备齐全医疗队所需物资。我们下午已经反复演练好几遍了，你放心吧。"

"你都年过半百了，别人就不能去吗？为什么非要你去？"

梁大仓听安慧口气已经软下来，顺势开导：“这个时候正是需要我的时候，没有那么多为什么啊，我的专业能够为病人提供更多帮助，再说总得有人去啊。”

“缺了你地球还不转了呢！”

梁大仓见安慧又火了，连忙安抚道：“缺了我地球还真转，转得可快了，可是咱家缺了你就玩不转了，老婆，我们这个家全靠你了。”

安慧两眼瞪着梁大仓，气呼呼地说道：“你给我少来这一套，忽悠没用，说什么都没有用，我不让你去。”

梁大仓耐着性子问安慧：“为什么啊？”

安慧气道：“为什么，为什么，你说为什么？杨来弟来了，还在家里过年，明摆着要和玉梅相认，杨来弟失踪那天，玉梅哭成那个样子，到底是亲妈，不一样。”

梁大仓不明白安慧为什么突然转移话题，奇怪道：“这和我去武汉有什么关系？再说了，玉梅本来就是杨来弟的孩子，母女相认也应该。”

安慧一下子站起来，骂道：“梁大仓，你猪脑子啊，她们两个相认，你老妈怎么办？”

梁大仓糊涂了：“我妈怎么办？我妈早就有思想准备。”

安慧急了，气道：“梁大仓，你气死我算了。”

“我哪敢啊，气死我也不能气死你啊。”

“这两年一直是玉梅在陪着妈，家谱几乎都是玉梅一个人在帮助整理，玉梅是在帮老爸完成未了的心愿，老妈不也就这么个念想，你看不出来啊？”

安慧说完，梁大仓也站起来，更糊涂了，一会儿家谱，一会儿杨来弟，这些和他去援鄂有什么关系？

梁大仓只能按照安慧的思路接着聊下去：“我看出来了，所以才有时间就回家帮忙。再说，家谱都完工了。”

“梁大仓，那我问你，杨来弟这一来和玉梅相认，玉梅还写不写进家谱啊？”

梁大仓一下愣了，这个问题他从来没有想过。

“我和大哥大嫂议论过好几次，你就没有想过如果杨来弟和玉梅相认，玉梅是以什么身份进咱们的家谱吗？家谱是当初老爸因为爷爷的遗嘱编的，家谱不能造假，这是我们家的谱，老梁家的家谱。”

梁大仓想了想，迷惑道：“这和我去武汉也没关系啊。”

“是没有直接关系，这些事你都不想，大哥二姐和我都议论几遍了，就你什么都不想，亏你老妈还说你孝顺。你没看到这段时间妈一直在强打精神。玉梅和她亲妈相认，还写不写进家谱啊？不写进家谱，妈辛辛苦苦养大玉梅，你就不怕妈感情上过不去？妈都八十的人了，万一有个好歹，你不在家，我们心里不踏实啊。”

安慧说完，沉默了。

梁大仓被安慧数落一顿，仔细想想，家里大事有大哥张罗，家务事都是姐姐和大嫂操持，自己一天到晚就是忙工作，还真没有为家里这些琐事操过心。

梁大仓舒口气，搂着安慧说：“唉，真难为你了。放心啊，前几天我给妈全面检查了身体，妈呢，没事。”

“年轻的时候我什么都不怕，现在怎么什么都怕啊。我现在什么都不想干了，工厂不办了，守着你和闺女就行，我说的是真心话啊。”

安慧突然就哭了。

梁大仓想起前一段时间为了安慧办厂，两人意见不统一闹别扭，自己冷落安慧，故意找安慧毛病，心里有点过意不去。安慧忙来忙去的，也是为了这个家。

梁大仓搂着安慧说：“安慧，我该去医院集合了，我给你个建议啊，厂子你还是不要办了，我知道你要强，你想什么，其实我知道，只是我们两个想的不一样。我真不希望你这样忙碌辛苦，思思大了，孩子有自己想法，你不可能什么都替她安排好。”

安慧叹口气，无力地说道：“我就是想多给思思攒些钱，换一个环境好的大房子。咱们家虽说不大富大贵，也要过得去，就这么一个闺女，多攒点嫁妆。”

梁大仓道：“你啊，就是太要强了。”

梁大仓见安慧情绪稳定了，就去收拾行李箱。

安慧连忙打开柜子，从底层抽出一个大箱子，又拿出一个旅行袋。

“用这个吧，方便，什么都是现成的，旅行必备品都在里面。”

安慧说着将换洗衣服用大袋子装好，帮着梁大仓收拾好行李箱。

安慧突然想起来梁家村还有口罩，问梁大仓：“你们口罩够用吗？”

梁大仓一边关箱子一边说道：“哪够用啊，先省着点用，医院领导说了，全力以赴保障我们的供给。”

安慧想到武汉还不知道什么样子，病情目前谁也不知道有多严重，传染性这么强，一定很危险。

安慧哀求道：“大仓啊，你到了那里，记得给我每天报平安。”

梁大仓苦笑：“你也是学医的，当年SARS时，我和你都去过北京，忙起来咱俩都没见过面，哪有时间天天报平安？”

安慧顺手拿起电脑椅子上面的坐垫就砸到梁大仓头上：“梁大仓，你别给我说这么多没用的，让我担心，看我怎么收拾你。”

“行行，早请示晚汇报。”梁大仓求饶。

梁大仓的手机铃声响起来，梁大仓无奈道：“我们要集合啦。”

安慧的眼泪一下子就流出来。

梁家小院内，一大家子人都在和梁雪梅视频。

房怡和坐在椅子上面，身边围着梁家儿孙。

小土豆无法挤到跟前跟妈妈打招呼，海平和思思一个喊着大姨一个喊着大姑，站在屏幕前摆姿势，彤彤刚打个招呼就被吴春兰推到一边，吴春兰和梁雪梅两人一个被窝睡了很多年，情深意长。

梁雪梅头发又白了许多，房怡和看着心痛。

“雪梅啊，怎么头发白了这么多？”

梁雪梅害怕母亲担心，笑眯眯地说：“灯光照的。妈，您看看重外孙。”

梁雪梅抱着孙子过来，房怡和急忙劝梁雪梅：“快放回床上，那么个小人儿，别闪着。”

梁雪梅笑，说母亲看过那么多孩子，还这么小心。

梁雪梅问母亲：“妈，我让小土豆带给您的蜂胶用了没有？”

“哎呀，妈咪呀，你带回来的礼物我都忘记分了。”小土豆不好意思地笑了。

梁雪梅哭笑不得，责怪小土豆真是个小迷糊，以后不要叫小土豆，改叫小迷糊吧。

小土豆说马上去拿，正好当作新年礼物送给家人。

小土豆飞快地跑回自己住的屋里，提着包就过来分礼物。

梁思思帮着小土豆分礼物，一边分一边埋怨小土豆：“啥记性啊，回来这么多天，才想起来。”

梁思思自顾自地去找自己喜欢的礼物。

小土豆跟姥姥告状，小土豆一着急就忘词：“姥姥啊，姐姐自己，自己在哪里拿啊，妈咪准备的。”

一家人听到小土豆说话都哈哈笑。

孙婵娟站在梁红梅身边，满眼羡慕。

房怡和开心地说：“谁喜欢什么就要什么。”

小土豆不高兴地说：“可是妈咪都分好的，这样好乱啊，姥姥。”

梁思思撇嘴：“小土豆，你回来这些天都是姐姐陪你啊。”

梁彤拉着孙美丽挤到房怡和面前，开启大孙子特权模式：“奶奶，我可是你大孙子，让我先挑礼物。”

房怡和却说：“不让你先挑，让我孙媳妇先挑。”

房怡和拉着孙美丽的手说：“让美丽先挑礼物。”

梁思思赌气，闪一边待着，冷眼看着孙美丽。

小土豆拿出一个包装精美的盒子，说："这是妈咪给大嫂买的香水。"

孙美丽连声说谢谢。

梁彤故意逗小土豆："姑姑真抠门，一瓶香水就把我媳妇打发了。"

一大家子笑着闹着。

杨来弟落寞地躲在炕上，拿着梁氏家谱看。

梁玉梅一边和大姐说笑，一边不时地看看杨来弟，心中发酸。

孙婵娟有些体力不支，将头靠在梁红梅肩头。

刘海平看见后，跟房怡和悄声请假："姥姥，我带婆婆和果果先回家，我们悄悄走。"

房怡和点头起身，吩咐思思帮助小土豆把大姑带给家人的礼物都分送到每个人手里，奶奶一会儿还有压岁钱。

思思一听压岁钱就高兴，满口答应着奶奶。

梁红梅知道刘海平是想带着婆婆回家，便搂着小土豆说："过两天来姨妈家，我给你做七彩饺子。"

小土豆一听乐得直拍手。

果果已经睡了，孙家琪抱着果果，梁红梅搀扶着房怡和，刘海平搀扶着孙婵娟出了院门。

吴春兰和梁玉梅准备过来送梁红梅一家，被房怡和制止，示意谁都不要出门。

吴春兰会意，便小声跟红梅道别。

梁红梅和孙婵娟上车坐安稳，孙家琪将果果放在红梅怀里。

房怡和从衣袋里拿出一个红包。

房怡和将红包交给刘海平，柔声道："苹果啊，这是太姥姥给果果的压岁钱，你不能不收。"

刘海平一看红包，里面至少一万块钱。

刘海平接过红包，孙家琪不解地看着刘海平。

刘海平从里面抽出两百，然后将红包放进房怡和大衣兜内。

刘海平搂着房怡和小声道："姥姥，我替果果收下了。"

房怡和拿出红包，严肃道："苹果啊，这是给果果的，你不能不收，不收姥姥不高兴。大过年的，你想让姥姥不高兴啊？"

梁红梅坐在车上看见这般光景，知道母亲是在贴补自己，又怕伤了自己的面子。

梁红梅探着头，跟刘海平道："苹果，你就替果果收下，别让姥姥着急，让姥姥回屋吧，天冷。"

刘海平收下红包，抱着房怡和道："姥姥，谢谢您。"

房怡和轻声嘱咐刘海平："照顾好婆婆，不要惹婆婆生气。人活着就有希望，钱是人挣的，没有人就没有钱，这世界上没有比人更金贵的。放心，老天会保佑我们苹果以后越来越好的。"

刘海平拼命点头，眼泪顺着眼角流出来，刘海平悄悄擦掉眼泪。一边的孙家琪鼻子发酸，连声叫着姥姥再见。

房怡和走到车窗前，拉着孙婵娟的手说："孩子啊，我都八十了，还想好好活呢。现在生活多好啊，活着多好，啥光景都能看，你舍得孩子们难受吗？你才多大，好好活着，什么都没有命值钱。你得答应大姨，以后千万不能干傻事，干傻事对不起孩子们，更对不起自己。人就一辈子，好好活，可不能犯糊涂。"

孙婵娟流着泪答应房怡和："大姨，我好好的。"

安慧执意要替梁大仓拿着行李箱。

梁大仓心里突然就冒出一个念头：不去了，不缺我一个，在家陪着老婆孩子，陪着老母亲好好过年。

梁大仓和安慧两人默默上电梯。

下楼后，梁大仓搂过安慧，轻声细语道："安慧，听我一次，你不是经商的料。我接触的病号多，啥有钱人都见过，经商难啊。工厂咱不要干了，你可以盖起来厂房，但是你不一定能经营好一个工厂。等我回来咱俩再好好合计，我保证不气你了。”

安慧眼泪流出来，点点头。

梁大仓松开安慧说：“别送了，回家好好睡一觉，也不要回梁家村了，天太晚啦，你开车我不放心，别让我担心。家里有什么事要多跟大哥大嫂商量，明天我们出发后再告诉大哥他们。”

“你可真是书呆子，现在这时候，不用我说，媒体报道就看见了，人人都在关注武汉。”

梁大仓听安慧一说，不好意思地笑了：“也是。你提醒咱们全家人出门一定戴口罩，你是学医的，多留心。”

安慧拉过梁大仓的胳膊说：“抱抱我吧。”

梁大仓紧紧地拥抱安慧。

安慧想，人到中年，如果不是这样的分离，连一个拥抱都这样奢侈，原来亲人是用来分离的，团聚的是路人啊。

安慧此时此刻真想跟着梁大仓去医院，陪着梁大仓，然后送梁大仓出发。

梁大仓松开安慧说：“回家好好休息，别胡思乱想。”

安慧答应梁大仓回家休息。

梁大仓头也不回地开车离开小区。

安慧眼泪终于忍不住再一次流出来。过年，过年，年真难过啊。

梁大仓回头看见安慧站在原地没有动，不停地用胳膊抹眼泪，心里一阵发酸，一踩油门上路了。

安慧回到家，趴在床上忍不住大哭。

妮妮睡了，梁垦荒带上门过来跟着家人凑热闹。

梁垦荒发现吴春兰一直站在角落里发愣。

梁垦荒猜到吴春兰心中有事，过来拉着吴春兰重新回到屋里。

妮妮蹬被子。

吴春兰心疼："这孩子，睡觉不老实，会感冒的。"

吴春兰给妮妮盖好被子。

"你找我有事啊？"吴春兰问梁垦荒。

"是你有事瞒着我，我还不知道你，失魂落魄的。"

"大仓要去武汉援助，安慧回家去帮大仓收拾东西，到现在还没回来，也没有电话，我不放心，想给安慧打电话，又不敢打。"

梁垦荒听到大仓去援鄂，虽然没有特别吃惊，还是有些意外，忍不住埋怨吴春兰："这么大的事情，你怎么不早说？大仓也是，也不跟我说一声。"

"大仓是不想让你分心。家里这么多事，大仓不想让你担心，这还不理解？"

"理解，可这是大事。大仓什么时候出发？"

吴春兰摇头道："说是待命，还不知道确切时间，应该是明天。"

梁垦荒让吴春兰给安慧打个电话，问问大仓出发的时间。

吴春兰瞪着眼埋怨梁垦荒是糊涂虫，安慧现在正难受呢，去武汉多危险啊。

梁垦荒搓着手道："我也是着急。这样，你在家陪老妈，我去医院看看大仓。"

吴春兰想想，觉得梁垦荒的提议不错。

"我给你去拿些饺子带上吧。"

梁垦荒点头，开始穿衣服。

吴春兰拿出一件厚羽绒服递给梁垦荒："穿厚点，外面冷。"

梁垦荒接过衣服，嘱咐吴春兰："多拿些饺子，再拿些菜，大仓喜欢你做的熏鱼，给他们同事带一些一起吃，大过年的，都不容易。"

吴春兰答应着出去收拾吃食。

梁垦荒叮嘱吴春兰："别让妈知道啊。"

"这个还用你说啊。"

梁垦荒憨憨地笑了。

梁大仓和去援鄂的医生护士们坐在办公室，医院领导来了。

领导千叮咛万嘱咐地叮嘱梁大仓：“一定注意安全，要一个都不能少地把人带回来。一个都不能少，记住，一个都不能少。”

梁垦荒拿着吴春兰打包好的饭菜悄悄出门。

梁家村的路口有几个人影在晃动，梁垦荒有些纳闷，除夕夜，这几个人在干什么呢？

梁垦荒开车还未到村口，就看见有一个年轻后生手里拿着小红旗来来回回地晃着。

梁垦荒开到村口停下车，打开车窗，年轻人看见梁垦荒，热情地喊道：“梁大叔，回来过年啊。”

梁垦荒一看是村西头老五叔的孩子梁宏，梁宏是梁家村年轻的支书。

梁垦荒问梁宏：“你们这是干什么呢？”

梁宏回道：“咱梁家村是个网红打卡地，来来往往人员太杂了，明天就是大年初一，我们看看怎么能把路给封上，主要是不让外地人进村。”

“市里没有统一安排吗？”

“叔，你没看见网上都是封村封路的，市里已经发现有疑似感染病例，正在观察。”

梁垦荒一惊，本地都有疑似病例了，这么严重啊。

梁宏看梁垦荒吃惊，问梁垦荒道：“叔，深更半夜的，你出去干啥？这时候最好待在家里，不要出去。”

梁垦荒一点也不避讳，道：“你大仓叔要去武汉援助，我去医院看看。”

梁宏立刻激动了：“叔，武汉那边疫情严重，大仓叔可真了不起！”

梁垦荒笑笑，开车。

梁宏挥挥手：“叔，快去快回，我等你回村。”

“我开快点。”

梁宏一看梁垦荒加大油门，马上嘱咐：“不要着急啊，叔，注意安全。”

梁垦荒开着车刚刚走到市区，车就没油了。

梁垦荒赶紧找加油站去加油。梁垦荒跑了几个加油站都没有人。是啊，年三十，谁不回家团圆呢？梁垦荒只好转到自己原来单位的一个昼夜营业的加油站去碰运气。万幸的是还真有人，一对老夫妻正在值班室看春晚。

梁垦荒加满油后直奔医院，此时，已是新年钟声响起之时。

梁大仓他们一行五人刚开始上车。

镁光灯不停地闪着，梁垦荒知道是记者在拍照。

梁垦荒看见大仓的背影，喊道："大仓，梁大仓。"

梁大仓一回头，看见大哥拿着一个大包走过来，赶紧应着："哥，你等我一下。"

梁大仓上车放好行李箱，跳下车，两兄弟情不自禁地拥抱在一起。两个都已经年过半百的兄弟此时这样拥抱，让人感动。

车上梁大仓的同行者看见这一幕，眼泪在眼眶里打转，都强忍着内心的伤感。

梁垦荒将打包好的饺子交给梁大仓后，嘱咐道："拿着路上吃吧。"

梁大仓道："我们院长陪着我们吃的年夜饭。"

"这不一样，妈包的饺子，还有你大嫂做的熏鱼，安慧做的几个小菜，都给你带来了，饺子是热的。"

梁大仓接过这一大包吃食，再一次拥抱了大哥。

梁大仓嘱咐梁垦荒："哥，家里全靠你了。"

梁垦荒点头："放心，安全回来，一定要安全回来，记得报平安。"

梁大仓点着头，紧紧地握了一下大哥的手，松开。

车开动了，梁大仓打开包裹，热腾腾的饺子，几样小菜，喷香的熏鱼。

梁大仓邀请同事们："来，都尝尝我老妈的手艺，尝尝吧。"

同事们默默地拿起饺子塞到嘴里。

梁大仓回头看见大哥还在原地，梁大仓脸贴着车窗喊道："大哥，回家吧，照顾好咱妈。"

车已经驶出医院大门，很快就上了高速公路。

梁大仓心中默默地说了一句："再见了，妈妈，等我回来，儿子给您包饺子。"

梁垦荒开着车，默默地看着空无一人的街道。

"再见吧，妈妈，军号已吹响，钢枪已擦亮，行装已背好，部队要出发。你不要悄悄地流泪……"梁垦荒都不知道自己今天怎么总是唱起这首歌，好像给弟弟送行一样。

梁垦荒突然有些伤感。也许是岁数的原因，自从父亲走后，他特别害怕亲人间的离别。

梁垦荒开车刚到梁家村口，梁宏背着个大喇叭就迎过来。

梁宏急急地问梁垦荒："大仓叔出发没有？"

梁垦荒告诉梁宏，梁大仓已经出发去省城了。

"看来疫情比我们想的严重。"梁宏很敏感。

梁垦荒问梁宏怎么还不回家，梁宏说现在是半封闭路口，好多回老家过年的人都还没有离开，乡里乡亲的，主要是堵住从外地回来的。

梁宏接着神神秘秘地告诉梁垦荒："叔，据内部消息，有人乘坐从武汉来滨海的火车，传染上了不明肺炎。"

梁宏接着叮嘱梁垦荒："叔，千万不要和从武汉过来的外地人接触。"

梁垦荒答应着开车回家。

梁家小院已经安静下来，只有吴春兰和梁玉梅在等梁垦荒。

母亲和杨来弟已经休息，思思和小土豆疯累了，已经睡得昏天黑地。

梁彤和孙美丽去自己的小屋休息了。

吴春兰问大仓是否已经出发了，梁垦荒点点头，吴春兰眼泪一下流出来。

"去武汉很危险啊，刚才看新闻了，解放军医疗队已经去武汉了。"

"这个时候，该去也得去啊，谁让咱是医生呢。睡吧，明天一大早还要起来包饺子。玉梅，你也回去休息。"

梁玉梅替二哥担心。

“大哥，二哥不会有事吧？”

“不会，你二哥有经验。”

梁垦荒劝梁玉梅回去安心休息。

梁玉梅离开，梁垦荒和吴春兰两人躺下，都看着妮妮不说话。

房怡和睁着眼睛，听着对面屋门开了又关上，眼泪默默地流出来。心里念叨：安慧到现在还没有回来，新闻里已经报道解放军医疗队去武汉援助，大仓跟自己说对不起，这孩子也许已经去武汉啊，孩子们是不想让自己操心，可哪一个当妈的不为孩子操心呢！仓儿啊，你这是要去干大事啊。当年SASR，你就去北京了。儿啊，你要平安回来啊。

第十六章　村里有个姑娘叫雪梅

梁红梅一家回到家。

刘海平服侍婆婆休息，然后就陪着母亲看春晚。

梁红梅看得心不在焉，暗自猜测着安慧为什么突然离开，一定是弟弟有事情，什么事儿呢？

刘海平关心疫情，孙家琪对什么都没有兴趣，熬不住就去睡了。

春晚还没结束，梁红梅开始准备大年初一的饺子馅。

孙家琪眯了一会儿，起来看见果果四仰八叉地躺着打呼噜，就给果果盖好被子，出来帮岳母包饺子。

梁红梅让孙家琪去楼下接一下刘海平。

孙家琪奇怪海平干啥去了。

梁红梅告诉孙家琪，海平下去打水了。

小区现在公用净化水，比自来水好喝，家家户户都开始用净化水，但是要下楼去打水。

孙家琪心疼道："真闲不住，我说过以后不让海平去打水，我在家呢。"

梁红梅笑道："海平是觉得你回家就没有好好休息过，想让你休息休息。"

孙家琪下楼，刘海平已经抱着一大桶水走到楼下。

孙家琪看见，忍不住埋怨："你可真是的，等一会儿都不行，以后我来打水。"

这是个半新不旧的小区，没有高层楼房，大都是七层楼，没有电梯，梁红梅家住六楼。

孙家琪接过海平手中的大水桶，一只手拎着上楼。

刘海平在孙家琪身后跟着，看着他的背影。孙家琪很壮实，显得很有力量。刘海平心中叹道："这家伙常年不在家，如果能天天陪着自己该多好。"

两人一进家门，就看见梁红梅趴在饭桌上面。两人吓了一跳，齐声叫道："妈，妈，你怎么啦？"

梁红梅抬起头，眼泪汪汪地说道："叫什么叫，别吵醒果果奶奶。"

刘海平急忙走进婆婆的房间，看见婆婆睡得很熟，还在轻轻地打鼾呢。刘海平跟孙家琪招手，过来，过来呀。孙家琪过去看见母亲睡得很香，宽心一笑，两人转过身来帮着梁红梅包饺子。

刘海平看母亲泪眼模糊的，问梁红梅："妈，你怎么了？"

"刚才和你大姨微信视频来着，心里面不好受。"

刘海平一听，乐了。

"我还以为出了什么大事呢，看不出来，妈你还挺爱动感情的。"

"你什么都不懂。"

"是不懂啊，我大姨说啥了，你这么难过？"

刘海平对这个常年在加拿大生活的大姨不太熟悉。

姥爷去世那一年，梁雪梅回国时间最长，待了一个月。这一个月里，大姨大部分时间都在梁家村陪姥姥。

刘海平看母亲不说话，故意逗母亲："怎么啦，妈，开始怀旧了？这可不好，人都说，人只要一开始怀旧，就是衰老的开始。"

“一边待着去，我早就老了。”

孙家琪笑道：“妈，您不老啊。”

“家琪，你去睡吧，我和海平包饺子。”

“我不困，我来帮您包饺子。”

“干脆海平你和家琪都去休息，我自己包吧。”

刘海平和孙家琪却都坚持要帮梁红梅包饺子。

“妈，我大姨他们怎么去加拿大了？”孙家琪好奇地问。

刘海平也好奇大姨怎么会嫁给一个大自己那么多的上海人。

两人催着梁红梅讲讲大姨的故事。

梁红梅问孙家琪听没听过李春波唱的一首歌，歌名是《小芳》。

“当年这首歌可火了，我还不太懂事，就记得大街小巷都在唱。”

孙家琪说完，开始哼哼：村里有个姑娘叫小芳……

“姥姥说，歌词应该改一改——村里有个姑娘叫雪梅。”

刘海平笑道：“啊，那我大姨和大姨夫的故事该多浪漫。”

梁红梅却一下子爆了粗口：“拉倒吧，还浪漫呢，浪漫个屁，为这事，你姥爷差点没把你大姨打死。”

刘海平听后特别惊讶：“妈，怎么可能呢？都说姥爷最喜欢大姨，姥爷人又那么好，怎么舍得打大姨？”

“这跟姥爷人好不好没有什么关系，有些事跟个人的关系真不大。”

刘海平催促母亲讲讲大姨的故事。

“你们等着看家谱吧，故事被小姨写进家谱后记里了。”

家谱？孙家琪回来听刘海平提起过，自己还没看到。

“家谱还写这个？家谱长啥样？”孙家琪问海平。

刘海平听母亲提到小姨，气呼呼地将手中面团扔在案板上。

“真想不明白，小姨怎么会不是我亲小姨。”

孙家琪一头雾水，连忙噤声，不再跟刘海平打听家谱的事。

梁红梅责怪刘海平：“你这孩子，小姨怎么就不是你亲小姨啊。”

“小姨是杨来弟生的啊，生了又不养，生什么生啊。”

“你们根本就不知道当时是什么环境，不要乱说。再说，这亲不亲的，得看怎么想。”

孙家琪看看刘海平，跟岳母解释：“妈，海平是和小姨感情太好了，接受不了这个不完美，其实家人的概念不是非要以血缘来定义的。”

刘海平抓起一块面扔到孙家琪脸上：“一边待着去。”

孙家琪笑道：“妈，你看你闺女，狗一阵儿猫一阵儿的，说翻脸就翻脸，比翻书都快。”

刘海平嘲笑孙家琪：“你在船上没待傻啊，还知道翻脸翻书。”

梁红梅看看女儿和女婿说道：“那我给你们讲讲咱们家小芳的故事？”

刘海平马上来了精神：“好啊，好啊。”

梁家的几个孩子学习都好，在连队和营部都很有名气，梁家的孩子中只有一个孩子不喜欢学习，就是梁红梅。红梅和雪梅在外人眼里就不是一个妈生的。雪梅文静，酷爱读书，不仅学习好，还聪明，上小学时门门功课都考一百。梁勇敢最宠爱雪梅。

梁红梅只要看见书本就头疼，觉得书本上的每一个字都像小蚂蚁。梁红梅喜欢跟男孩子一起去水泡子捉鱼，去麦田里采蘑菇，去玉米地里挖野菜给鸭子吃。

梁红梅记得特别清楚，那天的晚饭是这些孩子们眼中的上等好饭。

母亲为改善伙食，炖了一只自家养的老母鸡，老母鸡还没有炖熟的时候，香味就在家里面四溢。全家人都在等雪梅回家吃饭，左等不回来，右等不回来。

梁红梅记得当时姐姐雪梅中专毕业后回场部机关工作，大哥当时留在省城工作，弟弟刚上高中。他们家的小五吴春兰在连队农机班上班，玉梅更小，还不太懂事。家里一般都在过年才炖鸡吃，虽说是自家养的老母鸡，平时也不舍得杀了吃肉，留着下蛋。梁红梅记得当时自己馋得口水直流，全家人等不到雪梅回来都着急。父亲梁勇敢就开始催着红梅出去找找姐姐，去大路、麦场、水泡子这些雪梅平时爱去闲逛的地方找找。

连队没有什么娱乐场所，那时候的男孩子都是撒尿和泥玩，举着一把木头手枪分帮儿抓特务，女孩子们都玩猴皮筋，再不就是躲猫猫、玩嘎拉哈。

连队四周都是地，水泡子其实就是一个人工用炸药炸出来的淡水库，里面养着很多鲫鱼，红梅小时候常常和哥哥去捉鱼。职工们平时上班，下班都回家，需要开大会就都到连队大礼堂集合。

红梅知道父亲着急，却坐在饭桌前不动地方，她怕找不到姐姐回来晚了吃不到鸡肉，弟弟盯着炖好的鸡肉直咽口水。

吴春兰坐在大哥旁边低着头。

这只老母鸡是梁家的功臣，是梁家养的鸡中产蛋最多的“战斗机”，却因和邻居家的公鸡打架而亡，不然母亲是不会舍得杀了这只鸡炖着吃的。母亲看透了红梅的小心思，撕下一条鸡腿单独放在碗里。

母亲对红梅说道：“去找找你姐，这条鸡腿，妈给你留着回来吃。”

梁红梅放心地出门去找雪梅了。

红梅沿着水泡子、麦场跑了一圈，没有看到雪梅，天黑透了，又跑到大礼堂转了一圈，还是没有姐姐的影子。红梅实在想不出来姐姐还能去哪里，正准备回家，就看见一个熟悉的身影从连队集体宿舍出来。礼堂和连队宿舍紧挨着，还没等红梅看清楚，从宿舍里面追出一个人来，手里拿着手电筒，两人很快返回宿舍。借助手电筒的光亮，梁红梅看清楚这两个人是姐姐和一个来连队挂职的叫任和祥的人。

任和祥是连队副连长，人长得清清秀秀的，老婆死了一年多，是上海人。

梁红梅跟着他们追过去。

梁红梅到了宿舍，走廊里面黑黑的，看不见人，当时的住宿舍的人不多。梁红梅不知道该怎样找到雪梅，摸着黑犹犹豫豫地走着，看见一间房亮着灯，门没有关紧，露着一道缝。梁红梅悄悄走过去趴在门缝往里面瞧。这一瞧，吓坏了梁红梅。

只见任和祥抱着姐姐雪梅，两人杵在床前，谁都不说话，雪梅好像还在哭。

梁红梅吓得撒腿就往家跑，跑回家后，就知道喘气，也不说话，任凭梁勇敢和房怡和怎么问，梁红梅就知道摇头。

梁红梅缓过神儿，结结巴巴地告诉梁勇敢，任副连长是个大流氓啊。

房怡和和梁勇敢被梁红梅的话弄糊涂了，丈二和尚摸不着头脑，梁勇敢让梁红梅慢慢说，说详细点。

梁红梅说了半天，终于说明白事情的经过。

梁勇敢听完，拉开门就冲了出去。

房怡和急忙拉着梁大仓跟上梁勇敢，劝梁勇敢回家，梁勇敢根本不听，大步流星就到了连队青年宿舍。

雪梅自然很快被父亲捉拿归案。

一行人回家后，梁勇敢掀翻了桌子，一盆鸡肉全部洒在地上。

梁勇敢怒了，脸上青筋暴突，不管三七二十一，拿起一根擀面杖狠狠地抽打梁雪梅，劈头盖脸，狠命地打。

梁勇敢边打边骂，你这个伤风败俗的东西，打死你，你这个丢人现眼的东西，你还要脸不要？

全家人都吓傻了，梁勇敢从来没有打过孩子们，更别说他最宠爱的大闺女了。孩子们没有人敢去劝阻父亲，房怡和开始是吓着了，反应过来后，上前去夺梁勇敢手中的擀面杖。房怡和根本夺不下来，擀面杖是实木的，又硬又结实，打到人身上能疼死。梁勇敢是真的被激怒了，劈头盖脸地打雪梅，根本停不下来。

房怡和无奈之下，一下子跪在地上大哭，一边哭着一边喊着：“梁勇敢，你打死我吧。”

梁勇敢看见房怡和跪在地上大哭才清醒过来，扔了擀面杖坐在炕上直喘粗气。

那一天，雪梅被打得下不了床，根本无法站立。

弟弟埋怨红梅打小报告。吴春兰从来不说红梅的，这次竟然大声斥责梁红梅讨厌，说这样的事应该先告诉妈妈。大哥垦荒帮着吴春兰埋怨红梅，认为红梅跟叛徒王连举一样。

雪梅被打后一个星期才能下地。红梅自己也吓得天天蹲墙角。

红梅不知道后来母亲是怎样说服父亲同意雪梅和任和祥交往的。当时雪梅挨打一事在连队传得沸沸扬扬。

一个星期后，任和祥被父亲和母亲叫到家里面谈了很长时间。父亲和母亲为了和任和祥单独谈话，把孩子们都撵出家门。这次谈话后，任和祥就经常大大方方地来梁家，连队人都知道雪梅和任和祥搞对象了。

转过年来，二十一岁的梁雪梅和大她十岁的任和祥结了婚。

这顿打让雪梅记恨了父亲很长时间，两人的关系一直到雪梅去加拿大后才缓和。

刘海平听完，叹道："妈，你可真够傻的，是真傻啊。"

孙家琪不同意刘海平的说法："妈是太实在了。"

"为这事，你大姨记恨我很长时间。"梁红梅现在还委屈呢。

刘海平一点都不同情母亲："任谁都会恨啊。"

孙家琪听刘海平这样说话，踢了刘海平一脚。

梁雪梅二十一世纪初跟着任和祥去了加拿大。

一家人到了加拿大后，雪梅夫妇一直四处打零工，两年后，一家连锁咖啡店转让，任和祥就盘了下来。夫妻俩为节省人工费，一个学着做各种点心，一个收银跑堂，直到梁雪梅生下小土豆，咖啡店才雇了一个人。

刘海平记得大姨每次回来都给家人买很多礼物，姥爷做手术，大姨给寄钱，说出不了力，只能尽点心。刘海平现在才知道，原来每一块加元，都是大姨一杯咖啡一杯咖啡卖出来的。大姨起早贪黑地劳作，一天不知道走多少步，一年不知道磨破几双老布鞋，才买了房子买了车。

每一个人活着都有许多的不易，谁都知道人一辈子不会一帆风顺，生活其实不易，谁又能真正体会别人的不易呢！

刘海平看看梁红梅："妈，你说每一个人的生活都这么不容易又是为什么啊？"

梁红梅想了想，摇头说："不知道。"

梁红梅真的不知道，她一直很努力地赚钱，现在每天还为钱发愁。

吴春兰睡不着，想起雪梅跟自己视频时，戏谑地说老任同志心脏不好，不然无论如何也要飞回去给老妈过八十大寿。

吴春兰心中感慨，那个眉清目秀、白白净净的小任，现在是老任，而且真的老了，老态尽显，跟吴春兰打招呼时，微胖的身躯已经开始笨拙。

吴春兰记忆里的任和祥，是一个清秀的人。

难怪人都说，青春是拿来回忆的，人愿意回忆的，都是美好的往事。吴春兰喜欢回忆她和雪梅在连队的那段时光。

梁雪梅中专毕业，分配到场机关农业科当干事。

梁雪梅很恋家，一到休息日，就骑着自行车回连队看爸妈，帮着爸妈干活。那时还没有双休，一周只休息一天，吴春兰当时分配到机务班，机务班也要干农活的。房怡和就让梁雪梅去帮吴春兰掰玉米。

任和祥当时是分管农业的副连长，他是来连队挂职锻炼的。

北大荒的秋天，田野里到处弥漫着丰收的芬芳。玉米、大豆都到了收获季节，秋天是北大荒最忙的时节，为了抢收农作物，农工们几乎都是天没亮就下地，地里看不清人脸才收工，劳动强度特别大。有时候为了躲避雨雪天气，昼夜抢收是常事。

男机务工都上机车作业，他们开着收割机收割大豆，女机务工没有排班时就跟在收割机后面捡没有割净的豆枝。人跟在机车后面，根本不能停下来，一个上午跟下来，累得两条腿像灌了铅，几乎都走不动路。

中午，连队的炊事员会将午饭送到地号里来。

午饭一般都是肉包子。

梁雪梅累得不想动，看着人领饭，自己倒在地边休息。

任和祥就把包子送过来。

“雪梅，累了吧？”任和祥把包子递给梁雪梅。

梁雪梅不接，把自己背的水壶递给任和祥。

吴春兰这时候一般都是默默地吃包子。

梁雪梅不吃饭，任和祥就会跟梁雪梅讲条件：“你不吃饭我就不喝水。”

梁雪梅接了包子开吃，任和祥就大口地吃包子，大口地仰着脖子往嘴里灌凉水。

梁雪梅常常是半个包子没有吃完，就睡着了。

梁雪梅被上工的哨声惊醒，吴春兰已经跟在收割机后面干活去了，而梁雪梅发现自己睡在任和祥腿上，那一刻梁雪梅血往脑门上涌，心跳声大到自己听得清清楚楚。

这时的任和祥正沉思着眺望远方。

从那以后，梁雪梅莫名其妙地喜欢和任和祥待在一起，其实也只是想和他静静地坐一会儿，随便说点什么。

任和祥从不粗声大气地讲话。

这个秘密是梁雪梅悄悄告诉吴春兰的。

冬天一个雪夜，梁雪梅和吴春兰看了很长时间小说，两人都有些困，就出去透透气。她们看见任和祥独自一人在路上来回踱步，然后一个趔趄就倒在路上。

梁雪梅和吴春兰就架起任和祥，送他回宿舍。

推开宿舍的门，满屋子乱七八糟，一塌糊涂。地上到处是洗脸盆、水桶、鞋和脏衣服。大通铺上的被褥都乱七八糟地卷着，屋子里一股刺鼻的煤气味混合着臭味。

吴春兰用手摸摸任和祥的额头，叫了一声：“发烧了，去叫卫生员吧。”

深更半夜的，到哪里去找卫生员？任和祥不让。

梁雪梅让吴春兰守着任和祥，自己回家做了两个荷包蛋，用狗皮帽子包着，抱在胸前拿回任和祥的宿舍。

梁雪梅和吴春兰将任和祥扶起来，把鸡蛋捣碎，用勺子一口一口地往任和祥嘴里送，任和祥的眼泪大滴大滴地流了下来。

梁雪梅哀求道："任大哥，你不要哭啊。"

任和祥的眼泪流得更多了。

这是梁雪梅第一次看见任和祥流泪。

后来，梁雪梅才知道，任和祥老家在上海，农大毕业后来到农场支援边疆建设，跟自己的同学在农场结婚安家，没想到结婚不到一年，妻子就病故，妻子还怀着孩子呢。

任和祥可以托门路回上海，可是他没有这样做，他没有离开北大荒，还娶了连队一个叫梁雪梅的北大荒姑娘。

改革开放后，他们回上海创业，再后来他们去了加拿大。

有一次吴春兰跟小土豆讲这些故事，小土豆说什么也不明白为什么姥姥说村里有个姑娘叫雪梅。

每次雪梅从加拿大回来，吴春兰都陪着雪梅神聊。

是谁在夏夜里仰望苍穹？

是我在夏夜的天空仰视苍穹。

是谁张开想象的翅膀？

是我张开想象的翅膀。

星云巨大无光，慵卧宇宙；人造天体晶莹剔透，却总爱用快速旋转自我炫耀；行星具有美丽的光环，但观赏者寥寥无几。

梁雪梅充满诗意地描述着，那是梁雪梅和吴春兰的一段流金岁月啊。

那迷人模糊闪烁的恒星，最能接受我们的向往，寄托我们的沉思和怀想，放映我们大脑最深层的幻觉，对着天空凝望吧，天琴座上住着美丽的织女，天鹰座上站着善良憨厚的牛郎，终于等到相会的日子，牛郎左手牵着小牛郎，右手拉着小织女，在鹊桥的尽头，聪明美丽的织女在向他们急切地招手，这是真真正正的天伦之乐啊。小牛郎用父亲当年用来上天的老牛的角制成琵琶轻盈弹唱，小织女用母亲在银河畔期待着团聚重逢时织就的云带翩然起舞。

牛郎织女幸福地看着笑着，笑着看着，他们牵着手默守相望。

一年一度啊，这个幸福的日子。

七月七，是他们一生的节日。

牛郎织女在短暂的聚会之后，又各自老老实实无奈地回到原处，彩虹却凌空跨过银河。

"牛郎织女啊，牛郎织女啊！老天，你还能不能更残忍些？"

"我们傻不傻啊！当然傻啊！"

"在该成熟的年龄才刚刚学会幻想。"

"牛郎和织女是那代人爱情的启蒙。"

"还记得那个大串联吗？"

"哪个？"

"那个嘛。"

"《我是一个卖花姑娘》，生长在《一个革命家庭》，为了《打击侵略者》，我参加了《敌后游击队》，来到《看不见的战线》，走到《上甘岭》，遇到《英雄儿女》，他们给我讲《一个护士的故事》，我们一同参加《地道战》《地雷战》，又来到《鲜花盛开的村庄》，我们《宁死不屈》……"

每一次回首过去，梁雪梅和吴春兰都笑得停不下来，乐过之后还有小小的惆怅，回不去的过去，还有回不去的青春。

你说，小五你说，那个时候，只要是小说、故事，我们就拿来读。

高尔基的《童年》《在人间》《我的大学》，看了一遍又一遍，童年里面那个吝啬的姥爷，《艳阳天》里面的高大泉和萧淑红，都让我们讨论了很长时间。当时还特别流行手抄本，像《绿色尸体》《第二次握手》和《梅花党》什么的。

梁雪梅每次回来都跟吴春兰回忆过去，回忆在北大荒的日子，吴春兰感觉梁雪梅的时光似乎停留在了她们的青春年少，时光机停在了那里。

每次梁雪梅说什么，吴春兰就附和，吴春兰知道梁雪梅在国外不容易。

还有一本书，忘记名字了，咱俩看了好几遍。

《较量》啊，现在故事都记不清楚了。

梁雪梅的记性一直好。

吴春兰记得，两人聊几天几夜都说不完往事，聊起连队的叔叔阿姨们，王冬花阿姨最有笑料。

吴春兰刚参加工作时，在麦场值夜班，没事就偷偷拿出《安娜·卡列尼娜》看。那时候，刚刚解禁，各种文学书籍看都看不过来，很多世界名著过去只是填空题，现在终于可以大饱眼福了。

吴春兰看得经常忘记时间。

值夜班是吴春兰最好的读书时间，没有人打扰。

吴春兰被安娜的命运吸引，看着，哭着，笑着。吴春兰正看得入迷，被来查岗的王冬花阿姨发现，王冬花风一样抽走吴春兰手中的书，看着封面大喊着。那时的王冬花已经认识几个字，她夸张地喊着："安啥，卡什么娜。小五，看我不告诉房老师。安娜，对，是叫安娜，安娜就是女流氓，外国流氓，你看这种书，看黄色书，你，你思想有问题。"

吴春兰想起这些事，笑死了。

"小五，你思想有问题。"梁雪梅总是这样取笑吴春兰。

这就是她们的青春，她们的成长故事。

幸好房怡和是明白人，不论外人说什么，房怡和都鼓励孩子们多看书。多年以后，梁家的孩子们都说，幸好妈妈是明白人。因为房怡和的明白，梁家的孩子们才懂道理，知深浅，有底线。

青春，回不去的青春。

吴春兰翻来覆去难以入眠，梁垦荒迷迷糊糊地说了一句，快睡吧。

吴春兰觉得眼睛有些涩，闭上眼睛。

杨留根躺在宾馆的床上盯着电视，春晚结束，黑屏。

他本来想去看看房怡和一家人，可是想到杨来弟还在梁家，觉得不合适，就一个人泡一包方便面，算是过年。

儿子给他打电话，叮嘱他抓紧时间办完事，赶紧回家陪爷爷奶奶过年，现在有疫情，早点回家。儿子长大懂事了。想到懂事的儿子，杨留根心里好受了许多。

杨留根来滨海时，跟儿子说了谎话，大过年的，不留在家陪父母过年已是罪过，怎么好意思说自己为了一个女人，放下父母和儿子不顾呢。可是这个女人让他牵挂了这么多年，他曾经试图将她忘记的，可是怎么都忘不了。现在不仅是为这个女人，还有这个女人的生母，他都放心不下啊。

杨来弟独自一人来滨海后，就开始牵挂梁玉梅会怎样，他给梁玉梅发了信息，梁玉梅只是简单地回了两个字：“谢谢。”

杨留根当然知道梁玉梅这是礼貌性的回复。

杨留根自从看见杨来弟遗留在住处的文件后，就在家怎么也待不住了。

杨来弟走得匆忙，竟然将一份重要文件落在住处，李大个儿捡到文件就让杨留根保存着，说杨来弟会回来找的。这份文件，杨留根没有跟父母提起，自己悄悄收起来。

杨来弟和玉梅的关系，杨留根还是回到老家后听母亲无意间说起的。从小到大，他都以为梁玉梅是房怡和的亲生女儿。

知道杨来弟来滨海，杨留根就担心梁家会发生无法控制的事情。

杨留根打开文件看，文件内容让杨留根震惊，震惊之余，杨留根庆幸李大个儿没有看这份文件的内容。

文件是一份杨来弟的遗体捐献协议书。

这份文件的内容让杨留根彻夜难眠，他放心不下梁玉梅，也放心不下杨来弟了。

他只身一人来到滨海，默默地关注着梁家的一切。他曾经悄悄地来到梁家村，来到梁家小院外，听到院内欢声笑语，他很想进去，但是理智告诉他不能进去。

年三十晚上，他来到梁家村口，看到村口已经是封闭状态。

他回到宾馆，值班的只有一个家在外地的年轻人，正在那里默默地看春晚。

年轻人不冷不热地问了一句："你还要住几天？"

住几天呢？他自己还没有办法确定，他要看事情进展的程度。

他告诉年轻人说再住两天。年轻人好意提醒他，现在票不好买，可能是因为疫情，而且疫情很严重。

他谢过年轻人后，自己回到房间看春晚。

春晚关于疫情的解读，梁家村的封路，加上自己多年做志愿者的经验，让杨留根清醒地意识到，武汉疫情相当严重。

杨留根给在滨海做志愿者的朋友发了一条微信，向朋友求助。他跟朋友说明情况，他无论如何也要见到房怡和，要把杨来弟的遗体捐赠协议文件交给她。

第十七章 雪夜相逢

2020年第一场雪飘来的时候，滨海已经封路封城一个星期了。

居委会街道办事处的工作人员每天拿着大喇叭在社区吆喝，在业主群里面不断发布各种动态和各种通知，呼吁提醒广大居民团结起来，全力以赴抗疫，在家隔离不出门就是为抗疫做贡献。

网上流传着各种段子，惟妙惟肖地描绘出各地的隔离情况。

一时间，人们都只能待在家里，必须待在家里。

大年初四，全城公交、出租停运，所有单位原本定的放假时间延长，人们在这个时候才突然意识到疫情真得很严重，已经开始影响到正常生活。

随着媒体不断报道，特别是各地的医疗队纷纷赶往武汉增援，人们对疫情有了新的认识。曾经被人们漫不经心谈论的疫情，并不是人们意料中的SASR卷土重来，人们在视频中看钟南山院士发表讲话，看各种视频传播的消息，疫情被蒙上一层诡异的面纱，人心随之开始变得焦躁不安起来。

封城后的梁家小院，住着房怡和跟杨来弟，安慧和梁玉梅，还有思思和小土豆。

房怡和那天看当地新闻，看见儿子大仓，领着援鄂医疗队员上车出发，证实了自己的猜测。新闻播出时，思思也在看，看到爸爸去援鄂，一下子就哭了。房怡和什么都没有说，她明白，孩子们瞒着她，是不想让她难过挂念，她就要表现出坚强，来安抚孩子们。

夜深人静时，房怡和默默地流泪了。

房怡和在心里默默地跟梁勇敢说话。

她告诉梁勇敢，仓儿去援鄂了，你要保佑我们的仓儿平安回来。

原本计划安排好轮流来梁家小院陪房怡和的垦荒一家、红梅一家，都被隔离封闭在各自居住的小区。

房怡和跟垦荒一家和红梅一家视频，安慰儿女牵挂不安的心。垦荒和红梅依然为房怡和担心，他们担心小院里没有一个男人，遇到特殊事情该怎么办。

日子突然就过得变了味道，一家人原有的春节安排，全部被突如其来的疫情打乱。

梁垦荒原打算带着老母亲和吴春兰去南方旅游一周，家谱的所有事项都交给梁彤去办。垦荒年前就跟旅游公司签了合同，定金已交，打算正月初三出发，初十返回。为了保证老母亲的安全，垦荒还特意报的老年旅行团，而且是那种没有购物的精品旅行团。这样更安全，也方便按时回来给老母亲过八十大寿。

垦荒安排红梅负责做老母亲过生日的大饽饽。胶东的习俗，老人过寿都蒸大饽饽，有属相有寿字，图个喜庆和吉利。其他琐事全部交给安慧和玉梅。

封城，将一切计划都打乱了。

梁玉梅本打算过完年后，自己送杨来弟回上海。虽没有和生母正式相认，但是经过杨来弟出走一事，玉梅知道自己心中一直有生母的位置。看到生母风烛残年，生活如此艰难，玉梅想去上海看看杨来弟的生活状态，然后再做打算。

梁玉梅跟房怡和坦诚地说出自己的想法，得到母亲房怡和的支持。房怡和鼓励玉梅拿出勇气来，主动和生母相认。玉梅告诉房怡和，自己暂时还做不到主动去和杨来弟相认。

安慧在梁大仓去援鄂后一直住在梁家村，因为疫情，安慧初二无法回娘家，便继续细心照顾婆婆的饮食起居。安慧原本定的正月十六后开工的计划，因为疫情也只能搁浅。

封城让所有人的生活都不得不改变。

吴春兰时常担心住在梁家小院的婆婆。

在吴春兰心里，房怡和是母亲。吴春兰听安慧说，婆婆每天都守在电视机前看武汉抗疫报道，就知道婆婆时刻牵挂着远在武汉的小儿子。吴春兰大年初三从梁家村回到城里的家，是准备收拾东西带着妮妮一起返回梁家村的，结果遇到封城，只能待在家里。

梁彤大年初一就被学校紧急召回，去学校校区值班，检测来往人员体温，登记外来学校人员有无发热、有无和疑似病例接触的情况。

学校人手不够，孙美丽大年初三也被学校召回，去学校路口值班，负责测量体温。家在外地的老师们因为疫情无法返校，人手越来越紧张。

梁彤和孙美丽带着妮妮住在梁垦荒家。

梁彤和孙美丽白天都去学校值班，梁垦荒就负责照顾妮妮。谁也没想到这么快就封城，吴春兰想带着妮妮回梁家村已不可能，只能每日跟婆婆视频。

吴春兰每天负责给家人做饭，感觉自己的心一下子分成两半，两头牵挂。

春节以来的第一场雪连着下了两天，没有一点要停下来的迹象。

梁彤和孙美丽每天值班回家来，都是一身雪水，吃完饭就早早休息，没有精力再陪妮妮。妮妮每天就缠着爷爷奶奶。妮妮正是元气十足、精力无比旺盛的时候，不能下楼，没有户外活动，精力无处发泄，每晚不玩到筋疲力尽，不会去睡觉。吴春兰感觉异常疲劳，盼望着疫情早一点结束。

清早，思思一声大喊打破梁家小院的寂静。

安慧和思思小土豆住在一个屋子里，思思一声大叫，惊得安慧一骨碌爬起来，以为家里发生了什么大事。

原来，思思睁开眼就看微信朋友圈，看见朋友圈都在转发市卫生健康委的通知。市卫生健康委发出公告，向社会紧急采购抗击疫情所需的医用防护用品和耗材等物资。

采购内容很具体，有一次性医用防护服（符合GB19082-2009标准）、N95医用防护口罩（符合GB19083-2010标准）、医用外科口罩（符合YY0469-2011标准）等，其中一次性医用防护服需10000件，N95医用防护口罩需20000个。符合欧盟医用防护服EN14126标准（其中液体阻隔等级在2级以上）并取得欧盟CE认证的紧急医用防护服，或液体致密型防护服（type3，符合EN14605标准）、喷雾致密型防护服（type4，符合EN14605标准）、防固态颗粒物防护服（type5，符合ISO13982-1&2标准）也纳入采购。

公告还特别强调，如果有急需的防控物资采购渠道，请联系市卫生健康委，真诚欢迎社会各界爱心人士通过各种渠道捐助。

思思看到公告，异常惊喜兴奋，想起自己和小土豆翻出的那箱口罩，觉得自己终于可以和爸爸一样为抗疫做点事了。

安慧听完思思的描述，气道：“真让你给妈吓死。”

思思一点也不内疚，故意气安慧：“吓死不偿命的。”

安慧问思思捐助渠道，思思嘲笑妈妈，通告上面联系人、联系电话、传真邮箱都写得一清二楚，只要有物资就能捐出去。

小土豆也醒了，听到可以做善事，就跟思思一起翻口罩。

两人忙活了半天，却怎么都找不到那箱口罩。思思性子急，做什么都不得要领，屋子不大，思思左一下右一下地甩了一堆衣物。

安慧奇怪，你们自己找出来的东西都不知道放到哪里了，多糊涂啊。

思思不耐烦，让安慧不要唠叨，影响思路。

安慧哭笑不得，回忆起那日思思给自己打电话，思思说找到的口罩不清楚型号标注，让小姑帮忙。

安慧连忙提醒思思："思思，是不是搬到小姑屋里了？"

思思反而不乐意了："妈，你怎么不早说，看着我着急，你是我亲妈吗？"

安慧气道："特别特别亲的后妈。"

思思回道："就是，从来就不亲。"

思思一边翻东西一边和母亲斗嘴，意外发现安慧的一件旧大衣里面掉出一张纸，上面用钢笔写着几行字。

这啥情况啊，这年头还这样写字。

思思好奇，拿出纸张来看，一看就爆炸了。

思思将手中的纸在安慧眼前使劲晃，脸憋得通红。

"妈，你敢跟我爸爸离婚，我就不认你是我妈。"

安慧一下子被弄得云山雾罩，不知道思思在说什么。

小土豆吓坏了，不敢说话，老老实实地待着。

安慧照着思思的手就打了一下。

"你这孩子，一大早抽什么疯啊？"

"你还不承认，这不是你写的离婚协议吗？"

安慧拿过纸张一看，自己也愣了，这是一份手写的离婚协议书，千真万确是安慧自己的签名。安慧仔细一看，年份是九十年代。安慧明白了，当时因为痛失孩子，她精神几近崩溃，常常为小事跟大仓吵架，其实没有什么根本问题，就是抑郁烦闷发泄而已。后来大仓领着她看心理医生，家人贴心劝导，安慧才一步步从痛苦抑郁中走了出来。

安慧笑笑，知道现在跟思思是无法说清楚的，她从来都不知道自己还有一个早夭的姐姐。

"思思，你看看日期，那时候妈情绪不好，年轻不懂事，瞎写的，不能算数，别生气了。"

安慧好言相劝，思思不依不饶，拿出痛打落水狗的架势。

"你说不算数就不算数啊，凭什么你说什么就是什么啊？你可真俗，我爸是那种女人一见就心里踏实的男人，你要是离开我爸，我看你怎么过下半辈子。”

梁思思连珠炮样地轰炸，弄得安慧头疼。

安慧立马哄着思思开心：“妈俗，俗，还不快去找口罩。”

梁思思咄咄逼人：“妈，你不要转移话题，你给我说清楚，今天你必须给我说清楚。”

“你先去找口罩，回头妈跟你说清楚。”

小土豆一直不理解思思跟舅妈为什么总是拌嘴，劝梁思思：“姐，你不可以这样跟舅妈说话的，我们去找口罩啊。”

梁思思又开始跟安慧耍赖：“妈，都是你，耽误大事，这事没完。”

梁思思拉起小土豆就走：“走，跟姐去小姑屋里找口罩，咱们去捐口罩，还可以去海边玩一会儿。”

梁思思一开门，和走进屋来的梁玉梅脑门对脑门地撞上了。

梁玉梅摸着被梁思思撞得生疼的脑门，说：“思思，你这是去干什么，急成这个样子？小姑让你撞傻了，你把聪明还给我。”

梁思思一看是小姑梁玉梅，马上投降，一副媚态地说：“小姑，快进屋，外面太冷，会冻坏我亲亲的小姑。”

梁玉梅被梁思思拉进屋里。

“小姑，我正要去找你呢。”

“你找我还有好事啊。”

“小姑，当然有好事啊。”

“我不信。”

“真的真的。”

梁思思翻朋友圈，翻出市卫健委的公告给梁玉梅看。

梁玉梅看了一眼说：“早看到了。”

梁思思一下就会意：“捐。”

“你说呢？”

“当然是捐啊。”

“那箱口罩还在我屋呢。”

梁思思立马欢喜雀跃，念叨着：“心有灵犀啊，小姑。”

“一大早就哇哇喊，八里地都能听见。”

梁玉梅看着梁思思兴奋的样子直摇头。

“兴奋，兴奋，小兴奋。”

梁玉梅不再搭理梁思思，喊安慧去吃早饭。

安慧问梁玉梅：“怎么这么早吃饭？”

梁玉梅指指手中拿着的手机。

“不早啦，我把包子都热了两遍啦。”

梁思思不等小姑说完，带着小土豆弓着腰，从梁玉梅和安慧中间挤出去。

梁玉梅忍不住去拍梁思思的屁股：“思思啊，你调皮成这样，啥时候能长大啊？”

梁思思回头对着梁玉梅扮个鬼脸，嬉皮笑脸地说：“我长慢点，要是长快了，小姑你多寂寞。”

梁思思说完，带着小土豆头也不回地出门。

安慧无奈地看着梁玉梅说：“也就你能降服这个孙猴子，哪还像个女孩子？惯坏了。”

两人说着话，跟在梁思思和小土豆身后走进房怡和屋里吃早饭。

一家人正吃饭，村委的大喇叭开始每日播报。

滨海市已发现十几例疑似病例，提醒全市居民注意防范。大喇叭接着播报在航班、动车上发现确诊病例的航班班次和动车车厢号，提醒接触者去医院接受检查。

杨来弟看看房怡和说：“房老师，看样子传染性很强的。”

梁思思又急着去说杨来弟，张张嘴，看一眼梁玉梅，不吭声了，去看手机。

房怡和看见思思盯着手机，猜到思思在关心什么。

“思思，你打算什么时候去捐口罩啊？”

思思头也不抬地回答：“奶奶，捐助电话打不进去，我一会儿再打。”

“思思，放下手机，先吃饭，吃完饭再看手机。”

梁思思放下手机说：“奶奶，我在看疫情报道。”

“奶奶知道，你好好吃饭。”

梁思思三下两下吃完饭，一推饭碗：“奶奶，我吃好了，我去打电话。”

“思思啊，问清楚些。”

思思回答着好，就出了门。

安慧不好意思地看着杨来弟，说：“这孩子都让我惯坏了。”

“蛮好的，开朗。”

村委的大喇叭突然又开始吆喝：全村村民请注意，全村村民请注意，现在村委会需要两个懂电脑操作、会收录各种信息、能够编写报表的快手，谁家里有回来的大学生可以来村委会帮忙。另外，还需要志愿者帮忙测试体温，愿意做志愿者的同志，可以直接带着身份证来村委。

大喇叭里面的播报员应该是村委会村委，声音有些嘶哑，用当地方言连说三遍。

安慧和梁玉梅听完，笑得前仰后合。杨来弟显然没有听懂大喇叭里说些什么，愣愣地看着笑得不能自已的安慧和梁玉梅。房怡和也忍不住笑，跟杨来弟解释，刚才村委说要征志愿者，本地土话，你听不懂。

杨来弟连声说：“疫情蛮严重，我可以去帮忙的。”

房怡和安慰杨来弟：“我们都上年纪了，不出门就是支持政府工作，帮忙的事不用我们。”

梁玉梅看看房怡和欲言又止。

“玉梅你有啥话想说就说吧。”

梁玉梅又看看安慧，正准备说话，梁思思乐滋滋地回来了。

梁思思进门就喊：“联系上啦，联系上啦，他们说我可以出去给他们送口罩，路过关卡，就给他们打电话。小姑，一会儿带上小土豆去送口罩吧。送完口罩，我们去海边转一圈，再到店里喝杯咖啡。终于可以出去透透气了。”

梁玉梅问思思：“你送过去交给谁呀？思思你要问清楚。”

思思胸有成竹地说：“市卫健委办公室有人啊。”

安慧盯着思思说：“你怕不是想出去玩儿吧。现在不安全，本市已经发现十几例疑似病例，你不要带着小土豆出去乱跑。”

思思的小心思被安慧拆穿，急忙掩饰道：“奶奶，我妈以小人之心度亲闺女之腹啊。”

房怡和看见梁思思高兴得手舞足蹈，问梁玉梅：“玉梅，你看过那个市卫健委公告没有？”

梁玉梅说看过了，朋友圈都在转发。

房怡和若有所思。

所有人都吃完饭，安慧开始收拾碗筷。

房怡和招呼大家都坐到炕上，自己有话要说。

思思和小土豆拉着梁玉梅围着房怡和坐下。房怡和招呼杨来弟坐过来，杨来弟坐到思思身边，思思不自觉地就挪了一下位置，杨来弟面露尴尬，低下头。房怡和看见杨来弟这个样子，吩咐思思：“去喊你妈过来，奶奶有事跟你们商量。”

“奶奶，咱们不带我妈玩儿好不好？”

梁思思说完，挑衅地看着低着头的杨来弟。

房怡和笑笑，也看着杨来弟，说：“来弟，你说这孩子怎么这么没正经啊。”

杨来弟笑笑。

梁玉梅起身道：“嫂子在收拾呢，我去看看。”

安慧围着围裙端着茶水正好进屋，房怡和拍拍炕沿儿：“安慧啊，你坐，玉梅正准备去找你。”

安慧解释自己正在刷碗，马上就干完了，一会儿就过来。

房怡和拍拍炕沿儿："不要急着刷碗，我说几句话，咱们再各忙各的。"

安慧答应着，坐到玉梅旁边。

安慧坐下后，思思又急了，冲着安慧嚷嚷："哎呀，妈，你刷什么碗啊，先听奶奶安排。"

安慧这个时候不好发作，瞪着梁思思，思思故意扭过头去不看安慧。

安慧又好气又好笑地看着梁思思的后脑勺。

房怡和显然考虑成熟了。

"广播你们都听到了，咱家就有两个现成的大学生，思思和小土豆，还有玉梅这个作家，都是文化人，现在全民抗疫，咱家能出多少力就出多少力。我从北大荒回来就住在梁家村，几十年了，村里的乡里乡亲待咱们梁家不薄。我呢有个想法，玉梅啊，你愿不愿意带着思思和小土豆去做志愿者啊？"

"愿意啊，妈，我当然愿意，我一直在想这事呢。"

安慧不放心，说："妈，这小院就剩下咱们几个女人，她们仨再去做志愿者，家里就剩下咱们仨啦。"

房怡和拍拍安慧的手，她明白安慧在担心什么。

"安慧，不要担心，大仓去援鄂，咱们在家出不了什么大力，能做点什么就做点什么，咱们多做一分，大仓他们就减少一分负担。你留在家里照看着家，妈和你杨阿姨说说话，帮你给玉梅她们做饭，都尽点力。"

思思忍不住插话："奶奶，我愿意去做志愿者，可是口罩，捐口罩这事咋办呢？"

房怡和笑了，看着着急的思思："这事儿好办，一会儿你们开着车去村委会，口罩交给村委们，让他们给带到市里就行，不用留名字，这是咱该做的。"

思思听完奶奶的话，明显不高兴了，情绪低落地坐在那里不再说话。

房怡和摸摸思思的小脸："怎么啦，小朋友，怎么不高兴啊？"

思思叫了一声奶奶，低着头不再说话。

思思被奶奶看穿心思，不好意思，却心有不甘。

房怡和看见小土豆一直坐在思思身边不说话，问小土豆："宝贝啊，怎么不说话，想不想去做志愿者啊？"

小土豆有些胆怯地看着房怡和："姥姥，我在加拿大星期天都去孤儿院做volunteer（志愿者），只是在国内，我怕做不好，我的汉语讲不好。"

小土豆说完，不好意思地笑笑。

房怡和将小土豆搂到怀里，拍着小土豆的肩："宝贝啊，回来赶上疫情，家里事情多，姥姥都没有和我外孙女好好说说话。"

小土豆撒娇："姥姥，我爱你啊。"

"看看小土豆，表达感情多直接，姥姥也爱你。"

梁思思不高兴了："奶奶，多肉麻啊，我也爱你。"

梁思思说着凑到房怡和跟前，房怡和拍拍梁思思的头："知道知道，奶奶都知道。"

杨来弟看着房怡和跟梁思思小土豆抱成一团，满眼羡慕，不自觉地就看了梁玉梅一眼。杨来弟没想到，梁玉梅此时也正看着自己，四目相对，都慌乱地移开目光。

梁玉梅拉起梁思思，对房怡和说："妈，我带她们去村委报名，今天就到位。"

房怡和点头道："去吧，带好思思和小土豆，听村委的安排。"

"妈您放心。"梁玉梅回答着房怡和，又伸手拉起小土豆。

安慧看看梁玉梅："不然玉梅你留在家里，我带着她们去吧。"

梁思思首先反对，喊道："妈，妈，不用，不用，我们跟着小姑就可以。"

安慧瞪着梁思思，梁思思故意嘻嘻哈哈地不看安慧。

安慧心中气道，熊孩子，你给我等着，等我腾出手来，看我怎么收拾你。

房怡和吩咐安慧："安慧啊，你去收拾厨房吧，收拾好了，就回你屋休息休息。我和来弟说说话，看看电视剧。"

安慧猜到婆婆是有话跟杨来弟说，答应着去了厨房。

梁玉梅招呼梁思思和小土豆都去穿厚羽绒服和毛裤，长时间站在外边太冷了。思思一个蹦高就拉着小土豆回屋穿衣服。

房怡和喊住梁玉梅，嘱咐道："玉梅，带好她们，口罩交给村委会就可以。手机都拿好，带上充电器，有什么事及时联系。"

梁玉梅答应着，去拿口罩。

房怡和又嘱咐了一句："玉梅啊，你多拿几个口罩，备用。"

梁玉梅答应着，回屋换衣服。

梁玉梅开着车，村子小路很窄，雪不停地下，将挡风玻璃遮盖得严严实实，梁玉梅开得很慢。

思思着急道："小姑，小姑，看不清路啊。"

小土豆看着车窗外的雪花惊喜道："雪花很多，好大啊，跟加拿大的雪一样。"

梁玉梅忍不住打趣道："小土豆，想家了吧？"

小土豆很老实，告诉小姨有点想家了，不知道疫情什么时候结束，什么时候能回家。

梁思思看着漫天的雪花，开始打退堂鼓，吵着要回家。

梁玉梅看看思思问道："思思，怎么了，你不想当志愿者啦？"

"这天太冷了，不如回家玩游戏。"梁思思实话实说。

梁玉梅故意激思思："思思，干什么都不容易，一件事还没做就开始退缩，这不是我们思思的风格啊，想想你爸爸，正在武汉拼命呢。"

梁思思被梁玉梅这一激，马上劲头十足，谁怕谁啊，走起。

窗外飘的雪花打到窗户上就化了。

杨来弟坐在炕上面看梁氏家谱，房怡和在煮茶。

玻璃茶壶里面的水冒着热气，咕咕噜噜地响着。茶叶在壶中翻滚着，水的颜色开始一点点变成牙色。

房怡和招呼杨来弟过来喝茶。房怡和告诉杨来弟，这茶是玉梅买的，老白茶，可以防感冒，现在喝正合适，也让杨来弟尝尝。

杨来弟放下手中拿着的家谱，来沙发这儿坐下。

房怡和倒一杯白茶递给杨来弟，自己也倒一杯。

房怡和喝了一口茶，说："味道还不错，来弟，你尝尝看。"

杨来弟喝了一口茶，不好意思地笑笑，说："我不会喝茶的，平时很少喝。"

房怡和说："玉梅听说白茶养胃就买了两饼，这孩子啊，心细。"

杨来弟点点头，没有说话。

房怡和看着杨来弟说："来弟啊，现在家里没有外人，孩子们都回不来，咱俩说说心里话吧。"

村委会挺热闹的，村里几个在家休假的大学生都过来报名当志愿者。支书梁宏挺高兴，让一个年纪挺大的村委给每一个志愿者登记，志愿者们登记好，就到梁宏这里领任务。

梁玉梅带着思思和小土豆看见梁宏在忙，就站在一边等着。梁宏给几个志愿者分配好任务，看见梁玉梅带着思思和小土豆站在那儿候着，忙不迭地过来跟梁玉梅打招呼。

梁宏叫梁玉梅姐，梁宏喊道："姐，你也来了。"

梁玉梅听完就乐："支书，你叫我大哥大叔，叫我姐，差着辈分呢。"

梁宏自己也乐："你年轻嘛。"

梁玉梅将口罩交给梁宏，告诉梁宏这箱口罩是N95，拜托支书捐给市卫健委。

梁宏兴奋地抓着梁玉梅的手握着："太好了，太好了！我去镇上开会，都在说口罩还没有筹集到，听说武汉那边医用防护用品很缺，医护人员不能没有防护啊，全国人民都在想方设法支援武汉，我们心里急啊，谢谢你们，谢谢你们。”

“那就麻烦梁支书替我们捐给市卫健委。”

梁宏满口答应，让梁玉梅写上捐赠人名字。

梁玉梅想了想说：“就写梁家村吧，妈说我们都是梁家村人。”

梁宏更激动了，连声赞道：“好，好啊。”

梁宏分配思思和小土豆负责给来往的村民测量体温。

梁思思纳闷，都封村了，怎么还有人出入？

梁宏告诉思思，是有些回村来过年的人要回城里，还有一些春节去城里的人要回村里来，都要测量一下体温。

梁宏嘱咐思思要检查好身份证，没带身份证的要给家里面打电话核实清楚。

梁宏带着梁思思和小土豆找到负责这项工作的一个本村大学生，让她俩听这个大学生安排。

梁宏转回头来跟梁玉梅连声道谢：“姐，您可救了我啦。”

梁玉梅问为什么。

梁宏说这些报表和材料交给学生们不放心，这事可不能有一丝纰漏，人命关天。梁玉梅明白了自己要负责的工作，让梁宏支书放心。

梁宏平时喜欢到梁家去找房怡和聊天，跟梁家的人都熟悉，知道梁玉梅是一个作家，心中多出几分尊重。

梁宏搓着手回答梁玉梅：“我放一百个心，放一百个心。”

梁家小院很安静，房怡和的屋子里面更安静，似乎能够听到雪花敲窗的声音。

杨来弟低着头看着自己手中的空杯子，自从房怡和说要跟自己说说心里话，杨来弟就没有再说一句话，低着头喝茶，茶杯见底，杨来弟就拿着杯子反反复复地看。

房怡和喝茶很慢，一小口，一小口地品。房怡和看着低着头的杨来弟，脑海中不断浮现出杨来弟抱着两个月大的玉梅，跪在自己面前时的情景。

那张无助清秀的脸庞，已经被眼前这张被岁月磨砺得沧桑，还有些不甘心的面容替代了，青丝变白发，皱纹里刻着，都是时光。

杨来弟来到梁家后，房怡和曾怀疑过，她是杨来弟吗？她真是杨来弟吗？

房怡和轻声对杨来弟说："来弟，我知道你这些年生活不易，你不想说，我不逼你。来弟啊，你能听听我说说心里话吗？"

杨来弟低着头，然后抬头，最后点点头。

房怡和不急不缓地说："来弟，你知道吗？我现在每天醒来都在想，我会怎样离开这个世界呢？我又该怎样和我的孩子们告别呢？上天会用什么样的方式收我走呢？我真怕没有机会跟我的孩子们好好告别，留下太多的遗憾，让这些遗憾折磨我的孩子们，想了这么多，其实就是两个问题：我会什么时候死呢？我这一生的遗憾是什么呢？"

杨来弟显然被房怡和的坦率震惊了，还没有人跟她这么平静地谈论自己的生死。

杨来弟在医院待过很长时间，做护工，护理那些生命垂危的老人，看到的大都是油尽灯枯，却心有不甘的绝望和无助，以及面对死亡时的恐惧和挣扎。

杨来弟抬起头来，怔怔地看着房怡和。

房怡和看看窗外，不经意地跟杨来弟说："来弟啊，这雪下得真大，让我想起北大荒的雪了。"

"有一辆武汉回来的车，支书，你快去看看吧。"

一个志愿者慌里慌张地跑进村委会办公室，着急地跟梁宏报告。

非常时期，有武汉来的车，此事非同小可。

市里面发现的疑似病人，全部都有去过武汉的经历，滨海至武汉列车的一位列车员，因为所在车厢有发热病人，竟然染上病毒，已被隔离。现在市里发通告，还在寻找同车厢乘客。

梁宏听说村口发现武汉过来的车，立刻紧张起来，虽然村里已经反复排查，检查了几遍有无武汉来人，保不齐谁家瞒报啊。

梁宏说声看看去，就跟着志愿者出了门。

梁玉梅整理好一天的报表，正准备带着思思和小土豆回家。思思一听有武汉来的车，嗖的一下就蹿出门去，梁玉梅和小土豆都没拉住她。

雪下了一整天，夜幕降临，天气开始变冷。

梁玉梅看着梁思思跑出门，心里窝火又没办法，就让小土豆待在村委会办公室取暖，自己出门去找梁思思。

天已经黑透，路灯的光亮在夜幕降临之际显得昏黄幽暗，清冷没有温度。

梁玉梅看见一群人围着一辆面包车在吵吵嚷嚷地说着，心中感叹，刚才还寂静无人，现在一下子竟然跑出来这么多人，事关自己性命，没有人会置身事外。

疫情在民间越传越离奇，各种版本纷至沓来，有人说这次疫情是因为有人吃了蝙蝠肉传染的，有人说是有人故意投毒，还有人说是故意研发的病毒细菌。

人们恐慌、惧怕，纷纷猜测着。

梁玉梅根本找不到梁思思，看不清梁思思在哪儿。梁玉梅也无法喊叫，她试图喊过几声，声音很快就被此起彼伏的吵闹声淹没。

梁玉梅有些焦急不安，她担心母亲在家里面等得着急。梁宏的身影也看不到了，梁玉梅试图挤到人群中去寻找梁思思，可是根本挤不进去。

这时候，突然出现了一个黑影，他退到路边一个高处，声嘶力竭地喊道：“你们这样围着，就不怕有病毒传染，不怕有病毒？”

人群一下子安静下来。

这个人继续喊道：“你们怕病毒，还围着车，打人砸车。”

人群中有人清醒过来，离开车辆撒腿就跑，跑到很远的地方站着观望，慢慢地就有人不断地撤离，人群终于都散开了，车辆露出真面目。

一辆挂有鄂字牌照的面包车，已经被人砸出几个坑。

梁玉梅注意到，围观的大都是村里的老年人和一些半老不老的壮年人，最多的是妇女。

梁宏从车底下爬出来，裹了一身雪，露出两只眼睛，模样甚是滑稽。

梁宏拍打着身上的雪，看着围观的人嘀咕道："你说说你们啊，什么情况都不问清楚，上来就打人砸车，你们害怕传染病毒，还这么近距离地接触。"

人群中有人说话了："支书，武汉的车怎么过来的，市里面不是有检查吗？"

有人紧跟着喊道："太危险啦，没人管啊！"

梁宏大喊："知道危险还不回家待着，还都往车跟前凑。"

人们都不说话了。

有人小声嘀咕："没想那么多。"

梁宏催促众人："都回家待着吧，这里我来处理。"

人们慢慢散去，有人开始互相埋怨："让你不要往前挤非往前挤，万一有病毒呢？赶紧回家喷酒精，都多喷点啊，这时候可不能舍不得。"

梁思思这时候从车底下钻出来，一身一脸的雪，咧着大嘴哭。

梁玉梅急忙上前去抱住梁思思。

梁思思哭着："太吓人了，这也太吓人吧！这人怎么都跟疯了一样，都疯了，都疯了啊。"

梁玉梅抱着梁思思，拍打着她身上的雪花，忍不住埋怨道："告诉你别往跟前凑，别往跟前凑，你呀。"

"我好奇嘛。"

"好奇害死猫。"

梁宏看到梁玉梅和梁思思，让她们快进屋里去暖和暖和。

梁宏围着车转了一圈，发现车里面没有人，奇怪这车怎么会没有司机。

梁宏在那儿自言自语："难道这车自己开过来的？"

梁玉梅扶着梁思思，问梁宏："支书，您来的时候没有看见司机吗？"

"我的天呀，我来的时候车就被围住了，我被几个人连推带搡，就滚到车底下啦，爬都爬不出来啊。"梁宏苦笑道。

梁玉梅忍不住笑，跟梁宏一起绕车一圈，前后左右看个清楚明白，车内真没有人。

梁宏无奈道："姐，你看，明知道挂着武汉车牌，怕死，还往车跟前凑，都怎么想的。"

"谁说不是呢，都急糊涂了。"梁玉梅笑。

梁宏接着说了一句："都是些顾头不顾腚的东西，简直就是，简直就是，让我说什么好呢？"

梁宏说完，自己呵呵地笑了。

雪停了，白天的雪花落地即化，到了晚上，雪花便可以肆意地飞扬飘落，地上一片雪白，泛着莹莹白光。

梁宏催促梁玉梅带着孩子们回家，自己在这里等等司机，看看什么情况。

一个志愿者站在村委会门口喊："梁老师，梁玉梅老师，有人找。"

梁玉梅答应着，拥着思思往村委会办公室走。

思思一个跟头滑倒在地，惊慌失措地大喊："小姑，小姑，梁玉梅。"

梁玉梅气道："我在你身边，喊什么？你敢喊我名字，胆肥了。"

梁玉梅扶起梁思思，梁思思不好意思了。

"害怕呗，刚才在车底下快吓死了。"

"还是不怕，跑得比兔子都快。"

梁玉梅刚走了几步，就听到一声大喊："玉梅，是房老师的女儿梁玉梅吗？你等一下。"

梁玉梅应声回头望过去，站在高处喊话的人正在招手。

梁玉梅看不清那个人的脸。

那人走过来，走到梁玉梅和思思跟前，是一个看上去很壮实，个子中等的男人。男人戴着大口罩，口罩有些歪斜，穿着一件防滑服。

梁玉梅轻声问来人：“您认识我？”

男人摘下口罩，朗声大笑：“我，杨留根。”

梁玉梅下意识地喊道：“你是杨留根吗？杨留根。”

杨留根笑着，一脸灿烂：“是我啊，杨留根。现在封路，我正发愁怎么找你们呢，听到有人喊你名字，没想到真的是你啊。”

梁玉梅指了一指那辆面包车，问：“你的车？”

杨留根说：“是啊。”

梁思思看看小姑，又看看杨留根，问：“小姑，这又是啥情况啊？”

梁玉梅连忙跟杨留根介绍：“思思，我二哥的女儿，梁思思。”

杨留根似乎有些意外：“大仓的闺女，这么大了。你们这是干什么呢？疫情这么严重，还出来。”

梁玉梅告诉杨留根：“我们来做志愿者。”

梁玉梅跟思思笑道：“思思，这个叔叔是冬花奶奶的儿子。”

梁思思立马拍手开心道：“故人雪夜重逢，特殊时期，有故事啊，小姑，有故事。”

杨留根嘿嘿笑着，跟梁玉梅说道：“你们等等我。”

杨留根招呼梁宏道：“支书，我是车主，我跟您汇报一下情况。”

第十八章　送给你小心心

房怡和说到北大荒，杨来弟的眼泪就流个不停，房怡和原想跟杨来弟说的话就没办法说出来。房怡和安静地坐着，看着杨来弟发泄着心中的痛苦，静静地等待着杨来弟情绪平复。

天色暗下来，杨来弟哭累了。

“房老师，真是很对不起。我这两天想了很多很多，你想知道什么我是清楚的，我过两天告诉你，行吗？”

房怡和又怎能说不行呢。

房怡和心里还是有点恼火：杨来弟，杨来弟，我这样待你，你咋就不跟我说句实话呢？

杨来弟看见房怡和面有愠色，拿着家谱，跟房怡和说道：“房老师，我真的很抱歉，对不起。”

房怡和笑笑：“没什么对不起的。你在看我们家的谱？”

杨来弟点头。

梁家小院餐厅，安慧和梁玉梅忙着端菜。

房怡和听完杨留根的讲述，笑得直拍桌子。杨来弟也笑出声来。俩老太太高兴，安慧和梁玉梅看着也踏实。

安慧跟梁玉梅小声说：“这个留根，来得真是时候。”

梁思思和小土豆本来在屋子里面看电影，听到这边屋里的笑声，都跑过来看热闹。

杨留根坐在沙发上，板板正正地坐着，从这个坐姿就能看出他曾经当过兵。杨留根乐呵呵地看着房怡和，嘴里不停地叫着房姨。

房怡和笑眯眯地看着杨留根：“留根啊，我记得你好像比肯荒小不了几岁啊。我想起来了，你比大仓大一岁，都年过半百了，还和小时候一样淘气。”

杨留根乐呵呵地说：“房姨，您记性真好。我呢，只是要了点小聪明，要不这么个特殊时期，怎么能来梁家村找到你们呢。我朋友帮我办好各种手续，正好封城，房姨，您说巧不巧，我呢，棋差一招，车牌号忘了让朋友换，到了梁家村就差点被咔嚓了。”

杨留根说着，用手做了一个抹脖子的动作。

梁思思和小土豆就笑个不停，房怡和也跟着笑。

房怡和问杨留根：“大过年的，你不在家陪着老妈过年，跑到梁家来，一定有事吧。”

杨留根呵呵一笑，没有正面回答房怡和，说：“事好办，路难行。”

房怡和正要问为什么，一直不说话的杨来弟看着杨留根问：“连长和冬花大姐知道你过来吗？”

杨留根依旧乐呵呵地看着杨来弟：“杨老师，我们这些志愿者哪里有需要就去哪里，路过滨海，就来看看你们。我妈知道，我妈那脾气您还不知道，属炮仗的，她要不同意我出来，能剥了我的皮。”

房怡和听后哈哈大笑，一边笑一边说：“这个我真信，冬花啊，到老了脾气都没有变。”

杨来弟也略显羞涩地笑了。

饭菜端上桌，房怡和招呼大家吃饭。

房怡和抱歉地跟杨留根说："留根啊，让疫情闹得没法出去买点你爱吃的，也没有准备什么好东西，你就将就吃饱。你能顺利来到我们家，真不容易，你就像小时候一样，想吃啥就吃啥。"

杨留根看着一盘大葱炒鸡蛋，惊呼："我的天啊，这个菜我想了好几年。"

"那你就使劲儿吃，管够，大葱后院地里面有的是，自己家种的，你垦荒大哥每年开春都来种菜。留根，你看看，封城，这个小院里面就剩下我们几个老弱病残，还全是女的。你垦荒哥天天打电话，这下好了，你来了，我们家有党代表啦。"房怡和高兴，看着杨留根说。

梁思思不乐意了，立刻喊起来："奶奶说得不对，不老也没病，更没有残。"

房怡和乐呵呵地顺着梁思思的意思说："思思说得对，奶奶用词不当。"

杨留根抱着拳头说："房姨，您放心，有我在，你们就踏踏实实的。估计过了正月十五就能解封了，等不封路我再回家。我，洪常青，党代表，请房姨放心。"

梁思思又奇怪了，问房怡和："奶奶，他怎么姓红啊。"

梁思思这一问，大家都笑开了，连杨来弟都忍不住笑出声。

安慧拉着梁思思的衣角，小声劝说："思思，什么都不知道就闭嘴。"

梁思思甩开安慧的手，理直气壮地说："不知道才问呢。"

"思思，等以后奶奶给你讲洪常青的故事。留根，你就在我这儿踏实住着，多住些日子，不怕，咱们家不缺吃的。"

房怡和给杨留根夹菜。

杨留根却不好意思地说："小时候不懂事啊，总到房姨家里来蹭饭。我妈到现在也只会做面条，糊涂面，汤汤水水的，还行，吃惯了。人吧，都是越吃越馋。"

房怡和笑道："冬花会擀面条，去年来我这儿，还给我做呢。"

梁思思看着杨留根，端详半天，说："大叔，您总到我奶奶家蹭饭，你好意思啊。"

杨留根老实地说了一句："不好意思，太馋了。"

杨来弟说："小孩子嘛，都这样的。"

梁思思白了一眼杨来弟，杨来弟又不吭声了，隐形人一样，默默地坐在那里吃饭。

梁玉梅看着和房怡和说得热火朝天的杨留根，想起他刚才说自己过五关斩六将来到梁家村的经历，无声地笑了。

梁玉梅记事的时候，杨留根都十几岁了，每天没事就来梁家蹭饭。房怡和有时候看饭不够吃，就推说吃饱了，不动筷子，等孩子们吃完饭，房怡和将就吃点剩饭菜，要是没有剩饭，房怡和就吃点凉饭。玉梅那时候虽然小，但也知道心疼母亲。

有一次，梁玉梅放学回家，看见杨留根又来蹭饭，梁玉梅就故意跟杨留根谎报军情："留根哥，杨叔叔在麦场到处找你呢。"杨留根最惧怕他爸爸，听玉梅一说，撒腿就往家跑。后来，杨留根威胁玉梅，说不带玉梅去扣麻雀。玉梅才不怕杨留根的小小威胁，很是神气地说："我有两个哥哥带着，还用你带我？"

梁玉梅想到这里莞尔一笑。

梁玉梅这一笑被杨留根看见，杨留根心中叹道："这玉梅还是老样子啊，一点都没变。"

安慧观察吃着饭还谈笑风生的杨留根，单看长相，说杨留根比大仓年长十岁都有人信。

黎明辉牺牲后，梁玉梅大病一场，安慧和二姐大嫂轮流照顾玉梅。

那天梁大仓强行带着安慧出去吃饭，原来是和大哥垦荒一道给杨留根送行。

杨留根来到滨海特警队报到的第一天，黎明辉牺牲。

杨留根处理完各种事务，准备去看望大仓父母时，妻子突然病故。杨留根急忙赶回老家处理妻子后事。

杨留根处理完妻子后事回滨海，就办理了手续提前转业。当时梁勇敢和房怡和正好去南方采集家谱资料，杨留根没有见到他俩，也没时间等，只能错过。

杨留根回老家后，几乎没有再跟梁家联系，谁都不知道原因。安慧断断续续地听说，杨留根又结了一次婚，但是离了。后来听说杨留根经商做生意，基本在南方一代活动，据说还不错，但不知道具体情况。

安慧留意观察着杨留根。

这个家伙神出鬼没，突然来到梁家干什么呢？疫情期间，为了来梁家，杨留根动了不少脑筋。他费尽周折来梁家，不可能单单为了看看梁家人这么简单。春节前家里来了个寻亲的杨来弟，接着疫情来袭，大仓去援鄂，封城，现在，多年未联系的杨留根又突然来了，这世间的事真是变幻莫测啊，想都想不到的事太多了。

梁思思盯着杨留根，突然发难："大叔，你骗人啊。人家做志愿者才可以在市里来往，你一个假志愿者，怎么可以这样自由？你真不老实。"

杨留根大笑："我的确是志愿者，只不过这次没有在疫情前线，我朋友刚从武汉回来啊。我一直在当志愿者，我所有的证件都是真的，我这次不过是为了能顺利来梁家村，请朋友帮忙而已。"

梁思思听完，一脸鄙视："你那个朋友不咋地，帮着你撒谎。大叔，你不去一线，来我们家不会是有什么目的吧？"

杨留根想了想说："闺女，事儿呢，不是没有，不过这是个军事秘密。"

杨留根一本正经，梁思思一脸不屑。

安慧的手机突然响起，思思的哇哇哭声格外刺耳。

梁思思喊着："妈，妈，你赶快把铃声改过来。"

安慧接电话，竟然是很久没有联系的连红旗打过来的。连红旗绝口不提装修的事，就好像什么都没有发生过。连红旗直截了当地跟安慧提出合作办工厂。

安慧纳闷："我和你合作什么呢？"

连红旗说："你的厂子可以生产口罩，现在到处都缺口罩，做口罩肯定大赚，机会错过就没有了。"

安慧一时转不过来弯，说自己考虑考虑再答复他。

连红旗却说："时间不等人，如果安慧不想干，他可以买安慧的厂子，价钱可以商量。"

安慧客气道，要跟家人商量下，就急急挂了电话，陪着房怡和吃饭。

因为杨留根的意外到来，这顿饭吃得热闹。

吃完饭，安慧和梁玉梅收拾着碗筷。

梁玉梅问安慧："嫂子，连红旗又打什么坏主意，你要小心。"

"不知道，这种人心机深，套路更深。"

梁玉梅提醒道："嫂子，你要小心，千万不要再被连红旗算计了。"

杨留根出来送盘子，听到连红旗的名字，就问安慧说的连红旗是不是杞县人。安慧想了想说："好像是那边过来的，是不是杞县，不清楚。"杨留根却突然有些激动，问安慧有没有连红旗的照片。

安慧翻朋友圈，找了半天，才找出一张连红旗分享到朋友圈的照片。

杨留根一看照片就怒骂："这孙子，烧成灰我都能认出来。这货还挺年轻，一天三顿都吃防腐剂吗？"

妻子病故，母亲精神几乎失常，杨留根不得已提前转业，回到老家照顾父母的生活。

父母年事已高，大哥牺牲后，母亲的精神一直就不好，想起来牺牲的大儿子就哭一场，还好有杨留根的儿子守在身边。

杨留根调来滨海时曾经做过打算，滨海环境好，还有大仓一家老朋友，等自己在滨海安顿好，就接父母老婆孩子过来。杨留根没想到的是，一直留在父母身边照顾老人的妻子突然查出乳腺癌，不到三个月就撇下儿子离他而去。妻子病故，对母亲打击最大，母亲精神几乎崩溃。杨留根思前想后，决定提前复员。

那时候复员回去还分配工作，杨留根到了一家县办化肥厂的保卫科，工资不高但也可以维持生活。他们这代人按部就班已成习惯，没有天崩地裂，谁都不会想着改变现状。

杨留根的父亲杨木林老家在县城，属于城中村。

杨木林当年带着一家人回到老家时，兄弟姐妹都已经分家单过。当初杨家分家时，杨木林只留下一间小房，杨家祖上留下来的几间大房子都给了大哥和弟弟。

杨木林从北大荒回到老家，一家人只好憋屈在一间不足二十平方米的屋子里面。城中村改造，杨木林的大哥和弟弟都分到两套房子，杨木林只能分到一套小房子。即便这样，杨木林也很知足，毕竟生活比在北大荒方便多了。

可是杨木林和王冬花那点工资根本不够全家人生活。杨木林就跟自己生气，自己看不起自己。杨木林当年那些同学战友都生活得顺风顺水，事业有成，而自己革命一辈子，青春年华时去开荒种地，老了返乡，却连基本生活都没有保障。杨木林生气苦闷却找不到出口，天天喝酒，借酒消愁，越喝越愁，越愁越喝，越喝越多，几乎顿顿都离不开酒。王冬花见杨木林这个样子，气得经常大哭，王冬花一哭，杨木林就烦躁，杨木林一烦躁就摔东西，家里天天鸡犬不宁。

杨留根的两个妹妹都在读书，学习成绩都不错，杨留根希望两个妹妹能有个好前程，就报名去当兵，为母亲减轻一些生活负担。

杨留根在老家娶妻，也是想着能有个人帮助自己照顾父母。妻子人很好，生了儿子，照顾公婆，可是却年纪轻轻就走了。

杨留根复员回家，两个妹妹已经大学毕业留在省城，生活都还顺心如意。小弟弟没有考上大学，就直接去了南方打工。杨留根没想到的是，自己回家工作不到一年，竟然下岗了。

下岗让一个大男人自尊心受挫，杨留根就琢磨自己干点什么来养家糊口。

杨留根发现县城开小饭店来钱比较快，就决定开一个小饺子馆。杨留根当兵头一年就在炊事班干，包饺子很快，还很利索。

饺子店开起来后，生意还真不错，家里的经济条件开始逐步改善。亲戚张罗着给杨留根又说了房媳妇。

媳妇名叫杨书文。书文家就在同村，是杨留根姑姑家的一个远亲，人还实在。杨留根这次结婚很实际，娶的女人只要好好过日子就知足。书文嫁过来第一年还算本分，后来不知道怎么就迷上了跳舞，夜夜跳，天天跳，跳到不回家做饭洗衣服。杨留根深更半夜累成狗，还要到舞厅去接媳妇。

书文的舞伴就是连红旗。

书文跟着连红旗跳舞，连红旗供着书文吃喝玩乐，杨留根作为一个刚烈的男人，无法忍受这一切，离婚了事。

杨留根没想到离婚却要了书文的命。

人和人之间都是什么样的缘分？谁又是谁的前世今生？这缘分真的是三生三世啊。

安慧和梁玉梅怎么也想不到，杨留根和连红旗还有这样的瓜葛。

安慧说连红旗似乎还很有钱。

杨留根说连红旗的钱和花天酒地的日子是靠骗贷款骗来的。

安慧问："连红旗怎么骗贷款啊，银行的人都傻吗？"

杨留根笑道："安慧，你真是命好，连这个都不知道，都能盖好工厂，上天真是照顾你。"

杨留根一脸真诚地说着。

"我盖厂子不需要贷款，我这几年挣的钱都填进去了，还把新房子卖了。"安慧也实在。

杨留根听完就乐了："你的命好。我妈总说，老梁家人的命都很好。"

安慧好奇，让杨留根讲讲骗贷是怎么回事。

骗贷是一门大学问。

当年在一个小县城，一个小企业向银行申请贷款的难度之高，不亚于向犹太人白要钱。就算好不容易借来了银行贷款，也要支付大概10%甚至15%的利息。如果没法从银行借到钱，就要使用民间借贷，一般利息是20%以上。但是连红旗绝非一般人，他的聪明让他迅速学会钻政策空子。

当时正赶上房地产开发热，小县城的房地产火到让人不敢相信。农村挣到一点钱的人都想到县城里买套房。连红旗发现一个普通的老百姓只要有正当工作并且缴纳住房公积金，银行就可以闭着眼睛把十万块钱贷给老百姓买房，首套房的利率只有大概4.5%。连红旗开始算账了，当一个小企业的经营者面临资金链断裂的风险时，如果手里恰好有一套价值几十万或者上百万的房产，一般会把房子卖了，或者把房子抵押给银行贷款来挽救企业。

连红旗不这样做。连红旗当时经营着一家造纸厂，因为环保等因素，不想干下去了。连红旗先找一个绝对牢靠的亲戚，只要不在一个户口本上就可以，然后找一个中介把自己的房子标出比市场价高20%的价格，再给这个亲戚一笔钱，让亲戚用这笔钱做首付再从银行贷出高出这笔钱两倍的贷款，最后呢，房子过户到亲戚名下，自己一分钱没花，原来的钱还是自己的，贷款又到手了，房子也依然是自己的。

连红旗屡战屡胜，越战越勇，胆子也越来越大。他自己骗贷，还帮助朋友骗贷，从此生活得风生水起，花天酒地，舞伴一天一换。

书文本质上是一个老实女人，只不过虚荣心强，想过好日子而已。

书文不明白天上不会掉馅饼的真理，总以为上天真会格外开恩给自己一个大馅饼。

书文跟杨留根离婚，是奔着和连红旗过好日子去的，可是连红旗怎么可能将自己的家底交给一个傻到只会跳舞的女人手里。东窗事发后，连红旗四处打点，不知道是手段过于高明，还是运气好，竟然安然过关，逃离杞县外出发展。

书文想不开，自己喝了农药。

杨留根为此痛苦了很长时间，内疚了很长时间。

杨留根住在垦荒的小屋，很暖和。因为连红旗引发的话题，安慧和梁玉梅都没有困意，跟杨留根喝茶聊着。

安慧和梁玉梅听完杨留根的讲述都没有说话，她俩知道这个时候说什么都没有意义。

当一个人经历过生活的磨砺，经历了人生诸多风雨，安慰和劝说反而不能够表达出内心的感受，沉默似乎更能够表达心境。

窗外又飘起了雪花，安慧叹了口气："这天要下漏了吗？"

杨留根却说了一句："下吧，多下点雪，干净。"

安慧问杨留根："留根，大仓说我不是做生意的料，你说的这些复杂的东西我还真弄不懂。"

"安慧你记住，千万不要跟连红旗合作。害人之心不可有，防人之心真的不可无。连红旗这样的人，一辈子吃的就是投机取巧骗人的饭，算计别人坑人的饭，端上饭碗怎么可能自己给砸了？"

杨留根嘱咐完，安慧没说话，梁玉梅点点头。

"玉梅，你说连红旗要和我一起办厂是想挣钱呢，还是想别的？"安慧又问梁玉梅。

梁玉梅不假思索道："这还用问，挣钱或者骗钱，他这种人坑蒙拐骗的，眼里只有钱。"

杨留根却持反对意见，他提醒安慧："你不懂，挣钱还是好的，只怕把你算计到替他背债，那可就毁了。这事儿，他干过。"

安慧不解地说："根本没有理由啊，我又没跟他过不去，我不理他就完了。"

"他这种人，除了钱，跟谁都过不去，跟自己爹妈都过不去。"

安慧突然想起连红旗说自己的厂子可以生产口罩，如果真的能生产口罩，现在口罩奇缺，工厂已经盖好，可以考虑生产口罩支援武汉啊。

安慧问杨留根是否知道生产口罩有什么要求。

杨留根说不知道。

梁玉梅提醒安慧上网查一下。

安慧就去上网。

梁玉梅看看窗外，问杨留根："留根哥，你来找我们一定有什么急事吧？"

杨留根一时语塞，张张嘴没有说话。

那份协议事关杨来弟生死，怎么跟玉梅说清楚呢？

梁玉梅看杨留根神情有些为难，便笑道："你看我，不该问的。"

杨留根回过神来，道："当然有事啊，不过主要是路过，来看看房姨。"

梁思思穿着睡衣，趿拉个鞋跑到安慧跟前："妈，妈，快看，快看啊。"

梁玉梅赶紧拿起挂在衣架上的大衣给梁思思披上，说："思思啊，你慌里慌张地干什么呢？"

思思带着哭腔："看看，小姑，你看啊。"

梁玉梅一看，是朋友圈都在分享的一个抖音视频。

长长的走廊上，有一个医生慢慢走着的背影。医生穿着厚厚的防护服，挪动着疲惫的脚步，那不是走，是在一步一步地挪动。这个背影，让人一看就能感知到那种很疲惫的劳累。

屏幕下方打出来字幕：这就是工作结束后的医护工作者，滨海市援助湖北医疗队队员。

视频的点赞无数，很多留言都一样，两个字：泪目。

弹幕几乎完全遮盖住了屏幕。

安慧看完抖音，眼泪就出来了，大仓他们可真辛苦啊。

"妈，你没看出来这就是我爸吗？"

安慧重新播放，才看清楚防护服后背上面的字——梁大仓。

名字一闪而过，不注意根本看不清楚。

梁思思哭开了，抽泣着："我爸太辛苦了。妈，你看我爸都走不动了，我爸好可怜啊。"

梁思思哇哇大哭，根本停不下来。

梁玉梅连忙哄道："思思，别哭了，会把奶奶吵醒的。这视频不能让奶奶看见，听话。”

梁思思一边点头一边还是哇哇地哭。

杨留根看着流泪的安慧，竖起大拇指：“大仓兄弟好样的。哥们行！佩服！”

房怡和披着衣服推门进来，看着哭成泪人的思思，问：“思思啊，出了什么事啊？”

梁思思的哭声戛然停止，打了一个嗝儿，慌忙将手中的手机本能地藏到身后，有点不知所措地看着奶奶。

“妈，吵醒您啦。”

梁玉梅连忙上前去扶着房怡和坐到炕上，给她盖上一条毛毯。

杨留根看着房怡和，小声说：“房姨，我们在聊天呢。”

房怡和看着思思说：“思思，把手机拿给奶奶看看。”

梁思思站在原地不动，本能地摇摇头。

房怡和伸出手说：“拿过来。”

梁思思带着哭腔问房怡和：“奶奶，你是神仙啊，你怎么知道我藏的是手机？”

“我还知道你为啥鬼哭狼嚎的，这点出息。”

梁思思破涕为笑：“奶奶厉害。”

房怡和拿过手机，看着抖音。

“大仓他们现在是在拼命呢。累，苦，只要是事业，干起来都苦，都累。当年你爷爷去开发北大荒，睡在冰水里面，渴了，喝冰碴子水，饿了，吃冻成铁疙瘩一样的馒头。还有你杨爷爷一家，也是这样苦过来的。他们为什么啊？为了打粮食支援国家建设。思思啊，你知道为啥你爸爸起名叫大仓，大伯起名叫垦荒吗？”

思思摇头。

“你大伯出生的时候，北大荒正是艰苦的开垦初期，开荒种地，争取早日收粮支援国家建设，爷爷就给你大伯起名叫垦荒。等你爸爸出生，荒原已经变成粮仓，就起名叫大仓。”

“奶奶，爷爷起个名字都这么讲究啊。”

“不是讲究，是爷爷的心思。你有工夫在这儿哭，不如去想想能为爸爸做点什么。”

“奶奶，我能做啥啊？你怎么知道是我爸爸？那字一闪而过，你咋看见这个视频的？”

思思不明白。

房怡和拿着视频看着。

“全滨海人都在点赞，我会看不到？我当然知道是大仓，我养的儿，他包裹严实我也认得出来。你看看你爸的右腿，走路总是拖拖拉拉的，大仓小时候去麦场找我，从麦堆上面摔下来，落下这个毛病，走快了看不出来，走得越慢越明显。我养的儿啊，我会看不出来？”

安慧一听，眼泪止不住往下流。

杨留根扶着房怡和的肩头，安慰道：“房姨，您放心，大仓一定会平安回来的。”

房怡和拍着杨留根的大手说：“我放心，放心着呢，有组织管着呢，我放心。自己的儿啊，一操心就是一辈子，说不牵挂，是假的。”

杨留根听到房怡和的话，一个劲儿点头。

“思思啊，你想不想为爸爸做点事啊？”房怡和问思思。

“奶奶，我想啊。”

房怡和从衣服口袋里掏出一张红色皱纹纸，吩咐玉梅去拿把剪子。

梁玉梅从抽屉里拿来剪子递给房怡和。

房怡和很利索地用剪子将皱纹纸剪成十份。房怡和动作娴熟利索，一点儿不像一个八十岁的老人。房怡和不一会儿就用纸叠成十朵小红花。

梁思思拿起房怡和做好的花朵惊叹：“奶奶的手真是魔术师的手啊。”

房怡和爱怜地摸摸梁思思的脸，说：“思思啊，你不是想当导演吗？”

“动画片，动画片导演，别的不敢当。”梁思思点着头，非常认真地回答房怡和的问题。

房怡和被思思难得的认真劲儿逗笑了："奶奶给你布置个任务。你爸在武汉一线，奶奶记挂他，后天是你爸的生日。"

房怡和还没有说完，站在思思一旁的安慧一拍自己的脑门："猪脑子，猪脑子，看我这脑子，昨天还想着呢，大仓的生日和妈挨着，差几天，今天就把这事儿忘了。"

梁玉梅看看安慧："二嫂，咱们每年谁的生日都是妈给张罗召集的。"

"疫情不让聚会，咱不聚会，垦荒一家和红梅一家都隔离在自己的小区，出不来。思思啊，奶奶给你个任务，你领着咱们编排一个小节目，咱们也做个那个什么抖音传给你爸，我给你做个助理怎么样啊？"

梁思思拍手同意："好啊，好啊，我的偶像奶奶。"

安慧一巴掌拍过来，打到思思后背："好什么好，不知天高地厚，你给奶奶做助理。"

梁思思生气了，扭脸看着安慧："妈，你就知道找事。奶奶，我可没有这个意思，我妈这人想得太多了。"

房怡和微笑着看着梁思思："有意思也可以啊。来，助理开始工作。思思啊，奶奶先给你看个视频。"

房怡和拿出自己的手机，打开一个视频，一个年近六十，头发白了许多的粗壮汉子，声如洪钟地喊道："房老师，教师节快乐。"

接着出来一个三四岁模样的小姑娘，扎着两个朝天小辫，穿着一件湖蓝色的公主裙，稚声道："房老师，爷爷说，祝您老人家节日快乐。"

小姑娘用胖胖的小手比了一个心形，开口唱道："送给你小心心，送你花一朵，你在我生命中，太多的感动……"

安慧看着视频中在给小姑娘做背景板的汉子，说："妈，这不是夏天还来咱家看您的那个老板吗？在省城做生意的。"

房怡和点头称是："这孩子上小学的时候得了脑膜炎，发高烧啊，当时我们连队卫生员正好去营部拿药了，我就背着他去二连卫生所，二连的卫生员说要送团部医院，这病连队看不好。我们又把他送到团部，幸亏治疗及时啊，要不然可能会傻的。这孩子啊，仁义，都这么大岁数了，还挂着这点小事。”

半天没有说话的杨留根，听房怡和说完，嘻嘻哈哈地笑道：“这货比我和大仓大几岁，应该是和雪梅姐一个班的。听说他现在干大了，这货行，知道好歹，大老板，滴水之恩涌泉相报，这货行。这货叫啥来着？我怎么就说不出来呢？他家就在麦场那边住。”

“别这货这货的，骂人呢，不礼貌，人家叫周方正。”房怡和说出名字。

杨留根不好意思地摸摸头，然后拍拍手，有点兴奋地笑道：“对对，周方正，当时我们还笑他名字太好玩了，又方又正。房姨，您知道他做啥生意吗？”

房怡和摇头：“没问过。”

梁思思突然喊道：“奶奶，这小姑娘唱的歌我熟啊，这歌我熟，我想起来了。”

梁思思自顾自地哼着，送给你小心心，送你花一朵。

梁思思唱着唱着，突然来了灵感：“奶奶，我有个想法。”

梁思思附在房怡和耳朵边嘀咕，房怡和听着梁思思的话直点头。

房怡和给梁思思打气：“思思，你大伯二姑他们要是敢不听你指挥，你就告诉奶奶，奶奶给你撑腰。”

梁思思乐得原地转了一圈，眉飞色舞：“看我的，奶奶您就等着看好戏吧。”

“行了，大家都休息吧，有什么事都明天说。”

房怡和说完，又吩咐玉梅给自己拿一片安定，说自己想睡个踏实觉。

“现在这个时候，谁都病不起，别让大仓再为咱们操心。”房怡和看着安慧，叮嘱道。

梁玉梅拉开抽屉，拿出一片安定，说：“妈，我跟您回屋。”

杨留根张张嘴却没出声。

房怡和看看杨留根："孩子，你这么费劲来这儿，一定有大事。天大的事。咱们明天再说，你也累了，都先休息吧。"

"哎，房姨，您早点休息。"

梁玉梅扶着房怡和回屋，安慧拉着思思出门。

杨留根坐在炕上自语："这家人就没变。"

梁玉梅服侍房怡和吃药，房怡和吃了药就躺下了。躺在房怡和身边的杨来弟早已熟睡，梁玉梅发现杨来弟破天荒地没有皱眉睡觉，眉头舒展着，脸上似乎还带着若隐若现的微笑。过年、疫情、封城，梁玉梅竟然没有时间再想她和杨来弟之间的关系，梁玉梅关了台灯，轻手轻脚地离开。

房怡和听到关门声，睁开眼睛。

房怡和轻声自语："儿啊，你可要给妈好好的，好好的啊。儿啊，你要平安回来。儿是娘的心头肉，多大都是娘的儿啊。你要平安回来啊，大仓。"

眼泪顺着房怡和的眼角安静地流出来，房怡和安静地躺着。

吴春兰和梁垦荒两人吃完早饭，去收拾碗筷。

梁垦荒坐在沙发上看家谱。

梁彤和孙美丽带着妮妮还在休息。

梁垦荒住的房子，是那种二十世纪九十年代末期房地产热时流行的户型，三室一厅，采光很好。

吴春兰收拾停当，过来坐在沙发上，问梁垦荒："思思交给你的任务完成没有啊？"

梁垦荒抬头看看吴春兰，实话实说："这个任务还有难度，思思这丫头猴精猴精的，不能让她笑话，一会儿让彤彤帮忙吧，手机这些功能我只会转账，看看朋友圈，思思说的难度太大。"

吴春兰盯着梁垦荒手中的家谱看了一眼，心想："封城也不知道什么时候能结束，婆婆的生日眼看就到了，印刷厂不开工，这家谱怎么印啊？"

梁垦荒看见吴春兰发愣，问道：“你怎么了？”

吴春兰不想说家谱印刷的事，这样只能给梁垦荒添堵。

梁垦荒这几天常唠叨家谱印刷的事。

吴春兰把目光从家谱上挪开，笑笑：“我们真的开始老了，现在很多新鲜玩意儿都弄不明白了。”

“你不显老，我那年跟着爸回来看奶奶，我奶奶还不到六十的人，一看就是老太太。”

吴春兰一下子笑出声，看着梁垦荒一本正经的样子，说：“你怎么变得油嘴滑舌的。”

梁垦荒放下手中的家谱，一本正经地说：“你看看你，好话赖话都听不出啦。”

吴春兰坐到梁垦荒身边，拿起遥控器说：“还是看看武汉疫情吧。”

吴春兰打开电视，想起昨晚在抖音上面看到的大仓的背影，又拿起手机翻看朋友圈，这条抖音转发得太多了，几乎全滨海人都在点赞留言。

吴春兰指着抖音，问梁垦荒：“你说这个视频如果让妈看见，妈该多心疼啊。”

梁垦荒点点头，指指电视，电视上正播放方舱医院的消息。

梁垦荒看着电视画面，说：“这个时候妈心里再难受，都不会说出来，你还不了解妈吗？”

妮妮揉着眼睛出来，喊着奶奶，吴春兰急忙把妮妮抱过来。

妮妮昨晚在家憋得难受，缠着梁彤到楼下去玩，梁彤带着妮妮围着楼房转圈，妮妮一直到转不动了才上楼。

“妮妮，你醒了，奶奶给你蒸了鸡蛋羹，要不要吃啊？”吴春兰是一个典型的孙女奴，只要妮妮在身边，所有的心思都在妮妮身上。

孙美丽跟着妮妮出来，喊道：“妮妮，不要老是让奶奶抱着，都多大了，快下来。”

妮妮搂着吴春兰的脖子不动弹。

“美丽啊，今天不用去学校值班吗？”梁垦荒问孙美丽。

“今天我和梁彤都休息。梁彤还在睡呢，他这段时间比我累。”

梁垦荒听说梁彤还在睡觉，指指卧室：“不要叫醒他，让他睡吧。这段时间你们都太辛苦了。美丽，你也再去睡一会儿。我和你妈看着妮妮，饭是现成的。”

孙美丽很温柔地笑笑。

吴春兰看见孙美丽笑，心里就高兴，抱着妮妮说：“美丽，你再去睡一会儿。”

孙美丽拿出手机说：“爸，妈，思思要的视频，我录了一段，不知道合适不合适。”

梁垦荒惊讶道：“这么快？”

“这个不费事的。昨晚看了抖音，小叔真是太辛苦了，小叔真了不起。”

“大仓他们都不容易，天天新闻都报道，说他们在为全国人民拼命呢。”

“妮妮不睡觉，我们就录了这段视频，一会儿您和妈都说两句话，我编辑好发给思思。”

吴春兰点头。

“不知道要隔离到什么时候，真担心妈她们，一帮娘子军。”吴春兰想起婆婆，开始挂念。

梁垦荒笑了：“没事儿，留根来了，有这么个大男人在小院，你就放心好了。”

“是啊，怎么把他忘了。这家伙神出鬼没的，这么个形势，他还能来咱家，服了。不过真古怪，他来一定是有什么事儿。”

“谁知道他来干什么，不过这孩子精得很，有他在小院，我反而放心了。”

梁垦荒说着，招呼吴春兰一块儿看孙美丽做的视频。

孙美丽看了一眼电视画面，看到疫情报道。

“不知道小叔什么时候能回来。”孙美丽担心小叔。

“美丽，做得真不错，咱们家妮妮像个小明星。”梁垦荒看完孙美丽做好的视频，夸赞着。

孙美丽听公公夸妮妮，心里高兴，转头问吴春兰：“妈，您和我爸每人说几句话，不要拘谨，随便说，我录一下，会挑选着剪辑，编辑好就给思思传过去。”

吴春兰笑了，不好意思地说：“那也不能随便乱说啊，让你小叔笑话。”

安慧去叫杨留根起来吃早饭，刚走到门口，隔着门就听见杨留根呼噜打得山响。安慧心想，这个杨留根是太累了，不如让他多睡一会儿。安慧没有叫醒杨留根，转回来去收拾厨房。

梁玉梅吃完早饭，照例去村委会帮忙。疫情期间，人手总是紧张，梁玉梅做事稳重，有条不紊，细心，还有耐性，梁宏支书希望梁玉梅能多帮自己几天忙。这种时期，梁玉梅当然答应了梁宏支书。

房怡和接着去追剧，杨来弟吃完饭后接着去看梁氏家谱。

梁家村完全封闭后，不再需要那么多人值班测体温，梁思思和小土豆不再去做志愿者。

梁思思和小土豆猫在屋里面剪辑视频。

安慧收拾好，给房怡和泡了红茶端过来，陪着她一起看电视剧。

接近中午，安慧还不见杨留根起床。

安慧有些放心不下，嘀咕着：“杨留根怎么还不起床啊？”

房怡和让安慧放心，说留根累了，睡够自然就起来了。

安慧还是不放心，就过去敲门。

安慧敲门，杨留根没有回应。安慧预感杨留根有事，推门一看，被杨留根的状态吓得腿软。

杨留根躺在炕上喘着粗气，嘴唇干裂。

杨留根看见安慧，哑着嗓子发出微弱的声音：“水，水。”

安慧突然想到杨留根的武汉车牌号，浑身起鸡皮疙瘩，心里害怕，怀疑杨留根会不会真的是从武汉来的，会不会染上了病毒，会不会怕被隔离而撒谎，欺骗梁家人。

杨留根这时候来梁家，本身就古怪，如果是这样，这个杨留根应该非常危险。

安慧没有给杨留根倒水，急忙转身回去拿两个口罩叠在一起戴上，又套上手套，找出家用医疗箱。

安慧先过去叮嘱婆婆不要去杨留根屋里，杨留根在发高烧。

房怡和也被安慧说的吓着了，如果杨留根是染上疫情来的，那要传染多少人啊，梁家就会成为整个村里的公敌。房怡和问安慧要不要打120求救，安慧说自己先过去看看再做决定，非常时期，人人敏感，免得虚惊一场。

房怡和叮嘱安慧做好防护。

安慧全副武装后来到杨留根的屋里。

房怡和跟杨来弟这时都无心再看电视，看家谱，焦急不安地等待着。

安慧戴着口罩进门，距离杨留根一米左右时停下脚步，打手势问他有什么感觉。杨留根明白了，他指了一指火炕旁边，示意安慧不要怕。

安慧顺着杨留根指的方向看过去，看见一条假肢横在炕边的小桌上面。

安慧大吃一惊，问杨留根："你的腿？"

杨留根点点头，吃力地说："我的。我是伤口发炎，现在去医院不合适，检查严格，没必要浪费时间，我还有重要的事情要办。我不会骗你们，相信我。"

安慧连忙过去倒了一杯水，找来一个吸管，让杨留根吸几口水。

杨留根渴坏了，咕嘟咕嘟就一口气吸完一杯子水。

杨留根看着安慧，张着干裂的嘴唇。

"你是学医的，你处理一下就可以，非常时期，不要声张。"

安慧急忙给杨留根检查伤口，伤口已经化脓。

"留根，你都经历了什么啊？"

"以后慢慢跟你说。"到了这个时候，杨留根还不忘开玩笑，哑着嗓子说，"故事不多，宛如平常一首歌，当时都是过不去的沟沟坎坎，现在都是笑话。”

杨留根说完，自己嘿嘿地笑。

“你啊，也就你还笑得出来。”安慧看着杨留根，有些心痛。

“笑比哭好，我真羡慕大仓，命好。”

安慧赶紧给杨留根处理伤口，又让他服用了消炎药，嘱咐他躺在炕上休息。

杨留根让安慧把假肢藏起来，叮嘱她暂时不要告诉房怡和自己残疾的事。

安慧藏好假肢。

安慧过来告诉房怡和，杨留根是累过头了，疲劳过度，有点发烧，嗓子发炎，不是肺炎症状，让房怡和放心。

安慧说杨留根休息休息很快就好。

房怡和执意要看看杨留根。

“妈，留根睡了，发烧需要睡觉休息，让他多睡一会儿。”

安慧劝房怡和暂时不要去看杨留根，房怡和只好作罢，叮嘱安慧：“你给杨留根熬一锅小米油，等杨留根醒了喝。

接近傍晚，房怡和跟杨来弟一道来看杨留根，安慧端着一小锅小米油跟在后面。

杨留根已经基本退烧，房怡和看着杨留根喝下小米油。

杨留根不好意思地说：“姨，我来找您是有件大事。”

房怡和打断杨留根的话，摸着他的额头说：“孩子，天大的事情，等你好了再说。姨家不缺你吃喝，你这体形和垦荒差不多，你垦荒哥的衣服也够你穿的，安心待着，先养好病再说。”

杨留根听话地点点头。

梁思思虽然构思了很长时间，还是拿不准该怎么剪辑这个视频，和小土豆整整折腾了一天。

梁思思嘟囔：“导演不好当，还是干点别的吧。”

梁思思实在不知道这些视频该怎么取舍。

二姑家的视频最搞笑，孙家琪和刘海平两人带着果果跳四步，一边跳一边按照节拍玩rap，生日快乐啊生日快乐，我亲亲的小舅舅生日快乐。梁红梅和孙婵娟做了一个大大的比心，步调不太一致地说一句生日快乐，很真实。

梁思思再看看自己给奶奶和小姑她们拍的视频，这么多素材，哪一个都不舍得剪掉。

安慧录像时一个劲儿流泪，梁思思不耐烦地说："妈，你能不能认真点？"

安慧生气，说思思就是一个二百五。

梁思思拉着小土豆一起剪辑了一天，也没有弄出眉目来。梁思思干脆就随意剪辑出一个小视频，坐等小姑回来帮忙。梁思思等着等着，就和小土豆睡着了。

梁玉梅去村委会忙了一天，回到家，躺在炕上不想动。

安慧过来叫玉梅去吃晚饭，梁玉梅不想吃饭，又不想让母亲担心自己，强打精神跟着安慧去吃饭。

梁思思还在睡，小土豆醒了。

小土豆没有心思吃饭，随便扒拉两口就回屋去找梁思思。

小土豆一走，安慧还是忍不住将杨留根残疾一事说了出来。梁玉梅惊得筷子都掉在地上，房怡和跟杨来弟虽然反应没有这么大，还是忍不住唏嘘，真是世间沧桑，白云苍狗，每一个人的故事怎么都这么多。

房怡和说："玉梅啊，你呢，应该多了解了解这些事，将来写书的时候当素材。你不是一直想写小说吗？其实呢，素材就是生活，故事都在平常人中间。"

梁玉梅点头称是。

房怡和开始发表自己这些日子追剧的感想："现在的电视剧太不接地气，误导年轻人价值观，盲目夸大，善的、恶的都没有底线，就知道猎奇。前几天我看了一部电视剧，那些年轻孩子，一个个像是动画片里的人物，油头粉面，不男不女的。故事情节更离谱，谁一天到晚没事干，都泡酒吧、咖啡店啊，哪来那么多霸道总裁，天天啥也不干就数钱，一张口就是一百万，我这辈子也没见过一百万。玉梅，你在店里看到过几个霸道总裁？”

“一个没看到，我看到的都是学生和孩子妈妈。”

“你的店小，总裁都不去。”

“是啊，妈，总裁们都去二嫂去的会所。是吧，二嫂？”

梁玉梅笑嘻嘻地跟安慧开玩笑。

“会所都是唬人的，烧钱的。不过现在的电视剧不好看，我都好久不看了。”

“就是，看着心里就不舒服。玉梅，以后多写写咱老百姓的故事，老百姓的故事和咱们近，看着就亲。你看杨留根，一定经历了很多事。”

房怡和说着，梁玉梅一个劲儿点头。

一直不说话的杨来弟突然开口道：“现在的电视剧真能瞎编，八路军女兵化那么浓的妆。我们八十年代还穿补丁衣服呢，就是在上海，也没有几个化妆的。”

杨来弟来梁家这么久，第一提到上海。

安慧看看梁玉梅，房怡和点头。

“是啊，咱们全家回老家来的时候，村里好多人家还为口粮打架呢。玉梅，将来写本接地气的书。”

“怕不一定行，我没有生活积淀，心有余力不足。”梁玉梅没信心。

房怡和马上鼓励玉梅：“我看玉梅行。来弟，你说呢？”

杨来弟和梁玉梅同时脸红了。

梁思思趿拉着鞋跑过来，拉着梁玉梅的胳膊说：“小姑，小姑，我视频做好了，你过来看看。”

房怡和饶有兴致地说：“你不拿过来给奶奶看看啊？”

梁思思慌忙抱着拳，嬉笑着：“奶奶，稍等片刻，最后一定交给您审查。”

梁玉梅憋着笑，逗思思：“我还没吃饱呢。”

“我屋里有存货，小土豆带回来的，黑巧克力，加油的，都给你吃。”

安慧气不打一处来，拿过碗饭说："思思，你吃口饭吧，天天吃零食，垃圾食品，薯片巧克力，小心吃坏胃。"

梁思思故意气安慧："我偏不吃。"

"饿死你。"

"母后大人，你还没这个本事，饿死我的事，就不用额娘您操心了。"

梁思思说完拉着梁玉梅就走。

"玉梅，你就惯她吧。"

梁思思故意气安慧，回头一笑："我惯着小姑，就不惯你。"

安慧气得拿着筷子想打思思。

房怡和跟杨来弟都被思思逗笑了。

房怡和跟杨来弟说："全家数她淘气。"

杨来弟却认真地说："蛮好的，蛮好的，直爽开朗，真好。"

梁思思进屋就急急忙忙打开自己编辑好的视频。

音乐响起，天籁般干净的童声唱道：送给你小心心，送你花一朵，你在我生命中，太多的感动，你是我的天使，一路指引我，无论岁月变幻，爱你唱首歌……

小土豆忍不住跟着音乐在梁玉梅身后来回晃动着。

"小姑，奶奶说的音乐就是这个，视频太多了，不知道该用哪个。"

"划重点，划重点，这么长的歌曲，怎么不见内容。"

"素材太多，都不舍得剪掉。小姑，你先看看，都不舍得剪掉。"

梁玉梅只好耐着性子看下去。

镜头第一个出现的是房怡和。房怡和哼着歌曲，双手拿着小红花，打着节拍：听我说谢谢你，因为有你，温暖了四季，谢谢你，感谢有你，世界更美丽。房怡和微笑着说："儿子，你瘦了，加油！武汉加油！"房怡和做了一个加油的动作。

梁玉梅被母亲逗笑了。

房怡和继续说着："儿子，回来，妈给你包饺子。"梁垦荒抱着拳头说：

“大仓，生日快乐！”吴春兰把头抵在梁垦荒肩头，眼泪默默流出来，说：“仓，生日快乐，早点回家，大嫂给你做熏鱼吃。”梁彤抱着妮妮，妮妮奶声奶气唱道：“送给你小心心。”梁彤和孙美丽接着合唱道：“送你花一朵。”一家三口合唱：“你在我生命中，太多的感动，你是我的天使，一路指引我，无论岁月变幻，爱你唱首歌。”画面始终是妮妮在表演，妮妮很投入。

梁玉梅看到这里，对着屏幕说：“宝贝妮妮，想你了。”

梁玉梅说完接着看视频。

安慧笑着说：“我和思思等你回家，你要好好的，大仓，保护好自己。”安慧哭了，说不下去，离开镜头。

梁玉梅看完视频，问梁思思：“这就是你编辑的？”

梁思思心虚道：“是我和小土豆一起做的。”

梁玉梅拉过来小土豆，说：“来，咱们一起来做这个视频。”

梁思思突然想起了什么，说：“停，停，等一会儿，小姑，你也要给我拍一段啊，我有好多话要跟老爸说。”

武汉，已是午夜时分，梁大仓住处。

脱掉防护服的梁大仓疲惫地进门，他明显瘦了。梁大仓躺在床上静静地看着天花板。

手机不停地响着，梁大仓打开手机，思思的声音传过来：“老爸，生日快乐！致敬我亲爱的老爸，最美的逆行者！崇拜你，老爸。”

小土豆说着不太标准的普通话：“小舅舅，你最棒！”

生日？梁大仓看看时间，今天是自己的生日，早忘了。

“爸爸，你一定要看看我们全家人送给你的生日礼物。”

梁大仓打开视频。

背景音乐《生日歌》响起。母亲手中拿着小红花说：“儿子，你瘦了，加油！武汉加油！”大哥一家人出现，妮妮比着小心心奶声奶气地唱道：

“送给你小心心。”梁彤和孙美丽接过来唱：“送你花一朵。”一家三口合唱：“你在我生命中，太多的感动，你是我的天使，一路指引我，无论岁月变幻，爱你唱首歌。”

“生日快乐！”画面中的大哥和大嫂说着生日快乐，大哥憨厚略显羞涩。思思和小土豆，杨来弟和安慧、玉梅手里都拿着小红花，说着生日快乐。

妮妮一直在唱：“我要谢谢你，因为有你，爱常在心底，谢谢你，感谢有你，把幸福传递。”

妮妮的小奶音清澈如山间小溪。

梁大仓看着笑着，眼泪不知不觉地流着。

“我想你们了，太想你们了，你们不知道病毒有多嚣张。”

梁大仓哽咽道：“妈，您要保重身体。保重啊，我的家人们，你们一定要平安健康。”

梁大仓躺倒在床上，妮妮的声音在他耳边回荡着，一遍又一遍地在他脑海中盘旋着：“我要谢谢你，因为有你，爱常在心底，谢谢你，感谢有你，把幸福传递。”

梁大仓想起每次见到妮妮，妮妮都会说：“爷爷，我知道爷爷是医生，救人命的医生。”

第十九章　抖音，抖起来吧

正月十四一大早，梁垦荒和梁玉梅就继续开两人电话会议。

两人的电话会议从正月十一开到十四，会议只有议题却没有商议出解决方案。

正月十六是房怡和八十大寿。年前，梁家儿孙为房怡和八十大寿已筹备很久，如今因为疫情，却不能按照原定的计划进行，一家人都着急、遗憾、无奈。

正月初四封城，全市城市乡村实行交通管制，客运停止，居民都在家中隔离，各个小区进出口全部设有隔离带，村子路口也全部设卡。全市能够开工的单位只有几个生产防护服和口罩的工厂。工厂的防疫措施严格至极，上下班不仅全面消杀，每一个从业人员都严格测量体温。机关事业单位大部分成员，因为疫情突然来袭，从年三十就在基层社区帮助工作。

正月十六，机关事业等单位的人员正式回原单位上班。

为做好防疫工作，社区负责给上班人员发放通行证，上下班都要检测体温。各个工作单位更是严防死守。

上班人员去单位上班第一天要开具单位证明，下班返回社区时交给社区备案。

全市所有社区和村子都还在封锁中。

每个村子里面都严格地封闭，不能随便进出。市区大部分营业场所都不能营业，市民所需的日用品，要到社区内定点开放地点去采购。

梁家一大家子，只有梁彤和孙美丽可以出入小区，但是进不了梁家村，回不到梁家小院。

梁家兄妹原定的母亲八十大寿宴，根本无法按照原计划进行，梁家的儿孙们都很郁闷，无奈又没有办法。作为儿孙们送给房怡和八十大寿贺礼的梁氏家谱，因工厂不开工，也不能如期印刷。

八十大寿啊！一个人一生只有一次八十大寿啊！

梁垦荒和梁玉梅一次次开电话会议商量，都没有想出一个可行的办法来为母亲过寿。

吴春兰一直盼望等到婆婆八十大寿这天，能郑重地跟婆婆说一声感恩，感谢婆婆当年收养之恩，感谢婆婆善待之恩，现在这种突发情况，令吴春兰无比沮丧。

梁红梅在家为母亲大寿准备的祝寿饽饽堆在厨房，不知道能用什么方法送到梁家村。

梁红梅给大哥打电话，大哥也没有好办法。

梁红梅这段时间，日子还算顺心。孙婵娟很配合治疗，心情好了，按时吃药，饭量也大很多，皮肤红润，身体眼看着往好的方面发展。孙婵娟平日里和红梅说说笑笑的，两人不像是亲家，更像是一对老姐妹。

刘海平和孙家琪看着高兴，放心地天天带着果果玩捉迷藏，孙家琪更是恨不能将前两年没有陪伴果果的时间都补回来。孙家琪打定主意不再去海上漂泊，守着老婆孩子过日子。母亲身体不好，岳母一个人也很累，全家就自己一个大男人，留在她们身边，总好过继续在海上漂。至于挣钱，孙家琪想通了，这几年一直想挣钱，之所以选择去海上漂，就是因为比朝九晚五挣得多些，可是母亲一场大病，他挣的钱根本不够付医药费。既然如此，不如留在家人身边找个工作，还可以照顾家人的生活。

杨留根伤好以后不能回家，只好滞留在梁家。杨留根本来就是有目的而来，一副既来之则安之的超脱模样，乐呵呵地跟房怡和说，一切都是最好的安排。

杨留根来梁家这段日子，知道杨来弟和梁玉梅还没有相认，看着梁玉梅为房怡和八十大寿张罗，便将杨来弟捐献遗体的文件暂时保管在贴身衣袋里。

杨留根觉得这个时候把协议交给房怡和实在不合适，房怡和看到协议还怎么过生日呢。

杨留根心里开始盘算，反正已经回不了家，不如安心待在梁家，等房怡和过完八十大寿，就把杨来弟捐献遗体的文件给房怡和看，请她出面，帮助梁玉梅下定决心和杨来弟相认。杨留根希望杨来弟晚年有个依靠，梁玉梅心中的结早日解开。

杨留根还要把自己这几年的心思讲给梁玉梅听，向梁玉梅求婚。如果梁玉梅坚决不同意，自己就等到疫情结束，马上回家，守着老爹老妈过日子。人这一辈子，不如意事常八九，杨留根早看开了。

梁玉梅和大哥开完电话会议，依然想不出好办法来解决问题，就拿出家谱样稿来看。看着家谱，梁玉梅突然想哭，不能为母亲过八十大寿，她的心里除了遗憾，更多了一层不易觉察的愧疚。

因为疫情的缘故，印刷厂无法正常开工，梁氏家谱不能按时印刷成册，印刷厂何时开工还没有明确时间。

房怡和一点都不遗憾，还很高兴，拿杨留根的话来安慰梁玉梅，说一切都是最好的安排。

梁玉梅从心里感到不安和愧疚自责，后悔没有在春节前将家谱印刷成册。本来房怡和的寿宴是梁玉梅全权策划，孩子们都听梁玉梅指挥，按照梁玉梅的部署，精心准备了节目，只待房怡和寿宴时大显身手，可这疫情说来就来了，谁也没有办法。

家谱封面按房怡和的意愿做了修改，一棵枝繁叶茂的大树作为大背景，“梁氏家谱”四个字用稳健厚重的魏碑体，“家谱”两字的字号略大于“梁氏”两字，彰显了对家谱的敬重。

可惜因为疫情，书稿只能待在印刷厂。

梁玉梅想到家谱，心里就不是滋味儿，她第一次冒出一个念头，自己还能不能写进梁氏家谱？家谱该怎样记录自己的身份呢？她不是梁家的血脉，这是不争的事实。

这两年，她帮着母亲整理家谱，高兴就来一句：“妈，你看看我们家的谱，我们家的谱。”一点都没有违和感。

现在面对房怡和，梁玉梅会时常产生一种莫名其妙的愧疚感，这种愧疚感时时刻刻地折磨着梁玉梅。这种情感，梁玉梅过去从未曾体验过。

梁玉梅冷静细想这种愧疚感的来源，想明白是因为杨来弟的到来。

在杨来弟没有来之前，梁玉梅对房怡和的情感是依恋，房怡和交代梁玉梅做的事情，即便没有做好，梁玉梅也会撒撒娇就过去，不会觉得愧疚。四十年风风雨雨，梁玉梅从心底就没有再想过母亲和自己的血缘关系。房怡和就是自己的妈，亲亲的妈。自从杨来弟来到梁家，梁玉梅面对房怡和，就会不自觉地生出一种小心翼翼。她担心自己一不留神做错点什么事，对不起房怡和四十年养育之恩，自己过去和母亲之间几十年的亲密无间，被杨来弟的到来彻底打碎。

杨来弟的存在，杨来弟在梁家的每一天，都像在时时刻刻地提醒着自己，房怡和是自己的养母，是杨来弟十月怀胎将自己带到这个世界，这个自己自幼依恋和深爱的母亲，不是自己的生母。

梁玉梅每当想到这一切，就开始莫名地怨恨杨来弟。原本对杨来弟的怨恨，曾经因杨来弟的不辞而别而消散化解，她虽然不知道生母这些年究竟经历了什么，但是她能够体会到生母生活的艰难和不易，杨来弟对自己的那份感情她也能体会到，她从找回杨来弟那一刻起，就在心里原谅了杨来弟当初对自己的遗弃。可是现在这种局面，梁玉梅心中的怨恨之意，还是很难平复下来，命运究竟是捉弄了自己，还是捉弄了生母杨来弟，甚至捉弄了自己敬爱的母亲房怡和，捉弄了自己的姐妹弟兄？

梁宏来电话，说村委会那边还是有事需要梁玉梅去帮忙，梁玉梅放下家谱，过去跟房怡和知会一声后，就急急忙忙去了村委会。

房怡和看着玉梅进进出出地忙活，知道她还在想办法为自己操办寿宴。她想劝阻玉梅，又不知道该怎样劝。

杨来弟本来在看电视剧，却坐在沙发上睡着了，还发出轻轻的鼾声。

杨来弟这几天晚上睡觉总是翻来覆去地不安稳，房怡和知道杨来弟有心事，内心纠结，又不好细问。

房怡和拿来一床小薄被给杨来弟盖上，以免着凉感冒。

房怡和将梁玉梅的变化看在眼里，她当然知道这个养了四十年的女儿现在想什么，在为什么苦恼。正因为知道，房怡和从心里格外疼惜这个视如己出的女儿。

房怡和知道玉梅心里乱，为自己的生日忙了这么长时间，却没有办法实现祝寿计划。

房怡和知道再长寿的人也只能过一个八十大寿啊！

梁家的儿孙正因为明白这些，才如此重视自己的八十大寿。

房怡和反而觉得不能大张旗鼓地过寿是一件好事，因为突如其来的疫情，她对于生命的认知与过去已经不同。杨来弟突然出现在梁家的生活里，随后疫情说来就来了，房怡和开始反过来思考很多过去想过却没有细想，或者没有想明白的事情。

老伴梁勇敢活着的时候，看着她天天为梁氏家谱忙碌，曾经说过，要给她排排场场地过八十大寿，还说让她在寿宴上穿那件旗袍。

房怡和现在想到老伴的承诺，总感觉老伴没有走远，他在跟自己捉迷藏呢，他躲到一个地方，等着自己去找他，或者哪一天会突然回来，憨憨地笑着说：“老伴，你穿旗袍真好看。”

房怡和拿出压在一摞衣服底下的旗袍。

这件旗袍是房怡和跟梁勇敢一起去百货商场挑选的。

暗红色，中袖，在领口处手绣了一朵牡丹。

房怡和当时买这件旗袍是为了参加孙子梁彤的婚礼。

梁彤的婚礼原定在八月桂花飘香的时节，因为吴春兰生病，婚礼改在冬季，房怡和为自己精心准备的旗袍没有穿上。后来房怡和打算等老伴八十大寿时再穿，遗憾的是梁勇敢七十九岁那年意外摔伤，八十岁生日在病床上度过，房怡和就没有穿旗袍给老伴祝寿。

现在自己八十大寿到了，老伴却走了，房怡和再一次感到了生命的无常。

房怡和觉得不过大寿挺好。

过去每年给梁勇敢和自己过生日，全家人都聚在梁家小院，一家老小听着梁勇敢爽朗的笑声，高声大嗓地吆喝着儿子孙子陪着喝一杯，图个高兴。老伴走的第一年，房怡和特别嘱咐孩子们自己不过生日，孩子们都听话，知道她心里难过，谁也没有提过生日的事情，只是在她生日这天，都齐刷刷地回到梁家村陪着她吃长寿面。

房怡和这些天发现杨来弟突然心事重重，猜想是不是玉梅为自己生日忙前忙后的，影响了杨来弟的情绪。

房怡和一遍又一遍地想，人为什么要过生日呢？

回忆往事，回望自己走过的路，房怡和感觉自己对于过生日的渴望，是由于幼年太缺乏关爱和温暖。房怡和想到了家，想到了自己的母亲。

房怡和已经几十年没有梦到母亲了。

记忆中的母亲喜欢穿一件月白色的旗袍，发髻很低，说话声音柔和。母亲话很少，可能因为母亲是二房的缘故，母亲总是带着自己静静地待在母女两人居住的小屋内，会耐心地教房怡和识字，编绳结。母亲手很巧，一根绳子到了母亲手里，一会儿工夫就编出一只蝴蝶、一朵小花。母亲很少说自己的事，只字不提父亲。

父亲和大太太住在正房，很少来她们娘俩的屋里。

房怡和从记事起，就没有见过父亲几次面。记忆中的父亲很忙碌，每一天都没有笑脸。

父亲和大太太养育了六个女儿，房家没有男丁，父亲才娶了母亲，母亲也没有生儿子。

房怡和到了上学的年龄，和同父异母的姐姐们，一起被送到离家很近的学堂。几个姐姐很少跟她说话，不亲热也不冷漠。她记得自己六岁那年，正月十六，母亲给自己编了一只水粉色的蝴蝶，做了一碗面，面里卧了两个荷包蛋。母亲告诉她，正月十六是她的生日。

父亲在那一天破例来到她和母亲的小屋，坐了一会儿，没有说话，看着她吃面。母亲从父亲进来到离开，没有看父亲一眼。

房怡和记得自己生日没过多久的一个夜晚，母亲悄然病故，静悄悄地离开这个世界，一点预兆都没有地走了。

外婆家在河北乡下，母亲后事办完后，乡下来了一个舅舅，拿着父亲给的钱准备领着她回乡下，她记得父亲说过一句话“长大再回来”。

舅舅拉着她的手出门，房家没有一个人来送她，父亲也没有露面。

舅舅一路叨叨，都怪姐姐肚子不争气，说爹妈卖了姐姐，为的是养其他几个兄弟姐妹。后来在火车站她和舅舅走散了，被一个在宫里面待过的嬷嬷领回一个四合院生活。

她不想回家，就告诉嬷嬷自己是一个孤儿，嬷嬷就带着她一起生活。嬷嬷人很好，对她照顾得细致入微。大约在她十岁的时候，她跟嬷嬷讲了自己的身世，嬷嬷按照她的记忆，带着她找到过去的家。过去的家已经易主，父亲带着家眷早已去了香港。

现在很多人在讨论生日的意义，有人说生日的意义在于记住母亲的养育之恩，有人说生日是让人知道自己在这个世界上的意义。房怡和看着绣着牡丹花的旗袍问自己，我来到这个世界的意义是什么呢？是为了孕育和养大四个儿女吗？

八十岁，每一天能够醒来，能够健康地活着，儿女们都能够平安地生活就是意义。人生其实很短，如白驹过隙。

房怡和将旗袍放进衣橱，拿起家谱样本继续看。

当初梁勇敢是为了弥补对老父亲的亏欠，为了完成老父亲的遗愿才开始编撰家谱的。

房怡和是为了让梁勇敢不留遗憾，才不遗余力地帮助梁勇敢做各种辅助工作的。在十几年的家谱编撰过程中，房怡和对家谱有了新的认知，对家和亲情有了更深刻的体悟。

现在人人都说世风日下，人人自己都做了些什么呢？

当年在连队干文书的老齐来滨海看房怡和，知道老两口在编撰家谱，随口说出一句顺口溜：有家有谱，做人靠谱，有家有谱真幸福。

房怡和其实在心里对老齐没有太多的好感，觉得他太能说大话，不实在。但这几句关于家谱的大话，房怡和觉得说得好，很入心。

孙美丽陪着妮妮做手工。

大卫的心理治疗工作室在网上试营业。因为对疫情的恐惧，很多人产生了心理问题，焦虑失眠，大卫就和梁彤免费做线上心理辅导，忙得不亦乐乎。

牛玉香又开始给孙美丽打电话，孙美丽却犹豫着，不知道该不该接母亲的电话。

因为疫情，大年初二，孙美丽没能按时回家看父母。父亲一向老实，没有多说什么，疫情来了，谁也没办法。牛玉香虽然也理解，但是几乎一天一个电话，催问孙美丽买房一事的进展，说疫情在家，最好就把买房的事情办妥。孙美丽跟母亲通电话时，听到父亲无奈地劝说母亲不要逼自己的女儿，父亲的只言片语，孙美丽听得清楚，好强的母亲怎会把父亲放在眼里，依旧每天给孙美丽打电话，催问买房的事。

孙美丽很无奈，不知道该怎样跟母亲说明白自己内心最真实的想法。

疫情突如其来，孙美丽的朋友圈分享得最多的一段话就是：人生除了生死，其他所有一切都是擦伤，无论多大的困苦，请热爱生活，热爱生命，热爱今天，热爱家人，请珍惜！

孙美丽每次站在校门口值班，看着来来往往滞留在学校的学生，体会着他们无法和家人见面的焦灼不安，就会突然觉得自己是幸运的。

疫情期间，梁家人那种相互关心，让孙美丽感触颇深。孙美丽原本打算疫情结束后，回家好好跟母亲聊聊的，可是谁都不知道疫情什么时候结束。

手机连着响了两遍孙美丽都没有接电话，母亲便不再打了，孙美丽有些于心不忍。

妮妮叠好一只小青蛙，让妈妈看，孙美丽夸妮妮折得很细致、很形象。妮妮听不太懂，问什么是形象，孙美丽告诉妮妮，形象就是跟真的青蛙一样。

妮妮很兴奋，要拿过去给爷爷和奶奶看。

孙美丽答应妮妮，让妮妮拿着叠好的小青蛙，牵着妮妮的小手一起来到客厅。

梁垦荒和吴春兰正在给幸福树的花盆换土。

幸福树叶子长虫子，吴春兰上网一查，是土壤中有虫子。

老两口一大早就去小区的花坛挖来新土，按照网上教的步骤，将土筛过后，开始给花盆换土。

妮妮喊着奶奶，就扑到吴春兰后背上面趴着，吴春兰答应着，让妮妮先跟妈妈玩一会儿。

孙美丽看见婆婆两手都是泥，就抱起妮妮，让妮妮先去看一会儿动画片。

妮妮答应着，乖乖地坐到沙发上，等着妈妈开电视。

孙美丽打开电视，给妮妮调好频道，过来帮着公公婆婆换土。

孙美丽过来扶着花盆，梁垦荒把土倒在花盆里面，吴春兰撤下铺在花盆底下的纸壳子，换下来的土都在纸壳上面，地上很干净。

孙美丽从心里佩服婆婆利索能干。

三人正默契地收拾着卫生，吴春兰的手机不停地响着，原来是牛玉香要求和吴春兰视频聊天。

吴春兰的手机在电视柜上面，孙美丽不知道是母亲打给婆婆的，担心在小院的奶奶有事找婆婆，就过来给婆婆拿手机，刚一迈步，脚下一滑，一个趔趄，险些摔倒。吴春兰连忙扶起孙美丽，孙美丽站起身，靠在摆放君子兰的花架上面，花盆倾斜着就掉下来，吴春兰眼疾手快，一把抱起孙美丽，花盆不偏不倚地砸在吴春兰头部。

君子兰的花盆是六角形的，吴春兰被砸得头晕目眩，松开孙美丽。

梁垦荒连忙扶着吴春兰坐到沙发上。

妮妮看见奶奶头上流血，吓哭了。孙美丽过来抱起妮妮，连声对吴春兰说："妈，妈，我们去医院吧。"

吴春兰摆摆手："这个时候去什么医院啊，家里有药膏。"

孙美丽过来看婆婆的伤口，只见耳朵边上有一道大口子。

梁垦荒去拿药箱。

牛玉香的连线视频没完没了地响。

吴春兰担心是婆婆有急事找，就吩咐孙美丽去拿手机。

孙美丽哄着妮妮接着看动画片，过去拿起手机，一看是母亲牛玉香要求视频的电话。

孙美丽顿时心慌了，母亲怎么会突然给婆婆主动打电话？孙美丽迟疑着要不要把手机拿给婆婆。

吴春兰催问是不是奶奶的电话，孙美丽只好实话实说。

吴春兰担心牛玉香有急事，疫情期间，什么事都可能发生，就让孙美丽替自己接一下。

孙美丽进退两难，不接不好，接，从心里打怵啊，她真是怕了这个妈。

吴春兰催促孙美丽接电话，吩咐孙美丽按免提。

牛玉香扯着嗓门喊着："你是架子越来越大了，电话都不接。跟你视频咋啦？丢你身份啦？怎么，看不起我们农村人啊，真是。"

孙美丽尴尬得无地自容，迅速挂断电话，待在原地，一动不动，嘴角蠕动着，不知道该说什么。

梁垦荒刚好拿着药箱过来，听见牛玉香喊叫。

梁垦荒已经领教过亲家母的厉害，看着受伤的吴春兰，心中不是滋味儿。梁垦荒不知道该怎样安慰吴春兰，也不知道该跟儿媳妇说点儿啥。

梁垦荒要给吴春兰上药，吴春兰知道孙美丽正尴尬着，没有台阶下，就说梁垦荒笨手笨脚的，让美丽来给自己上药。

孙美丽正尴尬，听到吴春兰吩咐，慌忙过来给伤口擦药。

吴春兰的耳朵和头部已经淤血肿起来。

孙美丽知道，如果不是婆婆抱住自己，伤着的就是自己。

“妈，去卧室吧，好像肩膀也肿得厉害。”

婆媳两人来到卧室，孙美丽眼泪在眼眶里打转。

孙美丽一边给婆婆抹药，一边抽泣。

吴春兰安慰孙美丽：“美丽啊，你哭啥呢，没事，又没有伤筋动骨，过几天就好了。”

“都是我不好。”

“谁都不能怪，怪就怪那花盆放得不是地方。”

孙美丽想替牛玉香跟婆婆道歉，却怎么都说不出口。孙美丽恨自己死要面子活受罪，张张嘴，怎么都说不出一句抱歉的话。在孙美丽的成长过程中，从不知道歉是何物。

母亲自幼就教育她，凡事都要占上风，不能输给别人，所有的错都是别人的。

孙美丽用薄薄的一层纱布将伤口包扎利索。

孙美丽的动作很轻，吴春兰几乎感觉不到疼痛。

吴春兰心中叹道：“这孩子干活还真是细心呢，怎么就摊上那样一个死不讲理的妈呢？人的命啊，真是没有办法选择。”

杨来弟醒的时候，看见房怡和正靠在被子上看家谱。

杨来弟不好意思地说："我怎么睡着了呢？"

杨来弟说完，将盖在自己腿上面的薄被子叠好。

房怡和看见杨来弟醒了，把家谱放下，问她这几天是不是没睡好，杨来弟笑了笑，摇摇头。

杨来弟近几天是睡不着觉。她不知道疫情还会怎样发展，更不知道疫情能发展到什么程度。但是疫情的严重性，杨来弟是知道的。杨来弟的手机虽然没有微信功能，但是梁思思天天就像一个小喇叭，每日播报新闻。

武汉谁住不进医院，在楼层的阳台敲盆子求助，视频在网上疯传。

一个小姑娘追着灵车跑啊，还有很多人都得不到治疗，死亡人数在增加啊，滨海市有感染的，第一例病人出院了，公告在找动车的乘客，那个疑似病例几时几刻到过超市，诸如此类的新闻，杨来弟每天都在听梁思思播报。

杨来弟深感恐惧不安。

杨来弟在王冬花家看到梁家的全家福，看到已经快四十岁的女儿，这个陌生的女儿，几乎就是年轻时的章金虎。杨来弟不顾一切来到滨海梁家，她要看看这个日思夜想的女儿。

杨来弟从见到梁玉梅那天起，心里就从未平静过。

女儿显然跟自己距离很远，她一遍又一遍地告诉自己要冷静，要信守诺言。但是这个女儿，是这个世界上自己唯一的亲人，她如果不见，不过是思念，现在见了，就不想再分离。自己的生命还能有多少年多少天呢，余生如果能和女儿相伴，该有多好啊。

杨来弟清醒时，能够用理智打消这个念头，因为她知道自己没有这个资格，生而不养是罪过，再来索取怎能不天诛地灭。

杨来弟前一段时间悄然离开，是想自己安安静静地回上海，尽管上海没有一个真正属于自己的家，但了却残生的日子过一天是一天，最后将自己这个躯壳捐献给医学解剖，总算是自己人生仅有的一点意义。

杨来弟买票时才知道身份证不见了，以为落在了梁家，又不好意思回去找，总想抗争一下买张票，不想被送去了派出所。

杨来弟这几天开始悄悄地收拾东西，准备随时离开，她觉得随时都可能解封。杨来弟却怎么都找不到自己和医院签署的捐献协议书。杨来弟仔细再仔细回忆着自己的行程。从上海出发，她只带了必须且不能丢失的东西，她做了准备，即便此次遇到意外，也没有什么可遗憾的。

杨来弟在医院做了十几年护工，看惯了生死，杨来弟觉得今生只要能见到亲生女儿一面，完成此生唯一的心愿就够了。杨来弟一直将协议书放在贴身处，怎么会不见呢，杨来弟想不明白。

杨来弟被送到派出所时，她绝望地想，这一切都是天意，老天看她一生坎坷，让她留在梁家村，跟女儿多待些日子。

杨来弟留在梁家过春节，疫情又来了，杨来弟想走都走不成。杨来弟几乎天天都想看见玉梅，既然不相认，那就能见一面是一面。

看着梁玉梅在为房怡和的生日忙前忙后，看着梁玉梅偶然和自己目光相遇时那种复杂的眼神，杨来弟就一次次地跟自己说，离开吧，该离开了。杨来弟知道房怡和一直想弄清自己此番来梁家的目的，可这真的是一次没有目的又目的十分明确的造访啊。她当然知道自己来到梁家，给房怡和，给亲生女儿带来的是什么，她几次都想跟房怡和，跟女儿玉梅说出这一切，但又不知从何谈起。

杨来弟正出神地想着心事，房怡和下炕从衣橱里拿出旗袍。

房怡和展开旗袍，问杨来弟："来弟，你给我代代眼，看我穿着合不合适。后天是我八十岁生日，孩子们呢，为给我过八十大寿没少费心，可这疫情期间，他们都过不来啊，我就琢磨着，我穿上它照张相，让孩子们看着高兴高兴，就算过生日啦。"

杨来弟满口称赞："蛮好的呀，房老师。"

房怡和换上旗袍，杨来弟眼前一亮，杨来弟的表情，房怡和看在眼里。

"人都说啊，人是衣裳马是鞍，这老话里面可都是学问。"

"房老师啊，这件旗袍蛮漂亮，蛮漂亮的，适合你，主要是房老师气质好，好得很呢。"

房怡和听到杨来弟夸赞自己，心里高兴，站在柜子穿衣镜前左右看着，看着看着，房怡和就有了一个给自己过寿的主意。

梁思思和小土豆玩够游戏又开始发抖音。

两人又是唱英文歌曲，又是英语对话地忙活好几天，希望能有人点赞，可点赞的很少。思思一心想要被点赞，一看点赞的人数寥寥，便没兴趣再玩下去。

思思跟小土豆发牢骚："一帮子没欣赏水平的家伙，浪费感情，没意思。"

思思无聊极了，又硬拉着安慧和杨留根过来打扑克。

小土豆基本不会玩扑克，思思就建议去院子里跳绳。

思思和小土豆跳，安慧和杨留根站在院子里看。

思思个子高，小土豆在绳子中钻来钻去，两个青春少女配合默契，活力四射，笑靥如花。安慧看着高兴，就用手机录了一段。思思和小土豆跳着跳着就跳出一头汗来，安慧担心思思会感冒，建议她休息一会儿再跳，可思思跳得尽兴，根本不想停下来。小土豆感觉累，就自己钻出来，来到安慧身边。

安慧让小土豆回屋里擦擦汗，防止感冒。小土豆却不肯，站在安慧身边看思思玩花样。安慧看思思跳得眉飞色舞，又拿出手机来录了一段，准备传给远在武汉的大仓看看。杨留根被梁思思活力四射的情绪感染，也忍不住拿出手机拍照。小土豆看着思思花样百出的跳法，忍不住惊呼道："good, very good."

思思跳累了，安慧催着思思和小土豆赶紧回屋去擦汗，两人却不肯，安慧硬拽着她俩进屋，杨留根便去厨房准备饭。

杨留根腿伤养好以后，就经常帮着安慧做家务，把每一个小屋的炕都烧得暖暖和和的，还不时地露一手，炒几个拿手菜。

安慧回屋就看自己录的视频，刚才没有在意，现在一看视频，安慧有一种惊艳的感觉，思思和小土豆都是素颜出镜，但她们身上透着一股无法阻挡的活力，阳光灿烂，青春无敌。安慧喊思思和小土豆过来看视频，两人换了衣服凑过来。思思看到视频，拍手道：“妈，妈，这次你是我的亲妈。”

安慧提议思思将这段视频推上抖音。

思思一乐：“这主意不错，抖音记录美好生活嘛，天天看疫情，心里堵得慌。”

梁思思一下子来了情绪，招呼小土豆：“小土豆，过来，咱俩再去发个抖音，抖音，抖起来，你跟姐一起去。

“你们抖吧，我该去帮忙做饭了。”安慧乐呵呵地出门。

梁玉梅一直在村委会当志愿者，每天忙得昏天黑地。安慧和杨留根这一段时间负责做饭。

杨留根跟梁垦荒表态，一定照顾好梁家小院老老少少的生活，让梁垦荒放心。梁垦荒自从知道杨留根留在梁家村，对母亲和小院一家老小的紧张担心终于缓解，心里踏实了。

杨留根开过饭店，包子、饺子都不在话下。每次做饭，杨留根就让安慧给自己打下手，两人配合得很默契。

安慧负责洗菜，杨留根负责煎炒烹炸。梁家小院后院埋着自家产的土豆大葱和白菜，房怡和还腌了一缸酸菜，杨留根就地取材，变着花样做饭，小院的伙食还真不错。

刘海平每次看见思思发在家族群里的饭菜照片就大喊：“我要去小院，我要去小院，我饿啊，饿。”

安慧一边干活一边听杨留根讲大仓的童年趣事，每次都笑出眼泪。

大仓六七岁的时候，腰里面别着一把木头手枪，天天就是那几句话：“大雨哗哗下，北京来电话，让我去当兵啊，我还没长大。”

有一次，大仓又在家门口喊，正好王冬花下班，王冬花就说：“大仓，你过来，我看看你长大没有啊。”梁大仓乐滋滋地跑到王冬花跟前，王冬花顺势就将大仓裤子扒下来，大仓连忙捂住自己的小物件，一边跳一边骂人。

杨留根讲完，安慧笑得直不起腰。

安慧说冬花大姨可真够可以的。杨留根说：“我妈就是一粗人，其实人挺好的，没什么坏心眼。”

安慧有时候担心大仓睡不着，想着大仓的童年趣事就自己笑。

杨留根和安慧很快就准备好了晚饭：酸菜粉条、土豆丝，还有大葱炒肉和西红柿鸡蛋。西红柿是小院自产的，房怡和夏天摘下来，放进冰柜冻起来，冬天拿出来吃，口味特别好。

安慧看着摆好的饭菜一拍手：“完美。”

吃过晚饭，梁玉梅回屋里就倒在炕上。防疫工作细节很重要，一不留神就可能酿成大错，做志愿者这段日子，梁玉梅每天都感觉神经太紧张，一刻也不敢懈怠，只有回到家才能轻松些。

躺在热乎乎的炕上没一会儿，梁玉梅就有了睡意。

房怡和推门进来，看见梁玉梅在炕上躺着就准备退回去。

梁玉梅看见房怡和，一骨碌就爬起来。

“妈，您有事喊我过去多好，怎么还用到我屋里来？”

梁玉梅下炕去拉着房怡和的手，坐回炕上。

房怡和摸摸了褥子底下，满意道：“嗯，不烫人还暖和，留根这孩子跟从前真不一样，当过兵的人啊，都舍得出力，到底是在北大荒长大的孩子，真会干活。”

梁玉梅看着房怡和，轻声道：“妈，您叫我过去就行了，干吗还要跑过来？天冷，感冒了咋办？现在这么个时候，要格外注意啊。”

房怡和看着梁玉梅，梁玉梅明显瘦了很多。

房怡和心疼地抚摸着梁玉梅的手：“玉梅啊，你瘦多了。”

梁玉梅故意开玩笑：“瘦了好看啊，骨感美。”

房怡和拉住梁玉梅的手，端详着：“玉梅啊，妈知道你最近心事多，妈其实一直想跟你好好说说话。你呢，为给我过八十大寿花了不少心思，妈都知道。可这疫情的事，谁也没办法。妈有一个主意，你想不想听听？”

梁玉梅知道房怡和只要认准的事，一向很坚持，点点头道：“妈，您说吧。”

房怡和就问梁玉梅还记不记得自己买的那件旗袍。梁玉梅点头说：“记得啊，妈穿上可有气质了，大嫂说像电影明星。”

“玉梅啊，妈知道你为给妈过八十大寿费了不少心血，不能按照你的想法给妈过寿，也是没办法的事，你就不要难为自己了。妈生日那天，你给妈拍几张照片，发到咱们老梁家群里，让你大哥二姐他们看看，看着妈好好的，不担心就行嘛。至于家谱呢，啥时候能印再说，早晚都没关系，不用挑时候。”

房怡和说着，梁玉梅安静地听着。

梁玉梅听房怡和说完，知道母亲主意已定，母亲执意来自己屋里说这些，是不想当着杨来弟的面说，以免杨来弟不自在，自己也尴尬，而母亲不让大张旗鼓地给自己过生日，也是考虑杨来弟的感受。

梁玉梅从心里感激母亲，母亲就是这样，一辈子处处为人考虑。

梁玉梅叫了一声妈。

“行了，那就这么定了，后天生日，咱就吃一碗长寿面，你给妈拍几张照片，要是拍得不好看，妈可不依你。”房怡和说完，竟然像个老顽童样，又跟玉梅小声嘀咕：“咱俩单独行动，不让他们知道。”

梁玉梅拥着房怡和道：“妈，您放心，您是明星。”

房怡和摆手道：“我可不当明星，我就是一老太太。”

梁玉梅扶着房怡和回屋时，杨来弟手里拿着遥控器，正坐在沙发上发愣，房怡和和梁玉梅进屋，杨来弟都没有察觉。

房怡和知道杨来弟心里有事，又不方便多问。

房怡和喊了一声：“来弟，咋不看电视剧啦，你这两天不是天天在看《新世界》吗？”

杨来弟回过神来，看看房怡和，见玉梅跟在房怡和身后，掩饰道：“我都忘记时间了。”

杨来弟其实是在想自己那份遗体捐献协议为何找不到了，到底遗忘在哪里了呢？

杨来弟打开电视，梁玉梅过去给房怡和铺好被褥，迟疑了一下，将杨来弟的被褥也摊开铺好。梁玉梅默默地做完这些，说了一声：“妈，我回屋了。”

房怡和跟杨来弟对望了一眼，房怡和答应了一声：“好啊，早点睡吧。”

梁玉梅一回屋，看见梁思思和小土豆不知道什么时候过来了，两人趴在那儿嘻嘻哈哈地闹着。

梁思思看见梁玉梅进屋，便熟门熟路地翻出柜子里的被子，道：“小姑，我和小土豆盖一床被子就行。”

梁玉梅问梁思思为啥过来睡，梁思思很不客气地说：“小姑这儿自由，我快被我妈烦死了，叨叨，叨叨，没完没了啊。”

梁玉梅又好气又好笑地看着梁思思。

梁玉梅打着哈欠说：“小姑今天累惨了，我要休息，不陪你们玩了。”

梁思思乐呵呵地贫道：“小姑你睡你的，我俩要发抖音，不玩儿你。”

梁玉梅骂道：“你找打吗？”

梁思思嘻嘻哈哈地笑。

梁玉梅知道说也白说，又从柜子里面拖出一床被子，说：“你俩一人一床被子，小心感冒。”

梁思思连声嗯嗯地答应着，看都不看梁玉梅一眼。小土豆跟着梁思思的节奏呼应着：“这里，这里，剪辑啊。”

梁玉梅刚躺下，困意就上来了，她不再理会梁思思和小土豆，闭上眼睛就睡了过去。

梁思思看着视频，美滋滋地自我陶醉道：“抖音，抖音，抖起来吧。”

第二十章　一杯咖啡的距离

正月十六一大早，天还黑着，安慧和梁玉梅就不约而同地起来了。

梁玉梅知道这个时候房怡和跟杨来弟应该还在熟睡，就拿着手机照明，轻手轻脚地来到安慧屋里，安慧已经醒了，瞪着眼睛看着梁玉梅进屋。

两人按照商量好的方案开始为房怡和过生日做准备。

两人看看食材清单，就知道根本不用再做任何准备了。

“咱们就是太过紧张，其实什么都准备好了。”

安慧自我调侃，梁玉梅也说就是太紧张了，两人一看表，才凌晨四点多，准备早饭太早，睡又睡不着，便歪在炕上聊天。

梁玉梅看见安慧的眼睛有些肿，就说：“二嫂，你眼睛有点肿啊，担心二哥啦？”

安慧没有说话，点点头。

梁玉梅拿出手机打开微信，指着梁大仓发来的微信，说：“二嫂，昨晚二哥还给我发微信呢，告诉我一切安好。”

“昨晚都快十二点了，你二哥才跟我视频。”安慧拿着自己的手机，在手里转圈，轻声告诉梁玉梅。

梁玉梅一听很高兴，问安慧："二哥怎么样啊？"

"瘦了一圈。"安慧说完就开始掉眼泪。

梁玉梅见安慧这个样子，连忙搂着安慧说："二嫂，二哥安全就好啊，那么忙碌劳累，瘦点也正常。你没看媒体天天报道，援鄂的医务人员都在拼命救人呢，护士们都穿着尿不湿上班。谁能想到这次疫情这么严重。"

安慧突然就瘫软在梁玉梅怀里，无助而柔弱。

梁玉梅印象中的二嫂，是个女汉子，雷厉风行，古道热肠。梁玉梅知道二嫂的心里太记挂二哥。梁玉梅紧紧地搂着安慧，两人都没有说话。

过了一会儿，梁玉梅问安慧："二哥没有说武汉现在怎么样，疫情什么时候才能结束啊？"

"没有说具体情况，只是说病人太多太忙，等方舱建好了，会好很多。"

两人又都不说话了。

安慧突然又开始流泪，梁玉梅连忙拿过纸巾，给安慧擦眼泪。

"你二哥是惦记着给妈过生日。年三十晚上没和妈见一面就出发，你二哥心里难受，录了几句话发到我手机上，还让同事给他拍了一张工作照，穿着防护服，戴着护目镜，哪能认出来啊？你二哥是怕妈看见他瘦了，心疼，我也心疼啊。"

安慧说到这里，眼泪一下子又流出来。

梁玉梅抚摸着安慧的肩膀，轻轻地为她拭去泪水。

"二嫂，我知道你压力很大，没事啊，你有我们呢。"

安慧看看梁玉梅欲言又止。

"二嫂，你有啥话就跟我直说嘛，别憋在心里，说出来会轻松好多，说吧。"

安慧看着梁玉梅，张张嘴又什么都没说。

梁玉梅以为安慧是想跟自己说和杨来弟相认的事儿，盯着安慧说："嫂子，你跟我还有什么不能说的啊。其实呢，她在咱们家住了这么长时间，我对她也恨不起来，毕竟她生活不易，但和她也亲近不起来。”

安慧知道梁玉梅口中的她，指的是杨来弟。

“这件事呢，你自己拿主意，妈是个明白人。”

“我知道。”

“你二哥告诉我，留根来咱家是为了你。”

梁玉梅吃了一惊：“我？”

安慧坐起身来：“玉梅，你觉得留根人咋样？”

“什么咋样，人挺好啊，开朗大度，也挺善良的。留根哥在咱们家挺好，有他在，我还挺踏实的，要不然咱们几个，老的老，小的小，万一有点啥事，就咱俩忙活。”

“这下麻烦了。”

“嫂子，你啥意思啊，有什么麻烦的？”

安慧将脚伸进被子里说：“干脆跟你说实话吧，留根给你二哥发信息，说是来咱家有两件重要的事要办。”

“他不是做志愿者来滨海，被疫情耽误没回家吗？让你说得跟有预谋一样。”

“要不怎么说咱家人都实在呢，大过年的，哪有这么巧的事？”

“他来咱家干啥？”

“他来咱家是想跟你求婚，想跟咱妈说你俩的事。”

梁玉梅一头雾水，惊讶地看着安慧：“这都哪儿跟哪儿啊，我们都多少年没联系了，他怎么会有这个想法，不可思议。”

安慧下炕，用毛巾浸了冷水，敷在眼睛上面。

“你二哥说，留根配不上玉梅，不过玉梅跟着留根生活，这辈子都不会受罪。这是你二哥的原话，我一个字都没有落下。你二哥不让我现在跟你说，等妈过了生日再跟你说，我没忍住，你就装着不知道，别给人家留根脸色看。”

梁玉梅缓过神儿来，说：“真有意思，这人想什么呢。”

天开始透亮，安慧拿起手机看看时间，拉起玉梅道："走，去做手擀面吧。"

安慧刚说完，惊呼道："玉梅，你快来看啊。"

梁玉梅嘴上说着又怎么了，还是忍不住凑过来看安慧的手机，原来思思跳绳的抖音刷屏了，两人连忙看朋友圈。

思思的抖音号是梁家大孙女。

画面是思思和小土豆跳绳的片段，经过剪辑加工处理，截取的是两人配合默契那一段。思思修长的两臂，有节奏地来回挥动手中的跳绳，灵动稳健，小土豆在思思的腋下钻来钻去，像一个精灵。两个女孩子的脸天然纯净，笑靥如花。通透的阳光洒在两人天然无雕饰的脸上，没有任何粉黛修饰的青春脸庞，格外富有感染力。

思思给画面配了两句话："爸爸你在武汉还好吗？奶奶和我们都在等你平安归来。"

点赞已过十万，评论区留言过万。

有人问："你爸爸是去援鄂了吗？"思思回答："我爸爸是医生，三十晚上就出发去援鄂了。"很多人就开始留言，为英雄点赞，为最美的逆行者点赞。还有很多留言都真诚地写道："梁家大孙女，照顾好奶奶。"梁思思回复说："我奶奶明天八十大寿。"接下来又是一大拨生日祝福，还有人留言，我也想有个小院。

"我的天啊，这孩子怎么回事，干嘛要提大仓援鄂啊，大仓看到该生气了，你二哥做事最讨厌张扬。"安慧看着手机发愁道。

"不要想太多，二哥没有时间看这些。"

"玉梅，你会删掉这个抖音吗？"

梁玉梅摇摇头："这个我真不懂。这应该不是我们能删的，思思申请的抖音号，是不是只有平台才有这个删除功能啊？"

安慧一听就急了："来，玉梅，咱们跟平台联系下，抓紧时间删了吧。真让你二哥看见，我可活不成了，又该骂我惯坏思思了。"

梁玉梅一下子被安慧逗笑了："哪有那么严重啊。我马上上网查一下，看看有没有办法删除。"

"怎么不严重啊。思思这孩子不知道轻重啊，她要是发一个跳绳的抖音，我都懒得理她。你说思思，没事找事啊，让你二哥看见，又该操心费神的。你哥的脾气你知道，他怎么可能允许思思这样张扬呢。再说，这种事，说什么的都有，思思是不懂啊，这不是自己找麻烦吗？"

果然，梁玉梅看见一个留言："显摆啥，援鄂了不起吗？全中国援鄂的医生多了去了，也没你这么嘚瑟的。"还有更过分的，问思思："你爸是钟南山吗？你可真会蹭热度！"

下面跟帖的，泾渭分明，分成两派，展开口水大战。

梁思思和小土豆裹着被子就闯进屋里来。

梁思思进门就一脸傲娇地说："妈，妈，你看见没有啊，我抖音点赞都过十万啦，我的粉丝暴涨啊。"

安慧一巴掌就打到思思背上，气道："死丫头，你气死我吧。"

梁思思不干了，喊道："妈，你神经病啊，我招你惹你了。"

安慧再次扬起手，被梁玉梅按住了。

梁玉梅给安慧递一个眼色，说："二嫂，你去做面条，我和思思她们回屋里去看看视频。"

梁玉梅拉着梁思思就回自己屋，小土豆一脸呆萌地跟在后面，不知道她的思思姐姐又闯了什么祸。

刘海平录好一家人祝姥姥生日快乐的视频，母亲给姥姥准备的大饽饽是一个特写镜头，刘海平依次编辑好果果给太姥姥唱的生日歌、母亲和婆婆跟姥姥说的吉祥话，准备发给姥姥。

刘海平点开朋友圈就炸了，此时，思思发的抖音何止是刷屏，评论区热闹得像过年。刘海平叫孙家琪过来看，孙家琪看完后，觉得没有什么值得大惊小怪的。

“你猪脑子啊，你看看评论区。”

孙家琪看后，不以为然。

“谁爱说啥就说啥，思思又没有做错什么，她和小土豆跳绳的画面多阳光啊。你不是也经常发抖音？”孙家琪说着，指指刘海平手中的手机。

刘海平一脚踢向孙家琪：“你在海上面呆傻了，我小舅看见这个视频能气死。”

孙家琪一脸不解地看着刘海平：“关小舅什么事，小舅在一线呢。”

刘海平掰开揉碎地告诉孙家琪：“小舅这个人向来低调，不喜张扬，姥姥从来都是教育家人做人做事不能张扬。评论区现在就在打口水战，抖音就会成为无事生非之人的战场，思思根本不懂这样下去的后果，我们梁家会出大名的。”

孙家琪不满意了，嘀咕道：“你是孙家人。”

刘海平笑了，摆摆手道：“都一样。”

孙家琪忙问刘海平：“你说该怎么办？”

刘海平回答得很干脆：“删！我让思思立刻删了这条抖音，立刻，马上。”

思思一听小姑让自己删抖音，气得脸色大变。

思思一向喜欢小姑，因为小姑理解自己，今天这是怎么了？

梁思思正待发作，电话铃声响起，梁思思不接，倔强地看着梁玉梅。

梁玉梅的手机铃声又接着响起来，梁玉梅一看是海平，连忙接听。

刘海平迫不及待地问梁玉梅：“小姨，你看见思思发的视频没有？”

“我正在和思思谈这件事。”

刘海平让梁玉梅把手机给思思。

梁玉梅把手机递给思思：“你姐的电话。”

思思手机还没拿稳，就听到刘海平厉声说道：“思思，你给我把抖音删了，现在，马上。”

梁思思哭着说道：“你们都怎么啦？我犯啥错了？我就不删，现在点击率暴涨，十万加啊，我不删。”

刘海平马上威胁梁思思：“你不删抖音，我这一辈子都不再搭理你。”

梁思思愣了，停止哭泣，打了一个嗝儿。

梁玉梅看着思思说：“赶紧删吧，一会儿奶奶醒了，就来不及了。这个视频如果让奶奶看见，我这一辈子也不再理你。”

梁思思缓过神，又哭了：“我到底做错什么了，招谁惹谁了，你们一个个地这样对我。”

梁思思一边哭一边打开抖音，还是不舍得删。

梁玉梅盯着梁思思，一脸严肃。

梁思思知道没有回旋余地了，拿着手机，倔强地看着梁玉梅，一脸泪水。

梁玉梅心软了，看思思这个样子，不忍心逼她，只能默默不语，看着思思。

梁思思被小姑看得心里害怕，又哭了，心疼地删除自己最得意的作品。

梁玉梅长长地出了口气：“思思啊，听小姑跟你说。”

梁思思捂住耳朵，趴在炕上哭：“我什么都不想听。”

梁思思委屈到家了，她是真的不明白，为什么妈妈小姑和表姐都让她删除这条十万加的抖音。梁思思越想越委屈，终于哭出声来。

房怡和推门进来。

梁玉梅劝思思不要哭，可是思思根本哭得停不下来。

房怡和走到思思跟前说：“我大孙女这是咋啦，委屈成这样儿，告诉奶奶。”

梁思思一听是奶奶的声音，停止大声哭泣，滴滴答答掉眼泪，趴在那儿摇摇头。

“思思啊，奶奶刚才看见你发的那个什么朋友圈，你和小土豆跳绳的那个，怎么还没看完就没有了？”

梁思思赶紧抬起头，有些紧张地问道：“奶奶，你看见了？”

“我刚看到，还没看完就没有了。”

“都是我妈和小姑，还有我姐，非逼着我删除。点赞都过十万了，好不容易十万加，关注的特别多，她们逼着我删除。”

梁思思委屈得又咧开大嘴哭开了。

房怡和看看梁玉梅，说：“你们干嘛招孩子生气？”

梁玉梅附在房怡和耳朵边，简明扼要地将事情经过说明白。

房怡和摸着思思的头说：“思思啊，你为啥要把爸爸去武汉援助的事情写上啊？”

思思一下就炸了：“哪有那么多为什么啊，奶奶。我想也许爸爸能看见我发抖音，看见我和小土豆锻炼身体呢，我只想让爸爸高兴一下啊，我为爸爸自豪啊，这样都不行。奶奶，哪有为什么啊，都想太多了吧。”

房怡和看看梁玉梅，梁玉梅解释道：“很多网友留言，各种提问各种不理解，我们担心二哥看见了心里不舒服，都不想二哥分心，本来二哥就够辛苦了。”

梁思思生气地说：“关我什么事嘛！一帮口水党，理他们干啥？都是些没素质的家伙，吃饱撑的。”

房怡和听明白了，拍拍思思的后背说：“思思啊，你听奶奶说，你爸爸去援鄂，这个时候他应该去。你知不知道为啥这么多人给你点赞啊？”

思思摇摇头，又点点头，说：“可能是因为我和小土豆跳绳太精彩了呗。”

梁玉梅被思思的没心没肺逗笑了。

房怡和轻轻地拍着思思的肩头说：“思思啊，你爸爸去援鄂，网友都在为你爸爸，还有和你爸爸一样去援鄂的医生护士们点赞呢。网友们是真心感谢这些医生，网友们都在说，谢谢你们为我们在拼命，称他们是逆行者。”

“奶奶，你是说网友们不是给我点赞啊，是因为我爸爸才点赞？”思思若有所思。

“未必都是这样想的，我孙女阳光灿烂多可爱啊，也是为你点赞，只是两件事混在一起，有点复杂。小姑和妈妈让你删了，也有道理，你爸爸做事一向低调，他要是看了视频会徒增烦恼。你难道这个时候想让爸爸不高兴吗？”

“奶奶，我真会让爸爸不高兴？”

“是啊，思思怎么会让爸爸不高兴呢。”

“这有什么可不高兴的，我现在最崇拜我爸爸。”

小土豆一直没有吭声，听到这里附和道：“我小舅舅很好，很棒的。”

“你爸爸做事不喜欢张扬，他去援鄂不是为了让人点赞，你这个抖音呢，会引起很多不必要的麻烦，会让爸爸觉得不舒服。”房怡和斟酌着跟思思解释。

梁思思听完奶奶的话，似懂非懂地点点头，又摇摇头，说：“还是不懂。”

“不懂就不懂吧。”

“奶奶，反正已经删了，我以后不发抖音了。”

“继续发，奶奶给你点赞，跟你一起玩。”

安慧过来招呼大家吃早饭，房怡和招呼思思和小土豆一起走。

房怡和笑眯眯地看着思思，说：“思思，咱都去吃饭。”

梁思思满口答应着，和小土豆一人扶着房怡和一只胳膊去吃早饭。

早饭是安慧做的手擀面，意味着长寿。面条用的面是杨留根昨晚提前和好的，已经醒了一晚上，杨留根又在擀面之前揉了几遍，所以面条筋道有韧性，吃起来口感特别好。

梁思思说了一句：“奶奶生日快乐。”

“先吃长寿面，祝福的话等到中午切蛋糕再说。”梁玉梅提醒梁思思。

梁思思呼噜呼噜一碗面下肚，嚷嚷着：“好吃，真好吃，再来一碗。”

房怡和知道这面是杨留根擀的，夸杨留根手艺好。房怡和说：“留根，你这做饭的手艺不开馆子还真是可惜。”

杨留根看看安慧又看看梁玉梅，很认真地说：“我还真想在滨海开个面馆。”

梁思思马上反对，盯着杨留根说："不许你抢我小姑生意。"

杨留根问梁思思："我怎么就抢你小姑的生意呢？"

"我小姑的店也做面，我不许你再做面，你敢！"

全家人都被梁思思的逻辑逗笑了。

吃过早饭，安慧和杨留根收拾桌子和厨房，梁思思和小土豆都说吃撑了，回屋里歇几分钟还要去跳绳。

梁思思发狠："我还要发抖音，使劲儿发，我发，我发发发。"

房怡和表示坚决支持梁思思发抖音。

梁思思和小土豆一进梁玉梅的屋子就喊叫着要出去。

梁思思问梁玉梅："小姑啊，你屋里热死人了，怎么回事儿？"

梁玉梅故意说给思思听："要的就是这效果。"

"大白天烧这么热，没法待啊。"

梁玉梅故意逗梁思思，笑呵呵地说："嫌热就回自己屋。"

"回就回，有什么了不起。"

梁思思拉着小土豆就回自己屋，一边走一边故意气梁玉梅："我们屋子大，我们在屋里跳绳。"

梁玉梅憋不住笑，看着梁思思和小土豆的背影直摇头。

杨来弟问安慧需不需要自己帮忙，安慧让杨来弟继续去追剧。

杨来弟叮嘱安慧："安慧，等到中午，我想做一碗葱油面给房老师过寿。"

"好啊，阿姨做的面一定好吃。"

"安慧，家里有没有小香葱？"

"我们家后院地里埋了好多葱，不过不是小香葱。"

杨来弟迟疑了一下，说："也可以的。"

杨来弟一再嘱咐安慧做午饭时不要忘记提醒自己做面。

安慧答应着，让杨来弟放心去追剧。

杨留根一边收拾碗筷一边问安慧：“中午你们打算做几个菜？”

安慧说：“我和玉梅商量过，就这么几个人，谁都回不来，做多了浪费，婆婆有自己的想法，不用着急。”

杨留根收好碗筷，点点头：“也是。”

杨留根收拾停当，回屋去看梁氏家谱。杨留根这几天被梁氏家谱吸引了，梁玉梅写的后记，引起他对童年太多美好回忆。

安慧收拾好厨房，去准备做手工蛋糕。

房怡和跟梁玉梅没有惊动任何人，娘俩按照商量好的办法准备拍照。

梁玉梅已经将房怡和的旗袍放在自己的衣橱里面。

梁玉梅先给母亲梳头，房怡和一头白发，烫着那种没有痕迹的自然卷，梁玉梅按照房怡和平时喜欢的样式，帮助房怡和梳理好头发，虽说是一头白发，但看上去蓬松又熨帖，文雅大方。

“嗯，我们玉梅手真巧。”

房怡和高兴，玉梅心里乐滋滋的。

梁玉梅给房怡和整理好头发，又给母亲化了一个几乎没有任何痕迹的淡妆。房怡和看上去精神矍铄，身上透着那种低调的优雅。

梁玉梅拿出旗袍帮助母亲换好，又去将红茶沏好。

梁玉梅甜笑着说：“妈，您想干什么就干什么，我跟您啊，聊天说话喝茶。我拍照喜欢抢镜头，您正好喜欢自然，我们多拍些照片，再选好不好？”

房怡和笑眯眯地看着拉开架势准备给自己拍照的梁玉梅，说：“好不好都让你说了，听你的。”

梁玉梅在房怡和点头时，抓拍了几张照片，房怡和竟然没有察觉。

梁玉梅翻看一下照片，心中叹道：“真优雅啊。”

房怡和微笑着点头的神情，亲切优雅还那么质朴，那种笑容极富感染力。

房怡和端着茶杯端详着，茶杯的把手处有修理过的痕迹。

房怡和问玉梅：“这个茶杯是你爸那年买的那个吗？”

梁玉梅说：“是啊。”

梁玉梅看着房怡和仔细地端详着茶杯的把手处，那种神情像是在看一个久违的亲人。梁玉梅抓拍了几张照片，走到房怡和身边，说：“妈，您记性可真好。”

房怡和说：“这个茶杯还是我和你爸去无锡时买的，一晃都快十年了。”

这个茶杯是房怡和跟着梁勇敢去无锡一个镇上收集梁氏宗族碑帖时买的。梁勇敢看见小镇上有卖紫砂杯的，杯子小巧可爱，也不管自己懂不懂紫砂，就买下来给玉梅。

玉梅特别喜欢这个杯子。梁勇敢走的第一年，梁玉梅喝茶时竟然失手将杯子掉在地上，杯子没有摔坏，把手摔断了，梁玉梅托人带到省城修理好的。

梁玉梅见母亲总是盯着杯子看，就说：“妈，去年不小心摔坏了，我托人带到省城修理好了，我喜欢这个杯子。”

房怡和微笑着没有说话。

房怡和当然知道，这个杯子被玉梅这样爱护，是在寄托对梁勇敢的思念。想到这里，房怡和想起杨来弟还在自己屋里呢，她不想为一张照片耽误太长时间，让杨来弟心里不舒服。

房怡和站起身来，让玉梅再拍几张全身照。

梁玉梅答应着，开始抓拍。

梁思思和小土豆慌里慌张地跑进门来，梁玉梅停止拍照。梁思思大大咧咧地进屋，拉着房怡和就往门外走。

房怡和差点摔跟头。

梁玉梅过来拉住梁思思，说：“思思，你着急忙慌地干什么？”

“我哥和嫂子在村口桥那边呢。”梁思思异常兴奋。

梁玉梅闻听马上关上门说："思思，你不怕冻坏奶奶？"

梁思思这才看见奶奶穿着旗袍，惊呼道："奶奶可真漂亮啊！对，网上说这就是优雅地老去。"

梁思思转过头就问梁玉梅："小姑，你和我奶奶偷偷摸摸地干什么呢？"

"就不告诉你。"

梁玉梅一边和梁思思斗嘴，一边帮着房怡和换好衣服，又拿起一件大羽绒服问思思："你哥怎么会来桥上的？"

梁思思乐道："我哥和嫂子有通行证，但是不能进村，就打电话给我了。"

进梁家村的几条路都被封死，进出只留下一条小路，小路的出口刚好是横在村子东西方向的一条自然河流，河的两岸架起一座独木桥。抗疫期间，梁家村只留下这一条小路进出，从外边进村就要过桥，桥的两端都被封死，进出都不容易。

房怡和知道孙子这样想方设法地跑来，是为了自己的生日。

房怡和拉着玉梅的手说："走吧，去看看彤彤。"

梁玉梅笑道："妈，咱们和彤彤鹊桥相会啊。"

梁思思和小土豆感觉很好玩，乐颠颠地跟在梁玉梅后面出了门。

梁玉梅扶着房怡和，梁思思和小土豆偎在房怡和身边，一行人来到桥头，看见一条粗大的绳索将桥封住，桥的另一头用木条封着，桥下水流潺潺，上面还有积雪，小桥对面并没有人。

离村口最近的桥头，搭了一个临时挡风棚子，一个志愿者戴着红袖标坐在那里，正揣着手四处张望，看见梁玉梅就喊道："梁老师，出来透透气吗？"

梁玉梅一看是回村过年的大学生小柳，和自己一起在村委会当志愿者。梁玉梅知道小柳不好意思劝自己带着家人回去，就跟小柳解释道："我们家来人了，我们过来看看，马上就回家。"

小柳理解地挥挥手，继续四处张望。

“你哥人呢？”梁玉梅问思思。

梁思思也觉得奇怪，说：“大哥刚才还给我打电话呢，说可以过来啊。我给哥打电话问问。”

梁思思拨通梁彤的电话，按了免提。

“怎么啦思思，等急了？我们在二姑家小区门口，等二姑过来送寿桃。”

“你们还没有过来啊。”

“我们够快了，不是告诉你才出发吗？要来二姑家拿寿桃。”

梁思思挂断电话，不好意思地看着房怡和说：“奶奶，我听错了。”

房怡和摆摆手，高兴道：“没事啊，我们正好出来呼吸呼吸新鲜空气。”

梁玉梅给房怡和拉了拉围巾，道：“妈，咱还是先回去，彤彤他们从我二姐家过来，怎么也要半个小时呢。”

房怡和答应着，一行人又往回走。

梁宏支书正领着几个志愿者来来回回地巡视，看见有人在外面转悠就吆喝：“喘喘气就回屋待着，在家待着就是对我们工作的支持，病毒无情人有情。”

梁宏远远地看见房怡和，很高兴。

“梁老师啊，您这是有啥急事啊？”梁宏支书说着就快步走到房怡和跟前。

梁玉梅和梁思思都张着嘴想说明情况，被房怡和用眼神制止了。

“我在家待着头昏，出来转一圈，这就回去。”

梁宏一听，就问房怡和有没有什么需要帮忙的。房怡和说没啥需要麻烦支书的，吃喝不愁。

梁宏说得真诚：“梁老师，大仓叔在前方拼命，我们有义务照顾好您。”

房怡和拱手说道：“谢谢支书啊。”

梁宏就领着几个志愿者继续在村里各处转悠。

梁玉梅扶着房怡和走到院门口，看见安慧和杨留根都站在院门外东张西望的，在着急呢。

安慧看见房怡和，急急地上前搀扶着：“妈，这是去哪儿了？急死我了。”

“别动不动就死呀活的，我们出去转了一圈，透透气。”

房怡和还没有坐稳，小土豆拉着房怡和衣角，小声说了一句：“姥姥，您快看看咱家群里面，可热闹了。”

房怡和拉着小土豆坐在自己身边，梁思思也马上挤过来坐着。

梁思思打开手机笑嘻嘻地给房怡和看，说：“奶奶，大伯和姑姑祝您生日快乐呢。”

家族群内，儿孙们发来各种形式的祝福。

垦荒和吴春兰抱着妮妮，齐声说着生日快乐，妮妮总是慢半拍，妮妮向太奶奶行拱手礼道：“祝太奶奶福如东海，寿比南山！”

二女儿红梅和亲家母一起祝福房怡和健康长寿万事如意。

海平和孙家琪表演老节目，跳舞。还是《大田后生仔》，只是词改编了：“我们家有个老祖母，她为人善良还挺风趣，我们祝愿老祖母，健康长寿乐无边，快乐每一天。”

梁思思看到这里，不屑道：“什么词儿这是，老掉牙了，真没文化，还老祖母，我奶奶一点儿不老。”

房怡和很高兴，对着手机屏幕说谢谢。

梁思思拿过手机，笑嘻嘻地说：“奶奶，又不是直播，你说一百声谢谢他们也听不到啊。”

房怡和看着梁思思说：“你这孩子，看着奶奶闹笑话是吧？”

梁思思倚在房怡和身上耍赖。

安慧的手机一直响个不停，原来梁彤和孙美丽已经到了村口，在等家人过去。

安慧拉起耍赖的思思，对房怡和说：“妈，彤彤他们来了。”

房怡和起身道：“走，去看看我大孙子。”

杨来弟此时默不作声地离开，自己去了厨房。杨留根看见杨来弟出门，跟在杨来弟身后，也去了厨房。

房怡和被思思和小土豆簇拥着，安慧和梁玉梅跟在后面，一行人再一次来到桥边，看见梁彤和孙美丽站在桥的另一头张望着。

梁彤和孙美丽看见房怡和，双双挥着手高兴地喊道："奶奶，生日快乐！"

房怡和挥挥手道："彤彤啊，大冷的天，回去吧。你们看看奶奶，奶奶很好，不要挂念。"

安慧跟着大声喊道："彤彤，美丽，奶奶说让你们回去。"

"我们带来好多包子饺子，还有二姑做的寿桃，怎么送过去啊？"梁彤发愁。

梁玉梅跟房怡和商量，自己去跟值班的说一声，看看能不能让彤彤他们过来，只要不过线就可以。

梁思思看到此情此景，兴奋得手舞足蹈，这样的情景只有在电视剧里看到过。梁思思和小土豆挥着手喊道："大哥。"

梁玉梅看见临时挡风棚里没有人，正奇怪，梁宏支书走过来。

梁彤见桥上全是积雪，因为天气变化，上面一层薄冰，急中生智道："思思，小土豆，哥把带来的东西从冰上面滑过去，你俩接一下。"

梁思思乐翻了，连声道："好啊，好啊，好刺激啊。"

孙美丽担心一下子推不过去，东西掉到河里，让梁彤先拿一个包子试一试。梁彤拿出一个包子，用一个塑料袋子装好，选了桥中间的位置，一使劲推出去，包子送出去不到一米远就停住了。梁彤准备从木栏杆下面钻过去，将包子拿回来。孙美丽拽住梁彤，说想想其他办法。

房怡和看见梁彤和孙美丽在那里忙活，笑道："可不能这样啊，这哪成啊。"

房怡和让安慧告诉梁彤，赶紧回家。

安慧喊道："彤彤，你们回去吧。"

梁思思看到梁彤和孙美丽正商量着什么。

“以前从这头走到那头连一杯咖啡都喝不完，现在可好，就跟在天边一样。”梁思思有点难过。

安慧听思思这样说，也感慨：“一杯咖啡的距离，在这里就是万水千山。”

梁思思搂着安慧说：“妈，妈，你还挺有诗意的。”

梁思思抬头看见桥中间的包子，大呼小叫：“天哪，天哪，太刺激了。大哥把啥推过来啦？我过去拿回来。”

梁思思说着就往绳子底下钻。安慧拉住梁思思说：“你干嘛去？没看见封着呢。”

“来都来了，我过去看看。”

梁思思挣脱安慧，正准备再钻下去，梁玉梅和梁宏支书过来了。

梁宏支书抱着拳站在房怡和面前，说：“梁老师，生日快乐！您看，大仓叔在武汉为我们拼命，真应该让他们都过来，可是，您也知道……”

梁宏还没说完，房怡和就打断他的话：“支书啊，你就不要让我老婆子脸红了，是我考虑不周全，我只是想让孩子看看我。放心，这么着，我带孩子们现在就回家去。”

梁宏不好意思地看着房怡和，想了想说：“梁老师啊，您看这样行不行？我领着您过去，让您孙子看看您，这样俺叔和婶子都放心，我帮您把东西都拿回来。”

梁玉梅见房怡和点头，就说：“支书，桥上太滑了，我和支书一起过去，见一面就回来，绝不让支书为难。”

梁玉梅跟梁宏提要求，梁宏满口答应。

思思着急，想跟着奶奶一起过桥，被安慧按住了。

“来都来了，我们跟奶奶过去嘛。”梁思思跃跃欲试，想从绳子底下钻过去。

梁宏见状，下定决心道：“干脆都过去吧，特事特办，责任我担着。”

梁思思一听，伸出大拇指就给梁宏点赞。

梁玉梅对着桥那边的梁彤喊道：“彤彤，你站在那里不要动，我和奶奶过去。”

桥面上太滑，梁玉梅搀着房怡和，梁宏也过来搀着房怡和，安慧抬高绳子，几个人钻过绳子走到桥上。积雪很厚，所有人都一步一步地挪着，挪到了桥头。

梁彤看着小姑和一个陌生人搀着奶奶一步一步挪过来，激动地喊着：“奶奶，我看见奶奶了，您慢慢走啊，别摔着。”

梁家小院厨房内，杨来弟一声不吭地和面，杨留根在杨来弟身边不停地给自己找事情做。杨留根一会儿去剥棵葱，一会儿又去剥头蒜。

杨来弟始终没有说话，杨留根也不知道该说什么好，更不知道该怎样开口。

杨留根特别想问问杨来弟，和亲生女儿梁玉梅什么时候相认，更想拿出来杨来弟签署的那份遗体捐献协议，跟杨来弟问问清楚，可是今天是房怡和的生日，这样唐突询问，一旦杨来弟情绪失控，就会影响到大家的心情，显然不合适。

杨留根看着杨来弟将面和好后放在面盆里面醒着，没话找话地说：“杨老师，你们上海人说的这个葱油面是不是什么都不放，就是使劲儿放大葱啊？”

“我们是要放小香葱的。”

杨来弟说完继续在厨房里面忙活，洗菜刷盘子。杨留根既插不上手，也无法和杨来弟交流，觉得很扫兴，就跑到院门外，等着房怡和她们回来。

梁彤看见奶奶一步步挪到自己跟前，虽然和奶奶中间隔着一层木板子，但他能看见奶奶的上半身。梁彤看见奶奶后，急急地踮着脚上前抱住奶奶。

“奶奶，你还好吧？奶奶，我爸爸和妈妈挂念您啊。”梁彤说。

孙美丽看见梁彤踮着脚搂着奶奶，忍不住上前搂着房怡和的肩头说：“奶奶，生日快乐！我们都好想您啊。”

房怡和被孙子和孙媳妇搂着，点着头，眼睛发潮。

孙美丽的眼泪不知不觉就流出来了。

“奶奶，我们都特别想您。”

“奶奶知道你们都是孝顺孩子，回去告诉你们爸妈，我好得很，不用记挂着。我们都要好好的，扛过这次疫情。孩子啊，你们怎么能到这里来啊？”

“奶奶，你要多保重啊。”

“孩子啊，你们怎么能到这里来啊？”

“我们都有上班证明，小区给发了出入证，每天都测量体温，可以出入的。但是我们只能在自己居住的小区和大路出入，进不了梁家村。奶奶，好想你啊。”

房怡和听明白了，马上嘱咐梁彤：“彤彤啊，咱可不能坏了政府给定的规矩。”

“放心吧，奶奶。”

孙美丽拿出寿桃给房怡和看。

寿桃的顶部是水粉色的，鲜艳明丽。

“奶奶，这是二姑给您做的寿桃。”

房怡和看着高兴，说：“咱们家啊，数你二姑手巧。”

“二姑他们都好，二姑说让您放心。”

梁彤说完，又拿着一大包东西给奶奶看：“奶奶，我妈给您包了好多饺子，荤的素的都有，在家里都冷冻好了。”

梁玉梅接过梁彤手中的一大包吃食，说：“彤彤，回去吧，告诉大哥和大嫂，我们都很好，让他们放心。奶奶有我们照顾，放心吧。”

梁彤知道这是小姑在提醒自己该走了，不要让村支书为难。

梁彤拉拉孙美丽的手，跟房怡和说：“奶奶，您蹲下，看着木板中间。”

房怡和嘴里说着这孩子要干啥，还是蹲下了。

房怡和一蹲下，正好从木板缝隙间看到梁彤的全身。

梁彤拉着孙美丽的手就双双跪下了。

梁彤和孙美丽跪在雪地里，规规矩矩地给房怡和磕了三个头，两人的额头都是雪，梁彤抱着拳头说：“奶奶，孙儿不孝，等解封了，孙儿再来看您。”

房怡和被梁彤和孙美丽这一突然举动吓了一跳，连声道：“孩子，快起来，起来。”

梁彤拉着孙美丽起身。孙美丽看着房怡和说：“奶奶，您一定要健健康康的，长命百岁。”

梁玉梅和安慧还有思思小土豆，本来趴在木板缝中间看热闹，看到此情此景都不说话。

梁宏支书直点头，轻声说道：“梁家的孩子，都是好样的。”

房怡和哽咽着，让梁玉梅扶自己站起身来，跟玉梅说：“让彤彤回家，快让孩子们都回家去，大冷的天。”

安慧跟梁彤挥挥手道：“彤彤，带着美丽回家吧，告诉大哥大嫂，奶奶有我们照顾，都放心吧。”

房怡和招手，喊着家人：“咱们回去，思思、安慧，咱们都回家吧。”

梁彤和孙美丽趴在板缝看着，看着奶奶在梁思思和小土豆的搀扶下走远。奶奶往回走着，没有再回头。梁彤知道，奶奶不回头是想让他早点离开。

梁彤拉着孙美丽说：“走吧，回家。”

西山脚下，梁彤将车停下来，摇开车窗，指一指西山上那片凹地，跟孙美丽柔声说道：“我小的时候，每年过年，爷爷都按照咱们这儿的传统，带着我和爸爸去请祖先们回家过年。现在爷爷也留在那里了，我特别害怕奶奶也很快去那里，是真怕啊。”

孙美丽拍拍梁彤的手：“奶奶会长命百岁的。”

梁彤踩一脚油门，心想：“但愿啊！”

孙美丽在心里默默地念叨了一句：“人如果能不死该多好啊。”

梁家小院内的生日宴已接近尾声。

杨来弟做的葱油面获得一致好评，梁思思自己吃了两碗。杨留根调侃梁思思，幸亏杨老师做得多，不然老寿星吃不着。

梁思思不高兴了，问杨留根："你是说我吃多了？"

杨留根笑道："今天大家吃得越多，奶奶就越高兴。"

小土豆吃着面，看着房怡和说："姥姥，我妈咪说晚上给你唱生日歌，我们那边正好早晨。"

房怡和给小土豆碗里舀了一勺酸菜粉，说："今天姥姥累了，明天再和你妈妈视频。"

小土豆坚持道："那不行啊，姥姥，祝福生日要在当天的。"

安慧想起大仓录的视频还没来得及拿给婆婆看。

梁大仓穿着一身防护服，戴着护目镜，根本认不出来。

梁大仓抱拳道："妈，生日快乐！等儿子回家，给您做碗长寿面。"

梁思思一看爸爸这身打扮就心疼，说："奶奶，我爸这得多难受啊，看着就沉重。我的天，穿成这样还要天天干活，奶奶，我爸太厉害了。"

"是啊，你爸爸他们这些援鄂的医护人员都很了不起。你看，今天梁支书能为我们行方便，不也是看在你爸爸援鄂的分上？你爸他们啊，在武汉拼命，老百姓都念着他们的好呢。"

梁思思不说话了，把碗里面最后一口面条吃了。

孙美丽翻来覆去睡不着，她刚刚看完梁氏家谱。

孙美丽被一种情绪牵动着，她特别想和梁彤说说话，梁彤却在书房和大卫商量着心理治疗工作室的各种事情。梁彤不像是给大卫帮忙，简直就是给大卫打工。

孙美丽起身走到书房门口，听见梁彤和大卫正讨论着。尽管声音不高，孙美丽还是听得出来，梁彤非常兴奋。

孙美丽蹑手蹑脚返回卧室，她不想惊动已经休息的公公和婆婆，婆婆头部和肩膀的伤还没有好。想到婆婆的伤，孙美丽心里一阵感动和内疚。婆婆怕伤着她，丝毫都没犹豫就抱住她，护着她，这是装不出来的啊。母亲总是说梁家人都会装。

妮妮应该是做了一个美梦，咯咯地笑出声来，孙美丽亲亲妮妮。

母亲牛玉香又要求跟自己视频，孙美丽没有接受，她知道母亲想和自己说什么。

孙美丽想起母亲，心里有一股说不出的滋味儿。

孙美丽重新拿起梁氏家谱翻看。

家谱，家谱，孙美丽心里念叨着。她长这么大还是第一次读真正的家谱。过去听说过，后来在图书馆看见过用于学术研究的古代传世家谱家训，颜真卿家传的《颜氏家训》等，最著名的当属《曾国藩家书》中的家谱家训，但她都没有认真读过，她的原生家庭和家族没有这传统。

从记事起，孙美丽就知道母亲和奶奶是死对头，水火不相容。母亲直到现在提起奶奶依然恨之入骨。

她记得自己小时候也特别恨奶奶，因为奶奶讨厌母亲，从不给母亲好脸色，欺负母亲。家中有一点点好吃的，奶奶都要留给叔叔家的弟弟。她记得很清楚，她放学回家，饿得前胸贴后背，跟奶奶要个馒头吃，奶奶说还没有做好，可是叔叔家的弟弟一放学，奶奶就拿出一个热馒头给弟弟吃，还蘸了白糖，奶奶满脸都是笑。那一刻，幼小的孙美丽心中恨死奶奶了。有几次奶奶给叔叔家的弟弟馒头吃，让母亲看见了，母亲几乎是歇斯底里地去砸东西。为此，母亲挨过爸爸的巴掌。

在孙美丽的记忆里面，在孙家这个大家族里面，只有母亲护着她。孙家这些亲戚到了一起，东家长西家短地说起来没完没了，聚一次吵一次。母亲挣到钱后就给孙美丽报补习班，鼻涕一把泪一把地央求女儿好好学习，为自己奔一个好前程。孙美丽考上大学那年，奶奶死了，孙美丽很麻木，以后也从未想起过奶奶。长大以后，她不愿意回忆童年。有人说，幸运的人用童年治愈一生，不幸的人用一生治愈童年。

梁家让她对家庭生活有了不一样的体验，原来家和家是不一样的。

孙美丽正想着，牛玉香的视频请求又来了，孙美丽知道躲不过，接通了手机。

牛玉香躺在床上，脸色非常疲倦。牛玉香有气无力地说："死丫头啊，你怎么不接我的电话？"

孙美丽问："您怎么这么晚了还不睡啊？"

牛玉香说："我可能活不长了。"

孙美丽不知所措地问："牛玉香是不是身体不舒服？"

牛玉香躺在那里叹气，问："房子的事情到底要拖到什么时候。"

孙美丽用手机照了一下熟睡的妮妮，说："妈，您和我爸好好的，妮妮睡了，我明天再跟您视频。"

牛玉香一看女儿这架势，坐起身来大喊："死丫头啊，你就傻吧。"

孙美丽挂断视频，长长地叹口气，心里觉得有点对不起母亲，可又能怎么办呢？

梁红梅和孙婵娟躺在床上，一起看玉梅在群里发的照片，每一张照片都很传神。

孙婵娟感慨："海平的姥姥可真好看啊，白头发都好看，这哪像是八十的人啊。"

"我记得十五六岁的时候，学会一首歌，我就天天唱：娘啊，儿死后，你要把儿埋在那洪湖旁，将儿的坟墓向东方，让儿常听那洪湖的浪，常见家乡红太阳。"

孙婵娟不知道梁红梅怎么突然转移了话题。

"我看过电影，《洪湖赤卫队》，韩英唱的。"孙婵娟说着，看着梁红梅。

梁红梅接着自语："有一天我又在那儿唱，被我妈听见了，上来就给我一巴掌，疼死了。我妈说以后不许唱这首歌，我当时不明白我妈为啥生气。等我有了海平，我才理解我妈当时为啥生那么大的气。有了海平，什么四呀死呀，我都不愿意听，觉得不吉利。这当妈的心啊。”

梁红梅眼睛发潮。

孙婵娟拍拍梁红梅的手：“天下当妈的都一个心思。”

“妈今天八十大寿啊，我们都不在跟前，太遗憾了，真对不起她。”

孙婵娟也无奈地叹口气：“没办法啊，都是疫情闹的。”

第二十一章　人间重晚晴

日子在不知不觉中过去，封城都快俩月了，虽然有些单位开始陆陆续续地上班，大多数人还是要待在家里。

待在家里的人开始急躁、烦闷、憋屈，人们对未来的焦虑，对病毒的恐惧交织在一起，情绪都不对了。特别是孩子们，本该是疯跑玩耍的年龄，待在家里憋得慌，就开始各种各样生事闹腾，弄得家中像一个小战场。亲戚朋友之间打电话时都在抱怨，越是抱怨越是不开心。疫情得到了控制，至于什么时候能解封，谁都不知道。人人都盼望能早日解封，出去呼吸一下新鲜空气，自由自在地走走。

社区供给越来越有秩序，各项工作越来越规范，从最初的惊慌失措变为井然有序。社区内蔬菜和副食供应都设有专门地点，时间固定，人们可以在住宅小区内，买自己需要的蔬菜水果和副食。市里面的大超市还开展了送货上门。

人们的生活已经不困难，让人难受的是足不出户的憋闷和对未知的担忧。

梁垦荒一家人生活比较有规律。

吴春兰伤好以后，依旧忙忙碌碌，做饭洗衣服，和垦荒领着妮妮玩。梁彤除了在学校值班，还和大卫上网做咨询，孙美丽几乎每天要去学校值班，下班后陪着妮妮，外出采购的任务就责无旁贷地落在梁垦荒身上。

梁垦荒乐在其中，只是每次出门要戴口罩，回来还需要消毒，让梁垦荒有些烦。祖孙两代，一家人住在一起，少了相互间的牵挂，他们都牵挂着在梁家村的房怡和。

因为有杨留根在小院，梁垦荒和吴春兰多少安心些。最难受的是妮妮，总想下楼去玩，吴春兰和梁垦荒使出浑身解数，和妮妮一起打发时间。梁垦荒会扮成一只大狗熊，让妮妮牵着去卧室客厅转悠着寻找食物，吴春兰给妮妮讲故事、剪纸，幼儿园老师会在群里发一些小手工制作视频，吴春兰就跟妮妮按照老师教的方法做，然后发到群里。到了晚上，梁垦荒和吴春兰会带着妮妮下楼跑一会儿。

梁彤和大卫的心理治疗室越来越忙，咨询的人越来越多，有为自己咨询的，还有很多年轻的妈妈，担心孩子会在家里面憋出病来，也来咨询。梁彤和大卫每晚待在电脑前，跟前来咨询的人进行交流，梁彤感觉积累到的案例都很有意义，对自己所教的学科很有帮助。

梁家最迫不及待盼望着早日解封的是梁红梅。

梁红梅这一家人，自从海平的爸爸去世后，还是第一次这么齐整地在一起生活这么长时间。

孙家琪天天陪着儿子果果，跟母亲孙婵娟聊童年趣事。孙婵娟每天按时吃药，还尽可能地跟着儿子的节奏，看护孙子，精神头儿越来越好。刘海平无意间竟然找到一个可以在家赚钱的门路，梁红梅可以帮上大忙，梁红梅感觉到从未有过的兴奋和充实，母女两人忙得不亦乐乎。

梁红梅感觉生活有了盼头，浑身有使不完的劲儿。

刘海平本来春节前憋足了劲儿，等到春节过后，咖啡店开门营业，就大刀阔斧地对店内的经营进行一系列改革。疫情却打乱了刘海平的计划。刘海平担心长时间不营业，店内的客源会流散，琢磨了很久，想出一个留住客源的办法。

“一碗面or咖啡”店有一个几百人的群。刘海平当初建群，是因年初开展预定业务，有很多优惠，所以进群的人很多，有老客，也有新户。刘海平开始时不时地在群里面发个小红包，抢到的人都发表情感谢，没有抢到的人也发表情故意逗乐，人气很旺。人都待在家里，难免烦闷，抢个红包也美一会儿。可是红包总不能天天发，而且红包额度很难掌握好。

刘海平又开始在群里面开设咖啡讲座。讲座一开始还有人呼应，过了两天，群里人对咖啡讲座就失去热情，都在讨论如何增加自身免疫力，提高免疫力才能抵抗病毒。疫情像一只怪兽，要有超强的能力来抵抗。人们在群里相互交流增强免疫力的方法，内容五花八门，看得刘海平直乐。

有说喝参茶的，有说吃莲花清瘟胶囊的，有说服用双黄连口服液的，还有的人站出来说，食疗更重要，可以吃王八。刘海平每天都在群里面游来荡去的，看到多人响应食疗的讨论，突发奇想，找到一个潜在的商机，于是开始试水。

正月十五时，梁红梅做了醪糟汤圆，还放了一些枸杞，甚是好看。刘海平当时只为了逗乐，就在汤圆的表面放了几片芹菜叶，枸杞红，菜叶绿。刘海平故意拍了一张照片给小姨显摆，写了六个字——红配绿，赛狗屁。惹得梁玉梅大笑，回复一个搞笑的表情。

刘海平记得自己生果果坐月子时，母亲经常做醪糟鸡蛋花，令她奶水很充足。偶然一次机会，刘海平在一个健康讲座课堂上，得知醪糟有提高免疫力和补血的作用。当时她没在意，因为家里姥姥和母亲都会做醪糟，她从小吃到大，并没有感觉有什么特别的益处。

群里面都在热烈地讨论和推崇食疗，刘海平就上网去认真地检索查找醪糟的功效。这一查，收获颇丰，刘海平茅塞顿开，原来食用醪糟有这么多的好处。

刘海平就把自己发给小姨的照片，认真修复调整，用了滤镜，然后发到群里。没等刘海平的文字解说发出来，群里就沸腾了。

醪糟引发了太多女人的兴奋点，有的说丰胸效果极佳，有的说催乳效果特别好，还有的说，月经期间，喝一碗热乎乎的醪糟加红糖，肚子都不疼了。

很多女人迫不及待地问刘海平，哪里能买到这么好的醪糟，米粒看着颗粒饱满，令人垂涎欲滴。还有一些喜欢吃的，迫切想知道刘海平是自己做的还是从超市买的，因为超市买的有苦味，还有添加剂。这种意想不到的热度，让刘海平一下子有了新发现和兴奋点。

刘海平开始发帖煽情，说这是妈妈的味道。这下群里更热闹了，有的甚至开始要求订货。

孙家琪看到刘海平如此兴奋，开始给她泼冷水，叮嘱她不要夸大其词。

刘海平开始在群里分享醪糟的做法。当初为了给婆婆增加营养，刘海平自修了很多中医知识，刘海平为了吊吊胃口，加发一些催乳丰胸配方。群里人不过瘾，提议让刘海平示范教学，刘海平随即想到和母亲两人直播。

刘海平的建议让梁红梅有点不托底，这些明星们干的事，草根怎么也能干呢？草根成名前是草根，成名后就是明星。刘海平对明星的理解很深刻，跟母亲说：“咱俩就是明星。”

刘海平开始策划直播。

刘海平写好文案传给小姨，让小姨给润润色。梁玉梅知道刘海平的想法后举双手赞同，全力支持。

梁玉梅通过视频指导梁红梅和刘海平一遍又一遍地练习直播。

刘海平为了吸引群里每一个人的眼球，不停地将做好的醪糟点缀得色彩斑斓，拍成照片发到群里。

等群里人的情绪被刘海平彻底调动起来，刘海平就决定直播。

第一天直播，刘海平给母亲化了点妆。红梅本来就长得厚道，和机灵乐观的海平一出场，就吸引了群里面等了好久的女人们的眼球。母女两人配合默契，从做醪糟的淘米工序开始讲起，一步一步讲得仔细，清楚明白。

弹幕不断，很多人都夸赞梁红梅努力生活的样子很美。直播后不到两天，群里就有人开始晒自己动手做的醪糟，那个热闹啊。大家都说疫情之后，工作一忙就没有时间做醪糟了，希望刘海平在店里增加一个项目，做手工醪糟出售，还提出各种建议。

刘海平乐晕了，简直找不到北。

母女两人试着做了几瓶醪糟在群里出售，刘海平将做好的醪糟放到社区门岗处，让需要的人自己来取，哪一家还没有一个可以自由出入的人呢？刘海平没想到竟然供不应求。

梁红梅更高兴了，后悔自己荒废了这么多年的手艺，到处找活干，怎么就不知道做这营生还能挣钱呢。

孙家琪一直在为不去海上漂，着陆干点啥发愁，一看媳妇和丈母娘卖个醪糟都挣钱，而且如此受欢迎，觉得真真应了那句老话，民以食为天。孙家琪就开始动心思，跟刘海平商量，等疫情过后，她只管做醪糟，买米洗米这些粗活，自己干，全包，再买一辆电瓶车送货。

孙家琪拍着胸脯道："我不怕累，咱家一定能过上好日子。"

刘海平笑道："加油！"

全市乡村都还在封锁中，梁家村也不例外，村子里面还是严格地封闭，不能随便外出。要想外出，得去管理人员那里领出入证，出入证也不是随便领的，要说明情况。唯一松动的是可以出门透透气，但是不能聚集，出门时间不能太长。

梁家小院的生活依旧按部就班地过着。

天气已经明显开始变暖，房怡和带着杨来弟时常到院子里面透透气，转转圈，偶尔还会去村里的小路上散散步。两人大部分时间还是坐在沙发上追剧，或者听一段京剧。

房怡和喜欢张火丁，杨来弟喜欢李胜素。

过完年后，村子里值班和其他方面原来缺的人手都已到位，梁玉梅就待在家里。

家谱还是没有办法印刷，工厂不开工。

梁玉梅根据大哥和二姐对家谱后记提出的修改意见和所提供的素材，开始继续补充修改后记。

李雅琪跟梁玉梅视频。

李雅琪回老家奔母丧，因为疫情不能回滨海。婆婆在医院，丈夫儿子在家中隔离。一家人分处三地，李雅琪没有精力再做手中的项目，向梁玉梅求救。李雅琪的公司正在跟市里档案部门合作，准备开展建立家庭档案业务。

“家庭档案？”梁玉梅还是第一次听说。

李雅琪给梁玉梅发来企划书文案：“家是一个人成长的摇篮，人生之旅在这里起航；家是温馨的港湾，疲惫的身心在这里休憩；家是社会的细胞，人类世界在这里延续永恒……”

梁玉梅看了文案就笑，典型的雅琪风格，当初雅琪当记者时，煽情文字是强项。

家庭档案，记录着生活的点点滴滴，承载着家庭记忆，传承良好家风，亦能见证民族发展和世事变迁。成绩单、录取通知书、毕业证书，记录着您的求学足迹；一份份工作报告、论文手稿，跟后人诉说着您一生的不懈追求；一本本荣誉证书，记录着您的奋斗历程；一张张照片，留下了您人生的美好瞬间；一个个姓氏族谱，如一棵棵枝繁叶茂的大树，象征着华夏子孙绿叶对根的思念。还有家庭房产证、结婚证、电器说明书、个人病历等家庭档案，就像五彩斑斓的生活一样丰富多彩。

梁玉梅一口气看完，好家伙，家庭档案，了不起的记录啊。

梁玉梅向李雅琪表态，全力支持。

“国有史，地有志，家有谱。每一个家庭的记忆，都是宏大时代乐章中的音符。每一个家庭的家史，都是国史、地志的组成部分。保存好家庭档案，就是守住了家庭的记忆，就是延续了家庭精神的DNA；千千万万个家庭档案汇聚到一起，就是传承了中华文明。”梁玉梅看完策划，问李雅琪自己能帮助做点什么，李雅琪回答得很干脆：“码字呗。”

梁玉梅要写家谱后记，还要帮着李雅琪码字，忙得不亦乐乎。梁玉梅码字的时候，暗自思忖，梁家从现在开始是否也要建立家庭档案呢？

梁玉梅写累了，就在网上指导二姐和海平改进直播，帮助海平润色直播台词，闲下来还会陪着思思和小土豆看电影跳绳。

梁玉梅依旧有意识地躲着杨来弟。杨来弟每次在小院看见梁玉梅都会拘谨地笑笑，梁玉梅基本上都是还没有来得及回应，杨来弟就已经低头回屋。吃饭的时候，杨来弟都是安静地低着头，谁都不看。

两人的这种状态，住在小院的其他人已经习惯了。

梁思思不再针对杨来弟，她已经接受了杨来弟是小姑的亲妈这一事实。

梁思思和小土豆待在家里，憋得难受。

跳绳，上网看电影，发抖音，有时干脆围着村子跑一圈，两个女孩的青春活力无处释放。梁思思多次提议，让梁玉梅想想办法，带着她和小土豆去市里的咖啡店待一天，这个当然不可以。

梁思思实在无聊，就向刘海平喊话，说再不出门就牺牲了。

刘海平就把梁思思和小土豆拉进自己新建的群里。两个女孩一下子又找到了新乐子，竟然在家里面学着做醪糟。

杨留根眼看着自己一时还是不能回家，开始着急了。他没有想到能封城这么长时间，老母亲几乎一天一个电话催问，他只得一遍又一遍跟母亲解释，自己滞留在梁家村，住在梁家小院很安全，让老母亲放心。

要办的两件事一件也没有办，总是被各种突发情况给搅乱，杨留根心中开始不淡定了。

安慧有点心烦。连红旗要和安慧合作办口罩厂，安慧明确拒绝，连红旗还是要无赖穷追不舍。连红旗通过群里的朋友开始侧面劝说安慧，说有钱不赚傻瓜蛋。安慧很矛盾，她想赚钱，但是不想跟连红旗这样的人合作，就过来征求梁玉梅的意见。梁玉梅态度明确，坚决不跟连红旗这种人合作。

安慧觉得时间过得也快也不快：每天忙忙碌碌，时间过得很快；盼望着梁大仓回来，又觉得时间太慢。

疫情突如其来，人的思想和认知都在不知不觉中发生着改变，各种心灵鸡汤每天都在更换，有一种认识似乎成为共识：在生命面前，所有的事情都微不足道。

朋友圈分享最多的一句话是：人生除了生死，其他都是擦伤。

房怡和相信杨来弟在这个年龄，对这些体会更深，房怡和相信杨来弟会主动跟自己说出她的想法。杨来弟留在梁家，至少玉梅安心，房怡和想到这些，从心里感谢杨来弟的到来。

房怡和跟杨来弟有滋有味地看着电视剧，还时不时地交流一下心得体会。

周方正突然给房怡和打来电话。

周方正先给房怡和拜晚年，然后告诉房怡和，自己从春节到现在都没有休息，一直在生产防护服和口罩，订单太多，根本忙不过来。房怡和连声夸赞周方正。周方正说，听自己公司一个销售人员说，滨海有一家新建工厂可以生产口罩，考虑到大仓在医院工作，对医疗器械生产厂家应该有些了解，想请大仓帮忙打听一下这个新建工厂的资质和联系人情况。

房怡和告诉周方正，大仓去援鄂了，不在滨海。

周方正连声说对不起，让房怡和保重身体，就准备挂电话。

房怡和想起安慧应该也会了解一些情况，就让周方正跟大仓的媳妇安慧聊一聊，也许能知道一些信息。周方正一听就特别高兴，房怡和答应周方正，让安慧主动跟他联系。

房怡和挂了电话，就给安慧发微信，让她马上来自己屋里，有事情商量。房怡和发完微信，乐呵呵道："现在就是方便，方便得人都懒了，一步路都不想走。"

杨来弟答应着是的啊，视线却没有离开电视。

房怡和等了一会儿，安慧没过来，房怡和看看院内没有人影，奇怪安慧是不是没有看到微信。

房怡和正琢磨着安慧为啥没来，安慧就急匆匆地推门进来了。

安慧进门就跟房怡和解释，刚才在接电话，那个连红旗穷追不舍地换了电话号码来联系她，要求跟她合作办厂生产口罩。

房怡和问安慧怎么打算的，安慧说想都不用想，这样的人没有可能合作。

安慧问婆婆找她有什么急事，房怡和说明了周方正的情况，让安慧马上跟他联系。安慧一听跟抗疫有关，马上联系周方正，可是电话却怎么都打不进去。

安慧跟房怡和抱怨，自己从早晨到现在接了几十个电话，认识的不认识的，都看着自己刚建好的厂子是块肉，根本不是想着为抗疫做点事，都是想拿这个新建厂来牟利，明摆着是发国难财，缺德。

周方正的电话终于打过来，房怡和将电话开免提。

“房老师啊，滨海不知道怎么有人知道我想过去办厂生产口罩，这一天电话就没断过，有要求合作的，有提供信息要求谋职的，五花八门，诉求真多，没有一个是想着早点生产口罩，解决燃眉之急的，真是嗑瓜子嗑出个臭虫来，什么人（仁）都有。”

周方正字正腔圆，一听就是敞亮人。

“方正啊，我知道你是个大老板，可你是做哪一行的？”

周方正笑声特别爽朗：“怪我，怪我，房老师，我从北大荒回老家以后，什么都做过，搬运工，自行车修理工，后来到一家医疗器械厂上班当工人，厂子改革，我就承包了。说来话长啊，北大荒人能吃苦。我现在主要生产防护服和一些医疗普通用品，几年前上马一个小口罩厂，效益不好就改生产尿不湿了。”

周方正说到这里，咕咚咕咚喝了几口水。

安慧听到生产尿不湿，无声地笑了。

“疫情发生后，全国都缺口罩，我就想着义务生产口罩支援武汉，又把生产尿不湿的厂子改过来生产口罩，原来厂里的老技术员和职工都被我请了回来，可是厂子太小，订单做不完。滨海环境好，卫生条件有优势，离我们也近，本来也有意过去办厂，现在新建厂来不及，就想看看有没有立刻可以上马的厂子，我们合作也可以。”

“方正啊，你找到合适的厂子没有啊？”

“不好找啊，房老师，人要可靠啊。我正在想其他办法，不行就再看看别的城市有没有合适的厂子。”

安慧的手机又响了，安慧一看是连红旗，不接，准备拉黑，可是手一滑竟然按到接听键。电话里的连红旗，单刀直入张口就来，要求用两倍的价格买安慧的厂子，安慧回了一句不卖，就挂了电话，将连红旗的名字果断地拉黑了。

房怡和听到周方正的电话铃声不断，知道周方正忙得不可开交。

“房老师，我有机会再去看您，您多保重。”

“方正啊，你等一下，安慧就在我身边，让她跟你说两句，兴许有帮助。”

安慧和周方正简单寒暄后，安慧就将自己厂子的具体情况告诉周方正，周方正乐道：“这简直就是天上掉馅饼啊。”

周方正一个劲儿地说：“太好了，太好了，老天爷啊，你可真帮忙啊。”

周方正很果断，告诉安慧，他马上出发来滨海，所有手续都不需要安慧操心，包括来滨海人员的手续，等他带人到了滨海，马上见面谈合作。

安慧发愣，反应不过来。

房怡和看着安慧说：“没想到吧？行啦，老天啊，睁着眼呢，谁心里想的啥，都瞒不过天，去想想怎么跟周方正合作吧。”

安慧反应过来，问房怡和：“妈，我现在不想瞎忙了，等大仓回来，我就想守着他们爷俩过日子。”

“你啊，不是左就是右的，这孩子，行啦，去给我下碗面，该吃饭了。”

安慧一看表，不好意思地说：“妈，我这就去做饭，都忘了时间了。”

安慧一进厨房，看见杨留根已经将菜洗干净了。

“哇，我们有福了，我婆婆刚才还说饿了，你准备做什么好吃的？”

“房姨有没有想吃的？”

“让我下碗面。”

“小菜一碟，没问题。”杨留根一撸胳膊，“好说，手擀面，你做菜，我擀面，还有大嫂送来的包子，齐活儿。”

安慧拿起一棵白菜准备切菜，杨留根马上提醒道：“安慧，白菜用手撕，好吃。”

安慧不解道：“什么原理？”

“还真不知道，我在部队跟炊事班长学的。”

杨留根看看厨房没人，凑到安慧跟前，神神秘秘地叫了一声：“弟妹。”

安慧有些惊奇地看着杨留根，不知道杨留根又要耍什么花招儿。

杨留根压低声音：“我跟大仓是光着屁股一起长大的，我大他几个月，我想让你帮个忙，弟妹。”

安慧笑道：“我能帮你什么忙，瞎忽悠。”

杨留根其实已经想了两天了，准备开始实施自己的计划。

杨留根不慌不忙地说：“我想娶玉梅，我来照顾她的生活，她想写书，就让她写，我洗衣做饭样样都没问题，什么都不用她干，只要她高兴就行。”

安慧手中拿着的白菜掉到地上，张张嘴看看杨留根：“异想天开吧你，我们家玉梅讲求精神世界的交流，你不行。”

杨留根一点都不难为情，说：“怎么，我配不上你小姑子啊？还精神世界，精神世界一不留神就是神经病。别说的我好像多庸俗一样，我承认读书少，可社会大学我还真比你们毕业得早，生活是什么？开门几件事，柴米油盐啥啥。”

安慧看看杨留根说：“你可真行，强词夺理，歪理邪说，还一套一套的。”

安慧说完捡起掉在地上的白菜，用水冲洗后放到案板上，还没动刀呢，杨留根马上又提醒安慧：“用手撕，你试试看，保证好吃，不信啊？安慧，你试试。”

“安慧也是你叫的，你毛病真不少，穷讲究。”

安慧用手撕白菜，杨留根又来了一句：“撕成小块儿入味儿。”

安慧赌气地撕着白菜，盯着杨留根说：“你怎么这么讨厌啊。”

杨留根乐道：“我可爱的地方多了去了，你慢慢发现吧。”

杨留根一点都不生气，呵呵笑了。

“原来你来我们家是打玉梅的主意。你城府真够深的，看着憨憨的，真够有心计的，你这叫蔫坏。”安慧说着，狠劲儿撕着白菜。

“你就是觉得我配不上你们家玉梅，不过，人不可貌相，海水不可斗量。”

安慧心说：“你是配不上我们家玉梅啊，黑不溜秋的，还显老。”可是又不能太伤杨留根的自尊，安慧便不出声了。

杨留根却穷追不舍地继续问安慧：“我问你话呢。”

“是没想到，你们俩就是两条平行线。”

“怎么讲？”

“永远不可能有交集。这都不懂，还想追求玉梅。”

杨留根不生气，乘胜追击：“我明天就跟玉梅说，你要帮我，必有重谢。”

安慧看着擀面的杨留根，又好气又好笑：“擀你的面吧，都多大岁数了。”

杨留根却进一步向安慧求助：“我就当你答应啦。”

“你简直就是得寸进尺。”

杨留根不恼，笑呵呵地擀面，还故意拿起擀好的面皮在阳光下面照照，故意说给安慧听：“瞧咱这面擀的，均匀筋道，完美。”

杨留根说完继续擀面。

安慧看着杨留根那股子得意劲儿，心说：“这个人的自信都爆棚了。”

杨留根看安慧不说话，开始切面条。

杨留根一边切面条一边白语：“玉梅应该认下杨来弟老师这个妈啊。”

安慧不高兴了，觉得杨留根过分了，说：“你少管别人家的家务事，这不是你该管的。”

杨留根却不在乎安慧的态度，跟着自己的节奏，继续说："那是生她的妈。再说了，杨老师可真不容易，人不都说人间重晚晴吗？"

安慧被杨留根一句"人间重晚晴"给逗笑了，本来绷着的脸缓和下来。

"你知道什么是人间重晚晴？瞎掰都掰不到点儿上，还重晚晴呢！"

"李商隐的诗啊，现在的意思是尊重德高望重的老前辈。"

安慧笑出声，这个杨留根还真挺有意思的。

"你啥时候成文化人了？"

"为了追求玉梅，我天天背唐诗宋词。"杨留根说得一本正经。

安慧笑死了："你说杨老师德高望重？你眼睛没近视吧？"

杨留根点点头，将手中切好的面条摊开，说："是的，我是说杨老师德高望重啊。"

安慧一撇嘴："做你的饭吧，真懒得跟你理论。"

杨留根突然严肃地看着安慧说："我告诉你吧，你很多事情根本不知道真相。"

安慧摆摆手："不想知道，做饭。"

杨留根不急不恼，来了一句："你会吃惊的。"

安慧和周方正的合作进展顺利，顺利到安慧以为是在做梦。

安慧原打算将工厂全部卖给周方正，价格可以协商，让自己多少赚一点就可以，权当是自己辛苦一年的工钱。

周方正坚决不同意安慧的提议，坚持双方合作，做长远打算。

周方正相信能进梁家门的媳妇就不是坏人。安慧说自己不是经商的材料，没有心机，不会算计。周方正说企业就需要安慧这样的人。周方正让安慧问问自己的内心，今后的日子到底想怎样活。

安慧思前想后，答应给周方正做个副手。

周方正为了打消安慧的顾虑，先买下工厂，然后聘请安慧担任分管行政的副厂长，主管工厂办公室和后勤工作。

安慧没了后顾之忧，很快就去上班了。

安慧上班，梁思思对安慧刮目相看："本美女现在对老妈十分崇拜，致敬。"

周方正有经验，从老厂带来一批老技术人员，很快生产出来第一批口罩，质检合格后，立刻就发往武汉。

工厂工作就绪，周方正便开始在省城和滨海之间奔波。

周方正相信安慧，安慧也尽心尽力，每天忙得脚不沾地。

房怡和再三叮嘱安慧，一定要多替周方正分担一些工作，方正做的是正经事，梁家人都支持。

安慧每天起早贪黑地忙活，就回城里自家去住。

安慧一走，梁家小院似乎又冷清许多，俩老太太天天追剧，韩剧长之又长，两个人看得仔细，一集都不落下，上个厕所都要按暂停键。

梁玉梅还在写家谱后记，越写越觉得要写的东西太多，感觉能写成一部长篇小说。

梁玉梅写累了，就带着梁思思和小土豆在院子里面跳绳，变着花样儿玩。

杨留根成为梁家小院的主要劳力。

做饭的任务就落在杨留根和梁玉梅身上，当然以杨留根为主。

杨留根心里暗自高兴，原来一直找不到合适的机会跟玉梅单独相处，这下真是天赐良机。杨留根开始盘算着下面该怎样行动，才能一步步地完成来梁家要办的两件大事。

夜深人静，杨留根睡不着，拿出杨来弟的遗体捐献协议看。

杨来弟的遗体捐献协议签署时间是2018年，2018年到底发生了什么大事件？杨来弟又是为什么做出这样重大的决定呢？杨留根很想知道。

在梁家小院这段日子，杨留根仔细观察过杨来弟。

杨来弟在北大荒连队当老师的时候才二十多岁，那时的杨来弟和眼前自己看到的杨来弟判若两人。杨留根在经历了人生的风风雨雨后，终于知道一个人的生命历程是分阶段的，每一个阶段都有每一个阶段的使命。每一个人终其一生，都在追求幸福生活，可是真正幸福一生的人，这个世界上能有几个呢？每一个人对幸福的理解又是那么不同，人活着有追求才有希望，有奔头。杨留根从看见杨来弟第一眼起，就有一种感觉，感觉杨来弟就像一潭死水，在等待着干涸。

杨留根看到杨来弟的遗体捐献协议后，突然明白了杨来弟的状态由来，也理解了杨来弟不顾一切来到滨海的举动。他虽然不清楚当初杨来弟为何丢下梁玉梅，但他知道杨来弟为何来找梁玉梅，而且梁玉梅对杨来弟不会一下子就接受，所以他给梁玉梅发信息，让梁玉梅有个心理准备。那一刻，杨留根明白了，他一直放心不下梁玉梅啊。

黎明辉牺牲后，杨留根一直没有跟梁玉梅联系，他感觉自己有罪，不敢面对梁玉梅。

梁玉梅来找他，他躲避不见，因为他没有勇气面对。

那一晚的救援异常凶险，黎明辉当时已经解救出掉入海中的两个人，体力已经不支。那个夜晚还是风雨交加的恶劣天气，但是被解救回来的人是出租车司机，当他知道自己的车还在海里，竟然爬起来往海里冲，拼了命也要去找回自己的车。司机近乎疯狂，谁也没有办法拉住他。当时刚来滨海支队报到的杨留根，就命令黎明辉去救援，司机被救上岸，黎明辉却再也没有回来。

这么多年过去了，梁玉梅在黎明辉墓碑前泪流满面地唱歌的样子，常常会浮现在他眼前。知道梁玉梅一直没有结婚后，他就想照顾这个痴情的女人后半辈子，偏偏在这个时候，一次意外，他又失去了半条腿，他就不想打扰梁玉梅的生活了，他不想拖累梁玉梅，他希望梁玉梅能够找到属于自己的幸福。再后来，得知梁玉梅仍然孑身一人，年过半百的杨留根，已经不在乎自己的残疾，他觉得，他能够给梁玉梅幸福，于是他就来到梁玉梅的身边。

夜深了，无法入睡的杨留根，终于想出一个速战速决的办法。是的，速战速决，杨留根不想再等了。

第二十二章　春天来了

小土豆高烧，一家人都很紧张。

这个时候谁都怕生病，特别是发热咳嗽。

杨留根不得不再次搁浅自己的计划。

房怡和坚持送小土豆去医院，小土豆却要求自己物理降温，说在加拿大都是这样做的。

梁思思给爸爸发微信紧急求助，她害怕小土豆染上冠状病毒，因为传说空气是可以传染病毒的，空气防不胜防，多吓人。

梁大仓半夜给梁思思回复微信，详细讲解冠状病毒的症状。梁思思一条一条地仔细跟小土豆的病症对比，告诉奶奶，小土豆应该不是感染了冠状病毒。

安慧接到房怡和的电话，匆匆忙忙赶回小院，来看护小土豆。

安慧仔细给小土豆检查，判断小土豆是上火感冒，扁桃体发炎引起高烧。在这个特殊时期，安慧也不自信。安慧又让梁大仓的同事跟小土豆微信视频，给小土豆诊疗，确定是嗓子发炎引发的高烧后，一家人才安心。

房怡和抱着小土豆掉眼泪：“孩子啊，你要是有个好歹，姥姥可怎么跟你爸爸妈妈交代啊？”

房怡和问小土豆是不是想家了，小土豆怕姥姥担心，说自己不想家。

全家人都看出来小土豆想家了。

梁玉梅和安慧陪着小土豆时，小土豆跟妈妈视频，说自己想回家了。

这一折腾又是几天，等小土豆好利索，春天的脚步已经近了。

小土豆虽然好了，安慧还是不放心，待在小院和梁玉梅一起陪着她。

杨留根看小土豆身体已经恢复，便开始实施自己的计划。

房怡和看着杨来弟的遗体捐献协议，手不停地颤抖。

这份捐献协议太让房怡和意外和震惊，房怡和甚至怀疑这份捐献协议的真伪。

房怡和无数次地揣测过杨来弟来梁家的意图，却从没有想到，杨来弟已经为自己的身后事做了这样的安排。

房怡和看着杨留根，杨留根的镇静让房怡和无法判断这份协议书的真伪。房怡和努力稳住自己，眼睛直视着杨留根道：“留根啊，姨是看着你长大的，你跟我说说，这到底是怎么一回事啊？”

“房姨，您先坐下，我慢慢跟您说。”

杨留根将自己拿到这份遗体捐献协议的经过，仔仔细细地讲了一遍。

房怡和听完，仔仔细细地又看了一遍杨来弟的遗体捐献协议。

房怡和熟悉杨来弟的字体，她们那个年代没有电脑，什么都是手写，杨来弟的字体娟秀，笔画略显得有一些不规则，尤其是一撇一捺，都喜欢略微勾起那么一点点。

几十年了，杨来弟的字几乎没有变化，更老练些而已。

“冬花知道这份协议吗？”

“我妈那脾气，我哪敢跟她说啊，我跟杨家人谁都没有说过，我爸也不知道。”

“你来梁家跟谁提起过这份协议？”

“跟谁都没有提起过。”

房怡和沉默了，明白了前一段时间杨来弟焦躁不安的原因，她应该是已经发现自己丢失了这份重要的协议。

杨留根也不说话，静静地坐在那里。

“来弟住院全面检查过身体，没有什么凶险的毛病，她这是为什么呢？”

房怡和百思不得其解。

杨留根明白，房怡和并不是在问他，而是在问自己。

杨留根看着房怡和，眼前这个八十岁的老人，既熟悉又陌生。

几十年的岁月，弹指一挥间，从芳华无限到白发苍苍，有多少人多少事已化云烟，又有多少事是人能预见的呢？

“留根，留根。”

杨留根一阵恍惚，童年往事一幕幕地在眼前浮现。

童年的梁大仓和杨留根在杨来弟带领下去麦地写生：绿油油的麦苗，孩子们的笑脸，年轻的杨来弟甩来甩去的长辫子。

那时候，杨来弟也这样叫过他，留根，杨留根。

房怡和拍着杨留根的肩头，杨留根回过神儿来，叫了一声房姨。

“留根啊，你去把来弟叫过来，我和她好好谈谈，让疫情闹的，我一直没抽出时间来跟她好好说说话。”

“来这屋吗？”

“是啊，来这屋，我那屋子，思思和小土豆她们进进出出的，不方便。”

杨留根回答着好，起身准备往外走。

房怡和又叫住杨留根：“留根啊，让来弟过来，你过去和安慧她们聊聊天，我单独跟来弟说说话。”

“姨，我明白。”

杨留根起身去找杨来弟。

房怡和紧张到能听到自己的心跳。太意外了，她怎么也没想到杨来弟会这样安排自己的身后事。

杨来弟进门时，手里还拿着家谱。

坐在沙发上的杨来弟有些紧张，看了一眼房怡和后，就盯着手中的家谱，用手抚摸着家谱封面。

杨来弟来到梁家一个多月了，天天和房怡和生活在一起，杨来弟知道，房怡和没有变，如果不是疫情，自己应该已经离开梁家了。

“还在看我们家的谱呢？”房怡和轻声问杨来弟。

杨来弟点点头。

“来弟啊。”房怡和柔声叫了一声杨来弟，然后用温和的目光看着杨来弟。

杨来弟能够感觉到房怡和的诚意，却一时不知该怎样和房怡和交流，杨来弟低下头，手不停地抚摸着家谱封面。

“老梁走之前，我们俩有个事啊，商量来商量去的，就是拿不定主意，正好你来了，你给我出个主意吧。”

杨来弟有些意外地抬起头，看着房怡和。

“来弟啊，玉梅呢，是你的亲生女儿。”

杨来弟听房怡和这样说，慌忙站起身说：“房老师啊，房老师，你千万不要误会，我，我……”

杨来弟不知所措的样子，让房怡和看了心疼。

“来弟啊，你坐下，有些事我们是应该说清楚，事就摆在我们面前，不面对，逃避，不解决就永远是个事。这些事啊，不仅仅是我们两个人之间的事，还牵扯到玉梅，我们的女儿，还有我们梁家。”

杨来弟红了眼圈：“对不起啊，房老师。”

“来弟啊，你坐着，你这样站着，我心里不好受。”

杨来弟重新坐到沙发上。

“老梁活着的时候，问我玉梅是写进家谱还是不写进家谱，我说当然要写进家谱啊，不写进家谱，玉梅心里该多难受。老梁就问我，写进家谱，是写梁玉梅啊，还是写杨玉梅、章玉梅，我还真不知道该怎么写了。”

杨来弟又想站起来，房怡和拉住杨来弟的手：“老梁就说，先写上梁玉梅，等有机会问问你再说。你看，你还真来了，老梁还真是能掐会算，他怎么就知道你能来呢？”

杨来弟一双泪眼看着房怡和。

“现在呢，我心里清亮了，就写养女梁玉梅，生母杨来弟，你看怎么样啊？”

房怡和话音未落，杨来弟眼泪一下子就涌出来。

房怡和帮着杨来弟拭泪，说：“哭吧，哭出来，心里就不憋屈了。”

房怡和刚说完，杨来弟就号啕大哭。

杨留根跟安慧和梁玉梅讨论生产口罩的事。

杨留根口若悬河，讲得头头是道。

梁思思和小土豆在院子里跳绳。

听到杨来弟的哭声，院子里所有人都沉默了。

杨留根和安慧静静地看着窗外，梁玉梅低着头揉搓着衣角。梁思思带着小土豆进屋就躲到安慧身后不出声。

杨来弟哭了一会儿以后，情绪渐渐平稳下来，哭声慢慢地变小了。

“我呢，是倒着使劲儿的人了，不想留太多的遗憾在这个世界，你也是吧？”

杨来弟两眼含泪，惊讶地看着房怡和。

“来弟啊，你的身后事不也安排好了吗？”

杨来弟一个激灵，一下子从沙发上站起来，怔怔地看着房怡和，喊了一声：“房老师。”

“来弟啊，你坐下，咱俩好好说说心里话不行吗？有些话说出来，心里才敞亮。”

房怡和拉着杨来弟坐下。

“看见你这个样子，我心里是真不是滋味儿啊，来弟。”

房怡和说着，拿出杨来弟的遗体捐献协议。

“来弟啊，你能告诉我，这是怎么回事吗？”

杨来弟抬头看见房怡和手里拿着自己的遗体捐献协议，本能地伸出手，准备拿回协议。

房怡和收回协议。

“来弟，我想知道为什么，你能告诉我吗？”

杨来弟抬头看着房怡和。

杨来弟目光格外平静，脸色也恢复了，长长地出了一口气。

“来弟啊，且不说我抚养了玉梅四十年，至少我对你是一片真心，难道还换不来你一句实话吗？来弟啊。”

杨来弟彻底平静了，说：“房老师，我跟您说。”

在杨来弟缓缓的讲述中，房怡和终于了解理顺了杨来弟这几十年的生活轨迹。

杨来弟回到上海就和亲戚介绍的那个鳏夫结婚。当时杨来弟身体并不好，根本不适合怀孕。可是鳏夫不管杨来弟是什么身体状况，他需要一个孩子，应该说是一个儿子。家里哥哥们都有了儿子，已经十分拥挤，如果他没有孩子，可能会没地方容身。杨来弟很快又怀孕了，鳏夫还算讲信用，两人领了结婚证，鳏夫就托关系将杨来弟安排到上海近郊的农场上班。

杨来弟的调转手续是鳏夫自己去北大荒给杨来弟办的，他不让杨来弟回农场，怕杨来弟接回留在梁家的女儿。

杨来弟生完小女儿坐月子时，上海近郊农场合并，杨来弟每日忧心忡忡，害怕失去工作，奶水不足。因为生了女孩，婆婆格外不待见，鳏夫自然也不喜欢，所以杨来弟月子里面没有得到婆家任何照顾，自己的娘家也没有指望。

杨来弟还时时挂念留在梁家的女儿，身体恢复得不好。当时杨来弟和婆婆一家住在一起。婆婆一家九口住小屋，杨来弟一家三口住阁楼。

杨来弟上班后，因农场在上海远郊，一个月才回上海一次。每一次回上海的家，女儿都拉着杨来弟不松手。杨来弟心痛女儿，想带着女儿去农场，女儿可以上农场幼儿园，可婆婆以农场条件差为由，不让杨来弟带走女儿。

女儿长到五六岁，婆婆不让女儿去幼儿园，自己带着，小小的女儿学会了洗碗刷锅，还要被鳏夫两个哥哥的儿子欺负，两个大娘娘还让女儿给两个小哥哥洗袜子、手帕。杨来弟气不过就跟婆婆理论，婆婆就要撵走杨来弟一家三口。鳏夫为此生气，就拿亲生女儿撒气，女儿几乎精神崩溃。

女儿好不容易长大，鳏夫却死了。鳏夫一死，杨来弟母女两人的日子就更难过了。婆婆在两个儿子的教唆下，要撵走杨来弟母女。

杨来弟哭得说不下去，房怡和也陪着流泪。

房怡和是真的没想到杨来弟回上海后竟生活得如此艰难。房怡和拿出纸巾递给杨来弟，心疼地看着杨来弟，杨来弟擦着眼泪接着讲述。

杨来弟在上海到处打零工，自己的娘家根本没有依靠，父母过世后，弟弟们都怕她跟自己伸手借钱，都躲着她。杨来弟好不容易熬到女儿长大。

女儿在这样的环境下长大，心里缺少阳光和温暖，就一心想早点离开这个家，带走杨来弟。可惜的是，女儿结婚后生了孩子没多久竟然身患癌症，女婿在女儿患癌症后就带着孩子走了。

为了给女儿攒钱看病，每次女儿住院，杨来弟就白天看护女儿，夜里去找护工做，可以多挣点钱。可不管怎么努力，都没能留住女儿，女儿一死，杨来弟彻底没有了家。

杨来弟为了给女儿治病，提前退休，拿着很少的退休金。女儿一走，杨来弟只能到处打零工为自己攒些养老金。壮年时期还可以当保姆，至少有个地方吃住，到了老年，连一个保姆工作都不好找。

杨来弟想到了死。杨来弟始终牵挂着梁玉梅，今生今世无论怎样，杨来弟都想和玉梅再见一面。

在小女儿还小的时候，杨来弟曾经偷偷地来过一次滨海，那时候梁玉梅还在杂志社工作。杨来弟看见如花似玉的大女儿，决定让她永远留在梁家生活，杨来弟知道，梁玉梅在梁家比在自己身边生活得幸福。

“我领着垦荒去上海找你，你不认玉梅，这一切才是你不认玉梅的真实原因？”

杨来弟哭着点头。

这十几年，杨来弟几乎都睡在医院，去看护那些连子女都不待见的老病号，生死就在呼吸之间，杨来弟看多了，也想明白了，生死也看淡了。

一个孤寡老人住院期间，一直是杨来弟尽心伺候，老人深受感动，看她可怜，临终时给了她一个金镯子。

杨来弟拿着这只金镯子，反复思考生命究竟有什么意义，自己要这个镯子又有什么用。

杨来弟想到了玉梅，她想把这个镯子留给玉梅。

一场特殊的遗体告别仪式，震撼了杨来弟已经被生活折磨麻木的心。

死者是一位世纪老人，生前是杨来弟做护工的医院的医生，一辈子都没有结婚生子。这位老者在自己最后的日子，点名让杨来弟照顾自己的生活，立下遗嘱，将遗体捐献，供医学研究用。

老人离世，所用人都默哀致敬。

那一刻，杨来弟泪流满面。

杨来弟回忆自己这一生，回想起在北大荒的那段日子。

在北大荒时，虽然生活艰苦，但她活得充实快乐，每当听到孩子们叫自己一声老师就开心幸福。回到上海后，她每天都在为生存奔波忙碌，却每天都生活在不安和烦恼中。小女儿没有了，大女儿不能相认，等自己百年后该去何处?

杨来弟做出了捐献遗体的决定。

做出这个决定后，杨来弟感觉心里轻松很多，她来梁家就是想看看玉梅，把自己这一生中唯一的财产金手镯留给玉梅，尽管这个金手镯也不是她自己的。只是她自己也没有想到，她看到玉梅后，就舍不得离开玉梅了。

杨来弟讲完后，彻底轻松了，杨来弟不再流眼泪，不再低着头。

杨来弟看着房怡和，平静地说："我知道我很自私，真的很自私，看到玉梅后就不想离开她。我知道自己老了，很想多跟玉梅待在一起。玉梅是我在这个世界上唯一的念想。这些日子，我想明白啦，孩子是你们辛辛苦苦带大的，我准备疫情之后就回上海。房老师，你放心，我解封后就回上海，再也不来打扰你们。"

杨来弟连着说了几遍疫情过后就回上海，说完就站起身，给房怡和跪下了。

"房老师，对不起。"

"杨来弟，你是真的自私。"

杨来弟抬起头。

"你站起来。"

杨来弟站起身。

"你坐下。"

杨来弟坐回沙发上。

"杨来弟，你看不起我房怡和，看不起走了的老梁。老梁活着的时候，我俩就多次想过这事，孩子都是母亲身上掉下来的肉，没有不疼的。我们一直等着你来领回孩子，阴差阳错等到今天。你现在回上海，你有没有想过玉梅的感受啊？你上次一声不响地离开，你知道玉梅多难受，玉梅晚上跑到海边去喊你妈，求你回来。"

杨来弟愣愣地看着房怡和。

"你不信是吧，因为你心里只有自己，你的苦你的难，你的不容易，玉梅心里不苦不难吗？你为什么不考虑孩子的感受啊？是啊，玉梅都快四十岁了，可她在你眼里是不是还是个孩子？玉梅和你之间的血缘谁都割不断，这就是血浓于水，人伦，你懂吗？"

杨来弟低着头。

房怡和停顿一下，接着说道："你太小看我房怡和了，我养大玉梅，是因为你的托付，你的信任，玉梅她是一条命啊，我从心里感恩你，我经常想啊，上天夺走了我一个女儿，又送来一个女儿。疫情来了，网络上铺天盖地都在讨论生命，什么除了生死，其他都是擦伤。你就没想过吗？玉梅小时候，你丢下她，现在还伤害她，我房怡和不依你，绝不依你。"

杨留根看梁玉梅难过，顺手拿起思思电脑跟前那几朵小红花，挑了一朵完整无损的，走到梁玉梅跟前，突然跪下了。

"杨留根，你不要胡来啊。"安慧试图劝阻杨留根。

梁玉梅被杨留根的举动吓了一跳，看着杨留根结结巴巴地说："留根哥，你这是干什么？"

杨留根很严肃地看着梁玉梅，拿着小红花，说："玉梅，嫁给我吧。"

梁思思和小土豆看见这场面，瞪着眼睛相互看着。

梁思思沉默了一下，大声问杨留根："姓杨的大叔，你是想逗我们开心是吧？"

杨留根起身说："我在向你小姑求婚。"

梁思思跳下炕，说："小土豆，妈，你们别说话，我来收拾这个杨大叔。想得美，还想娶我小姑，做梦吧，大叔。"

安慧和小土豆都不说话。

梁思思看着梁玉梅说："小姑，你也不要说话，我来替你把把关。"

安慧和梁玉梅相互看了一眼。

杨留根饶有兴致地看着梁思思。

梁思思很镇静，先发起家族群的视频群聊，等于直播，然后跟杨留根说："大叔，考验你的时候到了，直播，我们老梁家人都在看呢。"

梁家一大家子都担心小院有事，除了梁彤和孙美丽在外边上班，全都在看梁思思直播。

梁思思看着杨留根说：“杨大叔，我问你什么，你都得老实回答，不得有误。”

杨留根很听话地说了一句：“明白。”

安慧和梁玉梅相互又看了一眼，然后看着梁思思。

梁思思说：“我开始问了。”

杨留根平静地回答：“可以。”

“你有钱吗？”

“不多，百十来万还是有的。”

梁思思显然没有想到眼前这位不起眼的大叔会是个有钱人，所有看视频的梁家人都很吃惊。

梁垦荒跟吴春兰嘀咕：“留根怎么这么有钱，不会是骗人吧。”

梁思思看看安慧和梁玉梅，对方却没有什么特别反应。

梁思思迅速调整思路，干咳了两声。“嗯，你还有点钱。除了钱，你还有什么可以配得上我小姑的？”

“责任感。”

梁思思笑出声，一脸鄙视。

“大叔，你可笑死我了，你可真会演，还责任感呢，你正经点行吗？”

“我特别正经啊，孩子。”

“算了，不跟你计较，人老了，就容易犯糊涂。我问你啊，你爱我小姑吗？”

杨留根一下子就乐了，笑出声来。

梁思思急了，劈头盖脸就朝着杨留根去了。

“你给我严肃点，我问的是一个大问题，你还傻笑，我不同意，你就别想娶我小姑。”

“那我告诉你啊，孩子，我们这个岁数不谈爱情。”

“那谈什么？”

“责任吧，当然还有缘分。”

“缘分？缘分？缘分是个什么东西？”

“缘分不是个东西，责任却真是个东西，正经的东西。”

“算了，懒得跟你说。你是什么时候开始喜欢我小姑的？”

“小时候就喜欢。”

显然杨留根的回答出乎梁思思意料。

梁思思狠狠地瞪着杨留根，想了一下，继续追问：“你小时候就喜欢，你够贼的，太早熟。你怎么知道，你和我小姑有缘分？”

杨留根不假思索地回答：“我现在和你小姑都在梁家小院就是缘分。”

梁思思根本就不是杨留根的对手。

“你胡说八道，这怎么能是缘分，缘分应该是一种非常奇妙的东西。”

杨留根知道梁思思耍赖，不急也不恼。

“缘分这种东西说不清楚，能说清楚的就不是缘分。”

梁思思顿时无言以对。

杨留根看着梁思思说：“孩子，我和你爸像你这么大的时候，没有你这么多为什么，我们都听大人的话，时代进步了。”

梁思思不说话，盯着杨留根的腿看了一会儿，阴阳怪气地笑一声：“大叔，你的腿是怎么回事儿？”

杨留根根本不生气，问梁思思：“想知道吗？”

梁思思点头：“当然。”

杨留根平静地说：“那你听着吧，我告诉你。”

梁垦荒和吴春兰不明就里地对看了一眼，赶紧接着看直播。

刘海平乐了：“真有思思的，这大叔腿咋啦？”

梁红梅很生气，愤愤地说：“这个杨留根小时候就淘气，现在来路不明，还想娶玉梅，我就不同意。”

杨留根知道书文喝了农药后，就想给书文讨一个说法，却一直找不到害人的连红旗。

有一次，杨留根听一个朋友说连红旗正在邻县一个歌厅玩呢，杨留根就骑着摩托车赶过去，没想到去了就赶上一场恶战。被连红旗骗走上百万钱款的一个杞县老乡，显然也得到了连红旗的消息，杨留根赶到那儿时，双方已经打了起来，显然是连红旗一伙人在围殴一个人。杨留根一看被围殴的人要出事，便三下五除二地上前去救下这个人，然后拉着这个人就逃。歌厅经理正在报警。

杨留根骑着摩托狂奔，驶到一座桥上面时，前方正在施工，杨留根骑得太快了，根本刹不住车，遇到障碍物后就连人带车滚到桥下。

杨留根就这样失去了半条腿。

梁思思听完，一点都不感动，说："鲁莽，太鲁莽。"

梁思思评价一句，然后接着问："你就不怕救一个坏人吗？"

"我不能看着人被打死啊。"

梁思思一摆手，轻描淡写地说："救人可以给你点个赞，不过坏人呢，打死一个少一个，留下也是祸害。"

杨留根被梁思思的逻辑逗笑了。

杨留根告诉梁思思："我没有救错人，这个人是个老实人，后来他帮助我做生意，我就发了点小财。"

"你不炫富就不会说话吗？你也没有多少钱，区区一百万而已，有啥可显摆的？"梁思思生气了。

安慧看梁思思不像话，阻止思思说下去："思思，你不要胡说。"

杨留根依然不恼，看着安慧说了一句："你闺女还真有个性，我喜欢。"

梁思思盯着杨留根说："反正我给你投反对票。"

梁思思说完，又趴在梁玉梅肩头，说："小姑，你不要答应他，我反对，长得也太一般了，显老，还没钱，喜欢强词夺理。"

杨留根被梁思思逗得哈哈大笑。

梁家在看直播的人都笑了。

梁垦荒跟吴春兰调侃："留根经历还挺丰富的。"

刘海平跃跃欲试地说："等解封了，我去会会这个百万富翁。"

房怡和没有看到直播，她还在和杨来弟谈心。

显然房怡和说到了杨来弟的痛处，杨来弟低着头不说话。

"来弟啊。"

杨来弟泪眼婆娑，抬头看着房怡和。

房怡和缓缓地说道："其实，我离死也不远了。"

杨来弟惊慌地叫了一声："房老师。"

房怡和看看杨来弟，说："你看看你，在医院见了那么多生老病死，怎么还是看不透呢？长命百岁的不多，这个世界上谁能逃过死？逃不过就要积极面对，少留遗憾在这个世界就好。"

房怡和接着说道："来弟，你是还没有看明白啊。前几天玉梅为家谱没能按时出版跟我道歉，玉梅跟我说对不起，我的心那个痛啊，这孩子明显变得敏感脆弱。你这样懦弱，难受的是玉梅。玉梅一声声对不起，有太多内容。"

杨来弟看着房怡和，不知道该说什么好。

"对不起什么呢？对不起我们梁家的养育之恩，还是觉得自己心中有自己的亲妈，是对我的背叛？玉梅她面对分裂的情感，恐慌又悲伤，你懂不懂啊？"

杨来弟摇着头，痛苦地看着房怡和。

"我在自己八十岁生日这天，突然悟出很多过去模糊不清的道理，我心里一下子豁然开朗。我提出个解决方案，你看合不合适。合适的话，我们俩妈一起跟玉梅商量。"

房怡和一句我们俩妈，让杨来弟脸红了。

"玉梅呢，写进我们家的家谱，小女儿梁玉梅，生母杨来弟，生父章金虎。养父母是我和老梁。你去跟玉梅好好地谈谈，把你想跟玉梅说的话全都说出来，你对不起孩子啊。”

杨来弟慌乱地点点头，然后摇摇头，又点点头。

“玉梅是个明事理的孩子，这一点我清楚。你是当妈的，本来就是你亏欠孩子的，难道还让孩子来找你赔不是？你要相信自己十月怀胎生下的女儿，你要和玉梅和解，其实是和你自己的过去和解啊。过去的事就让它过去吧，过好今后每一天，我们还能活多少天啊，要往前看。”

杨来弟流着眼泪答应房怡和：“我去跟玉梅道歉，我一直想跟囡囡说对不起，我没有勇气啊。”

梁思思和小土豆趴在窗户上，偷偷看着屋内的杨来弟，看杨来弟哭着说着。

梁思思直撇嘴：“还好意思哭啊。”

小土豆同情地看着杨来弟。

梁思思看见小姑开始流泪，心疼道：“死老太婆，看我怎么收拾你。”

两人正看得起劲儿，被出门的房怡和撞见了。

房怡和走到梁思思身后，轻轻地说了一声：“都给我回屋去。”

梁思思正要发作，回头一看是奶奶，乖乖地和小土豆离开。

屋内，杨来弟一双泪眼望着梁玉梅。

“玉梅，对不起，非常对不起啊，我知道这一切都是我的错。我当时一心想回上海，北大荒条件艰苦，我受不了，我以为能很快接你回上海，我们一起生活的。有人说就算要饭也要带着孩子，可我真不想让你过那种日子，我当时觉得你在梁排长家生活比跟着我好，房老师把你培养得这么好，我真不知道该跟你说什么，囡囡。”

梁玉梅眼泪顺着眼角不停地流着。梁玉梅没有想到自己的生母，这几十年过着颠沛流离居无定所的生活。为了生存，她已经尽力了。是的，当初她害怕过艰苦的生活，没有回来接自己回上海，可这些年来，她也为此付出了沉重的代价，命运已经惩罚了她。

在房怡和告诉梁玉梅这一切时，梁玉梅已经谅解了杨来弟。

谅解不等于理解和接受，然而她无法割断血缘这根纽带，这根纽带将她捆绑在一个看不见的地方，看不见却无法挣脱。

“房老师说把你写进梁氏家谱，记上生母和生父的名字。我听你的，如果你不愿意这样写，可以不写我们的名字。”

梁玉梅难过地摇摇头，轻轻地啜泣。

“囡囡啊，我知道自己太自私了，没有设身处地为你想过，是我太自私了。”

杨来弟看着流泪的梁玉梅，忏悔着。

“您知道我妈怎么说吗？妈说，家谱不能仅仅用来记录家族血脉历史，家谱中的家风家规，才是我们每一个孩子要接受的教育。您是我的生母，这是事实啊，我们都要面对事实。”

杨来弟听到这里，叫了一声囡囡，眼泪不停地流着。

杨来弟纵有千言万语，却无法表达，几十年的岁月，从何说起啊。

梁玉梅很想拉住杨来弟的手，叫一声妈，可是几十年的岁月横亘在她和杨来弟之间，她做不到视而不见。

梁玉梅真的做不到自自然然地喊杨来弟一声妈。

梁玉梅过去拉了一下杨来弟的手，默默地拉了一下，然后慢慢地松开了。

“您放心，有我在，不会再让您吃苦的。”

梁玉梅说完，杨来弟捂着脸大哭。

梁玉梅和房怡和偎依在热炕上。

梁玉梅告诉房怡和，房怡和是自己的母亲，一生一世的妈妈，杨来弟是生母，以后就叫她来弟妈。等到疫情结束后，她会送杨来弟回上海处理一些相关的事情，然后接杨来弟来滨海养老。

房怡和搂着梁玉梅，高兴道：“好孩子，这才是我们梁家的孩子。玉梅啊，你要记住，亲人不能用血缘来定义，要学会大爱。”

房怡和告诉玉梅，她打算让杨来弟来小院住，两个老姐妹可以做个伴儿。

封城还没有结束，谁都没有想到此次疫情会这么严重。

安慧在口罩厂忙着，已经好些日子没回梁家村。

梁彤和大卫的网上工作室业务多到接不过来，梁彤几乎天天在工作。

大学暂时不能开学，社区还没有解封，孙美丽每天都会领着妮妮到楼下面小跑一会儿。孙美丽自从上次看见婆婆用身体挡住掉下来的花盆，宁可自己受伤也护着她，开始反省这些年和婆婆相处的点点滴滴。

孙美丽知道自己受母亲影响太大，没有真心对待过婆婆。孙美丽心中已计划好，等到疫情结束，她要回家和母亲推心置腹地好好谈谈，她希望母亲能够放下过去，好好生活。

牛玉香看女儿并不听自己安排，疫情又让她心烦恐惧，已经很长时间没有给孙美丽打电话了。

梁垦荒和吴春兰知道杨来弟和玉梅相认后，曾担心母亲感情上会很失落，两人拐弯抹角地劝说母亲放宽心。

房怡和很直白，说：“我养大谁都不易，几个孩子都是屎窝挪尿窝养大的，但是妈知道舍得两个字的含义，舍在前，得在后。”

梁垦荒跟吴春兰反倒不好意思了。

梁垦荒跟吴春兰说：“咱们还没有妈的肚量大。”

梁垦荒跟着吴春兰学做菜，还学会了蒸馒头，老两口每天变着花样给妮妮做好吃的。

梁红梅和女儿海平直播的时间越来越长，积攒人气。

疫情封闭在家，很多人变成了夜猫子，有人深更半夜还在网上游来荡去的，刘海平就陪着。刘海平感慨，挣钱真不容易，不容易也要挣啊。

刘海平干脆和孙家琪两人倒着班守在电脑前，两人累并快乐着，因为有钱挣啊。

杨留根一直得不到自己想要的答复，又不能回家，几次三番跟梁玉梅表白，得到的都是三个字——不考虑。杨留根知道梁玉梅内心的伤口还没有完全愈合，心里反而轻松了，他不怕等。

梁家人对于杨留根追求玉梅，全部投反对票。

杨留根去找房怡和帮忙，想让房怡和出面去说服梁玉梅。

房怡和一开始并不看好杨留根，但是经过杨留根处理杨来弟遗体捐献协议这件事，对杨留根的看法改变了很多。房怡和答应杨留根，给他敲边鼓。

杨留根得到房怡和首肯，更加积极地做饭，还想方设法去讨好梁思思。

梁思思很受用，长这么大，还是第一次被人这么重视，梁思思乐在其中。

梁家小院的玉兰花开了。

安慧带回来一大袋子鲜嫩的荠菜，让杨留根给大家包荠菜饺子。

房怡和带着梁家小院的人赏花。

梁思思和小土豆最兴奋，指指点点地看着玉兰花。

一幅多么美的画卷啊！

杨留根用手机录着。

杨来弟来了兴致，轻声地吟诵着朱自清的散文《春》：

盼望着，盼望着，东风来了，春天的脚步近了。一切都像刚睡醒的样子，欣欣然张开了眼。山朗润起来了，水涨起来了，太阳的脸红起来了。

小草偷偷地从土里钻出来，嫩嫩的，绿绿的。园子里，田野里，瞧去，一大片一大片满是的。坐着，躺着，打两个滚，踢几脚球，赛几趟跑，捉几回迷藏。风轻悄悄的，草软绵绵的。

房怡和接着吟诵：

桃树、杏树、梨树，你不让我，我不让你，都开满了花赶趟儿。红的像火，粉的像霞，白的像雪。花里带着甜味；闭了眼，树上仿佛已经满是桃儿、杏儿、梨儿。花下成千成百的蜜蜂嗡嗡地闹着，大小的蝴蝶飞来飞去。野花遍地是：杂样儿，有名字的，没名字的，散在草丛里像眼睛像星星，还眨呀眨的。

"吹面不寒杨柳风"，不错的，像母亲的手抚摸着你。风里带着些新翻的泥土的气息，混着青草味儿，还有各种花的香，都在微微润湿的空气里酝酿。

梁思思和小土豆听呆了，她们没有想到，两个老人家会这样来表达内心的欢喜。

经过岁月的沉淀，两位老人家的声音沉静而安稳，还有温度。

梁大仓这时给母亲发来信息。

梁大仓告诉母亲，他已撤离疫区休整完毕，很快就可以回家看望妈妈了。

房怡和高兴啊，把信息内容读给大家听。

小院沸腾了，梁思思和小土豆跳着，叫着，笑着，欢呼着。

安慧和梁玉梅紧紧地拥抱着房怡和，梁玉梅第一次拥抱了杨来弟，杨来弟幸福地偷偷抹眼泪。

房怡和琢磨着给大仓做什么好吃的，杨留根说包荠菜饺子吧。房怡和不同意，说出门饺子，回家面，梁思思提议饺子面都做。

一家人聚在房怡和的屋里，看着电视，画面是各地医疗队撤离武汉的情景。

梁思思看到医疗队离开武汉，警车鸣笛开道，交警列队敬礼，感动得哭出声。

安慧和梁玉梅也泪眼婆娑。

房怡和流着泪说："他们都为武汉拼过命啊！老百姓都记着他们的好呢！"

梁思思指着一个视频给房怡和看，一个小伙子自弹自唱一首歌，献给自己去援鄂的小姨。

梁思思说："奶奶，我们出不去，不能去接爸爸，就给他录一段视频吧，让他早点看到我们。"

房怡和打趣道："你还录得少啊，天天干扰爸爸工作。"

梁思思叫声奶奶，撒娇道："这次不一样啊，近在咫尺不能相见，我是想让爸爸安心啊，我也想爸爸了。"

梁玉梅忽然想起可以去村头，村头的路和高速公路口连着。

梁玉梅说："二哥他们回来一定要从这条路回市里的，我们随时跟二哥保持联系，等车快回来时，咱们全家都去路口等着，让二哥第一时间从车窗看到我们全家人。"

"这是最好的办法。"安慧第一个表示赞同。

杨来弟说她也有个主意，全家人就都看着杨来弟。

自从杨来弟和梁玉梅关系缓和，玉梅会主动帮着杨来弟洗洗衣服，吃饭时，会主动给杨来弟夹菜，只是两人几十年没见过面，还多少有些客气。

房怡和多次劝杨来弟不要着急，杨来弟说不着急，已经很知足了，一遍又一遍地说蛮好的，蛮好的。

杨来弟被大伙儿看得不好意思，说："房老师，你记不记得那年连队春节联欢，你唱了《珊瑚颂》？"

"记得啊。"

"房老师你唱首歌，配上小院里玉兰花的画面发给大仓。"

就这主意？梁思思不屑。梁思思瞪着眼睛看着杨来弟，心说："这老太太越来越来劲儿啊，《珊瑚颂》？你让我奶奶唱就唱啊？你谁呀？看在小姑面子上，本姑娘先不跟你计较。"

梁思思立刻反对："啥主意啊，真没文化，太俗。"

杨来弟不说话了。

梁玉梅立刻批评梁思思："思思，这么没礼貌，怎么跟长辈说话的。"

梁思思不服气，瞪着眼睛看着梁玉梅，张张嘴没说什么。

杨留根进来了，拿着手机说："我刚做好一个视频，你们看看。"

梁家小院，盛开的玉兰花，梁玉梅挽着房怡和，安慧挽着杨来弟，思思和小土豆围在树下，她们笑着说着。

背景音乐是房怡和跟杨来弟朗读的《春》。

房怡和的声音温柔圆润，杨来弟的声音带着磁性。

春天像刚落地的娃娃，从头到脚都是新的，它生长着。春天像小姑娘，花枝招展的，笑着，走着。春天像健壮的青年，有铁一般的胳膊和腰脚，领着我们上前去。

梁思思看完视频，惊讶道："杨大叔，你可以啊，深藏不露啊。"

杨留根趁机赶紧讨好梁思思："你大叔还有很多独门绝技，比降龙十八掌还厉害，等以后大叔慢慢教给你，给大叔加分呗。"

梁思思一撇嘴，甩了一句："谁稀罕。"

思思说完继续补刀："减分，零分。"

杨留根大笑，梁玉梅也忍不住笑了。

清晨，房怡和跟杨来弟为穿什么衣服争执不休。

房怡和坚持要穿自己那件银灰色大衣，让杨来弟穿上玉梅那件藕荷色的羽绒服。

杨来弟却坚持说大仓不在乎我们穿什么的，能看见我们就开心。杨来弟坚持穿自己的衣服。两人相处了这么久，已经像两个久别重逢的老姐妹一样，无拘无束。

两人都坚持自己的意见，谁也说服不了谁，梁玉梅只好进屋来打圆场。

梁玉梅说听房怡和安排，不要浪费时间。

杨来弟乖乖地不说话了。

一家人来到村口，房怡和张望着，盯着大路口。不到十分钟，一辆大巴开过来了。梁大仓发来信息："妈，我看到你们了。外面冷，您回家吧。我们去市里集合，晚上就能回家看您了。外面冷，回家吧。"

车很快就驶过路口，拐上去市里的大道。

房怡和泪流满面："我的儿啊，你终于平安回来啦。"

梁玉梅和安慧搀扶着房怡和往回走。

梁思思给爸爸发了一条微信："爸爸，等疫情过后，我想去上班。"

梁思思很快接到梁大仓的回复："宝贝，加油，老爸支持你！"

大巴车上，梁大仓打开视频看着。

梁家小院，盛开的玉兰花，梁玉梅挽着房怡和，安慧挽着杨来弟，思思和小土豆围在树下，她们笑着说着。背景是房怡和跟杨来弟朗读的《春》。房怡和的声音温柔圆润，杨来弟的声音带着磁性："春天像刚落地的娃娃，从头到脚都是新的，它生长着。春天像小姑娘，花枝招展的，笑着，走着。春天像健壮的青年，有铁一般的胳膊和腰脚，领着我们上前去。"

"这是谁的声音啊？真好听。"同事问梁大仓。

梁大仓微笑着："我妈。"

援鄂队员们都围拢在梁大仓的身边。

盼望着，盼望着，东风来了，春天的脚步近了……